Anonym

Zeitschrift für Biologie

I. Band

SALZWASSER
VERLAG

Anonym

Zeitschrift für Biologie

I. Band

Unveränderter Nachdruck der Originalausgabe von 1865.

1. Auflage 2022 | ISBN: 978-3-37501-239-7

Verlag: Salzwasser Verlag GmbH, Zeilweg 44, 60439 Frankfurt, Deutschland
Vertretungsberechtigt: E. Roepke, Zeilweg 44, 60439 Frankfurt, Deutschland
Druck: Books on Demand GmbH, In de Tarpen 42, 22848 Norderstedt, Deutschland

ZEITSCHRIFT

FÜR

BIOLOGIE.

ZEITSCHRIFT

FÜR

BIOLOGIE

I. BAND.

MÜNCHEN, 1865.

Inhalt.

Ein Beitrag zur Aetiologie des Typhus.

Von

Prof. Dr. L. Buhl.

Von jeher kam mir der Gedanke kleinlich vor, dass die Ursache des Typhus, dieser wahrhaft verheerenden Krankheit, in der täglichen Beschäftigung eines Menschen, in dem jähen Temperaturwechsel, dem er sich etwa ausgesetzt hatte, in dem Quantum und der Unverdaulichkeit der Speisen, in der Sorte des Getränkes, in der Bauart der Wohnungen und wie alle die beschuldigten Dinge heissen mögen, gelegen sein könne.

Eine Krankheit, welche nicht bloss Einzelne befällt, sondern sich über eine ganze Stadtbevölkerung so gut wie über die Bewohner nur eines einzelnen Hauses ergiessen kann, muss eine Ursache im grossen Style haben.

Eine solche Ursache, wie sie indess selbst in den trefflichen Untersuchungen Griesinger's (Virch. Handb. der spec. Path. u. Ther. II. 1.) und Hirsch's (Handb. der historisch-geographischen Pathologie I. p. 176) kaum angedeutet ist, mit einiger Bestimmtheit zu bezeichnen, ist die Aufgabe dieser Blätter.

Zur Lösung derselben benütze ich als Grundlage die gegenwärtig auf eine ziemlich hohe Ziffer angeschwollene Zahl der im hiesigen Krankenhause an Typhus Verstorbenen, welche mir zur Leichenuntersuchung überkamen. Nehme ich zu diesem Zwecke die verflossenen 10 Jahre, von welchen freilich, während ich diess schreibe, das heurige noch nicht vollendet ist, so beläuft sich die Gesammtsumme vom 1. Januar 1855 bis jetzt (Ende Juli) in runder Summe auf 900 Typhusfälle.

Ich hoffe, dass die Schlussfolgerungen und Bemerkungen, welche ich daran zu knüpfen mir erlauben will, um so mehr Gewicht haben werden, als sie nicht bloss aus einer so bedeutenden Zahl entnommen sind, sondern als die sämmtlichen Beobachtungen dadurch, dass sie aus Einer Hand stammen, einestheils eine Gleichmässigkeit in der pathologisch-anatomischen Diagnose gewähren, anderntheils auch das Gepräge einer Ausgleichung etwa differenter Meinungen, wie sie bei weniger reichem Materiale nothwendig sich ergeben dürften, an sich tragen. Meine Zifferansätze werden somit nicht beanstandet werden.

Die jährlichen Summen der secirten Typhusleichen betragen:

1855 —	65	
1856 —	108	
1857 —	112	
1858 —	150	
1859 —	74	
1860 —	34	
1861 —	45	
1862 —	107	
1863 —	115	
1864 —	89	(bis Ende Juli)
Summe . .	899.	

Diese Zahlen zeigen, dass die Extensität des Typhus in München nach den Jahrgängen sehr verschieden sein, das Maximum sich auf das 4—5fache des Minimum erheben kann; aber was viel wichtiger ist, sie zeigen auch, dass eine Steigerung vom Jahre 1855 bis 1858 vorkam, von da an (1859) ein starker Abfall, dass vom Jahre 1861 an wieder eine Steigerung sich entwickelte, welche noch heuer fortwährte, indem vom 1. Januar bis 31. Juli 1864 die Ziffer bereits höher steht, als in der gleichen Zeit des Vorjahres.

Die Differenzen fallen noch bedeutender aus, wenn ich nicht die Kalenderjahre, sondern wie gewohnt, die Schuljahre vom 1. Nov. an berechnet als Grundlage der Zählung nehme. Greife ich dabei auf November und December des Jahres 1854 zurück, innerhalb welcher 2 Monate 3 Typhusleichen secirt wurden, so gestalten sich die jährlichen Summen folgender Weise:

1854/55 —	66
1855/56 —	92
1856/57 —	92
1857/58 —	177
1858/59 —	67
1859/60 —	49
1860/61 —	31
1861/62 —	101
1862/63 —	110
1863/64 —	119 (fehlen August, September u. October)
	902.

Innerhalb des Steigens und Fallens der Typhusmortalität nach mehreren Jahrgängen liegt aber auch ein Steigen und Fallen nach Monaten.

Wenn man nämlich die Ziffern der gleichnamigen Monate mehrerer Jahre summirt (ich habe dazu 8 Jahre [1856—1863 incl.] gewählt), so treffen auf den

Januar	95
Februar	104
März	91
April	49
Mai	38
Juni	42
Juli	43
August	34
September . . .	56
October	35
November . . .	65
December . . .	93
	745.

Daraus ergibt sich, dass die Spitzen der Typhusmortalität in den December, Januar, Februar und März fallen, am entschiedensten in den Februar. Am tiefsten ist der Stand im Mai, August und October, und während Juni und Juli sich nur wenig erheben und dabei fast gleich stehen, trifft auf den September wieder eine nicht unbedeutende Steigerung. Der stärkste Abfall, der gewissermassen die kalten Monate von den wärmeren scheidet, zeigt sich vom März auf den April; im November ist schon eine rasche Steigerung bemerkbar.

Diese Angaben sind natürlich als allgemeines Resultat zu betrachten, von welchem aus die Schwankungen in den einzelnen Monaten nach Jahren wechselnd auf- und abwärts gehen.

Sieht man von den kleinen Schwankungen ab, so wird Einem offenbar die Frage aufgedrängt, ob nicht nur das mehrere Jahre hintereinander fortwährende Steigen und das darauffolgende andauernde Sinken von einem bestimmten Gesetze, oder doch von einer bestimmten Ursache abhänge, welche analoge Fluktuationen durchmacht.

Es ist begreiflich, dass damit nicht die verschiedene und wechselnde Individualität eines Menschen, aber auch nicht die specifische Ursache des Abdominaltyphus gemeint sein kann, welche, da sie eine Krankheit mit constanten pathologisch-anatomischen Charakteren erzeugt, immer zu allen Zeiten und an allen Orten qualitativ dieselbe sein muss, welche weniger durch Beobachtung und Experiment, als durch Scharfsinn und logische Schlussfolgerung in der Einwirkung fauliger Stoffe auf den menschlichen Organismus erkannt wurde, sondern diejenige Hilfsursache, welche das Auftreten jener specifischen Ursache bald hindert, bald fördert, welche als die quantitative Seite derselben, als der Grund der In- und Extension, des epidemischen oder sporadischen Auftretens des Typhus angesehen werden muss.

Nach obiger Erfahrung, nach welcher die Typhusmortalität in München während der kälteren Monate bei Weitem in- und extensiver ist als in den wärmeren, liegt es vor Allem am nächsten, jene Ursache in den Jahreszeiten, in Temperaturverhältnissen zu suchen.

Niemand wird indess in Abrede stellen, dass die bisherigen Annahmen darüber auf sehr schwachen Füssen stehen. So lese ich in Betreff der Jahreszeiten bei Griesinger (l. c. p. 150): „dass der Herbst den Typhus am meisten, der Frühling am wenigsten begünstige, dass strenge Winter seiner Ausbreitung direkt entgegen stehen.“ Um gerecht zu sein, habe ich mein Material genauer nach den Jahreszeiten geschieden und glaube, dass nach Beachtung der sich ergebenden Ziffern Niemand obiger Annahme mehr das Wort sprechen wird.

Ich wählte wieder die 8 Jahre (1856—1863) und zwar, da die mittlere Dauer eines mit Tod endigenden Typhusfalles auf 4 Wochen angeschlagen werden kann, in der Weise, dass ich die Summen der um einen Monat später Verstorbenen berechnete und somit ihre Erkrankungszeit erhielt. Setze ich ferner den Anfang einer Jahreszeit in das letzte Drittheil des betreffenden Monates, das Ende in die 2 ersten Drittheile, so kommen auf den

Frühling . . .	124
Sommer . . .	128
Herbst	233
Winter	260

Erkrankungen, welche einen Monat später mit Tod ausgingen.

Man sieht, der Frühling hat vor dem Sommer keinen Vorzug; der Winter aber, der bei uns gewiss nicht zu den gelindesten gehört, hat vor den übrigen Jahreszeiten, insbesondere vor dem Herbste nicht nur nichts voraus, sondern ihm gebührt vielmehr das Prädikat der ungünstigsten Jahreszeit. Dagegen ergibt sich allerdings der schon berührte Unterschied: Frühling und Sommer zeigen zusammen 252 Erkrankungsfälle, Herbst und Winter aber fast das Doppelte, 493. Hirsch (l. c. p. 177) gelangt zu einem ähnlichen Resultate.

Mit diesem Schlusssatze ist aber kaum mehr gewonnen, als die Thatsache der Art und Weise, wie sich der Typhus innerhalb eines einzelnen Jahres verhält, nicht aber wie das Steigen und Fallen im Grossen, in mehreren Jahrgängen nach einander zu Stande kömmt. Zudem kann sich der Typhus an anderen Orten als in München zu den Jahreszeiten gerade umgekehrt verhalten, so dass ein Einfluss der letzteren und zwar insbesondere der Temperatur derselben auf In- und Extensität des Typhus durchaus nicht behauptet werden kann. Hirsch spricht sich auch hier in gleicher Weise aus (l. c. p. 181): „klimatische und speciell Temperaturverhältnisse haben gar keinen oder doch einen höchst unbedeutenden, jedenfalls unwesentlichen Einfluss auf das zeitliche Vorkommen und die geographische Verbreitung der typhösen Fieber."

Ein anderer Faktor, welcher nach Monaten schwankt und vielleicht auch nicht so vorübergehend, wie die atmosphärische Temperatur, sondern nachhaltiger wirkt, ist das Quantum der meteorischen Niederschläge.

Es folgt zu diesem Zwecke eine Tabelle, welche ich durch die Güte des Privatdocenten Herrn Dr. Carl erhalten habe. Sie stellt die Monatssummen für die Höhe der Niederschläge in P. L. dar, wie sie auf der hiesigen k. Sternwarte berechnet sind.

Jahr.	Januar	Februar	März	April	Mai	Juni	Juli	August	Septbr.	October	Novbr.	Decbr.
1854	11‴,86	22‴,51	12‴,75	15‴,74	55‴,39	46‴,99	48‴,92	51‴,67	8‴,86	24‴,90	21‴,00	27‴,69
1855	13,35	31,85	28,44	21,13	32,64	48,94	47,19	67,36	27,65	19,12	17,13	7,61
1856	23,77	9,39	4,29	18,94	30,19	74,40	37,10	18,84	22,12	7,68	57,04	18,78
1857	10,06	2,65	23,14	23,14	40,09	36,16	22,51	56,11	35,18	8,09	18,74	7,83
1858	8,48	9,23	12,20	35,08	36,60	31,30	67,83	32,18	39,38	39,11	22,64	17,29
1859	8,53	10,56	27,50	44,26	33,11	47,45	32,73	51,65	57,71	22,02	31,15	14,79
1860	28,30	18,50	13,53	12,90	45,66	71,25	60,98	47,39	49,92	27,92	11,21	24,03
1861	27,55	3,40	30,56	9,80	44,75	74,03	54,01	32,59	28,18	4,48	27,10	14,59
1862	40,12	20,27	21,80	31,37	34,60	54,63	43,23	51,05	28,45	27,98	9,28	21,53
1863	20,52	6,82	15,05	19,09	52,97	56,75	54,79	33,28	35,91	13,05	21,91	14,51
1864	8,56	12,50	24,66	18,96	44,92	69,90	—	—	—	—	—	—

Zur übersichtlicheren Beleuchtung der Schwankungen nach Monaten habe ich die Zahlen auf eine Gittertafel (Tab. I) in schwarzer Farbe aufgetragen.

Die Spitzen der Monatssummen treffen auf die wärmeren Monate, meist auf den Juni, einzelne Male auf Juli, August, September; die tiefsten Punkte sind in den kälteren Monaten erreicht (October, November, December, insbesondere im Januar und Februar).

Man wird desshalb auch hier vorerst unwillkührlich darauf geführt, innerhalb der einzelnen Jahre einen ursächlichen Zusammenhang zwischen dem Auftreten des Typhus und den Mengen der meteorischen Niederschläge zu sehen. Sinkt die Summe der letzteren, so steigt der Typhus und umgekehrt, steigt die Summe der meteorischen Niederschläge, so fällt der Typhus.

Bei genauerer Betrachtung wird man aber davon zurückkommen müssen. Bei dem ziemlich gleichmässigen Schwanken der atmosphärischen Niederschläge wird nämlich nicht erklärt, warum die winterliche Exacerbation des Typhus so ungleichmässig ist, warum in einzelnen Wintern die Mortalitätssteigerung so unbedeutend wird, ja im schlagendsten Widerspruche damit, warum im Winter 1860/61 der Typhus nicht nur keine Steigerung, sondern das Minimum überhaupt von allen den 8 Jahren zeigt, welche gegenwärtig in Betracht gezogen sind, während doch die meteorischen Niederschläge zu demselben Punkte sinken, wie in allen den anderen Jahren, in welchen die tiefsten Punkte erreicht sind.

Dass in den meteorischen Niederschlägen jene aufzusuchende Ursache nicht gelegen sein könne, welche die In- und Extensität des Typhus bedingt, geht ferner auch daraus hervor, dass die jährliche Gesammtmenge derselben durchaus keine Congruenz mit der jährlichen Typhusmortalität beurkundet.

Die jährlichen Mengen der meteorischen Niederschläge betragen:

1856 — 322,54
1857 — 283,70
1858 — 341,32
1859 — 381,46
1860 — 411,59
1861 — 351,04
1862 — 384,31
1863 — 344,65

1864 steht im ersten Halbjahre die Summe bereits höher als im entsprechenden des Vorjahres.

Man erkennt hieraus, dass die Menge der meteorischen Niederschläge im Jahre 1857 niedriger stand, als im Jahre 1856, dass sie von 1857 an steigt, bis ihr Maximum im Jahre 1860 erreicht ist; im Jahre 1861 nimmt ihre Menge wieder ab, steigt in leichtem Grade im Jahre 1862, um 1863 wieder zu sinken und zwar auf einen tieferen Stand als im Jahre 1861.

Der Typhus dagegen steigt vom Jahre 1855 an, bis er sein Maximum schon 1858 gewinnt, nimmt bereits im Jahre 1859 ab, um im Jahre 1860 und 1861 sein Minimum zu erreichen, welche beide Jahre fast gleich stehen. Er steigt erst wieder im Jahre 1862 und zwar constant bis in das heurige Jahr.

Der öfter ausgesprochene Satz, dass nach langem Regen (Griesinger l. c. p. 160) Epidemien häufiger seien, entbehrt daher nicht nur jeder Begründung, sondern ist geradezu falsch. Die stärksten Jahressummen meteorischer Niederschläge treffen auf die Jahre 1859 und 1860, und gerade 1860 und 1861 bieten das Minimum der Typhusmortalität dar.

Diese Betrachtungen führen mich endlich darauf, auch das Grundwasser in seinem Verhältnisse zum Typhus zu untersuchen.

Bekanntlich kam Pettenkofer in seinen epochemachenden Forschungen über die Aetiologie der Cholera auf die geistreiche Idee, das unter der Oberfläche unseres Erdbodens befindliche Wasser näher in Betracht zu ziehen. Der Schrecken jener Weltseuche war vorüber, als diese Idee auftauchte, doch ward sie mit einer Ueberzeugung ausgesprochen und mit so treffenden Beweisen belegt, dass seit der Zeit (dem Jahre 1856) Messungen des Grundwasserstandes, seiner Niveauentfernung von der Bodenoberfläche in unserer Stadt München bis auf den heutigen Tag ausgeführt wurden.

Pettenkofer hat bereits die Resultate dieser Messungen in den Sitzungsberichten der k. b. Akademie der Wissenschaften (die Bewegungen des Grundwassers vom März 1856 bis März 1862, Sitzung der math.-physik. Classe vom 8. März 1862) veröffentlicht.

Es wird gut sein, Einiges davon hier beizufügen.

„Der Boden, auf welchem München steht, ist Kalkgerölle (Schotter) und Sand mit einer sehr dünnen Humusschichte bedeckt. Der Schotter und Sand reicht bis zu einer stellenweis wechselnden Tiefe von 20—40′. Auf diese poröse Schichte folgt ein wasserdichtes Mergellager von bedeutender Mächtigkeit, 200—300′ und auf dieses ein ganz kalkfreier Sand von Wasser durchdrungen, welches einige artesische Brunnen in München speist. Das Mergellager ist fast überall mit Wasser — Grundwasser — bedeckt und ragt nur an einzelnen Stellen inselartig über das Grundwasser im

Kiese empor. Die Brunnen und Quellen in und um München werden von diesem Grundwasser gespeist."

„Das Steigen und Fallen des Grundwassers (Higels) wurde alle 14 Tage an 5 Brunnen gemessen. Die 2 Brunnen am linken Isarufer unterscheiden sich von den anderen 3 am rechten Ufer nur durch einen grösseren absoluten Werth; relativ zeigen alle den gleichen Rhythmus, so dass zur Verständigung die Betrachtung eines einzigen Brunnens (z. B. des in der Karlsstrasse befindlichen) ausreicht. Der Stand der Isar ist ohne direkten Einfluss auf den Stand des Grundwassers."

p. 286: „Die Jahreszeiten anlangend fällt fast in jedem Jahre das Maximum des Standes auf die Monate Mai bis Juli und das Minimum zu Ende des Jahres und zu Anfang des folgenden; doch nicht ohne Ausnahmen."

Auf die Frage, ob die Menge der atmosphärischen Niederschläge einen Massstab für den zeitlichen Stand des Grundwassers in einem Orte abgeben könne, antwortet Pettenkofer folgendermassen (pag. 289): „Eine solche Annahme hat von vornherein viel Wahrscheinlichkeit für sich, denn Niemand kann bestreiten, dass alles süsse Wasser auf der Erde zuletzt doch nur aus der Atmosphäre herstammen könne. Eine Vergleichung der beobachteten Grundwasserstände belehrte aber bald, dass sich dessen zeitweiliger Stand nie auch nur annähernd erschliessen lassen würde." Pettenkofer hat in einer Tafel (Tab. II.) die Bewegungen der atmosphärischen Niederschläge in München mit denen des Grundwassers zu veranschaulichen gesucht und zwar ist dazu die jährliche mittlere Menge der Niederschläge mit dem mittleren jährlichen Stande des Grundwassers verglichen: (p. 289) „Die jährliche Regenmenge steigt bis 1860 und fällt 1861 nahezu wieder auf den Stand des Jahres 1858 zurück. Das Grundwasser aber fällt bis zum Jahre 1857, bleibt 1858 nahezu auf gleicher Höhe, steigt aber dann beträchtlich bis 1861, wo es bedeutend höher steht, als 1860, während die Mengen der Niederschläge von 1860—1861 sich gerade umgekehrt verhalten."

Die Verschiedenheit wird noch deutlicher, wenn man die meteorischen Niederschläge und das Grundwasser in ihren monatlichen Bewegungslinien auf eine Gittertafel aufträgt, wie ich es auf Tab. I. versucht habe.*) Es wird klar, die schon früher berührte Gleichförmigkeit des Steigens und Fallens der ersteren zieht keine Parallele des Grundwassers nach sich. Doch lässt sich allerdings aus dem Umstande, dass das Niveau des Grundwassers sich der jährlichen Regenmenge nachschleppt, voraussagen, ob man ein Jahr später ein Steigen oder Fallen des Grundwassers wird beobachten können.

Eine andere auffallende und nothwendige Beziehung des Grundwassers besteht natürlich mit der Beschaffenheit des Grundes und Bodens, wie schon aus der Bodenbeschaffenheit Münchens hervorgeht. Bringt man überhaupt das Grundwasser in Beziehung zu Krankheiten, so ist es absolut nöthig, die Bodenbeschaffenheit mit in das Bereich der Betrachtungen zu ziehen.

So folgerte die Commission zur wissenschaftlichen Erforschung der Cholera in Bayern (s. Hauptbericht p. 807), insbesondere auf Pettenkofer's Untersuchungen gestützt:

a. Alle von der Cholera epidemisch ergriffenen Orte oder Ortstheile sind auf porösem, von Luft und Wasser durchdringbarem Erdreiche erbaut und, soviel bis jetzt bekannt geworden ist, gelangt man an allen in einer nicht zu grossen Tiefe (5—50′) auf Wasser. Diese Bodenbeschaffenheit ist es auch, welche für die Möglichkeit einer Choleraepidemie in einem Orte unumgänglich gefordert erscheint.

b. Soweit indess Orte oder Ortstheile unmittelbar auf compaktem Gesteine oder auf Felsen liegen, welche vom Wasser nicht durchdrungen sind, hat man in denselben meist gar keine oder höchst selten vereinzelte Cholerafälle, niemals aber eine Choleraepidemie beobachtet.

Ganz dieselben Sätze müssen ihre Anwendung auch für den Typhus finden, wenn von Grundwasser dabei die Rede sein soll. Jede gegentheilige Meinung, z. B. dadurch begründet, dass auf Bergen der Typhus gerade so gut vorkomme, wie in Thälern, ist vor der Hand zurückzuweisen, so lange nicht der Grund und Boden,

*) Die Grundwasserlinien sind mit rother Farbe eingetragen.

auf welchem die vom Typhus befallenen Häuser stehen, nach den besprochenen Momenten genau untersucht ist.*)

Was nämlich den Einfluss des Grundwassers auf den Typhus anlangt, so sind wir gegenwärtig entschieden besser daran, als bei der Cholera; denn konnten damals die Beweise für jenen Einfluss auf die Cholera zur Zeit ihres Bestehens selbst nicht gehörig beigebracht werden, so verhält sich diess anders mit dem Typhus.

Ich bin im Stande, die Schwankungen des Grundwassers in München vom Jahre 1856 bis zum heurigen Jahre mit der Typhusmortalität der gleichen Zeit in Vergleich zu bringen und hoffe, dass wie mir selbst, so einem Jeden die auffallende Art, in welcher sich beide begegnen, der thatsächliche Zusammenhang zwischen den Oscillationen des Grundwassers und der In- und Extensität des Typhus unverkennbar sein wird.

Ich habe, um ein deutliches Bild des beiderseitigen Verhältnisses geben zu können, die Curven des Grundwasserstandes mit rother Farbe und die der Typhusmortalität in jedem Monate durch eine continuirliche Linie mit schwarzer Farbe, die der entsprechenden Typhusmorbilität um einen Monat früher mit durchbrochener schwarzer Linie auf ein und dasselbe Gitter sorgfältig aufgetragen (Tab. III). Das Jahr 1855, in welchem noch keine Aufzeichnungen des Higelstandes gemacht wurden, durchläuft nur eine gerade Linie,

---

*) Ein bemerkenswerthes Beispiel, wie viel auf eine genaue Untersuchung des Bodens ankömmt, bietet die Controverse dar, welche sich zwischen Drasche und Pettenkofer in Bezug auf die Cholera in der österreichischen Provinz Krain entsponnen hat. Der Erstere kömmt in seiner Monographie „die epidemische Cholera" zu dem Schlusse: weder die mineralogische Beschaffenheit noch der physikalische Aggregatzustand des Untergrundes der menschlichen Wohnhäuser bieten einen Schutz gegen die Cholera als Epidemie." Drasche selbst war nie in der Krain. Pettenkofer dagegen verlangt als unumgänglich für die epidemische Entwicklung der Cholera in einem Orte oder Ortstheile einen von Flüssigkeiten und Luft durchdringbaren Untergrund der Gebäude und stellt in Gegensatz damit das compakte Gestein, welches diese Eigenschaft nicht besitzt. Pettenkofer reiste im Auftrage der k. b. Regierung in die Krain und gerade dasjenige Land, welches seine Theorie zu Nichte machen sollte, wurde zu einer seiner besten Stützen: er erwies auf Grund sorgfältiger Untersuchung und mit streng wissenschaftlicher Schärfe die Behauptungen Drasche's als vollkommen falsch (B. ärztl. Intelligenzblatt 1861 Nr. 7—9).

um anzudeuten, dass von 1854 an, wo ein ungemein hoher Grundwasserstand gewesen sein soll, derselbe herabsank bis zu dem Punkte, an welchem 1856 die regelmässigen Beobachtungen beginnen.

Ein einziger Blick auf die Tafel ergibt, dass die tiefsten Stände des Grundwassers mit den höchsten des Typhus zusammenfallen und umgekehrt die höchsten Stände des Grundwassers mit den niedrigsten des Typhus.

Es zeigt sich dieses Verhältniss nicht nur im Bereiche jedes Einzeljahres, sondern auch im Verlaufe aller beobachteten Jahre. So lange das Grundwasser fortwährend steigt, nimmt die Gesammtzahl der Typhustodten constant ab, so lange das erstere fortwährend fällt, steigt der Typhus an.

Man erkennt aber auch, dass abgesehen von dem allmäligen Steigen oder Fallen die auf der Durchschnitts-Linie sich befindenden Zickzackbewegungen mehr oder weniger steil ansteigen oder steil abfallen. Ganz dasselbe Verhalten zeigt der Typhus; seine Mortalitätslinie steigt in steilen Linien an und fällt ebenso ab, wo das Grundwasser das Gegentheil nachweist.

Eine solche allmälige Linie nach aufwärts findet sich vom Februar 1858 an bis zum Juli 1861, nach abwärts vom Juli 1861 bis Februar 1864.

Verlegt man die Mortalitätspunkte wieder um einen Monat früher, um die Erkrankungspunkte zu gewinnen, so ergibt sich eine Abnahme des Typhus vom Februar 1858 ab bis zum Mai 1861; nämlich im Jahre

1858 — 68 Fälle (wo eben 2 Monate fehlen)
1859 — 73 „
1860 — 29 „
1861 — 7 „ (wo 7 Monate fehlen);

also während des 3 Jahre und 3 Monate lang dauernden allmäligen Steigens des Grundwassers ereigneten sich nur 177 Typhuserkrankungen, welche einen Monat später mit Tod ausgingen, während vom Juni 1861 ab bis zum Ende Januar 1864 die Gesammtsumme der Typhuserkrankungen, also während eines viel kürzeren, 2 Jahre 8 Monate dauernden Fallens, 300 beträgt. Nämlich im Jahre

1861 — 43 Fälle (fehlen 5 Monate)
1862 — 107 „
1863 — 122 „
1864 — 18 „ (fehlen 11 Monate).

Oder mit anderen Worten: während des allmäligen Steigens des Grundwassers starben im Mittel monatlich 4,5 Individuen; dagegen während des allmäligen Fallens desselben 9,4, also mehr als die doppelte Anzahl.

Die einzelnen Zickzackbewegungen geben den gegenseitigen Zusammenhang noch schärfer zu erkennen.

Man beachte z. B. folgende Stellen auf der Tabelle:

Februar bis März 1856: Steigen des Grundwassers — Fallen der Typhus- (Morbilitäts- und Mortalitäts-) Linie;
März bis April: Fallen des Grdw. — Steigen der Typhuslinie;
April bis Juni 1856: Steigen des Grdw. — Fallen der Typhuslinie;
Juli bis November: Fallen „ „ — Steigen „ „
Nov. bis Jan. 1857: Steigen „ „ — Fallen „ „
Januar bis März: Fallen „ „ — Steigen „ „
März bis Juni: Steigen „ „ — Fallen „ „
Juni 1857 bis Februar 1858: starkes Fallen des Grdw. — starkes Steigen der Typhuslinie;
Februar 1858 bis März: starkes Steigen des Grdw. — starkes Fallen der Typhuslinie;
Febr. 1859 bis Juni: Steigen des Grdw. — Fallen der Typhuslinie.
Schwache Zickzackbewegungen nach aufwärts 1860—1861, dabei Sinken der Typhuslinie mehrmals auf 0.
Starkes Fallen des Grundwassers Nov. 1861 — März 1862, dabei Steigen der Typhuslinie;
allmäliges Fallen des Grundwassers bis December 1862, dabei Steigen der Typhuslinie;
December 1862 bis Juli 1863: Steigen des Grundwassers — Fallen der Typhuslinie;
Juli 1863 bis Februar 1864: starkes Fallen des Grundwassers — starkes Steigen der Typhuslinie;
Febr. 1864 bis Juni: Steigen des Grdw. — Fallen der Typhuslinie.

Diese Verhältnisse dürften dem Blindesten zum Beweise genügen; scheinen auch manchmal die Punkte und Linien nicht genau genug zuzutreffen, so sind die meisten doch so scharf gezeichnet, dass man versucht ist, die geringen Abweichungen dadurch zu erklären, dass eben mein Material, so reich und massgebend es auch genannt werden dürfte, doch darin mangelhaft ist, dass es nicht von der ganzen Stadt, sondern nur vom Krankenhause entnommen ist.

Was die Jahreszeiten betrifft, so steht, wie schon berührt, das Grundwasser im Allgemeinen in den kälteren Monaten tiefer, als in den wärmeren; es wurde schon früher durch Ziffern belegt, dass die Extensität des Typhus sich umgekehrt verhält. Der Zusammenhang beider tritt also auch hier hervor. Selbst die Abweichungen, ob das Grundwasser seinen tiefsten Stand entweder im November, oder December, oder im Januar, Februar oder März erreicht, prägen sich deutlich in den Ständen der Typhuserkrankungen aus, die im entsprechenden Monate die höchste Spitze erhalten.

Bei weiterer Betrachtung erhellt aber auch, dass *der Typhus nicht eigentlich im Verhältnisse zum jeweiligen Niveau des Grundwassers steht, sondern nur zur jeweiligen Bewegung desselben.* Mag der Stand des Wassers 8′ oder 16′ unter der Bodenoberfläche betragen, gleichviel, seine Bewegung nach abwärts bringt den Typhus zum Steigen, seine Bewegung nach aufwärts zum Fallen und betrüge die Bewegung nur einige Zolle.

Die Dauer und Raschheit der einen oder anderen Bewegung enthält das Mass für die In- und Extensität des Typhus. Je rascher, tiefer und dauernder das Grundwasser sinkt, desto in- und extensiver, desto langwieriger wird eine Typhusepidemie sein; je rascher, höher und dauernder das Grundwasser steigt, desto rascher wird sie erlöschen, ja es kann der Typhus völlig verschwinden. Aber mit dem ersten entschiedenen Fallen des Grundwassers wird der alte Feind wieder erscheinen.

Die Ursache des Erlöschens einer Typhusepidemie zu erfahren versuchte man bisher noch gar nicht, und wenn es geschah, so stellte man den unbestimmten Begriff der „Durchseuchung“ als Grund desselben auf. Es ist wahr, der Typhus befällt ein Individuum nicht zum zweiten Male (wenigstens liegen keine strengen Beweise dagegen vor) und so kann man sich denken, dass während der Dauer einer Epidemie nur Wenige unangetastet durchkommen, dass schliesslich die angreifbaren Individuen für das Typhusgift fehlen und damit die Epidemie nothwendig enden muss. Allein dagegen muss geltend gemacht werden, dass in umfangreicheren, bevölkerteren Städten, unter welche doch München zählt, eine derartige Durchseuchung nicht denkbar ist; ferner streitet dagegen die Beobachtung, dass es Epidemien gibt, welche sich alljährlich wiederholen und zwar mit steigender Erkrankungsmenge, was mit dem Begriffe der Durchseuchung im geraden Widerspruche steht. Das Erscheinen und Aufhören einer Typhusepidemie hängt dagegen, wie die Tabelle nachweist, unstreitig mit dem Fallen und Wiederanschwellen des Grundwassers zusammen. Die sogenannte Constitutio epi- oder endemica, welche den Typhus bringt, sowie die berührte Durchseuchung, der man das Erlöschen der Typhusepidemie zuschreibt, liegen beide nicht in den Menschen, sondern im Boden, auf welchem jene leben.

Wenn man sich näher um den Grund dieses Zusammengehens befrägt, so glaube ich nicht, dass man denselben in weiter Ferne zu suchen braucht. Wie schon Pettenkofer für die Cholera annahm, so ist es auch für den Typhus keine Bedenken erregende Hypothese, dass sich die specifische Ursache des Typhus im Boden befinde, mit dem Sinken des Grundwassers blossgelegt, mit dem Steigen desselben überdeckt werde.

Fasst man gegenwärtig allgemein den Typhus als eine Infektionskrankheit auf und sucht man die specifische Ursache desselben in unbekannten Zersetzungsprodukten organischer Stoffe, in fauligen Materien, so sind es eben die zahllosen organischen Gebilde, welche auf diese Weise blossgelegt werden, und deren Zersetzungsprodukte gasförmig oder an Wasserdünste gebunden durch die überliegenden porösen Schichten des Bodens aufsteigen und über dessen Oberfläche hervortreten. Je rascher, tiefer und dauernder das Grundwasser sinkt, um so reichere Quantitäten fauliger organischer Substanzen werden freigelegt, je rascher, höher und dauernder das Grundwasser steigt, um so grössere Mengen derselben werden überdeckt und überschwemmt und dadurch unschädlich gemacht werden.

Aus diesen Deduktionen geht auch hervor, dass das specifische Typhusgift kein Contagium, wenigstens nicht im gewöhnlichen Sinne, sein könne; denn wo der einfache Contakt eines gesunden Individuums mit einem Kranken oder seinen Ausscheidungen genügt, das Erstere mit der gleichen Krankheit zu inficiren, da würde jedes andere und mit noch so viel Beweismitteln belegte ursächliche Moment nur zu einem Curiosum herabgedrückt werden. Für den Abdominaltyphus existirt jedoch einerseits kein einziger sichergestellter Fall von wahrer Contagiosität und andererseits tritt das Faktum des Zusammengehens mit den Bewegungen des Grundwassers mit so imponirender Gewalt an uns heran, dass der Typhus in Bezug auf seine Aetiologie vielmehr in die Rubrik derjenigen Krankheiten sich einreiht, unter welchen das Intermittens steht, von dem Niemand eine Contagiosität annimmt.

Ob das specifische Typhusgift autochthon entsteht, ist freilich nicht ermittelt, oder ob es der Ausscheidungen eines Typhuskranken, insbesondere des Darmes, bedarf, welche dann durch Aborte und Versitzgruben in dem Grundwasser vertheilt und somit auf indirektem Wege als Träger eines Contagium aufgefasst werden können. Manche Thatsachen machen eine solche Ansicht für den Typhus in ähnlicher Weise glaubwürdig, wie für die Cholera; es ist jedoch noch die Frage, ob diese Thatsachen nicht auch anderer Deutung zugängig sind. Der Fall, den Griesinger (l. c. p. 125) anführt, und in welchem bei einem Gastmahle aus 600 Personen, die fast sämmtlich von dem aufgetragenen, verdorbenen Fleische genossen hatten, 500 an Typhus erkrankten, spricht, ich möchte fast sagen, schlagend und muss ich mich desshalb vor der Hand dahin erklären, dass die autochthone Entstehung des Typhusgiftes die bei Weitem grössere Wahrscheinlichkeit für sich habe. Kann der eben berührte Fall auch dazu dienen, die Entstehung des Typhus durch verdorbene, faulende Nahrungsmittel zu erweisen, so gehört dieser Umstand doch unter jene, durch welche nur Einzelfälle, oder eine Anzahl Fälle zu gleicher Zeit, aber keine halbjährigen Epidemien erzeugt werden. Daran schliesst sich auch die Frage, ob nicht das Trinkwasser den Typhus zu erzeugen im Stande sei und diess um so mehr, als fast alle unsere Brunnen in München von dem Grundwasser gespeist werden und sonach sämmtliche Bestandtheile desselben in gelöstem oder mechanisch vertheiltem Zustande enthalten können. Die merkwürdige Erfahrung, welche man in London durch J. Simon's Untersuchungen gemacht hat (s. Pettenkofer's fünf Fragen aus der Aetiologie der Cholera p. 42), ist eine grossartige Stütze dieser Ansicht. Pettenkofer hat jedoch in Bezug auf München das Gegentheil ermittelt; „es erwies sich ihm bis zur Evidenz, dass das Trinkwasser bei der Choleraepidemie von 1854 unmöglicher Weise eine auch nur untergeordnete Rolle gespielt haben konnte."

Ich möchte noch Folgendes hinzufügen. Die fauligen Stoffe im Boden, welche bald blossgelegt, bald mit Wasser überdeckt werden, wird man sich als im Schlamme an den Porenwänden der Bodenschichten keimend und wachsend, alsdann gährend und faulend — das Wasser darüber und darunter aber mehr oder weniger rein und frei von diesen Massen denken müssen. Das Brunnenwasser dürfte daher nur dann schädlich sein, nur dann den Typhusstoff enthalten, wenn es zufällig perturbirt, durch abgeschwemmte faulige Stoffe gewissermassen getrübt ist und dieselben (z. B. bei Brunnen, die sich in der Nähe von Abtritten und Versitzgruben befinden) in grosser Menge suspendirt enthält. Durch den Genuss eines solchen Wassers wird sich jedoch ebenfalls höchstens ein einzelner Fall, das sporadische Auftreten, vielleicht auch eine Hausepidemie, aber niemals ein epidemisches Verbreiten in einer ganzen Stadt, niemals der Gang einer Epidemie, das Steigen und Fallen der Typhuserkrankungen nach Jahren erklären lassen. Ich stimme sonach mit Pettenkofer überein, dass dem Trinkwasser, selbst bei der Annahme von der autochthonen Entstehung des Typhusgiftes und bei der Annahme, dass das letztere nicht bloss durch Einathmung, sondern auch durch den Schlund in unseren Körper aufgenommen werden könne, nicht der Einfluss zuerkannt werden dürfe, wie man es gethan hat.

Als oberste Hilfsursache des extensiven Auftretens des Typhus kann ich somit nur das Grundwasser als solches, nicht als Getränke ansehen. Es bildet und enthält die specifische Ursache des Typhus, lässt sie frei oder bindet sie.

Die wichtigste Aufgabe, die wir uns also stellen sollten, wäre die, den Eigenschaften des Grundwassers, seiner organischen Bestandtheile auf chemischem und mikroskopischem Wege nachzuspüren, zu erforschen, was es denn mit den fauligen Materien im Boden für eine Bewandtniss habe. Die Untersuchungen darüber beginnen erst.*) Was bis jetzt durch Prof. Radlkofer auf mi-

*) Prof. Pettenkofer liess durch seinen Assistenten Herrn Wagner an einer Anzahl Brunnen in der Nähe des Bahnhofes von Zeit zu Zeit die Summe der festen Bestandtheile bestimmen, welche 100 Cub.-Centimeter Wasser beim Verdampfen hinterlassen. Merkwürdig war, dass der Brunnen im Rosengarten zur Zeit, als er die höchste Menge fester Bestandtheile zeigte, keine Reaktion auf salpetersaure und salpetrigsaure Salze gab. — Da schon das Regenwasser diese Salze enthält, so muss angenommen werden, dass in Folge von Gährungsprocessen im Boden eine Zerstörung der sonst fast in keinem Brunnenwasser fehlenden salpetersauren Salze stattgefunden habe. Herr Wagner fand in diesem Wasser zur Zeit, als es keine Reaktion auf Salpetersäure gab, beträchtliche Mengen Ammoniak, so dass es den Anschein hat, als wäre der Stickstoff der Salpetersäure in die Form des Ammoniaks übergegangen. Erst mit der Abnahme der festen Bestandtheile stellte sich die Salpetersäurereaktion wieder ein. Um die Schwankungen des Wassers aus einem und demselben Brunnen in der Menge der festen Bestandtheile zu ersehen, dient folgende Tabelle:

Rückstand von je 100 Cub.-Cent. Wasser in Milligrammen.

1864.	Rosengarten.	Sterngarten.	Bahnhof.	Karls-Strasse
1. April	80	60	56	—
20. April	80	78	68	—
24. Mai	108	79	107	—
8. Juni	97	83	100	—
15. Juni	89	80	97	—
30. Juni	85	81	93	76
14. Juli	90	82	85	92
28. Juli	88	90	88	86
5. August	78	87	83	86
26. August	64	68	70	68
9. September	68	73	70	81
24. September	72	68	65	74
8. Oktober	67	64	60	69
22. Oktober	67	67	58	69

Aehnliche Resultate finden sich auch in Carl Schmidt's ausgezeichneter Darstellung der hydrologischen Verhältnisse von Dorpat. Die Wasserversorgung Dorpat's 1863.

kroskopischem Wege ausgemittelt wurde, ist der vorliegenden Arbeit am Schlusse beigefügt.

In der raschen und grösseren Ausbreitung des Typhus oder mit anderen Worten, in dem raschen und dauernden Sinken des Grundwassers ist aber auch die Intensität einer Typhusepidemie gelegen. Während des Zeitraumes von 8 Jahren (1856—1864) sind daher auch nur 3 eigentliche Epidemien vorgekommen, die erste im Jahre 1857/58, die zweite im Jahre 1861/62 und die dritte im Jahre 1863/64.

Die Epidemie von 1857/58, die bedeutendste unter denselben, erstreckte sich über einen Zeitraum von beiläufig 9 Monaten (vom Anfange November 1857 bis Ende Juli 1858), in welchem das Grundwasser 2′ 6″ sank; 156 Todesfälle treffen auf den genannten Zeitraum.

Ich habe bereits früher (Aerztl. Intelligenzblatt vom 2. Febr. 1861) Mortalitätscurven darüber mitgetheilt, welche ich in nachfolgendem Holzschnitte wiedergebe. Die monatliche Gesammt-

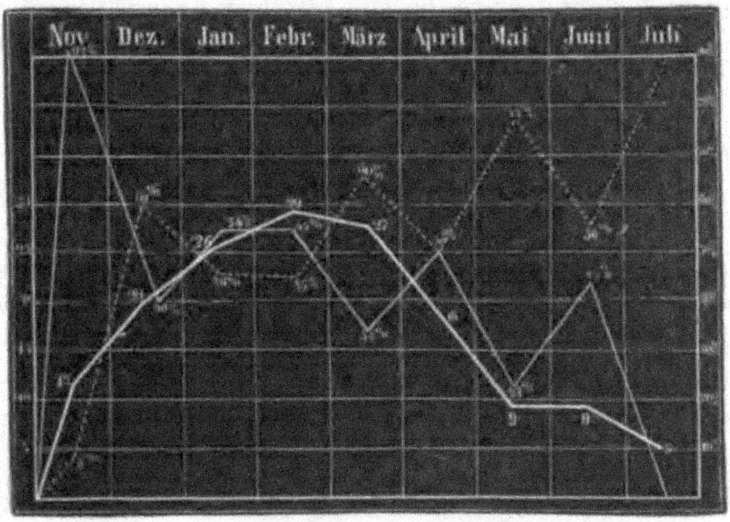

zahl (siehe die stärkste Linie) traf mit ihrer Spitze auf den Februar (29 Fälle); Januar und März waren nur wenig davon verschieden (26 und 27 Fälle). Schon im ersten Monate wurde eine bedeutende Höhe erreicht, die Steigerung von da an immer geringer. Im November wurden nämlich 13, im December um 7 mehr, im Januar wieder um 6 mehr als im December und im Februar nur 3 mehr als im Januar secirt. Dagegen geschah vom März an der Abfall ziemlich rasch (im April und Mai um 9), dann wieder langsam; im Juni blieb die Zahl auf 9 stehen und im Juli fiel sie auf 5 herab. Im März nämlich stieg das Grundwasser rasch $1^1/_2$ Fuss in die Höhe, dann aber nur allmälig in Zickzackbewegungen. Mit Ende Juli war die Epidemie beendigt.

Ganz anders verhält sich die Curve, wenn man sie nach der Heftigkeit der Fälle zieht, je nachdem der Kranke in der ersten Periode (innerhalb der ersten 3 Wochen) der Krankheit (gewöhnlich unter heftigen Hirnerscheinungen) stirbt oder in der zweiten Periode (in den späteren Wochen, gewöhnlich durch tiefe Affektion — Sekundärprocesse — in dem oder jenem Organe oder durch Erschöpfung) zu Grunde geht.

Es ergab sich für die genannte Epidemie, dass merkwürdiger Weise die Spitze der heftigsten, also der in der ersten Periode mit Tod abgelaufenen Fälle (s. die feine Linie) nach $^0/_0$ berechnet schon im ersten Monate erreicht wird und im Zickzack wieder abfällt mit den allmälig niedrigeren Spitzen im Februar, April und Juni. Im November waren nämlich von den Gestorbenen 92 $^0/_0$ in der ersten Periode zu Grunde gegangen, im Februar nur mehr 55 $^0/_0$, im April 50 $^0/_0$ und im Juni 44 $^0/_0$. Umgekehrt verhalten sich natürlich die in der zweiten Periode Verstorbenen (s. die punktirte Linie). Vergleicht man damit das Grundwasser, so sieht man, dass dasselbe schon 5 Monate lang und dabei über $1^1/_2'$ tief herabfiel, bis der Typhus nicht nur einfach extensiver wurde, sondern sich als eigentliche Epidemie geltend machen konnte, dass also vielleicht eine grosse Menge blossgelegter und faulender organischer Substanzen dazu nothwendig ist.

Die Epidemie von 1863/64 begann im November 1863 und endete im Juni 1864, dauerte also 8 Monate lang, das Grundwasser sank 2′ 4″ (2″ weniger, als in der Epidemie vom Jahre 1857/58).

Die Spitze der Gesammtzahl traf auf den Januar (24 Fälle), stieg ebenfalls in abnehmender Raschheit an (November 8, December um 9 mehr, Januar nur 7 mehr als im December); fiel von da langsam ab (Februar 18, März 16, April 12), um mit 8 im Mai, mit 5 Fällen im Juni zu enden. Das Grundwasser stieg vom Februar rasch und unaufhörlich bis zum Juni (um 2′ 7″).

Die Spitze der heftigsten Fälle traf gleich wieder auf den November (87,5 %), von wo an sich die Curve auf 64,7 %, 41,6 %, 38,6 % und 25 % (März) herabsenkte. Auch hier fiel das Grundwasser 5 Monate lang vorher und zwar 1′ 4″ tief, bis die eigentliche Epidemie begann.

Die Epidemie von 1861/62 war die gelindeste, dauerte 5 Monate mit einem Sinken des Grundwassers um 2′ 1″ (also 3″ weniger, als in der Epidemie vom Jahre 1863/64, und 5″ weniger als in der vom Jahre 1857/58), stieg im December auf 13, im Januar auf 16 Fälle, blieb sich im Februar gleich, senkte sich im März auf 10, um im April schon mit 2 Fällen als beendigt erklärt werden zu können. Das Grundwasser stieg vom December bis März fortwährend um 1′ 7″. Die Todesfälle in der ersten Periode waren im December 61 %, im Januar und Februar nur mehr 37,5 %. Das Grundwasser fiel ebenfalls schon 5 Monate vor Beginn der Epidemie, bis dahin fast 2′.

Die Epidemien haben also gleichartige Charaktere. Der Umstand, dass gleich in den ersten 4 Wochen (hier im Münchner Krankenhause, wo unter 10 einer stirbt) 60—100 und mehr Typhuskranke aufgenommen werden, dass in den ersten Wochen die Todesfälle sich übermässig häufen und fast sämmtlich in der ersten Periode der Krankheit eintreten, wird maassgebend sein für die Voraussage, dass eine Epidemie im Anzuge sei. Sie geht ihrem Ende entgegen, wenn im Gegentheile nicht nur die Fälle an Zahl weniger werden, sondern die überwiegende Menge erst nach längerer Zeit der Krankheitsdauer an Sekundärprocessen zu Grunde geht. Man kann selbst die Heftigkeit der Epidemie vorausbestimmen, wenn man die Procentzahl der in der ersten Periode Sterbenden nach Ablauf von 4 Wochen seit dem Beginne in Erwägung zieht. In der Epidemie 1861/62 stand sie im ersten Monate auf 61,5 %, in der Epidemie 1863/64 auf 87,5 %, in der Epidemie 1857/58 auf 92 %.

Mit Ausnahme der genannten 3 Epidemien sind in den übrigen Jahren nicht nur die allgemeinen Zunahmen der Typhusfälle nicht so bedeutend, sondern es gehen auch die heftigsten und minder heftigen Fälle in ziemlich gleicher Anzahl vor und kann man daher umgekehrt, wenn die Menge der in erster Periode Sterbenden der aus der zweiten Periode sich gleichstellt, behaupten, dass eine eigentliche Epidemie nicht im Anzuge sei.

Vom Gange des Grundwassers aus könnte selbst der Nichtarzt die gleiche Prognose auf eine zu befürchtende Epidemie und schon viel früher stellen; denn das Grundwasser sinkt 4—5 Monate hindurch vorher schon und beginnt das Sinken gewöhnlich im Juni. Das erste entschiedene Steigen lässt die Abnahme der Epidemie erkennen. Kürzer dauernde Schwankungen des Grundwassers prägen dem Zu- und Abnehmen des Typhus niemals die angegebenen wesentlichen Charaktere einer Epidemie auf.

Ein anderes merkwürdiges Verhältniss darf nicht verschwiegen werden. Vor dem Ausbruche der Cholera war, wie Pettenkofer ermittelte, der Stand des Grundwassers in München sehr hoch (fast nur 8′ unter der Bodenoberfläche) und gerade diese Zeit war durch das Vorkommen von Wechselfieber ausgezeichnet, eine Krankheit, welche eigentlich in München fast unbekannt ist. Die ähnliche Beobachtung, dass Wechselfieber manchen Typhusepidemien vorausgehen, wurde nicht minder gemacht. Es heisst diess nichts Anderes, als dass ein sumpfähnlicher Hochstand des Grundwassers Wechselfieber erzeuge, dass in München, wo das Grundwasser im Mittel 14′ unter der Bodenoberfläche stehe, desshalb in der Regel Wechselfieber fehlen und nur ganz ausnahmsweise vorkommen, dass mit dem ersten Sinken des Grundwassers von jenem Hochstand aus der Typhus auftreten könne oder selbst müsse.

Die sich widersprechenden Ansichten der Autoren in Bezug auf Ausschliessung oder Zusammenvorkommen von Typhus und Intermittens (vgl. Hirsch l. c. p. 190 etc.) finden darin ihre genügende Erklärung und Lösung.

Soll ich mir nun zum Schlusse über mein eigentliches Thema hinauszugreifen und nur in einem Paar Worten die Bemerkung erlauben, ob und wie dem Typhusübel, dieser fortwährenden und um sich greifenden Gottesgeissel, abgeholfen werden könne, da ich mit solcher Bestimmtheit die Quelle desselben bezeichnet habe? Die Antwort auf eine solche Frage kann gegenwärtig leider nicht anders, als sehr dürftig ausfallen. Wo wir stehen und gehen, arbeiten und schlafen, überall befinden wir uns in München in dem Bereiche, wo der unterirdische See sich bewegt, das Gift erzeugt und durch den Boden aushaucht. Es ist klar, nur wenn der Boden und sein Wasser selbst in Angriff genommen würde, wäre eine radikale Hilfe geschaffen. So hat man die in der Umgegend von Upsala endemisch herrschenden typhösen Fieber nach Austrocknung der Sümpfe und stehenden Wasser vollkommen verschwinden sehen; so hat man durch Tieferlegung des Grundwassers im Gestüte Neuhof den Pferdetyphus zum Erlöschen gebracht.*) Für die Stadt München indess dürfte die Aufgabe auch für den erfinderischsten Geist und für die reichste Subsidienz aus Staatsmitteln vielleicht unausführbar sein.

Vor der Hand wenigstens bleibt nichts übrig, als die ganze Hilfe in zwei Palliativmitteln zu suchen: 1) in gesetzlich strenger Sorgfalt, dass die der Verwesung und Fäulniss verfallenen organischen Stoffe (Küchenabfälle, Urin, Koth etc.) nicht dem Grund

*) Der merkwürdige Fall, Pettenkofer durch Se. Excellenz den Oberststallmeister Freiherrn von Lerchenfeld bekannt gegeben, ist folgender:

In der Nähe von Donauwörth, auf dem Plateau des schwäbischen Jura, befinden sich nicht zwei Stunden von einander entfernt zwei königliche Gestüte, Bergstetten und Neuhof. In Neuhof brach unter den Pferden der Typhus aus und beschränkte sich trotz des anfangs ungehinderten Verkehrs zwischen den beiden Gestüten auf Neuhof. Freiherr von Lerchenfeld kam auf den Gedanken, über diese mehr als ein Jahr dauernde Krankheit Pettenkofer zu Rathe zu ziehen, welcher an Ort und Stelle eine genaue vergleichende Untersuchung vornahm. Lage, Bodenbeschaffenheit, Gebäulichkeiten, Behandlung und Ernährung der Thiere boten an beiden Orten keinerlei Verschiedenheit dar, die einzige Differenz zwischen ihnen ergab sich im Stande des Grundwassers, welches in Neuhof durchschnittlich 2½ Fuss, in Bergstetten 5—6 Fuss unter der Oberfläche des Bodens getroffen wurde. Pettenkofer rieth nun, das Gestüt Neuhof zu evacuiren und mit Drainröhren in einer Tiefe zu durchziehen, dass der Stand des Grundwassers eben so tief wie in Bergstetten zu stehen käme. Freiherr von Lerchenfeld führte den kostspieligen Vorschlag aus und hatte die Genugthuung, dass die Krankheit, die bis dahin das Gestüt mehr als decimirt hatte, unter den Pferden, nachdem sie dahin zurückgekehrt waren, ebenso wenig mehr auftrat, als in Bergstetten. Wir werden auf diesen wichtigen Fall, bei dem wir es mit einer ganz anderen Bodenbeschaffenheit als in München zu thun haben, bei einer anderen Gelegenheit näher zu sprechen kommen.

und Boden, auf welchem unsere Häuser stehen und von welchem aus die unterirdische Wasserströmung gegen unsere Häuser zu sich bewegt, übergeben werden, um bei der immerwährenden Vergrösserung der Stadt, der immer dichteren Einwohnerschaft den Gehalt an faulenden Stoffen im Boden anstatt zu vermehren, vielmehr zu vermindern; und

2) in der Herstellung einer guten Luft. Denn geht man davon aus, dass das Typhusgift an den aus dem Erdboden emporsteigenden Dünsten hafte, so wird eine starke Luftströmung allein im Stande sein, dieselben zu vertreiben oder doch so zu verdünnen, dass sie unschädlich sind.

Am stagnirendsten ist die Luft offenbar in unseren, oft nur nach einer (der Strassen-) Seite hin der freien Luft ausgesetzten Wohnungen und gerade der Winter ist es, der nicht nur dadurch, dass die Grundwasserbewegungen nach abwärts gehen, sondern auch dadurch, dass die Wohn- und Schlafstuben in Folge des Geschlossenlassens der Fenster eine Luft enthalten, in welcher jene aufsteigenden Dünste sich anhäufen und ihre Rolle spielen können, doppelt gefährlich wird.*) Warum das Grundwasser 5 Monate lang sinken muss, ehe eine eigentliche Epidemie beginnt, wird wohl auch darauf mitbezogen werden müssen, dass während dieser 5 Monate (Juni — Oktober) das Eingesperrtsein in den Wohnungen noch nicht existirt.

Allein, selbst bei der Durchführung dieser beiden Momente, wird man die tausend Schwierigkeiten nicht verkennen, welche

*) Wie bedeutend der Unterschied zwischen dem Luftwechsel im Freien und in Wohnungen ist, hat Pettenkofer (s. Handwörterbuch der Chemie von Poggendorff u. Liebig „Ventilation“, woselbst das Nähere nachzulesen ist) dargethan: „Im Freien ist die Bewegung der Atmosphäre so bedeutend, dass selbst bei Windstille die Geschwindigkeit noch 2 Fuss in der Sekunde beträgt. Die mittlere jährliche Geschwindigkeit macht an vielen Orten (z. B. in München) 10 Fuss in der Sekunde aus. Das ist ein Luftwechsel, an dem wir unter allen Umständen mehr als genug haben und mit dem verglichen selbst die beste Ventilation der Wohnungen noch nicht den tausendsten Theil beträgt. Wenn die Luft im geschlossenen Raume stets gut bleiben soll, genügt es bekanntlich, das 200fache des Volums der ausgeathmeten Luft an frischer Luft in jedem Zeitmomente zuzuführen, also wenn ein Mensch in einem Zimmer 300 Liter stündlich ausathmet, in dieser Zeit 60000 Liter oder 60 Cubikmeter frische Luft.“

überwunden werden müssten, wenn der Erfolg günstig sein sollte. Unter allen Schwierigkeiten sind es offenbar die socialen Verhältnisse, deren bedeutendes Gewicht Hirsch (l. c. p. 184 etc.) schon hervorhob, welche sich wirklich als das Hauptthinderniss allen Bemühungen entgegenstellen würden.

Trotz der vollsten Ueberzeugung, die ich von dem Einflusse des Grundwassers auf die Entstehung und Verbreitung des Typhus hege, will doch die vorliegende Arbeit die Frage vorerst nur angeregt haben und nicht dafür gelten, sie auch schon zum Abschlusse gebracht zu haben; sie hat Genügendes geleistet, wenn sie dazu ansporneu sollte, dass auch andere Städte, Häusergruppen und isolirte Häuser, in welchen der Typhus daheim ist, auf Grund und Boden und unterirdischen Wasserstand genau untersucht würden. Selbst in München kann von jetzt an, wo die Thatsache des Einflusses des Grundwassers auf den Typhus im Grossen gefunden ist, erst begonnen werden, die einzelnen Stadtviertel oder Häuser, in welchen sich der Typhus im Gegensatze zu anderen besonders eingenistet hat, näher auf die Ursache der häufigeren Erkrankungen in ihnen zu untersuchen. Soviel glaube ich sicher zu sein: die Bestätigung meiner Angaben von da und dort wird nicht auf sich warten lassen.

Mikroskopische Untersuchung der organischen Substanzen im Brunnenwasser.

Von

Ludwig Radlkofer.

Auf die Frage, welcher näheren Natur die organischen Substanzen in dem Wasser unserer Brunnen (resp. in dem Grundwasser) seien, gab die mikroskopische Untersuchung die im Folgenden darzulegenden Aufschlüsse.

Gegenstand der Untersuchung waren Wasser und Schachtgrund (Bodenschlamm) des öffentlichen Brunnens vor dem Bahnhofe; Wasser und Schachtgrund des öffentlichen Brunnens am Angerthore; das Wasser eines öffentlichen Brunnens an der Kreuzung der Dachauer- und Karlsstrasse; endlich der Grund einer Quelle ausserhalb der Stadt, gebirgwärts davon, in der Niederung oberhalb Maria Einsiedl.

Wir betrachten zuerst den Schachtgrund des Brunnens am Bahnhofe, dessen Wasser wegen seiner zeitweisen Verschlechterung zunächst (am 1. Juli 1864) die nähere Untersuchung veranlasst hatte.

Der Bodenschlamm des bezeichneten Brunnens, dessen Schacht, wie alle unsere Brunnenschächte, durch das Diluvialgerölle gehend auf einer Schichte tertiären Thones aufsteht, ist seiner Hauptmasse nach aus grösseren und kleineren Mineraltrümmern vorwiegend kalkiger und kieseliger Natur gebildet.

Die kieseligen Theile sind scharfkantige Bruchstücke, hyalin oder verschiedenartig, besonders gelblich gefärbt.

Die kalkigen Theile sind einerseits ebenfalls scharfkantige Stücke, ziemlich wohl ausgebildete Krystalle nämlich von Kalkspath (Rhomboëder) oder Bruchstücke von solchen, oft deutlich von den Spaltungsflächen eines Rhomboëders begrenzt, andererseits Körner mit abgerundeten Kanten, und die kleinsten Theile, welche längere Zeit in Suspension bleiben und Molecularbewegung zeigen, sind rundliche, oft zu mehreren agglomerirte Körnchen, wie die Theile eines sogenannten amorphen Kalkniederschlages, so dass sie wohl als an Ort und Stelle aus dem Wasser abgeschieden anzusehen sind.

Andere moleculare Körnchen, welche auf Zusatz von Salzsäure nicht verschwinden und von Jod nicht gefärbt werden, mögen aus Thonerde, und solche von durchscheinend brauner Farbe aus Eisenoxydhydrat gebildet gewesen sein. Auf ihre vollkommen sichere Bestimmung kann hier verzichtet werden, da die mineralischen Formtheile überhaupt nicht den eigentlichen Gegenstand dieser Untersuchung bilden.

Von den organischen Formtheilen des Schlammes erscheint der eine Theil als völlig fremdartige, nur zufällig von aussen herbeigeführte Beimengung; ein zweiter Theil als aus der unmittelbaren Umgebung des Brunnens (seiner Bedeckung und Umfassung) stammend; ein dritter Theil endlich — der wichtigste — als wesentliche organische Beimengung, von im Wasser des Brunnens selbst lebenden Organismen gebildet.

Nach diesen drei Gesichtspunkten in Gruppen geordnet zähle ich hier die aufgefundenen organischen Formtheile auf, deren Anzahl durch wiederholte, zu verschiedenen Jahreszeiten angestellte Untersuchungen natürlich leicht sich wird vermehren lassen, namentlich für die erste dieser Gruppen.

I. Die rein zufälligen Beimengungen, soweit sie

a) dem Thierreiche angehören,

bestanden in braunen und weissen, spitz endenden Haaren von $^3/_4$—$1^1/_2$″ Länge, mit gegen die Spitze zu unterbrochener Markhöhle (wahrscheinlich Haare von Mäusen und Ratten);

in gefärbten Wollfasern;

in Theilen von Vogelfedern (sogenannten Daunenstrahlen);

Zahlreicher waren die

b) dem Pflanzenreiche angehörigen:

Cuticula-Fetzen von verschiedenen Pflanzen und Pflanzentheilen, bald mit, bald ohne Spaltöffnungen;

Pflanzenhaare;

Zellcomplexe von dem Periderma der Kartoffel;

Bruchstücke vom Gefässbündelnetze eines Blattes (mit Spiralgefässen);

Reste anderer Gefässbündel;

abgestorbene, isolirte oder noch zusammenhängende Parenchymzellen (von Rinden und Blättern);

sogenannte Steinzellen (mit dicken geschichteten Wandungen und Porenkanälen), wie sie in der Rinde verschiedener Bäume vorkommen;

Rhaphiden;

Bruchstücke von Gramineen-Stengeln (Stroh);

Lindenholzfasern und grössere Bruchstücke von Lindenzweigen (wohl von den in der Nähe des Brunnens stehenden grossen Linden herrührend).

II. Die aus der unmittelbaren Umgebung des Brunnens stammenden Beimengungen waren:

a) dem Thierreiche angehörig:

Leichen kleiner Würmchen und wurmartiger Thiere (Fliegenlarven?);

Leichen von Milben;

Borsten von der Hautbedeckung (Chitinhülle) eines niederen Thieres.

b) dem Pflanzenreiche angehörig:

Fasern und grössere Bruchstücke von Coniferenholz (Fichten- und Föhrenholz), hauptsächlich wohl von der Bedeckung oder Einfassung des Brunnens stammend;

braune, gegliederte Pilzfäden, von einem häufig in faulem Holze verbreiteten Hyphomyceten (Torula?), zum Theil in den erwähnten Holzstückchen, zum Theil frei vorkommend:

braune Pilzsporen verschiedener Hyphomyceten (und Gasteromyceten?): einzellige, spitzweckförmige, in grosser Anzahl neben einander liegend; zwei — vierzellige, stumpf keulen- oder birnförmige; zwei — fünfzellige, spindel- oder mondsichelförmige (von einem Fusisporium oder Selenosporium);

ein kleiner mit Erysiphe verwandter Pyrenomycet (der Gattung Chaetomium angehörig?), wahrscheinlich auf dem modernden Holzwerke zur Entwicklung gekommen.

III. Als wesentliche Gemengtheile, deren Dasein von dem Wasser des Brunnens selbst abhängig erscheint, können folgende bezeichnet werden:

a) Thierische (deren Bestimmung zum Theil durch Hrn. Prof. v. Siebold geschah):

Verschiedene lebende, geissel- oder cilientragende Infusorien, den einfacheren Formen angehörend, vorzugsweise Monadinen;

Gehäuse von abgestorbenen Panzerinfusorien (Cryptomonadinen, wahrscheinlich aus der Gattung Lagenella), ziemlich häufig;

encystirte Protozoën (wahrscheinlich Amoeba);

lebende, in Bewegung begriffene Amoeben;

eine kleine Crustacee (Cyclops quadricornis).

b) Pflanzliche:

Pilzfäden, zartere farblose und derbere gelbliche mit mehr verholzter Wandung; viele davon gablig getheilt, die einen mit, die andern ohne Gliederung. Einmal kam ein zarter Pilzfaden zur Beobachtung, welcher an seiner Spitze eine mondsichelförmig gekrümmte, mehrzellige Spore trug (Selenosporium):

Fäden von sogenannten Pilzalgen (Arten von Hygrocrocis);

einzelne Frustulen von Diatomeen (Navicula, Pinnularia) und Panzer von abgestorbenen;

Zellen einer Pediastrum-ähnlichen Alge mit abgestorbenem Inhalte;

ruhende Zellen von Bacterium und anderen Vibrioninen (Vibrio, Spirillum), welche ich nach dem Vorgange Cohn's (Untersuchungen über die Entwicklungsgeschichte der mikroskopischen Algen und Pilze, Nova acta Acad. C. L. C. Nat. Cur. Vol. XXIV. P. I, 1854) den niederen Algen beizähle;

endlich zahlreiche graulich-gelbliche Flocken einer, wie mir scheint, noch nicht näher untersuchten und beschriebenen, zu den Palmelleen gehörigen, aber chlorophyllosen Alge — Palmella flocculosa mihi. Sie erscheint als das wichtigste der hier aufgezählten Vorkommnisse, indem sie die Hauptmasse der organischen Substanz im Brunnenschlamme — man könnte sagen, für sich allein diese ausmachte, während alle übrigen organischen Beimengungen im Vergleiche damit nur sehr vereinzelt auftraten. Sie verlangt desshalb eine eingehendere Betrachtung, welche ich hier unmittelbar folgen lasse.

Untersucht man unter dem Mikroskope bei circa 200maliger Vergrösserung eine kleine Partie des Brunnenschlammes in einem Tropfen Wasser, so sieht man über das Gesichtsfeld vertheilt neben zahlreichen Mineraltrümmern eine Menge grösserer und kleinerer, unregelmässig begrenzter Flocken oder Fetzen einer grumösen Masse von graulicher oder gelblicher Farbe, ähnlich den Fetzen geronnenen und fein granulirten Plasmas, wie es den Inhalt abgestorbener, in Fäulniss übergehender Pflanzenzellen aus parenchymatosen Organen (Früchten etc.) bildet.

Dieser Anblick könnte dazu verleiten, die Masse, die überdiess immer durch anhängende Mineraltheilchen und andere Körperchen stark verunreiniget ist, als nicht weiter bestimmbaren organischen Detritus, als in moleculärem Zerfalle begriffene Substanz zu bezeichnen. Es scheint mir auch nicht unwahrscheinlich, dass ein solcher Irrthum sich mehrfach bei der Untersuchung des Bodensatzes verschiedener Gewässer wirklich eingeschlichen habe, und ich vermuthe, dass, was z. B. in dem „Berichte über die Erhebungen der Wasser-Versorgungs-Commission des Gemeinderathes der Stadt Wien, Wien 1864“ pag. 250 als „graugelbliche oder gelbbräunliche Molecularmasse (Humus)“ beschrieben und auf Taf. XX. Abth. III. als Matrix für die Algenfäden g, k, l bezeichnet ist, nichts Anderes war, als die in Rede stehende Masse von Palmella flocculosa. Ebenso, was in dem „Berichte über die Wasserversorgung der Stadt Dresden, erstattet von Aug. Fölsch, Dresden 1864“ pag. 167 als „zerfallene organische Substanz mit Pilzfäden etc.“ bezeichnet wird.

Um nun über die eigentliche Natur dieser grumösen Masse in's Reine zu kommen, ist es am geeignetsten, sein Augenmerk auf die kleineren und leichteren Flocken zu richten, welche an der oberen Grenze des Wassers sich ansammeln und der unteren Fläche des Deckglases anhaften. Man untersuche sie frisch bei stärkerer Vergrösserung und unter Einwirkung von Jodlösung. Um die Bestandtheile der grumösen Masse, die einzelnen Palmella-Zellchen, mit Sicherheit von dazwischen liegenden moleculären Kalkkörnchen zu unterscheiden, wende man Salzsäure an, und zwar lasse man das Präparat vollständig eintrocknen, und bringe dann das abgehobene Deckglas mit den angetrockneten Flocken auf einen andern, reinen Objectträger, ehe man die Salzsäure vom Rande des Deckglases her zufliessen lässt. Durch die Antrocknung wird verhindert, dass die bestimmt ins Auge zu fassenden Körperchen, um deren Unterscheidung es sich handelt, durch die Bewegung der Flüssigkeit hinweggeschwemmt werden; durch den Wechsel des Objectträgers werden die grösseren Kalktrümmer entfernt und so eine zu stürmische Kohlensäure-Entwicklung verhütet, durch welche die Beobachtung erschwert werden würde. Aehnlich verfahre man bei der Anwendung der Jodlösung.

Unter solcher Behandlung erweisen sich die Flocken als zusammengesetzt aus kleinen, hyalinen — da, wo sie dichter übereinanderliegen, gelblichen — runden Zellchen, welche nicht etwa nur lose übereinandergehäuft sind, nach Art der Zellen eines Cryptococcus, sondern in fester, organischer Verbindung unter einander stehen. Die Art der Verbindung ist ursprünglich dieselbe wie die zweier durch Theilung aus einer Mutterzelle hervorgegangener Tochterzellen vor ihrer Isolirung, und die Verbindung wird hier, wie anderwärts, zu einer dauernden durch Ablagerung einer hyalinen (gallertigen) Zwischenmasse, wahrscheinlich aus der Umbildung der äusseren Theile der Zellmembran in Intercellularstoff hervorgehend. Diese Zwischenmasse tritt übrigens hier nicht, wie bei manchen anderen Gallertalgen, massig auf, so dass die einzelnen Zellen dadurch weit auseinander gerückt werden; vielmehr in einem Minimum, so dass sie eigentlich nur aus der verschiedenen Entfernung und nur gewaltsam zu ändernden Lage der stärker lichtbrechenden Punkte, welche die Plasma-erfüllten Lumina der Zellen darstellen, zu erkennen ist.

Inhalt und Membran der Zellen direct zu unterscheiden, ist (wenigstens bei einer 500—600maligen Vergrösserung) wegen ihrer Kleinheit unmöglich. Ihr Durchmesser beträgt nämlich, an zu zweit oder dritt in einer Linie liegenden, isolirten Zellchen gemessen, im Mittel $^1/_{2500}$‴ oder 0,0009 mm. und darf als zwischen $^1/_{3000}$ und $^1/_{2000}$‴ schwankend angenommen werden.

Die Zellchen färben sich durch Jod gelb-braun. Intensiv tritt diese Färbung hervor, wo mehrere Zellen über einander liegen; verschwindend blass dagegen an isolirten Zellchen. Nachträgliche Beifügung von Schwefelsäure bewirkt, wie das gewöhnlich bei den Gallertalgen der Fall, kein Blauwerden der Zellmembranen.

Die Vermehrung der Zellchen geschieht durch Theilung nach allen Richtungen des Raumes, wobei aber meist die Theilung nach den zwei Richtungen einer Fläche überwiegen muss, da die Gestalt der Flocken nicht kugelig, sondern häutig ist. Man kann Zellen im Zustande der Theilung sehr deutlich am Rande der Flocken beobachten. Einzelne Zellchen sowohl, als kleinere Zellcomplexe scheinen sich zeitweise abzulösen, um durch ihre Zellvermehrung neue Flocken zu bilden. Daher wohl die unregelmässige Gestalt und die zerrissenen Ränder der grösseren Flocken.

Neben den bisher betrachteten Zellchen finden sich sowohl in den grumösen Flocken, als auch isolirt grössere Zellchen von kurz ellipsoïdischer oder länglicher bis stäbchenförmiger Gestalt, an einem Ende häufig verjüngt und hier dann auch von blasseren Contouren begrenzt, oder an einem Ende knopfig angeschwollen oder häckchenartig verbogen. In ihren gestreckteren Formen kommen dieselben den Zellchen von Bacterium Termo (Zoogloea T. Cohn) sehr nahe und sind nur schwierig durch ihren stärkeren Glanz und ihre dunkler schattigen Contouren davon zu unterscheiden, während sie andererseits wieder durch eben diese Merkmale unregelmässig gestalteten Kalkkörnchen sehr ähnlich sehen. Sie färben sich durch Jod gelb, und zwar ihren grösseren Dimensionen entsprechend stärker als die eben vorher besprochenen Zellchen. Ihre Länge beträgt 0,002 — 0,004 mm. bei 0,0013 — 0,002 mm. Breite. Ob dieselben besondere Entwicklungsstufen der kleineren Zellchen, oder ein davon verschiedener, selbstständiger Organismus seien, liess sich vorerst nicht mit Bestimmtheit entscheiden. Ich halte das Erstere für das Wahrscheinlichere. Im letzteren Falle würden diese Zellchen als ein Glied der Gattung Cryptococcus zu betrachten und etwa als Cryptococcus bacteriformis zu bezeichnen sein.

Die beiderlei Zellformen zeigen, wo sie isolirt oder in kleineren Gruppen auftreten, die bekannte Molecularbewegung; eine Schwärmbewegung dagegen, wie sie den isolirten Zellen von Zoogloea zukommt, wurde nicht beobachtet.

Die aus den beschriebenen Zellchen gebildete, in flockenartigen Colonieen auftretende Pflanze, erscheint dem Gesagten gemäss als zunächst verwandt mit der als Prototyp der Palmelleen (Zitter- oder Gallertalgen) zu betrachtenden Gattung Palmella, und ich stehe nicht an, sie als ein wirkliches Glied dieser Gattung anzusehen.

Sie unterscheidet sich von allen bei Kützing (species algarum, Lipsiae 1849) beschriebenen Arten dieser Gattung durch den Mangel an Chlorophyll oder dessen Stelle vertretendem Erythrophyll. Sie ist somit eine neue Art, welche ich mit Rücksicht auf die Gestalt ihres Lagers als Palmella flocculosa bezeichne.

Am nächsten steht diese Art gemäss der Grösse ihrer Zellen der „schwach spangrünen“ Palmella hyalina und der „dunkel stahlblauen“ Palmella Brebissonii, deren Zellen $^1/_{3000}$ — $^1/_{1000}$''' messen, sowie der früher von Ehrenberg als Monas prodigiosa beschriebenen, jetzt aber gleichfalls zu unserer Gattung gezogenen Palmella prodigiosa, deren $^1/_{3000}$ — $^1/_{2000}$''' grosse rothgefärbte Zellen die periodische Erscheinung der Blutstropfen auf Brod etc. bewirken.

Den Mangel an grünem oder rothem Farbstoffe hat unsere Alge gemein mit der Zoogloea Termo, Cohn (Bacterium Termo, Dujardin), von welcher sie sich aber durch die schwächere Gallertentwicklung und durch die Bewegungslosigkeit der isolirten Zellchen unterscheidet.

Eben dieser Mangel an Farbstoff wiese unserer Pflanze in dem Systeme Kützing's ihren Platz eigentlich bei den sogenannten Pilzalgen — den Mycophyceten — an, welche mit den Pilzen den Mangel des Blattgrünes und die damit zusammenhängende Unfähigkeit, sich aus unorganischen Stoffen zu ernähren, gemein haben. Aber diese Abtheilung der Mycophyceten enthält nach ihren übrigen physiologischen und morphologischen Eigenschaften sehr verschiedene Gebilde, welche richtiger bei den entsprechenden höheren und niederen Gruppen der übrigen Algen unterzubringen sind. Wollte man übrigens die Abtheilung der Mycophyceten fest halten und unsere Alge denselben beiordnen, so würde sie dort neben Zoogloea eine besondere, den Typus der Palmellaceen vertretende Gattung zu bilden haben, für welche desshalb der Name Palmellina nicht unpassend erschiene.*)

Fassen wir die wesentlichen Charaktere unserer Pflanze in Form einer Diagnose zusammen, so lautet diese folgendermassen:

Palmella (Palmellina) flocculosa, stratum submersum, oculo nudo sordide griseum, irregulariter et minute flocculosam formans; cellulis globosis, hyalinis flavidisve, tenuissimis, diametro $^1/_{3000}$—$^1/_{2000}$''', gelatina parca conglutinatis; intermixtis majoribus, irregularibus, ellipticis elongatisve, diam. $^1/_{1000}$ — $^1/_{500}$''' (an Cryptococci species?). In limo puteorum fontiumque, Monachii.

Diese flockigen Algenlager bilden, wie schon erwähnt, fast den ganzen organischen Gehalt in den oberen Schichten des Brunnenschlammes. Durch Schütteln in Wasser suspendirt, färben sie dasselbe (auch nach dem Entfernen der Kalktheile durch Salzsäure) schmutzig — erdig — graubraun, sammeln sich alsbald zu einer Wolke grösserer, lockerer Flocken und senken sich wegen der noch anhängenden Mineraltheile rasch zu Boden, während die kleinsten, nur aus wenigen Zellchen bestehenden Colonieen das Wasser trüb erhalten und erst nach längerem (bis 24 stündigem) Stehen sich absetzen. Diese Algenlager bilden zugleich die Matrix für die oben aufgeführten Fäden von Pilzen und Pilzalgen, welche in ihnen nisten und sie nach allen Richtungen durchziehen, während

*) Kützing, welchem ich die Alge zur Einsicht mitgetheilt habe, giebt dieser letzteren Auffassung den Vorzug. Der Gattungscharakter von Palmellina wäre bis auf das Fehlen des Farbstoffes derselbe wie für Palmella.

die Alge selbst wieder die modernden Holztheilchen und andere pflanzliche und thierische Ueberreste überkleidet.

Es liegt natürlich nahe, einer so bedeutenden Vegetation auf dem Grunde eines Brunnens einen wesentlichen Einfluss auf den Gehalt des darüber stehenden Wassers an organischen und unorganischen Substanzen und desshalb auf seine Güte als Trinkwasser zuzuschreiben, — abgesehen davon, dass kleinere Flöckchen und isolirte Zellchen dem aus dem Brunnen geschöpften Wasser bis zu starker Trübung desselben beigemengt erscheinen und wegen ihrer Kleinheit selbst durch das Filter nicht aus demselben abgeschieden werden können.

Uebrigens scheint die Sache nicht so einfach zu liegen, als man zu vermuthen geneigt sein möchte. Um Klarheit darüber zu gewinnen, standen zwei Wege offen. Erstens, die Untersuchung des Verhältnisses dieser Vegetation zu der wechselnden Güte des Wassers in demselben Brunnen; zweitens, die vergleichende Untersuchung des Bodensatzes anderer Brunnen.

Der letztere Weg wurde unverzüglich eingeschlagen, und zu diesem Behufe der Schachtgrund des Brunnens am Angerthore, dessen Wasser vollkommen gut war, am 12. Juli 1864 untersucht.

Ueberraschender Weise war der Befund wesentlich der gleiche.

In dem Wasser des Brunnens an der Kreuzung der Dachauer- und Karlsstrasse, welches am 9. Juli untersucht wurde, zeigte sich eine beträchtliche Trübung, hervorgebracht durch suspendirte Zellchen und Flöckchen der Palmella flocculosa, daneben grössere Cryptococcus- und Bacterium-artige Zellen, sowie zu Gloecocapsa zu rechnende Zellcomplexe. In dem nach ein paar Tagen gewonnenen Bodensatze fanden sich ferner die bekannten braunen Pilzfäden und Pilzsporen, Hygrocrocis-Fäden, in Bewegung befindliche Bacterien, Monadinen, Amoeben, Actinophrys und einzelne der früher aufgezählten unwesentlicheren Beimengungen, wie namentlich Zelltrümmer von Coniferenholz u. s. f.

Eine wiederholte Untersuchung des Bodensatzes aus dem Brunnen am Bahnhofe am 5. Oktober 1864 liess keine irgend erhebliche Veränderung gegen früher bemerken.

Da es nun schien, dass wohl sämmtliche unter den gleichen

Verhältnissen stehende Brunnen der Stadt dieselbe Beschaffenheit besitzen dürften; da es ferner nahe lag, ihre Thier- und Pflanzenbevölkerung, soweit sie bezüglich ihrer Ernährung auf organische Substanzen angewiesen war, und desshalb namentlich auch das reichliche Auftreten der Palmella flocculosa abhängig zu denken von der Durchtränkung des die Stadt tragenden Terrains mit organischen Abfällen und Auswurfsstoffen und von dem Vordringen ihrer Zersetzungsproducte bis zu der undurchlassenden Schichte tertiären Thones, welche das Bett für das Grundwasser und den Boden für unsere Brunnen bildet, so schien es angemessen, vergleichsweise den Boden einer oberhalb der Stadt (gebirgwärts) gelegenen Quelle zu untersuchen, welche auf der gleichen Schichte tertiären Thones zu Tage tritt, aber auf einem in beträchtlichem Umfange nicht bewohnten Terrain.

Es ist das die Quelle am Fusse der Anhöhe oberhalb Maria Einsiedl.

Ihr Wasser entquillt dem circa 1½ Fuss unter der Bodenoberfläche liegenden Thonlager, füllt ein offenes Becken von ein paar Quadratfuss Ausdehnung und überrieselt von dessen Rande aus den sachte geneigten Wiesengrund. Sie ist durch nichts geschützt gegen die Zufuhr fremder Körper von aussen. Zur Zeit der Untersuchung (am 24. Oktober 1864) war sie angefüllt mit dem abgefallenen Laube der am nahen Berghange stehenden Bäume. Die Untersuchung brauchte desshalb bei dem Nachweise fremdartiger organischer Reste (— es fanden sich Parenchymzellen, Holzzellen, Cuticula-Fetzen, Amylumkörner etc. etc.) in ihrem Bodensatze sich nicht aufzuhalten. In ihrem Wasser tummelten sich zahlreiche Gammarus — ein Beweis dafür, dass sie auch anderes thierisches Leben (— Monas, Amoeba etc.) beherberge. Auch der Nachweis niederer pflanzlicher Organismen, wie sie jedes dem Lichte und der Luft zugängliche Wasserreservoir enthält (— Cocconeis, Pinnularia, Pleurosigma und andere Diatomeen, Desmidiaceen etc.), war von keinem Belange. Die wichtigere Frage ging dahin, ob auch auf ihrem Grunde jene ausgebreitete Palmella-Vegetation nachzuweisen sein werde, welche für die Brunnen der Stadt als ein Zeichen chemischer Verunreinigung des Wassers durch organische

Zersetzungsproducte angesehen werden konnte und welche ihrerseits wieder die sichtbare Verunreinigung, die Trübung des Wassers wesentlich bedingte und in ihrem Entstehen und Vergehen alterirend auch auf den chemischen Gehalt des Wassers einwirken konnte.

Ich muss gestehen, dass ich der Meinung war, die Untersuchung werde in dieser Hinsicht ein negatives Resultat liefern. Wider Erwarten aber zeigte die mikroskopische Untersuchung des der Quelle entnommenen Bodensatzes zwischen den Mineraltheilen kaum minder zahlreiche Lager der Palmella flocculosa, als diess für die Brunnen der Stadt der Fall gewesen war. Auch Pilzfäden, für welche sie und die fremdartigen organischen Reste das Keimlager abgaben, fanden sich in reichlichem Maasse.

Welcher Schluss aus diesem Befunde zu ziehen sei, — ob das von aussen in das offene Quellbecken gelangte organische Trümmerwerk schon ausreichendes Material zur Ernährung dieser niederen Alge liefere, oder ob auch der in dieser Quelle zu Tage tretende Theil des Grundwassers durch die über seinem Flussgebiete liegenden Dorfschaften und Häuser in erklecklichem Grade mit organischen Zersetzungsproducten geschwängert sei; ob ferner zur Ernährung solcher Organismen vielleicht schon eine so geringe Beimengung organischer Stoffe hinreiche, wie sie wohl fast jedes Quellwasser aus der vegetabilischen Decke des Bodens zugeführt erhält, oder ob endlich unsere Anschauungen über die Ernährung solcher chlorophyllloser Wasserpflanzen, wie die beschriebene Palmella flocculosa, einer Correction bedürfen — darüber kann eine Entscheidung erst von der Zukunft erwartet werden. Vielleicht ist die zufällige Beimengung organischen Trümmerwerks nebst der unvermeidlichen Zufuhr organischer Stoffe aus der vegetabilischen Decke schon ausreichend, um die Anwesenheit der in Rede stehenden Vegetation in einer Quelle oder einem Brunnen mit von jedermann noch als gut bezeichnetem Wasser zu erklären.

Nicht die blosse Anwesenheit einer solchen Vegetation, sondern erst das Maass ihres Auftretens würde dann, im Zusammenhalte mit der Quantität und Qualität des gleichzeitig vorhandenen Thierlebens, einen Maassstab für die Brauchbarkeit oder etwaige Schädlichkeit des Wassers abgeben.

Bemerkungen zu den chemischen Untersuchungen von M. J. Reiset über die Respiration von landwirthschaftlichen Hausthieren.

Von

Max Pettenkofer.*)

Reiset hat in den Annales de Chimie et de Physique (dritte Serie Bd. 69. Oktober 1863), eine Fortsetzung der früher (1849) gemeinschaftlich mit Regnault angestellten Untersuchungen geliefert. Da seit dieser Zeit der thierische Stoffwechsel theils in seinen festen und flüssigen, theils auch in seinen gasförmigen Endgliedern Gegenstand umfangreicher und genauer Untersuchungen in Deutschland gewesen ist, so war die Hoffnung gewiss nicht unberechtigt, Reiset werde die bisherigen Resultate in den Kreis seiner neuen Untersuchungen ziehen. Der Verfasser hat diese Hoffnung getäuscht und seinen alten Standpunkt von 1849 unverändert beibehalten; anstatt sich eine neue Aufgabe zu stellen, hat er die alten Versuche unter denselben wesentlichen Umständen wie früher wiederholt. Die Fortsetzung der Arbeiten hat uns desshalb auch keinen Fortschritt in unserm Wissen gebracht. Die früheren Versuche von Regnault und Reiset verdienten zu ihrer Zeit die grösste Beachtung und Anerkennung, die sie auch gefunden haben, namentlich weil sie an verschiedenen Thierklassen angestellt waren; aber nur die grösste Kurzsichtigkeit konnte sich einreden, dass sie mehr als ein guter Anfang, dass der Gegenstand im Wesentlichen hiemit erlediget wäre.

---

*) Aus den Sitzungsberichten der k. bayerischen Akademie der Wissenschaften. 1864.

Die Versuche von Regnault und Reiset haben in Bezug auf den Stoffwechsel nur den Werth von qualitativen, aber nicht von quantitativen Untersuchungen, weil die Quantität der im Körper sich umsetzenden Stoffe gar nicht berücksichtiget worden ist. Der ganze Gasaustausch steht als eine isolirte Grösse für sich da, und kann ohne die willkürlichsten Hypothesen nicht mit dem gesammten Stoffwechsel in Beziehung gebracht werden. Die Untersuchungen von Regnault und Reiset haben gelehrt:

1) dass die Produkte der Perspiration bei verschiedenen Thierklassen wesentlich die gleichen sind;

2) dass der athmende Körper aus der Luft wesentlich nur Sauerstoff aufnimmt und Kohlensäure abgibt;

3) dass er unter Umständen auch zwar geringe, aber doch messbare Mengen Wasserstoff und Grubengas ausscheidet;

4) dass zwischen der Quantität und Qualität der Nahrung und der Perspiration ein noch zu erforschender Zusammenhang sich verräth;

5) dass weder Ammoniak noch Schwefelwasserstoff in bestimmbarer Menge ausgeschieden werden und endlich fanden sie

6) dass der Stickstoffgehalt der in ihrem Apparat eingeschlossenen Atmosphäre sich während eines Versuches bald etwas vermehrt, bald etwas vermindert, wo sie dann annahmen, das Thier habe Stickstoff ausgegeben oder eingenommen.

Das abgedunstete Wasser ist ebenso, wie die Nahrung und die Ausscheidungen durch Darm und Nieren unberücksichtiget geblieben.

Das Verdienst der Untersuchungen von Regnault und Reiset liegt somit weniger in der Neuheit der Resultate, denn alles Wesentliche war eigentlich schon durch Forschungen Anderer einzeln da, als vielmehr in der unzweifelhaften Bestätigung und theilweisen Begränzung der vorhandenen Vorstellungen, z. B. welche Gase und in welchen Mengen bei verschiedenen Thieren und verschiedenen Zuständen derselben auftreten, worauf mithin bei künftigen Versuchen zu achten ist, und worauf nicht. Dass der Körper bald Stickgas abgeben, bald aufnehmen sollte, war das Unerwartetste. Regnault und Reiset scheinen bisher eine Beziehung zwischen dem aus der Luft aufgenommenen Sauerstoff und dem entwickelten oder verschwundenen Stickstoff gesucht zu haben, wenigstens führen sie für das Gewicht der beiden Stoffe ein proportionales Verhältniss an, das aber auch in Reiset's neuesten Untersuchungen so wenig constant ist, dass das entwickelte Stickgas einmal 24, das andermal 8760 Hunderttausendstel vom Gewicht des verzehrten Sauerstoffes beträgt, während ein anderes Mal Stickstoff verschwindet, ohne dass man nur entfernt einen chemischen oder physiologischen Grund, ein Gesetz für dieses Hin- und Herspazieren des Stickstoffes zu ahnen vermöchte. Für einen Chemiker, der mit der Zersetzung der eiweissartigen Körper näher bekannt ist, gehört diese Annahme gewiss zu den unerwartetsten und erheischt desshalb die strengste Prüfung.

Die inzwischen in Deutschland gemachten Untersuchungen über den Kreislauf des Stickstoffes der Nahrung beim Stoffwechsel im Thierkörper waren der Annahme von Regnault und Reiset nicht günstig. Bidder und Schmidt hatten bei der Katze, Bischoff und Voit beim Hunde, Henneberg beim Wiederkäuer, J. Lehmann beim Schweine, J. Ranke beim Menschen gefunden, dass aller Stickstoff der Nahrung — nicht mehr und nicht weniger — durch Nieren und Darm ausgeschieden wird. Voit, der sich um die Lösung dieser Frage unstreitig das Hauptverdienst errungen, hat in neuester Zeit nachgewiesen, dass eine Taube, welche Monate lang mit einer gewogenen Menge Erbsen gefüttert wurde, allen Stickstoff des Futters — nicht mehr und nicht weniger — in den Excrementen der Niere und des Darmes wieder ausgeschieden hat. Bei diesem so lange fortgesetzten Versuche von Voit hätte es unfehlbar zu Tage kommen müssen, wenn das Thier täglich auch nur eine höchst unbedeutende Menge dieses Stickstoffes an die Luft verloren oder aus ihr aufgenommen hätte.

Solche Thatsachen haben ein unbestreitbares Recht, Beachtung zu verlangen, und können nicht mehr durch Stillschweigen beseitiget werden. Reiset hätte die Pflicht gehabt, seine behauptete Stickstoffausscheidung damit in Einklang zu bringen. Anstatt dessen aber hat er uns ohne jede weitere Prüfung der deutschen Arbeiten seine alte Methode mit ihren bekannten Resultaten wieder vorgeführt. Inzwischen hatte ich auch gezeigt, wie man einen grossen und complicirten Respirationsapparat auf die Genauigkeit seiner Angaben durch Controlversuche sicher prüfen kann. Hätte Reiset anstatt Kälbern, Schafen und Schweinen eine brennende Stearinkerze in seinen Apparat gebracht, so hätte er ebenso wie ich in Erfahrung bringen können, mit welcher Genauigkeit er arbeite; und er hätte sicherlich gefunden, dass er auch beim Verbrennen eines ganz stickstofffreien Körpers bald Zuwachs, bald Verlust von Stickstoff in der Luft seines Respirationsraumes erhalte, sobald der Versuch 12 bis 24 Stunden andauerte.

Der Apparat und die Methode Reiset's schliessen erstlich den Einfluss der Diffusion der Gase nicht aus, welche trotz Kitt und Kautschuk an allen Verbindungsstellen stattfindet, und um so merklicher im Resultate hervortritt, je länger der Versuch dauert, und je kleiner das im Apparat stagnirende Luftvolumen ist.

Wie leicht kann die Bereitung und Aufbewahrung des erforderlichen Sauerstoffes von einer Verunreinigung durch Stickstoff begleitet sein! An einer genommenen Probe kann diess sehr wenig oder kaum erkennbar sein, aber der Stickstoff-Rückstand von hunderten von Litern, die in der Respirationsglocke verzehrt werden, kann zuletzt doch sehr bemerkbar sein.

Eine noch so geringe Undichtigkeit im Respirationsraume, welche an einem Quecksilbermanometer durch einige Minuten lange Beobachtung gar nicht wahrgenommen wird, kann binnen 20 und 24 Stunden immerhin eine beträchtliche Menge Stickstoff aus der Glocke heraus oder hinein befördern, je nachdem der Druck innen oder aussen grösser ist.

Ebenso kann das Versuchsthier selbst Veranlassung zu Störungen im Stickstoffvolum der eingeschlossenen Luft geben. Wenn ein Wiederkäuer eben gefressen hat, ehe er in den Apparat kommt, so hat er mit seinem Futter mindestens so viele Liter Luft verschluckt, als das Futter Kilogramme wiegt. Wenn nun bei der Verdauung reichlich Kohlensäure, Grubengas und Wasserstoffgas entwickelt werden, so wird der zu Anfang des Versuches in Magen und Gedärmen vorhandene Stickstoff am Ende des Versuches ausgetrieben sein, und sich nun in der Luft des Apparates befinden. In dem Versuche 3. fand Reiset bei einem Schafe, das während des Versuches bedeutenden Meteorismus bekam, die höchste Menge von ausgeschiedenem Stickstoff (33 Liter), während sonst das Maximum bei Schafen 6 Liter war. Dieses Grubengas, welches den Meteorismus veranlasste, hat offenbar zur Vermehrung des Stickstoffes beigetragen, indem es allen Stickstoff der beim Fressen verschluckten Luft aus dem Körper ausgetrieben hat. Dieser Versuch leidet übrigens auch noch an einem anderen grossen Gebrechen, was ihn geradezu als unbrauchbar erscheinen lässt. Der gasförmig ausgeschiedene Stickstoff beträgt nahezu 42 Gramme. Wollte man nun annehmen, dass sich diese grosse Menge Stickstoffgas aus den Bestandtheilen des Körpers binnen 14 Stunden entwickelt hätte, so könnte das Thier in dieser Zeit weder Stickstoff im Harne, noch im Kothe ausgeschieden haben, was doch gegen alle physiologische und chemische Wahrscheinlichkeit ist. Ein Schaf setzt nämlich in 24 Stunden nicht 40 Gramme Stickstoff um, und in diesem Falle sollten binnen 14 Stunden bloss in den gasförmigen Ausscheidungen 42 Gramme enthalten sein! Dieses Experiment Nr. 3 beweist nur, dass im Apparate oder in der Methode irgend wo eine beträchtliche, nicht constante Fehlerquelle ist, und wenn der Fehler einmal 30 Liter betragen kann, so ist auf die Resultate, wo sich 2 und 3 Liter ergeben, wohl auch kein Vertrauen mehr zu setzen.

Bei den Versuchen 6, 7 und 8, die Reiset mit Kälbern anstellte, steigt und fällt die Menge des entwickelten Stickstoffes mit der Menge des entwickelten Grubengases:

Versuch 6)	14,5 Liter	Grubengas	2,8	Liter	Stickstoff,
„ 7)	16,4 „	„	3,1	„	„
„ 8)	20,4 „	„	3,4	„	„

Ein weiterer Grund zur Aenderung des Stickstoffgehaltes der inneren Luft während des Versuches ist die Differenz in der Zusammensetzung zwischen der Luft, in welcher das Thier unmittelbar vor dem Versuche gelebt hat, und der Luft im Apparate beim Schluss des Experimentes. Die Luft, welche das Thier nicht nur im Ernährungskanal, sondern auch in den Zwischenräumen der Haare und Federn, in der Lunge in den Apparat mitbringt, setzt sich mit der Luft im Apparate allmälig in's Gleichgewicht. Die Luft des Reiset'schen Apparates ist nun meistens viel kohlensäurereicher, als die äussere Luft. Bei den Versuchen 6 bis 8 mit Kälbern beträgt der Kohlensäuregehalt 8 bis 13 Volum pro mille. So viel Kohlensäure trifft man in den schlechtest ventilirten Ställen nicht an. Henneberg und ich untersuchten im Winter die Luft eines sehr dicht belegten Kuhstalles auf Kohlensäure, nachdem Fenster und Thüren eine Zeit lang geschlossen gehalten waren, und fanden nur $2^1/_2$ pro mille Kohlensäure als Maximum. Dieses Uebermass von Kohlensäure in der Luft des Apparates ist jedenfalls ein unnatürliches Verhältniss.

Schon die früheren Versuche von Dulong und Despretz zur Bestimmung der thierischen Wärme litten an dem Gebrechen, dass sie eine ganz unverhältnissmässige Vermehrung des Stickstoffes im Apparate ergaben, die in nicht zu rechtfertigender Weise als Stickstoffausscheidung des Thieres von Vielen angenommen wurde; von Liebig hat bereits im Jahre 1845 (Annalen der Chemie Bd. 53. S. 76) nachgewiesen, dass eine solche Annahme geradezu absurd und unmöglich ist.

Nach diesen Thatsachen ist sicherlich nichts weniger bewiesen, als dass der Stickstoff der Luft am Stoffwechsel auch nur den geringsten Antheil habe. Unter diesen Umständen bleibt Herrn Reiset wohl nichts übrig, als mit seinem Apparate gleichfalls Controlversuche zu machen. Erst dann, wenn er beim Verbrennen von mehr und weniger Stearin, bei grösserer und geringerer Thätigkeit der Kali-Pipetten, welche die Kohlensäure absorbiren u. s. w. genau so viel Kohlensäure erhält und Sauerstoff verbraucht, als die Elementaranalyse des Stearins verlangt, und erst wenn sich dabei das Stickstoffvolum in seinem Apparate unter verschiedenen Umständen während einer Versuchsdauer von 12 bis 24 Stunden gleich bleibt, können seine Angaben über die Ausgabe und Einnahme von gasförmigem Stickstoff wieder in Betracht gezogen werden; bis dahin aber muss man sie zu den Dingen zählen, welche ebenso grundlos behauptet werden, als sie unwahrscheinlich sind.

Und wenn sich auch diese Ausscheidung gasförmigen Stickstoffes wider alle Wahrscheinlichkeit nicht ganz als Täuschung erweisen würde, so wäre dennoch die bisherige Methode von Regnault und Reiset für den Beweis unzureichend. Wer behaupten will, dass Stickstoff sich zeitweise auch gasförmig aus den Bestandtheilen der Nahrung und des Körpers entwickeln könne, muss auch nachweisen, dass dieser Stickstoff der treffende Bruchtheil des gesammten Stickstoffumsatzes im Körper ist. Er muss ebenso, wie es Voit, Bischoff, Henneberg, Lehmann und Ranke gethan haben, durch eine bestimmte Quantität Nahrung einen Gleichgewichtszustand des Körpers herstellen, bis sich Umsatz und Ersatz genau entsprechen, und dann muss nachgewiesen werden, wie viel von dem Stickstoffgehalt der täglich umgesetzten Nahrung in den gasförmigen, und wie viel in den flüssigen und festen Excreten erscheint. So lange diese Bilanz nicht klappt, so lange sind Fehler an den Apparaten oder Methoden zu verbessern.

Ueber die Wahl der Begräbnissplätze.

Von

Max Pettenkofer.

Während man in früheren Jahrhunderten die Begräbnissplätze mitten in den Ortschaften um die Kirchen herum liebte, will unsere Zeit dieses Memento mori nicht mehr so nahe vor Augen haben, und man verlegt die Gottesäcker jetzt möglichst fern von menschlichen Wohnungen. So oft die Verlegung eines Gottesackers beantragt wird, verlangt man auch ein Gutachten vom hygienischen Standpunkte aus. Die Hygiene soll mithelfen, die Verlegung durchzusetzen. Es frägt sich nun, was lässt sich von diesem Standpunkte aus thun? wodurch hängt das Beerdigungswesen mit der Gesundheit der Menschen zusammen? Nach meinem Dafürhalten ist dieser Zusammenhang wesentlich ein dreifacher, erstens durch das Trinkwasser, zweitens durch die Luft und drittens durch die örtlichen Sitten und Gebräuche bei Todesfällen.

Diese drei Bänder, welche unsere Todtenbestattung mit der Gesundheit der Lebendigen verknüpfen, wollen wir nun der Reihe nach betrachten, nachdem wir das Allgemeinste über den Process der Verwesung vorausgeschickt haben werden. Dass die christlichen Völker ihre Todten begraben und nur in seltenen Ausnahmsfällen nicht der Erde, sondern dem Wasser oder Feuer übergeben, hängt mit der christlichen Religion auf das innigste zusammen, und es kann desshalb gar keine andere Art der Bestattung in Betracht kommen. Unsere Priester geben an jedem Grabe zu gedenken, dass der Mensch von Erde genommen ist und wieder in Erde wird verwandelt werden. Sumat terra, quod suum est. Fragen wir nun, durch welchen Process die Leiche zu Erde wird, so wird übereinstimmend geantwortet: durch Verwesung. Was ist Verwesung in der Natur? Alle Gebilde der organischen Welt stammen stofflich aus den unorganischen Bestandtheilen des Bodens und der Luft, und sobald das Leben schwindet, zerfallen sie allmälig wieder in solche unorganische Formen, — sie verwesen — unter gewissen Umständen schneller oder langsamer. Die Naturwissenschaft, und namentlich jener Zweig, welcher sich zunächst mit dem Stoffwechsel beschäftigt, die Chemie, unterscheidet scharf zwischen zwei Begriffen, welche der Laie gerne als identisch zu nehmen geneigt ist, nämlich zwischen Fäulniss und Verwesung. Was man so im Allgemeinen unter Verwesung der Leichen versteht, begreift beide Processe, sowohl den der Fäulniss, als auch der Verwesung in sich, weil gewöhnlich zu beiden zugleich Gelegenheit gegeben ist. Für den Chemiker ist es nicht schwer zu sagen, unter welchen Umständen die Fäulniss, unter welchen die Verwesung vorherrschen wird. Die Fäulniss ist nämlich ein Zersetzungsprocess organischer Substanzen, wobei neben der faulenden Substanz nur die Elemente des Wassers an der Neubildung von Stoffen Antheil nehmen: der Fäulnissprocess kann desshalb bei Abschluss von Luft, bei blosser Gegenwart von Wasser vor sich gehen, während bei dem Verwesungsprocess die Luft, und namentlich der Sauerstoff der Luft eine hervorragende Rolle spielt, und einen mächtigen Antheil an der Bildung der Produkte der Verwesung nimmt. Während die Fäulniss eine Entmischung bei Gegenwart von Wasser ist, erweist sich die Verwesung als ein Oxydationsprocess, als eine langsame Verbrennung in der Luft bei gewöhnlicher Temperatur und bei Gegenwart von Wasser. Was sich bei der Fäulniss, welche Liebig sehr richtig mit der trockenen Destillation in Parallele gestellt hat, als übelriechender Kohlenwasserstoff entbindet, erscheint bei der Verwesung, die mit der vollständigen Verbrennung vergleichbar ist, als Kohlensäure und Wasser. Die Fäulniss bringt somit Stoffe in die Atmosphäre und in's Wasser, welche diesen fremd bleiben sollen, während eine vollständige Verwesung Stoffe liefert, die ohnehin in jeder Atmosphäre und in jedem Wasser enthalten sind. Das Ideal unserer Todtenbestattung wäre, wenn die Fäulniss gänzlich unterdrückt werden könnte, und nur Verwesung (Oxydation) stattfinden würde. Auf diese Weise würden wir nur die letzten Produkte der Verbrennung erhalten, und wir würden eine sich zersetzende Leiche ebensowenig in der Luft riechen, als wie das Oel, welches wir in einer gut construirten Lampe mit hinreichendem Luftzuge verbrennen. Je mehr wir aber den Luftzug bei einer Lampe beschränken, um so weniger wird die vollständige Verbrennung möglich sein, um so mehr Produkte der trockenen Destillation werden auftreten, welche Luft und Wasser verunreinigen und selbst ungesund machen können.

Es ist hier nicht der Ort, die wichtigen und originellen Forschungen Schönbein's über die Polarisirung (Ozonisirung) des Sauerstoffes in ihrem Zusammenhange mit der Verwesung der Leichen in den Gräbern zu erläutern, aber hervorheben will ich, dass in diesen Forschungen alle Erscheinungen der Verwesung ihre letzte Erklärung zu suchen haben. Wenn wir eine Leiche in Stoffe hüllen könnten, welche das Vermögen, den atmosphärischen Sauerstoff zu polarisiren, in hohem Grade besitzen (z. B. Platinschwamm, fein vertheilte Kohle etc.), so ginge die Verwesung nicht nur ohne jeden Geruch (ohne alle Fäulniss), sondern bei einem ergiebigen Luftzutritt auch sehr rasch vor sich. Merkwürdige Versuche in dieser Richtung hat Stenhouse in London angestellt. Er umhüllte die Leichname von Katzen und Hunden von allen Seiten mehrere Zoll hoch mit Holzkohlenklein und liess sie in seinem Arbeitszimmer verwesen. Niemand roch eine Spur von Fäulniss in diesem Zimmer, und nach einem halben Jahre waren von den Leichen nur noch die Skelette übrig. — Der entgegengesetzte Fall wäre gewesen, wenn Stenhouse seine Leichen in ein Gefäss mit Wasser gelegt und in seinem Arbeitszimmer unter zeitweisem Ersatze des verdampften Wassers hätte stehen lassen. In diesem Falle hätte nur Fäulniss stattfinden können, und der Gestank und die Verderbniss der Luft und die Verunreinigung des Wassers dadurch würde sicher viele Jahre lang angedauert haben, wenn es überhaupt möglich wäre, ein solches Experiment in einem Arbeitszimmer zu dulden. Die Verwesung in Holzkohlenklein und die Fäulniss in Wasser sind zwei

Extreme, die sich allerdings auf unsern Gottesäckern nicht finden, aber Zwischenstufen treffen wir allenthalben an.

Ich glaubte, diese allgemeine Betrachtung über Fäulniss und Verwesung an die Spitze stellen zu müssen, weil sie unstreitig die Grundlage für jede Kirchhoffrage bilden muss, und nach meiner Erfahrung die wenigsten Menschen gehörig zwischen Fäulniss und Verwesung unterscheiden. Wir gehen nun zunächst auf den Zusammenhang eines Leichenackers mit dem darunter befindlichen Grund- oder Bodenwasser über.

I.

Dass Trinkwasser durch einen Leichenacker verunreinigt werden kann, ist nicht im Mindesten zu bestreiten, insoferne man nicht läugnen kann, dass Wasser von der Oberfläche durch die Gräber dringt, auf diesem Wege etwas von den verwesenden Leichen mit sich führen und dem darunter befindlichen Grundwasser beimischen muss, welches möglicherweise nahe gelegene Brunnen oder Quellen speist. Es frägt sich nur, wie viel in einem gegebenen Falle eine solche Verunreinigung betragen kann, und welche Wirkungen dadurch auf die Gesundheit ausgeübt werden können. Um eine richtige Vorstellung zu erlangen, müssen wir zunächst die beiden Grössen, um die es sich handelt, die Menge des Bodenwassers und die Menge der Leichen in Vergleichung setzen. Es ist unmöglich, zu einer genauen Zahl über die Mächtigkeit des Grundwassers irgend eines gegebenen Platzes zu gelangen, da man es nicht wie eine Quelle oder einen Fluss aichen kann. In diesen Fällen lässt man sich für die Mächtigkeit des Grundwassers nach meiner Erfahrung am sichersten andere örtliche Wasserverhältnisse als Maassstab dienen. Solche Kennzeichen sind Quellen, welche in der Nähe einer fraglichen Localität innerhalb einer gewissen Ausdehnung zu Tage treten, wo die wasserdichte (meist tertiäre) Schichte sich so der Oberfläche nähert, dass das darauf fliessende Wasser zum Vorschein kommt. Die Ergiebigkeit einer grössern Anzahl von Brunnen liesse sich zu demselben Zwecke benützen. Das Recht, hieraus sich eine Vorstellung über die grössere oder geringere Mächtigkeit des Grundwassers einer Oertlichkeit zu bilden, kann im Allgemeinen gewiss nicht bestritten werden.*) Nimmt man das mittlere Gewicht einer Leiche zu 60 Kilo, und die verwesbare organische Substanz daran zu 15 Kilo, ferner den ortsüblichen Flächenraum für ein Grab an, so hat man einen Anhaltspunkt zu berechnen, wieviel auf einem bestimmten Areale und während einer gewissen Zeitdauer (z. B. eines Begräbnissturnus) Leichensubstanz auf die angenommene Menge Grundwasser kommt.

In der Zeit, welche eine Leiche auf verschiedenen Gottesäckern zur vollständigen Verwesung braucht, hat man einen Anhaltspunkt zu beurtheilen, um wie viel der Process der eigentlichen Verwesung

*) In der Nähe eines Gottesackers in Augsburg entspringen in einem gegenseitigen Abstande von nicht 200 Fuss Quellen, welche in der Minute 2000 Liter Wasser liefern. Die Quellen des Spahlenwerkes in Basel liefern in einer linearen Ausdehnung von etwa 3000 Fuss durchschnittlich bloss 100 Hälblinge (1 Hälbling = 3 Maass in der Minute) Wasser. Hier ist allerdings zu bedenken, dass in dieser Menge nicht alles Wasser begriffen sein kann, welches sich auf der ganzen Ausdehnung des Spahlenwerkes bewegt, denn das zwischen den gefassten Quellen gehende Wasser entgeht ja der Aichung; — aber soviel geht doch mit Bestimmtheit aus der Thatsache hervor, dass die Mächtigkeit des Grundwassers keine beträchtliche ist. In München und Augsburg haben mich derartige Vergleiche zu einer unverhältnissmässig grössern Annahme von der localen Mächtigkeit des Grundwassers geführt, die auch in der Ergiebigkeit der einzelnen Brunnen ihre Bestätigung finden. Man wird in Basel vergeblich nach Sodbrunnen suchen, die eine solche Nachhaltigkeit ausweisen, wie z. B. der Brunnen in der Brauerei des Herrn Gabriel Sedlmayr auf dem Marsfelde in München, dem binnen sechs Stunden 2000 Eimer Wasser entzogen werden können, ohne eine Abnahme des Wasserstandes im Brunnen auch nur für eine Viertelstunde bezwecken zu können. Es ist desshalb gewiss nicht zu Ungunsten des Grundwassers in Basel gerechnet, wenn man annimmt, dass sich unter einem Areale von 25 Jucharten, wie es für einen neuanzulegenden Gottesacker in Aussicht genommen war, in keinem Falle mehr als 500 Liter Wasser in der Minute auf der tertiären Schichte bewegen, welche nach den Untersuchungen des Herrn Prof. Müller im Allgemeinen sowohl gegen den Birsig, als auch gegen den Rhein hin geneigt ist, obschon an einzelnen Stellen das Gefälle von dieser allgemeinen Richtung bedeutend abweichen mag. Vergleicht man in dieser Weise das Grundwasser verschiedener Gottesacker, z. B. in Basel und Augsburg, so treffen für Basel bei einem Verwesungs- d. i. Beerdigungsturnus von 20 Jahren 40, für Augsburg bei einem nur 10jährigen Turnus $^4/_5$ Milligramme organischer Substanz auf 1 Liter Wasser. Von dieser organischen Substanz der Leiche geht allerdings der grösste Theil — vielleicht $^9/_{10}$ — in die Luft, aber wenn auch nur $^1/_{10}$ ins Wasser überginge, so wäre das Wasser in Basel doch kaum mehr als Trinkwasser geeignet, während in Augsburg die Verunreinigung verschwindend klein sein würde.

oder der blossen Fäulniss das Uebergewicht hat. Man muss sich immer gegenwärtig halten, dass die schnelle und langsame Zersetzung auf verschiedenen Gottesäckern nicht von dem schnellern oder langsamern Verlauf ein und desselben Processes herrührt, sondern von sehr wesentlichen Veränderungen der Processe, indem die schnelle Zersetzung durch das Ueberwiegen der Verwesung oder Oxydation, und die langsame Zersetzung durch das Ueberwiegen der blossen Fäulniss bedingt wird. Es ist nicht zu bezweifeln, dass zur Verunreinigung des Wassers mehr Gelegenheit geboten ist, wenn die Leichen mehr faulen als verwesen, und bei geringen Grundwasser-Verhältnissen empfiehlt es sich daher dringlich, die Verwesung durch die Wahl eines geeigneten Erdreichs für den Gottesacker möglichst zu unterstützen, indem alle Theile, welche durch rasche Verwesung in die Luft übergehen, dadurch selbstverständlich der Auflösung in Wasser entzogen werden.

Man muss sich auch darüber eine Vorstellung bilden, wie viel von dem an Ort und Stelle fallenden meteorischen Wasser bis zur Tiefe eines Grabes bei verschiedener Beschaffenheit des Bodens gelangt, denn dieses Wasser allein kann dem Grundwasser, soweit dasselbe unter der Grabestiefe liegt, Leichenbestandtheile zuführen. Hiefür gewähren jene Versuche, welche im Interesse des Feldbaues auf landwirthschaftlichen Versuchsstationen angestellt worden sind, einen sichern Anhaltspunkt. Bei diesen Versuchen werden drei bis vier Fuss hohe cylinderische Kästen mit den verschiedenen Erdarten angefüllt und in den Boden bis zu ihrem Rande eingegraben, so dass sich die Erde im Kasten unter ganz gleichen Verhältnissen, wie das umliegende Ackerland befindet. Unter dem durchlöcherten Boden der Kästen befinden sich Gefässe, welche die Aufsammlung des durchgehenden Wassers gestatten. Kennt man die Menge der örtlichen atmosphärischen Niederschläge, die man in unsern Breitegraden durchschnittlich zu 2½ Fuss im Jahre annehmen kann, so ergibt dieser Versuch, wie viel davon in den Boden eindringt, und wie viel auf der Oberfläche entweder abläuft oder wieder verdunstet. In Görlitz hat man diese Versuche vier Jahre lang mit drei verschiedenen Bodenarten fortgesetzt, und zwar 1) mit einem Thonboden mit 12 Procent Sand, 2) mit einem Lehmboden mit 38 Procent

Sand und 3) mit einem lehmigen Sandboden mit 80 Procent Sand und hat gefunden, dass bei

1) 28,1

2) 41,0

3) 40,5 Procent der im Jahre gefallenen Regenmenge durch eine vier Fuss hohe Bodenschichte dringt. Man kann ohne Bedenken annehmen, dass von da abwärts dieses Wasser gewiss zum grössten Theile auch bis ins Grundwasser gelange. Nach gewöhnlichen Vorstellungen hätte man weit grössere Unterschiede zwischen Thonboden und Sandboden, und namentlich zwischen sandigem Lehmboden und lehmhaltigem Sandboden erwarten sollen, während letztere beim Versuche ein ganz gleiches Resultat geliefert haben. Der Widerspruch ist aber hinlänglich daraus zu erklären, dass keine Bodenart für das Wasser impermeabel ist, dass mithin nur ein bedeutender Unterschied in der Schnelligkeit des Durchganges stattfinden kann, und dass Lehmboden, der ja bekanntlich Wasser begierig ansaugt, eine beträchtliche Menge durchlassen kann, wenn man ihm nur Zeit lässt. Und so erklärt sich auch, wie Sandboden nicht mehr Wasser in die Tiefe dringen lässt, als sandiger Lehmboden, es geht bei letzterm nur viel langsamer. Bei einem sehr langsamen und regelmässigen Durchgange findet das Wasser jedenfalls Gelegenheit, sich mit den Bestandtheilen des Erdreichs nach Möglichkeit zu sättigen. Diese Thatsachen werden ausser Acht gelassen, wenn man vom Abschluss durch eine Lehmschichte, vom Feststampfen der Erde u. s. w. spricht, und daraus Schlüsse zieht, als hätte man dadurch einen Boden nicht nur wasserdicht, sondern auch luftdicht gemacht.

Ein ferneres gewichtiges Moment von Bedeutung für die Reinhaltung des Grundwassers ist auch noch der Abstand seines Spiegels von der Oberfläche. Je tiefer das Grundwasser unter den Gräbern liegt, desto weniger ist eine Verunreinigung mit organischen Substanzen von daher zu befürchten, weil diese in ihrer wässerigen Lösung verhältnissmässig langsam über eine theilweise mit Luft erfüllte Schichte mit grosser Oberfläche ziehen müssen, ehe sie den Spiegel des Grundwassers erreichen. Entsprechend der Länge des Weges wird sich die Verwesung noch vervollständigen.

Ein weiteres Verhältniss des Grundwassers soll gleichfalls nie unbeachtet gelassen werden, das ist die Richtung des Gefälles desselben; denn es kann sein, dass dieses eine Richtung hat, welche uns jeder Besorgniss über Verunreinigung von Trinkwasser überhebt.*)

Es ist schon öfter das Wasser aus Brunnen in Gottesäckern einer chemischen Untersuchung auf Verunreinigungen durch den Inhalt der Gräber unterworfen worden, aber meines Wissens fast immer mit negativem Erfolge. Wenn man Brunnen in Gottesäckern, oder in ihrer unmittelbaren Nähe auf eine Zunahme an mineralischen und organischen Stoffen aus den Gräbern prüfen will, so ist darauf zu achten, dass wenn die Untersuchung eine Bedeutung haben soll, das Gefälle des Grundwassers der Art sein muss, dass es unter einer grössern Anzahl alter und frischer Gräber hindurch nach dem Brunnen geht, dessen Wasser mit einem in der Richtung zunächst höher und ausserhalb des Gottesackers gelegenen zu vergleichen ist, ferner dass der Brunnen nicht lange geschöpft wird, ehe man die zu untersuchende Probe nimmt, denn in diesem Falle würde der verstärkte Zufluss eine Verdünnung der für gewöhnlich gegebenen Verunreinigung zur Folge haben.

Man kann zuletzt die Frage auch noch der Art stellen, dass man zugesteht, es werde unter gegebenen Verhältnissen der Gehalt der Brunnen und Quellen an organischen Substanzen in der Nähe eines Gottesackers allerdings nicht merklich gesteigert, aber man will wissen, ob das Hinzukommen selbst von unmerklichen Spuren aus demselben, was man unter keinen Umständen gänzlich in Abrede stellen kann, nicht schon desshalb eine Gefahr für die Gesundheit einschliesse, weil diese Spuren aus einem G o t t e s a c k e r stammen? Mit einer solchen Fragestellung sind wir an der Grenze des Objektiven und Nachweisbaren angelangt, und betreten das unsichere Gebiet subjektiver Gefühle und Meinungen. Es gibt Leute, welche

*) Untersucht man den Einfluss der Senkgruben auf die Brunnen, so findet man nicht selten, dass ein Brunnen unmittelbar neben der Grube ganz reines Wasser liefert, während es aus einem andern, fern davon gelegenen Brunnen augenscheinlich verunreinigt ist. Im ersten Falle geht das Gefäll vom Brunnen nach der Grube, im zweiten umgekehrt. Jede Stadt sollte einen Niveauplan der einzelnen Brunnenspiegel haben.

man nicht vermögen könnte, ein neues und untadelhaftes Kleidungsstück anzuziehen, wenn sie wüssten, an wem es zuvor probirt worden ist, oder wie der Geselle aussieht, der es genäht hat. Anderen verginge der Appetit zu manchen Speisen und Getränken, wenn sie sich die ganze Handarbeit bei ihrer Zubereitung vergegenwärtigen könnten; und mir wurde ein Fall erzählt, dass Jemand, der leidenschaftlich gerne gewisse Fische eines See's ass, von dem Augenblicke an sein Lieblingsgericht nicht mehr berührte, wo er sah, dass ein schwindsüchtiger Fischer in den See spuckte; denn er befürchtete den Fisch zu essen, der vor seinen Augen den eckelhaften Auswurf verzehrt hatte. Das sind krankhafte Auswüchse des an sich nützlichen und nothwendigen Reinlichkeitsgefühls, was aber in's Uebermaass und in's Absurde getrieben, den Menschen tödtet, da zuletzt keine Luft, kein Wasser, keine Nahrung solchen krankhaften Einbildungen mehr genügen kann. Wo unsere Sinne keine Verunreinigung mehr wahrnehmen und wo wir vom Genusse einer Luft, einer Nahrung etc. etc. keine schädlichen Folgen nachweisen können, da muss sich das Reinlichkeitsgefühl eines Vernünftigen als befriedigt erklären. Die Analyse aller Trinkwasser weist einen geringen Gehalt an organischen Stoffen nach; wenn derselbe einige Milligramme im Liter nicht übersteigt und das Wasser sonst hell ist und frisch schmeckt, so hat unsere Gesundheit erfahrungsgemäss nichts zu besorgen, selbst wenn ein Bruchtheil davon aus einem Leichenacker stammen sollte. Ich weiss wohl, dass ich damit ein empfindliches Vorurtheil bei Manchen verletze, aber man kann auf solche abnorme Gefühlsrichtungen keine Rücksicht nehmen, man kann solchen Unglücklichen nur Mittel zur etwaigen Heilung ihres krankhaften Zustandes empfehlen. Das beste Mittel ist wohl, wenn man sie darauf aufmerksam macht, dass sie s t e r b e n müssen, wenn sie von ihren Einbildungen nicht lassen. Das Wasser jeder Quelle und jedes Brunnens ist über zahlreiche Leichen gegangen. Alles trinkbare Wasser stammt aus der Atmosphäre. Die ganze Oberfläche der Erde, auf die es fällt, wimmelt von Leichen, und man kann nicht annehmen, dass die todten Regenwürmer, Insekten, Eidechsen, Mäuse, Maulwürfe u. s. w. bei ihrer Verwesung anders wirkende Produkte liefern sollten, als die todten Menschen.

II.

Ich gehe nun zur Betrachtung des Einflusses eines Gottesackers auf die Luft über. Auch hier ist vor Allem nothwendig, sich eine Vorstellung über die mögliche quantitative Verunreinigung der Luft durch einen Gottesacker zu bilden. Bezüglich der Luft differiren die verschiedenen Oertlichkeiten nicht in dem Maasse, wie bezüglich des Grundwassers und der Bodenbeschaffenheit; innerhalb gewisser Breitegrade sind die Luftverhältnisse nur unbedeutend verschieden. Ich kann desshalb, um die quantitativen Beziehungen zwischen den aus Leichenäckern sich entbindenden Gasen, und der während eines Beerdigungsturnus darüber ziehenden Luft zu veranschaulichen, für alle Orte dasselbe Beispiel nehmen. In diesem Beispiele wollen wir ein Tagwerk Leichenacker (= 40,000 Quadratfuss) und einen 10jährigen Beerdigungsturnus zu Grunde legen. Wir wollen annehmen, alle organischen Stoffe einer Leiche gingen in Gasform über, und es würde nichts vom Boden und Wasser zurückgehalten. Um für die Verdünnung der Leichengase in der Luft einen Maassstab zu erhalten, müssen wir uns eine Grenze denken, innerhalb welcher wir ihre Verbreitung annehmen. Diese Grenze soll, um ja nicht zu Gunsten des Gottesackers zu rechnen, enger gezogen werden, als sie wirklich besteht, und wir wollen annehmen, die Leichengase könnten sich nicht höher als zwanzig Fuss über dem Boden verbreiten, so dass ihre weitere Verdünnung nach oben schon bei zwanzig Fuss eine Grenze fände. Diese Grundlagen sind gewiss so ungünstig als möglich gewählt, und wir wollen nun sehen, zu welchen Resultaten wir darauf fortbauend gelangen. Denkt man sich ein Tagwerk als Quadrat, so misst jede Seite 200 Fuss. Wenn man die Geschwindigkeit der Atmosphäre in Rechnung zieht, so findet man leicht, wie viel Cubikfuss Luft bis zu einer gewissen Höhe (hier zwanzig Fuss) angenommen über der ganzen Quadratfläche innerhalb einer gewissen Zeit strömen muss. Die Geschwindigkeit der Luft im Freien wechselt bekanntlich von Windstille bis zu den heftigsten Orkanen. Zu keiner Zeit steht sie ganz stille, selbst in dem Zustande, den wir als Windstille bezeichnen, wo eine Flaumfeder ruhig am Boden liegen bleibt, beträgt die Geschwindigkeit noch zwei Fuss in der Secunde. Unsere Hautnerven nehmen die

Luft als bewegten Körper erst wahr, wenn ihre Geschwindigkeit drei Fuss in der Sekunde wesentlich übersteigt, wovon sich Jedermann leicht überzeugen kann, wenn er in der ruhigen Luft eines geschlossenen Zimmers seine Hand mit verschiedener Geschwindigkeit in der Sekunde durch die Luft hin bewegt. Die mittlere Geschwindigkeit der Luft im Freien ist in München etwa 10 Fuss in der Secunde. Wir wollen aber für unsern vorliegenden Fall nur eine unter der Wirklichkeit bleibende Geschwindigkeit der Luft, nämlich nur einen Fuss in der Sekunde annehmen. Auf einer Ausdehnung von 200 Fuss bewegen sich hienach

in 1 Sekunde 4000,
in 1 Minute 240,000,
in 1 Stunde 14,400,000,
in 1 Tage 345,600,000,
in 1 Jahre 126,144,000,000 Cubikfuss Luft, in 10 Jahren natürlich 10 mal so viel.

Es sei angenommen, dass binnen eines Beerdigungsturnus von 10 Jahren auf einem Tagwerk (200 Fuss im Quadrat) allmälig 556 Leichen begraben würden, wonach mit Einrechnung von Gängen und sonstigen Zwischenräumen auf ein Grab 72 Quadratfuss treffen würden.

Stellen wir nun dieser Luftmenge, welche sich binnen eines Beerdigungsturnus über ein Tagwerk Leichenacker bewegt, die Menge der organischen Substanz von 556 Leichen, welche 8340 Kilogramme beträgt, gegenüber. Man kann annehmen, dass die organische Substanz nach Abzug des Wassergehaltes in einer Leiche in Gasform gedacht, nahezu das specifische Gewicht der atmosphärischen Luft haben würde, denn um was manche hiebei auftretende Verbindungen (z. B. Kohlensäure) schwerer, um das sind andere (z. B. Wasserstoff und Grubengas) wieder leichter, und zuletzt würde auch ein grosser Fehler in dieser Annahme — wie sich gleich zeigen wird — das Resultat nicht wesentlich ändern können. Nach dieser Annahme entspräche etwa eine Leiche 11.5425 Cubikmetern Gas aus der organischen Substanz, mithin 556 Leichen 6417.63 Cubikmetern oder 258146 bayerischen Cubikfussen, die sich binnen 10 Jahren aus dem Leichenacker entwickeln würden, und sie verhalten sich zu der während derselben Zeit über den Leichenacker streichenden Luft wie 1:4886726. Die zwanzig Fuss hohe Luftschichte über den Gräbern könnte mithin nie mehr als ein Fünfmilliontel Leichengas enthalten. Bei dieser Gelegenheit wiederhole ich, dass der Uebergang der organischen Substanz aus den Gräbern in die Luft als vollständig, ihre Verbreitbarkeit nur bis zu einer Höhe von zwanzig Fuss und die Geschwindigkeit der Luft zehn Mal geringer angenommen ist, als in der Wirklichkeit.

Es ist leicht einzusehen, dass es vergeblich sein würde, solche Spuren von Beimengung fremder Gase zur atmosphärischen Luft, wie sie ein Leichenacker liefert, experimental nachweisen zu wollen, hiefür reichen unsere empfindlichsten chemischen und physikalischen Methoden noch lange nicht aus. Es ist nicht einmal möglich, in der Luft der volk- und gewerbreichsten Städte eine wesentliche Vermehrung der Kohlensäure nachzuweisen. Professor Roscoe*) hat in jüngster Zeit nach den besten Methoden die Luft der kolossalen Fabrikstadt Manchester zu verschiedenen Zeiten, bei verschiedener Witterung auf Kohlensäure untersucht und mit der Luft auf dem Lande verglichen. In Manchester werden, abgesehen von der Kohlensäure von Menschen und Thieren, jährlich viele Millionen Tonnen (eine Tonne = 20 Centner) kohlensaures Gas allein durch Verbrennung von Steinkohlen, Coaks und Leuchtgas in die Luft gejagt, und es ist ohne Zweifel Jedermann begierig, wie sich diese Menge in Roscoe's untadelhaft und exact geführten Untersuchungen ausspricht, deren Zahl sich auf 54 beläuft. Hören wir Roscoe's eigene Worte: „Die erste und wichtigste Schlussfolgerung, zu welcher diese Untersuchungen führen, ist, dass der Betrag der Kohlensäure in der Stadtluft von Manchester, wenn überhaupt (if at all), so doch nur höchst unbedeutend von demjenigen differirt, welcher in der Luft des benachbarten Landes enthalten ist. Nach den Versuchen Nr. 23 und 24, welche am 3. Februar 1863 zu Stretford (vier Meilen westlich von Manchester) ausgeführt wurden, während der Wind gegen Manchester wehte,

*) Proceedings-Lit. u. Phil.-Society Nr. 10. Session 1863—64 p. 219.

betrug die Kohlensäure im Mittel 3'85 Volumtheile in 10000 Volumtheilen Luft, während ihre Menge am selben Tage im Mittelpunkte von Manchester (Owen's College) im Mittel zweier Versuche zu 3'90 in 10000 Volumtheilen gefunden wurde. Die Versuche Nr. 31, 32 und 33 wurden am 19. Februar 1863 zu Stretford an einem regnerischen Tage gemacht, während der Wind von Manchester her wehte, und sie ergaben einen mittlern Gehalt von 2'77 Kohlensäure in 10000 Volumtheilen Luft, während zu Manchester am nämlichen Tage das Volum der Kohlensäure zu 2'8 in 10000 Volumen Luft gefunden wurde." Den höchsten Kohlensäuregehalt fand Roscoe in Manchester am 7. Januar 1864 bei sehr dickem Nebel (on which day there was a dense fog) zu 5'6 in 10000 Volumtheilen Luft, den geringsten am 19. Februar 1863 mit 2.8 in 10000 Luft. Hieraus geht zur Genüge hervor, dass die Verbrennung so kolossaler Mengen Steinkohlen etc., wie sie jeden Augenblick in einer Stadt wie Manchester erfolgt, auf den Kohlensäuregehalt der freien Luft noch keinen merklichen Einfluss auszuüben vermag, und dass wir die Quelle der vorkommenden Schwankungen desselben in der freien Luft wo anders zu suchen haben.

Diese unzweifelhaft richtigen Experimente dürfen uns aber doch nicht zu dem Schlusse verleiten, dass die menschliche Gesundheit gar keinen Unterschied zwischen Landluft und Stadtluft anzunehmen berechtigt sei. Die Luft ist unser Element, in dem wir leben wie der Fisch im Wasser, wir nehmen täglich davon 9000 Liter beim Athmen in uns auf, und empfinden in vielen Fällen fremdartige Beimengungen, in den allergeringsten Mengen sehr deutlich durch den Geruch, wo uns alle chemischen und physikalischen Mittel keine Spur mehr entdecken lassen. Nehmen wir ein Zimmer, welches 6000 Cubikfuss (= 149 cub. meter) Luft einschliesst, und entwickeln wir in diesem nur 30 Cubikcentimeter Schwefelwasserstoffgas, so wird man dasselbe im ganzen Raume sehr deutlich riechen, obwohl sein Volumen nur etwa ein Fünfmilliontel vom Inhalt des ganzen Zimmers ausmacht. Es kann desshalb sehr wohl vorkommen, dass man einen Leichenacker in der Nachbarschaft riecht, trotzdem dass die Leichengase in der Luft so enorm verdünnt worden sind. Das Riechorgan der Menschen ist bekanntlich noch nicht so fein als das mancher Thiere, und für unsern Sinn ist es unbegreiflich, wie ein Hund die Fährte seines Herrn, oder ein Jagdhund die eines Wildes riechen kann, und doch müssen wir annehmen, es bestehe ein materielles Band, die unwägbare Spur Substanz, welche vom Fusse des Verfolgten an der Fährte haften bleibt, und von da allmälig in die Luft übergeht, in welcher sie die Nase des Hundes wittert. Wo die menschliche Nase etwas Fremdartiges in der Luft wittert, da hat man auch von Gesundheitswegen ein volles Recht, näher zu forschen, denn die Nase ist ein berechtigtes Organ zur Ueberwachung des Verkehrs des Organismus mit der Atmosphäre. Ergiebt sich nun, dass der Geruch einer Quelle entstammt, die für uns ein Gegenstand des Ekels oder gar der Furcht ist, so ist uns der Genuss der Luft verkümmert.

Ein wesentlicher Grund des üblen Einflusses der Wohnungen auf die Gesundheit ist die mangelhafte Lufterneuerung in denselben, wo sich alle Emanationen des Bodens und des menschlichen Lebens und Haushalts innerhalb der vier Wände entwickeln und sich bis zu einem der Gesundheit schädlichen Grade anhäufen können, wie es im Freien selbst bei dort herrschender Windstille nie geschieht, weil im Freien der trägste Luftwechsel noch immer tausendmal mehr Luft über eine Fläche führt, als es der durchschnittliche Luftwechsel in unsern Wohnungen thut. Desshalb können Processe im Hause und im Boden, über dem es steht, so verderbliche Folgen äussern. Das Haus gestattet bei seinem verhältnissmässig so trägen Luftwechsel eine Anhäufung abnormer Luftverhältnisse, wie sie im Freien gar nie vorkommen kann. Während Roscoe die riesige Produktion aller Schornsteine Manchesters ohne Wirkung auf den Kohlensäuregehalt der freien Luft fand, machten sich die Lungen der Menschen im Innern der Häuser Manchesters mit ihrer verhältnissmässig so geringen Kohlensäureproduktion so bemerklich, dass er ebenso wie Andere an anderen Orten 30, 60 und 80 Zehntausendtheile in der Luft der Wohnungen nachzuweisen im Stande war. Da im Untergrunde unserer Wohnungen, in Senkgruben etc. ohnehin eine beträchtliche Menge Verwesungsgase verschiedener Art sich entwickeln, die zu ihrer Verdünnung und Fortschaffung des Zuflusses der Luft von aussen dringend bedürfen, so muss Alles als gesundheitsschädlich betrachtet werden, was die Menschen in ihren Häusern dazu veranlassen kann, der Luft den Zutritt zu beschränken. Wenn die Luft vom Gottesacker her nach menschlichen Wohnungen zieht und nach Verwesungsdünsten riecht, — und dieser Fall kann vorkommen — so werden die meisten Einwohner ihre offenen Fenster schliessen und sich lieber den Genuss der freien Luft verkümmern, als den Fäulnissgeruch einathmen.

Dagegen kann man sagen, es sei nicht erwiesen, dass ein schwacher Fäulnissgeruch in der Luft die Gesundheit beschädige, weil die Morbilitäts- und Mortalitäts-Statistik nirgends erkennen lasse, dass Todtengräber und Leichenwärter oder andere Personen, die auf Kirchhöfen oder in ihrer unmittelbaren Nähe wohnen, gewissen Krankheiten mehr ausgesetzt seien als Andere, welche ferne davon leben. Das kann man zugeben, und ich selbst bin der Ansicht, dass die vom hygienischen Standpunkte für die Giftigkeit des Hauches der Grüfte nicht selten vorgebrachten Gründe auf sehr schwachen Füssen stehen, aber desshalb darf man sich doch nicht einreden, dass ein solcher Geruch nicht doch zu einer gewissen Verkümmerung des Genusses frischer Luft und zu einer mangelhaften Lüftung der Wohnungen führe. Den meisten Menschen wohnt einmal eine gewisse Scheu vor einem Gottesacker und vor dem, was darauf vorgeht, inne, und dieses Gefühl ist überall der natürliche Hebel gewesen, der diese Anstalten aus der Nähe der menschlichen Wohnungen in allen grössern Städten allmählig aber unaufhaltsam in die Ferne gerückt hat. Es ist desshalb vor Allem von Wichtigkeit, einen grossen Gottesacker nicht nur in hinreichender Entfernung von Wohnungen anzulegen, sondern den Platz auch in einer Richtung zu wählen, in welcher die Ausdehnung der Stadt am wenigsten zu erwarten ist; — an diesem Platze werden die Todten am längsten Ruhe haben. Man kann zwar sagen, es sei Sache jedes Einzelnen, seine Wohnung fern vom Gottesacker aufzuschlagen und dessen Nähe zu vermeiden. Im Allgemeinen geschieht das auch, aber die Interessen des Lebens sind mächtiger, als die Scheu vor den Todten, und so lässt sich nirgend beobachten, dass die Ausdehnung einer Stadt eine andere Richtung nehme, wenn man ihr auch einen Gottesacker in den Weg legt. Die Ausdehnung schreitet fort und wenn sie hart bis an die Kirchhofmauer gelangt ist, beginnt die Agitation, den Gottesacker wieder zu entfernen. Diese Agitation wird zuletzt immer mit Erfolg gekrönt, man sieht das am Gange der Kirchhoffragen in allen grossen Städten, durch ein Zusammenwirken der verschiedensten Motive und Interessen müssen die Gottesäcker vor den Ansiedelungen der Lebendigen zurückweichen, selbst wenn vom Standpunkte der Salubrität gar kein gegründeter Einwand zu erheben ist.

Ich will nun einige thatsächliche Verhältnisse noch weiter berühren, die ich zur Bildung eines bestimmten Urtheiles für nicht unwichtig halte. Es ist klar, dass sich ein Gottesacker der Nachbarschaft durch nichts bemerkbar machen könnte, was sein Bestehen mehr gefährden würde, als durch einen, wenn auch nur zeitweisen Geruch in der Luft. Da diess wesentlich davon abhängt, wie viel an den im Boden liegenden Leichen die Fäulniss, und wie viel die Verwesung arbeitet, so wird es immer gerathen sein, so lange eine Wahl möglich ist, jenen Boden zu wählen, welcher die Verwesung am meisten begünstiget und zugleich die Zersetzung der Leiche am meisten beschleuniget. Auf die langsamere und schnellere Zersetzung einer Leiche können allerdings verschiedene Umstände, selbst individuelle Verhältnisse der Leiche Einfluss üben, aber im Ganzen betrachtet, erscheinen gegen den Einfluss der Bodenbeschaffenheit alle übrigen Einflüsse unbedeutend, — aber von der Bodenbeschaffenheit wissen wir, dass sie eine Differenz von fünf bis zu dreissig Jahren im Begräbnissturnus bedingen kann. Es ist also schon der Mühe werth, dass wir uns diesen Einfluss nach allen Richtungen hin möglichst klar machen.

Bekannt ist, dass jener Boden die Leichen am schnellsten verzehrt, welcher der Luft und dem Wasser den grössten und schnellsten Durchgang gestattet. Hienach erfordert die Verwesung viel Luft im Boden, und in diesem Verhältnisse wird die Zersetzung mehr eigentliche Verwesung, die wir Eingangs mit der vollständigen Verbrennung verglichen haben, oder mehr Fäulniss sein, die wissenschaftlich richtig mit der trockenen Destillation in Parallele gestellt werden kann. Es ist für Jedermann verständlich, wie ein Loth Oel in einer schlechten Lampe mit unzureichendem Luftzuge gebrannt, die Luft eines Zimmers viel mehr verpesten kann, als wenn in einer gut construirten Lampe mit hinreichendem Luftzuge die doppelte und dreifache Menge Oel in der gleichen oder selbst in der halben Zeit verbrannt wird. In einem Lehmboden ist der Luftzutritt viel mehr gehemmt als in einem Kiesboden, und in diesem Verhältnisse geht auch die Zersetzung der Leichen langsamer und schneller, und mehr oder weniger mit der Bildung von Produkten der Fäulniss vor sich. Der Thonboden ist die schlechte Lampe, in welcher ein Loth Oel zwei Stunden zur Verbrennung braucht und die Luft dennoch durch Oeldampf und Rauch verunreiniget wird, während der weit luftigere Kiesboden mit einer Lampe verglichen werden kann, in welcher ein Loth Oel binnen einer oder selbst einer halben Stunde verbrennt, ohne die Luft mit Russ und Rauch zu verunreinigen.*)

Zur Verwesung im Boden gehört aber auch ein gewisser Grad von Feuchtigkeit, von Wasser. Wo in Folge mangelnder, zeitweiser Befeuchtung Leichen in einem Grabe oder in einer Gruft ganz austrocknen, dort hört gleichfalls selbst bei beträchtlichem Luftzutritt die schnelle Verwesung auf und tritt der langsame Trockenmoder an seine Stelle. Was ist da nun die eigentliche Rolle des Wassers? Die Gegenwart des Wassers für sich kann es nicht sein, denn wo die Leichen im Wasser oder in einem sehr feuchten Boden liegen, sehen wir ja augenscheinlich, dass das Wasser die Zersetzungen verlangsamt, so dass fast nur Fäulniss stattfindet, oder unter Umständen, die noch nicht völlig aufgeklärt sind, sogar die sogenannte Saponifikation oder Leichenwachsbildung auftritt. Der Schlüssel zur Lösung des Räthsels von der Nothwendigkeit der g l e i c h z e i t i g e n Einwirkung von Luft und Feuchtigkeit liegt nach meiner Ueberzeugung klar angedeutet im Verhalten der Pflanzenfaser oder des Holzes an der Luft. Das Holz ist nicht beider Processe, der Fäulniss

*) Hiegegen kann man mit Recht einwerfen, dass es nicht experimentell bewiesen ist, dass sich die Zersetzung einer Leiche in einem Kiesboden und in einem Lehmboden in der von mir angenommenen Weise unterscheide, sondern dass die Zersetzung im Lehmboden ganz die nämliche, wie im Kiesboden sei und nur viel langsamer erfolge. (His.) Wenn man diese Ansicht als Hypothese auch vorläufig gelten lässt, so kann man ihr vom chemischen Standpunkte aus doch von vorneherein nur die geringere Wahrscheinlichkeit beimessen.

und der Verwesung, wie die stickstoffhaltigen Bestandtheile des menschlichen Körpers, sondern mehr nur der Verwesung fähig. Holz immer unter Wasser gehalten, zersetzt sich nicht oder kaum, wie uns die Dauer der Pfahlroste aus den ältesten Zeiten genugsam beweist; trockenes Holz an der Luft verändert sich gleichfalls nur sehr langsam, aber Holz, welches an der Luft liegt und bald nässer und wieder trockner wird, ist in wenigen Jahren morsch oder selbst ganz verzehrt. Das lehrreichste und allgemeinst bekannte Beispiel ist eine Holzstange, die man theilweise in die Erde steckt und theilweise in die Luft ragen lässt. So weit sie tiefer im Boden steckt, verändert sie sich langsam, so weit sie in die Luft ragt, dauert sie gleichfalls ziemlich lange; aber an der Stelle, wo sich Luft und Erde berühren, wird sie am schnellsten morsch, oder faul, wie man gewöhnlich sagt, obschon der Process im chemischen Sinne weniger Fäulniss, als Verwesung ist. An dieser Stelle erreicht der Wechsel zwischen Befeuchtung und Verdunstung den höchsten Grad. Die Verdunstung von Wasser in der Luft hat einen mächtigen Einfluss auf alle Oxydationen durch den Sauerstoff der Luft bei gewöhnlicher Temperatur, was sich nicht nur an der Zerstörung des Holzes, sondern auch z. B. an der Zerstörung der Farbstoffe der Leinenfaser bei der bekannten Rasenbleiche zeigt. Praktisch kennt man eine Reihe solcher Thatsachen längst, wissenschaftlich erklärt und begründet hat sie zuerst Schönbein. Die Verdunstung von Wasser in der Luft wirkt mächtig polarisirend, so dass selbst Wasser und Stickstoff sich zu salpetrigsaurem Ammoniak umzusetzen vermögen. Auf der blanken Fläche aller oxydirbaren Metalle hinterlässt ein Wassertropfen, den man nicht abwischt, sondern in der Luft verdunsten lässt, einen Rost- oder Oxydflecken, während das Metall sowohl in trockener Luft als auch unter Wasser ohne Vergleich länger blank bleibt, als ein Tropfen Wasser zu seiner Verdunstung Zeit nöthig hat. Aus diesem Grunde begünstiget das abwechselnde Nass- und Trockenwerden so sehr die Verwesung. Aus diesem Gesichtspunkte ist grösstentheils auch die höchst auffallende von His zuerst hervorgehobene Thatsache zu erklären, die sich bei Oeffnung eines Grabes auf dem Kleinbasler Gottesacker, obschon derselbe einen Kiesboden hat, gezeigt hat. Die nach mehr als zwanzig Jahren exhumirte Leiche war durchaus nicht so vollständig verwest, wie es sonst gewöhnlich bei Kiesboden gefunden wird. Professor His sucht den Grund hiefür ganz richtig in dem nahe gelegenen Teiche. Obwohl die Leichen desshalb durchaus noch nicht im Wasser liegen, so ist bei der beständigen Durchfeuchtung des Bodens vom Teiche aus doch keine wesentliche zeitweise Aenderung im Feuchtigkeitsgehalte der verwesenden Substanz oder Verdunstung von der Tiefe des Grabes nach oben mehr möglich. Die tiefern Schichten des Kleinbasler Gottesackers verhalten sich in Folge der Befeuchtung durch den nahen Teich, wie ein Geröllboden sich verhalten würde, auf dessen Oberfläche das ganze Jahr hindurch ein unaufhörlicher, gleichmässiger Regen fallen würde. Dass die Sache sich wirklich so verhält, geht auch daraus hervor, dass die Bretter des Sarges noch wenig verwest und ganz nass angetroffen worden sind. In diesem Falle hemmt ein Sarg aus leichtem Fichtenholz die Verwesung überdiess mehr als das dickste Eichenholz in trockenem Boden; denn nasses Fichtenholz schliesst luftdicht. Jetzt wäre erst die Frage zu diskutiren, ob die langsame Verwesung der Leichen im Lehmboden mehr auf Rechnung der mangelnden Luft oder des mangelnden Wechsels in seiner Feuchtigkeit (Verdunstung) zu setzen ist. — Da eine solche Controverse aber nur auf Grund experimenteller Beobachtungen geführt werden könnte, die uns vorläufig noch mangeln, so will ich davon Umgang nehmen.

Ich finde hier den Ort, auf einige Vorstellungen aufmerksam zu machen, die ziemlich allgemein verbreitet, aber nach meinem Dafürhalten unbegründet sind. Man stellt sich nicht selten vor, dass eine Lehmdecke über den Gräbern das Austreten der Fäulnissgase in die Luft verhindere. Hiegegen ist zu erinnern, dass eine solche Lehmdecke nicht nur nicht luftdicht, sondern auch nicht einmal wasserdicht ist, wie die oben angeführten landwirthschaftlichen Versuche zur Evidenz beweisen. Die Lehmdecke bewirkt nur, dass nicht genug Luft in den Gräbern wechselt und der Boden nach einem Regen zu lange feucht bleibt, um der Verwesung ein Uebergewicht über die Fäulniss zu verschaffen, ist aber durchaus nicht im Stande, den durch Fäulniss entstehenden Gasen den Austritt zu verwehren, sie im gespannten Zustande zurückzuhalten.

Ferner glaubt man nicht selten, ein lockerer Kiesboden sei zur Verbreitung des Geruches aus den Gräbern in die Luft viel geeigneter, als ein dichterer Lehmboden. Diese Vorstellung ist schon aus dem Grunde irrig, weil, selbst angenommen, dass die Fäulniss in beiden Bodenarten gleich vorwiegend sei, die Gase sich bereits im Boden um so mehr verdünnen müssen, ehe sie die Oberfläche erreichen, je mehr Luft im Boden selbst enthalten ist. Von diesem Gesichtspunkte aus ist auch die Nothwendigkeit einer gewissen Grabestiefe zu beurtheilen, und ich bin der Ansicht, dass man Unrecht hat, dieselbe überall und bei allen Bodenarten gleich zu nehmen. In ganz Deutschland und in der Schweiz sind als Minimum sechs Fuss üblich; ich bin überzeugt, dass bei einem luftigen Boden auch vier Fuss ausreichend wären, und dass die Verwesung unter diesen Umständen nur noch energischer stattfinden würde, weil auch der Wechsel des Wassergehaltes zwischen Befeuchtung von oben und Verdunstung nach oben dadurch gesteigert würden, die auf die Verwesung einen so entschiedenen Einfluss haben. Ueberdiess wäre eine Schonung des Grundwassers damit verbunden, insoferne die Leichen wieder einige Fuss höher über demselben zu liegen kämen.

Eine andere, weit verbreitete Vorstellung glaube ich hier gleichfalls berichtigen zu müssen. Man nimmt häufig an, dass, wie ein Ackerland durch fleissige Cultur besser wird, auch der anfängliche, etwaige Nachtheil eines schweren Bodens bei einem Leichenacker sich mit der Zeit verringern könnte. Einer solchen Annahme stehen aber die Erfahrungen an manchen Orten entgegen, wo man gefunden hat, dass die Verwesungsdauer und selbst die riechbare Verunreinigung der Luft mit der Zeit zugenommen hat. In München befinden sich der alte und der neue Gottesacker unmittelbar neben einander und haben ursprünglich ganz gleichen Boden. Seit etwa fünfzehn Jahren werden beide Gottesäcker gleichmässig benützt, und nun stellt sich heraus, dass auf dem neuen Gottesacker die Leichen beträchtlich schneller verwesen, als auf dem alten. Je humusreicher ein Gottesacker durch die Reste der Verwesung wird, desto enger werden seine Poren, desto langsamer trocknet der Boden nach einem Regen, und die beständige, weitere Verwesung des Humus tritt mit der Verwesung der Leichen in Concurrenz, indem beide zugleich ihre

Ansprüche an den in der Luft des Bodens enthaltenen Sauerstoff erheben und befriedigen müssen. Ebenso sind Fälle bekannt, wo alte Kirchhöfe (des Innocents in Paris) verlassen werden mussten, weil sie anfiengen, einen viel merklichern Geruch als früher zu verbreiten.

III.

Zum Schlusse habe ich nur noch wenige Worte über den Einfluss der örtlichen Sitten und Gebräuche bei Todesfällen zu sagen. Die öffentliche Gesundheitspflege hat jedenfalls auch die Pflicht zu untersuchen, ob in den Gebräuchen etwas liege, was der Erhaltung der Gesundheit hinderlicher oder förderlicher ist. In diesem Sinne steht ihr das Recht zu, sich für oder gegen Maassregeln und Einrichtungen bei den Trauerfeierlichkeiten auszusprechen. Nach meiner Ueberzeugung thut die Hygiene am besten, hier mit grosser Vorsicht und allmählig vorzugehen, und sich lieber nicht darein zu mischen, wenn sie nicht gute feste Gründe vorzubringen hat. Wir wollen hier nur einen einzigen Punkt besprechen. Der Ort wo die Leichen nach dem Tode bis zur Beerdigung aufbewahrt werden, ist ein Gegenstand von allgemeinem Interesse. Man hat gute Gründe, der Beisetzung und Ausstellung der Leichen im Hause der Familie entgegen zu arbeiten, und die Unterbringung in allgemeinen Leichenhäusern bald nach dem Tode möglichst zur Gewohnheit zu machen.

Ich bin nicht der Ansicht, dass der Todtengeruch im Hause der Gesundheit so gefährlich ist, im Gegentheile, ich bin der Ansicht, dass davon nichts Wesentliches zu befürchten ist, weil ich sehe, dass die Personen, welche sich gewerbsmässig mit der Besorgung der Leichen abgeben, erwiesenermaassen die gleiche Salubrität wie Andere geniessen; was aber die Familien oder einzelne Glieder an ihrer Gesundheit nicht selten schädiget, ist die Gelegenheit, welche mehrere Tage hindurch unausgesetzt besteht, so lange der Todte im Hause ist, den Seelenschmerz zu nähren und zu steigern. Es sterben im Ganzen doch recht viele Menschen, die aus tiefstem Herzen beweint werden. Man denke sich die durchschnittlichen Beziehungen zwischen Eltern und Kindern, Mann und Frau, Bruder und Schwester, und denke sich eine grössere Stadt, und man möchte sich bei dem Gedanken entsetzen, dass das ganze Jahr hindurch der Jammer des Todes nicht auch nur einen einzigen Tag schweigt. Man denke sich Vater und Mutter fast drei Tage und drei Nächte lang vor der Leiche eines hoffnungsvollen, in der Blüthe der Jahre verstorbenen, holden Kindes, oder andere Scenen, die uns der Tod vorführt und in seinen tiefsten Schatten darstellt, und man wird zugeben müssen, dass unsere Gesundheit viel mehr vom Herzeleid, vom eigenen Schmerz um die Todten, als vom Hauch ihrer Verwesung zu fürchten hat. Dieser Schmerz steigert sich in jedem edlen Gemüthe Angesichts des Todten, und mildert sich thatsächlich, wenn wir ihn nicht mehr sehen. Der vom Schmerz Ergriffene selbst hat allerdings davon kein rechtes Bewusstsein, er ist nicht urtheilsfähig, sondern glaubt vielmehr sich wohler zu fühlen, wenn er seinen geliebten Todten ohne Unterlass mit Thränen waschen kann, als wenn er ihn nicht mehr sieht, und dann das ernüchternde Gefühl der Einsamkeit, der Verlassenheit, als Reaktion des vorausgegangenen Schmerzes über ihn kommt. Jede Reaktion ist aber um so grösser, je gewaltiger die vorausgegangene Aufregung war. Je schneller ein Todter nach dem Ableben aus dem Hause entfernt wird, um so milder wird unter sonst gleichen Umständen das Stadium der Aktion und Reaktion verlaufen. Der tiefe Eindruck, den stets und unvermeidlich die Entfernung der Leiche aus dem Hause hervorbringt, ist am dritten Tage nicht geringer als am ersten. Mir scheint sogar etwas Milderndes in dem Gedanken zu liegen, wenn der Weg aus dem Hause nicht sofort der Weg in's Grab ist. Jeder genaue Beobachter aber wird finden, dass der Schmerz im Hause stiller wird. sobald die Leiche aus dem Hause ist. Wenn es Aufgabe der Humanität ist, den Schmerz zu lindern, und wenn mit dieser Linderung zugleich eine Schonung der Gesundheit verbunden ist, so haben Humanität und Hygiene die Aufgabe, für die Beisetzung der Todten in den Leichenhäusern zu sprechen.

Wie kommt es aber, dass die Leichenhäuser an so vielen Orten, wo solche bereits bestehen, doch nicht benützt werden, dass man höchstens solche Leichen dahin bringt, die man sonst nirgends unterbringen kann oder darf? Der Grund dieser Erscheinung liegt einfach und wesentlich in den Motiven, die gewöhnlich zur Begründung der Zweckmässigkeit der Leichenhäuser angeführt und bei

Erbauung derselben als maassgebend betrachtet werden. Den ersten Platz nimmt immer der sanitätspolizeiliche Punkt ein. Dieser ist aber in solchem Falle materiell viel zu schwach, um etwas damit gegen eine der mächtigsten und edelsten menschlichen Leidenschaften ausrichten zu können. Die Ausdünstung der Leiche, ihre Berührung soll ungesund sein. Wie soll das eine Mutter von ihrem selbst im Tode noch so süssen Kinde, der Mann von seinem geliebten Weibe glauben! Das glaubt nicht der Reiche und nicht der Arme. Wenn man den Armen bestimmen will, wegen Mangel an Raum in seiner Wohnung seinen Todten ins Leichenhaus zu schicken, so empört sich sein gerechter Schmerz gegen eine so herzlose Zumuthung, und er wendet Alles auf, um zu zeigen, dass er doch noch so viel im Stande sei, seinem Theuersten ein eigenes Kämmerchen für ein paar Tage zu bereiten, und dadurch den drohenden Eingriff der Sanitätspolizei in das Heiligthum seines Schmerzes ferne zu halten. Und diejenigen, welche nicht so edel dächten, zwingt die Sitte der Edlen, ein Gleiches zu thun. So lange die Leichenhäuser als Zwangslokale der Polizei erscheinen, wird sie der gesunde Sinn des Volkes mit Abscheu betrachten, und sie werden ihm nicht höher stehen, als eine Morgue, wo man Verunglückte, Ermordete und Selbstmörder ausstellt, bis sie von Jemand erkannt werden.

Ein Leichenhaus muss eine Ehrenhalle für Todte sein, mit aller Pracht eines monumentalen Raumes. Die Leichen müssen geschmückt mit allen Zeichen der Ehre und Liebe, welche sie sich im Leben errungen haben, vor Aller Augen in offenen Särgen zwischen Blumen und Lichtern liegen. Die Beisetzung in der Todtenhalle muss eine letzte Ehre sein, die man dem Verstorbenen erweist und die man ihm nicht vorenthalten will. Erst dann wird das trauernde Herz des Ueberlebenden der Wollust des Schmerzes entsagen, welche die Leiche nicht aus ihrer Nähe lassen will; denn die aufrichtige Liebe zeigt sich gerne in Entsagungen zu Gunsten des geliebten Gegenstandes, und jedes christliche Herz kann sich erfreuen bei dem Gedanken, dass der Verklärte vielleicht herabblickt und sieht, wie man seine irdischen Reste noch öffentlich ehrt, ehe man sie dem Grabe übergibt.

In München hat es sich bereits praktisch bewährt, dass jede Scheu vor dem Leichenhause auch bei der wohlhabenden Klasse schwindet, sobald man dasselbe in einen Raum zum Schmuck der Todten verwandelt. Hier liegen Katholiken und Protestanten, nach Kräften geziert und geschmückt, mit gefalteten Händen in einer und derselben Halle, wie in einer Kirche vereinigt. Die Angehörigen besuchen sie und schauen durch's Fenster in die Halle, wie in ein Stück Jenseits, und erzählen dann, nach Hause gekommen, und denken auch oft später noch mit Trost daran, wie schön und friedlich die Leiche zwischen Blumen und andern Leichen lag. In München gehört es jetzt zu den seltensten Fällen, dass eine Leiche von der Wohnung und nicht vom Leichenhause aus beerdigt wird, obwohl es Jedem gesetzlich frei steht, der eine eigene Wohnung besitzt.

Es ist eine würdige Aufgabe für Architekten, die beste und zweckmässigste Form für Todtenhallen zu finden.

Die Gesetze der Zersetzungen der stickstoffhaltigen Stoffe im Thierkörper.

Von

Carl Voit.

I.

Allgemeine Bemerkungen über die Bedeutung der Untersuchung der Zersetzungsprodukte des Körpers.

Der thierische Körper besteht aus einer Anzahl von Stoffen (vorzüglich Wasser, eiweissartigen Substanzen, Fetten und Mineralsalzen), welche, auf mannigfache und eigenthümliche Weise verbunden, nothwendig zur Existenz desselben gehören, wie Schwefel und Quecksilber zu der des Zinnobers. Dadurch dass im Körper diese Stoffe gewissen Einwirkungen unterliegen, von denen eine die des atmosphärischen Sauerstoffs ist, wird das Gleichgewicht zwischen den Componenten mehrerer derselben gestört und sie zerfallen dadurch in einfachere Verbindungen. Diese einfacheren Verbindungen gehören nicht mehr nothwendig zu dem, was man einen Theil eines thierischen Körpers nennt, daher sie aus demselben ausgeschieden werden, und zugleich auch die übrigen Stoffe, welche zur Constitution des Theiles mitbeitrugen, z. B. das betreffende Wasser und die Salze. Die beständige Störung des Gleichgewichtszustandes von Stoffen am Körper bedingt die Bewegungs- oder Lebenserscheinungen desselben; die Zersetzung ist die Ursache aller Wirkungen der Materie am Organismus.

Da die Physiologie sich damit beschäftigt, die Erscheinungen des Lebens zu studiren und ihre Ursachen zu erforschen, so ist es für sie eine der wichtigsten Aufgaben, zuzusehen, wie die Zersetzungsprodukte, die uns ein Zeiger für die Lebenserscheinungen sind, sich in Qualität und Quantität unter verschiedenen Umständen verhalten.

Es kommt zunächst darauf an, das von allen Organen im Körper hervorgebrachte Gesammt-Resultat kennen zu lernen, ehe man dazu schreiten kann, den von den einzelnen Organen gelieferten Antheil zu eruiren. So wie es sich früher mit der Erforschung des qualitativen Vorgangs verhielt, verhält es sich jetzt mit der des quantitativen. Man musste vorher von den Bestandtheilen der Respiration, des Harns etwas wissen, bevor es möglich war, aufzusuchen, aus welchen Quellen sie ihr Material beziehen; so muss man jetzt mit der Grösse des Verbrauchs am gesammten Körper und dessen Schwankungen bekannt sein, um dann mit bestimmten Fragen an das Studium der Einzelprocesse gehen und diese richtig würdigen zu können. Es ist bis jetzt unmöglich, den Werth, mit dem irgend ein Organ sich an den Zersetzungen betheiligt, zu ermitteln. Es wäre mehr als verkehrt, zu warten bis wir aus dem Antheil jedes Organes den Gesammtstoffwechsel zusammenaddiren können, während die Kenntniss des letztern uns jetzt schon möglich ist und für die meisten Fragen der Art uns völlig genügende Aufschlüsse giebt, da für sie nur der Körper als Ganzes in Betracht kommt; soll z. B. die Dignität eines Nahrungsmittels untersucht werden, so ist es nur von Wichtigkeit, ob dadurch der gesammte Körper auf seinem Zustand geblieben ist oder nicht. Die Sache gleicht einem kaufmännischen Geschäfte. Um ein Urtheil über die Bedeutung eines solchen zu bekommen, ist es genügend das Soll und Haben zu wissen; aus der Höhe einzelner Posten ist man nicht im Stande, irgend eine Einsicht in den Betrieb desselben zu gewinnen. Bei den Stoffwechseluntersuchungen findet noch eine Theilung in einzelne Rubriken, z. B. in die Faktoren Kohlenstoff, Wasserstoff, Sauerstoff, Stickstoff u. s. w. statt, so dass man dadurch auch Einblicke in die Details der Geschäfte erhalten kann.

Man ist vielseitig noch im Unklaren, was bei Arbeiten über den thierischen Haushalt für ein Ziel angestrebt wird und ob dasselbe der aufgewendeten Mühe sich verlohne. Ich habe vernehmen müssen, es seien dies Arbeiten, die einem schon überwundenen Standpunkt angehörten und deren Methode veraltet sei. Ich halte es daher für gut, so oft als möglich darauf hinzuweisen, dass wir uns der Tragweite unserer Bestrebungen stets bewusst sind.

Wir suchen ein Maass für die gesammten Lebensthätigkeiten und Leistungen des Organismus zu erhalten, indem wir die Grösse der Zersetzungen unter den verschiedensten Bedingungen und Einflüssen erforschen. Kehren bei Gleichbleiben der Bedingungen gewisse Erfolge regelmässig wieder, so sind wir im Stande das Gesetz aufzustellen, nach dem für diesen Fall die Zersetzung sich richtet; zeigen sich unter verschiedenen Umständen Verschiedenheiten, so entnehmen wir daraus ihre Wirkung. Eine dieser Bedingungen ist die Zufuhr der Nahrung, die den Körper auf seiner ursprünglichen Zusammensetzung erhalten oder Ansatz ermöglichen soll. Die Wirkung der einzelnen Nahrungsmittel erkennt man aus den unter ihrem Einfluss vor sich gehenden Zersetzungen und man schliesst daraus, welche Qualität und Quantität von Nahrung man reichen muss, um einen gewissen Körperzustand mit gewissen Leistungen hervorzurufen; die Lehre von der Ernährung, Abmagerung, Mästung ist zum grössten Theil nur ein Zweig der Lehre von den Zersetzungen im Körper. Und indem sich alle Aenderungen in den Lebensvorgängen in diesen Zersetzungen wiederspiegeln, wird man im Stande sein, bei krankhaften Zuständen Verschiedenheiten wahrzunehmen und eine nähere Erkenntniss dieser Processe anzubahnen. Insofern die Wirkungen im Organismus (Wärme, Muskel- und Nerventhätigkeit) Folgeerscheinungen des Stoffverbrauchs in demselben sind, wird eine genaue Kenntniss des letztern mächtig dazu beitragen, erstere uns verständlicher zu machen und neue Gesichtspunkte zur Bearbeitung derselben zu bieten. Wir werden dadurch über das Zustandekommen dieser Wirkungen erst Aufschlüsse erhalten.

Dies ist der Standpunkt, den wir jetzt einnehmen, es hat aber geraume Zeit gewährt, bis man auf denselben sich erhoben hat. Zur richtigen Beurtheilung des Antheils, den die einzelnen Forscher an dem allmähligen Fortschritt haben, will ich die Entwicklungsgeschichte dieser Bestrebungen in ihren Hauptmomenten zusammenfassen.

Die Geschichte der Physiologie lehrt uns, dass man immer fühlte, wie wichtig die Kenntnisse von den Exkreten für das Verständniss des Geschehens am Organismus sind, denn schon frühe wurden Beobachtungen hierüber gemacht. Die Art und Weise, wie man zum Ziel zu kommen suchte, richtete sich nach dem jeweiligen Stande der Wissenschaft. Die ersten umfassenderen und mit Bewusstsein angestellten Versuche eines ersten Abschnitts rühren von Sanctorius her, die in seinem bekannten Werke de medicina statica aphorismi, (Venet. 1614) niedergelegt sind. Man hatte wohl schon längst vor ihm erkannt, dass ein ausgewachsener Körper trotz fortwährender Nahrungszufuhr nicht schwerer werde und dass entsprechend wieder aus dem Körper entfernt werden müsse. Sanctorius that aber mit Sicherheit durch die Waage dar, dass der Körper, ohne sichtbar an Substanz zu verlieren, beständig an Gewicht abnimmt, und bestimmte zuerst diese insensiblen Ausgaben und die sensiblen durch Harn und Koth und die Einnahmen während einer gewissen Zeit dem Gewicht nach. Es war dies zu einer Periode, in der die Chemiker Maass und Gewicht bei ihren Experimenten noch nicht beachteten. Sanctorius wusste schon, dass sein Körpergewicht im Sommer geringer war als im Winter. Seine Versuche sind für eine lange Zeit von maassgebendem Einfluss gewesen und sie wurden von Andern vielfach wiederholt. Alle Beobachter dieses Abschnitts bleiben auf der von ihm eingeschlagenen Bahn, sie machen die von ihm erhaltenen Resultate nur genauer und suchen sie zu erweitern. Sie bestimmten das Gewicht der Einnahmen des Körpers und der Ausgaben durch Harn, Koth und Perspiration, die letztere, indem sie die Differenz der Summe des Anfangsgewichts und der Nahrung und der Summe des Endgewichts und der sichtbaren Exkrete nahmen. Sie untersuchten diese Verhältnisse unter den verschiedensten Umständen, in kalten und warmen Regionen, bei verschiedener Nahrung, verschiedenen Jahres- und Tageszeiten, bei Ruhe oder Bewegung; nur auf die näheren Bestandtheile der Einnahmen und Ausgaben konnte noch keine Rücksicht genommen werden. Dahin gehören die Beobachtungen von Dionysius Dodart[1]), von Jacobus Keill in Northampton[2]), de Gorter[3]), von G. Rye in Cork[4]), von Franz Home in Edinburg. Sehr

[1]) Dodart, Mém. de l'Acad. de Paris avant 1699. p. 250.

[2]) Keill, tentamina physico-medica 1718.

[3]) de Gorter, de perspiratione insensibili Sanctoriana, Leiden 1725.

[4]) Rye, Rogers essay on epidemic. diseases, Dublin 1734.

umfassend und fleissig waren die einschlägigen Arbeiten von Joh. Linings in Charlestown[1]), von Boissier de Sauvages[2]) und von Bryan Robinson[3]). Die eingehendsten und aufopferndsten Versuche über die Wirkung der Qualität und Quantität der Nahrung auf die Ausscheidungen und das Körpergewicht stellte wohl der englische Arzt William Stark an sich selbst an[4]); er soll in Folge dieser Experimente nach fortgesetztem Zuckergenuss das Leben eingebüsst haben.

Die Ausläufer dieser Sanctorianischen Periode finden sich bis in unsere Zeit durch die Versuche von Rawitz[5]), von Rigg[6]), von Valentin[7]) und von Volz[8]) in Carlsruhe.

Alle diese Versuche kommen, so mühsam sie zum Theil waren, nicht über eine gewisse Grenze hinaus. Man findet durch dieselben, wie die Nahrung sich auf die einzelnen Exkrete, Perspiration, Harn und Koth vertheilt, oder wie viel bei einem mittleren Körperzustand oder unter verschiedenen anderen Einflüssen weggeht. Der nähere Zusammenhang und die Ursachen bleiben vollkommen verborgen.

Es handelte sich, wenn man tiefer eindringen wollte, um die Menge der in den Einnahmen und Ausgaben des Organismus enthaltenen nähern Bestandtheile.

Der Fortschritt war daher enge verbunden mit dem der Chemie. Denn mit den Kenntnissen von der Constitution der Körper, wie sie bis zur Mitte des 18. Jahrhunderts bestanden, konnte auf diesem Gebiete nicht wohl weiter vorgegangen werden; es musste, vorzüglich durch die Arbeiten und Bestrebungen von Lavoisier veranlasst, das Zeitalter der quantitativen Chemie gekommen sein.

Die nächste weitere Einsicht in die Processe des Organismus gieng von dem Studium der gasförmigen Körper aus, welchem auch

[1]) Linings, philos. Transact. London 1743 und 1745.

[2]) Boissier de Sauvages, physiologia.

[3]) Robinson, on food and discharges, London 1778.

[4]) Stark, klinische u. anatom. Bemerkungen, nebst diätetischen Versuchen, aus dem Englischen von Michaelis, Breslau 1789.

[5]) Rawitz, über die einfachen Nahrungsmittel, Berlin 1842.

[6]) Rigg, Medical Times 1842, pag. 278.

[7]) Valentin, Repert. f. Anat. u. Physiol. 1843. Bd. 8. S. 389.

[8]) Volz, über die Gewichtsverhältnisse des Urins, der Perspiration und der Fäces, Bericht der Carlsruher Naturforscher-Versammlung 1858.

die Chemie ihren jetzigen Charakter verdankt. Man kann heutzutage kaum richtig würdigen, wie mangelhaft noch vor 100 Jahren die Vorstellungen über die Vorgänge im Thierkörper ohne die Kenntniss der Gase gewesen sind und wie mächtig erhellend die ersten Entdeckungen in der Chemie der Respiration gewirkt haben müssen.

Die Constitution der Gase wurde bekanntlich erst sehr spät erkannt; man meinte lange, es gebe nur ein einziges Gas, die atmosphärische Luft, und die übrigen Luftarten seien nur Beimischungen zu derselben, wodurch ihr verschiedene Eigenschaften ertheilt würden. Man wusste wohl, dass die Luft eines Raumes durch das Leben der Thiere nach und nach verdorben und zum weitern Athmen unbrauchbar wird; man meinte aber, dies geschähe durch schädliche Dämpfe, welche vom Thier der sich nicht verändernden Luft mitgetheilt werden.

Black in Edinburg hatte erst im Jahre 1755 auf die Erforschung der Gase hingewiesen und in seiner ausgezeichneten Abhandlung über den Unterschied zwischen ätzenden und milden Alkalien die bei der Verbrennung von Kohle erhaltene Luftart (fixe Luft) als verschieden von der atmosphärischen Luft aufgefasst. Er zeigte zuerst, dass ein Gas als chemischer Bestandtheil in eine Verbindung eintreten kann, denn er sah, dass der Aetzkalk unter Gewichtszunahme an der Luft allmählich in milden Kalk übergeht, indem er ein Gas aus der Luft aufnimmt, das durch Hitze wieder entfernt wird. Er sprach dann später den für uns wichtigen Satz aus, dass beim Athmen der Thiere und des Menschen fixe Luft erzeugt werden müsse, weil die Athemluft Kalkwasser trübt.

Dies war in der That der Anfang für das Verständniss des Respirationsprocesses. Die weitere Entwicklung liess aber, nachdem die ersten Anstösse geschehen waren, nicht lange auf sich warten. Denn die Lehre von den Gasen wurde alsbald weiter gefördert durch Cavendish, indem er als verschieden von der atmosphärischen Luft neben der fixen Luft oder Kohlensäure eine brennbare Luft, das Wasserstoffgas, im Jahre 1766 darstellte. Priestley vor Allen betrachtete die Gasarten, von denen er die grösste Anzahl entdeckte, als eigenthümliche Körper für sich; nachdem er uns namentlich mit dem wichtigsten aller Gase, der dephlogistisirten Luft oder dem Sauerstoff (1774) bekannt gemacht hatte, erkannte er, dass dies Gas allein das Verbrennen und Athmen unterhält, und dass die durch das Athmen der Thiere schlecht gewordene Luft durch die Pflanzen, welche die fixe Luft in dephlogistisirte verwandeln, wieder athembar wird. Er drang sogar noch weiter vor, denn er wies die Aufnahme des Sauerstoffs ins Blut und die dabei stattfindende Farbenveränderung nach[1]). Priestley hatte so einen zweiten bei der Respiration thätigen Faktor gefunden, jedoch muss ausdrücklich bemerkt werden, dass er noch nichts über den nähern Antheil des Sauerstoffs bei der Verbrennung und beim Athmen wusste, namentlich nicht, dass derselbe sich dabei mit den brennbaren Körpern verbindet.

Mit der Entdeckung dieser Gasarten war die richtige Erkenntniss der früher als Element betrachteten atmosphärischen Luft, als eines aus mehreren Gasen bestehenden Gemenges angebahnt. Scheele war es, der bestimmt aussprach, dass die atmosphärische Luft aus zwei Bestandtheilen besteht, wovon der eine die Verbrennung und Athmung unterhält und zum Leben absolut nöthig ist, der andere aber nichts dazu beiträgt, und Lavoisier bezeichnete von 1775 an als Bestandtheile der atmosphärischen Luft den Sauerstoff und Stickstoff. Nachdem endlich Lavoisier durch bewundernswerthe Versuche noch die Zusammensetzung der Kohlensäure aus Kohlenstoff und Sauerstoff gefunden, waren die wichtigsten Erscheinungen der Verbrennung aufgeklärt; es war bewiesen, dass der Sauerstoff der Luft nicht allein zur Verbrennung nothwendig ist, sondern dass bei der Verbrennung eine Verbindung des Sauerstoffs mit dem brennbaren Körper stattfindet.

Diese den damaligen Zustand der Chemie völlig umwälzenden Entdeckungen wandte Lavoisier alsbald in grösster Ausdehnung auf den Athemprocess der Thiere an. In seiner 1777 erschienenen berühmten Schrift: sur la respiration des animaux et sur les changements qui arrivent à l'air en passant par leur poumon sprach er Sätze aus, die noch jetzt volle Geltung haben. Der Athemprocess besteht in einer Verbrennung der organischen Stoffe des Körpers, indem der Sauerstoff der Luft sich mit dem Kohlenstoff verbindet

[1]) Priestley, Philos. Transact. 1776. 66.

und Kohlensäure entsteht, von der ein dem eingeathmeten Sauerstoff nahezu gleiches Volum ausgeschieden wird. Dabei blieb er aber nicht stehen, sondern er führte in Gemeinschaft mit Laplace (1783) die Idee durch, dass die thierische Wärme zum grössten Theile von der Wärmeentwicklung herrühre, die durch Umwandlung des Sauerstoffs in fixe Luft beim Athmen erzeugt werde, und im Jahre 1790 leitete er in der mit Seguin gemachten Untersuchung alle thierische Wärme von der langsamen Verbrennung der Stoffe ab, was von den in vitalistischen Anschauungen befangenen Physiologen längere Zeit aufs heftigste widerstritten wurde.

Während man in dem Studium der Zusammensetzung der Respirationsluft bis dahin vorgedrungen war, hatte man unterdessen auch Mittel und Wege gefunden, die nähern Bestandtheile der Nahrung und der Stoffe im Thier und der Pflanze überhaupt kennen zu lernen, wodurch abermals richtigere Vorstellungen über die Vorgänge im Thier vorbereitet wurden.

Dieser Fortschritt ging zunächst von der Erforschung der Zusammensetzung des Wassers aus, das wie die atmosphärische Luft als einfacher Körper, als ein Element betrachtet worden war. Cavendish zeigte 1781 durch einen der schönsten Versuche, dass das Wasser das Verbrennungsprodukt des von ihm entdeckten Wasserstoffs sei, was Lavoisier bestätigte, indem er 1783 das Wasser in seine Bestandtheile zerlegte. Da Lavoisier bei der Verbrennung der organischen Körper Kohlensäure und Wasser hatte entstehen sehen, so schloss er, dass dieselben Kohlenstoff und Wasserstoff enthalten müssten. Er trennte 1789 in der That mehrere organische Körper durch Verbrennung in ihre Bestandtheile und wies darin Kohlenstoff, Wasserstoff, Sauerstoff, Stickstoff und Phosphor nach, nachdem kurz vorher Fourcroy und Berthollet den Stickstoff als Bestandtheil aller thierischen Stoffe erkannt hatten. So wurde bekanntlich Lavoisier der Begründer der Elementaranalyse der organischen Stoffe, welche weiter von Gay-Lussac und Thenard (1810—1815) und von Berzelius (1814) verbessert und verallgemeinert, durch die Bemühungen von Liebig (1830) aber auf den höchsten Grad der Einfachheit und Sicherheit gebracht wurde. Man hatte damit erst das Mittel gewonnen, die Elementar-

Zusammensetzung der Theile im Thier und der Pflanze zu eruiren, das durch den Fleiss vieler Männer in überraschend kurzer Zeit eine Fülle der wichtigsten Beobachtungen zu Tage rief.

Am Ende des 18. Jahrhunderts, zu gleicher Zeit, als man die Stoffe in ihre Elemente zerlegte, fing man auch an, aus der Masse des Thier- und Pflanzen-Leibes einzelne Stoffe zu isoliren und so gewann man allmählich ein immer klareres Bild von den Bestandtheilen, welche denselben zusammensetzen. Ich will nur die wichtigsten dieser Bestrebungen und Entdeckungen dem Gedächtniss zurückrufen. Scheele entdeckte im Jahre 1776 die Harnsäure in Blasensteinen, dann die Milchsäure, und 1778 als Bestandtheil der Fette das Glyzerin. Im Rückstand, welchen der Harn nach dem Auskrystallisiren der Salze gab, bemerkte H. M. Rouelle (1773) einen in Weingeist löslichen Antheil, den er seifenartiges Extrakt nannte, das später (1799) von Fourcroy und Vauquelin genauer untersucht und als Harnstoff bezeichnet wurde. Die beiden letzteren Forscher machten sich durch ihre Untersuchungen über die Bestandtheile von Blut, Milch, Galle und Harn verdient; sie isolirten namentlich zuerst aus dem Harn der Thiere (1798) die Benzoesäure. Es folgten darauf Schlag auf Schlag die ausgezeichneten Arbeiten von Prout über den Harnstoff (1803), den Kleber, den Käse und den Harn, von Chevreul über die Constitution der Fette (1823), von Thenard über die Galle, und die von Berzelius über die gesammten thierischen Säfte. Von der grössten Tragweite waren aber die Bemühungen von Liebig und von Wöhler; wir verdanken diesen beiden Männern nicht nur die genaueste Erforschung vieler thierischer und pflanzlicher Verbindungen z. B. der Hippursäure, der Milchsäure, der Harnsäure, der eiweissartigen Körper, des Fleisches, sondern sie haben auch durch das eifrigste Studium der Zersetzungsprodukte den Zusammenhang derselben aufgeklärt; ihre gemeinschaftliche Untersuchung über die Metamorphosen der Harnsäure (1837) wird stets als der Ausgangspunkt und das Muster dieser bis jetzt von vielen ausgezeichneten Chemikern mit den bedeutendsten Erfolgen fortgesetzten Bestrebungen in diesem Gebiete gelten. Nachdem endlich Wöhler im Jahre 1828 zum ersten Male einen Bestandtheil des Thierkörpers, den Harnstoff, aus den Elementen zusammengesetzt hatte, gelang es der spätern Zeit auch auf diesem Wege über die Constitution solcher Verbindungen weitere Aufschlüsse zu erhalten.

Alle diese Entdeckungen in der Chemie, an denen Liebig so reichen Antheil hatte, gaben ihm das Material für seine befruchtenden Ideen über die Processe im thierischen Organismus. Die Beobachtungen lagen bis dahin ohne Zusammenhang als einzelne Bausteine umher, und es bedurfte des Geistes eines solchen Mannes sie zu einem geordneten Ganzen zu verbinden. Dies ist sein Verdienst, das in unserer Zeit von den wenigsten Physiologen gebührend anerkannt wird. Um ihn zu würdigen, lese man nur die physiologischen Schriften vor der Veröffentlichung seiner Werke und nachher, wie sich durch sein Wort die Vorstellungen über die Bedeutung der Vorgänge im Organismus geändert haben; die Erfahrungen in der Chemie, von denen er ausging, waren allerdings Gemeingut geworden, und auch Anderen bekannt, aber er war es, der sie benützte, um sie auf das Geschehen in den Organismen anzuwenden. Die Feststellung richtiger Begriffe und dadurch hervorgerufene neue Richtungen und Aufgaben bedingen den Fortschritt der Wissenschaft. Ein Schulknabe kann über viele Dinge heut zu Tage bessere Vorstellungen haben als früher der Weiseste; er wird, weil er die Geschichte des menschlichen Geistes nicht kennt, die Unwissenheit der Vorfahren belächeln. Der Mann der Wissenschaft muss jedoch wissen, was ihn auf den Standpunkt gehoben, den er einnimmt; seine besseren Vorstellungen verstehen sich jetzt allerdings von selbst; aber er soll sich nicht verleiten lassen zu glauben, dass dies immer so war, und das Verdienst dessen, der sie hervorrief, anerkennen. Es giebt Lehrbücher der Physiologie, in denen in den Capiteln über den thierischen Haushalt von Liebig nicht mit einem Worte die Rede ist. Diese Anomalie ist nur möglich, wenn man die Geschichte nicht kennt, und nur das Neue für beachtenswerth hält. Liebig stellte zuerst die Bedeutung der Umsetzungen für den Körper im Allgemeinen fest; durch die Wechselwirkung der Bestandtheile des Körpers und der Nahrung und des Sauerstoffs, sagt er, entstehen Umsetzungen, Verbrennungsprodukte und in Folge dieser gewisse Bewegungs- und Thätigkeits-Aeusserungen, die wir Leben nennen.

Er erkannte klar den Zusammenhang zwischen Zersetzung und Wirkung; alle Bewegungserscheinungen im Thiere leitete er von den Zersetzungen ab, nicht nur die Wärme. Die Umsetzungsprodukte der Gebilde müssen nach seinen Aussprüchen in den Exkreten enthalten sein, im Harn die stickstoffhaltigen. Indem er den chemischen Process der Umsetzung der Gebilde untersuchte, verfolgte er denselben Schritt für Schritt bis zu den Exkretionsprodukten. Ueber den Werth der Nahrungsmittel wusste man zu seiner Zeit nur, dass gewisse Stoffe das Leben nicht erhalten können; warum dies aber so war, blieb unbekannt, bis Liebig das Dunkel zu erhellen versuchte. Er sah, dass alle Theile des Thierkörpers, die eine bestimmte Form, Bewegung und Leben besitzen, aus stickstoffhaltiger Substanz gebildet sind, deren Ausgangspunkt das Eiweiss der Nahrung ist, da es das im Körper verbrauchte ersetzt. Der Kohlenstoff des Eiweisses, dies erkannte er bald, reicht nur beim Fleischfresser hin, allen in der Kohlensäure im Athem weggehenden Kohlenstoff zu liefern, daher die Pflanzenfresser Kohlenhydrate in der Nahrung zu sich nehmen müssen. So kam Liebig zu der folgereichen Trennung der stickstoffhaltigen und stickstofffreien Stoffe der Nahrung in Beziehung ihrer Funktion im Organismus, die ersteren sollen allein Theile von verbrauchtem Körpermaterial ersetzen, und zu Bewegungseffekten, die letzteren nur zur Wärmeerzeugung und nie zum Ersatze von Organisirtem dienen.

Dies waren die Ideen, durch die die Forschung auf unserm Gebiete eine neue Richtung gewann. Einen solchen Erfolg hatten sie, mag man im Einzelnen darüber eine Meinung haben, was man für eine will. Es war damit ganz bestimmt der Zweck hingestellt, der bei Untersuchungen über den thierischen Haushalt vorhanden ist; man soll aus der Qualität und Quantität der Exkrete Rückschlüsse auf die Qualität und Quantität der im Körper umgesetzten Stoffe machen, da die Exkrete ein Maass für die Umsetzungen sind. Es war als Aufgabe gegeben worden, die Abänderung der Zersetzungen unter den verschiedensten Umständen, namentlich bei verschiedener Art und Menge der Nahrung zu studiren und so die Gesetze derselben zu finden. Dies ist das gleiche Ziel, das ich als das von uns erstrebte bezeichnet habe.

Wie weit haben sich nun diesem Ziele die Arbeiten über den Haushalt im Thierkörper in dem zweiten Zeitabschnitt, in dem man die Fortschritte der Chemie in der Kenntniss der nähern Zusammensetzung der Einnahmen und Ausgaben berücksichtigte, allmählich genährt?

Wir treffen hier zunächst auf einige Untersuchungen, bei welchen die Elemente der Einnahmen, und die Elemente des Harns und Koths bestimmt, die der Athemluft aber aus der Differenz der Einnahmen und sichtbaren Ausgaben berechnet wurden, indem man stillschweigend voraussetzte, dass alle Bestandtheile der Einfuhr in den Exkreten sich wieder finden. Boussingault hat solche Bestimmungen bei einem Pferd, einer Kuh, bei Schweinen und Tauben durchgeführt; Sacc bei Hühnern, Valentin bei einem Pferd, und Barral bei Menschen. Der Gewinn dieser Versuche konnte aber für die Erkenntniss der Vorgänge im Körper nicht so bedeutend sein, als man vielleicht erwartete; es wurden Zahlen gewonnen, man wusste aber nicht, was man mit denselben beginnen sollte, denn man hatte bei Anstellung der Versuche kein bestimmtes Ziel im Auge gehabt. Es war nur eine Vergleichung möglich, wie die Elemente der Nahrung sich auf zwei Exkrete vertheilten. Man hatte einzelne Fälle aus unzähligen möglichen herausgegriffen und konnte also nichts Näheres über die unter verschiedenen Umständen äusserst mannigfaltigen Zersetzungen aussagen. Selbst im einzelnen Falle war ein Rückschluss auf die Vorgänge im Körper unmöglich, da man nicht im Stande ist, die Respirationsprodukte zu berechnen, wie es bei diesen Versuchen geschah, so dass die Ergebnisse, wie später noch gezeigt werden wird, an den erheblichsten Fehlern leiden.

Aehnlich wie mit diesen Untersuchungen steht es mit den isolirten Bestimmungen der durch die Respiration ausgeschiedenen Stoffe. Nachdem die qualitativen Bestandtheile der Athmungsluft erkannt waren, wurden von vielen Seiten die Quantitäten derselben festzustellen gesucht. Lavoisier und Seguin[1]) unternahmen zunächst solche Experimente und dann mit mehr oder weniger voll-

[1]) Lavoisier und Seguin, Mém. de l'Acad. des sciences de Paris 1789 und 1790.

kommenen Apparaten H. Davy[1]), Allen und Pepys[2]), Prout[3]), Andral und Gavarret[4]), Scharling[5]), Valentin und Brunner[6]), Vierordt[7]), Regnault und Reiset[8]), Smith[9]) und Andere.

Es ist keinem Zweifel unterworfen, dass obige Untersuchungen für manche Fragen von grossem Werthe waren; sie thaten vorzüglich dar, in welchen Mengen die einzelnen Bestandtheile bei der Respiration im Allgemeinen auftreten können. Der Gasaustausch stand aber nach ihnen als eine isolirte Grösse da; denn es war durch sie nur für die wenigsten Fälle bekannt, welche Aenderung bei einer ihrem Werth nach bestimmten Variation der Bedingungen stattfindet, man hatte wieder nur einen einzelnen Fall beobachtet, dessen nähere Umstände ganz dunkel blieben; und dann war die Beziehung zu den übrigen Zersetzungen im Körper, auf die man keine Rücksicht genommen, nicht darzuthun, so dass daraus kein Schluss auf die im Organismus umgesetzten Stoffe gemacht werden konnte. Die Gesetze der Ausscheidung der gasförmigen Stoffe aus dem Körper sind daher durch diese Experimente nicht festgestellt und ich hoffe, dass späterhin Funke[10]) die Voreiligkeit seines Ausspruchs einsehen möge, dass die qualitativen und quantitativen Verhältnisse des Gaswechsels ziemlich mit mathematischer Genauigkeit nach allen Richtungen hin eruirt seien.

Dem vorhin aufgestellten Ziele am nächsten kam unzweifelhaft die ausgezeichnete Stoffwechselarbeit von Bidder und Schmidt[11]). Es war der erste Versuch, alle Elemente des Stoffumsatzes bei

[1]) Davy, Research. chem. and philos. London, 1800.

[2]) Allen und Pepys, Phil. Transact. 1808. p. 404.

[3]) Prout, Thomson's Annal. of philos. 1814. 2.

[4]) Andral und Gavarret, rech. sur la quant. d'acide carb. exhalé par le poum., Paris 1843.

[5]) Scharling, Annal. der Chem. und Pharm. 1843. Bd. 45.

[6]) Valentin und Brunner, Arch. f. physiol. Heilkunde Bd. 2.

[7]) Vierordt, Physiologie des Athmens, Karlsruhe 1845.

[8]) Regnault und Reiset, Annal. de chim. et de phys. 3 Sér. 1849. T. 27.

[9]) Smith, Journ. de la Physiolog. 1860.

[10]) Funke, Lehrbuch Bd. 1. S. 439.

[11]) Bidder und Schmidt, die Verdauungssäfte und der Stoffwechsel 1852.

Katzen experimentell zu bestimmen, und zwar zunächst während des Hungers, dann bei gewöhnlicher und möglichst starker Fleischnahrung. Sie machten Rückschlüsse auf den dabei stattfindenden Verbrauch im Körper; denn sie berechneten aus der Menge des ausgeschiedenen Stickstoffs, der, wie schon Liebig ausgesprochen und wie sie zuerst durch den Versuch bewiesen, sämmtlich in den Harn und Koth übergeht, den Verbrauch an Eiweiss und indem sie den durch Haut und Lungen excernirten Kohlenstoff zu Hilfe nahmen, den Verbrauch an Fett und den Bedarf an Sauerstoff. Abgesehen von einigen Missständen, die später bei Besprechung der Methode noch hervortreten werden, war mit dieser Untersuchung für einzelne Fälle ein ziemlich genügender Einblick in die Processe des Thierleibs gethan worden. Nur war es nicht möglich aus den von ihnen beobachteten einzelnen Fällen allgemeine Schlüsse zu ziehen und Gesetze aufzustellen; zu dem Ende hätte die Grösse der Zersetzungen unter den mannigfachsten Umständen, namentlich bei verschiedener Qualität und Quantität der Nahrung, studirt werden müssen.

Dies zu erreichen, die Gesetze der Zersetzungen durch die Erforschung der Abhängigkeit derselben von verschiedenen Bedingungen zu finden, blieb immer noch die von den Wenigsten in ihrem vollen Sinne erkannte Aufgabe späterer Untersuchungen.

Die ganze Sache bekam jedoch von da ab eine eigenthümliche Wendung. Es sollten, wie es Schmidt und Bidder thaten, sämmtliche Zersetzungsprodukte controlirt werden; der gleichzeitigen Bestimmung der durch die Respiration und die übrigen Exkrete ausgeschiedenen Stoffe standen aber so viele Hindernisse im Wege, dass alle fernern Beobachter geradezu darauf verzichteten und nur auf die Bestandtheile des Harns und Koths, im höchsten Falle noch auf die der Nahrung Rücksicht nahmen. Man hatte sich niemals klar darüber gemacht, ob man unter diesen Umständen ein brauchbares Resultat erwarten konnte. Besonders nachdem Liebig durch die Bekanntmachung einer sehr leicht und schnell ausführbaren Titrirmethode des Harnstoffs die Untersuchung über dieses wichtigste und wesentlichste Zersetzungsprodukt der stickstoffhaltigen Substanzen des Körpers sehr vereinfacht und in grösserm Maassstabe angestellte Versuche möglich gemacht hatte, bemächtigten sich, wie es unter solchen Umständen im Anfang immer geht, der Aufgabe eine Menge Leute, die sich keine bestimmten Fragen stellten, und nicht wussten, zu was ihre redlichen Bemühungen eigentlich führen sollten und was sie voraussetzten. Ihre Untersuchungen liessen daher in Quantität nichts, in Qualität aber alles zu wünschen übrig.

Man will die Grösse der Zersetzungsprodukte unter verschiedenen Umständen bestimmen und daraus Rückschlüsse auf das im Körper verbrauchte Material machen. Es ist für jeden vernünftigen Menschen klar, dass man durch die Analyse des Harns und Koths nicht den Verbrauch an Kohlenstoff oder Wasserstoff oder Sauerstoff im Körper ergründen kann; man vermag nur den an Stickstoff und Aschebestandtheilen zu übersehen und zwar den an Stickstoff nur dann, wenn aller im Harn und Koth ausgeschieden wird. Da man aus der Grösse der Stickstoffausscheidung den Verbrauch an stickstoff- oder eiweisshaltigen Stoffen im Körper rechnen kann, so ist man also in diesem Fall im Stande, aus der Berücksichtigung von Harn und Koth die Grösse dieses Verbrauchs abzuleiten und, wenn man die nähern dabei mitwirkenden Umstände, namentlich die Nahrung genau kennt, die Gesetze der Zersetzung der eiweisshaltigen Verbindungen zu finden. Wird aber nicht aller Stickstoff im Harn und Koth entfernt, so hören Rückschlüsse der Art auf, und die Analyse von Harn und Koth hat wenigstens für unsern Zweck nicht die mindeste Bedeutung mehr. Alle Arbeiten in unserm Gebiet stehen oder fallen daher selbstverständlich mit der Entscheidung über die Stickstoffausscheidung; es ist und bleibt so, mag man sich von gewisser Seite noch so sehr gegen diese nothwendige Folgerung stemmen.

Einige Zeit nach den Arbeiten von Bidder und Schmidt hatte Bischoff[1]) (1853) bei Hunden den unter mannigfachen Verhältnissen entleerten Harn und Koth einer näheren Untersuchung unterzogen und es stellte sich constant das mit den Angaben früherer Autoren übereinstimmende, aber nach den Versuchen von Bidder und Schmidt unerwartete Resultat heraus, dass ein ziemlich ansehnlicher Theil des Stickstoffes der Nahrung im Harn und Koth nicht zu finden ist. Dies war eine sehr schlimme Erfahrung, die,

[1]) Bischoff, der Harnstoff als Maass des Stoffwechsels, 1853.

so lange man die Abzugsquelle für diesen Stickstoff nicht entdeckt hatte, jedem weitern Eindringen in das Getriebe der Stoffmetamorphose eine Schranke steckte.

Es ist mir später[1]) (1857), wie ich noch bei der nähern Betrachtung der Geschichte des Stickstoffkreislaufs angeben werde, gelungen, bei Hunden allen Stickstoff der Nahrung im Harn und Koth zu finden, was Bischoff und mir die Veranlassung gab, näher nachzusehen, unter welchen Umständen dies eintritt; es glückte uns auch bald zu zeigen, dass aller Stickstoff im Harn und Koth den Körper verlässt und die Gründe zu finden, warum die übrigen Beobachter nicht zu diesem Resultat gekommen waren.

Damit hatte es wieder einen Sinn bekommen, das Studium der Zersetzung der stickstoffhaltigen Stoffe von Neuem aufzunehmen, was auch von Bischoff und mir sofort geschah. Die Resultate haben wir 1860 in unserem Buche „über die Gesetze der Ernährung des Fleischfressers" veröffentlicht, dessen experimenteller Theil von mir allein ausgeführt ist.

Beim Beginne unserer gemeinschaftlichen Untersuchungen standen wir auf dem Boden, den die bisherigen Bestrebungen in diesem Gebiete uns geschaffen hatten. Wir gingen im Anfang von ganz falschen Gesichtspunkten aus, wie sie bis dahin allgemein gang und gäbe waren, so suchten wir z. B. die Nahrungsmenge zu finden, die den Körper auf seinem Gewichte erhält, um zu beurtheilen, wie viel er davon zu seiner Ernährung nöthig hat. Erst durch lange und zeitraubende Erfahrungen sind wir auf den jetzt sehr einfach scheinenden Weg geführt worden, auf dem allein das angestrebte Ziel erreicht werden wird.

Die Verhältnisse der Zersetzungen im Körper können unmöglich ganz einfacher Natur sein, denn jedes Resultat ist durch eine grössere Anzahl von Bedingungen, deren Einfluss einzeln gewürdigt sein will, hervorgebracht. Immer unter andern Bedingungen angestellte und variirte Experimente liessen uns endlich den Werth, mit dem eine bestimmte Bedingung eingriff, erkennen und schliesslich eine Harmonie in die vielen scheinbar sich widersprechenden Ergebnisse der Versuche bringen.

[1]) Voit, physiolog.-chemische Unters. 1857.

Man ist daher nicht im Stande eine aus dem Ganzen herausgerissene Thatsache richtig zu beurtheilen; eine solche kann auf die verschiedenste Weise aufgefasst werden. Man muss mit allen Einzelheiten der ganzen Untersuchung sich vollkommen vertraut gemacht haben, um für einen bestimmten Fall die richtige Erklärung finden zu können; nur das ganze Versuchsmaterial gibt den Beleg dafür ab.

Hat man die Masse der Einzelresultate nicht klar vor Augen, so erscheinen die in unserem Buche befindlichen Einleitungs- und Schluss-Bemerkungen in der Luft zu stehen und ohne Zusammenhang mit den Versuchen zu sein, während sie aus der unpartheiischsten und eifrigsten Betrachtung dieser Versuche hervorgegangen sind.

Nichts ist leichter als ohne eingehendes Studium unseres Buches einen von uns aufgestellten Satz zu verwerfen; daher hat es uns nicht im Mindesten gewundert, dass sich allerhand Einwände dagegen erhoben, denn es ist nicht Jedermanns Sache, dasjenige gehörig durchzusehen, was er widerlegen will. Die Kritiker sind in der Ueberschätzung des Werthes ihres Referates gewöhnlich nicht so bescheiden, zu bedenken, dass wir vor Anstellung unserer Versuche von dem Gegenstand mindestens so viel wussten als sie, und nachher unmöglich weniger wissen konnten. Wir haben die meisten ihrer Gedanken auch gehabt, aber aus bestimmten Gründen, die uns die Versuche lieferten, nicht angenommen. Es war uns leider nur zu oft Gelegenheit geboten, früher gefasste Ansichten im Laufe der Untersuchung fallen lassen zu müssen. Wir waren aber bei Veröffentlichung unserer Untersuchungen weit entfernt zu glauben, etwas ganz Vollendetes zu geben, es musste nur einmal ein bestimmter Abschluss gemacht werden.

Ich hebe vor Allem hervor, dass die Entgegnungen gegen unser Buch nicht auf Gegenversuchen beruhen, sondern rein kritischer Natur sind. Sie werden in ihrem Werthe dadurch sehr beeinträchtigt. Ich halte aber, obwohl ich natürlich die Thätigkeit eines wahrheitsliebenden Forschers über Alles schätze, die wohlfeilen sogenannten Untersuchungen eines Kritikus, wenigstens für meine Person, nicht für gering. Indem ich die Kritik beachte, dient sie mir, denn sie gibt mir Anhaltspunkte, wie ich durch neue Versuche meine Theorie prüfen kann; ich stelle die letztere sicherer, wenn die neuen Resultate abermals mit ihr im Einklang sich befinden und ich verwerfe sie augenblicklich im entgegengesetzten Falle, denn mir ist es nicht um Rechthaberei, sondern um das Rechte zu thun. Ich werde daher durch die Kritik, auch wenn sie sich noch so breit macht, nicht verstimmt, sondern ich bin ihr dankbar; es kann mir und der Wissenschaft dadurch nur genützt werden. Es kommt mir in dieser Angelegenheit nicht darauf an, zu erproben, wer eher müde wird, der Kritiker im Tadeln oder ich im Verbessern und wer schliesslich mehr Lohn davonträgt; denn ich habe die feste Ueberzeugung, dass meine Bemühungen zu einem grossen Ziele führen müssen.

Es sind bei den jetzigen Angriffen zum Theil die Methoden der Untersuchung und dadurch auch die Ergebnisse derselben, vor Allem aber unsere aus letzteren gezogenen Folgerungen bekrittelt worden.

Die ersteren Angriffe sind nur dann berücksichtigenswerth, wenn sie gegründet sind oder ihre Ungegründetheit aus unserer Arbeit nicht entnommen werden kann; ich glaube nun in der That, dass ein gerechtes Urtheil sie nicht begründet finden wird.

Die letzteren Angriffe sind meiner Meinung nach völlig gleichgiltig; ich kann vor der Hand die Schlussfolgerungen Jedem Preis geben, da über sie doch nur die Zukunft entscheiden wird. Ich bin in diesem Stücke anderer Meinung als diejenigen, welche glauben machen wollen, es sei mit der Nichtanerkennung unserer Schlüsse von ihrer Seite die ganze Arbeit über den Haufen geworfen; denn wenn es auch mit unserer Theorie wirklich so schlimm stünde, so bliebe ja immer noch das Werthvolle der Arbeit, das experimentelle Material bestehen. Der mit der Geschichte der Wissenschaft Vertraute wird sich über den Werth seiner Ansichten keiner eitlen Täuschung hingeben. Auf jedem Blatt dieser Geschichte kann man ersehen, dass die Resultate eines richtig angestellten Experiments unvergänglich sind, während die aus den Beobachtungen abgeleitete Theorie im Fortschreiten der Wissenschaft sich häufig als unrichtig erweist, vorzüglich desshalb, weil man früher noch nicht alle Umstände, die bei Anstellung des Experimentes mitwirkten, in Betracht zu ziehen vermochte. Wenn aber auch nur dasjenige bleibend ist, was der Fleiss eines Forschers an positiven Thatsachen zusammenträgt, so wird es derselbe doch niemals unterlassen, so weit er es zu seiner Zeit und nach Maassgabe seiner Fähigkeiten im Stande ist, eine Theorie aufzustellen, d. h. die ihm wahrscheinlichste und im Augenblicke keiner der Thatsachen widersprechende Erklärung für die beobachteten Erscheinungen zu suchen. Von diesen Theorien geht vorzüglich der weitere Fortschritt der Wissenschaft aus, sie geben den Anstoss zu neuen Bewegungen. Der Forscher muss es sich häufig gefallen lassen, wenn Andere mit leichter Mühe mit den von ihm gefundenen Thatsachen sich andere Vorstellungen machen, aber der Einsichtsvolle, und nur um diesen und nicht um das grosse Publikum braucht man sich zu kümmern, wird nicht verkennen, wo das eigentliche Verdienst liegt.

Wir hätten daher wohl in vollkommener Ruhe die Zeit wirken lassen können, zwischen uns und unsern Beurtheilern zu entscheiden. Wir haben schon die Genugthuung gehabt, dass unermüdliche und nüchterne Forscher wie Henneberg und Stohmann, die bei ihren an Wiederkäuern angestellten Untersuchungen anfangs mit den gleichen Schwierigkeiten zu kämpfen hatten und sich in demselben Labyrinthe befanden wie wir, den durch unsere Versuche am Fleischfresser gefundenen leitenden Faden aufgriffen und zu ganz den gleichen Resultaten gelangten.

Ein anderer Umstand aber war maassgebend diesen Entscheid nicht der Zeit zu überlassen.

Unsere Untersuchungen haben, wie aus meinen obigen Bemerkungen hervorgeht, nur den Stickstoffumsatz mit Sicherheit feststellen können, und wir mussten uns begnügen, über die übrigen Zersetzungen Wahrscheinlichkeiten auszusprechen, da uns die durch Haut und Lunge den Körper verlassenden Endprodukte unbekannt blieben. Es hatte sich aber dadurch eine genaue Bestimmung der Respirationsgrösse als äusserst wichtig herausgestellt, um den Kreis, wie es schon Bidder und Schmidt angestrebt haben, völlig schliessen und über alle Zersetzungen im Körper Rechenschaft geben zu können. Dem Talente Pettenkofer's war es gelungen einen hiezu tauglichen Apparat herzustellen und wir beide haben vereint[1]) die Experimente

[1]) Beneke sagt in einer Einleitung zu dem Archiv des Vereins für wissenschaftliche Heilkunde, dass erst das eben verflossene Jahr uns durch Pettenkofer's Arbeiten einen ersten Einblick in die Statik des Stoffwechsels verschafft

damit begonnen. Die letztern lehnen sich aber an unsere frühern vollkommen an und wären ohne sie gar nicht möglich gewesen. Wenn wir über die Ergebnisse der Regnault-Reiset'schen Arbeit hinauskommen wollten, mussten wir sämmtliche Zersetzungen berücksichtigen, also wie bei der früheren Untersuchung auch die Bestandtheile von Harn und Koth bestimmen. Es musste das Erscheinen des verbrauchten Stickstoffs in letztern Exkreten völlig sicher stehen, sonst waren die Angaben des Respirationsapparates falsch, da bei ihm auf den Stickstoff keine Rücksicht genommen wird. Es war desshalb sehr wünschenswerth über die Richtigkeit der ersten Untersuchung keinen Zweifel zu lassen.

Ich habe mich daher entschlossen in einer Reihe von Artikeln in dieser Zeitschrift die Einwendungen gegen unsere gemeinschaftlich geführten Untersuchungen über die Ernährung zu beantworten, aber nicht wieder mit kritischen Untersuchungen, sondern mit wirklichen, die ich seitdem unausgesetzt fortgeführt habe. Der Wunsch durch erneute Experimente die Wahrheit zu finden, wird als genügender Grund dafür dienen, dass von meiner Seite nicht früher etwas auf die Angriffe erwidert wurde.

Die ganze Angelegenheit ist mir natürlich zu ernst, als dass ich im Stande wäre, manchen Kritikern in gleichem Tone zu antworten. Ich verliere kein Wort über dies der Wissenschaft fremde Treiben, sondern werde mich strenge nur an die Sache halten.

Die folgenden Aufsätze werden nur die Gesetze der Zersetzungen der stickstoffhaltigen Stoffe im Thierkörper behandeln. Zunächst soll als Grundlage die Methode der Erforschung derselben mit ihren Fehlergrenzen genau besprochen und dann dazu übergegangen werden, die damit erhaltenen Resultate, von denen viele sich erst durch die fortgesetzten Untersuchungen ergeben haben, übersichtlich zusammenzustellen.

Ich versuche in der Darstellung der letzteren einen anderen Weg als den, welcher uns früher bei der ersten Arbeit nothwendig geboten war. Zur Erleichterung der Auffassung will ich

habe. Es ist mir unklar, was er mit einer solchen Bemerkung bezweckt, da er ganz gut wissen muss, dass Pettenkofer und ich den gleichen Antheil an der Sache haben.

jedesmal einen bestimmten aus den Versuchen direkt ableitbaren Satz aufstellen und diesen dann mit den nöthigen Beispielen, die vorzüglich den neuern eigens zu dem Zweck angestellten Reihen entnommen sind, beweisen. Ich glaube auf diese Art dem Verständniss unserer Sätze wesentlich zu nützen. Nachdem so das neuere Material, das noch weit umfassender ist als das frühere, erschöpft sein wird, werde ich erst dazu übergehen, allgemeinere Schlüsse zu ziehen, damit das was als gesichert zu betrachten ist, nicht mit den individuellen Anschauungen und Theorien, die man Anderen nicht aufdringen kann, vermengt werde.

Mit diesen einleitenden Bemerkungen wird wohl der Standpunkt, den die folgenden Untersuchungen in der Physiologie einnehmen sollen, richtig bezeichnet sein.

II.

Die Methode der Untersuchung und die Grenzen ihrer Genauigkeit.

Ich halte es vor Allem für nöthig eingehend die Methode der Untersuchung der Zersetzungen im Thierkörper, wie sie sich im Laufe der Zeit bei unsern Arbeiten gestaltet hat, und ihre Fehlergrenzen zu besprechen, da dies in unserm Buche weniger ausführlich geschehen ist, als es vielleicht gerathen war. Es ist zwar bei den gewöhnlichen chemischen Untersuchungen nicht Sitte, eigens anzugeben, wie genau die benützten Instrumente, Waagen, Büretten, Pipetten u. s. w. sind, sondern es versteht sich von selbst, dass man sie vorher geprüft und dass, wenn ein Gewicht auf $^1/_{10}$ Grmm. angegeben ist, auch die Wägung auf $^1/_{10}$ Grmm. sicher steht. Es sind daher die hierher gehörigen Fragen und Bemerkungen der Kritiker mindestens unnöthig gewesen. Nichts destoweniger will ich zum Troste ihrer zarten Gewissen alle nur wünschbaren Aufschlüsse geben.

Die Methode und ihre Ausführung muss völlig sicher stehen, denn auf sie baut man Alles Weitere auf; ein Angriff auf sie entzieht dem Forscher geradezu den Boden, auf dem er steht.

Eine Anzweiflung der Richtigkeit der angewandten Methoden und der Gewissenhaftigkeit ihrer Ausführung ist daher wohl der stärkste Vorwurf, der einem Werke gemacht werden kann, denn es fällt dadurch in sich selbst zusammen. Es gibt daher keinen grössern Widerspruch, als wenn Vogt[1]) die bedeutendsten Fehler in unserer Untersuchungsmethode und in der Ausführung finden will und dann doch sagt, dass mein Beitrag zu dem Werthvollsten, was wir in der physiologischen Literatur besitzen, gehört. Dies gilt auch von Grouven[2]), der wahrlich besser gethan hätte, die von ihm angenommenen Mängel der Methode und die chemischen Schwächen ihrer Ausführung näher zu bezeichnen, als ohne Beweis solche Behauptungen zu machen.

Ich bemerke, dass ich sehr wohl über die Genauigkeit der angewendeten Methoden nachgedacht und deren Grenzen gekannt habe; der beste Beweis dafür ist wohl der, dass ich vielfach andere Wege eingeschlagen habe, als sie früher gebräuchlich waren, um die unvermeidlichen Fehler so weit als thunlich zu verkleinern; es sind dadurch grösstentheils die neuen Resultate möglich gemacht worden.

Jede Beobachtung aber hat gewisse Grenzen ihrer Genauigkeit; absolut richtig ist keine, sondern immer nur annähernd. Nichts ist daher leichter als an ihr gewisse Fehler nachzuweisen; um dies handelt es sich aber nicht, sondern darum, ob die Fehler so gross sind, dass sie für den gegebenen Fall nicht vernachlässigt werden können. Würde sich derjenige nicht lächerlich machen, der die Richtigkeit der bekannten Elementarzusammensetzung des Harnstoffs bestreiten würde, weil die Kohlenstoff- oder Wasserstoffbestimmung nicht absolut genaue Resultate gibt?

Aehnliche Gesichtspunkte gelten auch für die Genauigkeit, die man auf eine Untersuchung verwendet. Man muss sich vergewissern, wie gross die Fehler dabei sind und ob durch diese die Schlussfolgerungen nicht alterirt werden. Darnach richtet man seine Untersuchung ein und bietet da, wo es wesentlich und nothwendig ist, alles auf, um ein genaues Resultat zu erhalten; aber ich erachte

---

[1]) Vogt, Untersuchungen zur Naturlehre von Moleschott 1861.

[2]) Grouven, physiolog.-chem. Fütterungs-Versuche 1864. S. 19 und 40.

es geradezu für unvernünftig in ganz unwesentlichen Dingen, die von gar keinem Einfluss sind, seine Kräfte zu zersplittern. Der umsichtige Forscher wird dies genau überdenken und so sicherer gehen als der Haarspalter, der häufig, weil er nicht weiss was er thut, Mücken seiht und Elephanten durchlässt. Wenn ich z. B. aus mehreren Analysen weiss, dass im trockenen Koth nach Fleischfütterung zwischen 6 und 7 % Stickstoff sich befinden, so werde ich nicht jede solche Kothsorte der Verbrennung unterwerfen, um zu entscheiden, ob 6 oder 7 % darin sind, denn bei nur 12 Grmm. trockenen Koths im Tag beträgt dann die Schwankung des Stickstoffs 0.1 Grmm., was innerhalb der Fehlerquellen der Stickstoffbestimmung im Harn liegt. Ich würde es nicht thun, weil es im gegebenen Falle weiter gar kein Interesse hat, den Stickstoffgehalt dieses Kothes näher kennen zu lernen und es nicht möglich ist, dadurch das Gesammtresultat genauer zu machen. Jedoch werde ich meine ganze Sorgfalt darauf verwenden, den auf einen Tag fallenden Koth abzugrenzen, da hier grössere Fehlerquellen liegen. Dies waren die Rücksichten, die mich bei Anstellung der Versuche leiteten, und ich glaube nichts ausser Acht gelassen zu haben, was die Ergebnisse so zuverlässig, als es hier nur immer möglich ist, machen konnte.

Es handelt sich beim Studium der Zersetzungsprocesse sowohl um die Bestimmung der Gesammtmenge von Nahrung, Harn, Koth und gasförmiger Ausscheidung als auch um die Bestimmung der einzelnen Bestandtheile derselben; in unserm Fall, wo es uns hauptsächlich um den Stickstoff-Kreislauf zu thun ist, um genaue Angabe des in der Nahrung, im Harn und Koth enthaltenen Stickstoffs.

Als Untersuchungsobjekt wählten wir zunächst ein fleischfressendes Thier aus, da bei ihm, wie bei der weitern Besprechung der Methoden einleuchten wird, viele Verhältnisse ungleich einfacher gestaltet sind, als bei einem Pflanzenfresser, und es gerathen war die erste Erforschung von ohnehin complicirten Processen nicht noch unnöthig zu erschweren. Unter den Fleischfressern schien uns ein grosser Hund am geeignetsten; es musste jedenfalls ein grösseres Thier sein, um die unvermeidlichen Verluste an Harn, Koth u. s. w. verhältnissmässig kleiner zu machen. Wir können es in der That als ein Glück betrachten, dass wir die Versuche am Hunde begannen, denn jedes andere Thier oder der Mensch hätte uns ungleich mehr Schwierigkeiten bereitet; es wäre uns sicherlich sonst unmöglich gewesen über manche Probleme ins Reine zu kommen, während es jetzt bei geläuterterem Urtheil leichter sein wird, sich auch bei andern Thieren und beim Menschen zurecht zu finden. Ist einmal unter den einfachern Verhältnissen beim Hund die Wirkung verschiedener Einflüsse auf die Zersetzungen erkannt, so wird es sich bei andern Thieren und beim Menschen nur darum handeln, an einzelnen Beispielen zu zeigen, ob bei ihnen die Processe qualitativ die gleichen sind und wie weit sie in der Quantität differiren. Die folgenden Angaben beziehen sich daher nur auf den Hund; sie werden aber im Allgemeinen auch für andere Thiere Geltung haben.

1) Einnahmen.

Die Auswahl der Nahrung war für das Gelingen unserer Versuche von dem grössten Belange. Wir waren von Anfang an nicht im Zweifel, dass wir nur einfache Nahrungsstoffe geben durften, da bei den zusammengesetzten das Resultat durch das Zusammenwirken mehrerer Einflüsse, deren Werth nicht einzeln zu bestimmen ist, hervorgebracht wird. Erst wenn es gelungen war, den Werth der einfachen Nahrungsstoffe zu beurtheilen, konnten wir dazu übergehen, aus ihnen eine zusammengesetzte Nahrung zu mischen und auch deren Wirkung kennen zu lernen.

Die Organisation des Fleischfressers ist dafür ausserordentlich günstig, da er einfache Nahrungsstoffe und willkührliche Gemische derselben sehr gut erträgt und sich zum Theil damit vollkommen ernährt. Beim Pflanzenfresser ist dies nur schwer möglich, man muss ihm in der Regel ein sehr zusammengesetztes Futter geben und er erhält sich mit keinem einzigen einfachen Nahrungsstoffe.

Als einfache Nahrungsstoffe wählten wir als Repräsentant des Eiweisses das reine Muskelfleisch; als stickstofffreie Stoffe erhielt er Fett und zwei Kohlehydrate, Stärkmehl und Zucker. Es war uns wichtig auch die Rolle eines Abkömmlings der eiweissartigen Körper, des Leims, kennen zu lernen und endlich die eines zusammengesetzten, vom Hund häufig verzehrten Nahrungsmittels, des Brodes. Zum

Getränke diente das gewöhnliche Brunnenwasser, das einen Tag im Zimmer gehalten worden war.

Die feste Nahrung wird in einer tarirten Porcellanschale auf einer sehr empfindlichen Gleichwaage grösserer Art, die bei der vorkommenden Belastung bei $^1/_{10}$ Grmm. mehr oder weniger einen deutlichen Ausschlag giebt, gewogen; die Wägung ist also mindestens auf $^1/_{10}$ Grmm. genau.

Das als Getränk gereichte Wasser wird der Bequemlichkeit der Ausführung halber nicht gewogen, sondern aus einem bis auf 500 cub. cent. getheilten gläsernen Messcylinder, an welchem 5 c. c. noch abgelesen und 1—2 c. c. ganz gut geschätzt werden können, in ein mit einem Deckel verschliessbares Zinkgefäss eingemessen, dem Thier von Zeit zu Zeit angeboten und schliesslich wieder zurückgemessen. Ich habe untersucht, wie genau die vom Cylinder im Ganzen und in seinen Unterabtheilungen angegebenen Werthe sind. Die bis zum Theilstrich 500 eingefüllte Wassermenge wog im Mittel aus einer Reihe gut stimmender Beobachtungen bei den Schwankungen der Zimmertemperatur 499.1 Grmm. Der durch die Verdunstung hervorgebrachte Fehler ist ganz unbedeutend, da das Gefäss bedeckt gehalten wird und im höchsten Fall sechs Stunden bis zum Zurückmessen verfliessen; ein anderer Fehler entsteht durch die Unmöglichkeit beim Zurückmessen sämmtliches Wasser wieder zu erhalten. Ich habe mehrmals das Gefäss mit 1000 cub. cent. Wasser 24 Stunden lang stehen lassen und beim Zurückmessen nur 3 cub. cent. weniger bekommen. Der grösste Fehler, der also bei Darreichung des Wassers gemacht werden kann, mag demnach 3 Grmm. betragen.

a) Fleisch.

Das reine rohe Muskelfleisch wurde als eiweisshaltige Nahrung verwendet; keine Eiweissverbindung ist dem Hunde so zusagend und angemessen, keine kann so leicht möglichst rein und wohlfeil angeschafft werden; man kann damit das Thier lange Zeit vollkommen bei allen Funktionen erhalten, denn es werden in ihm zugleich auch die unentbehrlichen Aschebestandtheile zugeführt.

Ich betone zuerst, dass an der richtigen Zubereitung des Fleisches für unsern Zweck Alles gelegen ist. Früher hat man für solche Untersuchungen das vom Metzger erhaltene Fleisch von den Knochen, Sehnen und gröbern Fettstücken befreit[1]); oder man bestimmte in einem Theil des vorliegenden Fleisches den Fettgehalt, wie z. B. Bidder und Schmidt[2]).

Ich konnte mit keiner dieser Methoden bei den mir vorliegenden Verhältnissen zufrieden sein. Einmal war es zur Verfolgung des Effektes von reinem Eiweiss nothwendig eine möglichst fettfreie und gleichmässige eiweisshaltige Substanz zu füttern, was bei Fleisch mit sehr schwankendem Fettgehalte, wenn man auch denselben durch die Analyse bestimmt, nicht geschehen konnte. Vor Allem aber war es auf diese Weise unmöglich, die Zusammensetzung des Fleisches genau zu ermitteln. Bidder und Schmidt verfütterten bei den kleinen Katzen höchstens 200 — 300 Grmm. Fleisch und konnten davon leicht 5 % zur Analyse zurückstellen, da wohl vorausgesetzt werden konnte, dass das Stück gleichmässig zusammengesetzt war. Dies ist aber bei uns nicht mehr der Fall, da wir meist 1500—2500 Grmm. Fleisch fütterten. Die einzelnen Muskeln der grossen Fleischmasse waren sichtlich so ungleich an Fett, dass wenn wir auch in einer oder auch vielen Portionen die Fett- und Elementar-Bestimmung ausgeführt hätten, wir doch keine richtige Mittelzahl erhalten hätten, und somit auch die Rechnung auf die ganze Menge des Fleisches ein unrichtiges Ergebniss geliefert haben würde.

Es blieb daher, um den beiden Erfordernissen zu genügen, nichts übrig als alles mit freiem Auge sichtbare Fett vollkommen zu entfernen.

Ich habe daher schon bei meiner ersten Arbeit[3]) ausschliesslich das Fleisch von magern, nicht gemästeten Kühen genommen und ein Stück ausgewählt, das stets wenig Fett enthält. Es wurden zuerst die Knochen und Sehnen und das oberflächlich anhaftende Fett weggenommen und nun mit der Scheere die Stücke weiter zerschnitten und noch an kleinen Theilchen das Fett und gröbere

---

[1]) Bischoff, a. a. O. S. 49.
[2]) Bidder und Schmidt, a. a. O. S. 301.
[3]) Voit, a. a. O. S. 16.

Bindegewebe so weit als möglich entfernt. Um einen ohngefähren Begriff zu geben, wie weit dies geht, führe ich an, dass ich, um 1000 Grmm. reines Fleisch zu erhalten, 1494 Grmm. Fleisch vom Metzger kaufen musste, also 49 % ausgeschossen wurden. Bei Fütterung mit grössern Mengen Fleisch habe ich häufig mit einem Diener 3—4 Stunden des Tags das Fleisch ausgelesen.

Von dem so zugerichteten Kuhfleisch kann man nun annehmen, dass es möglichst rein und gleichmässig zusammengesetzt sei. Ich behaupte nicht, dass es vollkommen fettlos ist; wenn man auch mit freiem Auge kein Fett mehr sieht, ist selbst aus dem magersten Kuhfleisch mit Aether noch ein Extrakt zu erhalten, das aber nicht ganz aus Fett besteht. Bei einer von mir gemachten Analyse[1]) liessen sich aus bei 100° trocknem reinem Fleisch 3.77 %, also aus frischem 0.91 % Substanz mit Aether ausziehen. Grouven[2]) erhielt beim magern ungemästeten Thier 0.61 %. Ich behaupte auch nicht, dass das Fleisch stets absolut gleich sich verhält, denn dies widerlegt sich schon ohne Analyse. Dieselben Fleischstücke von verschiedenen Thieren und die nahe an einander liegenden Muskeln desselben Thieres haben ein äusserst verschiedenes Ansehen. Sie sind manchmal derb und prall, so dass man grosse Würfel mit scharfen Kanten daraus ausschneiden kann, sie sind dann meist blassroth und in ihrer eigentlichen Masse befindet sich nur wenig Fett; manchmal aber kann das Fleisch weich sein und von Ansehen dunkler roth, wobei man hie und da wenig Fett zwischen den Bündeln findet, häufig aber in solcher Menge, dass zwischen den kleinsten Fasern sich Fettstreifen durchziehen und man alles geradezu verwerfen muss.

Es handelt sich jetzt um eine möglichst genaue Kenntniss der elementaren Zusammensetzung dieses ausgeschnittenen Fleisch-Vorraths. Macht man an verschiedenen Tagen eine Bestimmung des Wassers oder der übrigen Bestandtheile einer kleinen Fleischprobe, so wird man natürlich gewisse Differenzen finden. Ich habe in meinen physiologisch-chemischen Untersuchungen (S. 16) acht

---

[1]) Bischoff und Voit, Gesetze der Ernährung S. 301.

[2]) Grouven, a. a. O. S. 84.

Analysen des Wassergehaltes des Fleisches mitgetheilt, wobei sich Schwankungen von 73.85 bis 77.15 d. i. 3.30 % finden; die Mittelzahl war 75.90 %. Seitdem habe ich noch fünf solche Bestimmungen ausgeführt, die ich hier mittheilen will, um sie nicht verloren zu geben:

	frisches Fleisch in Grmm.	bei 100° trocken in Grmm.	% feste Theile	% Wasser
1)	663.6700	169.2000	25.49	74.51
2)	386.5000	94.6940	24.50	75.50
3)	10.2730	2.3880	23.24	76.76
4)	11.8911	2.8593	24.04	75.96
5)	10.0705	2.4563	24.39	75.61

Es ergibt sich daraus eine Schwankung von 2.25 % und eine der vorigen beinahe gleichkommende Mittelzahl von 75.67 % an Wasser.

Diese Differenzen im Wassergehalte dürfen uns nicht Wunder nehmen; die Verschiedenheiten des Fleisches bei ein und demselben Thier, diejenige bei verschiedenen Thieren, dann der ungleiche Wasserverlust vom Abschlachten des Thieres an bis zur Verfütterung seines Fleisches tragen dazu bei.

Bidder und Schmidt führen 2 Wasserbestimmungen mit 70.26[1]) und 74.70 %[2]) an; nach W. Mayer[3]) ergeben sich 74.95 % Wasser. Grouven[4]) findet bei 12 Analysen des Fleisches verschiedener Rinder im Mittel 74.7 % Wasser und macht auf die Differenz mit unserer Zahl aufmerksam. Die Zahlen von Grouven können jedoch den unseren nicht entgegengesetzt werden; es kommen eben unter verschiedenen Verhältnissen grosse Verschiedenheiten vor, auf die man bis jetzt wenig aufmerksam gewesen ist. Ich habe nie 70.26 % Wasser im Fleisch gefunden wie Bidder und Schmidt, und nie 77.60 % wie Schlossberger[5]); ich glaube desshalb aber nicht, dass diese

---

1) a. a. O. S. 301.
2) a. a. O. S. 333.
3) Bischoff, a. a. O. S. 188.
4) Grouven, a. a. O. S. 88.
5) Schlossberger, Unters. über das Fleisch verschiedener Thiere.

Angaben unrichtig sind. Wir haben nur Fleisch von magern ungemästeten Thieren untersucht, Grouven aber zum Theil von fetten Thieren, deren Fleisch durchgängig mehr feste Bestandtheile enthält; wählt man aus den Grouven'schen Fällen die den unsern entsprechenden heraus, so bekommt man eine der unsern beinahe gleiche Mittelzahl; wegen der verschiedenen Ernährungszustände der Thiere erhält daher Grouven Schwankungen im Wassergehalte von 22.02 bis 29.91 %, d. i. die grosse Differenz von 7.89 %.

In dem bei 100° getrockneten Fleisch wurde der Stickstoffgehalt ermittelt[1]), der auf trockne Substanz berechnet allerdings zwischen 13.29 und 16.15 % (Mittel 14.88 %) lag, jedoch auf das frische Fleisch reducirt nur zwischen 3.41 und 3.78 % (Mittel 3.59 %) hin und herging, da das wasserreichere Fleisch in der trocknen Substanz in der Regel mehr Stickstoff enthielt als das wasserärmere. Ich habe später noch einmal eine solche Bestimmung in Fleisch mit 75.50 % Wasser ausgeführt:

0.2984 Grmm. trockne Substanz gab 0.2928 Grmm. Platin, entsprechend 0.0416 Grmm. Stickstoff = 13.94 %, also im frischen Fleisch 3.41 %.

Es liegen ziemlich viele Analysen anderer Beobachter vor, die mit den obigen sehr gut übereinstimmen. W. Mayer[2]) fand im Kuhfleisch in der trockenen Substanz 12.05 % und in der frischen 3.01 % Stickstoff. Nach Bidder's und Schmidt's Angaben[3]) rechne ich 12.38 und 12.45 %, beziehungsweise 3.68 und 3.15 %. Playfair und Boeckmann geben im Mittel im trockenen Fleisch 15.03 % Stickstoff an und bei 74.8 % Wasser 3.78 % im frischen. Schlossberger und Kemp bestimmten im gereinigten trockenen Rindfleisch 14.88 % und da darin 77.6 % Wasser waren, 3.33 % im frischen. Grouven[4]) theilt 4 Analysen mit 3,52, 3,46, 3,17 und 3.51 % Stickstoff mit; die Analyse S. 89 mit 3.8 % bezieht sich auf durch Aether erschöpftes völlig fettfreies Fleisch.

[1]) Voit, a. a. O. S. 17.
[2]) Bischoff, a. a. O. S. 188.
[3]) a. a. O. S. 301 und 331.
[4]) a. a. O. S. 84.

Die von mir gefundenen Schwankungen von 0.3 % Stickstoff im frischen Fleisch sind so klein, dass sie nahezu in die bei der Verbrennung unvermeidlichen Fehlerquellen fallen, und dass es desshalb als eine unnütze Verschwendung der Zeit, die für einen Einzelnen bei Untersuchungen der Art nur zu kurz ist, erscheinen könnte, jedes Mal eine besondere Stickstoffbestimmung zu machen, um einen etwas genauern Werth zu erhalten. Nichts desto weniger hätte ich mich dazu entschlossen, wenn ich dadurch etwas hätte erreichen können. Ich habe schon gesagt, dass an den verschiedenen Muskeln desselben Thieres die gleichen Verschiedenheiten in der Zusammensetzung vorkommen wie bei verschiedenen Thieren; bei den grossen Mengen von Fleisch, die zur Fütterung nöthig waren, hätte ich daher täglich viele Stickstoffbestimmungen ausführen müssen, deren Schwankungen auf- und abwärts sicherlich nicht geringer gewesen wären als 0.3%, ohne dass ich desshalb eine richtigere Mittelzahl gewonnen hätte.

Ich zog daher, nachdem ich die Sache wohl überlegt, vor, in einer Anzahl von Fällen die Grenzen des Stickstoff- und Wassergehaltes aufzusuchen und stets dieselbe Grösse zur Berechnung zu benützen. Ich kann also nicht angeben, ob in einem Stückchen Fleisch 3.4 oder 3.7 % Stickstoff sich befinden; wenn man aber viel Fleisch vor sich hat, so kommt es nicht vor, dass alles 3.4 % oder alles 3.7 % enthält, es wird die Gesammtmenge immer einen 3.59 % sehr nahen mittleren Werth geben.

Ich habe es[1]) für sicherer gehalten, nicht die aus den kleinen Proben erhaltene Mittelzahl 3.59 %, sondern die Zahl 3.4 % den Berechnungen zu Grunde zu legen, da für die Stickstoffbestimmungen vorzüglich reine Stückchen Fleisch ausgesucht wurden und die Gesammtquantität nicht durchgängig ebenso rein angenommen werden konnte; diese Zahl stimmt mit dem mittleren Ergebnisse der oben mitgetheilten 9 Analysen anderer Beobachter genau überein und sie ergab sich auch bei der abermaligen von mir angestellten Verbrennung. Für diesen Entscheid war auch maassgebend, dass das Hundefleisch nach Will 3.46 bis 3.55, und nach W. Mayer 3.05%

---

[1]) Voit a. a. O. S. 18.

Stickstoff enthält, im Mittel 3.35 % [1]); es konnte so Hunde- und Rindfleisch in ihrer Stickstoffmenge als gleich betrachtet werden, was die Rechnung und die Uebersicht wesentlich vereinfachte.

Bleibt man also, wie wir es auch in unserem gemeinschaftlichen Buche gethan haben, bei 3.4% Stickstoff, so muss man sich immer erinnern, dass damit die Zahlen nie zu hoch, sondern eher etwas zu niedrig ausfallen. Füttert man den Hund mit 1000 Grmm. Fleisch, so kann dessen Stickstoffgehalt 34—37 Grmm. betragen, aber mit der grössten Wahrscheinlichkeit ist er geringer als die Mittelzahl 35.9 Grmm. und grösser als 34 Grmm. Die richtigste Zahl ist wohl 35 Grmm. Ich habe dennoch bei den fortgesetzten Untersuchungen die Zahl 3.4 nicht geändert und also dadurch einen wahrscheinlichen Fehler von 3% der gesammten Stickstoffmenge eingeführt, da, wie sich noch ergeben wird, die aus der Harnstoffbestimmung gerechneten Stickstoffmengen im Harn ebenfalls etwas zu klein ausfallen, und daher, weil beide Werthe etwas zu niedrig gegriffen sind, von selbst eine Ausgleichung stattfindet, ohne dass man nöthig hätte, Correktionen anzubringen.

Durch diese Bemerkungen wird wohl zur Genüge dargethan sein, wie weit genau die Stickstoffbestimmungen im Fleisch zu erachten sind und warum ich nicht täglich eine neue Analyse gemacht, sondern immer dieselbe Zahl benützt habe. Jedes Experiment und jede Beobachtung hat ihre unvermeidlichen Fehler; ihre Resultate sind aber doch zu gebrauchen, wenn man nur die Grenzen der letzteren kennt. Es ist klar, dass wir aus Zahlen, die innerhalb der Fehlerquellen liegen, keine Schlüsse ziehen dürfen.

Vogt sagt S. 17 seiner Kritik, wir hätten behauptet, dass das ausgeschnittene Kuhfleisch stets denselben Stickstoffgehalt habe und meint, es sei ein Fehler dieselbe Menge Stickstoff als unveränderliche Grösse in Anschlag zu bringen. Wir haben das erstere niemals behauptet, sondern vielmehr (S. 304) auf meine Untersuchungen verwiesen, wo (S. 17) auf die Schwankungen aufmerksam gemacht worden ist; und wir haben das letztere gethan, weil man vernünftigerweise nichts anderes thun kann. Man ersieht aus Vogt's

---

[1]) Bischoff, a. a. O. S. 188.

Bemerkungen nur, dass Jemand, der von einer Sache nichts versteht, mehr verlangen kann als man zu bieten im Stande ist.

Die übrigen Bestandtheile des Fleisches, die Asche, der Kohlenstoff, Wasserstoff und Sauerstoff sind für die Erforschung der Zersetzung der stickstoffhaltigen Stoffe nicht von Bedeutung, es kann nur die Asche in gewissen Fällen in Betracht kommen. Da im mageren Fleisch in diesen Elementen nur sehr geringe Schwankungen bei den verschiedenen Analysen sich zeigen, so haben wir die von Playfair und Boeckmann[1]) gefundenen Zahlen zu Grunde gelegt und mit kleinen unwesentlichen Aenderungen in der zweiten Stelle wegen der Differenz unserer Stickstoffzahl auf 24.1% feste Theile berechnet.

Ich habe später noch 2 Aschebestimmungen im ausgeschnittenen Kuhfleisch gemacht, die die Richtigkeit unserer Werthe (5.39% Asche in der trockenen Substanz und 1.30% in der frischen) darthun.

1) 663.67 Grmm. frisches Fleisch = 169.20 Grmm. trocken = 6.988 Grmm. Asche = 1.05% im frischen Fleisch.

2) 71.9943 Grmm. frisches Fleisch = 17.639 Grmm. trocken = 3.3375 Grmm. Asche = 1.13% im frischen Fleisch.

Grouven[2]) fand im Mittel aus 4 Analysen im trockenen Rindfleisch 5.33% Asche und darnach im frischen 1.20%.

Ich stelle auch noch zum Vergleiche die von uns benützten Zahlen des Kohlenstoffs, Wasserstoffs und Sauerstoffs und die von Grouven im Mittel aus 2 Analysen mageren Fleisches erhaltenen zusammen:

	Wir	Grouven
Kohlenstoff	12.52	12.07
Wasserstoff	1.73	1.84
Sauerstoff	5.15	5.85

Das Fleisch wurde dem Hund immer in rohem Zustande gegeben; beim Kochen desselben wären mannigfache Hindernisse zu überwinden gewesen, die die Versuche sehr erschwert hätten. Das in kleine Fetzchen zerschnittene Fleisch ist kaum zuzubereiten, und

---

[1]) Liebig Thierchemie S. 324.

[2]) a. a. O. S. 84 und 88.

man hätte eine Brühe erhalten, die dem Hund nur schwer vollkommen beizubringen ist. Die Bestimmungen des Wassers oder des Stickstoffs oder des Fettes dürfen nie an schon gekochtem oder gebratenem Fleisch gemacht werden, da nach den Erfahrungen von Ranke[1]) an den verschiedenen Stücken desselben ungemein grosse Differenzen sich zeigen. Diese Verhältnisse verwickeln die genauen Versuche am Menschen, der eine vorhergehende Zubereitung des Fleisches in der Küche nöthig hat, ganz ausserordentlich. Ranke war es, der zuerst die Ueberwindung dieser Schwierigkeiten versuchte.

Ich mache am Schlusse der Betrachtung über die Zusammensetzung des Fleisches nochmals darauf aufmerksam, dass das sorgfältigste Ausschneiden desselben zur Erlangung genauer Resultate absolut nothwendig ist.

Von dem so präparirten Fleisch, das während der Präparation möglichst vor Verdunstung geschützt wird, wird dem Thier die treffende Portion genau abgewogen. Der Hund frisst dieselbe mit der grössten Gier und zwar meist auf ein einziges Mal; nur bei grösseren Portionen findet eine Vertheilung statt, aber so, dass in höchstens 5 Stunden alles verzehrt ist. Während dieser Zeit wird das Fleisch durch Bedecken der Schale sorgfältig vor Vertrocknung bewahrt, daher der Verlust nur ein minimaler ist. 1500 Grmm. Fleisch nahmen auf diese Weise aufgehoben in 24 Stunden einmal um 2.1 Grmm., ein andermal um 3 Grmm. ab, so dass die Abnahme dieser grossen Fleischmenge in 5 Stunden nur 0.4 und 0.6 Grmm. beträgt.

b) Fett.

Das als Nahrung gegebene Fett ist sorgfältig ausgelassene Butter, sogenanntes Schmalz, wie es aus unsern Gebirgsgegenden in den Handel kommt. Bei der Untersuchung der Zersetzung der stickstoffhaltigen Stoffe kommt vor allem sein Gewicht, weniger eine genaue Kenntniss seiner Zusammensetzung in Betracht. Wir haben dieselbe daher nicht eigens ermittelt, sondern nach den Untersuchungen des Schweineschmalzes, Hammelstalges und Menschen-

[1]) Archiv für Anat. u. Physiol. 1862. S. 313.

fettes von Chevreul[1]) zu 79 % Kohlenstoff, 11 % Wasserstoff und 10 % Sauerstoff angenommen. Grouven[2]) gibt allerdings für 100 Theile ausgeschmolzenen wasserfreien Talges im Mittel 74.8 Theile Kohlenstoff, 11.2 Theile Wasserstoff und 14.0 Theile Sauerstoff an, jedoch ist diese Frage für jetzt gleichgültig, so lange der Kreislauf des Kohlenstoffs, Wasserstoffs und Sauerstoffs nicht verfolgt wird.

Das Schmalz wird vom Hunde rein oder mit Fleisch u. s. w. untermengt meistentheils sehr gerne verzehrt; bei grossen Portionen weigert er sich dasselbe ganz zu fressen, dann wird ihm der Rest eingegeben, was sehr gut und ohne jeglichen Verlust gelingt.

c) Stärke.

Die Stärke war die gewöhnlich in den Handel kommende aus Kartoffeln bereitete. Da auch bei ihr nur das Gewicht und nicht die Zusammensetzung genau zu wissen nöthig war, so wurden von uns keine Analysen gemacht, sondern in der bei 100° getrockneten Substanz nach der Angabe von Berzelius 44.2 % Kohlenstoff, 6.7 % Wasserstoff und 49.1 % Sauerstoff angenommen. Da die Stärke aus den verschiedensten Pflanzen nach Liebig's Zusammenstellung[3]) in ihrer Zusammensetzung kaum differirt, so weichen unsere Zahlen jedenfalls nur äusserst wenig von der Wahrheit ab.

Da aber die Stärke des Handels immer noch eine gewisse Menge Wasser enthält, die natürlich in verschiedenen Portionen nicht gleich ist, so muss in jeder Portion der Wassergehalt bestimmt werden, um zu erfahren, wieviel wasserfreie Substanz man gereicht hat. Die Differenzen sind aber nicht bedeutend; ich stelle einige Resultate in einer kleinen Tabelle zusammen:

	frische Substanz	Bei 100° trocken.	% feste Theile.	% Wasser.
unser Buch	0.9647	0.8136	84.21	15.79
27. März 1861	3.6098	3.0502	84.51	15.49
April u. Mai 1862	3.1930	2.6670	83.49	16.51
	2.3518	1.9642	83.51	16.49
8—12. Juli 1863	4.1274	3.5464	85.92	14.08
13—20. Juli 1863	7.3550	6.3144	85.85	14.15

[1]) Chevreul, recherch. chim. sur les corps gras, Paris 1823.

[2]) a. a. O. S. 85.

[3]) Liebig, Thierchemie S. 303.

Es ist nicht möglich, die rohe Stärke dem Hunde beizubringen; nach dem Abwiegen wurde sie daher immer mit wenig Wasser angerührt und nun in einem reinen Pfännchen mit ganz kleinen abgewogenen Mengen Schmalz zu platten Kuchen gebacken. Es wurde Alles sorgfältigst aus dem Pfännchen genommen und gewogen; um was die Kuchen mehr wogen als die bekannte Menge der angewandten Stärke und des Fetts ist Wasser gewesen. Diese Kuchen frass der Hund nach dem Erkalten stets mit grossem Appetit.

d) Traubenzucker.

Derselbe war schön krystallisirt und rein; er enthielt[1]) genau 2 Aequivalent Krystallwasser, er war daher aus 36.36 % Kohlenstoff, 7.07 % Wasserstoff und 56.57 % Sauerstoff zusammengesetzt. Um ihn dem Thier beizubringen, wurde er zermalmt oder geschabt und unter das Fleisch gebracht, in dessen Wasser er zerfloss; er mengte sich dabei innig mit den Fleischstückchen zu einem zähen Kuchen, den der Hund meist gerne verzehrte.

e) Leim.

Zur Fütterung mit Leim mussten wir sogenannten französischen, der in farblosen durchsichtigen dünnen Tafeln im Handel (das Pfund zu 3 Gulden) vorkommt, nehmen. Von jeder Sorte wurden kleine Proben zur Wasserbestimmung abgeschnitten, um die Menge der verbrauchten trockenen Substanz zu erfahren.

Von der trockenen Substanz habe ich eine Stickstoffbestimmung gemacht[2]), die mit der von Fremy für den Knochenleim angegebenen[3]) übereinstimmt; da die übrige Zusammensetzung des Leimes für die uns beschäftigenden Fragen nicht genau bekannt zu sein braucht, so haben wir diese Zahlen Fremy's Analyse entlehnt.

Nachdem der Leim genau abgewogen worden ist, wird er mit der Scheere in kleine Stücke geschnitten und diese dann in so viel warmem Wasser aufgelöst, dass damit beim Erkalten eine zitternde Gallerte entsteht, die dem Hund leicht in kleinen Stücken gegeben werden

---

1) Bischoff und Voit a. a. O. S. 298.
2) Ebend. S. 300.
3) Lehmann, Zoochemie S. 433.

kann; um wieviel die Gallerte mehr wiegt als der ursprüngliche Leim wird als Wasser in Rechnung genommen.

f) Brod.

Das als gemischte Nahrung gegebene Brod ist Roggenbrod, welches den Tag vorher gebacken und nach sorgfältiger Abtrennung der Rinde und der nächst angrenzenden Theile in Stücke geschnitten war. Vogt macht uns[1]) den Vorwurf, dass man nicht ersehe, ob das gefütterte Brod mit oder ohne Rinde gewesen sei; er ist so freundlich uns mitzutheilen, dass die Rinde eine variable Grösse ist und viel weniger Wasser als die Krume enthält und er zu unserer Erleichterung annehme, der Hund habe nur Krume erhalten. Es gehört in der That grosser Gleichmuth dazu, solches anzuhören. Ich habe in meinem Buche[2]) ausdrücklich gesagt, dass die Rinde entfernt war; in der grossen Tabelle unseres gemeinschaftlichen Buches ist bei der Bemerkung der ersten Brodreihe zu lesen: „vom Brod wird stets die Rinde entfernt"; und bei den Wasserbestimmungen (S. 298) steht, dass die Analysen am Brod ohne Rinde gemacht worden sind; und diese Analysen kennt Vogt, denn er citirt sie. Da es sich um wissenschaftliche Gegenstände handelt, so enthalte ich mich, dies Verfahren von Vogt mit dem ihm gebührenden Namen zu bezeichnen.

Die Bestimmungen des Wassers schwankten bei drei Analysen verschiedener Brodsorten[3]) zwischen 45.91 und 46.70%, d. i. um 0.79%; wir haben daher bei unsern zwei Reihen mit Brodfütterung die Mittelzahl 46.35% zu Grunde gelegt. In zwei anderen Fällen fanden sich:

	frische Substanz.	bei 100° trocken.	% feste Theile.	% Wasser.
24. Juli 1863	7.4740	3.9894	53.44	46.56
25. Juli 1863	10.2579	5.5800	54.40	45.60

Ein oberflächliches Urtheil könnte glauben, es wären durch eine tägliche Analyse des Brodes ganz genaue Werthe zu erhalten; so scheint auch Vogt (S. 16) die Differenz von 0.79% zu gross. Ich habe

[1]) a. a. O. S. 16.

[2]) Ueber den Einfluss des Kochsalzes etc. S. 69.

[3]) Gesetze der Ernährung S. 298.

aber nicht mehr Analysen ausgeführt, weil ich einsah, dass sie zu nichts nützen. Es ist klar, dass man die Gesammtmenge des Brodes, die man verfüttern will, nicht untersuchen kann; da nun bei Brodfütterung im Tag 3—4 Laibchen mit einem in obigen Grenzen schwankenden Wassergehalt verfüttert wurden, so hätte man täglich 3 — 4 Trockenbestimmungen machen müssen; aber auch dies hätte zu nichts geführt, da der Wassergehalt an ein und demselben Laibchen, je nachdem man die Probe mehr von Aussen oder mehr von der Mitte nimmt, in den gleichen Grenzen hin und her geht. Es ist also auch hier wie beim Fleisch unmöglich, durch die zahlreichsten Analysen genauere Werthe zu erhalten, und man muss sich eben mit der aufgestellten, für den Zweck vollkommen ausreichenden Mittelzahl begnügen. Jeder Einsichtsvolle wird zugeben, dass unter den vorliegenden Verhältnissen eine Differenz von 0.79 % eine geringe ist.

Wenn aber Vogt (S. 16) meint, nach den Schwankungen des Wassergehaltes wisse man nicht, ob der Hund während einer 41tägigen Fütterung mit 31608 Gmm. Brod 16847 oder 17097 Gmm. feste Substanz zu sich genommen habe, so ist er in einem grossen Irrthum befangen. Denn es ist unmöglich, dass alles während der 41 Tage verzehrte Brod 53.30 oder alles 54.09 % feste Theile enthält, sondern den einen Tag wird die eine, den andern die andere Zahl vorkommen. Ja es ist sogar unmöglich, dass an ein und demselben Tag alles Brod die gleiche Menge fester Theile liefert, da die verschiedenen Laibchen eines Tages nicht gleich zusammengesetzt sind, und selbst am einzelnen Laibchen wieder obige Differenzen vorkommen. Der wahre Werth fällt daher immer näher an die Mittelzahl und es entbehren die Rechnungen von Vogt jeder Grundlage.

Von dem bei 100° getrockneten Brod sind drei Stickstoff-Bestimmungen gemacht worden, die zwischen 2.27 und 2.46 % schwanken und aus denen die Mittelzahl 2.37 % genommen wurde. Die grösste Differenz beträgt 0.19 %. Eine Analyse desselben Brods von Ranke[1]) ergab 2.38 % Stickstoff. Auch hier macht Vogt den nämlichen Fehler wie oben, wenn er aus der Differenz von

---

[1]) a. a. O. S. 372.

0.19 % herausrechnet, dass der Stickstoffgehalt von 31608 Grmm. Brod während 41 Tagen zwischen 383 und 420 Grmm. schwanken, also eine Differenz von 9 % zeigen könnte. Dies wäre so, wenn es sich um einen Körper von constanter Zusammensetzung handeln würde, bei dessen Analyse Fehler von 0.19 % gemacht worden wären; die 0.19 % Differenz beruhen aber nicht auf Fehlern in der Analyse, sondern auf Schwankungen in der Zusammensetzung des Brodes; nie aber wird alles Brod nur den einen oder den andern Werth geben, so dass beständig Ausgleichungen stattfinden.

Die weitere Zusammensetzung des Brodes ist bis auf die Menge der Asche für unsern Zweck gleichgiltig. Die frühere Bestimmung[1]) der Aschenmenge im trockenen Brod ergab 4.12 %; im später gefütterten Brod fand Herr Zantl im Mittel aus 4 Versuchen nur 2.48 % Asche. Die Zahlen für Kohlenstoff, Wasserstoff und Sauerstoff haben wir einer Analyse von Boeckmann[2]) entnommen.

Dies sind die Bemerkungen, die ich über die Nahrung und deren Bestandtheile zu machen hatte. Ich habe angegeben, wie gross die Fehler bei ihrer Darreichung und bei der Ermittlung ihrer Zusammensetzung, vorzüglich ihres Stickstoffgehaltes, sind und so dargethan, innerhalb welcher Grenzen aus unseren Zahlen Schlüsse gezogen werden können.

Wir haben bei der Wahl und der Zubereitung der Nahrung manche Schwierigkeiten zu überwinden gehabt und ich glaube, dass es ein Hauptverdienst unserer Arbeit war, hier die richtigen Grundsätze erkannt und mit aller Consequenz in Anwendung gebracht zu haben.

Es versteht sich jezt allerdings scheinbar von selbst, dass man bei Untersuchungen über die Ernährung und über die Zersetzungen einfache Nahrungsstoffe wählt und solche, deren Zusammensetzung möglichst gleichmässig ist und leicht bestimmt werden kann. Ich werde noch darzuthun haben, warum man ohne eine möglichst genaue Kenntniss der eingeführten Nahrung aus der Analyse der Exkrete keine Resultate in unserm Gebiete erreicht. Es darf kein veränderbarer Rückstand einer vorhergehenden Nahrungszufuhr mehr im Darm

[1]) Gesetze der Ernährung etc. S. 302.

[2]) Liebig, Thierchemie S. 289.

sich befinden, daher der Hund in 24 Stunden nur einmal zu fressen erhält und feste und flüssige Nahrung höchstens 6 Stunden im Käfig verbleiben. Betrachtet man aber die frühern Arbeiten der Art, so erkennt man, dass in der weitaus grössten Mehrzahl derselben auf diese Verhältnisse gar keine Rücksicht genommen worden ist; dies ist bei nahezu allen Untersuchungen der Fall, wo es sich darum handelte, bei Thieren und Menschen aus der Harnstoffmenge auf die Umsetzung der Eiweissstoffe im Körper zu schliessen; man hat dabei den Thieren alle möglichen thierischen Organe, Muskeln mit mehr oder weniger Fett, Lungen, Leber u. s. w. gegeben, oder Kraut und Rüben, Brühen und Würste durcheinander gegessen. Bei Anwendung der gewöhnlichen, aus verschiedenen zusammengesetzten Nahrungsmitteln gemischten Nahrung oder von unausgeschnittenem Fleisch ist eine Erkenntniss der Zersetzungen völlig unmöglich und es ist gewiss, dass in der Nichtberücksichtigung dieser Umstände zum Theil das Deficit an Stickstoff im Harn und Koth zu suchen ist, das früher beinahe alle Beobachter gefunden haben wollen.

Wir haben daher durch Beachtung dieser Verhältnisse einen wesentlichen Fortschritt angebahnt; ich bin aber weit entfernt zu wähnen, dass hier nicht noch manche Erfahrungen zu machen sind, und ich werde sehr dankbar sein, wenn durch Beobachtungen gezeigt wird, wodurch unsere Verfahrungsweise sich verbessern lässt und noch genauere Resultate erzielt werden können. Es macht aber für den, der sich Jahre lang redlich bemühte, einen eigenen Eindruck, wenn Jemand, der niemals mit Arbeiten der Art sich befasst hat wie Vogt, durch Entstellung und Nichtverstehen der Thatsachen einem gerade da, wo man weiter gegangen ist, als alle bisherigen Beobachter, und die richtigen Gesichtspunkte gefunden hat, Fehler aufzubürden sucht, die so bedeutend seien, dass man darum die erhaltenen Zahlen nicht zur Berechnung der Vorgänge innerhalb des Körpers benützen könne. Ich hoffe gezeigt zu haben, dass dem nicht so ist.

(Fortsetzung folgt im nächsten Hefte.)

Die Gesetze der Zersetzungen der stickstoffhaltigen Stoffe im Thierkörper.

Von

Carl Voit.

(Fortsetzung.)

2) Ausgaben.

a) Harn.

Das erste Bestreben muss hier auf eine genaue Aufsammlung des vom Körper während der Versuchszeit entfernten Harnes gerichtet sein, denn jeder Verlust desselben bringt einen Abgang von Stickstoff mit sich. Beim Menschen ist dies nicht schwer zu erreichen, obgleich auch bei ihm nicht in allen Versuchen Verluste vermieden worden sind; bei der Defäkation wird nämlich meist auch Harn gelassen und man muss durch bestimmte Vorrichtungen die beiden Exkrete getrennt zu erhalten suchen. Bei Thieren ist es aber sehr schwer, dieser Anforderung vollkommen zu genügen, und ich bin überzeugt, dass gerade hierin bei den meisten frühern Versuchen sehr viel gefehlt worden ist.

Wenn die Thiere den Harn in den Käfig entleeren, so bleibt, sobald nicht ganz besondere Einrichtungen getroffen sind, Harn am Boden liegen und verdunstet oder wird vom Thiere aufgetrocknet. Reinliche Hunde haben nach vielfältiger Erfahrung die grösste Neigung, den Harn zum Gitter des Käfigs hinaus zu lassen; ich habe manche Versuchskäfige ohne Schutz gegen eine solche Eventualität gesehen. Diese Uebelstände müssen um jeden Preis vermieden werden. Bei kleinen Mengen Harn ist der prozentige Verlust dabei sehr gross, geringer natürlich bei grössern Mengen; es ist daher als Versuchsobjekt ein grösseres Thier einem kleineren entschieden vorzuziehen, wesshalb wir immer grosse Hunde zu unseren Versuchen gewählt haben. Wenn man z. B. bei Katzen auch nur 2 — 3 cub. cent. Verlust hat, und dies tritt, wie ich mich durch Ausgiessen gemessener Harnmengen im Käfig überzeugt habe, unvermeidlich ein, so macht dies bei nicht 50 cub. cent. Harn im Tag schon sehr viel aus. Aber auch vom Hunde werden manchmal in 24 Stunden nur gegen 200 cub. cent. Harn entleert und wenn er dieselben in mehreren Portionen lässt, so schleichen sich bedeutende Fehler ein. Der Harn der reinen Fleischfresser ist zudem sehr concentrirt, so dass auch bei einem kleinen Verluste viel feste Stoffe der Untersuchung entgehen; 10 cub. cent. Hundeharn enthalten gewöhnlich 1 Grmm. Harnstoff.

Wir haben daher gleich im Anfange auf eine zweckmässige Einrichtung des Käfigs unser Augenmerk gerichtet. Den Boden desselben bildet eine einzige dicke geschliffene Glasplatte, die schief nach einem der vorderen Ecken des Käfigs zu gerichtet ist und den beim Stehen des Hundes gelassenen Harn sehr rasch in eine vorn angebrachte ebenfalls nach der einen Ecke hin abschüssige Ausflussrinne abfliessen lässt; von da gelangt derselbe durch ein kurzes Ansatzrohr in ein Sammelglas. Die hintere Wand, die beiden Seitenwände und die seitlichen Theile der vorderen Wand sind von einem mit Oelfarbe angestrichenen Zinkblech belegt, das unten auf der Glastafel aufruht und sich mit ihr durch eine Schicht Glaserkitt, der ebenfalls mit Oelfarbe bedeckt ist, verbindet. An der vordern Wand befindet sich ein Gitter mit einer Gitterthüre und davor wird in Führungen, die zu beiden Seiten angebracht sind, eine starke bis in die untere Ausflussrinne hineinreichende Zinkplatte eingesteckt. Auf diese Weise ist einem Verlust von Harn möglichst vorgebeugt, zudem die Hunde stets sehr bald sich gewöhnen, denselben in das tiefer stehende vordere Eck zu lassen, so dass er auf dem kürzesten Wege ins Sammelglas gelangt.

Damit konnte man sich aber noch nicht ganz zufrieden geben. Der von Bischoff zu seinen früheren Versuchen in Giessen benützte Hund hatte den Harn von 24 Stunden meistentheils am Morgen, als man ihn aus dem Käfig auf die Waage führte, auf ein

Mal entleert. Ich habe es daher versucht, die zu den Untersuchungen benützten Hunde so abzurichten, dass sie den Harn nur ausserhalb des Käfigs an einem bestimmten Orte in ein untergehaltenes Glas liessen, wozu man sie je nach der zu erwartenden Harnmenge täglich 1 — 3 mal ins Freie bringt. Es ist nicht schwer, die Hunde daran zu gewöhnen, denn ich hatte sie meist nach acht Tagen auf diesem Punkte; bis jetzt sind von mir fünf Hunde zu solcher Vollkommenheit gebracht worden.

Auf diese Weise erhalte ich in der weitaus grössten Mehrzahl der Fälle sämmtlichen Harn bis auf den Tropfen genau und frisch ins Sammelglas. Es kommt allerdings bei sehr grossen Harnmengen manchmal vor, dass über Nacht der Harn nicht zurückgehalten wird; hier ist aber wegen der bedeutenden Quantität desselben und der günstigen Einrichtung des Käfigs der Verlust ganz zu vernachlässigen.

Ich lege den grössten Werth auf diese Vorsichtsmaassregeln; sie haben, wenn sich auch Vogt darüber lustig macht, ihr gut Theil zur Erlangung sicherer Resultate beigetragen.

Es handelt sich aber nicht allein darum, den nach Belieben gelassenen Harn vollständig zu sammeln, sondern auch allen den Harn, der während einer bestimmten Zeit im Organismus gebildet worden ist. Dies ist beim Menschen wiederum sehr leicht, indem man ihn eben die Blase am Ende des Versuchs ganz entleeren lässt, ein Thier kann man dazu nicht nöthigen. Um den Einfluss einer gewissen Nahrungsmenge auf die Zersetzungen zu erkennen, soll dieselbe natürlich völlig verdaut und in den Säftekreislauf übergegangen sein; da dies nun nach meinen Untersuchungen beim Fleischfresser in 24 Stunden stets der Fall ist, so haben wir als kleinste Versuchsdauer eine Zeit von 24 Stunden gewählt. Bei Wiederkäuern muss die Versuchsdauer eine längere sein, denn diese Thiere brauchen geraume Zeit, oft 5 Tage, zur Verdauung einer Futtermasse. Weil also beim Harn keine Abgrenzung möglich ist wie beim Koth, so ist es nothwendig, beim Beginne und am Ende jeder Versuchsreihe die Harnblase leer zu erhalten, um genau den in einem Tag unter bekannten Einflüssen erzeugten Harn zu bekommen.

Es wurde daher schon bei unserer gemeinschaftlichen Arbeit, mit Ausnahme der ersten Zeit, vor Beginne jedes neuen Versuchstages direkt vor dem Abwiegen des Körpers der Hund zum Harnlassen ins Freie geführt; dadurch konnte meistentheils nahezu aller Harn von 24 Stunden erhalten werden und die Harnstoffzahlen der einzelnen Tage einer gleichwerthigen Reihe sind auch bis auf wenige Ausnahmen ziemlich gleichmässig ausgefallen. Da ich aber sah, dass das Thier häufig seine Blase auf ein einziges Mal nicht ganz entleerte und daher Harn, der zum Tag vorher gehörte, den des nächsten Tages vermehrte, so ging ich, um dies thunlichst zu beseitigen, bei meinen späteren Untersuchungen und namentlich allen neueren noch weiter, indem ich den Hund eine Stunde vor Beendigung des täglichen Versuchs aus dem Stalle führte, um die grössere Harnmenge zu lassen; nach einer halben Stunde geschah dies nun abermals, wo noch eine kleine Quantität aufgefangen wurde und zuletzt, direkt vor dem Ablauf der vierundzwanzigsten Stunde musste er auf zweimal die letzten Reste, immer nur einige Cubikcentimeter Flüssigkeit betragend, entfernen.

Durch dies Verfahren allein ist es möglich, die Resultate einzelner Tage zu verwerthen; denn man erhält dadurch den gesammten Harn, der während 24 Stunden vom Körper abgesondert wird. Da beim Uebergang einer Qualität oder Quantität Nahrung zu einer andern in wenigen Tagen die eingreifendsten Aenderungen im Körper des Thiers vor sich gehen, so war es von der grössten Wichtigkeit, das Ergebniss jedes einzelnen Tages prüfen und mit dem der andern vergleichen zu können.

Besieht man sich die früher am Menschen oder Thieren gefundenen Zahlen einzelner Tage, z. B. die des Harnstoffs, so wird man bemerken, dass hier sehr bedeutende Schwankungen vorkommen. In Bischoff's Buch[1]) findet man beim gleichen Hund und gleicher Fütterung in der Reihe S. 50 Differenzen von 10 bis 29 Grmm. Harnstoff und in der Reihe S. 97 von 13 bis 48 Grmm. Aehnliches zeigt sich in Bidder's und Schmidt's Versuchen an der Katze. Dadurch befestigte sich allgemein die Ansicht, dass

[1]) Bischoff, der Harnstoff als Maass etc.

auf die Umsetzungen im Körper allerlei äussere Einflüsse, die wir kaum fernhalten können, verändernd und bestimmend einwirken. Man hat daher niemals die Werthe einzelner Tage benützen können, sondern immer auf die Anstellung möglichst langer Reihen zur Erhaltung einer richtigen Mittelzahl gedrungen. Diese Ansicht ist noch jetzt geltend, weil man nicht einsieht, dass man die früher beobachteten Differenzen an einzelnen Tagen beseitigen kann und dass die Wirkung eines äussern Einflusses, z. B. eines Nahrungsmittels, nur dann recht verstanden wird, wenn man erfährt, wie der Körper allmählich sich unter diesem Einfluss ändert und endlich in einer dauernden Stellung verharrt. Ich hoffe durch spätere Auseinandersetzungen dieses Vorurtheil zum Verschwinden zu bringen.

Häufig sind die Schwankungen von der an verschiedenen Tagen nicht gleichen Zusammensetzung der Nahrung abzuleiten; bei Thieren aber, die unter gleicher Fütterungsweise standen, von der nicht völligen Entleerung der Harnblase.

Bei Wiederkäuern, bei Katzen u. s. w. ist diese Entleerung der Blase nicht zu erreichen, wenn man nicht zur täglichen Cathederisirung derselben seine Zuflucht nehmen will. Daher liefern bei ihnen die einzelnen Tage sehr ungleiche unbrauchbare Ergebnisse, und man muss hier lange Reihen machen, um die Fehler auszugleichen und darauf Verzicht leisten, die Uebergangsstufen von einem Zustand des Körpers zu einem andern, die beim Hund so interessante Fakta ergaben, zu beobachten.

Ich mache mich jetzt nach mehrjähriger Erfahrung anheischig, den auf einen Tag und eine bestimmte Nahrung treffenden Harn ohne jeglichen Verlust aufzufangen, und ich kann bei gleicher Nahrung und gleichbleibendem Körperzustand Reihen aufweisen, in denen während längerer Zeit die täglichen Schwankungen sich auf ein Minimum reduciren.

Wenn auf diese Weise aller Harn von 24 Stunden in einem Uringlas, das sorgfältig bedeckt gehalten wird, gesammelt worden ist, so muss er dann gemessen werden.

Es ist einfacher, den Harn abzumessen und dann aus dem specifischen Gewicht das absolute Gewicht desselben zu berechnen, als ihn zu wiegen. Die Messung geschieht in einem bis 500 cub. cent.

getheilten Glascylinder, in dem eine Ablesung auf 5 cub. cent. und eine Schätzung auf 1—2 cub. cent. möglich ist; die Theilung wurde hinlänglich genau gefunden.

Das specifische Gewicht wird mit einer Senkspindel grösserer Art genommen, die das specifische Gewicht des destillirten Wassers zu 1000 angenommen noch auf 1 Theil ablesen und auf weniger schätzen lässt.

Um das ganze Verfahren zu controliren und alle dabei möglichen Fehler zu bestimmen, habe ich 28 Versuche bei hohem und niederem specifischen Gewicht des Harns (1043 bis 1060), bei viel und wenig Harn (124—1054 Grmm.) angestellt und die durch Wiegung erhaltenen und aus der Messung und dem specifischen Gewicht gerechneten Zahlen mit einander verglichen. Der grösste absolute Fehler betrug dabei 2.7 Grmm. und der mittlere absolute Fehler 0.9 Grmm.; der grösste prozentige Fehler 0.5%, der mittlere 0.2%.

Ist der Harn seinem Gewicht nach bestimmt, so ist zu untersuchen, welche und wieviel Bestandtheile er enthält.

Bei der Erforschung der Zersetzung der stickstoffhaltigen Stoffe im Körper handelt es sich hauptsächlich um eine möglichst genaue Bestimmung des in demselben befindlichen Stickstoffs.

Bidder und Schmidt[1]) hatten für den Katzenharn angegeben, dass derselbe eine Lösung von Harnstoff und anorganischen Salzen sei; er enthält nach ihnen keine Spur Harnsäure und nur höchst geringe Mengen anderweitiger organischer Materien, wovon sie sich durch die Stickstoff- und Kohlenstoffbestimmung überzeugt hatten. Sie haben daher bei ihren Versuchen nur selten den Stickstoff oder Kohlenstoff durch die Elementaranalyse ermittelt, sondern berechneten diese Elemente meist aus dem nach der Methode von Ragsky und Heintz oder nach der von Bunsen bestimmten Harnstoff.

Wenn auch im Hundeharn der Harnstoff so prävaliren würde, dass die übrigen stickstoffhaltigen Bestandtheile dagegen ganz zurückträten, so wäre dies ungemein vortheilhaft, da wir seit den Untersuchungen von Bidder und Schmidt durch Liebig's Bemühungen eine so genaue und leicht ausführbare Bestimmung des Harnstoffs

[1]) a. a. O. S. 293.

besitzen. Es wäre eine ausgedehnte Arbeit immerhin sehr erschwert gewesen, wenn jeden Tag eine direkte Stickstoffanalyse durch Verbrennung des Harns hätte gemacht werden müssen.

Bischoff nahm in seinem ersten Buche stillschweigend an, dass man auch im Hundeharn aus dem Harnstoff den Stickstoff berechnen könne und bediente sich zu dem Ende zuerst der Methode von Liebig. Es war aber doch daran zu denken, zumal da Bischoff immer ein Deficit von Stickstoff im Harn und Koth fand, ob im Harn des Hundes nicht andere stickstoffhaltige Materien z. B. Harnsäure, Kynurensäure, Kreatin, Kreatinin, Ammoniaksalze und unbekannte Extraktivstoffe in berücksichtigenswerther Menge vorhanden sind.

Ich habe mir bei meiner ersten Arbeit [1]) diese Frage gestellt und die in einer Portion Harn aus der Harnstofftitrirung gerechnete Menge Stickstoff mit der durch die Elementaranalyse gefundenen verglichen. Ich gab damals eine Methode der Stickstoffbestimmung an, die zwar nicht sehr zeitraubend war, aber nur bei grosser Sorgfalt und Uebung genaue Resultate lieferte; es wurden in einer kleinen Retorte 5 c. c. Harn mit etwas Natronkalk erhitzt, eingedampft und schliesslich geglüht; das dabei entstandene Ammoniak konnte in verdünnter Schwefelsäure von bekanntem Gehalt aufgefangen werden. Ich habe mich dieser Methode bedient, weil es mir nicht gelingen wollte, den Harn durch Abdampfen bei 100° so weit trocken zu erhalten, dass ich ihn mit Natronkalk ohne Verlust mischen konnte und weil ich zugleich durch die Wärme eine Zersetzung desselben fürchtete. Dies Verfahren ist von Seegen [2]) so modificirt worden, dass es leichter zu handhaben ist. Ich bin schon längere Zeit von meiner ersten Methode zurückgekommen, und gebrauche jetzt ausschliesslich eine folgende, die zwar mehr Zeit erfordert, aber vollkommen sichere Resultate gibt. Ich bringe in ein ganz flaches Porzellanschälchen von etwa 8 cent. met. Durchmesser, auf dessen breiten Rand ein Glasdeckel aufgeschliffen ist, ausgeglühten feinen Quarzsand und wiege dann den Apparat; hierauf werden 5 cub. cent. des zu prüfenden Harns aus einer kleinen genau anzeigenden Pipette (die Calibrirung

[1]) Chem.-physiologische Untersuchungen 1857, S. 6—13.

[2]) Einfluss des Glaubersalzes, Wien, Sitz.-Ber. 1864. Bd. 49.

ergab statt 5 cub. cent. 5.002 cub. cent.) auf das Quarzpulver ausgegossen, das in einer Menge vorhanden sein muss, dass es die Flüssigkeit völlig einsaugt; dann wird durch abermalige Wiegung das Gewicht des Harnes ermittelt, um die Messung controliren zu können. Bringe ich nun das unbedeckte Schälchen unter die Glocke einer grossen Luftpumpe, so ist die zusammengebackene Masse in einigen Stunden trocken, so dass ich sie mit einem breiten Messerrücken durch Abschaben fein pulverisiren und von den Wänden der Schale loslösen kann. Nun mische ich das Pulver unter den bekannten Vorsichtsmassregeln mit Natronkalk und bringe es in eine kurze Verbrennungsröhre. Die 5 cub. cent. Harn, die etwa 0.2 — 0.3 Grmm. Rückstand geben, sind durch das Quarzpulver so gleichmässig und fein vertheilt, dass man bei der Verbrennung sehr rasch vorgehen kann, ohne eine zu schnelle oder unregelmässige Entwicklung befürchten zu müssen. Das sich entwickelnde Ammoniak habe ich entweder in Salzsäure aufgefangen und mit Platinchlorid ausgefällt, oder ich habe eine titrirte Schwefelsäure von bekanntem Gehalte vorgelegt. Da die gewöhnlichen Will-Varrentrapp'schen Stickstoffapparate nur etwa 20 cub. cent. Flüssigkeit fassen, so muss man wegen der ziemlich bedeutenden Menge von Ammoniak, die man aus 5 cub. cent. Hundeharn erhält, einen grössern Apparat oder eine stärkere Schwefelsäure (mit ohngefähr 1 Grmm. Säure in 20 cub. cent.) anwenden. Man muss sich bei der ganzen Procedur der äussersten Sorgfalt befleissigen, da man von 5 cub. cent. häufig auf 1000 und mehr cub. cent. rechnet, also jeder Fehler 200mal sich vergrössert; der bedeutende Stickstoffgehalt hindert es, mehr als 5 cub. cent. Harn zur Verbrennung zu nehmen. Es hat sich ergeben, dass man dieselben Resultate erhält, ob man den zu verbrennenden Harn abmisst oder abwiegt; die dabei sich ergebenden Differenzen sind so klein, dass sie vollkommen vernachlässigt werden können.

Ich habe in meinen physiologisch-chemischen Untersuchungen 15 solcher vergleichender Stickstoffbestimmungen veröffentlicht. Bei der verschiedensten Qualität und Quantität des Futters ergab die Elementaranalyse 12mal unter 15 Fällen etwas mehr Stickstoff als aus dem nach Liebig bestimmten Harnstoff gerechnet wurde und zwar im Mittel für den gesammten 24 stündigen Harn 0.65 Grmm. Einige der Analysen hatten zwar eine Differenz bis zu 2.75 Grmm. Stickstoff im Tag gegeben; diese grösseren Differenzen traten aber nur bei einer täglichen Harnmenge von 1000 bis 1300 cub. cent. auf, während bei geringern Quantitäten (bis zu 600 c. c.) der Fehler höchstens 0.3 Grmm. Stickstoff ausmachte. Ich glaubte nun damals annehmen zu dürfen, dass das von mir gefundene Plus von 1.5 bis 2.7 Grmm. Stickstoff in Wirklichkeit nicht vorhanden ist, sondern daher rührt, dass die kleinste in der Analyse begründete Abweichung vom wahren Werth bei der Anstellung des Versuchs mit 5 cub. cent. durch die Berechnung auf 1000 und mehr cub. cent. sehr oft multiplicirt wird; als wahrscheinlichste Grösse für das Plus habe ich den mittlern Werth von 0.65 Grmm. Stickstoff angenommen, das also von anderweitigen stickstoffhaltigen Stoffen im Harn ausser dem Harnstoff bedingt ist.

Ich betrachte jetzt die Sache etwas anders. Wenn ein constantes kleines Plus an Stickstoff vorhanden ist, so wird die absolute Grösse desselben bei wenig Harn sehr gering ausfallen, bei mehr Harn aber ansteigen; und so kann es dann sich ereignen, dass wenn bis zu 1300 cub. cent. Harn gelassen werden, eine Differenz von 2.75 Grmm. Stickstoff gegenüber dem aus dem Harnstoff gerechneten in Wirklichkeit vorkommt; ist dem so, so muss bei wenig und viel Harn nahezu ein gleiches prozentiges Plus sich ergeben. Ich habe daher aus meinen 15 frühern Versuchen berechnet, wie gross die Abweichung der beiden Stickstoffmengen ist, wenn man sie auf 100 cub. cent. Harn bezieht, um die Grösse des Plus näher kennen zu lernen. Ich stelle das Resultat in folgender Tabelle zusammen.

Nahrung im Tag.	Harnmenge von 24 Stunden in cub. cent.	N in 5 cc. Harn			N in 24 Stunden			Differenz auf 100 cc. Harn.	Differenz auf 100 Grmm. N.
		aus dem Ū.	durch Verbrennung.	Differenz beider.	aus dem Ū.	durch Verbrennung.	Differenz beider.		
1324 Fleisch	762	0.2380	0.2278	— 0.0102	36.3	34.7	1.6	0.20	— 4.5
1266 Fleisch	1065	0.2147	0.2274	+ 0.0127	45.7	48.4	2.7	0.25	+ 5.6
1397 Fleisch	1067	0.2347	0 2388	+ 0.0040	50.1	50.9	0.9	0.08	+ 1.7
1500 Fleisch	823	0,2385	0.2360	— 0.0025	39.2	38.8	0.4	0.05	— 1.0
1500 Fleisch	847	0 2459	0.2509	+ 0,0050	41.7	42.5	0.8	0.10	+ 2.0
1500 Fleisch	950	0.2427	0.2552	+ 0.0126	46.1	48.5	2.4	0.25	+ 5.1
1500 Fleisch	1385	0.2543	0.2643	+ 0.0093	70.5	73.2	2.7	0.18	+ 3.9
{ 1500 Fleisch 130 Fett	594	0.1918	0.1928	+ 0.0010	22.8	22.9	0.1	0.02	+ 0.5
Hunger	125	0.2361	0.2423	+ 0,0061	5.9	6.1	0.2	0.12	+ 2 7
Hunger	131	0.2217	0.2238	+ 0.0021	5.8	5.9	0.1	0.04	+ 0.8
{ 1500 Fleisch 80 Leim	1138	0.2137	0.2179	+ 0.0042	48.6	49.6	0.9	0.08	+ 1.9
120 Fett	365	0.1353	0.1359	+ 0.0005	9.9	9,9	0	0,01	+ 0.4
1000 Fleisch	530	0.1918	0.1901	— 0.0017	20.3	20.1	0.2	0.03	— 0.8
1000 Fleisch	670	0.2147	0.2168	+ 0.0021	28,8	29,0	0,3	0.04	+ 0.9
1000 Fleisch	654	0.2408	0.2462	+ 0.0054	31.5	32,2	0.7	0.11	+ 2.2

Diese Zusammenstellung gibt, obwohl die Bestimmungen noch nach der frühern nicht so zuverlässigen Methode angestellt sind, ganz bestimmte Antwort auf unsere Frage. Die Differenzen beider Stickstoffanalysen in 5 cub. cent. sind sehr klein, sie betragen im Maximum 12.7, im Mittel 5.3 Milligramm. Die mittlere Abweichung in 100 cub. cent. Harn ist 0.10 Grmm.; auf 100 Grmm. des Stickstoffs 2.2 Grmm. Bei geringern Quantitäten Harn ist darum die Differenz im Tag kaum merklich, bei grössern aber wächst sie durch die Vervielfältigung an.

Seitdem habe ich noch eine Anzahl solcher vergleichender Stickstoffanalysen ausgeführt, und zwar mit Hülfe der neuen Methode, um ganz scharf festzustellen, um wie viel die Harnstofftitrirung nach Liebig im Hundeharn zu wenig Stickstoff angibt.

Datum.	Nahrung im Tag.	Harnmenge von 24 Stunden in cub. cent.	N in 5 c. c. Harn			N in 24 Stunden.			Differenz auf 100 c. c. Harn.	Differenz auf 100 Grmm. N.
			aus dem $\overset{+}{U}$.	durch Verbrennung.	Differenz beider.	aus dem $\overset{+}{U}$.	durch Verbrennung.	Differenz beider.		
9. 5. 59	{ 200 Fett 200 Leim	853	0.1913	0.1960	0.0047	32.6	33.4	0.8	0.09	+ 2.4
12. 2. 62	Hunger	177	0.1961	0.2034	0.0073	6.9	7.2	0.3	0.14	+ 3.7
14. 3. 62	Hunger	136	0.1921	0.2023	0.0102	5.2	5.5	0.3	0.20	+ 5.1
24. 3. 62	1500 Fleisch	1020	0.2558	0.2623	0.0065	52.2	53.5	1.3	0.13	+ 2.5
26. 2. 63	1500 Fleisch	1048	0.2598	0.2716	0.0118	54.4	56.9	2.5	0.23	+ 4.5
13. 3. 63	{ 1500 Fleisch 30 Fett	1006	0.2441	0.2555	0.0114	49.1	51.4	2.3	0.22	+ 4.6
12. 4. 63	1500 Fleisch	1113	0.2287	0.2408	0.0121	50.9	53.5	2.6	0.24	+ 4.9
24. 4. 64	Hunger	248	0.1447	0.1478	0.0031	7.17	7.33	0.16	0.06	+ 2.2
25. 4. 64	Hunger mit Arbeit	209	0.1762	0.1808	0.0046	7.36	7.56	0.20	0.09	+ 2.7
26. 4. 64	Hunger	169	0.1913	0.1926	0.0013	6.46	6.51	0.05	0.03	+ 0.8

Diese Zahlen ergänzen die oben mitgetheilten und bestätigen, dass nicht aller Stickstoff im Harn durch die Titrirung des Harnstoffs gefunden werden kann. Aber die Differenz des Stickstoffs in 5 cub. cent. ist so gering, dass sie eben wahrnehmbar wird; sie beträgt im Maximum 12.1 Milligramm, im Mittel 7.3 Milligramm. Ich mache darauf aufmerksam, dass alle übrigen Zahlen aus dieser äusserst kleinen Differenz abgeleitet sind. 7.3 Milligramm sind in 15 Milligramm Harnstoff enthalten, zu deren Fällung man 1.5 cub. cent. der Titrirflüssigkeit braucht; man ist bei der Titrirung des Harnstoffs im Hundeharn nur auf 0.3 cub. cent. der Quecksilberlösung, welche 3 Milligr. Harnstoff und 1.4 Milligr. Stickstoff entsprechen, sicher, daher man schon aus diesem Grunde sehr nahe an der Beobachtungsgrenze angekommen ist. Dann gelangt man auch von einer andern Seite dicht an diese Grenze. Man fällt bekanntlich bei Herstellung der Titrirflüssigkeit 0.200 Grmm. reinen Harnstoff in 10 cub. cent. Wasser mit einer Lösung von salpetersaurem Quecksilber aus, bis man mit kohlensaurem Natron eine gelbe Färbung wahrnimmt. Nun bleibt es der subjektiven Ansicht überlassen, welchen Grad der Färbung man als Endanzeiger annehmen will, da dieselbe von einem sehr schwachen gelblichen Anflug allmählig in intensives Gelbroth übergeht. Nach meiner Erfahrung geht man am sichersten, wenn man als Ende den Punkt nimmt, bei dem in dem gelblichen Anflug sich eben einzelne kleine stärker tingirte Fleckchen hervorheben. Nichtsdestoweniger kann man im Zweifel sein, ob man den Versuch bei 20.0 cub. cent. oder 19.8 cub. cent. beschliessen soll. Nimmt man dies als Grenze an, so ist man nicht gewiss, ob 1 cub. cent. der Titrirflüssigkeit 10.0 oder 10.1 Milligramm Harnstoff entspricht. Haben wir nun 1000 cub. cent. Harn und brauchen wir für 5 cub. cent. 50 cub. cent. der Quecksilberlösung, so ist man darin auf 5 Milligramm, und in 1000 cub. cent. auf 1 Grmm. Harnstoff nicht genau. Summiren sich nun die beiden genannten nicht zu vermeidenden Fehler, so ist man auf 3.7 Milligr. Stickstoff in 5 cub. cent. Harn bei der Titrirung des Harnstoffs nicht sicher. Dies sind schon 1.8% der gesammten Stickstoffmenge. Da aber im Mittel durch die Elementaranalyse 7.3 Milligramm Stickstoff mehr gefunden werden, so ist gerade das Plus bemerkbar. Und dennoch tritt es sehr hervor, wenn man auf 100 Grmm. Stickstoff rechnet, wobei eben die geringste Differenz gewaltige Ausschläge giebt. Wenn bei 2 Verbrennungen einer stickstoffhaltigen Substanz 3.4 und 3.5 % Stickstoff gefunden werden, so sind die Differenzen klein und man hat eine gute Analyse gemacht, obwohl ein Unterschied von 3 % im Stickstoff vorhanden ist. Auf den Harn berechnet zeigt sich nach der Tabelle eine mittlere Differenz von 0.14 % und auf den Stickstoff von 3.4 %. Nimmt man das Mittel aus allen 25 Bestimmungen, so erhält man ein Plus von 0.12 % und 2.8 %. Seegen[1]) fand dasselbe, nämlich in 100 Theilen Harn bei der Verbrennung 0.131 Theile Stickstoff mehr als bei der Titrirung.

Die Differenz ist höchst wahrscheinlich in allen Fällen die gleiche und zwar 0.12 %. In 5 cub. cent. Harn schwankt sie zwar zwischen 1.3 und 11.8 Milligramm; da jedoch die Genauigkeit der Harnstoffbestimmung nicht auf weiter als 3.7 Milligramm geht, so können in einzelnen Fällen Abweichungen von der Mittelzahl 7.3 zwischen 2.6 und 11.0 Milligramm vorkommen.

Man kann also nicht sagen, dass man durch die Titrirung des Harnstoffs allen Stickstoff im Hundeharn bestimmen kann und es ist dies auch gar nicht wahrscheinlich gewesen. Die durch die Elementaranalyse erhaltenen Zahlen sind nämlich um 0.12 % höher. Es kann keine Rede davon sein, dass der Fehler der Analysen 0.12 % beträgt, denn beide Bestimmungen sind entschieden genauer; es ist in der That eine um 0.12 % grössere Stickstoffmenge vorhanden.

Ich habe es reiflich überlegt, ob unter diesen Umständen nicht eine tägliche direkte Stickstoffbestimmung im Harn nöthig ist oder ob man an den durch die Titrirung gefundenen Zahlen nicht wenigstens eine Correktion anbringen sollte. Ich habe weder das eine noch das Andere gethan.

Die Wichtigkeit der Liebig'schen Methode liegt in der Schnelligkeit ihrer Ausführung; ich wäre nicht im Stande gewesen, ohne ihre Benützung die Arbeiten allein zum Abschluss zu bringen. Nichtsdestoweniger hätte jeden Tag eine Verbrennung des Harns gemacht

---

[1]) a. a. O. S. 9.

werden müssen, wenn dieselbe einen Gewinn gebracht hätte. Dies ist aber nicht der Fall.

Wir erhalten durch die Harnstofftitrirung ein um 2.8 % der gesammten Stickstoffmenge zu niedriges Resultat in den Ausgaben. Der Stickstoff des Harns kommt vom Fleisch der Nahrung oder des Körpers her; wäre die Bestimmung des Stickstoffs in dem letztern ebenso scharf wie die im Harn, so hätte eine tägliche Stickstoffanalyse des Harns Sinn gehabt. Wir können aber nicht mit Sicherheit sagen, ob das frische Fleisch 3.4 oder 3.5 % Stickstoff enthält, d. h. wir sind auf 3 % der gesammten eingeführten Stickstoffmenge ungenau. Es war zwar ausserordentlich wahrscheinlich, dass die richtige Zahl näher an 3.5 % als an 3.4 % liegt; da aber bei allen früheren Versuchen die Zahl 3.4 benutzt worden ist, und sich herausstellte, dass im Harn der Stickstoff um nahezu die gleiche Grösse zu niedrig gegriffen war, also eine völlige Ausgleichung stattfindet, so liess ich die Sache bewenden.

Bei Anwendung einer Correktion im Harn hätte man auch eine solche für das Fleisch einführen und beide Grössen um nahezu die gleichen Prozente erhöhen müssen, um einen Werth zu erhalten, der wahrscheinlich absolut genauer gewesen wäre, aber im Uebrigen nichts Wesentliches geändert hätte.

Man muss eben immer wissen, wie weit es im gegebenen Falle vernünftig ist, die Genauigkeit zu treiben und sich dann bewusst sein, wie gross der eingeführte Fehler im Maximum ist, und wie weit wir in unsern aus den Zahlen abgeleiteten Schlüssen gehen dürfen. In unserm Fall zieht uns nicht die Genauigkeit der Stickstoffanalyse im Harn, sondern die im Fleisch die Grenze. Da wir nur mit Wahrscheinlichkeit aussagen können, dass bei letzterem nahezu um 0.1 % mehr Stickstoff vorhanden sein wird, so unterliess ich auch eine Correktion; wer sie aber machen will, kann sie ausführen, da alle Anhaltspunkte dafür vorhanden sind.

Es sind also im Hundeharn neben dem Harnstoff noch andere stickstoffhaltige Stoffe vorhanden. Es hat mich dies nicht gewundert, denn es sind solche Körper ja schon längere Zeit bekannt, es hat mich vielmehr umgekehrt, nach den Anhaltspunkten die wir über ihre Quantität im Hundeharn haben, gewundert, dass sie den

Stickstoffgehalt desselben nicht noch mehr erhöhen, als dies wirklich der Fall ist. Da aber der grösste Theil dieser Stoffe ebenfalls Verbindungen mit dem salpetersauren Quecksilberoxyd eingeht wie der Harnstoff, deren Stickstoffäquivalent sich wahrscheinlich ähnlich verhält wie das des letzteren, so wird der Unterschied ansehnlich geringer gemacht.

Im Hundeharn kommt zunächst Kreatinin vor; über die Abwesenheit des Kreatins bin ich nicht sicher. Heintz[1]) sprach sich zuerst dahin aus, dass das im Harn gefundene Kreatin aus dem Kreatinin hervorgegangen sei. Da man zur Isolirung des Kreatins den Harn mit Kalkwasser versetzt und nach Liebig's Erfahrung[2]) Kreatinin durch Behandlung mit Kalkwasser in Kreatin sich umwandelt, so nahm Liebig an, dass das Kreatin des Harns auf diese Weise aus dem Kreatinin entstanden sei. Neubauer[3]) gebührt das Verdienst nachgewiesen zu haben, dass bei möglichst raschem Verfahren kein Kreatin im Menschenharn sich findet, dagegen ansehnlich mehr Kreatinin als man bisher vermuthete, nämlich 1.12 Grmm. im Mittel im Tag. Loebe[4]) hatte im Menschenharn im Mittel nur 0.75 Grmm. in 24 Stunden bestimmt, und im Hundeharn (es war Harn von unserem Versuchshund nach Fleischfütterung) ein Verhältniss des Harnstoffs zum Kreatinin wie 100 zu 0.64 angegeben, so dass derselbe bei 1800 Gmm. Fleischnahrung und 130 Grmm. Harnstoff 0.83 Gmm. Kreatinin enthalten würde. Ich habe nach einer Reihe in meinem Laboratorium bei verschiedner Qualität und Quantität der Nahrung ausgeführter Bestimmungen Grund, einen höhern Gehalt an Kreatinin oder Kreatin im Hundeharn anzunehmen. Würde 1 Grmm. Kreatinin im Mittel im Tag ausgeschieden, so würden bei der Titrirung 0.36 Grmm. Stickstoff nicht in Rechnung kommen, wenn nicht nach Neubauer's Entdeckung das salpetersaure Quecksilberoxyd sich auch mit dem Kreatinin verbände. Man bekommt nach ihm beim Vermischen einer concentrirten Lösung von Kreatinin mit einer concentrirten neutralen

---

[1]) Heintz, Pogg. Annal. 1849. Bd. 74. S. 125.

[2]) Liebig, Annalen der Chemie und Pharmacie Bd. 108. S. 354.

[3]) Neubauer, Annalen der Chemie und Pharmacie 1863. Bd. 119. S. 27.

[4]) Loebe, Journal für prakt. Chemie Bd. 82. S. 170.

Lösung von salpetersaurem Quecksilberoxyd anfangs keine Veränderung; setzt man aber von der Flüssigkeit so lange zu, bis man in einer Probe mit Sodalösung eine gelbe Färbung sieht, bis also überschüssiges Quecksilbersalz vorhanden ist, so tritt dann nach einiger Zeit eine Trübung und ein Niederschlag ein, der aus kleinen Krystallen der salpetersauren Quecksilberoxyd-Kreatininverbindung ($C_8 H_7 N_3 O_2 + 2 HgO . NO_5$) besteht; diese Verbindung ist aus 56.4% Quecksilberoxyd, 14.1 % Salpetersäure und 29.5 % Kreatinin zusammengesetzt. Setze ich zu einer wässrigen Kreatininlösung von der sauren Liebig'schen Harnstofftitrirflüssigkeit zu, so tritt keine Fällung ein, aber ein Tropfen der Mischung giebt mit einer Lösung von kohlensaurem Natron nicht einen gelben, sondern einen weissen Niederschlag, ein Zeichen, dass das zugesetzte salpetersaure Quecksilberoxyd eine Verbindung mit dem Kreatinin eingegangen hat. Später, wenn ein Ueberschuss von salpetersaurem Quecksilberoxyd zugefügt worden ist, tritt das gelbe Quecksilberoxyd-Präcipitat hervor; aber es ist sehr auffallend, dass dies Gelb sehr lange unbestimmt bleibt. Wenn man eine reine Harnstofflösung titrirt, so ist es vollkommen unmöglich, über 0.4 cub. cent. des Zusatzes der Flüssigkeit im Zweifel zu sein, man hat vorher mit Soda einen weissen und nachher einen deutlich gelben Niederschlag, der durch einen weiteren Zusatz ungemein viel intensiver wird. Beim Kreatinin ist es jedoch ganz anders; das Auftreten der gelben Farbe ist schwer zu erkennen, erscheint sehr allmählig und man muss unverhältnissmässig viel zusetzen, um eine stärkere Färbung hervorzurufen. Fügt man dann, wenn noch alles Quecksilber in Beschlag genommen ist, etwas kohlensaures Natron zu, so entsteht ein dicker weisser Niederschlag, der im Ueberschuss des Natronsalzes sich wieder löst.

Hat man zur Kreatininlösung vor der Prüfung Barytwasser bis zur alkalischen Reaktion zugesetzt, so tritt sofort bei Zusatz eines Tropfens des Quecksilbersalzes ein schwach gelblicher Niederschlag ein, der sich jedoch wieder auflöst; sobald aber die alkalische Reaktion durch weitern Zusatz nur noch schwach ist oder in eine saure Reaktion übergegangen ist, entsteht ein bleibender Niederschlag, der im Ueberschuss nicht mehr verschwindet. Dies letztere ist mir noch unklar, da in der wässrigen Lösung des Kreatinins mit der sauren Quecksilberlösung kein Niederschlag sich bildet.

Es ist gewiss, dass alle diese Verhältnisse sich auch geltend machen bei der Titrirung des Harnstoffs im Harn, wenn Kreatinin zugegen ist; es tritt die Endreaktion um so später ein, je mehr Kreatinin vorhanden ist; es macht dies aber nicht sehr viel aus. Bei 1800 Gmm. Fleischnahrung entleert der Hund etwa 1200 cub. cent. Harn mit 1 Gmm. Kreatinin. In 5 cub. cent. sind demnach 0,0042 Gmm. Kreatinin enthalten, die nur etwa 0.1 cub. cent. der Liebig'schen Titrirflüssigkeit in Anspruch nehmen, während wir auf 0.3 cub. cent. hin und her nicht sicher sind.

Nach den Angaben von Liebig findet sich im Hundeharn keine Harnsäure, aber dafür in einem Sedimente eine andere Säure, die er Kynurensäure nannte und deren Eigenschaften er genau beschrieb. Eckhardt hat später gefunden[1]), dass man bei Zusatz von 3 bis 4 cub. cent. Salzsäure zu 100 cub. cent. Hundeharn nach einiger Zeit einen Niederschlag erhält, der grösstentheils aus der von Liebig entdeckten Kynurensäure besteht, aber auch Spuren von Harnsäure einschliesst. Setze ich, wie Eckhardt es gethan, zu Hundeharn 3—4% Salzsäure, so entsteht nach einigen Minuten eine gelbliche Trübung, aus der sich nach einem Tag am Boden des Gefässes ein gelber Niederschlag absetzt, der unter dem Mikroscop Kugeln, aus concentrisch gruppirten Krystallnadeln bestehend, erkennen lässt. Dieser Niederschlag ist unreine Kynurensäure, die allerdings Spuren von Harnsäure zu enthalten scheint, in so fern nämlich das Pulver die Murexidreaktion giebt, was reine Kynurensäure nicht thut. Ich habe mir auf diese Weise mit der Zeit etwa 200 Gmm. rohe Kynurensäure gesammelt, um dieselbe nach und nach zu bearbeiten und ihre Zusammensetzung zu eruiren. Während ich damit beschäftigt war, bekam ich die Abhandlung von Seegen[2]), der den Niederschlag von Kynurensäure in der Regel nur im Harn von Hunden, welche Glaubersalz erhalten hatten, fand. Schneider untersuchte die Säure auf Seegens Veranlassung näher und stellte ihre Formel

---

[1]) Eckhardt, Annalen der Chemie und Pharmacie Bd. 97, S. 358.

[2]) Seegen, Sitz. Ber. d. Wien. Acad. 1864, Bd. 49.

fest, die mit der von mir gefundenen übereinstimmt. Ich werde später über einige Salze dieser Säure und ihre Eigenschaften Einiges angeben, wenn ich im Stande bin, noch Etwas über die Zersetzungsprodukte derselben auszusagen, mit deren Studium ich noch beschäftigt bin. Die Menge der bei meinem Hund täglich excernirten stickstoffhaltigen Kynurensäure ist nicht klein, denn sie übersteigt häufig die Quantität der beim Menschen im Tag excernirten Harnsäure. Herr Riederer hat in meinem Laboratorium bei der verschiedensten Art und Menge der Nahrung des Hunds die Kynurensäure bestimmt und die Verschiedenheiten ihrer Ausscheidung festgestellt. Die Resultate dieser Arbeit sollen in einem der nächsten Hefte der Zeitschrift mitgetheilt werden. Ich bemerke nur noch, dass auch die Kynurensäure mit salpetersaurem Quecksilberoxyd sich verbindet.

Ich beschäftige mich endlich schon seit unmässig langer Zeit ab und zu mit einem andern stickstoff- und schwefelhaltigen Stoff im Harn, der ebenfalls eine Verbindung mit salpetersaurem Quecksilberoxyd eingeht, aber so ungemein leicht zersetzbar ist, dass ich trotz vielfältigster Bemühungen nicht im Stande war, genau stimmende Elementaranalysen zu erhalten. Da dieser Körper vielfältiges Interesse darbietet, so werde ich mich demnächst, obwohl ungern, entschliessen müssen, das noch nicht Vollendete mitzutheilen.

Ich bin überzeugt, dass es im Hundeharn unter den sogenannten Extraktivstoffen noch andere stickstoffhaltige Körper giebt, sie sind aber für uns von keiner Bedeutung. Wir haben gesehen, dass der Stickstoff des Harnstoffs den überwiegend grössten Theil ausmacht, und dass selbst der Stickstoff einiger anderer Verbindungen wegen ihrer Fällbarkeit mit salpetersaurem Quecksilber mit bestimmt wird. Das Liebig'sche Titrirverfahren ist ein Mittel, im Hundeharn den Stickstoff auf 0.12 % zu finden. Es ist mir natürlich nie eingefallen, zu meinen, der Harnstoff sei der einzige stickstoffhaltige Stoff im Hundeharn; wir haben S. 268 unseres Buchs ausdrücklich gesagt: „im Hundeharn ist sehr wenig Stickstoff vorhanden, der sich nicht durch die Liebig'sche Titrirmethode bestimmen liesse." Es ist daher eine Unwahrheit, wenn Vogt[1]) von uns sagt: „mit

[1]) a. a. O. S. 28.

Ausnahme des Kothes wird alle Stickstoffausgabe auf Harnstoff reducirt; der Hundsharn darf keinen andern stickstoffhaltigen Körper enthalten, weder Harnsäure (!!) noch Ammoniaksalze"; oder wenn Funke[1]) meint, wir betrachteten den Harnstoff als einzigen stickstoffhaltigen Ausgabeposten. Oder glauben Vogt, Funke und Andere, ich hätte auf das Vorkommen von Kreatinin, Kynurensäure u. s. w. im Hundeharn durch sie aufmerksam werden müssen? Zu welchem Zwecke hätte ich meine direkten Stickstoffbestimmungen ausgeführt, wenn ich die Idee gehabt hätte, der Harnstoff liefere allen Stickstoff des Harns? Erst nachdem ich mich durch Untersuchungen, die weder Vogt noch Funke kennen, auf die aber in unserm Buche (S. 268) verwiesen ist, überzeugt hatte, dass die Titrirung mit salpetersaurem Quecksilberoxyd ein hinreichend genaues Maass für den Stickstoffgehalt des Hundeharns liefert, haben wir auf diese Thatsache weiter gebaut. Es kostet wenig Mühe, sich allerlei Ungereimtheiten, die Andere begangen haben sollen, einzubilden, und dann in seitenlangen Artikeln dagegen zu Felde zu ziehen.

Es haben Andere, die sich die Sache genauer ansahen, uns ganz richtig verstanden, so namentlich Meissner, der in seinem Jahresbericht für 1859 (S. 349) erwähnt: „dass nach Voit's Untersuchungen ausser dem Harnstoff im Harn kein nennenswerther Stickstoffträger war“; und im Jahresbericht für 1860 (S. 374), dass ich genaue und zahlreiche Untersuchungen darüber gemacht habe, in wie weit der Harnstoff sämmtlichen aus dem Stoffwechsel stammenden Stickstoff repräsentirt. Meissner hält es aber (Jahresbericht 1862 S. 389) desshalb noch keineswegs für bewiesen: „dass die Stickstoffausgabe im Harn unter allen Umständen identisch ist mit Stickstoffausgabe in Form von Harnstoff.“ Ich habe für die in den Kreis unserer Untersuchungen gezogenen Fälle die Zulässigkeit einer solchen Annahme durch eine Anzahl von Analysen dargethan und ich werde das gleiche für den von Meissner namentlich hervorgehobenen Fall bei Arbeitsleistung nachweisen. Wir waren nach den Resultaten der Versuche vollkommen im Rechte, wenn wir

---

[1]) Funke, Physiologie I. S. 614.

durch die Liebig'sche Titrirmethode den Stickstoff des Harns bestimmten und man kann nicht ohne eigene Erfahrungen, die das Gegentheil lehren, die Gültigkeit derselben anzweifeln. Es ist durchaus unzulässig sich verschiedene Möglichkeiten auszudenken, um damit die auf Experimente gestützten Ansichten zu bekämpfen.

Der Ausspruch von Bidder und Schmidt, der Katzenharn sei nur eine reine Harnstofflösung mit anorganischen Salzen, ist auch nicht streng richtig. Man erhält bei der Vergleichung der durch die Elementaranalyse und durch die Harnstoffbestimmung gefundenen Zahlen auch hier dieselben Differenzen wie im Hundeharn; ich weiss namentlich, dass der stickstoff- und schwefelhaltige Körper auch im Katzenharn vorhanden ist. Die Unterschiede sind aber so klein, dass man sie, wie Bidder und Schmidt es thaten, ganz vernachlässigen kann; sie schlossen wie wir aus der Harnstoffmenge auf die Stickstoffmenge im Harn. Bidder und Schmidt finden aber Gnade in den Augen Funke's, während wir, obwohl ich für den Hund dieselben Vorversuche gemacht wie unsere Vorgänger für die Katze, bekrittelt werden. Ich hoffe, dass Funke in der nächsten Auflage seines Lehrbuchs seine Betrachtungen fallen lassen und der Wahrheit die Ehre geben wird.

Dieselben Verhältnisse sind auch zu berücksichtigen, wenn man die Untersuchungen am Menschenharn macht. Will man nicht täglich eine Elementaranalyse ausführen, so muss man zusehen, ob sie sich durch die Harnstoffbestimmung ersetzen lässt und wie gross der Fehler dabei ausfällt. Ich hatte dies bereits gethan, ehe Dr. Ranke von uns aufgefordert worden war, Ernährungsversuche am Menschen zu unternehmen. Ich setze meine damals erhaltenen Resultate hierher, damit sie nicht verloren sind. Ich bestimmte zunächst in 10 cub. cent. Harn nach Ausfällung des Chlors mit salpetersaurem Silberoxyd den Harnstoff durch Titriren und dann in 5 cub. cent. nach dem Eintrocknen auf Quarzpulver unter der Luftpumpe durch Verbrennen mit Natronkalk den Stickstoff.

Nro.	N in 10 cub. cent.			N in 100 cub. cent.		
	im $\overset{+}{U}$	durch Verbrennung	Differenz	im $\overset{+}{U}$	durch Verbrennung	Differenz
1	0.1347	0.1322	— 0.0025	1.35	1.32	— 0.03
2	0.1333	0.1312	— 0.0021	1.33	1.31	— 0.02
3	0.1011	0.0942	— 0.0069	1.01	0.94	— 0.07
4	0.1191	0.1209	+ 0.0018	1.19	1.21	+ 0.02
5	0.1724	0.1750	+ 0.0027	1.72	1.75	+ 0.03

Die Harnproben 1., 2. und 3. waren vom Morgenharn ein und derselben Person; in allen drei bestimmte man durch die Titrirung einen Ueberschuss von 0.04 % Stickstoff im Mittel. Es war nur wenig Harnsäure vorhanden und zwar im Mittel 0.045 % mit 0.015 % Stickstoff. Hätte man also den Stickstoff der Harnsäure dazu gezählt, so wäre der Fehler grösser geworden. Das gleiche Resultat erhielt Ranke bei seinem Versuche [1]), nämlich

N in 100 cub. cent. Harn		
im $\overset{+}{U}$	durch Verbrennung	Differenz
0.509	0.510	+ 0.001

es befanden sich aber noch 0.006 % Stickstoff in der Harnsäure, es wäre also auch hier durch Zurechnen des Stickstoffs der Harnsäure die Differenz nicht kleiner, sondern grösser geworden. Man kann aus diesen Angaben ersehen, wie völlig ungegründet Funke's [2]) Bemerkung ist: „Ranke's Versuche zeichnen sich dadurch aus, dass ausser dem Harnstoff doch wenigstens noch die Harnsäure des Harns in Rechnung gebracht ist.“

Nur dann, wenn die Menge der Harnsäure sehr gross ist, wie in den Harnproben 4. und 5., die aus dem concentrirten sedimentirenden Harn eines an Arthritis Leidenden genommen sind, kann man durch Zurechnen des Antheils der Harnsäure die Stickstoffrechnung aus dem Harnstoff genauer machen. Durch die Verbrennung fanden

[1]) A. a. O. S. 367.
[2]) A. a. O. S. 615.

sich hier 0.025 % Stickstoff mehr; im Harn waren aber 0.085 % Harnsäure mit 0.028 % Stickstoff enthalten. Ich mache darauf aufmerksam, dass die Harnsäure mit salpetersaurem Quecksilberoxyd ebenfalls eine Verbindung eingeht.

Auch Henneberg und Stohmann[1]) haben sich durch Versuche überzeugt, wie genau man bei Wiederkäuern den Stickstoffgehalt des Harns durch die Bestimmung der Hippursäure und des Harnstoffs findet und dabei, ähnlich wie ich für den Hundeharn, ein Deficit von höchstens 0.2 % erhalten.

Ich habe nun noch die Art und Weise der Titrirung des Harnstoffs nach der Liebig'schen Methode, die beim Hundeharn mehrere Rücksichten erfordert, anzugeben. Zur Untersuchung nahm ich meistentheils nur 5 cub. cent. Harn, da der Hundeharn sehr concentrirt und für 10 cub. cent. desselben über 100 cub. cent. der Titrirflüssigkeit erforderlich gewesen wären und ich an Genauigkeit dadurch doch nichts gewonnen hätte. Wegen des grossen Phosphorsäuregehalts hat man 2 Volumina der Liebig'schen Barytmischung zum Ausfällen derselben in 1 Volum Harn nöthig; nimmt man dann vom Filtrat 15 cub. cent. heraus, so befinden sich darin 5 cub. cent. Harn. Die 15 cub. cent. haltende Pipette und die Bürette waren von mir auf die Zuverlässigkeit ihrer Angaben geprüft worden; die Pipette von 15 cub. cent. fasste nach der Calibrirung 14.92 cub. cent.

Es ist für eine genaue Bestimmung des Harnstoffes unumgänglich erforderlich, vorher annähernd zu wissen, wieviel man Quecksilberlösung braucht, um allen Harnstoff auszufällen. Hat man keine Kenntniss davon, so muss man zwei Bestimmungen machen; weiss man bei einer gewissen Nahrung aber einmal die Anzahl der dazu verbrauchten cub. cent. der Titrirflüssigkeit, so gibt das specifische Gewicht des Hundeharns einen sehr guten Anhaltspunkt, denn man kann ziemlich zuverlässig sagen, dass wenn 1000 Theile Harn bei der nämlichen Nahrung um eine Anzahl Grammen mehr oder weniger wiegen, um ebensoviel cub. cent. der Quecksilberlösung mehr oder weniger zur Fällung des Harnstoffs nöthig sind.

---

[1]) A. a. O. S. 43.

Die Endreaktion, d. h. das Auftreten einer gelben Färbung mit Sodalösung ist im dunkelgelbgefärbten sehr saturirten Hundeharn nicht so leicht wahrzunehmen, wie etwa in reiner Harnstofflösung oder im viel verdünntern Menschenharn. Sie tritt nicht mit einem Male auf, sondern es finden sich Uebergänge von schwächerer zur stärkeren Färbung; ich glaube, dass die Gegenwart von Kreatinin, dessen eigenthümliches Verhalten zur Quecksilberlösung ich oben beschrieben habe, an dieser Trübung der Endreaktion Antheil hat.

Man muss, wie sich von selbst versteht, einen ganz bestimmten Punkt sich auswählen, bei dem man mit dem weitern Zusatz der Quecksilberlösung aufhört und man muss den gleichen Punkt bei Feststellung des Titre der Lösung mit reinem Harnstoff angenommen haben. Ich verlange daher, dass der Analytiker seine Titrirflüssigkeit selbst prüfen kann und geprüft hat, und nicht da oder dort gekaufte Flüssigkeit mir nichts dir nichts anwendet. Ich habe öfters Gelegenheit gehabt von anderen und zwar genauen Chemikern gemachte Lösungen gegenseitig zu controliren und ganz gewaltige Unterschiede, die bis zu 10% der verbrauchten cub. cent. betragen können, gefunden; Jeder nahm eben eine andere gelbe Färbung als Endreaktion an. Ich habe früher schon einmal gesagt, dass zu Harnstoffbestimmungen noch mehr nöthig ist als Weiss von Gelb zu unterscheiden; ich bleibe dabei, dass wer sich nicht selbst über die Genauigkeit seiner Methoden und Hilfsmittel Aufschluss verschaffen kann, was nur ein Fachmann zu thun im Stande ist, vergebens arbeitet und in die Genauigkeit seiner Resultate Zweifel setzen lassen muss. Ich nannte den, der nicht Herr der Methode, sondern ihr Sklave ist, einen Dilettanten, was von Manchem als Beleidigung aufgefasst worden ist. Es thut mir dies leid; denn ich war weit entfernt persönlich beleidigen zu wollen. Um richtig verstanden zu werden, erkläre ich mich in obigem Sinne in manchen Zweigen der Physik, Chemie, Physiologie etc. für einen Dilettanten; die Wissenschaft ist zu umfangreich geworden, als dass der Einzelne sie noch in allen Theilen umfassen kann; es ist mir aber möglich, wenn ich will, darin ein Fachmann zu werden. Ich halte es für schwer, über der Methode zu stehen und sich ihrer so zu bedienen, dass die erhaltene Antwort die richtige auf unsere Frage ist; es fällt mir aber nicht ein nur gewisse Klassen für berechtigt zu wissenschaftlichen Untersuchungen zu halten, wie Speck[1]) glaubt. Ich bin nur durch die Resultate meiner Arbeiten genöthigt gewesen, auf die früher bei den Stoffwechseluntersuchungen begangenen zahlreichen Fehler aufmerksam zu machen, die sich nur ergeben konnten, weil die meisten der Untersucher in meinem Sinn darin nicht Fachleute waren; ich glaube nicht, dass dies nach den Angaben, die ich damals gemacht habe, und die bei dem Stand der Sache gemacht werden mussten, bestritten werden kann.

Um so scharf als möglich den Eintritt der gelben Färbung zu erkennen, bringe ich kleine flach ausgebreitete Tropfen auf ein Uhrglas, das auf einem schwarzen Papierbogen liegt und lasse mittelst eines schräg abgestutzten Glasstabs einen Tropfen Sodalösung in die Mitte hereinfallen. Ich habe schon angegeben, dass man nicht die ersten Spuren eines gelblichen Anflugs als Endpunkt nehmen soll, sondern dann aufhört, wenn an der schwach gelblichen Oberfläche sich einzelne stärker gelb gefärbte Fleckchen hervorheben. Dieser Punkt ist ziemlich scharf anzugeben.

Harley tränkt Filtrirpapier mit einer Sodalösung und lässt sie eintrocknen; er verwendet dann Streifen dieses Papiers, indem er einen Tropfen der Harnmischung sich einsaugen lässt. Ist der Endpunkt gekommen, so zeigt sich Aussen ein scharf abgegrenzter gelber Ring.

Ich bin jedoch bei meinem Verfahren weniger im Zweifel gewesen und ich halte es für genauer. Man ist in dem Zusatz der Titrirflüssigkeit auf 0.3 cub. cent. sicher. Nehmen wir als Beispiel einen extremen Fall. Der Hund entleerte am 4. Dezember 1858 bei 1800 Grmm. Fleisch als Nahrung 1339 cub. cent. Harn; für 5 cub. cent. waren 49.0 cub. cent. der Quecksilberlösung (1 c. c. = 10 m. gr. $\overset{+}{U}$) zur Ausfällung des Harnstoffs nöthig, im Tag wurden also 131.22 Grmm. Harnstoff entleert. Nimmt man aber statt 49.0 cub. cent. 49.3 cub. cent., auf die man nicht genau ist, so wäre man zur Zahl 132.02 gekommen, was eine Differenz von 0.8 Grmm. Harnstoff beträgt, d. i. 0.6% der gesammten Harnstoff-

[1]) Speck, Archiv der Heilkunde 1861. S. 371.

menge. Dies ist die Grenze der Genauigkeit bei der Bestimmung des Harnstoffs durch Titriren.

Ich stelle die Titrirflüssigkeit nicht ängstlich so, dass 1 cub. cent. gerade 10 Milligramm Harnstoff entspricht, sondern nur annähernd; ich stelle sie in grosser Menge her und prüfe nun von Zeit zu Zeit mit frisch bereiteter Harnstofflösung, ob sich der Titre geändert hat oder nicht.

Nur in den seltensten Fällen ist der Harn so verdünnt, dass man für 15 cub. cent. Flüssigkeit mit 5 cub. cent. Harn weniger als 30 cub. cent. der Titrirflüssigkeit braucht, meist viel mehr, gegen 50 cub. cent. Man verdünnt dann die Mischung vor der definitiven Prüfung mit Soda nach Liebig's Angabe der Art, dass man für die Anzahl der Cubik-Centimeter Quecksilberlösung, die man mehr als 30 cub. cent. zur Fällung gebraucht, die halbe Anzahl cub. cent. Wasser zusetzt.

Nach zahlreichen von mir angestellten Versuchen brauche ich im Hundeharn beim Titriren des Harnstoffs keine Rücksicht auf das Chlor zu nehmen; die Menge desselben ist nämlich bei der Art und Weise unserer Versuche, wenn nicht eigens Kochsalz gegeben wird, so gering, dass das was man nach der Ausfällung des Chlors mit salpetersaurem Silberoxyd an Quecksilberlösung weniger braucht als vorher in die Fehlerquellen fällt. Das dem Thier als Nahrung gegebene Fleisch enthält nur wenig Chlor, und die übrigen Nahrungsstoffe, wie Fett, Kohlehydrate, Leim etc. keines.

Wir haben damit die für uns so wichtige Frage nach der Bestimmung des Stickstoffs im Harn abgehandelt. Für die Kenntniss des Stickstoffkreislaufs im Thierkörper ist die Untersuchung der übrigen Bestandtheile des Harns, des Wassers, der Asche, des Kohlenstoffs, Wasserstoffs und Sauerstoffs nur von untergeordnetem Interesse.

Die Ermittlung des Wassers im Harn geschah in einer Reihe von Fällen so, dass 10 cub. cent. Harn in ein Porzellanglühschälchen eingemessen, gewogen und dann so lange bei 100° (in einem grossen mit Wasserdampf umgebenen Trockenschrank) getrocknet wurden, bis die schön krystallinische gelbliche Masse nicht mehr an Gewicht abnahm.

Es wäre sehr beschwerlich gewesen, täglich eine Trockenbestimmung im Harn auszuführen; es wurde dies daher unterlassen, da doch keine besonderen Schlüsse daraus gezogen werden konnten. Es ist aber möglich hinreichend genau die Menge desselben auf einem andern Wege zu erfahren.

Es hat sich durch viele Analysen herausgestellt, dass bei einer bestimmten Nahrung im Harn auf eine gewisse Menge von Harnstoff eine gewisse Menge von Aschebestandtheilen kommt. Dies Verhalten ist vollkommen erklärlich, da in der gleichen Nahrung stets dieselbe Menge von Stickstoff und Salz in bestimmter Proportion gereicht wird.

Ist das Verhältniss von Stickstoff oder Harnstoff und Asche im Harn ein constantes, so kann man aus dem Harnstoffgehalt die Menge der Asche berechnen. Wenn weiter keine Stoffe mehr im Harn vorkämen als Harnstoff und Asche, so gäbe die Summe der beiden das Gewicht der festen Bestandtheile an. Aus den Analysen hat sich aber ergeben, dass noch mehr feste Theile im Harn sind, als Harnstoff und Asche miteinander ausmachen; die Kohlenstoffbestimmungen im Harn liefern desshalb mehr Kohlenstoff als dem Harnstoff entspricht. Man muss eine bei verschiedener Nahrung sich ändernde Grösse zu dem aus Harnstoff und Asche gerechneten festen Rückstand hinzufügen, um die Menge des direkt bestimmten zu erhalten. Wenn das bei einer gewissen Nahrung sich gleich bleibende Verhältniss beider ermittelt ist, so ist nichts leichter als die Menge der festen Theile im Harn, so weit als es für uns nur irgend von Belang sein kann, zu erfahren. Da das Gewicht des Harns bekannt ist, so ist mit der Kenntniss der festen Theile auch die des Wassers gegeben.

Man hat also, um die Verhältnisszahlen, mit denen man rechnen kann, festzustellen, neben der Bestimmung des Harnstoffs und des Wassers auch eine Reihe von Aschebestimmungen nothwendig. Zu dem Zwecke habe ich die bei den Wasseranalysen erhaltenen trocknen Rückstände zuerst verkohlt und dann in der Muffel völlig eingeäschert.

Im Harn nach Fleischfütterung war früher im Mittel aus 4 Analysen ein Verhältniss von Asche zu Harnstoff wie 1 : 6.99 gefunden worden, und statt 100 Grmm. aus Asche und Harnstoff gerechneter fester Theile waren nach der direkten Bestimmung 106.8 Grmm. vorhanden.[1]) Ich habe später noch 57 solcher Beobachtungen bei den verschiedensten Quantitäten Fleisch ohne und mit Zusatz von Fett und Stärke gemacht, deren Resultate ich in einer Tabelle hier anfüge:

Nahrung in Grmm.	Datum.	Frischer Harn.	Trockner Harn.	Asche.	% fest.	% Asche.	% Ūr.	Feste Theile gerechn. in %	Verh. v. Asche : Ūr.
1500 Fleisch	20. Jan. 62	10.5030	1.5291	0.1527	14.55	1.45	10.42	11.87	1 : 7.18
1500 „	21. „ 62	10.5002	1.4692	0.1691	13.99	1.61	10.33	11.94	1 : 6.41
1500 „ + 150 Fett	28. „ 62	10.4983	1.6412	0.1683	15.63	1.60	10.32	11.92	1 : 6.45
1500 „ + 150 „	29. „ 62	10.5085	1.6863	0.1615	16.04	1.53	10.87	12.40	1 : 7.10
1500 „	17. Feb. 62	10.4334	1.2270	0.1516	11.76	1.45	9.31	10.76	1 : 6.42
1500 „	18. „ 62	10.4663	1.2699	0.1536	12.13	1.46	10.00	11.46	1 : 6.85
1500 „	4. März 62	10.5208	1.6941	0.1819	16.10	1.73	11.54	13.27	1 : 6.66
1500 „	15. „ 62	10.3821	1.0882	0.1524	10.48	1.46	8.09	9.55	1 : 5.53
1500 „	16. „ 62	10.4600	1.3420	0.1578	12.83	1.50	9.93	10.43	1 : 6.62
1500 „	17. „ 62	10.4318	1.2999	0.1343	12.46	1.28	9.99	11.27	1 : 7.80
1500 „	18. „ 62	10.4376	1.1998	0.1372	11.49	1.31	9.96	11.27	1 : 7.60
1500 „	19. „ 62	10.4558	1.2616	0.1358	12.06	1.30	10.24	11.54	1 : 7.87
1500 „	20. „ 62	10.4615	1.2810	0.1532	12.24	1.46	10.44	11.90	1 : 7.15
1500 „	24. „ 62	10.4879	1.4116	0.1592	13.46	1.51	10.44	11.95	1 : 6.91
1500 „ + 30 „	14. „ 63	10.4854	1.4124	0.1600	13.47	1.52	9.91	11.43	1 : 6.51
1500 „ + 30 „	15. „ 63	10.4896	1.3936	0.1587	13.28	1.51	9.91	11.42	1 : 6.56
1500 „ + 30 „	16. „ 63	10.4600	1.3461	0.1385	12.87	1.32	9.57	10.89	1 : 7.25
1500 „ + 60 „	17. „ 63	10.4732	1.2607	0.1473	12.04	1.41	9.44	10.85	1 : 6.69
1500 „ + 60 „	18. „ 63	10.4835	1.3291	0.1577	12.67	1.50	9.53	11.03	1 : 6.36
1500 „ + 60 „	19. „ 63	10.4873	1.3201	0.1548	12.58	1.47	9.63	11.10	6 : 6.55
1500 „ + 100 „	20. „ 63	10.5035	1.3976	0.1681	13.30	1.60	9.98	11.58	1 : 6.23
1500 „ + 100 „	21. „ 63	10.4810	1.4011	0.1519	13.36	1.44	10.49	11.93	1 : 7.28
1500 „ + 100 „	22. „ 63	10.5042	1.3993	0.1596	13.32	1.51	9.99	11.50	1 : 6.61
1500 „ + 100 „	23. „ 63	10.4835	1.3978	0.1568	13.33	1.49	9.91	11.40	1 : 6.65
1500 „ + 100 „	24. „ 63	10.4931	1.4250	0.1631	13.58	1.55	10.12	11.67	1 : 6.53

[1]) Unser Buch S. 299.

Nahrung in Grmm.	Datum.	Frischer Harn.	Trockner Harn.	Asche.	% fest.	% Asche.	% $\overset{+}{U}$r.	Feste Theile gerechn. in %.	Verh. v. Asche : $\overset{+}{U}$r.
1500 Fl. + 100 F.	25. März 63	10.4715	1.3585	0.1506	12.97	1.43	9.81	11.24	1 : 6.86
1500 „ + 100 „	26. „ 63	10.4853	1.3874	0.1594	13.23	1.52	10.01	11.52	1 : 6.58
1500 „ + 150 „	27. „ 63	10.4872	1.4138	0.1509	13.48	1.44	9.97	11.41	1 : 6.92
1500 „ + 150 „	28. „ 63	10.4550	1.3591	0.1469	13.00	1.40	9.65	11.05	1 : 6.90
1500 „ + 150 „	29. „ 63	10.4722	1.3156	0.1540	12.56	1.47	9.61	11.08	1 : 6.53
1500 „ + 150 „	30. „ 63	10.4902	1.3552	0.1512	12.91	1.44	9.63	11.07	1 : 6.68
1500 „ + 150 „	31. „ 63	10.4802	1.3544	0.1534	12.92	1.46	9.56	11.02	1 : 6.54
1500 „	5. Apr. 63	10.4420	1.2414	0.1425	11.88	1.36	9.50	10.86	1 : 6.98
1500 „	6. „ 63	10.4510	1.2562	0.1429	12.02	1.36	9.46	10.82	1 : 6.95
1500 „	7. „ 63	10.4780	1.3590	0.1545	12.97	1.47	9.86	11.33	1 : 6.70
1500 „	8. „ 63	10.4624	1.2711	0.1516	12.15	1.45	9.81	11.26	1 : 6.76
1500 „	12. „ 63	10.4476	1.2725	0.1444	12.18	1.38	9.37	10.75	1 : 6.78
1500 „	13. „ 63	10.4636	1.2810	0.1570	12.24	1.50	9.38	10.88	1 : 6.25
1000 „	14. „ 63	10.4616	1.3147	0.1625	12.56	1.55	9.77	11.32	1 : 6.30
1000 „	15. „ 63	10.4393	1.2707	0.1512	12.17	1.44	9.51	10.95	1 : 6.60
1000 „	18. „ 63	10.4590	1.1518	0.1533	11.01	1.46	9.46	10.92	1 : 6.48
1000 „	19. „ 63	10.4480	1.2115	0.1467	11.59	1.40	9.23	10.63	1 : 6.59
500 „	20. „ 63	10.4196	1.2264	0.1441	11.77	1.38	8.84	10.22	1 : 6.40
500 „	21. „ 63	10.4309	1.2265	0.1405	11.76	1.34	9.13	10.47	1 : 6.81
500 „	22. „ 63	10.4666	1.2906	0.1572	12.33	1.50	9.45	10.95	1 : 6.30
500 „	23. „ 63	10.4545	1.2755	0.1493	12.20	1.42	9.26	10.68	1 : 6.52
500 „	25. Mai 63	10.4377	1.3308	0.1438	12.75	1.38	9.64	11.02	1 : 6.98
500 „	29. „ 63	10.4716	1.4445	0.1660	13.79	1.58	10.36	11.94	1 : 6.55
500 „	30. „ 63	10.4140	1.3051	0.1371	12.53	1.31	9.60	10.91	1 : 7.32
1500 „	1. Juni 63	10.4895	1.3765	0.1729	13.12	1.64	10.37	12.01	1 : 6.32
1500 „	2. „ 63	10.4706	1.3030	0.1700	12.43	1.62	10.05	11.67	1 : 6.20
1500 „	3. „ 63	10.4927	1.3917	0.1689	13.26	1.61	10.53	12.14	1 : 6.53
1500 „	4. „ 63	10.4644	1.3419	0.1662	12.82	1.59	10.11	11.70	1 : 6.36
1500 „ + 200 Strk.	11. Juli 63	10.4038	1.2755	0.1372	12.27	1.31	9.18	10.49	1 : 7.00
1500 „ + 200 „	12. „ 63	10.4503	1.4251	0.1638	13.63	1.57	9.97	11.54	1 : 6.35
400 „ + 400 „	17. „ 63	10.1876	0.6032	0.0714	5.92	0.70	4.82	5.52	1 : 6.88
400 „ + 400 „	18. „ 63	10.2390	0.7144	0.0927	6.97	0.90	5.28	6.18	1 : 5.97
				Mittel:	12.60			11.10	1 : 6.70

Hier stellt sich also im Mittel ein Verhältniss von Asche zu Harnstoff wie 1 : 6.70 heraus; und anstatt 100 Grmm. aus Asche und Harnstoff berechneten festen Rückstands finden sich 113.5 Grmm.

In dem gefütterten Kuhfleisch waren nach zwei von mir ausgeführten und oben mitgetheilten Einäscherungen im Mittel 1.09 % Asche vorhanden; die 3.4 % Stickstoff entsprechen aber 7.3 % Harnstoff, was ebenfalls ein Verhältniss von Asche zu Harnstoff wie 1 : 6.7 giebt.

Bei Brodfütterung hatte sich aus 6 Versuchen (S. 299) ein ganz anderes Verhältniss von Asche zum Harnstoff ergeben als bei der Fleischfütterung, nämlich wie 1 : 1.87 und es waren 107.5 Grmm. fester Theile im Harn vorhanden, wenn die Summe von Harnstoff und Asche 100 Grmm. ergab. Ich setze noch 4 weitere Beispiele, von denen die beiden ersten meiner Schrift über den Einfluss des Kochsalzes (S. 74) entnommen sind, hierher:

Nahrung in Grmm.	Datum.	Frischer Harn.	Trockner Harn.	Asche im Harn.	% fest.	% Asche.	% Ū.	Feste Theile gerechn. in %	Verhältniss v. Asche : Ū.
786 Brod	21. Nov. 58	10.1967	0.4378	0.1250	4.29	1.22	2.45	3.67	1 : 2.01
816 „	10. Dez. 58	10.2181	0.5474	0.1401	5.36	1.37	2.63	4.00	1 : 1.92
900 „	23. Juli 63	10.2705	0.6278	0.1835	6.11	1.78	3.37	5.15	1 : 1.89
900 „	24. Juli 63	10.1873	0.4495	0.1442	4.41	1.41	2.84	4.25	1 : 2.01
				Mittel	5.04			4.27	1 : 1.96

Hier ist das Verhältniss von Asche zu Harnstoff wie 1 : 1.96 und statt 100 Grmm. aus ihnen berechneter fester Theile werden in Wirklichkeit 118.0 Grmm. ausgeschieden. Weil im Brod auf die gleiche Menge Stickstoff viel mehr Asche vorhanden ist als im Fleisch, findet sich das Gleiche auch im Harn wieder. Im Brod treffen auf 2.21 % Asche 1.28 % Stickstoff; das Verhältniss beider ist also wie 1 : 0.58, so dass auf die gleiche Menge Asche weniger Stickstoff kommt als im Brodharn, wo sie sich wie 1 : 0.91 verhalten. Dies erklärt sich dadurch, dass bei Brodnahrung sehr viel Koth entleert wird, der auf dieselbe Menge Asche bedeutend weniger Stickstoff enthält als das Brod, nämlich auf 1 Theil Asche nur 0.41 Theil Stickstoff. Es wird demnach im Brodharn weniger Asche und mehr Stickstoff als im Brod, und im Brodkoth umgekehrt mehr Asche und weniger Stickstoff ausgeschieden. Geht man von der Fütterung mit Brod zu der mit Fleisch über, so ändert sich schon am ersten Tag das Verhältniss von Asche und Harnstoff, jedoch wird das nach längerer Fleischnahrung beobachtete nicht gleich erreicht. So erhielt ich am 9. Nov. 1858 am ersten Tag reichlicher Fleischkost nach längerer Brodnahrung folgende Zahlen:

10.2536 Harn mit 4.84 % $\overset{+}{U}$ gaben 0.1342 Asche = 1.31 %
das Verhältniss von Asche zu $\overset{+}{U}$ was also 1 : 3.69.

Sehr interessante Aenderungen ergaben sich in den Verhältnisszahlen, wenn man zu Fleisch Leim giebt, also einen Körper, der neben dem Stickstoff keine Aschebestandtheile enthält; hier musste auf die gleiche Menge Asche im Harn viel mehr Harnstoff auftreten als bei reiner Fleischnahrung, wenn der Stickstoff des Leims in Harnstoff überging. Je mehr im Verhältniss zum Fleisch Leim gegeben wurde, desto mehr musste im Harn auf 1 Theil Asche Harnstoff erscheinen. Dies war nun auch, wie die Tabelle S. 300 unseres Buchs ergiebt, der Fall; auf 1 Theil Asche kamen dabei einmal bis zu 32.30 Theile Harnstoff.

Ich habe nun noch neuerdings beim Hunger 15 hieher gehörige Beobachtungen gemacht.

Nahrung in Grmm.	Datum.	Frischer Harn.	Trockner Harn.	Asche im Harn.	% fest.	% Asche.	% $\overset{+}{U}$.	Feste Theile gerechn. in % aus $\overset{+}{U}$. u. Asche.	Verhältniss v. Asche : $\overset{+}{U}$.
0	9. Febr. 62	10.4915	1.4738	0.1896	14.04	1.81	9.73	11.54	1 : 5.37
0	10. „ 62	10.4162	1.3272	0.1229	12.74	1.18	8.63	9.81	1 : 7.31
0	11. „ 62	10.4139	1.3649	0.1199	13.11	1.15	8.95	10.10	1 : 7.78
0	12. „ 62	10.3913	1.2240	0.1016	11.78	0.98	7.54	8.52	1 : 7.70
0	13. „ 62	10.3823	1.2513	0.1090	12.05	1.05	7.29	8.34	1 : 6.90

Nahrung in Grmm.	Datum.	Frischer Harn.	Trockner Harn.	Asche im Harn.	% fest.	% Asche.	% Ü.	Feste Theile gerechn. in % aus Ü. u. Asche.	Verhältniss v. Asche : Ü.
0	14. Febr. 62	10.3832	1.2504	0.1050	12.04	1.01	7.75	8.76	1 : 7.67
0	15. „ 62	10.3455	1.0939	0.1138	10.57	1.10	5.87	6.97	1 : 5.34
0	16. „ 62	10.4854	1.3396	0.1611	12.82	1.54	7.70	9.24	1 : 5.00
0	9. März 62	10.3894	1.3228	0.0974	12.73	0.93	8.70	9.63	1 : 9.35
0	10. „ 62	10.5153	1.5688	0.1825	14.92	1.73	9.92	11.65	1 : 5.73
0	14. „ 62	10.4128	1.2206	0.1372	11.72	1.31	7.88	9.19	1 : 6.01
100 Fett	30. „ 62	10.3998	1.2122	0.1376	11.65	1.32	7.80	9.12	1 : 5.91
100 „	31. „ 62	10.3870	1.1842	0.1274	11.40	1.22	7.74	8.96	1 : 6.10
100 „	1. April 62	10.4068	1.1843	0.1530	11.38	1.47	7.46	8.93	1 : 5.08
100 „	2. „ 62	10.2308	0.7086	0.0713	6.92	0.69	4.68	5.37	1 : 6.78
				Mittel	11.94			9.02	1 : 6.48

Das Verhältniss von Asche zu Harnstoff ist wie 1 : 6.48, also nahezu wie das bei reiner Fleischkost. Es müssen aber beim Hunger ausser Harnstoff und Salzen mehr andre feste Theile im Harn sich finden als bei Fleischnahrung, denn statt 100 Theilen aus Harnstoff und Salzen gerechneten Rückstands finden sich in Wirklichkeit 132.3 Theile.

Ich will um die Genauigkeit des ganzen Verfahrens zu zeigen ein beliebiges Beispiel herausgreifen. Am 24. März 1862 entleerte der Hund bei 1500 Grmm. Fleischnahrung in 1071 Grmm. Harn 111.8 Grmm. Harnstoff; dabei sind nach der Verhältnisszahl 6.70 : 1 16.7 Grmm. Asche vorhanden; man hätte also darin 128.5 Grmm. Harnstoff und Asche, wozu noch nach der Verhältnisszahl 100 : 113.5 der Rest der festen Theile kommt. Die Gesammtsumme der festen Theile im Harn würde also zu 146 Grmm. und die des Wassers zu 925 Grmm. berechnet. Die direkte Bestimmung ergab (bei 13.46%) 144 Grmm. feste Theile und 927 Grmm. Wasser.

Wir haben in unserm Buche, da der Hundeharn annähernd als eine reine Harnstofflösung mit Salzen betrachtet werden kann, den Gehalt des Harns an Kohlenstoff, Wasserstoff und Sauerstoff aus der Harnstoffmenge berechnet, wie es auch Bidder und Schmidt für den Katzenharn thaten. Wir wussten recht wohl, dass dies nicht ganz richtig ist, weil der Harn noch andere organische Materien enthält als den Harnstoff. Wir haben aber damals doch keine direkten Bestimmungen ausgeführt; denn für die Eruirung der Zersetzung der stickstoffhaltigen Stoffe, auf die es uns allein ankam, ist es ganz gleichgültig, wie viel der Harn Kohlenstoff enthält, und für die Berechnung der Haut- und Lungenprodukte, die wir in Ermanglung eines Athemapparats versuchten, ohne aber damit mehr geben zu wollen als eine Annäherung an die Wahrheit, war ein kleiner Fehler im Kohlenstoff des Harns von keinem Einfluss. Wir mussten stets darauf Bedacht nehmen in wesentlichen Dingen, also in dem was den Umsatz des Eiweisses anging, so sicher als möglich zu verfahren, während im Uebrigen, wo wir nur Schätzungen machen konnten, ohngefähre Zahlen vollkommen ausreichend waren. Es ist natürlich, dass bei der Untersuchung des Umsatzes des Fettes, wie Pettenkofer und ich sie jetzt mit Hülfe des Respirationsapparats ausführen, eine direkte Kohlenstoffbestimmung des Harns gemacht werden muss.

Die Analysen des Kohlenstoffs und Wasserstoffs des mit Quarzpulver unter der Luftpumpe eingetrockneten und mit Kupferoxyd verbrannten Harnes ergeben einige nicht uninteressante Thatsachen, daher ich eine Anzahl derselben mittheilen will.

1) 1. April 1858. — Nahrung 150 Fleisch und 430 Stärke; 357 Harn mit 18.6 $\overset{+}{U}$.

5 c. c. Harn gaben 0.3110 CO_2 = 0.0848 C = 5.85 C im Tag.

Aus dem Harnstoff rechnen sich aber nur 3.73 C, also finden sich im Harn 2.12 (= 56 %) C mehr. Verhältniss von Kohlenstoff zum Stickstoff wie 1 : 1.49.

2) 7. Februar 1862. — Nahrung 1500 Fleisch; 1174 Harn mit 118.9 $\overset{+}{U}$.

5 c. c. Harn gaben 0.5503 CO_2 = 0.1501 C = 33.62 C im Tag.

Aus dem Harnstoff rechnen sich aber nur 23.79 C, also finden sich im Harn 9.83 (= 41 %) C mehr. Verhältniss von Kohlenstoff zum Stickstoff wie 1 : 1.65.

3) 12. Februar 1862. — Hunger; 184 Harn mit 14.9 $\overset{+}{U}$.

5 c. c. Harn gaben 0.5369 CO_2 = 0.1464 C = 5.18 C im Tag,
0.3643 HO = 0.0405 H = 1.43 H im Tag.

Bei 11.78 % festen Theilen und 0.98 % Asche wurden im Tag im Harn 21.67 feste Theile und 1.80 Asche ausgeschieden. Darnach hat man folgende elementare Zusammensetzung des Harnes und des darin enthaltenen Harnstoffs:

	Verbrennung	$\overset{+}{U}$	Differenz	°|₀ Zusammensetzung des Harns nach Abzug der Asche
C	5.18	2.97	2.21	26.1
H	1.43	0.99	0.44	7.2
N	6.94	6.94	—	34.9
O	6.32	3.97	2.35	31.8
Asche	1.80	—	1.80	—
	21.67	14.87	6.80	100.0

Das Verhältniss von Kohlenstoff zum Stickstoff ist wie 1 : 1.34; die Differenz des direkt gefundenen und aus dem Harnstoff gerechneten Kohlenstoffs beträgt 74 °|₀.

4) 16. Februar 1862. — Hunger; 167 Harn mit 12.9 $\overset{+}{U}$.

5 c. c. Harn gaben 0.5368 CO_2 = 0.1464 C = 4.68 C im Tag,
0.5993 HO = 0.0666 H = 1.06 H im Tag.

Bei 12.82 °|₀ festen Theilen und 1.54 °|₀ Asche wurden im Tag im Harn 21.41 feste Theile und 2.57 Asche ausgeschieden. Demnach hat man folgende elementare Zusammensetzung des Harns und des darin enthaltenen Harnstoffs.

	Verbrennung	$\overset{+}{U}$	Differenz	°|₀ Zusammensetzung des Harns nach Abzug der Asche.
C	4.68	2.57	2.11	24.9
H	1.06	0.86	0.20	5.6
N	6.00	6.00	—	31.8
O	7.10	3.43	3.67	37.7
Asche	2.57	—	2.57	—
	21.41	12.86	8.55	100.0

Das Verhältniss von Kohlenstoff zum Stickstoff ist wie 1 : 1.28; die Differenz des direkt gefundenen und aus dem Harnstoff gerechneten Kohlenstoffs beträgt 82 °|₀.

5) 4. März 1862. — 1500 Fleisch; 960 Harn mit 110.8 $\overset{+}{U}$.

5 c. c. Harn (= 0.8679 feuchter Rückstand) gaben

0.7071 CO_2 = 0.1928 C = 35.1 C im Tag,
0.4805 HO
— 0.0229 HO
0.4576 HO = 0.0508 H = 9.2 H im Tag.

Ich habe häufig den Harn unter der Luftpumpe nicht ganz eingetrocknet, um nicht zu viel Zeit zu verlieren, und also noch feuchten Harn verbrannt; vom Gewicht des bei der Verbrennung erhaltenen Wassers musste also das noch im feuchten Rückstand befindliche Wasser, welches durch eine andere Wasserbestimmung des Harns bekannt war, abgezogen werden.

Bei 16.10 °|₀ festen Theilen und 1.73 °|₀ Asche wurden im Tag im Harn 154.56 feste Theile und 16.61 Asche ausgeschieden. Demnach hat man folgende elementare Zusammensetzung des Harns und des darin enthaltenen Harnstoffs:

	Verbrennung	Ü	Differenz	°/₀ Zusammensetzung des Harns nach Abzug der Asche.
C	35.10	22.17	12.93	25.5
H	9.20	7.38	1.82	6.7
N	51.71	51.71	—	37.5
O	41.94	29.58	12.36	30.3
Asche	16.61	—	16.61	—
	154.56	110.84	43.72	100.0

Das Verhältniss von Kohlenstoff zum Stickstoff ist wie 1 : 1.47; die Differenz des direkt gefundenen und aus dem Harnstoff gerechneten Kohlenstoffs beträgt 58 °/₀.

6) 10. März 1862. — Hunger; 124 Harn mit 12.8 Ü.

5 c. c. Harn (= 0.8410 feuchter Rückstand) gaben

0.6522 CO_2 = 0.1778 C = 4.20 C im Tag,
0.4576 HO
— 0.0566 HO
0.4010 HO = 0.0445 H = 1.05 H im Tag.

Bei 14.92 °/₀ festen Theilen und 1.73 °/₀ Asche wurden im Tag im Harn 18.50 feste Theile und 2.14 Asche ausgeschieden. Demnach hat man folgende elementare Zusammensetzung des Harns und des darin enthaltenen Harnstoffs:

	Verbrennung	Ü	Differenz	°/₀ Zusammensetzung des Harns nach Abzug der Asche.
C	4.20	2.56	1.64	25.7
H	1.05	0.85	0.20	6.4
N	5.97	5.97	—	36.5
O	5.14	3.41	1.73	31.4
Asche	2.14	—	2.14	—
	18.50	12.80	5.70	100.0

Das Verhältniss von Kohlenstoff zum Stickstoff ist wie 1 : 1.42; die Differenz des direkt gefundenen und aus dem Harnstoff gerechneten Kohlenstoffs beträgt 64 °/₀.

7) 27. Juli 1862. — Nahrung 500 Fleisch und 200 Fett; 298 Harn mit 35.09 Ü.

5 c. c. Harn gaben 0.7270 CO_2 = 0.1982 C = 11.10 C im Tag.

Aus dem Harnstoff rechnen sich aber nur 7.02 C, also finden sich im Harn 4.08 (= 58 °/₀) C mehr. Verhältniss von Kohlenstoff zum Stickstoff wie 1 : 1.47.

8) 7. März 1863. — Nahrung 1500 Fleisch; 1012 Harn mit 100.41 Ü.

5 c. c. Harn gaben 0.5650 CO_2 = 0.1541 C = 29.74 C im Tag,
0.4270 HO = 0.0474 H = 9.15 H im Tag.

Aus dem Harnstoff rechnen sich aber nur 20.08 C und 6.69 H, also finden sich im Harn 9,66 (= 48 °/₀) C und 2.46 H mehr. Verhältniss von Kohlenstoff zum Stickstoff wie 1 : 1.57.

9) 8. März 1863. — Nahrung 1500 Fleisch; 1177 Harn mit 115.02 $\overset{+}{U}$.

5 c. c. Harn gaben 0.5320 CO_2 = 0.1451 C = 32.59 C im Tag,
0.4140 HO = 0.0460 H = 10.33 H im Tag.

Aus dem Harnstoff rechnen sich aber nur 23.00 C und 7.66 H, also finden sich im Harn 9.59 (= 41 $^0/_0$) C und 2.67 H mehr. Verhältniss von Kohlenstoff zum Stickstoff wie 1 : 1.64.

10) 17. März 1863. — Nahrung 1500 Fleisch und 60 Fett; 1139 Harn mit 107.6 $\overset{+}{U}$.

5 c. c. Harn gaben 0.5260 CO_2 = 0.1434 C = 31.17 C im Tag.

Aus dem Harnstoff rechnen sich aber nur 21.52 C, also finden sich im Harn 9.65 (= 45 $^0/_0$) C mehr. Verhältniss von Kohlenstoff zum Stickstoff wie 1 : 1.62.

11) 19. März 1863. — Nahrung 1500 Fleisch und 60 Fett; 1104 Harn mit 106.3 $\overset{+}{U}$.

5 c. c. Harn (= 0.7385 feuchter Rückstand) gaben
0.5600 CO_2 = 0.1527 C = 32.16 C im Tag,
0.4250 HO
— 0.0784 HO
0.3466 HO = 0.0385 H = 8.11 H im Tag.

Bei 12.58 $^0/_0$ festen Theilen und 1.47 $^0/_0$ Asche wurden im Tag im Harn 139.10 feste Theile und 16.22 Asche ausgeschieden. Demnach hat man folgende elementare Zusammensetzung des Harns und des darin enthaltenen Harnstoffs:

	Verbrennung	$\overset{+}{U}$	Differenz	$^0/_0$ Zusammensetzung des Harns nach Abzug der Asche
C	32.16	21.2	10.96	26.2
H	8.11	7.1	1.01	6.6
N	49.60	49.6	—	40.3
O	33.01	28.4	4.61	26.9
Asche	16.22	—	16.22	—
	139.10	106.3	32.80	100.0

Das Verhältniss von Kohlenstoff zum Stickstoff ist wie 1 : 1.54; die Differenz des direkt gefundenen und des aus dem Harnstoff gerechneten Kohlenstoffs beträgt 52 $^0/_0$.

12) 26. Mai 1863. — Nahrung 500 Fleisch; 395 Harn mit 36.66 $\overset{+}{U}$.

5 c. c. Harn (= 0.7076 feuchter Rückstand) gaben
0.5410 CO_2 = 0.1475 C = 11.15 C im Tag,
0.5980 HO
— 0.0460 HO
0.5520 HO = 0.0623 H = 2.46 H im Tag.

Bei 12.64 $^0/_0$ festen Theilen und 1.34 $^0/_0$ Asche wurden im Tag im Harn 49.93 feste Theile und 5.29 Asche ausgeschieden; demnach hat man folgende elementare Zusammensetzung des Harns und des darin enthaltenen Harnstoffs:

	Verbrennung	$\overset{+}{U}$	Differenz	°/₀ Zusammensetzung des Harns nach Abzug der Asche
C	11.15	7.33	3.82	25.0
H	2.46	2.44	0.02	5.5
N	17.11	17.11	—	38.4
O	13.92	9.78	4.14	31.1
Asche	5.29	—	5.29	—
	49.93	36.66	13.27	100.0

Das Verhältniss von Kohlenstoff zum Stickstoff ist wie 1 : 1.53; die Differenz des direkt gefundenen und aus dem Harnstoff gerechneten Kohlenstoffs beträgt 52 $^0/_0$.

13) 11. Juli 1863. — Nahrung 1500 Fleisch und 200 Stärke; 1109 Harn mit 101.6 $\overset{+}{U}$.

5 c. c. Harn (= 0.6640 feuchter Rückstand) gaben

0.5110 CO_2 = 0.1393 C = 29.64 C im Tag
0.3830 HO
— 0.0263 HO
0.3567 HO = 0.0396 H = 8.43 H im Tag.

Bei 12.27 $^0/_0$ festen Theilen und 1.31 $^0/_0$ Asche wurden im Tag im Harn 136.07 feste Theile und 14.53 Asche ausgeschieden. Demnach hat man folgende elementare Zusammensetzung des Harns und des darin enthaltenen Harnstoffs:

	Verbrennung	$\overset{+}{U}$	Differenz	°/₀ Zusammensetzung des Harns nach Abzug der Asche
C	29.64	20.32	9.32	24.4
H	8.43	6.78	1.65	6.9
N	47.42	47.42	—	39.0
O	36.05	27.08	8.97	29.7
Asche	14.53	—	14.53	—
	136.07	101.60	34.47	100.0

Das Verhältniss von Kohlenstoff zum Stickstoff ist wie 1 : 1.60; die Differenz des direkt gefundenen und aus dem Harnstoff gerechneten Kohlenstoffs beträgt 46 $^0/_0$.

14) 17. Juli 1863. — Nahrung 400 Fleisch und 400 Stärke; 694 Harn mit 33.45 $\overset{+}{U}$.

5 c. c. Harn (= 0.3422 feuchter Rückstand) gaben

0.2680 CO_2 = 0.0731 C = 9.94 C im Tag
0.1910 HO
— 0.0406 HO
0.1504 HO = 0.0167 H = 2.27 H im Tag.

Bei 5.92 $^0/_0$ festen Theilen und 0.70 $^0/_0$ Asche wurden im Tag im Harn 41.08 feste Theile und 4.86 Asche ausgeschieden. Demnach hat man folgende elementare Zusammensetzung des Harns und des darin enthaltenen Harnstoffs:

	Verbrennung	$\overset{+}{U}$	Differenz	°/₀ Zusammensetzung des Harns nach Abzug der Asche
C	9.94	6.69	3.25	27.4
H	2.27	2.23	0.04	6.3
N	15.61	15.61	—	43.1
O	8.40	8.92	—	23.2
Asche	4.86	—	4.86	—
	41.08	33.45	7.63	100.0

Das Verhältniss von Kohlenstoff zum Stickstoff ist wie 1 : 1.57; die Differenz des direkt gefundenen und aus dem Harnstoff gerechneten Kohlenstoffs beträgt 48 °/₀.

15) 23. Juli 1863. — Nahrung 900 Brod; 694 Harn mit 23.44 $\overset{+}{U}$
5 c. c. Harn (= 0.3623 feuchter Rückstand) gaben

$$0.2170\ CO_2 = 0.0592\ C = 8.00\ C \text{ im Tag}$$

$$\begin{array}{l} 0.1720\ HO \\ -\ 0.0484\ HO \\ \hline 0.1236\ HO = 0.0137\ H = 1.85\ H \text{ im Tag.} \end{array}$$

Bei 6.11 °/₀ festen Theilen und 1.78 °/₀ Asche wurden im Tag im Harn 42.40 feste Theile und 12.35 Asche ausgeschieden. Demnach hat man folgende elementare Zusammensetzung des Harns und des darin enthaltenen Harnstoffs:

	Verbrennung	$\overset{+}{U}$	Differenz	°/₀ Zusammensetzung des Harns nach Abzug der Asche
C	8.00	4.69	3.31	26.6
H	1.85	1.56	0.29	6.2
N	10.94	10.94	—	36.4
O	9.26	6.25	3.01	30.8
Asche	12.35	—	12.35	—
	42.40	23.44	18.96	100.0

Das Verhältniss von Kohlenstoff zum Stickstoff ist wie 1 : 1.37; die Differenz des direkt gefundenen und aus dem Harnstoff gerechneten Kohlenstoffs beträgt 70 °/₀.

Für die Kenntniss der Zusammensetzung des Harns kann Einiges aus diesen Zahlen entnommen werden. Die Elementarzusammensetzung des Harns nach Abzug der Asche stimmt durchaus nicht mit der des Harnstoffs überein. Man übersieht dies am besten, wenn man die des Harnstoffs und des Harns, im Mittel aus den 9 Verbrennungen neben einander stellt:

	Harnstoff	Harn
C	20.0	25.7
H	6.7	6.4
N	46.6	37.5
O	26.7	30.4
	100.0	100.0

Im Harn findet sich prozentig mehr Kohlenstoff und Sauerstoff und weniger Stickstoff; es sind also ausser dem Harnstoff jedenfalls noch andere Stoffe zugegen, entweder stickstoffhaltige mit mehr Kohlenstoff, oder stickstofffreie. Die Menge dieser Stoffe, deren Kohlenstoffgehalt bis zu 12 Grmm. im Tag betragen kann, geht Hand in Hand mit der des Harnstoffs; d. h. wenn bei der Zersetzung von Fleisch Harnstoff auftritt, so geht damit immer eine bestimmte Menge anderer aus dem Fleisch entstandener Produkte in den Harn über. Diese müssen aus der Zerstörung von Fleisch hervorgehen, denn das Gewicht derselben ändert sich nicht, wenn auch zu derselben Portion Fleisch grosse Quantitäten von Fett oder Stärke gegeben werden.

Nahrung	C im Harn	mehr C als im Ů
0	5.18	2.21
0	4.68	2.11
0	4.20	1.64
150 Fleisch, 430 Stärke	5.85	2.12
400 Fleisch, 400 Stärke	9.94	3.25
500 Fleisch	11.15	3.82
500 Fleisch, 200 Fett	11.10	4.08
1500 Fleisch	33.62	9.83
1500 Fleisch	35.10	12.93
1500 Fleisch	29.74	9.66
1500 Fleisch	32.59	9.59
1500 Fleisch, 60 Fett	31.17	9.65
1500 Fleisch, 60 Fett	32.16	10.96
1500 Fleisch, 200 Stärke	29.64	9.32

Bei Hunger und bei einer Nahrung von 150 Fleisch mit 430 Stärke werden nahezu gleiche Kohlenstoffmengen im Harn ausgeschieden, ein Beweis, dass von der grossen Masse der Stärke nichts in den Harn übergeht. Bei 500 Fleisch allein und 500 Fleisch mit 200 Fett findet sich absolut die nämliche Kohlenstoffquantität im Harn; ebenso ist es gleichgültig, ob 1500 Fleisch allein, oder dieselbe Menge Fleisch mit Fett und Stärke gegeben werden.

Nach diesen Zahlen ist es ganz unmöglich, dass Fett als solches in nennenswerther Menge bei der Fettfütterung in den Harn übergegangen ist, was ich auch durch zwei direkte Bestimmungen, wobei ich den eingetrockneten Harn mit Aether auszog, darthun kann.

1) Ich habe am 19. April 1861, wo der Hund 350 Gmm. reines Fett gefressen hatte, allen Harn (314 c. c.) eingetrocknet und mit Aether extrahirt. Der trockene Aetherrückstand wog 0.0852 Gmm.; er war nicht krystallinisch, sondern zäh, von rothbrauner Farbe; beim Erhitzen schwärzte er sich unter Entwicklung stechender weisser Dämpfe. Behandelt man Harn nach reiner Fleischnahrung ebenso, so bekommt man eine ähnliche Menge Extrakt mit den gleichen Eigenschaften.

2) Am 21., 22., 23. und 24. Juli 1862 erhielt der Hund täglich 500 Fleisch und 200 Fett; die gesammte Harnmasse von 1457 c. c. wurde eingetrocknet und mit Aether behandelt. Das trockene Extrakt wog 0.7202 Gmm., auf 1 Tag treffen also 0.1800 Gmm.

Es frägt sich schliesslich, ob im Hundeharn Ammoniak als normaler Bestandtheil vorkommt. Ich habe zwei Mal eine quantitative Bestimmung nach der Schlösing-Neubauer'schen Methode versucht:

1) 12. Febr. 1862. — Hunger; 177 c. c. Harn mit 14.9 Gmm. $\overset{+}{U}$. 20 c. c. dieses Harns wurden mit Kalkmilch versetzt und das sich entwickelnde Ammoniak in 20 c. c. verdünnter Schwefelsäure mit 0.2244 Gmm. Schwefelsäure aufgefangen. 20 c. c. der Säure brauchten 21.8 c. c. einer Natronlauge zur Neutralisirung, 1 c. c. der Lauge entsprach also 0.0044 Gmm. Ammoniak. Die Säure hatte nachher nur 8.2 c. c. Natronlauge zur Neutralisirung nöthig, es sind demnach 0.0596 Gmm. Ammoniak an die Säure gegangen, was 0.5274 Gmm. für den ganzen Tag ausmachen würde.

2) 5. Febr. 1862. — 1500 Fleisch; 1030 c. c. Harn mit 116.7 Grmm. $\overset{+}{U}$. 15 c. c. Harn mit 20 c. c. obiger Säure; nachher wurden statt 21.8 c. c. Natronlauge nur 17.2 c. c. zur Neutralisirung gebraucht, was 0,0201 Grmm. Ammoniak entspricht und 1.383 Grmm. für die gesammte tägliche Harnmenge beträgt.

Ich für meinen Theil glaube nicht, dass diese Ammoniakmenge ursprünglich schon im Harn vorhanden gewesen ist, ich nehme vielmehr an, dass sie sich durch die Einwirkung des Aetzkalks auf irgend einen stickstoffhaltigen Harnbestandtheil erst gebildet hat. Neubauer hat zwar die bekannteren im Harn vorkommenden Stoffe, wie Harnstoff, Kreatinin, Harnsäure geprüft, ob sie mit Kalkmilch Ammoniak entwickeln, jedoch immer mit negativem Erfolg. Ich bin vollkommen von der Richtigkeit seiner Angabe überzeugt; aber er hat andere Stoffe nicht prüfen können, nämlich die, welche wir unter dem Namen der Extraktivstoffe zusammenfassen und von denen wir gerade wissen, dass sie sich ausserordentlich leicht zersetzen. Wegen dieser für den Chemiker unglücklichen Eigenschaft können wir sie bis jetzt nicht rein und krystallisirt darstellen. Ich habe hier namentlich den von mir gefundenen schwefelhaltigen Körper in Verdacht, der dem Harn vorzüglich seine Unbeständigkeit ertheilt; wenn man Hundeharn in einem blanken Silbertiegel mit Kalilauge oder Kalkwasser zusammenbringt und wenig erwärmt, so färbt sich die innere Oberfläche des Tiegels schwarz und es entwickelt sich reichlich Ammoniak.

b) Koth.

Beim Kothe handelt es sich wie beim Harn zunächst um eine genaue Aufsammlung desselben, dann darum, wieviel davon auf eine gewisse Nahrung oder einen gewissen Körperzustand in einer gegebenen Zeit trifft und endlich um die Bestimmung seiner Zusammensetzung.

Das erstere, die Aufsammlung des Koths, bietet beim Hunde keine besonderen Schwierigkeiten dar. Derselbe ist gewöhnlich consistent und geformt, so dass er vollständig aufgenommen werden kann, wenn er auch im Käfig gelassen werden sollte. Durch die Erfahrung lernt man aber, wie oft der Hund bei einer gewissen

Nahrung kothet und es ist dann leicht ihn zu gewöhnen, die Fäces stets im Freien in eine untergehaltene Porzellanschale zu entleeren. Das letztere ist besonders wichtig, wenn der Koth, wie z. B. bei Brod- oder Zuckernahrung breiig und weich wird. Der Koth kommt also ohne jeglichen Verlust zur Waage.

Die zweite Aufgabe, den auf einen bestimmten Zeitraum und eine bestimmte Nahrung treffenden Koth zu bemessen, ist schwieriger.

Bis zu meiner ersten Arbeit[1]) hat man bei sämmtlichen Untersuchungen der Art als Kothmenge einer Fütterungsreihe den Koth berechnet, der während derselben aufgesammelt wurde. Die Verhältnisse der Kothausscheidung waren nur sehr wenig bekannt. Man glaubte, die Nahrungsreste mehrerer Tage und verschiedener Nahrung schöben sich im Darm zusammen und man hätte an den aneinander stossenden Tagen zweier Reihen eine Mischwirkung der beiden im Darm befindlichen Nahrungssorten.

Ich habe eingesehen[2]), dass man grosse Fehler begeht, wenn man beim Hund, dessen Kothabgabe bei Fleischfütterung nur alle 4 bis 6 Tage einmal, bei Brodfütterung täglich zweimal erfolgt, denjenigen Koth in die Bilanzrechnung einsetzt, der während der betreffenden Reihe entleert wird; es wird in den meisten Fällen noch Koth von der vorausgehenden Nahrung dabei sein, und ein Theil des Koths dieser Reihe wird sich noch im Darm befinden. Die Berechnung der gesammten Perspirationsgrösse wird zwar, wie wir noch sehen werden, dadurch nicht im Mindesten beeinträchtigt, aber die Feststellung der Gewichtsverhältnisse des Körpers und der Stickstoffausscheidung. Es ist z. B. möglich, dass ohne diese Berücksichtigung das Thier in einer gewissen Zeit an Gewicht abgenommen hat, weil unterdessen Koth einer früheren Periode entleert wurde; der Körper aber kann in Wirklichkeit schwerer geworden sein. Oder es hat umgekehrt der Körper Substanz verloren, das Thier hat aber durch Zurückhaltung von Kothmassen ansehnlich an Gewicht zugenommen. Man kann daher ohne Beachtung dieser Umstände nicht aussagen, ob ein Thier bei einer gewissen Nahrung

[1]) Physiologisch-chemische Untersuchungen 1857.

[2]) A. a. O. S. 20.

am Körper zu- oder abgenommen hat. Es ist klar, dass man auch in der bei einer gewissen Nahrung stattfindenden Stickstoffausscheidung Fehler begeht, wenn man den Stickstoff einer Kothsorte, die gar nicht zur betreffenden Reihe gehört, mitrechnet oder den des noch nicht entleerten Koths vernachlässigt. Wir müssen also am Anfang und am Ende jeder Versuchsreihe das Gewicht des Körpers bei leerem Darm und Blase wissen; vom Anfangsgewicht muss zu dem Zwecke das Gewicht des von der frühern Fütterung noch im Darm befindlichen Koths abgezogen werden und vom Endgewicht dasjenige der von der eben beendeten Reihe herrührenden noch nicht entleerten Kothmenge.

Es kann keinem Zweifel unterworfen sein, dass dies die richtigen Gesichtspunkte waren; man musste daher alsbald ihre Ausführung versuchen. Der Hund ist natürlich nicht zu veranlassen, am Schluss einer Reihe allen Koth zu entfernen; es bleibt nur übrig, zu sehen, ob der Koth sich bei verschiedener Nahrung so verschieden verhält, dass eine Scheidung möglich ist; oder ob er, wenn dies nicht geht, vielleicht durch künstliche Mittel getrennt werden kann.

Was das erstere anbelangt, so war keine besondere Aussicht auf Erfolg vorhanden, da man den gleichmässigen Koth der Pflanzenfresser oder den der Fleischfresser nach gemischter Nahrung zu sehen gewohnt war. Bidder und Schmidt[1]) haben zuerst bemerkt, dass das Schwarzbrod äusserst auffallende voluminöse, dem Brod sehr ähnliche und leicht kenntliche Exkremente liefert, während die vom Fleisch herrührenden schwarz sind. Sie haben dies Verhalten benützt, um die auf eine bestimmte Menge Fleischnahrung treffende Kothmenge und die in letzterer befindlichen Gallenreste zu bestimmen, indem sie vorher und nachher Schwarzbrod fütterten und die nicht auf die Brodkost weisenden Fleischfäces abtrennten. Ich sah alsbald ein, dass dies Verfahren sich allgemein anwenden lasse und ich habe gleich bei meinen ersten Versuchen[2]) vor und nach jeder Reihe gemischte Nahrung mit Knochen, die den bekannten weissen harten Hundekoth erzeugen, gegeben, um die pechartigen schwarzen Fleischfäces ganz scharf abzugrenzen.

[1]) A. a. O. S. 217.
[2]) A. a. O. S. 14.

Während unserer gemeinschaftlichen Untersuchungen wurden nun über die Qualität des Koths bei der verschiedensten einfachen Nahrung noch weitere Erfahrungen gemacht. Wir haben auf S. 289 unseres Buches das sehr verschiedene Aussehen der Kothsorten beschrieben. Bei gemischtem gewöhnlichem Hundefressen mit Knochen ist er fest und weiss; bei Brodkost weich, breiig und hellbraun; bei reiner Fleischkost pechartig und dunkelschwarz; bei Zusatz von Fett, Zucker oder Stärke zum Fleisch mehr oder weniger heller grau oder braun gefärbt. Man ist daher ganz leicht im Stande den Koth bei Brod- und reiner Fleischfütterung, oder bei Darreichung von Fleisch mit Stärke, Zucker und Fett zu unterscheiden und ganz scharf abzugrenzen.

Nur wenn man die gleiche Nahrung beibehält, aber mit der Quantität derselben wechselt, macht die Sache Schwierigkeiten. Man kann dann den Hunden einige Stückchen abgeschabter weicher Knochen mehrere Stunden vor der neuen Fütterung geben, die dann die beiden Kothsorten mit einem weissen Ring trennen; Ranke [1]) hat beim Menschen zum gleichen Zweck Preisselbeeren angewendet, um den Koth vor dem Versuchstage zu erkennen. Man hat aber auch noch einen anderen Anhaltspunkt zur Unterscheidung. Es ist nämlich sehr zu beachten, dass dem Hunde im Tag nur einmal bei Beginn des Versuchs Nahrung gereicht wird und er 24 Stunden damit haushalten muss. Der Fleischfresser ist dann auch nach der grössten Nahrungsaufnahme vollkommen nüchtern, d. h. man trifft zu dieser Zeit, wie ich mich mehrmals überzeugt habe und wie ich später noch ausführlicher besprechen werde, im Magen, Dünndarm und obern Theil des Dickdarms keinen Inhalt an, und im untern Stücke des Dickdarms findet sich vollkommen ausgebildeter Koth. Wird nun nach 24 Stunden von Neuem Nahrung eingenommen, so vermengt sich diese nicht mit der vorausgegangenen, und der neue Koth dieses Tags schiebt sich an den anderen an und drückt ihn weiter herab; es bleibt stets eine Grenze zwischen beiden sowohl durch einen Zwischenraum als auch durch ein anderes Ansehen, da der letzte Theil des älteren Koths immer

[1]) a. a. O. S. 315.

etwas trockner ist. Beim Pflanzenfresser, der beinahe fortwährend frisst oder beim Menschen, der gewöhnlich alle 6 bis 8 Stunden Nahrung zu sich nimmt, gehen die Kothmassen natürlich in einander über und bilden ein zusammenhängendes Ganzes. Ranke hat gezeigt, dass das beim Hund gefundene auch für den Menschen gilt, wenn er täglich nur ein einziges Mal Speise geniesst.

Nach diesen Angaben ist man im Stande die verschiedensten Kothsorten zu trennen; nur so kann genau festgestellt werden, wieviel Koth bei reinen Nahrungsstoffen oder Gemischen derselben abgesondert wird. Die Mittheilungen über die Ausscheidungsverhältnisse des Koths unter verschiedenen Umständen verspare ich mir, da sie nicht hierher gehören, auf eine andere Gelegenheit auf.

Will man, wenn einige Zeit lang die gleiche Nahrung gegeben worden ist, erfahren, wieviel Koth auf einen Tag trifft, so entnimmt man dies am einfachsten und gewiss so genau als nur irgend möglich aus der Gesammtmenge des während dieser Zeit abgegrenzten trocknen Koths; man ermittelt aus der Wasserbestimmung der einzelnen Proben die Gesammtmenge der festen Stoffe, vertheilt diese gleichmässig und berechnet dazu das für den betreffenden Tag im Koth gefundene Wasser.

Diese Erfahrungen wurden während der Untersuchung nach und nach gewonnen; es ist daher im Anfange allerdings vorgekommen, dass wir bei Wechsel in der Quantität einer bestimmten Nahrung, z. B. von Fleisch, die für die ganze Reihe treffende genau bekannte Kothmenge auf die einzelnen Tage nach den Mengen des genossenen Fleisches vertheilten. Dies war aber jedenfalls besser und genauer, als wenn wir, wie es früher geschah, auf eine Reihe nur so viel Koth gerechnet hätten, als während derselben vom Thier entleert wurde; man hätte dann öfter gar keinen zu registriren gehabt. Der Fehler bei der Vertheilung der abgegrenzten Quantität Koth kann immerhin nur sehr gering ausfallen und höchstens einige Grammen betragen, da der auf einen Tag kommende Antheil nur etwa 30 Gramm ausmacht. Später standen aber alle Mittel zu Gebote, den auf eine bestimmte Qualität und Quantität Nahrung treffenden Koth vollkommen genau zu trennen; ich bemerke namentlich, dass dies in vielen Fällen unserer gemeinschaftlichen Arbeit und durchgängig bei meinen Untersuchungen über die Wirkung des Kochsalzes und den neuerdings von mir ausgeführten Reihen der Fall ist.

Auf solche Weise haben wir uns bemüht die früher in dieser Hinsicht gemachten grossen und eingreifenden Fehler völlig zu vermeiden oder dieselben wo es uns damals nicht anders möglich war, durch Wahrscheinlichkeitsrechnungen, denen beobachtete Zahlen zu Grunde lagen, kleiner zu machen.

Die Forscher in diesem Gebiete sahen nach unserm Vorgang recht wohl ein, wie unerlässlich es für die Eruirung des wahren Körpergewichts und des Umsatzes ist, den zu einer Reihe gehörigen Koth abzusondern, und erkannten den Werth unserer Bestrebungen an, indem sie alles thaten, um auch ihrerseits dies zu ermöglichen. Es ist ein sehr grosser Vortheil der Untersuchungen am Hunde, dass dies relativ leicht geschehen kann, während es bei Pflanzenfressern, namentlich bei Wiederkäuern, nicht ausführbar ist, die zu verschiedenen Fütterungen gehörigen Kothrückstände mit nur irgend annähernder Genauigkeit zu sondern; der Pansen dieser Thiere wird nicht wie der Magen der Fleischfresser in kurzer Zeit wieder leer, sondern es bleibt immer eine ansehnliche Masse des vorausgegangenen Futters bis zur nächsten Fütterung darin, wesshalb eine Vermengung mehrtägiger Mahlzeiten stattfindet. Da aber bei den Wiederkäuern sehr grosse Massen von Koth entleert werden, die bedeutend auf das Körpergewicht influiren, so ist eine Correktur, die die Fehler kleiner macht, absolut nothwendig. Diese wurde auch von Henneberg und Stohmann und von Grouven versucht, in deren Werken das Nähere darüber nachzusehen ist. Letzterer sagt: „In meinen Versuchen, wo die Perioden oft blos 5 Tage dauerten, da würde ich, ohne jedesmalige strenge Correktur der Kothabscheidung zu den absurdesten Resultaten gelangt sein“ und an einer andern Stelle: „die Schwierigkeit einer sichern Koth-Correktur bei Wiederkäuern ist einer der wundesten Flecke der physiologischen Forschungsmethode.“

Anders als die Forscher, welche durch ihre Experimente alsbald von der Unrichtigkeit der seither befolgten Methode überzeugt werden mussten, verhielten sich unserer Frage gegenüber die am

Schreibtisch untersuchenden Physiologen. Es ist kaum glaublich, dass dieser unleugbare und nicht unwichtige Fortschritt ausgebeutet wurde, um die allenfallsigen, sicherlich nur sehr kleinen Fehler, welche in den Fällen, wo keine Abgrenzung, sondern eine Vertheilung des direkt bestimmten Koths nach der Nahrungsmenge stattfand, sich ergeben konnten, gross und für die ganze Untersuchung verderblich erscheinen zu lassen.

Funke[1]) glaubt die ganze Angelegenheit in folgenden Worten abfertigen zu können: „wenn sich auch in der Beschaffenheit des Kothes einige Merkmale ergaben, welche den von verschiedenen Futterqualitäten herrührenden Koth einigermassen unterscheiden liessen, so blieben doch diese Bestimmungen so unsicher, dass sie erhebliche Fehler bedingen konnten.“ Funke kennt den Stand der Sache nicht, da er unsere Arbeit vorzüglich nach Vogt's Broschüre studirt hat; er müsste sonst angeben, dass wir zum ersten Male die höchst bedeutenden Fehler, die in allen andern Versuchen der Art durch Nichtberücksichtigung des Koths gemacht worden sind, zu vermeiden suchten. Und wenn dadurch unsere Resultate auf jeden Fall genauer geworden sind, als die der andern, wie lässt es sich rechtfertigen, über sie den herbsten Tadel auszusprechen und die andern ruhig durchschlüpfen zu lassen? Wer hat Funke gesagt als Vogt, dass man die verschiedenen Kothsorten nicht genau unterscheiden kann oder dass bei der Vertheilung des Koths bei der gleichen Nahrung erhebliche Fehler möglich sind? Solche unmotivirte Behauptungen werden nur Funke schaden, wenn er sie nach und nach aus seinem Lehrbuche zurückziehen muss.

Ganz das Gleiche gilt auch für Wundt[2]), der ebenfalls ohne irgend einen Grund und ohne eigene Erfahrung den Satz aufstellt: „Die von den Beobachtern ausgeführte Trennung des Kothes nach seinem Ansehen in Fleischkoth, Fleisch- und Fettkoth u. s. w. dürfte kaum die nöthige Sicherheit bieten.“

Nach meinen obigen Auseinandersetzungen werde ich wohl nicht mehr nöthig haben, einzeln die hierher gehörigen Sätze von Vogt

---

[1]) Lehrbuch Bd. I. S. 623.

[2]) Wundt, Lehrbuch der Physiol. S. 384.

zu widerlegen. Er sagt[1]), wir bedienten uns dabei einiger höchst willkührlicher Mittel und zählten Kothentleerungen am 3., ja 5. oder 6. Tage einer Versuchsreihe, entweder ganz oder zur Hälfte, zu einem Drittel etc., je nachdem es uns in den Kram passt, noch zur vorgängigen Fütterungsreihe. „Hat der Hund abgenommen, soll er aber der Theorie zu Folge zugenommen haben, so wird ihm der erste, zuweilen selbst noch der zweite während der Versuchsreihe gelassene Kothhaufen vom Anfangsgewicht abgezogen und am Ende ihm noch eine beliebige Quantität Koth in den Darm gepfropft." Es heisst dort ferner: „fast in jeder Parabase begegnen wir Phrasen wie der folgenden: von dem am 25. (dem dritten und letzten Tage der Versuchsreihe) gelassenen 238.8 Grmm. Koth kommen 213.5 Grmm. nach ihrer Beschaffenheit auf die vorausgegangene Fütterung und gehen also vom Anfangsgewichte ab; warum gerade, frägt Vogt, 213.5 und nicht 205 oder irgend eine beliebige Zahl, ist durchaus nicht abzusehen; durch eine willkührliche Operation wird also das Anfangsgewicht auf eine imaginäre Grösse herabgesetzt, das Endgewicht um eine ebenfalls willkührliche Grösse vermehrt und so das Resultat gefälscht und oft sogar in's gerade Gegentheil verkehrt."

In diesem würdigen Tone geht es fort. Der Koth ist in den meisten Fällen genau abzugrenzen gewesen, es kann daher von einer Willkühr keine Rede sein. In dem von Vogt angeführten Beispiele, ist, wie er übersehen hat, ausdrücklich gesagt, dass der Koth nach der Beschaffenheit abgetrennt wurde und wenn er verfänglich frägt, warum gerade 213.5 und nicht 205 Grmm. genommen wurden, so kann ich nichts anderes sagen, als weil es eben 213.5 Grmm. und nicht 205 waren. Es ist allerdings von gar keinem Einfluss, ob die Kothmenge auf $^1/_2$ Grmm. genau ist oder nicht; ich sehe aber nicht ein, warum man ein Resultat nicht so genau geben soll, als es ist. Jeder, der sich die Mühe geben will und dem es um die Wahrheit zu thun ist, kann sich überzeugen, dass nach unserer Art und Weise eine sichere Abgrenzung des Koths geschehen kann. Was die Vertheilung einer gewogenen Kothmenge bei gleicher Nahrung, wo eine Trennung nicht möglich ist, betrifft,

---

[1]) a. a. O. S. 9.

so sind wir dabei von Wahrscheinlichkeiten ausgegangen, denn für welche Theorie und für welchen Kram hätte uns eine willkührliche Ausscheidung des Koths gepasst oder genützt? Oder hätten wir die groben und sichern Fehler lassen sollen, um viel kleinere zu vermeiden? Aus nichts geht mehr hervor, dass es Vogt bei seiner Kritik nicht um die Wissenschaft und nicht um die Wahrheit zu thun war, als aus diesen Verleumdungen; er bezeichnet die Resultate von Beobachtungen, ohne sich nur die geringste Mühe zu geben, zuzusehen, ob diese sich bestätigen lassen oder nicht, als durch willkührliche Operationen und durch absichtliche Fälschungen erhalten. Gegen solche Anklagen brauche ich mich Vogt gegenüber nicht zu vertheidigen; ich warte den Entscheid ab, wem es in seinen Untersuchungen über den Stoffwechsel mehr um die Wahrheit zu thun war, und wer Fälschungen begangen hat, ich oder Vogt. Vogt verlangt zur Ausgleichung der Unregelmässigkeiten im Koth recht lang fortgesetzte Reihen. Dadurch zeigt er eben, dass er nicht weiss, um was es sich handelt. Es ist erstens für den Entscheid vieler Fragen, wie ich schon oben angedeutet habe, absolut nothwendig einzelne Tage in Betracht zu ziehen; denn wenn man bei Hungerreihen oder bei Wechsel in der Nahrung nicht die Aenderungen von Tag zu Tag verfolgen könnte, so würde manches Wichtige der Beobachtung entgangen sein. Er hat aber auch zweitens nicht darüber nachgedacht, wie lange er eine Reihe fortsetzen müsste, um den durch die Ungleichmässigkeit in der Kothentleerung entstehenden Fehler verschwindend klein zu machen. Hätte er z. B. 1500 Grmm. Fleisch 60 Tage lang gefüttert, so wären etwa 1800 Grmm. Koth gebildet worden; wären nun am Schlusse, wie es oft vorkam, noch 250 Grmm. Koth im Darm gewesen, so hätte der Fehler immer noch 14% betragen, während wir ihn auf unsere Weise ganz vermeiden.

Dies hatte ich über die Feststellung der Kothmenge einer bestimmten Versuchsreihe zu sagen; es ist nun endlich noch nothwendig, die Zusammensetzung derselben zu erforschen.

Zuerst musste der Gehalt des Koths an festen Bestandtheilen und an Wasser festgesetzt werden. Früher habe ich zu dem Zwecke nur eine kleine Probe des sorgfältig gemischten Koths bei 100°

getrocknet; bei den neuern Untersuchungen aber wurde, weil ich zu andern Bestimmungen häufig grössere Mengen Koths nöthig hatte, gleich die ganze Kothmasse eingetrocknet, wozu ich ein grosses trefflich eingerichtetes Wasserbad benützte.

Der Koth enthält je nach der Nahrung sehr verschiedene Mengen von Wasser, daher derselbe bei unsern gemeinschaftlichen Untersuchungen bei verschiedener Qualität der Nahrung auf seinen Wassergehalt untersucht wurde; es liegen auf S. 298 unseres Buchs 35 Wasserbestimmungen vor.

Bei der gleichen Nahrung ist während der nämlichen Reihe in der Regel der Unterschied so unbedeutend, dass der dadurch verursachte Fehler für den Stickstoffgehalt, um den es uns vorzüglich zu thun ist, gar nicht in Betracht kommt, daher ich es früher nicht für nöthig hielt, in allen Fällen eine Trockenanalyse zu machen; sobald der Koth aber in seiner Consistenz eine Aenderung ersehen liess, wurde die Bestimmung nicht unterlassen. Häufig wurden auch mehrere Kothportionen derselben Reihe gemischt und eine Probe davon der Analyse unterworfen. Ich habe übrigens bei allen neuern Versuchen, die noch viel zahlreicher sind, als die früheren, in jedem Koth die Menge des Wassers ermittelt.

Auch hier macht Vogt wieder die nichtigsten Einwendungen, weil er bei seiner Absicht zu tadeln, sich um unsere Angaben nicht kümmert, und auf einen von ihm errichteten Popanz losschlägt. Er behauptet[1]: „Es wird dem Hunde der Anfangskoth und der im Darm verbleibende Endkoth als solcher im feuchten Zustand berechnet. Nun variirt aber der Gehalt des Kothes an Wasser ausserordentlich nach der Angabe der Verfasser selbst. Brodkoth enthält 17.72 bis 27.68% feste Theile; Fleischkoth 29.71 bis 49.77; Fleisch- und Fettkoth 29.00 bis 63.08; Fleisch- und Zuckerkoth 18.72 bis 31.71. Wenn nun nach einer Fleisch- und Fettfütterung der Hund noch 200 Grmm. Koth im Leibe haben soll, die ihm berechnet werden, wer sagt uns, was das für Koth war, von 29 oder von 63 Procent?" Ich bemerke dagegen, dass eine Berechnung des Anfangs- und Endkoths nie stattfand, sondern immer nur eine

1) a. a. O. S. 11.

genaue Abgrenzung oder eine Vertheilung des später entleerten Kothes. Der Wassergehalt des Kothes schwankt allerdings in verschiedenen Reihen in ziemlich weiten Grenzen auf und ab; in derselben Reihe sind die Unterschiede gewöhnlich klein, und man bemerkt alsbald an der veränderten Beschaffenheit des Koths, wenn eine erneute Analyse gemacht werden muss.

Die 29 % festen Theile im Fettkoth fanden sich in der Reihe vom 12. bis 15. Januar 1859, in der der Hund 2000 Grmm. Fleisch und 250 Grmm. Fett erhielt; derselbe hatte, wie es häufig bei grossen Mengen Fleisch mit Fett einzutreten pflegt, die Consistenz einer weichen Pomade. In dem Koth vom 22. Jan. 1858 nach 1500 Fleisch und 350 Fett war viel Fett enthalten, daher er mehr feste Theile (63%) hinterliess. In der gleichen Reihe aber sind die Differenzen nicht so gross gewesen; vom 1. bis 8. April 1859 bekam der Hund 1800 Fleisch und 250 Fett als Nahrung; der Koth vom 5. April gab 36.26% feste Theile und der vom 10. 37.14%; am 20. April betrug die Menge der festen Theile im Fettkoth bei 500 Fleisch und 200 Fett 42.87%, am 27. bei 500 Fleisch und 300 Fett 40.33%. Es hat nichts Wunderbares an sich, dass der Koth nach der Darreichung der mannigfaltigsten Fleisch- und Fettquantitäten sehr verschiedene Mengen von Wasser einschliesst; Vogt stellt aber die Sache so hin, als ob diese Verschiedenheiten in derselben Reihe ohne Controle vorkommen könnten und berechnet uns so die grössten Fehler. Man weiss recht wohl, ob 100 Theile im Leibe zurückgebliebenen Fettkothes 29 oder 63 Theile festen Rückstand hinterlassen; es sagt uns dies die Analyse des nachher entfernten Koths.

Ebenso ist es beim Koth nach reiner Fleischfütterung. Es ist wahr, dass der Gehalt desselben an festen Theilen bei verschiedenen Quantitäten des Fleisches und zu ganz verschiedenen Zeiträumen von 29 bis 49 % schwankte, aber beim Koth einer bestimmten Reihe ist man nicht in so weiten Grenzen unsicher. Ich habe bei meinen ersten Versuchen[1]) 9 Wasserbestimmungen im reinen Fleischkoth mitgetheilt und darin bei gewöhnlicher Consistenz 44.3% feste Theile aufgefunden, eine Zahl, die wir auch später

[1]) Phys.-chem. Untersuchungen S. 14.

für solchen Koth zu Grunde legten. Sobald der Koth aber in seiner Beschaffenheit eine Aenderung wahrnehmen liess, wurde eine erneute Analyse angestellt und dann die differirenden Werthe gefunden, die Vogt angiebt. Die grösste Menge der festen Bestandtheile (49.77%) fand sich nach 1800 Fleisch am 29. Oktober 1857; ich habe dazu in meinem Tagebuche verzeichnet, der Koth ist fester als sonst, wahrscheinlich weil er 12 Tage im Darm verweilte. Die geringste Zahl (29.71%) fiel bei 2500 Fleisch auf den 7. Dez. 1858, wozu ich bemerkt finde: der Koth besteht aus ziemlich weichen schwarzen Würsten mit einer schwarzen Brühe. Einige Tage darauf, am 10. Dez. 1858 wurde eine zähe consistente schwarze Schmiere entleert, bei der keine Brühe sich befand, deren Gehalt an festen Theilen 31.06% betrug; und am 31. März 1859 erschienen geformte, aber etwas weichere Würste als sonst mit 34.31% festen Theilen. Es kann also nie zweifelhaft sein, ob ein Koth 29.71 oder 49.77% feste Theile enthält, und es beruhen demnach die darüber gemachten Annahmen Vogt's auf einem Irrthum.

Bei den verschiedenen Fütterungen mit Zucker finden sich Differenzen von 18.72 bis 31.71% der festen Kothbestandtheile. In der Reihe vom 16. bis 22. Novbr. 1857 mit 150 Fleisch und viel Zucker wurden, weil die Beschaffenheit der einzelnen Kothmengen sehr abweichend war, alle 3 Portionen des Zuckerkoths getrocknet; der vom 19. Nov. enthielt 29.74%, der vom 21. 18.72% und der vom 23. 31.71%; der erste hatte eine Consistenz wie Pomade, der zweite war eine dünne Brühe, der dritte war wieder wie der erste beschaffen. Am 29. April 1858 bestand der Koth mit 25.60% festen Theilen aus einer gelbbraunen ziemlich flüssigen und am 20. Jan. 1859 bei 26.15% aus einer ganz weichen Masse. Ich könnte auf diese Weise noch viele nähere Angaben über die Beschaffenheit der verschiedenen Kothsorten machen, die nicht veröffentlicht worden sind, weil sie zu nichts weiter führen; es ist jedoch aus diesen schon ersichtlich, dass den Schwankungen im Wassergehalt das Aussehen und die Consistenz des Koths entspricht und man aus letzterm recht wohl erkennen kann, wann der Wassergehalt sich ändert. Sie beweisen wieder, dass, wenn auch zu verschiedenen Zeiten grosse Differenzen auftreten, es nicht erlaubt ist, diese geradezu auf den Koth derselben Reihe zu übertragen und anzunehmen, es sei bei solchen Verschiedenheiten keine direkte Bestimmung gemacht worden.

Ueber die durch die Unterschiede in dem Wassergehalt des Brodkoths bedingten Fehler urtheilt Vogt[1]) folgendermassen: „Die festen durch den Koth abgegangenen Stoffe lassen sich in dieser Reihe (29. Sept. bis 9. Nov. 1858) gar nicht bestimmen, denn bei den vier Analysen auf Wassergehalt, die gemacht worden sind, steigt die proportionelle Menge des Wassers im Koth beständig, wenn auch nicht gleichmässig, so dass der am 10. Oktober entleerte Koth 27.68 %, der am 30. Oktober entleerte dagegen 17.72 % feste Stoffe enthält. Aus solchen Analysen eine Mittelzahl zu nehmen, geht doch wahrlich um so weniger, als vom 30. Oktober bis zum 9. November, wo die Reihe aufhörte, also während 10 Tagen, innerhalb welcher die Wassermenge im Koth wahrscheinlich stets zunahm, keine Kothanalyse mehr gemacht wurde. Welche bedeutende Differenz aber dieser Unterschied von 10 % Wassergehalt im Koth bei einer Totalmenge von mehr als 9 Kilo Koth machen müsse, liegt auf der Hand.“ Auch in diesem Absatze sind die stärksten Irrthümer und Uebertreibungen enthalten. Wenn wir auch aus den vier Analysen der 41tägigen Brodreihe das Mittel genommen und damit gerechnet hätten, so wäre der Betrag der möglichen Fehler doch nie 10 % gewesen; dies ist nur dann denkbar, wenn die Wasserbestimmungen wegen einer mangelhaften Ausführung der Analyse solche Differenzen zeigen, und also der Gesammtkoth entweder 17.72 % oder auch 27.68 % Rückstand geben kann. Es ist uns aber nicht eingefallen, wie Vogt annimmt, eine Mittelzahl zu nehmen; vom 29. Sept. bis zum 25. Okt. zeigte der Koth dieselbe Beschaffenheit, es wurden daher in diesem Zeitraum nur zwei Analysen gemacht und zwar am 10. Okt. (27.68 %) und am 14. Okt. (26.24 %); bis zum 10. Okt. wurde aller Koth mit 27.68 % festen Theilen berechnet und zwischen 10. und 14. Okt. mit 26.24 %. Nun bekam am 25. Okt. der Koth auf ein Mal eine andere Consistenz, daher ich gleich eine Bestimmung machte und 22.03 % feste Theile fand; vom 30. Okt. an nahm

---

[1]) A. a. O. S. 16.

der Koth an Flüssigkeit abermals zu (er enthielt nur 17.72 %) und blieb auf diesem Grade bis zum Ende der Versuchsreihe, bis wohin daher mit der Zahl 17.72 % gerechnet wurde. Wie genau man im Stande ist, gerade beim Brodkoth eine Aenderung im Wassergehalt zu beurtheilen, zeigen die Analysen dieses Koths bei meiner Kaffeeuntersuchung und die vor derselben in meinem Diarium gemachten Zusätze:

20. Okt. 1858.	— 17.46 % fest.	Ziemlich weich mit gelber Brühe.
25. Okt. 1858.	— 19.52 % fest.	Fester ohne Brühe.
20. Nov. 1858.	— 18.55 % fest.	„ „ „
21. Nov. 1858.	— 17.28 % fest.	
13. Dez. 1858.	— 21.78 % fest.	Der Koth wird fester.
2. Jan. 1859.	— 20.50 % fest.	
23. Jan. 1859.	— 20.00 % fest.	

Die Differenzen, aus denen uns Vogt Fehler rechnet, sind also in derselben Reihe ohne Controle nicht möglich. Ausser bei der Brodnahrung ist die tägliche Kothmenge so gering (nur 30 Grmm.), dass die kleinen Fehler, welche vorkommen können, bei der Aufstellung der Vorgänge im Körper gar keinen Unterschied machen. Ich gebe natürlich gerne zu, dass es besser gewesen wäre, den Koth jedes Mal auf seinen Wassergehalt zu untersuchen; ich unterliess es aber im Anfang, wo ich mit vielen andern Schwierigkeiten zu kämpfen hatte, meine Zeit mit Arbeiten zu vergeuden, die das Resultat im Allgemeinen nicht geändert hätten; bei den nachfolgenden Versuchen, wo ich schon geübt war und mir mehr Zeit übrig blieb, wurde jeder Koth eingetrocknet.

Von dem trocknen Koth musste nun bei jeder Art von Nahrung vor Allem der Stickstoffgehalt ermittelt werden. Es hat sich dabei herausgestellt, dass bei der gleichen reinen Nahrung der Koth eine in sehr engen Grenzen sich gleich bleibende Substanz ist und daher die Stickstoffmenge nur wenig differirt.

Von reinem Fleischkothe sind in meinen physiologisch chemischen Untersuchungen (S. 13) zwei Analysen angegeben, wobei durch die eine 6.41 %, durch die andere 6.52 % Stickstoff in der bei 100° trocknen Substanz gefunden wurden; in einer neuern Reihe befanden sich 6.22 % Stickstoff darin. Mayer[1]) hatte früher bei einem andern Hunde in dieser Kothsorte 5.17 und 6.88 % erhalten; ich bestimmte bei einem Hunde, der später eine Gallenblasenfistel erhielt, im Mittel 6.4 % (6.01, 6.24, 6.92 %) und bei einem dritten[2]) 5.20 und 5.95 %. Die an demselben Thier vorkommenden Differenzen (6.22 bis 6.52 %) sind so klein, dass es geradezu unsinnig wäre, mit reinem Fleischkoth alle Mal eine Verbrennung auszuführen. Man muss bedenken, dass die Menge des festen Fleischkoths im Tag etwa 10 Grmm. beträgt, es sich also um den Unterschied von 0.622 und 0.652 Grmm. Stickstoff handelt, der längst in der Fehlerquelle der Untersuchung liegt. Vogt meint aber, es hätten mehr Bestimmungen gemacht werden müssen, und erläutert die Sache wieder durch ein Beispiel (S. 16), dem nichts fehlt, als die Wahrheit der Voraussetzungen. „Nehmen wir an, sagt er, nach einer Fütterung mit Fleisch habe der Hund noch 100 Grmm. Koth im Leibe, die in Rechnung gebracht werden sollen. Es kann Fleischkoth von 29.71 oder von 49.77 % festen Theilen sein, die 6.41 % oder 6.52 % Stickstoff enthalten — die 100 Grmm. können also 1.90 oder auch 3.25 Grmm. Stickstoff entsprechen.“ Es ist klar, dass diese Differenz mit der Schwankung im Stickstoffgehalt gar nichts zu thun hat, sondern nur durch die von Vogt angenommene im Wassergehalt hervorgerufen ist, die aber, wie ich oben gezeigt habe, für eine bestimmte Reihe gar nicht vorkommen kann, ohne dass nicht eine Analyse gemacht worden wäre. Die Berechnung von Vogt ist also eine ganz illusorische.

Der Brodkoth enthielt nach unseren Untersuchungen 2.92 % Stickstoff; bei einem andern Hund[3]) 3.18 und 3.27 %; die grösste Schwankung beträgt also 0.3 %. Da nach Brodnahrung im Tag höchstens 70 Grmm. fester Koth entleert wird, so ist man also nur zwischen 2.04 oder 2.29 Grmm. Stickstoff im Zweifel.

Wir haben in unserm Buche bei den Bemerkungen über den Koth (S. 289 bis 297) angegeben, dass der Koth bei Zusatz von andern Nahrungsstoffen zum Fleisch sehr wenig geändert wird.

---

[1]) Bischoff, der Harnstoff als Maass des Stoffwechsels S. 188.

[2]) Siehe meine Kaffeeuntersuchung.

[3]) Siehe meine Kochsalzarbeit S. 72 und 82.

Bei Fütterung von Fleisch mit Fett ist das Ansehen und die Zusammensetzung des Koths je nach der Menge des Fleisches und Fetts verschieden. Bei viel Fleisch und wenig Fett besteht kein Unterschied zwischen reinem Fleischkoth, das Fett ist alles resorbirt worden; je mehr aber Fett im Verhältniss zum Fleisch gereicht wird, um so mehr Fett geht in den Koth über, er wird weicher, mehr graubraun und ärmer an Wasser; man muss aber sehr bedeutende Mengen von Fett zu Fleisch geben, um den Charakter des Fleischkoths zu ändern. Nach Behandlung des Fettkoths mit Aether bleibt reiner Fleischkoth und zwar in der gleichen Menge, wie bei Aufnahme einer entsprechenden Menge reinen Fleisches zurück. Ich stelle zum Belege dafür aus einer Anzahl grösserer Reihen mit genau abgegrenzten Kothmengen folgende Tabelle der mittleren Menge des 24stündigen trockenen Koths zusammen:

Nahrung Fleisch	Nahrung Fett	trockner Koth	Fett im Koth	reiner trockner Fleischkoth	
2000	—	12.3	—	12.3	
1800	—	10.0	—	10.0	10.1
1800	—	10.3	—	10.3	
1800	250	17.6	6.3	11.3	
1500	—	9.6	—	9.6	9.6
1500	—	8.8	—	8.8	
1500	—	10.9	—	10.9	
1500	—	9.9	—	9.4	
1500	—	8.2	—	8.2	
1500	—	11.1	—	11.1	
1500	—	7.8	—	7.8	
1500	—	10.9	—	10.9	
1500	30	10.4	1.4	9.0	10.1
1500	100	13.1	3.5	9.6	
1500	150	16.4	5.7	10.7	
800	200	13.9	4.1	9.7	10.6
800	200	16.9	5.2	11.6	
500	200	14.6	4.3	10.3	10.8
500	250	16.3	5.0	11.3	
400	200	15.4	4.9	10.5	
176	50—250	12.1	4.0	8.1	

Die grössten Schwankungen der trocknen Substanz des täglichen Koths bei den verschiedensten Mengen von Fleisch und Fett bewegen sich zwischen 8.1 und 12.3 Grmm. Wir haben daher aus dem Fettkoth das Fett mit Aether ausgezogen und den Rest als reinen Fleischkoth betrachtet.

Erhält der Hund sehr viel reine Stärke allein als Nahrung, so ist der Koth im Ansehen sehr ähnlich dem Brodkoth; bei wenig Fleisch und viel Stärke ist der gelbbraune Koth eine Mischung von reinem Fleisch- und Stärkekoth, der sich bei steigenden Fleischmengen allmählich dem reinen Fleischkoth annähert. Bei der Herausgabe unseres Buchs hatte ich eine Stickstoffbestimmung in einer Stärkekothsorte gemacht, in der die Stickstoffmenge möglichst klein ausfallen musste, nämlich am 8. Nov. 1857 bei 176 Fleisch und 364 Stärke, und darin 4.38 % gefunden. Dies war also die unterste Grenze, während die oberste bei 6.5 % lag. Wir haben eingesehen, dass diese Differenz von gar keinem Einfluss ist. Vom 22. März bis 2. April 1858 entleerte der Hund in 11 Tagen 65.9 Grmm. festen Stärkekoth, die bei 4.38 % 2.9 Grmm. und bei 6.50 % 4.3 Grmm. Stickstoff enthalten hätten; man hat also im höchsten Fall in 11 Tagen eine Differenz von 1.4 Grmm. Stickstoff und im Tag von 0.1 Grmm. In einer zweiten fünftägigen Stärkereihe (7.—12. Jan. 1859) waren 112 Grmm. fester Koth gebildet worden, der nach obigen Zahlen 4.9 bis 7.3 Grmm. Stickstoff geben konnte, das sind in 5 Tagen 2.4 Grmm. Differenz und im Tag 0.5 Grmm. auf 60 Grmm. Stickstoff im Harnstoff. Wir wussten in allen Fällen recht gut, wie gross die möglichen Fehler sind und ob durch sie das Wesentliche des Resultats beeinträchtigt wird oder nicht; da dies hier nicht der Fall war, so haben wir nur eine einzige Analyse für nöthig gehalten. Ich habe bei den neuern Reihen bei verschiedenen Fleisch- und Stärkemengen Verbrennungen im Koth ausgeführt, die die Richtigkeit der frühern Zahl nur bestätigen; ich fand nämlich:

Datum	Nahrung Fleisch	Nahrung Stärke	% N im trocknen Koth
3. Mai 1861	0	700	4.36 / 4.40
20. Juli 1863	400	400	5.51
13. Juli 1863	1500	200	6.84

Bei alleiniger Zufuhr von reiner Stärke ist der Koth nicht stickstofffrei, es kommt also im Darm stickstoffhaltige Substanz dazu; bei 1500 Fleisch und 200 Stärke verhält sich der Koth wie reiner Fleischkoth.

Der Koth bei Fleisch- und Zuckernahrung ist nach unserer Angabe (S. 295) gelbbraun und von einer Consistenz wie Pomade, zäh und schleimig. Obwohl die Beschaffenheit des Koths eine etwas andere ist als die bei reiner Fleischfütterung, so enthält derselbe doch nur Spuren von Zucker, z. B. bei der Fütterung mit 2000 Fleisch und 200 Traubenzucker im höchsten Fall 2.24 %; durch den Zusatz von Zucker zum Fleisch wird der Koth nur wässriger, er verhält sich wie dünnflüssiger Fleischkoth. Desshalb zeigt er auch denselben Stickstoffgehalt in dem trocknen Rückstand wie der reine Fleischkoth. Wir hatten zur Analyse einen extremen Fall ausgesucht, nämlich den 21. Nov. 1857 bei 150 Fleisch und 350 Zucker, und dabei 7,92 % Stickstoff gefunden. Dieses Resultat, nach dem der Zuckerkoth mehr Stickstoff enthält als der Fleischkoth, kommt Vogt (S. 15) sonderbar vor; es ist natürlich ganz gleichgültig, ob ein Beobachtungsresultat einem Kritikus sonderbar vorkommt oder nicht; hätte Vogt unser Buch aber aufmerksamer gelesen, so hätte er zunächst aus der Abwesenheit des Zuckers im Zuckerkoth entnehmen können, dass derselbe nicht weniger Stickstoff zu enthalten braucht als der reine Fleischkoth, dann aber aus unserer Beschreibung (S. 295) ersehen, warum er sogar mehr enthalten kann; denn dort heisst es: „wenn längere Zeit Traubenzucker gegeben wurde und keine Diarrhoen eintraten, so zeigte sich der Koth ganz zäh und schleimig und neben dem Fleisch- oder Zuckerkoth sieht man zähe, meist graue, neutral reagirende Schleimklumpen, die offenbar vom Darm herrühren.“ Weil in den Koth nur Spuren von Zucker übergehen, so ist es auch ganz gleichgültig, ob man den Zuckerkoth an einem Tag analysirt, an dem 100 oder an einem andern, an dem 350 Grmm. Zucker gegeben worden sind; der in dieser Hinsicht von Vogt (S. 15) gemachte Einwurf ist daher ein ganz nichtiger. Es liegt mir noch eine Stickstoffbestimmung im Zuckerkoth aus einer der neuern Reihen vor, die 6.75 % ergab, also dieselbe Menge wie der reine Fleischkoth. Nachdem die Abwesenheit des Zuckers im Koth nach Zuckerfütterung und die Stickstoffanalyse dafür sprachen, dass wir es hier mit reinem Fleischkoth zu thun haben, hielt ich es für ganz unnöthig, noch weitere Bestimmungen zu machen, worin mir auch jeder Einsichtsvolle beipflichten wird.

Der nach Fleisch- und Leimgenuss entleerte Koth verhält sich im Allgemeinen in Aussehen und Consistenz wie Fleischkoth, und nur wenn viel Leim und wenig Fleisch gereicht worden war, zeigte er sich weicher und dunkelbraun, aber wie Fleischkoth riechend; Leim konnte keiner darin nachgewiesen werden. Um die vom Fleischkoth abweichendste Zahl zu erhalten, wurde die Analyse in einem Fall angestellt, bei dem wenig Fleisch und viel Leim die Nahrung bildete, d. i. am 17. Dez. 1858 bei 200 Fleisch und 300 Leim; nichts desto weniger enthielt der Koth ebensoviel Stickstoff wie der reine Fleischkoth, nämlich 6.69 $^0/_0$; in einer der neuern Leim-Reihen erhielt ich 7.21 $^0/_0$ Stickstoff. Da sich also der Koth nach Leimfütterung als reiner Fleischkoth erwiesen hatte, wurden weitere Analysen unterlassen, weil sie zu nichts hätten führen können; es ist selbstverständlich, dass es bei der Abwesenheit von Leim im Koth einerlei ist, ob man den Koth nach 100 oder 300 Grmm. Leim in der Nahrung der Analyse unterwirft.[1]).

Man hat früher geglaubt, der Koth sei ein beliebiges Gemengsel von Ueberresten der Nahrung, das einmal so, ein ander Mal anders beschaffen sein könne. Wir haben zuerst durch die Darreichung einfacher Nahrungsstoffe und die genaue Abgrenzung des Koths bewiesen, dass dem nicht so ist, sondern dass der Koth bei einer gewissen Nahrung auch eine ganz bestimmte Zusammensetzung zeigt.

Was soll ich daher erwidern, wenn ein Mann wie Vogt Thatsachen gegenüber, ohne irgend eine Gegenerfahrung zu machen, behauptet, eine Kothabgrenzung sei nicht möglich, die Analysen fielen nicht auf eine genau definirte Art von Koth. Oder was soll ich sagen, wenn er (S. 14) sich zum Lehrmeister in der Beurtheilung von Elementaranalysen aufwirft? So schreibt er S. 14 folgendes: „aber nichts desto weniger behaupten wir, dass auch bei der genauesten

[1]) Siehe Vogt S. 16.

Methode und bei der grössten Sicherheit eine einmalige Elementaranalyse eines so sehr in seiner Zusammensetzung wechselnden Materiales wie organische Substanzen überhaupt sind, niemals ein zuverlässiges Resultat geben kann. Namentlich hinsichtlich der verwickelten Stickstoffbestimmungen ist dies der Fall, wie jeder der mit solchen Arbeiten nur irgend vertraut ist, ohne weitere Beweise zugestehen wird.“ Es wird mir aber gewiss Niemand widerstreiten, dass ich mit solchen Arbeiten so vertraut bin als nur irgend Jemand, und dass Vogt nichts davon versteht. Letzterer hat zweierlei mit einander vermengt. Es können nämlich Unterschiede in den Resultaten der Verbrennung auftreten, erstens weil auch die beste Ausführung nur bis zu einem gewissen Grade genau ist, zweitens wenn die Substanz nicht gleichmässig zusammengesetzt ist. Die Fehler aus der ersten Ursache sind bei einiger Uebung so klein, dass sie beim Koth, wie ich schon an mehrern Beispielen gezeigt habe, nicht in Betracht kommen; die Schwankungen in der Zusammensetzung derselben Kothsorte sind auch durch tausendmalige Analysen nicht zu beseitigen; es frägt sich daher nur, ob sie so gross sind, dass sie die Schlussfolgerungen alteriren; ich hoffe durch meine Mittheilungen dargethan zu haben, dass dies nicht der Fall ist.

Ueber den Gehalt des Koths an Kohlenstoff, Wasserstoff, Sauerstoff und Asche habe ich hier nichts zu sagen, da diese Bestandtheile für den Umsatz der stickstoffhaltigen Stoffe nicht in Frage kommen. Bei unserer Arbeit sind daher nur einzelne Bestimmungen dieser Stoffe ausgeführt worden, sie müssen aber bei der Feststellung des Umsatzes des Fettes, also bei der Berücksichtigung der Respirationsprodukte in grösserer Ausdehnung angestellt werden.

(Schluss folgt.)

Zur Lehre von den identischen Netzhautpunkten.

Von

Wilhelm von Bezold.[1])

Während eines langen Zeitraums bildete das von J. Müller aufgestellte Princip der Identität der Netzhäute den Ausgangspunkt für alle Untersuchungen über das Zusammenwirken der beiden Augen beim Sehacte. Diess Princip lässt sich in Kürze etwa folgendermaassen aussprechen:

Gleichartige Reizung identischer Netzhautstellen bedingt immer eine einfache Wahrnehmung, während bei Reizung nicht identischer Punkte niemals eine solche möglich ist.

Nachdem nun durch Wheatstone's[2]) Erfindung des Stereoscopes der zweite Theil des Princips in seiner strengsten Form unhaltbar gemacht, und auch der Versuch Brücke's[3]), die neue Entdeckung mit demselben in Einklang zu bringen, durch Dove und Volkmann widerlegt war, ging man von verschiedenen Seiten daran, auch den ersten Theil zu entkräften, und somit den ganzen Satz zu stürzen.

Den Beweis, dass es möglich sei, auch mit sogenannt identischen Punkten doppelt zu sehen, glauben die Gegner der Identitätslehre vorzugsweise mit Hülfe von drei Versuchen führen zu können, welche von Wheatstone[4]), Wundt[5]) und Nagel[6]) her-

---

[1]) Eine vorläufige Mittheilung findet sich in den Sitzungsber. der k. bayer. Academie der Wissensch. 1864. S. 372.

[2]) Phil. Trans. 1838. Poggdff. Ann. Ergbd. 1842.

[3]) Arch. f. An. u. Phys. 1841.

[4]) Pggdff. Ann. Ergbd. 1842. S. 30.

[5]) Henle u. Pfeufer Zeitschr. f. rat. Med. 3. Reihe, Bd. 12, S. 249.

[6]) A. Nagel, Das Sehen mit zwei Augen. S. 81.

rühren. Jeder dieser Forscher construirte ein anderes Figurenpaar, welches durch die Möglichkeit stereoscopisch verschmolzen zu werden, den fraglichen Beweis liefern soll.

Diese Versuche sind jedoch sämmtlich nur dann beweiskräftig, wenn einerseits gewisse Linien der correspondirenden Figuren sich wirklich genau auf identischen Netzhautpunkten abbilden, und wenn anderseits constatirt ist, dass kein Theil der Zeichnungen im Wettstreite der Sehfelder dauernd untergehen kann.

Zwar hat schon Ewald Hering in seinen höchst verdienstvollen „Beiträgen zur Physiologie“ [1]) gezeigt, dass unter Beobachtung gewisser Vorsichtsmaassregeln, welche die Erfüllung der beiden ebengenannten Bedingungen wahrscheinlich machen, niemals eine Vereinigung jener Figuren zu einem stereoscopischen Sammelbilde gelingt. Trotzdem glaube ich, dass es bei der Bedeutung, welche diesen Versuchen als eigentlichen Fundamentalversuchen beigelegt worden ist, wohl am Platze ist, sie noch einmal unter veränderten Umständen einer eingehenden Prüfung zu unterwerfen. Besonders dürfte es manchem willkommen sein, eine Methode kennen zu lernen, durch welche auch der Ungeübte in den Stand gesetzt wird, sich von der Nichterfüllung der genannten Bedingungen im Falle der gelungenen Verschmelzung zu überzeugen, da die Wiederholung der Versuche nach Hering's Vorschrift schon geübtere Beobachter voraussetzt.

Wir wollen unsere Untersuchung mit der von Nagel angegebenen Figur (s. Fig. 1) beginnen, da die Verschmelzung dieses

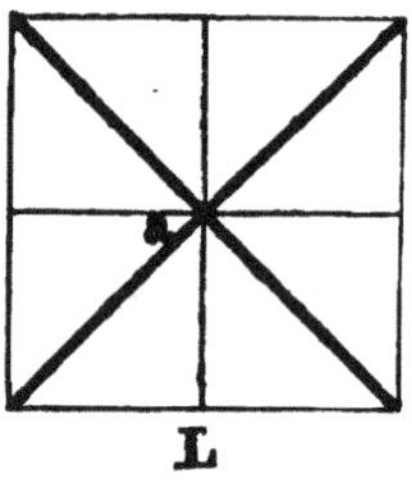

Fig. 1.

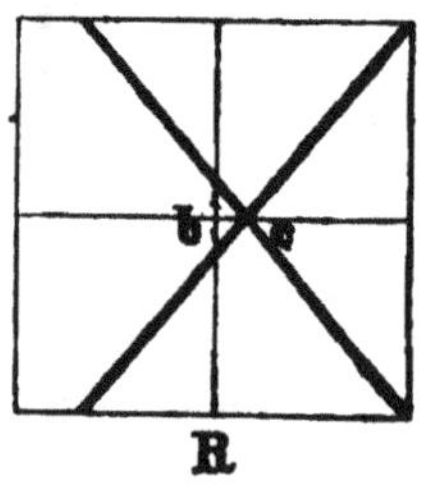

[1]) Heft 2, S. 87 ff.

Figurenpaares einerseits höchst interessante Aufschlüsse über das Zustandekommen des stereoscopischen Eindruckes giebt, anderseits aber ganz im Gegensatze mit der Absicht des genannten Forschers den unwiderleglichen Beweis liefert, dass Theile einer Zeichnung im Wettstreite der Sehfelder dauernd untergehen können, wenn sie nicht in das Sammelbild passen.

Hier muss nun vor Allem bemerkt werden, dass die stereoscopische Verschmelzung der beiden Figuren nicht nur auf eine, sondern auf dreierlei Art möglich ist.[1])

1) Das Sammelbild macht den Eindruck, als ob das liegende Kreuz sich in einer um die rechts liegende Seite des Quadrates nach rückwärts umgeklappten Ebene befände, während das stehende in der Zeichnung liegt. Der Kreuzungspunkt der schiefen Linien erscheint rechts vom Mittelpunkte des Quadrates. Das ganze Sammelbild müsste mithin perspectivisch durch die Zeichnung R dargestellt werden.

2) Die zweite Art der Vereinigung, die mir aber viel schwerer gelingt, ist die von Nagel selbst angegebene: das Quadrat mit dem stehenden Kreuze bleibt in der Ebene der Zeichnung, während die liegenden Kreuze sich in der Weise vereinigen, dass sie die Kanten einer nach rückwärts ausspringenden Pyramide zu bilden scheinen, deren Spitze rechts von der Mitte des die Basis bildenden Quadrates gesehen wird. Dieses Sammelbild erhalte ich nur, wenn ich die rechts liegenden Theile der beiden Figuren fixire, und die übrigen möglichst wenig beachte, und zwar leichter, wenn die Figuren in etwas grösseren Dimensionen ausgeführt sind.

3) Endlich kann auch noch die Vereinigung in der Weise zu Stande kommen, dass die schiefen Linien abermals als Kanten einer Pyramide erscheinen, deren Spitze jedoch gerade hinter dem Mittelpunkte des Quadrates liegt.

---

[1]) Bei der Beschreibung der Sammelbilder ist vorausgesetzt, dass die Vereinigung bei parallelen oder hinter der Ebene der Zeichnung gekreuzten Augenaxen vorgenommen werde. Da ich in hohem Grade kurzsichtig bin, ist mir diese Art der Beobachtung die bequemste, ja ohne Anwendung von Brillen die einzig mögliche.

Sind die Figuren ziemlich gross ausgeführt, so erscheinen die Randtheile bei centraler Fixation undeutlich, und es kann alsdann das Sammelbild noch einige Variationen darbieten, deren Zustandekommen jedoch mehr von unserem Urtheile als von der sinnlichen Wahrnehmung abhängt; hinsichtlich der vernachlässigten Stücke schliessen sie sich jedoch eng an das dritte an, so dass eine specielle Betrachtung derselben unnöthig ist.

Untersucht man nun genauer, wie die beiden Figuren das Zustandekommen des einen oder anderen Sammelbildes veranlassen können, so ergiebt sich das Resultat: Welches Sammelbild man auch erhalten mag, immer ist die Vereinigung nur dadurch zu erklären, dass einzelne Stücke beider Figuren stereoscopisch verschmolzen werden, und so eine körperliche Wahrnehmung veranlassen, während andere Theile geradezu dauernd übersehen werden.

Der Beweis dieses Satzes lässt sich schon a priori aus der Figur mit mathematischer Schärfe führen. Denn gesetzt, man erhalte etwa das erste Sammelbild, bei dem also der Kreuzungspunkt der schiefen Linien rechts vom Mittelpunkte des Quadrates und hinter der Ebene der Zeichnung erscheint, so müssen, wenn die stehenden Kreuze einander vollkommen decken, die schiefen Linien der Figur L zum grössten Theile übersehen werden; denn wäre diess nicht der Fall, so müsste ja dem linken Auge der Punkt a doppelt erscheinen, einmal als Kreuzungspunkt des stehenden und dann als solcher des liegenden Kreuzes, und zwar auf zwei verschiedenen Richtungslinien, da der letztere Punkt nicht nur hinter, sondern auch seitwärts von dem ersteren erblickt wird. Diess ist aber nur denkbar, wenn die mittleren Theile der Diagonalen von L im Wettstreite der Sehfelder dauernd untergegangen sind, da ja im Netzhautbilde des linken Auges der Durchschnittspunkt der beiden Arten von Linien immer zusammenfällt. Es wäre wohl denkbar, dass durch stereoscopische Verschmelzung mit einer geeigneten entsprechenden Figur dieser eine Punkt in zwei hintereinander liegende aufgelöst würde, eine Verschiebung nach der Seite ist aber nur möglich, wenn die centralen Theile der Diagonalen von L übersehen werden.

Diess muss sogar von dem grössten Theile dieser Linien gelten, da in den linksliegenden Ecken des verschmolzenen Quadrates genau dieselben Schwierigkeiten einer wahren stereoscopischen Vereinigung entgegenstehen. Wir werden später einen Versuch kennen lernen, der die Richtigkeit dieser Folgerungen auch experimentell zu prüfen gestattet, und zeigt, dass wirklich nur die den rechts liegenden Ecken benachbarten Theile der Diagonalen von L mit den entsprechenden der schiefen Linien in R verschmolzen sind, wodurch die stereoscopische Wahrnehmung veranlasst wird, während die übrigen grösseren Hälften geradezu übersehen werden.

Genau dieselbe Betrachtung lässt sich auf das zweite Sammelbild anwenden, da dort die nämlichen Theile vernachlässigt werden. Ob das erste oder zweite erhalten wird, scheint mir mehr eine Sache des Urtheiles zu sein, als der sinnlichen Wahrnehmung. Können die Randtheile der Zeichnungen überhaupt noch sehr scharf gesehen werden, so machen sich die Durchschnittspunkte der nicht übersehenen schiefen Linien von R mit den Quadratseiten entschieden geltend, und man erhält das erste Sammelbild, sieht man hingegen die linksliegenden Theile der Figuren nur mehr sehr undeutlich, so bleibt es rein unserem Urtheile überlassen, wie wir uns den Verlauf der schiefen Linien von ihrem Kreuzungspunkte an vorstellen wollen. Diese Anschauung gewinnt für mich dadurch sehr an Wahrscheinlichkeit, dass ich das zweite Sammelbild am leichtesten erhalte, wenn ich die Figuren gross ausgeführt so in ein Stereoscop bringe, dass die linksliegenden Theile der Zeichnungen ganz abgeblendet sind.

Durch eine ganz ähnliche Betrachtung, wie die eben durchgeführte, kann man zeigen, dass bei der dritten Art der Verschmelzung die verticale Mittellinie in R übersehen werden muss, weil ja die beiden den Punkten b und c entsprechenden Netzhautbilder doch nie in ein einziges zusammengezogen werden können, sondern b immer seitwärts von c erscheinen muss.

Insoferne es sich darum handelt, dem Versuche Nagel's seine Beweiskraft zu nehmen, dürfte diese Betrachtung wohl genügen, soll hingegen der Beweis allgemein geliefert werden, dass einzelne Stücke einer Zeichnung, welche nicht in ein Sammelbild passen, im Wettstreite der Sehfelder dauernd untergehen können, so liesse sich dagegen einwenden, dass vielen Personen eine stereoscopische Vereinigung der fraglichen Figuren überhaupt gar nicht, oder nur bei oberflächlicher Betrachtung gelingt. Abgesehen davon, dass E. Hering diess angiebt, habe ich ebenfalls Gelegenheit gehabt, mich bei anderen hievon zu überzeugen, während mir selbst die Verschmelzung von Tag zu Tag schwieriger wird, je länger ich mich mit diesen Versuchen beschäftige. Früher gelang sie mir vollkommen, und zwar auf die verschiedenen Arten, während ich jetzt nur mehr bei flüchtiger Betrachtung oder bei Fixation der rechts liegenden Theile der Figuren eine Vereinigung erzielen kann. Ausserdem sehe ich genau die von Hering beschriebenen Erscheinungen, und zwar erblicke ich nach dem Zerfallen des ersten oder zweiten Sammelbildes die Figuren in der Weise übereinander, wie es a. a. O. in Fig. 47 A, S. 105 dargestellt ist, nach Zerfallen des dritten die Erscheinung von Fig. 47 B.

Dieser Einwand lässt sich beseitigen, wenn man an den Figuren eine kleine Abänderung vornimmt, wie diess in Fig. 2 geschehen

Fig. 2.

ist. In dieser Form wird die Verschmelzung wohl jedem gelingen, vorausgesetzt, dass die Distanz b c klein genug gewählt wird. Man erblickt alsdann eine nach rückwärts ausspringende Pyramide, deren Spitze rechts von dem Mittelpunkte der Basis erscheint. Hier lässt sich nun genau auf dieselbe Art nachweisen, dass die mittleren Stücke der Diagonalen von L übersehen werden müssen, und dass nur die den vier Ecken benachbarten verschmolzen sein können.

Die Richtigkeit der bisher angestellten Betrachtungen lässt sich auch durch ein directes Experiment auf's anschaulichste erhärten, durch ein Experiment, welches uns in den Stand setzt, die übersehenen Stücke plötzlich aus dem Sehfelde auftauchen zu lassen.

Man kann diess dadurch erreichen, dass man mit einem male die eine der verschmolzenen Figuren in anderer Beleuchtung oder in anderer Farbe erscheinen lässt, während bei der anderen Alles ungeändert bleibt. Dabei ist es zweckmässig, die Verschiedenheit nicht zu gross zu wählen, damit in den vereinigten Theilen sich der Wettstreit der Sehfelder möglichst wenig geltend mache.

Am Besten habe ich diess auf folgendem Wege erreicht: Glasplatten wurden mit Stanniol beklebt, und dann die Figuren in der Weise ausgeschnitten, dass feine Stanniolstreifchen an der Stelle der Linien übrig blieben. Betrachtet man diese Figuren in einem gewöhnlichen Linsenstereoscope in durchfallendem Lichte, so erscheinen sie schwarz auf hellem Grunde. Beobachtet man nun bei verticaler Stellung des Instrumentes, also bei horizontaler Lage der Glasplatte, während man die Klappe, die dem auffallenden Lichte den Zugang gestattet, durch einen Schirm ersetzt, der sich leicht beliebig seitwärts verschieben lässt, und führt man eine solche Verschiebung nach der Seite wirklich in der Art aus, dass die eine der beiden Figuren im auffallenden Lichte glänzend erscheint, während die andere noch schwarze Linien auf hellem Grunde zeigt, so treten mit einem male die nicht verschmolzenen Theile der einen Figur glänzend neben den schwarzen Linien der anderen Figur auf. In den ursprünglich verschmolzenen Theilen macht sich der Wettstreit der Sehfelder mehr oder weniger geltend, je nachdem der Unterschied in der Beleuchtung grösser oder kleiner ist.

Dieses Auseinanderfallen der Sammelbilder hat mit jenem Vorgange, den man bei Schwankungen der Augenaxen beobachtet, durchaus keine Aehnlichkeit, man sieht kein Auseinandertreten der einzelnen Linien, sondern die Theile der einen Figur tauchen plötzlich neben denen der anderen aus dem Sehfelde auf.

Will man die Erscheinung recht präcis beobachten, so hat man wohl darauf zu achten, dass die Intensität des auffallenden Lichtes zu der des durchfallenden im richtigen Verhältnisse stehe, man hat deshalb vor Allem etwa in der Nähe eines Fensters die günstigste Stellung zu ermitteln.

Es ist selbstverständlich, dass der Geübte die Beobachtung ebensogut ohne Linsen anstellen kann, indem er das Stereoscopkästchen nach Entfernung der Gläser benützt.

Der Versuch lässt sich auch dahin abändern, dass man die Figuren aus einer vollständig mit Stanniol überzogenen Glasplatte in der Weise ausschneidet, dass sie im durchfallenden Lichte hell auf dunklem Grunde erscheinen. Bringt man alsdann nach gelungener Verschmelzung hinter eine derselben eine farbige Glastafel, so kann man in ähnlicher Weise wie oben die Linien der einen Figur neben denen der anderen auftauchen sehen. Doch macht sich hiebei der Wettstreit der Sehfelder in den wirklich verschmolzenen Theilen meist höchst störend merkbar.

Endlich kann man sich auch noch der folgenden höchst einfachen, jedoch nur für geübtere Beobachter empfehlenswerthen, Methode bedienen:

Man zeichnet die Figuren mit Tusche auf eine Glasplatte, und betrachtet sie nun mit dem Rücken gegen ein Fenster gekehrt. Dabei stelle man sich so, dass die eine der Figuren durch den Kopf beschattet ist, während die andere in dem vom Fenster auffallenden Lichte mattglänzend erscheint, und entziehe nun durch einen neben den Kopf gehaltenen Schirm auch der letzteren das Licht. Vereinigt man hierauf die beiden Zeichnungen stereoscopisch, so genügt es, den Schirm zu entfernen, um die Erscheinungen wie oben beobachten zu können.

Man ist durch diese Versuchsmethoden in den Stand gesetzt, sich davon zu überzeugen, wie bei dem Sammelbilde die beiden Figuren übereinandergelagert waren, und welche Theile übersehen wurden. Die Resultate, welche man durch diese Experimente erhält, stimmen genau mit den oben theoretisch abgeleiteten Sätzen überein. Es zeigt sich wirklich, dass bei dem ersten und zweiten Sammelbilde die entsprechenden Verticallinien zur Deckung gebracht waren, wie diess die oben erwähnte Fig. 47 A Hering's darstellt. Diese Figur wurde hier mit kleinen Abänderungen reproducirt (Fig. 3). Ich sehe nämlich auch nach dem Zerfallen die äussersten rechtsliegenden Theile der schiefen Linien doch noch verschmolzen; auch

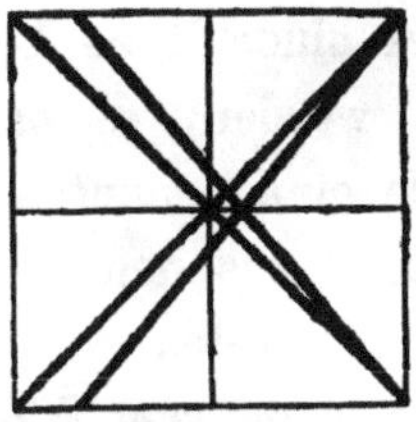

Fig. 3.

habe ich diejenigen Stücke, welche in den angegebenen Sammelbildern übersehen werden, punktirt gezeichnet, während die übrigen Linien ausgezogen sind.

Hatte man das dritte Sammelbild, so erblickt man nach dem Auseinanderfallen die Figuren in der Weise übereinander, wie es in Fig. 4 dargestellt ist.[1])

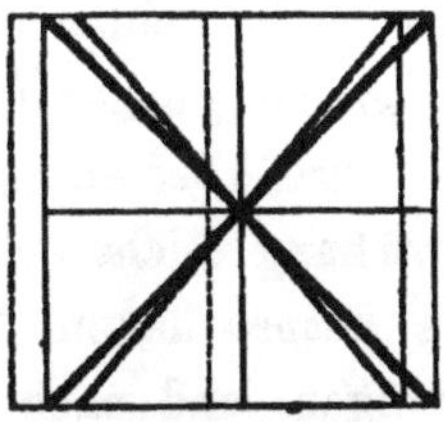

Fig. 4.

Was den von Wheatstone angegebenen Versuch betrifft, so kann man ihn mit den nämlichen Hülfsmitteln analysiren. Wenn ich den Winkel zwischen den beiden Linien so gross wähle wie Wheatstone, so ist mir eine stereoscopische Vereinigung überhaupt unmöglich, mache ich ihn jedoch hinreichend klein, so finde ich, dass eine solche auf zweierlei Weise zu Stande kommen kann.

Entweder werden die beiden starken Linien theilweise verschmolzen, und der Rest der einen übersehen, wobei dann nach dem Zerfallen die alleinstehende Gerade eine Richtung zeigt, welche zwischen jenen der beiden anderen liegt, oder es fallen zwar die verticalen Linien ihrer ganzen Länge nach aufeinander, aber die stärkere wird durch den binocularen Contrast verdrängt, während die feinere allein übrig bleibt. In dem letzteren Falle ist der stereoscopische Eindruck sehr schwach.

---

[1]) Vgl. Hering a. a. O. S. 105 Fig. 47 B.

Auf diese Wirkung des binoculären Contrastes muss hier besonderer Nachdruck gelegt werden, da er wahrscheinlich bei dem Uebersehen einzelner Theile eine bedeutende Rolle spielt; denn er muss sich überall da geltend machen, wo zwei theilweise verschmolzene Linien auseinander treten.

Ganz ähnlich wie mit dem von Wheatstone angegebenen Figurenpaare verhält es sich mit dem von Wundt herrührenden. Wenn eine Verschmelzung gelingt, was für mich nur bei einem geringeren Entfernungsunterschiede der äusseren Linien möglich ist, als sie von Wundt angewendet wurde, und bei grosser Verschiedenheit der Dicke dieser und der zwischenliegenden Geraden, so finde ich nach vorgenommener Beleuchtungsänderung entweder die zwei starken Linien des linken Bildes zwischen denen des rechten, oder es decken sich zwar die in beiden Figuren links liegenden Striche, aber dann fällt auch ein starker der einen Zeichnung auf den feinen der anderen und wird übersehen, was sich bei der jedenfalls eintretenden Contrastwirkung leicht erklären lässt.

Führe ich sämmtliche besprochenen Versuche mit den von Hering gegebenen Zeichnungen, und nach seinen Vorschriften aus, so gelange ich auch genau zu denselben Ergebnissen.

Kurz gefasst kommen wir mithin zu dem Resultate:

Wenn eine stereoscopische Vereinigung der fraglichen Figurenpaare gelingt, so sind dabei niemals die beiden Bedingungen erfüllt, unter welchen der Versuch allein beweiskräftig ist, sondern es gehen entweder einzelne Theile der Figuren im Wettstreite der Sehfelder dauernd unter, oder die Netzhautbilder jener Stücke, von denen man annehmen musste, dass sie genau auf sogenannt identische Punkte fielen, kommen in Wahrheit auf differente zu liegen.

Keiner der angebenen Versuche ist mithin im Stande den Beweis zu liefern, dass man auch mit sogenannt identischen Punkten doppelt sehen könne.[1])

[1]) Der Fall, wo zwei Punkte hintereinander erscheinen, ist dabei selbstver-

Der Verfasser unterlässt es vor der Hand, seine Auffassung des Princips von der Identität der Netzhäute zu entwickeln; in den nächsten Heften dieser Zeitschrift soll hierauf näher eingegangen werden.

Hier hatte er sich nur die Aufgabe gestellt, die Untauglichkeit der betrachteten drei Versuche für den von ihren Urhebern beabsichtigten Zweck nachzuweisen. Deshalb beanspruchen auch die Bemerkungen über die Art und Weise des Zustandekommens der stereoscopischen Wahrnehmung in den betrachteten Fällen durchaus nicht den Namen von Erklärungen, da sie nur im Hinblicke auf die Erreichung des zunächst gesteckten Zieles gemacht wurden.

---

ständlich ausgeschlossen, da man in diesem Sinne sogar mit einem und demselben Netzhautpunkte doppelt sehen kann. Vgl. Hering a. a. O. S. 120.

Ueber die Funktion der Kleider.

Von

Max Pettenkofer.

Kleidung und Wohnung gehören zu den wichtigsten Erfindungen, die der Mensch gemacht hat; sie allein machen es ihm möglich, in den verschiedensten Breitegraden zu leben, sich über die ganze Erde auszubreiten. Die Kleidung der Menschen ist schon vielfach Gegenstand ästhetischer, culturhistorischer und national-ökonomischer, industrieller und merkantiler Betrachtungen gewesen, aber die Naturwissenschaften haben sich bisher nur sehr wenig damit beschäftiget. Sowohl für die Physiologie, als auch für die praktische Medicin hat das Studium der Kleidung einen in die Augen fallenden Werth, in soferne diese Umhüllungen die Funktionen der natürlichen Körperoberfläche theilweise zu übernehmen bestimmt sind. Man möchte zwar denken, dass etwas Allen so nahe liegendes längst genug erforscht sei, aber bei näherer Betrachtung ergibt sich, dass wir auf die einfachsten Fragen über die naturwissenschaftliche Funktion der Kleider keine bestimmten Antworten zu geben vermögen, dass der Naturforscher und der Arzt darüber nicht mehr weiss, als was jedem Laien sein Gefühl sagt.

Der Mensch verfolgt mit der Kleidung allerdings verschiedene Zwecke, theils socialer, theils sittlicher, theils politischer und gewerblicher Natur, der Hauptzweck bleibt aber unter allen Umständen ein physiologischer, nämlich den Abfluss der Wärme aus unserm Körper damit zu regeln. Das Blut des gesunden Menschen behält stets die gleiche Temperatur von $37^1/_2{}^0$ C., er mag unter dem Aequator bei einer mittleren Temperatur von + 27°, oder in einer Polargegend bei einer mittleren Temperatur von — 16° leben. Während die Temperatur in der Umgebung des Eskimo und des Negers um 43° C. verschieden ist, hat das Blut beider doch die gleiche Temperatur.

Die Menge der im Organismus producirten Wärme hängt bekanntlich von der Menge und Beschaffenheit der organischen Stoffe ab, welche in einer bestimmten Zeit im Körper zur Verbindung mit Sauerstoff, zur Oxydation gelangen, sie kann ziemlich proportional dem aus der Luft verzehrten Sauerstoff angenommen werden. Die Menge und Beschaffenheit der Nahrung, im Vergleich mit der Menge und Beschaffenheit der Körpersubstanz, welche binnen eines bestimmten Zeitraumes genossen und umgesetzt wird, ist ein ziffermässiger Ausdruck für die Menge von Wärmeeinheiten, welche durch den Stoffwechsel in einer gegebenen Zeit frei werden. Der Organismus des Menschen und der höhern Thiere besitzt die Fähigkeit, innerhalb der gleichen Zeit sehr verschiedene Mengen Nahrung aufzunehmen und umzusetzen, in der Ruhe weniger, in der Bewegung mehr zu oxydiren, ohne dass die Temperatur des Blutes sich auch nur im mindesten änderte. Voit und ich haben gezeigt, dass der Organismus eines Fleischfressers in einem Falle 80 Gramm Kohlenstoff, in einem andern 240 Gramm binnen 24 Stunden zu Kohlensäure verbrannte. Im letzten Falle producirte das Thier dreimal mehr Wärmeeinheiten in derselben Zeit, als im ersten Falle, und doch blieb sich die messbare Temperatur des Körpers in beiden Fällen unter sonst gleichen Umständen gleich. Der Organismus muss desshalb die Fähigkeit besitzen, einmal mehr und einmal weniger Wärme nach aussen abfliessen zu lassen, um seine constante Temperatur bei so ungleicher Wärmeentwicklung im Innern zu bewahren. Die Ausgleichung und Regulirung erfolgt ohne Zweifel durch eine grössere oder geringere Verdunstung von Wasser in der eingeathmeten und in der den Körper umgebenden Luft.

Es gibt Krankheiten, in welchen die Temperatur des Blutes, und der innern Körpertheile überhaupt auf 40, ja selbst auf 42° C. steigt. Wenn solche Temperaturerhöhungen eintreten und längere Zeit anhalten, so ist die Hoffnung auf einen günstigen Ausgang der Krankheit nach der allgemeinen Erfahrung der Aerzte nur schwach.

Diese messbare Fieberhitze wird gewöhnlich, aber ganz mit Unrecht, als eine direkte Folge einer gesteigerten Verbrennung im Körper betrachtet, weil man öfter proportional der Heftigkeit des Fiebers einen grösseren Stoffumsatz gefunden haben will. Es soll nicht bestritten werden, dass z. B. ein Typhuskranker an Tagen mit heftigen Fiebererscheinungen in 24 Stunden mehr Harnstoff und auch mehr Kohlensäure ausscheidet, als an Tagen, wo das Fieber geringer ist, und es soll auch nicht bestritten werden, dass im Maasse des Stoffwechsels die producirten Wärmeeinheiten steigen und fallen: aber es ist jedenfalls ein fundamentaler Irrthum, wenn man das Steigen der messbaren Körperwärme von der Verbrennung einiger Gramme Eiweiss und Fett mehr ableiten wollte, nachdem man täglich beobachten kann, dass ein Gesunder zweimal so viel Substanz umsetzen, und damit zweimal so viel Wärmeeinheiten in seinem Körper erzeugen kann, als ein Kranker im heftigsten Fieber je vermag, ohne wie dieser eine erhöhte Körper- oder Blutwärme zu zeigen. Eine Erhöhung der letztern kann nur dadurch eintreten, dass die Mittel zur Ausgleichung und Regulirung des Wärmeabflusses nach aussen, worüber der Gesunde gebietet, dem Kranken nicht in erforderlichem Maasse zu Gebote stehen. Von diesem Standpunkte aus wird Jedermann zugeben, dass es eine wichtige und bedeutungsvolle Sache sei, den Einfluss der Bekleidung auf den Abfluss der Wärme aus dem menschlichen Körper genau kennen zu lernen.

Wir haben unsern Leib als einen in die Luft gestellten warmen und feuchten Körper zu betrachten. Solche Körper verlieren Wärme auf dreierlei Art: 1) durch Strahlung, 2) durch Leitung und 3) durch Verdunstung in der umgebenden Luft. Es wäre eine für den gegenwärtigen Stand unseres Wissens zu schwierige Frage, wie viele von den producirten Wärmeeinheiten ein bekleideter Mensch auf jedem dieser drei Wege unter verschiedenen Umständen verliert. Um die Antwort geben zu können, müssten wir vor Allem die Wärmeleitungsfähigkeit und das Ausstrahlungsvermögen der verschiedenen Kleidungsstoffe, den Luftwechsel durch dieselben auf der bekleideten Oberfläche des Körpers und die von der Haut abgegebene Wassermenge genau wissen.

Dadurch, dass wir die nerven- und gefässreiche Haut des Leibes bedecken, hindern wir sowohl die direkte Ausstrahlung der Wärme, als wir auch den Luftwechsel über die ganze Oberfläche verringern; wir bedingen somit einen geringern Wärmeverlust auf allen drei Wegen. Die von der Haut ausstrahlende Wärme wird von der darüber liegenden Kleidung, wozu kein diathermaner Stoff verwendet wird, absorbirt. Die Wärme, welche von der Haut ausstrahlen würde, muss erst durch das Kleid gehen, und kann erst von dessen Oberfläche wieder ausstrahlen. Der Durchgang der Wärme durch diese künstliche Haut hängt wesentlich von der Wärmeleitungsfähigkeit und der Masse des Kleidungsstoffes, und von dem Grade der Ausstrahlung von diesem ab. Die strahlende Wärme der Haut verweilt dadurch länger in der Nähe unseres Körpers, und erwärmt dadurch die den Körper unmittelbar umgebende Luft, deren Wechsel zwar nie aufgehoben werden darf, aber doch auf ein verhältnissmässig geringes Maass beschränkt werden kann, ohne unserm Befinden Eintrag zu thun.

Wenn wir das Bedürfniss fühlen, die Wärme noch langsamer aus der unmittelbaren Nähe unserer Körpertheile zu entlassen, so decken wir über die Oberfläche unseres Kleides, von welcher die Wärme in den Luftkreis ausstrahlt, abermals einen Stoff, ein zweites Kleid, welches die von der Oberfläche des ersten ausstrahlende Wärme abermals auffängt, und durch seine Masse hindurch nach der Oberfläche leitet. Auf diese Art wirkt ein Hemd, ein Rock, worüber wir nach Umständen noch einen Ueberrock und Mantel u. s. w. ziehen.

Die Wärme bleibt nicht in den Kleidern, sie geht nur schneller oder langsamer durch, und verweilt kürzer oder länger in der unsere nerven- und gefässreiche Haut unmittelbar umgebenden und stets wechselnden Luftschichte. Wir verlieren die Wärme bei Winterkälte aus unsern richtig gewählten Kleidern ohne jede Empfindung von Frost, weil wir den Ort, wo sich die grosse Differenz zwischen unserer Körperwärme und der kalten Luft ausgleicht, von unserer nervenreichen Haut weg in ein lebloses Stück Zeug verlegt haben, unsere Kleider werden kalt, sie frieren für uns. Genau so, wie die Kleider, verhalten sich die nervenlosen Gebilde der Haut der Thiere, Haare und Federn.

Die Wärmeleitungsfähigkeit eines Stoffes ist desshalb ein sehr wichtiger Faktor bei der Kleidung, und wir bedienen uns im Allgemeinen nur sogenannter schlechter Wärmeleiter. Ein exaktes Maass für diese Eigenschaft bei den einzelnen Stoffen besitzen wir leider noch nicht. Wir wissen wohl von manchen Metallen und Metalloxyden, wie sie die Wärme leiten, aber der Unterschied zwischen Zeugen aus Wolle, Seide, Leinwand, Baumwolle, Leder u. s. w. ist noch nicht ermittelt worden. Wissenschaftlich liegt kein Grund vor, wesshalb die Bestimmungen der Wärmeleitungsfähigkeit von Wollentuch und Leinwand weniger Interesse darbieten sollten, als von Silber und Kupfer oder von Bleioxyd und kohlensaurem Kalk. Dass die ersteren Bestimmungen von den Physikern noch nicht gemacht sind, hat wohl hauptsächlich zwei Gründe, erstlich hat sich bisher kein lebhaftes Bedürfniss nach ihnen geäussert und dann sind sie viel schwieriger zu machen, als bei so einfachen Körpern, wie z. B. Metallstücke sind. Der Physiker aber, welcher sich von den Schwierigkeiten nicht abschrecken lässt und uns nur einigermaassen vergleichbare Bestimmungen liefern wird, darf nicht nur des Dankes sicher sein, er wird dabei auch über die Fortpflanzung der Wärme viele neue Gesichtspunkte kennen lernen und aufzustellen im Stande sein.

Was diese Untersuchungen complicirt machen wird, ist der Umstand, dass die betreffenden Stoffe vermöge ihrer hygroskopischen Eigenschaften bald mehr, bald weniger Wasser enthalten und dass sich mit dem Wechsel im Wassergehalte auch das Wärmeleitungsvermögen und die Wärmecapacität der Stoffe ändert. Unser Gefühl sagt uns längst, dass bei kalter und feuchter Luft, bei sogenannter Nasskälte, unsere Kleider die Wärme besser leiten, als bei kalter und trockner Luft; wir sagen ganz richtig, dass die Nasskälte leichter durchdringe, d. h. dass die Wärme von unserer Körperoberfläche in Folge des erhöhten Wassergehaltes der Kleider sich schneller durch dieselben hindurch bewege.

Eine weitere Complication liegt darin, dass die Menge des hygroskopisch-gebundenen Wassers nicht bloss von dem relativen

Feuchtigkeitsgrade der Luft, sondern auch von der absoluten Temperatur abhängig ist, z. B.: Wolle in einer Luft, welche bei 0° bis zu 50 Procent mit Wasser gesättigt ist, nimmt ganz andere Mengen Wasser auf, als wenn sie in einer bis zu 50 Procent gesättigten Luft von 15° sich befindet.

Ich habe hierüber einige vorläufige Bestimmungen gemacht, nur um zu sehen, mit welchen Beträgen man ungefähr zu thun bekommt: sie haben sich grösser ergeben, als man von vorneherein annehmen möchte.

Zwei gleich grosse Stücke Leinwand und Flanell wurden bei 100° C. getrocknet und in einer gut schliessenden Blechbüchse gewogen. Sie wurden dann in verschieden temperirten Räumen der Luft ausgesetzt, und von Zeit zu Zeit wieder in die Blechbüchse eingeschlossen unter den nöthigen Vorsichtsmaassregeln gewogen. Es liessen sich dadurch die Aenderungen im Gewichte, d. i. in dem hygroskopisch gebundenen Wasser für Leinwand und Wolle, für diese beiden wichtigsten Kleidungsstoffe leicht verfolgen. Das Stück Leinwand wog bei 100° getrocknet 11.731 und der Flanell 10.649 Grammen. In der folgenden Tabelle findet sich eine Anzahl solcher Beobachtungen zusammengestellt.

Laufende Nummer.	Oertlichkeit	Temperatur	Zeitdauer	Gewicht der Stücke in Grammen.		Hygroskopisches Wasser auf 1000 Grmm.	
	der Beobachtung.			Leinwand	Flanell.	Leinwand.	Flanell.
		° C.					
1.	Keller	3.1	12 Stdn.	12.686	12.332	77	157
2.	Hörsaal	1.2	„ „	12.603	12.179	74	143
3.	Zimmer	19	„ „	12.231	11.453	41	75
4.	Laboratorium	12.2	„ „	12.468	11.771	63	105
5.	Keller	4.4	„ „	13.032	12.521	111	175
6.	Hörsaal	4.5	4 „	12.822	12.354	93	160
7.	„	4.5	8 „	12.804	12.232	91	148
8.	„	5.5	15 „	12.735	12.217	85	146
9.	Zimmer	21	10 Mintn.	12.591	11.862	73	113
10.	„	21	10 „	12.342	11.681	52	96

Laufende Nummer.	Oertlichkeit	Temperatur	Zeitdauer	Gewicht der Stücke in Grammen.		Hygroskopisches Wasser auf 1000 Grmm.	
	der Beobachtung.			Leinwand	Flanell.	Leinwand.	Flanell.
		° C.					
11.	Zimmer	21.5	10 Mintn.	12.267	11.579	45	87
12.	"	21.5	10 "	12.242	11.525	43	82
13.	"	20.5	15 "	12.233	11.483	42	78
14.	"	20	15 "	12.229	11.471	42	77
15.	"	19	30 "	12.218	11.454	41	75
16.	"	17	1 Stunde	12.238	11.461	43	76
17.	"	16.5	2 "	12.258	11.469	45	77
18.	"	15.5	2½ "	12.271	11.487	46	78

Was vor Allem auffällt, ist die viel grössere hygroskopische Eigenschaft der Schafwolle gegenüber der Leinwand. Unter den verschiedenen Umständen bleibt die hygroskopische Menge Wasser in der Wolle fast nochmal so gross, als sie gleichzeitig in der Leinwand ist.

Was ferner sofort auffällt, ist, dass die Leinwand ihren hygroskopischen Wassergehalt schneller, in einer steileren Curve ändert, als die Wolle. Die Beobachtungen 5 — 8 lassen diess erkennen. Die beiden Stücke Wolle und Leinwand lagen 12 Stunden im Keller, dann befanden sie sich unmittelbar darnach 4 Stunden in einem unbeheizten Hörsaale, binnen welcher Zeit die Leinwand 18, die Wolle 15 pro mille Wasser verlor. In den nächsten 3 Stunden verlor die Leinwand nur mehr 2, die Wolle hingegen noch 12 pro mille, in den darauffolgenden 15 Stunden (bis zum nächsten Tage) nahm die Leinwand noch um 6, die Wolle um 2 pro mille ab.

Als die Stoffe vom unbeheizten Hörsaale in ein beheiztes Zimmer gebracht wurden (Beobachtungen 9 bis 15), zeigte sich das gleiche Verhalten, die Leinwand hört viel rascher auf, Wasser abzugeben, als die Wolle. Ebenso zeigt sich von der Beobachtung 15 bis 18, wo die Temperatur im Zimmer von 19 auf 15½ Grade stetig sank, dass die Leinwand rascher an Gewicht zunimmt, als die Wolle. Unter den gleichen Umständen und in derselben Zeit nahm die Leinwand um 5, die Wolle nur um 3 pro Mille zu.

Auf die hygroskopisch gebundene Menge Wasser in unsern Kleidungsstoffen hat nicht bloss die Temperatur, sondern auch der relative Feuchtigkeitsgehalt der Luft Einfluss, und den letztern habe ich bei diesen vorläufigen Versuchen noch gar nicht berücksichtiget, wesshalb noch manche Anomalien in der vorausgehenden Tabelle erscheinen. — Meine Beobachtungen sollen nur darauf hinweisen, dass der Gegenstand einer genaueren Untersuchung bedarf und derselben würdig ist.

Die verhältnissmässig schnellere hygroskopische Arbeit der Leinwand scheint mit der grösseren Wärmeleitungsfähigkeit in Zusammenhang zu sein. Die raschere Verdunstung tritt nicht bloss bei dem hygroskopisch condensirten Wasser hervor, sie ist auch bei benetzten Stücken Leinwand und Wolle nachzuweisen. Von einer benetzten Fläche Leinwand verdunstet das Wasser schneller als von einer gleichen Fläche Flanell. Die folgende Tabelle bringt auch hiefür Belege. Die beiden Stücke Leinwand und Flanell, die zu den vorigen Beobachtungen gedient haben und deren Gewicht bei 100° C. getrocknet bereits angegeben ist, wurden in Wasser getaucht, darnach mehrmals kräftig ausgerungen, bis sich keine Tropfen mehr auspressen liessen, und dann in der Blechbüchse eingeschlossen in bestimmten Zwischenräumen gewogen.

Laufende Nummer.	Oertlichkeit	Temperatur	Zeitdauer	Gewicht der nassen Stücke in Grammen.		Gewicht des Wassers auf 1000 Gramm Zeug.		Absolute Menge des verdunsteten Wassers in Grammen.	
	der Beobachtung.			Leinwand.	Flanell.	Leinwand	Flanell.	Leinwand.	Flanell.
		° C.							
1.	Zimmer.	21	—	20.411	20.381	740	918	—	—
2.	"	20	15 Mintn.	17.841	18.132	521	701	2.570	2.249
3.	"	20	30 "	16.193	17.078	380	603	1.648	1.054
4.	"	19.5	30 "	14.418	15.523	229	457	1.775	1.555
5.	"	19	30 "	12.899	13.937	99	309	1.519	1.586
6.	"	19	30 "	12.383	12.720	55	194	0.516	1.217

Um was sich eine Fläche Leinwand leichter benetzt, als eine gleich grosse Fläche Wolle, um das trocknet sie auch leichter. Nach dem Ausringen hielt die Leinwandfläche 8,68, die Wollfläche 9.73 Gramm Wasser zurück, oder — die Leinwand auf 1000 Gewichtstheile 740, die Wolle 913 Gewichtstheile Wasser —, und doch verdunsteten in den ersten 75 Minuten von 1000 Theilen Leinwand 511 und von 1000 Theilen Wolle nur 456 Wasser. Noch auffallender wird das Verhältniss, wenn man untersucht, wie viel von gleichen Flächen benetzter Zeuge in gleichen Zeiten verdunstet. Da ergibt sich (siehe letzte Columne), dass in den ersten 75 Minuten von der Leinwand 5.993 Grammen, von der gleichgrossen Fläche Wolle nur 4.858 Grammen Wasser verdunsteten. Dafür sinkt aber dann in späteren Zeiträumen die verdunstete Wassermenge bei der Leinwand sehr rasch, während sie bei der Wolle noch lange ziemlich gleichmässig fortgeht. Die in den letzten 30 Minuten von der Leinwand verdunstete Wassermenge (0.516) verhält sich zu der in den ersten 15 Minuten verdunsteten (2.570) = wie 1 : 4.99, während die betreffende Verhältnisszahl für Wolle = 1 : 1.84 sich ergibt.

Aus diesem Verhältnisse geht klar hervor, um wie viel leichter man sich in nasser Leinwand, als in nasser Wolle erkältet. Dieser Unterschied wird schon dem blossen Gefühle sehr deutlich wahrnehmbar, wenn man ein Stück Leinwandzeug und ein Stück Wollzeug durchnässt, und beide einige Minuten an der Luft liegen lässt. Die nasse Leinwand fühlt sich viel kälter an, als die nasse Wolle.

Man könnte nun denken, dass dieses Gefühl grösserer Kälte nicht von der absolut niedrigern Temperatur der Leinwand, sondern nur von einem bessern Wärmeleitungsvermögen herrühre, ähnlich, wie sich gleich warme Flächen von Metall und Holz ungleich warm anfühlen. Es lässt sich übrigens leicht nachweisen, dass nasse Leinwand wirklich eine niedrigere Temperatur annimmt, als ein nasses Stück Wolle. Wenn man eine Glasröhre (etwa 1/2 Meter lang und 1 1/2 Centimeter im Durchmesser), die an einem Ende geschlossen, am andern mit etwa 2 Millimeter weiten und am Ende offenen, rechtwinklig gebogenen Glasröhre verschmolzen ist, so in einem Stative befestiget, dass die grössere Röhre horizontal frei in der Luft liegt, und der offene Schenkel der kleinen Röhre nach abwärts gerichtet in eine gefärbte Flüssigkeit taucht, so steigt die Flüssigkeit in dem Schenkel der engen viel schneller und höher, wenn man die horizontale grössere Röhre mit nasser Leinwand, als wenn man sie mit nasser Wolle bedeckt. Die in der horizontalen Glasröhre eingeschlossene Luft wird durch Auflegen von nasser Leinwand augenscheinlich schneller und mehr erkältet, sie friert mehr, als von nasser Wolle. Der Versuch gelingt am augenfälligsten, wenn man zwei solcher Apparate von gleichem Kaliber aufstellt, und die grösseren horizontalen Röhren gleichzeitig die eine mit nasser Wolle, die andere mit einem gleich grossen Stücke Leinwand oder anderen Zeugen bedeckt. Zur Controle kann man wechseln, indem man die Leinwand auf die Röhre legt, auf welcher die Wolle lag u. s. w.

Grosse Unterschiede zeigen unsere Kleidungsstoffe auch noch in Beziehung auf den grösseren oder geringeren Widerstand, welchen sie dem Durchdringen der Luft entgegensetzen. Unser Leib hat das Bedürfniss, beständig von einer wechselnden Luftschichte umgeben zu sein; denn wir müssen beständig Wasser von der Oberfläche unseres Körpers verdunsten. Luftdichte Zeuge werden uns namentlich bei Bewegung, wo die Perspiration zunimmt, für die Dauer unerträglich, trotzdem dass ihre Form der Luft an vielen Punkten Zutritt gestattet. So ein Mackintosh-Rock ist unten und oben und an den Aermeln offen, er hindert nur den seitlichen Durchgang der Luft, und wie leicht wird er uns lästig, selbst bis zur Unerträglichkeit. So lange die Luft nicht wärmer ist, als das Blut, ist jeder menschliche Körper Veranlassung zu einem aufsteigenden Luftstrome. Der Strom ist so bedeutend, dass er durch ein empfindliches Combes'sches Anemometer angezeigt wird. Wenn man eines dieser von Neumann gefertigten Instrumente in der ruhigen Luft eines Zimmers ganz einfach in einen Winkel zwischen Oberrock und Weste hält, so bewegen sich die Windflügel des Instrumentes, bei kalter Luft schneller, bei warmer Luft langsamer. In so ferne nun unsere Kleider nicht luftdicht schliessen, muss die in denselben und die unmittelbar auf der Oberfläche unseres Körpers befindliche Luft gleichfalls an dieser Bewegung Antheil nehmen, und die Vorstellung von ruhenden Luftschichten in unsern Kleidern, die bisher allgemein gegolten hat, erweist sich als ein Irrthum, sobald man sie durch Thatsachen zu beweisen sucht.

Jede Bedeckung unseres Körpers verlangsamt natürlich den Zutritt der Luft zur Oberfläche desselben; dass aber der Unterschied, in welchem unsere Kleidungsstoffe einen grösseren oder geringeren Luftzutritt gestatten, für unser Gefühl ein ziemlich untergeordnetes Moment sein müsse, ergibt sich am schlagendsten daraus, wenn man den Widerstand misst, welchen die einzelnen Stoffe der Luft entgegensetzen. Da findet man, dass gerade jene Stoffe, in welche wir uns erfahrungsgemäss am wärmsten kleiden, der Luft den leichtesten Durchgang gestatten. Guter Flanell lässt z. B. unter gleichen Umständen fast nochmal so viel Luft durch, als mittelfeine Leinwand.

Versuche, um vergleichbare Zahlen über die verschiedene Durchgängigkeit der Zeuge für Luft zu erhalten, können auf folgende Art angestellt werden. Man wählt mehrere Glasröhren aus, denen man an einem Ende Allen den gleichen lichten Durchmesser (etwa von 1 Centimeter) gibt. Man schneidet dann aus den Zeugen, welche man untersuchen will, kreisrunde Stücke aus, die um so viel grösser sind, als der Durchmesser der Röhre, dass sie noch über die Röhre gezogen und festgebunden werden können. Wenn das Zeug aufgebunden ist, wird der am Glas anliegende Theil mit Klebwachs überzogen, und der Theil des Zeuges, welcher über das Lichte der Röhre gespannt ist, davon freigelassen. Auf diese Art erhält man gleiche Querschnitte verschiedener Zeuge, und man kann nun untersuchen, wie viel Luft aus einem Gasometer in gleichen Zeiten und unter gleichem Drucke durch diese Röhren entweicht, je nachdem sie mit Wolle, Leinwand, Seide oder Leder etc. verschlossen sind. Am leichtesten ist der Versuch auszuführen, wenn man diese so vorbereiteten Röhren auf einen Gasmesser setzt, wie er zu photometrischen Bestimmungen in jeder Gasfabrik angetroffen wird. Da genügt die Beobachtung während einer Minute, um übereinstimmende und vergleichbare Resultate zu erhalten.

Auf diese Art habe ich gefunden, dass in einer Minute und unter einem Drucke von 4.5 Centimeter Wassersäule durch eine kreisrunde Fläche von 1 Centimeter Durchmesser folgende Mengen Luft durch verschiedene Zeuge gingen:

durch	Leinwand	6.03	Liter
„	Flanell	10.41	„
„	Bockskin	6.07	„
„	Weissgares Handschuhleder	0.15	„
„	Saemisches „	5.37	„
„	Seidenzeug	4.14	„

Man sieht daraus sofort, dass ein Kleid luftig und dennoch warm sein kann, und dass es hier viel mehr auf Wärmeleitungsfähigkeit und andere Eigenschaften des Stoffes, als auf das Mehr oder Weniger Luft, welches er durchlässt, ankommt. Leinwand und Bockskintuch lassen nahezu gleiche Mengen Luft durch — aber um wie viel hält letzteres wärmer als ersteres. Das sämische (Wasch-) Leder gibt angenehm warme Handschuhe und Hosen, während ein Handschuh von Glacé-Leder erfahrungsgemäss viel weniger warm hält, obschon er nur den fünfzigsten Theil Luft durchlässt.

Wenn man eine solche Röhre mit einer doppelten Lage Leinwand anstatt mit einer einfachen bespannt, so sinkt die durchgehende Luftmenge nicht um die Hälfte, sondern höchstens um ein halbes Liter herab, von 6 Liter auf $5^1/_2$.

Wenn man der Seide eine Lage kartätschter Baumwolle unterlegt, wenn man die Seide mit Watte füttert, so weiss Jedermann, um wie viel wattirte Seide wärmer hält, als blosser Seidenzeug: und doch zeigt das Experiment keinen Unterschied zwischen den Luftmengen, welche durch einen einfachen und einen wattirten Seidenzeug gehen.

Das schlagendste Experiment dafür, dass es bezüglich des Warmhaltens weniger auf das Abhalten der Luft, als auf andere Momente ankommt, ist wohl folgendes. Man nimmt die mit einfacher Leinwand bespannte Röhre, die in 1 Minute 6 Liter Luft durchlässt, taucht den Finger in Wasser und benetzt damit die Leinwand, bis sie nichts mehr einsaugt. Nun schliesst sie so luftdicht, dass in der ersten Minute nicht 10 Cubikcentimeter durchgehen. Erst in dem Maasse, als die Leinwand wieder trocknet, wird sie wieder durchgängiger für die Luft. Und wie kalt berührt uns nasse Leinwand, trotzdem, dass sie die Luft fast vollständig wie Mackintosh abschliesst! —

Unsere Kleider brauchen den Strom der Luft über unserer Körperoberfläche nicht weiter zu mässigen, als bis zu dem Grade, bei welchem die Nerven die Luft nicht mehr als bewegten Körper empfinden, welchen Grad wir mit Windstille bezeichnen, der aber nichts weniger als eine Bewegungslosigkeit der Luft ist. Wenn wir im Freien Windstille annehmen, beträgt die Geschwindigkeit der Luft immerhin noch mindestens einen halben Meter in der Sekunde.

Wir befinden uns in unsern Kleidern, wie wenn wir nackt in der windstillen freien Atmosphäre bei einer Temperatur von 24 bis 30° C. wären. Mit der Wärme, welche von der nackten Körperoberfläche nicht weiter benützt ausstrahlt, und welche bei der Anwendung der Bekleidung an der Ausstrahlung gehindert, von den Kleidungsstoffen aufgenommen und längere Zeit zurückgehalten wird, heizen wir die beständig durch die Maschen und Poren der Zeuge wechselnde Luft. Unsere Kleider sind einer calorischen Maschine oder einem Ofen vergleichbar, der von der Abhitze unseres Körpers geheizt wird, damit er die über unsere Körperoberfläche sich bewegende und dieselbe zunächst umgebende Luftschichte heize. Von diesem Wärmeverlust der Kleider an die durchziehende Luft haben wir aus dem Grunde keine Empfindung, weil sich die Nerven unserer Haut nicht in die Substanz der Kleider fortsetzen; wir verlegen eben durch die Bekleidung den Ort der Ausgleichung von Wärme und Kälte von unserer empfindsamen Haut weg in ein fühlloses Stück Zeug, und dieses mag für uns die Kälte ausstehen.

Um eine beiläufige Vorstellung von dem Betrag und der Bedeutung der Kleidung bei dem verschiedenen Wechsel der Temperatur und der Feuchtigkeit der Luft und der Wärmeabgabe unseres Körpers zu erhalten, genügt es, das Gewicht unserer Gesammtkleidung zu beachten. Ein nach gegenwärtiger Mode gekleideter Mann hat, wie er im Winter etwa bei 0° auf die Strasse geht, 12 bis 14 Zollpfunde (6 bis 7 Kilogr.) Kleider am Leibe, während seine Sommerkleider 5 bis 6 Pfund schwer sind. Der Winteranzug einer Dame hat nahezu das gleiche Gewicht, wie der des Mannes und der Sommeranzug einer Dame in unserm Klima ist gewöhnlich 6 bis 6½ Pfd. schwer. Die Männer entbehren auch im Sommer selten gänzlich die wollenen Stoffe, während die Damen zu dieser Zeit wesentlich in Leinen, Baumwolle und Seide gekleidet sind, wesshalb ihr Sommeranzug etwas mehr Masse haben muss, um sie vor Erkältungen zu schützen. Wenn man das Gesammtgewicht der Kleider in Beziehung zu den Funktionen derselben bedenkt, so ergeben sich beachtenswerthe quantitative Gesichtspunkte. Wenn wir z. B. nasse Füsse im Freien bekommen, und gehen dann in ein warmes Zimmer mit trockner Luft, so hebt eine bedeutende Verdunstung an. Wenn man an der Fussbekleidung nur 3 Loth Wolle durchnässt hat, so erfordert das Wasser darin so viel Wärme zu seiner Verdunstung, dass man damit ½ Pfd. Wasser von 0 bis zum Sieden erhitzen, oder mehr als ½ Pfd. Eis schmelzen könnte. So gleichgiltig manche Menschen gegen durchnässte Füsse sind, so sehr würden sie sich sträuben, wenn man ihre Füsse zum Erhitzen einer der Verdunstungskälte äquivalenten Menge Wasser oder zum Schmelzen einer äquivalenten Menge Eis in Anspruch nehmen wollte.

Es gäbe noch viel zu erwähnen, — z. B. über Farbe und Form, und Reihenfolge der Kleidungsstücke, über das Bett, welches zu den unentbehrlichsten Kleidungsstücken für Gesunde und Kranke gehört, aber ich begnüge mich, einstweilen daran erinnert zu haben, dass unsere Kleider eine physiologische Bedeutung haben. Sie sind die Waffen, mit denen der Mensch gegen die Atmosphäre kämpft, mit denen er sich den Luftkreis unterthan macht. Jeder ordentliche Mensch hat desshalb auch einen natürlichen, instinktiven Zug der Liebe und Sorgfalt für seine Gewänder, wie der Soldat für seine Waffen, wie der Jäger und Fischer für seine Geräthe, wie der Reiter für sein Pferd. Der tätowirte Wilde, der nackt seinen Kampf mit der Atmosphäre besteht, schmückt seine Haut mit verschiedenen Zeichen und Farben, und so schmückt der civilisirte Mensch aus einem natürlichen Drange seine Kleidung, wie er seine Wohnung schmückt. Wir dürfen aber nie vergessen, dass die Form oder Mode nie die Herrschaft über den Zweck erringen darf, dass die Ziererei sich nicht zu sehr auf Kosten des Zweckes geltend machen darf, gegen welches Gebot nicht nur die Schneider, sondern auch die Architekten hie und da sündigen. Wenn wir die physiologischen Funktionen der Kleidung und Wohnung, dieser beiden Hauptwaffen zum Kampfe mit der Atmosphäre, noch näher kennen werden, als jetzt, dann werden sich wie von selbst aus der gewonnenen theoretischen Einsicht allmälig auch neue äussere Formen entwickeln, die sich zu den bisherigen vielleicht so verschieden in ihrem Aussehen zeigen, als eine Turbine gegenüber einem oberschlächtigen Wasserrade, und auch diese Formen wird der dem Menschen eingeborne Schönheitssinn gefällig zu machen lernen.

Ueber den Einfluss des Glaubersalzes auf den Eiweiss-Umsatz im Thierkörper.

Von

Carl Voit.

(Unter Mitwirkung von Ludwig Riederer und stud. med. Jac. Klein.)

J. Seegen hat im vorigen Jahre eine Reihe von ausgedehnten Untersuchungen: „über den Einfluss des Glaubersalzes auf einige Faktoren des Stoffwechsels,“ veröffentlicht,[1]) die ihn unter Anderm zu dem Schlusse führten, dass durch die Glaubersalzeinnahme der Umsatz der stickstoffhaltigen Stoffe im Thierkörper ansehnlich herabgesetzt werde.

Es waren zwei Gründe, welche mich bestimmten, diese Angabe zu prüfen. Ich[2]) habe früher die Wirkung des Kochsalzes auf die Stickstoffausscheidung untersucht und bei Darreichung dieses Salzes in grössern Gaben (5—20 Gmm.) mit aller Sicherheit eine geringe Vermehrung dieser Ausscheidung (um 5 %) dargethan; es war mir daher höchst auffallend, dass ein anderes neutrales Natronsalz in sehr geringer Gabe (2 Gmm.) eine bedeutende Verminderung des Stickstoffumsatzes (bis zu 24 %) zur Folge haben sollte; verhielte sich die Sache in der That auf diese Weise, so hätte das Bild, das ich mir nach meinen jetzigen Erfahrungen von den Vorgängen der Zersetzung der eiweissartigen Stoffe gemacht habe, eine andere Gestalt annehmen müssen; ich hatte daher alle Ursache, mich genau über diese Angelegenheit zu unterrichten.

---

[1]) Sitz.-Ber. der k. k. Acad. Bd. 49. 1864.

[2]) Untersuchungen über den Einfluss des Kochsalzes u. s. w. 1860.

Zum Andern aber bin ich bei der Entwicklung der Methode dieser Untersuchungen zu sehr betheiligt, als dass ich es unterlassen durfte, da wo dieselbe unrichtig angewendet wird, darauf aufmerksam zu machen; es stünden sonst in Bälde die Ergebnisse unserer mühevollen und langwierigen Arbeiten auf dem Spiele. Je mehr ich erkenne, welche reiche Ausbeute für viele Kräfte die eingeschlagene Richtung eröffnet, um so mehr scheint es mir geboten, in der ersten Zeit die falschen Wege zu bezeichnen; denn man kann noch nicht das Urtheil darüber getrost Andern überlassen, da nur Wenige bis jetzt sich eingehend und selbständig mit diesen Fragen befasst haben und die Mehrzahl noch kein Verständniss dafür hat, wie man es angehen muss, um hier sichere Resultate zu erhalten. Ich glaube durch eine genaue Nach-Untersuchung und ruhige Betrachtung von Beispielen, wie das vorliegende, besser als durch alles Andere zeigen zu können, was man dabei zu thun und zu unterlassen hat.

Es wurden bei den Uebungen der Studirenden in meinem Laboratorium zwei Reihen mit Glaubersalzeinfuhr am Hunde ausgeführt; bei der einen, während der das Thier eine ausreichende Menge reinen Fleischs erhielt, betheiligte sich vorzüglich Herr L. Riederer, bei der zweiten, mit Fütterung einer kleinen Quantität Fleischs und entsprechendem Fettzusatz, Herr J. Klein.

Ich brauche nicht anzugeben, dass die Cautelen, welche ich bei Besprechung der Methode der Untersuchung in dieser Zeitschrift ausführlich auseinandersetzte, aufs Sorgfältigste beachtet wurden; es ist desshalb unnöthig, hier nochmals diese Verhältnisse zu berühren. Ich gehe gleich zur Beurtheilung der Versuchsreihen selbst über.

I. Reihe. 4. — 31. Mai 1864.

Ich gab dem Hund zuerst eine grössere Menge reinen Fleisches, weil dabei am leichtesten eine Ersparung und ein Ansatz von Fleisch, wie es Seegen nach Glaubersalzgebrauch gefunden haben will, eintreten kann. Es wurden täglich 1500 Gmm. Fleisch gereicht, bis der Körper sich damit ins Stickstoffgleichgewicht (108 $\overset{+}{\mathrm{U}}$) gesetzt hatte, da nur in diesem Fall eine Aenderung in der Stickstoffausscheidung als Folge einer neuen Bedingung, also hier des Glaubersalzes, betrachtet werden kann. Nachdem das Stickstoffgleichgewicht eingetreten war und während 4 Tagen bestanden hatte, wurden zur gleichen Nahrung während 8 Tagen je 3 Gmm. trocknes Glaubersalz zugesetzt, um die Wirkung desselben zu prüfen; darauf folgten zum abermaligen Vergleich 5 Tage ohne Darreichung des Salzes, denen sich wieder 6 Tage mit Salzfütterung anreihten. Es wurden unter diesen Umständen nachstehende Zahlen erhalten.

Datum 1864.	Körper-Gewicht in Gmm.	Glaubersalz in Gmm.	Gesoffenes Wasser in c. c.	Harn in Gmm.	Harnstoff in Gmm.	Koth in Gmm.	
						frisch.	trocken.
Mai 4.	31780	—	500	1265	82.4	—	—
„ 5.	32150	—	446	1339	100.9	—	—
„ 6.	32430	—	497	1517	105.0	—	—
„ 7.	32570	—	500	1342	104.9	—	—
„ 8.	32880	—	420	1318	107.9	—	—
„ 9.	33150	—	490	1287	107.1	—	—
„ 10.	33490	—	306	1269	107.4	216.5	94.2
„ 11.	33420	—	455	1261	108.1	—	—
„ 12.	33670	3	488	1363	103.6	—	—
„ 13.	33930	3	332	1278	104.3	—	—
„ 14.	34120	3	492	1358	107.1	—	—
„ 15.	34330	3	449	1425	114.0	—	—
„ 16.	34430	3	500	1388	110.3	—	—
„ 17.	34490	3	285	1315	108.4	—	—
„ 18.	34380	3	237	1234	107.9	220.3	86.9
„ 19.	34080	3	500	1251	110.0	—	—
„ 20.	34250	—	240	1164	109.1	—	—
„ 21.	34200	—	500	1198	110.3	—	—
„ 22.	34320	—	492	1298	112.4	—	—
„ 23.	34470	—	337	1223	106.2	—	—
„ 24.	34650	—	288	1307	109.6	—	—
„ 25.	34570	3	190	1276	107.8	—	—
„ 26.	34610	3	304	1416	109.3	—	—
„ 27.	34610	3	147	1331	108.4	—	—
„ 28.	34560	6	225	1347	106.1	—	—
„ 29.	34540	6	492	1374	109.1	—	—
„ 30.	34760	6	294	1334	108.5	345.3	96.3
„ 31.	34380	—	—	—	—	107.0	13.3

Zerlegen wir zunächst die 4 Abschnitte dieser Reihe so, dass man die Stickstoff-Einnahmen und Ausgaben leicht übersehen kann, so ergeben sich für Jede folgende Mittelwerthe:

	N der Einnahmen	N im Harn	N im Koth	N der Ausgaben	N der Einnahmen im Tag	N der Ausgaben im Tag	Differenz auf 100 Grm. N
1) 4 Tage ohne Salz	204.0	200.9	2.4	203.3	51.0	50.8	— 0.3
2) 8 Tage mit Salz	408.0	404 0	4.7	408.7	51.0	51.1	+ 0.2
3) 5 Tage ohne Salz	255.0	255.6	2.9	258.5	51.0	51.7	+ 1.4
4) 6 Tage mit Salz	306.0	303.0	3.5	306.5	51.0	51.1	+ 0.2

In den zwei Reihen ohne Glaubersalz befand sich der Stickstoff der Einnahmen und Ausgaben völlig im Gleichgewicht, es hätte sich daher die kleinste durch das Glaubersalz hervorgebrachte Aenderung im Eiweissumsatz sofort anzeigen müssen. Es blieb aber ohne irgend eine wesentliche Schwankung der einmal eingetretene Gleichgewichtszustand bestehen, gleichgültig, ob Salz genommen wurde oder nicht.

Eine zweite Tabelle wird die übrigen Verhältnisse dieser Reihe darlegen:

	Wasseraufnahme im Tag	Harn im Tag	durch Haut und Lungen im Tag	Aenderung im Körpergewicht im Tag
1) ohne Salz	418	1284	382	+ 229
2) mit Salz	410	1324	489	+ 74
3) ohne Salz	371	1238	569	+ 26
4) mit Salz	275	1346	408	+ 10

Es ergiebt sich auch daraus nichts für die Glaubersalzperioden Charakteristisches. Am gleichmässigsten bleibt wie immer die Nierensekretion, die bei Darreichung des Glaubersalzes etwas stärker ausfällt, wie ich es auch schon früher beim Kochsalz gesehen habe. Der Körper des Thiers nahm fortwährend an Gewicht zu, im Anfang bedeutend, zuletzt nur mehr sehr wenig. Der Hund hatte nämlich vor dem 4. Mai 10 Tage gehungert und 7 Tage eine ganz ungenügende Fleischnahrung erhalten; da aber aller Stickstoff der Nahrung ausgeschieden wurde, so konnte der Ansatz nur aus Wasser oder aus vom Fleisch sich abspaltendem Fett bestehen.

II. Reihe. 4. — 24. November 1864.

Da Seegen seine Hunde mit kleinern Fleischmengen unter Zusatz von Fett (meist mit 500 Gmm. Fleisch und 100 Gmm. Fett) gefüttert hatte, so schloss ich der vorigen Reihe noch diese zweite an, bei der das Thier ebenfalls täglich 500 Gmm. Fleisch und 100 Gmm. Fett als Nahrung erhielt. Auch hier wurde zuerst abgewartet, bis das Gleichgewicht im Stickstoff der Einnahmen und Ausgaben (35.6 $\overset{+}{U}$) eingetreten war und dann 6 Tage dasselbe erhalten; darauf folgten 8 Tage bei derselben Nahrung mit Zusatz von je 3 Gmm. Glaubersalz und endlich wieder 4 Tage ohne dasselbe.

Datum 1864.	Körpergewicht in Gmm.	Glaubersalz in Gmm.	Gesoffenes Wasser in c. c.	Harn in Gmm.	Harnstoff in Gmm.	Koth in Gmm. frisch.	Koth in Gmm. trocken.
Nov. 4.	36170	—	188	448	37.1	—	—
„ 5.	36090	—	123	420	36.3	104.0	—
„ 6.	35810	—	7	406	35.6	—	—
„ 7.	35640	—	365	428	34.6	—	—
„ 8.	35760	—	—	414	35.0	75.4	25.8
„ 9.	35380	—	152	383	33.5	—	—
„ 10.	35360	—	150	400	34.5	—	—
„ 11.	35310	—	240	416	35.6	—	—
„ 12.	35350	3	334	480	35.6	—	—
„ 13.	35400	3	131	410	34.7	173.3	55.1
„ 14.	35140	3	88	457	35.9	—	—
„ 15.	35040	3	267	401	34.2	—	—
„ 16.	35100	3	167	461	34.9	—	—
„ 17.	35050	3	118	423	34.6	108.9	36.7
„ 18.	34810	3	298	431	34.8	—	—
„ 19.	34940	3	150	429	35.1	—	—
„ 20.	34910	—	115	403	34.6	—	—
„ 21.	34920	—	85	408	34.5	—	—
„ 22.	34870	—	—	387	34.1	184.4	63.4
„ 23.	34570	—	63	399	35.6	—	—
„ 24.	34480	—	—	—	—	39.1	15.9

Auf die 20 Versuchstage fielen 196.9 Gmm. trockener Koth, der aus 74.8 Gmm. Fett und 122.1 Gmm. reinem Fleischkoth mit

6.5 % Stickstoff bestand.[1]) Auf einen Tag treffen also 6.1 Gmm. reiner Fleischkoth mit 0.4 Gmm. Stickstoff.

Bei Betrachtung der Stickstoff-Einnahmen und Ausgaben der 3 Abschnitte dieser Reihe zeigt sich Nachstehendes:

	N der Einnahmen	N im Harn	N im Koth	N der Ausgaben	N der Einnahmen im Tag	N der Ausgaben im Tag	Differenz auf 100 Gmm. N
1) 6 Tage ohne Salz	102.0	97.5	2.4	99.9	17.0	16.7	— 2.1
2) 8 Tage mit Salz	136.0	130.6	3.2	133.8	17.0	16.7	— 1.6
3) 4 Tage ohne Salz	68.0	64.9	1.6	66.5	17.0	16.6	— 2.2

Auch in dieser Reihe ist trotz des Gleichgewichts des Körpers mit dem Stickstoff der Nahrung nicht die mindeste Aenderung in dem Eiweissumsatz durch den Zusatz von Glaubersalz wahrzunehmen.

Folgende Zusammenstellung wird die anderweitigen Verhältnisse im Körper während dieser Reihe erläutern:

	Wasseraufnahme im Tag	Harn im Tag	durch Haut und Lungen im Tag	Aenderung im Körpergewicht im Tag
1) ohne Salz	152	403	400	— 91
2) mit Salz	194	436	380	— 47
3) ohne Salz	66	399	328	— 96

Darnach steht weder die Aenderung des Körpergewichts, noch die Gesammtausscheidung durch Haut und Lungen in näherer Beziehung zur Einnahme des Glaubersalzes; bei letzterer nahm aber das Thier etwas mehr Wasser auf und der Harn wird wie bei der ersten Reihe in etwas grösserer Quantität abgeschieden.

Wie ist es nun nach diesen Versuchsergebnissen möglich, dass Seegen eine Verminderung der Eiweisszersetzung unter dem Einflusse kleiner Gaben Glaubersalz gefunden hat? Lässt sich in der Art und Weise seiner Untersuchung der Grund dazu auffinden?

Die Versuche von Seegen unterscheiden sich, dies muss nachdrücklichst hervorgehoben werden, sehr zu ihrem Vortheil vor den

[1]) a) 2.6010 Gmm. trockener Koth = 0.9942 Gmm. Fett = 38.22 %.
b) 2.5935 Gmm. trockener Koth = 0.9788 Gmm. Fett = 37.75 %.

meisten bis jetzt ausgeführten, welche die Wirkung irgend einer Substanz auf die Exkretion des Stickstoffs prüfen sollten.

Er wählte als Versuchsobjekte Hunde, da er wohl einsah, dass bei Menschen die Bedingungen nur sehr schwer während längerer Zeit gleichmässig zu erhalten sind. Er gab den Thieren täglich die gleiche Nahrungsmenge. Er reinigte das Fleisch sorgfältig von Fett und Sehnen, bestimmte seinen Stickstoffgehalt und war für vollständige Aufsammlung und Analyse des Harns und Koths besorgt. Obwohl also bei der Seegen'schen Arbeit eine Anzahl von Mängeln vermieden ist, welche den meisten ähnlichen Untersuchungen, die namentlich auf die gleiche Qualität und Quantität der Nahrung keine Rücksicht nahmen und die Menge des in ihr enthaltenen Stickstoffs nicht kennen, ankleben, so ist darin doch nicht alles geschehen, um mit Sicherheit eine Wirkung des Glaubersalzes zu erkennen.

Ich habe schon früher darauf aufmerksam gemacht, dass nur dann der Einfluss irgend einer Substanz auf den Eiweissverbrauch zu beurtheilen ist, wenn der Körper vorher mit dem Stickstoff der Nahrung während einiger Zeit völlig im Gleichgewicht sich befand. Seegen hielt dies nicht für unumgänglich nöthig, weil er meinte, dies sei als Controle für den Stickstoffumsatz früher, so lange man nicht Gewissheit darüber hatte, ob aller umgesetzte Stickstoff im Harn und Koth erscheine, von Bedeutung gewesen, jetzt aber nicht mehr. Ich habe obige Forderung aber nicht aus diesem Grunde gestellt, sondern weil das Gleichgewicht im Stickstoff uns anzeigt, ob im Körper nicht andere Einflüsse nach und nach eine Aenderung in der Zersetzung der stickstoffhaltigen Bestandtheile hervorbringen als die zu untersuchende Substanz. Es liegen mir viele Erfahrungen, namentlich bei Fütterung von kleineren Mengen Fleischs mit Fettzusatz vor, nach denen auch nach langer Zeit sich kein Gleichgewicht zwischen dem Stickstoff der Nahrung und der Exkrete herstellte, da durch eine neben dem Fleischansatz einhergehende Fettaufspeicherung die Relation zwischen Fleisch und Fett im Körper sich fortwährend änderte, und in Folge davon die Stickstoffausscheidung je nach dem Ueberwiegen des Fleisch- oder Fett-Ansatzes sich allmählich steigerte oder verminderte. Der Untersuchende beweist endlich durch das Wiederfinden des Stickstoffs der Nahrung in den Exkreten am besten, ob er alle Fehlerquellen bei seiner Untersuchung vermeiden gelernt hat, und es sollte schon desshalb Jeder sich selbst diese allerdings nicht immer angenehme Controle auferlegen.

In der ersten Versuchsreihe von Seegen erhielt ein Hund nahezu 4 Monate lang 500 Gmm. Fleisch und 100 Gmm. Fett als Nahrung; als Seegen aus dem zweiten Monat 30 Tage zur genauern Untersuchung herausgriff, fand sich noch ein Deficit an Stickstoff im Harn und Koth von 12 %, es wurde also fortwährend Fleisch am Körper angesetzt. Nachdem er nachher noch zwei Monate die gleiche Nahrung gereicht, bestimmte er während 5 Tagen direkt vor dem Zusatz von Glaubersalz abermals die Stickstoffverhältnisse und erhielt dabei ein Deficit von nur 2 %, es hatte sich also darnach das Thier in der langen Zeit mit dem Stickstoff der Nahrung ins Gleichgewicht gebracht. Seegen legt aber auf das Resultat dieser 5 Tage kein besonderes Gewicht, denn er verglich die Glaubersalzreihe nicht mit der 5tägigen, sondern mit der frühern 30tägigen Normalreihe. Darauf folgte nun die Darreichung von Glaubersalz während 30 Tagen, bei denen 23 % des Stickstoffs der Nahrung in den Exkreten nicht gefunden werden konnten; es wäre also unterdessen eine bedeutende Quantität von Fleisch angesetzt, und zugleich, wie Seegen meint, Fett vom Körper abgegeben worden. Wenn in Wahrheit durch den Einfluss von Glaubersalz die Umsetzung der stickstoffhaltigen Bestandtheile beschränkt, diejenige der stickstofffreien aber gesteigert wurde, so muss in einer folgenden Normal-Reihe ohne Glaubersalzzuthat wegen der Vermehrung der Körpermasse um 3400 Gmm. Fleisch und der Verminderung des Fetts gegenüber der vorhergehenden fünftägigen Normalperiode, in welcher Gleichgewicht im Stickstoff vorhanden war, sich dies in auffälliger Weise dadurch bestätigen, dass nun mehr Eiweiss, als in der Nahrung enthalten ist, zersetzt wird; wenigstens war dies bei unsern frühern Versuchen und auch in allen neuern der Fall, sobald nach der Ausgleichung des Stickstoffs der Einnahmen und Ausgaben Fleischansatz und Fettverlust eingetreten war. Es zeigte sich aber in der nach der Glaubersalzperiode folgenden 10tägigen Normalreihe Seegen's gerade das Umgekehrte, er beobachtete ein Deficit von 13 % an Stickstoff. Dieses Resultat steht in direktem Widerspruch mit den bisherigen Erfahrungen. Die Thatsache, dass vor der Darreichung von Glaubersalz das geforderte Stickstoff-Gleichgewicht vorhanden war, nachher aber trotz Zunahme an Fleisch und Abnahme von Fett ansehnlich weniger Stickstoff entleert wurde, hätte Seegen darauf aufmerksam machen müssen, dass in dieser Reihe irgend etwas nicht in Ordnung war, was ich jedoch trotz längern Nachdenkens nicht zu ergründen vermochte.

In einer zweiten Versuchsreihe liess Seegen die Glaubersalzperiode unmittelbar auf die längere Normalperiode folgen, wodurch die Vergleichung der Resultate nach seinem eigenen Ausspruch eine berechtigtere wurde. Aber obwohl der hier benützte Hund ein grösseres Körpergewicht hatte als der vorige und dasselbe bei der Fütterung mit 500 Gmm. Fleisch und 100 Gmm. Fett fortwährend ansehnlich sank, fand sich doch ein Ansatz von Fleisch in der Normalperiode, denn es erschienen 17% des Stickstoffs der Einnahmen nicht im Harn und Koth wieder. Es ist also vorher das Stickstoffgleichgewicht nicht vorhanden gewesen und es bleibt stets unsicher, ob das Deficit von 33% nach Darreichung von 1 Gmm. Glaubersalz, das von 41% bei 2 Gmm. und das von 28% bei 3 Gmm. Salz während je 10 Tagen vom Glaubersalz oder einer allmählichen Aenderung der stickstoffhaltigen und stickstofffreien Körperbestandtheile bedingt war. Zuletzt liess Seegen eine fünftägige Reihe mit 4 Gmm. Glaubersalz folgen, bei der er nur 12% Deficit fand, also der Normalperiode gegenüber eine Vermehrung des Eiweissumsatzes statt einer Verminderung. Diese Vermehrung erklärt er aus der allmählichen Zunahme des Körpers an Fleisch, die jedoch ohne das Glaubersalz auch hätte eintreten können. Es ist ferner auffallend, dass das Thier nach 44 Tagen, in denen es stets an Fleisch zu- und an Fett abnehmen soll, noch nicht im Stickstoff-Gleichgewicht sich befand; nach meinen Erfahrungen tritt das letztere unter diesen Umständen in wenigen Tagen ein. Wird es dadurch nicht recht deutlich, warum man vorher das Stickstoff-Gleichgewicht abwarten muss, um eine Aenderung in der Ausscheidung richtig schätzen zu können?

Aber noch mehr. Nach der letzten Reihe mit 4 Gmm. Glaubersalz und einem Stickstoff-Deficit von 12% wurde das Salz während drei Wochen weggelassen, jedoch fortwährend 500 Gmm. Fleisch und 100 Gmm. Fett gereicht und zuletzt bei einer Untersuchung von 5 Tagen nichtsdestoweniger noch das gleiche Deficit von 13% Stickstoff gefunden wie vorher, aber gleich darauf bei erneuter Darreichung von Glaubersalz statt einer Verminderung des Umsatzes eine Vermehrung, so dass das Deficit plötzlich nur 3% betrug. Dies Ergebniss entzieht den frühern Angaben Seegens jeden Boden. Er sucht es zwar zu deuten, indem er sagt, der Körper habe im Laufe der Zeit sehr viel Fleisch angesetzt und stark an Fett abgenommen. Man sieht aber nicht ein, wie diese Erklärung hier Geltung haben kann; denn wenn direkt vorher noch ein seit Monaten andauerndes Deficit von 13% vorhanden ist, das Thier also noch lange nicht im Gleichgewicht mit dem Stickstoff seiner Nahrung sich befindet, so kann nicht mit einem Schlag eine Ausgleichung stattfinden und das Salz seine Wirkung versagen; warum soll es überhaupt unter diesen Umständen auf ein Mal nicht mehr wirken? Das Verhalten in dieser Reihe ist abermals ein schlagender Beweis dafür, warum man nur beim Gleichgewichtszustand im Stickstoff sichere Folgerungen ziehen kann.

Um die Richtigkeit seiner Hypothese zu prüfen, nach der das Thier wegen des Verlustes von Fett mehr Eiweiss zersetzt hat, gab Seegen jetzt zu 500 Gmm. Fleisch statt 100 Gmm. Fett 200 Gmm., worauf sich endlich das Gleichgewicht im Stickstoff herstellte. Bei dem fetter gewordenen Thier trat nun in der That, entsprechend der Voraussetzung von Seegen, bei der Glaubersalzperiode wieder eine Ersparung von Stickstoff ein, die wegen des Ansatzes von Fleisch allmählich kleiner wurde; in den ersten 7 Tagen betrug sie nämlich 21%, in den folgenden 15%, dann 11% und zuletzt nur 6%. Nach den Ergebnissen meiner Versuche ist mir dies ganz unerklärlich; denn ich hätte bei 21% Verminderung durch das Glaubersalz in meiner ersten Reihe nur 85 und in der zweiten nur 28 Gmm. Harnstoff erhalten müssen, wovon auch nicht annähernd die Rede war.

Es ist sehr zu bedauern, dass Seegen zum Schluss nicht noch eine Reihe ohne Salz folgen liess, da man daraus am besten ersehen hätte, ob die Abnahme nur eine Folge der Salzeinnahme war oder nicht.

Bei einer dritten Versuchsreihe Seegen's fand sich in der Normalperiode ein Deficit von 16% Stickstoff und in der Glaubersalzperiode von 21%, der geringe Unterschied von 5% kann aber ebensogut auf Rechnung eines allmähligen Fettansatzes kommen. Diese Reihe beweist daher gar nichts, weil das Stickstoffgleichgewicht nicht vorhanden war und nach der Salzperiode nicht eine Reihe ohne Salz folgte, welche die Wirkung der ersteren verificirt hätte. Aber auch abgesehen davon ist die geringe Verminderung in dieser Reihe höchst bemerkenswerth und durchaus nicht in Uebereinstimmung mit der der übrigen.

Ich habe aber noch eine weitere Bemerkung zu machen. Seegen hält (S. 3) lange Versuchsreihen für nothwendig, da in gleichen Zeitabschnitten, selbst unter sonst gleichen Bedingungen, nicht ein gleicher Umsatz stattfinden soll. Ich werde bei einer andern Gelegenheit darthun, dass diese Anschauung unrichtig ist; wenn man nämlich bei gleichen äussern Bedingungen und Körperzuständen Schwankungen in der Harn- und Stickstoffmenge wahrnimmt, so rührt dies von einer unvollständigen Entleerung der Blase her. Seegen hat seine Hunde wohl Morgens den Harn in ein untergehaltenes Glas entleeren lassen; war er aber auch sicher, ob sie ihn allen entleert haben? Ich weiss im Gegentheil, dass ganz ansehnliche Quantitäten zurückbleiben, die erst bei öfterm Harnlassen entfernt werden. Die Gleichförmigkeit der Harnstoff-Ausscheidung in meinen Reihen, namentlich in der zweiten, wird wohl am besten den Ausspruch von Seegen widerlegen. Wenn aber durch eine unvollständige Entleerung der Harnblase bedeutende Differenzen vorkommen, so alteriren diese sicherlich das Resultat einer kürzere Zeit dauernden Untersuchung, und es müssen dann allerdings die Reihen sehr lang genommen werden, um ihren Einfluss aufzuheben; ich habe meine Reihen nicht auf grössere Zeiträume ausgedehnt, weil die Gleichmässigkeit derselben die beste Garantie bietet, dass keine Aenderung im Eiweissumsatz stattfand.

Kommen die fraglichen Differenzen von einer Zurückhaltung des Harns her, so werden in den folgenden Tagen die Zahlen des

Harnstoffs höher ausfallen müssen; in den Reihen Seegens ist aber häufig von einer spätern Einholung nichts wahrzunehmen. Ich setze als Beleg die Harnstoffzahlen einiger Reihen der Seegen'schen Untersuchung hierher.

(S. 33.)	(S. 34.)	(S. 36.)	(S. 36.)
13.1	19.8	13.6	7.0
18.4	10.4	11.2	15.2
16.8	11.7	0	8.1
9.8	13.9	15.4	14.6
13.6	13.7	10.4	15.8
10.5	17.5	13.8	13.1
14.8	12.2	10.2	15.2
5.7	18.5	11.9	12.9
21.6	8.7	16.6	13.3
13.1	17.2	11.7	13.1

Diese Schwankungen beweisen unwiderleglich, dass Fehler gemacht worden sind, denn der Körper arbeitet nicht so ungleichmässig, oder es sollte wenigstens ein so ungleichmässig arbeitender nicht zu solchen Versuchen benützt werden. In der dritten Reihe (S. 40) sind die Zahlen viel regelmässiger und hier wurde auch kaum eine Wirkung des Glaubersalzes gefunden.

Wenn Seegen einmal gelernt haben wird, allen während 24 Stunden in der Blase angesammelten Harn genau zu erhalten und wenn er vor Beginn einer Reihe abwartet, bis das Thier sich in das Stickstoff-Gleichgewicht gesetzt hat, so wird er so wenig wie ich beim Zusatz 2—4 Grmm. Glaubersalz zu gleicher Nahrung im Stande sein, eine Aenderung in dem Eiweissumsatz nachzuweisen.

Ueber die Ausscheidung von Ammoniak durch die Lungen.

Von

Stud. med. Hermann Lossen.

(Aus dem Voit'schen physiologischen Laboratorium.)

Es ist eine schon geraume Zeit hindurch vielfach ventilirte und bearbeitete Frage, ob in der normalen Exspirationsluft Ammoniak vorkommt oder nicht.

Die betreffende Literatur ist zwar schon oft aufgezählt worden, ich muss aber nochmals, soweit es zu einer richtigen Beurtheilung nothwendig ist, darauf zurückkommen.

In den verschiedenen Untersuchungen Marchands[1]) über die Respiration findet sich die Angabe, er habe constant in der Athemluft von Thieren Ammoniak gefunden; an keiner Stelle aber ist gesagt, welche Methode er zu diesem Nachweis benützt und wie hoch sich die Quantität des Ammoniaks belaufen habe.

Die ersten quantitativen Angaben über den Ammoniakgehalt der exhalirten Luft finden sich bei L. Thompson[2]). Seine Versuche sind aber vielseitig, offenbar wegen Unbekanntschaft mit dem Original, überschätzt worden. Thompson athmete ein bis zwei Stunden lang in ein Rohr hinein, das in eiskaltem Wasser lag und condensirte auf diese Weise das in der exhalirten Luft dampfförmig enthaltene Wasser. Da er die eingeathmete Luft vorher über Schwefelsäure streichen liess, so kann wohl angenommen werden, dass dieselbe frei von Ammoniak in die Lungen eintrat. Die so

---

1) Marchand, Journ. f. prakt. Chem. 1844. Bd. 33. S. 135.

2) Thompson, philosoph. Magaz. and Journ. of Science 1847. Vol. 30. p. 124.

erhaltene Condensationsflüssigkeit säuerte er mit einigen Tropfen reiner Salzsäure an und verdampfte auf dem Wasserbade zur Trockne. Wenn er dann den mit einigen Tropfen Wasser aufgenommenen Rückstand mit Kalilauge versetzte, so entwickelte sich Ammoniak, das es durch den Geruch, durch die Bräunung von Curkumapapier und durch die an einem mit Salzsäure befeuchteten Glasstab sich bildenden Nebel wahrnahm. Wollte man auch diesen qualitativen Nachweis, dem manche Bedenken entgegen gesetzt werden können, gelten lassen, so steht doch die Angabe von Thompson, dass von einem gesunden Menschen mit dem Athem im Tag 0.1944 Gmm. doppeltkohlensaures Ammoniak = 0.0516 Gmm. Ammoniak ausgeschieden werden, ganz unbewiesen und ohne irgend eine Verbindung mit dem Uebrigen da, da er kein Wort über die bei der quantitativen Bestimmung eingeschlagene Methode sagt, was doch unumgänglich nöthig wäre, wenn die Versuche Vertrauen verdienen sollen.

W. Reuling[1]) athmete mehrere Stunden in den Tubulus einer Retorte hinein, deren Schnabel in eine mit Salzsäure gefüllte Vorlage gesteckt war. Das in dem Bauch der Retorte condensirte Wasser und den angesammelten Speichel destillirte er nach Zusatz von Weingeist in Salzsäure über und fügte dann zu letzterer die beim Athmen vorgelegene Salzsäure zu; die vereinigten Flüssigkeiten wurden nun abgedampft und mit Platinchlorid nach bekannter Methode ausgefällt. Reuling berechnete als Mittel aus seinen Versuchen für den Menschen in 24 Stunden 0.0187 Gmm. Ammoniak. Da er jedoch das in der atmosphärischen Luft schon befindliche Ammoniak nicht ausgeschlossen hatte, darin aber nach den Erfahrungen Anderer meist mehr Ammoniak nachgewiesen werden kann als in der ausgeathmeten Luft von Reuling gefunden wurde, so liess er das in der letztern befindliche Ammoniak von Aussen eingeführt werden und nicht von Zersetzungen im Körper herrühren.

Ueber die Arbeit von Viale und Latini[2]), nach der von einem gesunden Manne in 1 Stunde 0.763 Gmm. Ammoniak (im

---

[1]) Ueber den Ammoniakgehalt der exspirirten Luft, Giessen 1854. Diss. inaug.
[2]) L' Union médical. 1854. p. 98.

Tag also 18.3 Grmm.) exhalirt werden, brauche ich wohl kein Wort zu verlieren, da sie allen bekannten Thatsachen widerspricht. Noch unbegreiflicher aber ist es, wie sie darnach glauben können, fast alle exspirirte Kohlensäure sei an Ammoniak gebunden, da ein Mensch im Tag wenigstens 730 Grmm. Kohlensäure ausathmet und daher zur Erzeugung von doppeltkohlensaurem Ammoniak 281 Grmm. Ammoniak nöthig wären.

Die nächstfolgenden Versuche verzichteten auf eine quantitative Bestimmung des in der Athemluft befindlichen Ammoniaks gänzlich und bemühten sich nur den qualitativen Nachweis desselben zu liefern.

Manche, wie z. B. Schottin,[1]) prüften mittelst eines befeuchteten rothen Lakmus- oder Curkumapapieres die Exspirationsluft auf Ammoniak; da aber das Ammoniak im Athem wohl nur als (doppeltkohlensaures) Salz vorhanden sein kann, dies aber rothes Lakmuspapier nicht oder kaum bläut, so haben Versuche, bei denen diese Methode benützt wurde, keinen Werth.

Andere bedienten sich zum gleichen Zwecke eines mit Salzsäure benetzten Glasstabs; auch diese Methode ist völlig unbrauchbar, da concentrirte Salzsäure aus der Luft Wasser anzieht und Nebel bildet und verdünnte Säure ziemlich unempfindlich wird, so dass mit ihr noch in keinem Falle Ammoniak im Athem entdeckt werden konnte. In diese Kategorie gehören die Arbeiten von C. Mettenheimer,[2]) Güterbock[3]) und Andern.

Ebenso zweifelhaft blieb auch das Resultat weiterer qualitativer Versuche. Wiederhold[4]) liess condensirte Athemluft in freier Luft allmählich verdunsten und sah im Rückstand dendritische Krystalle von der Form der Salmiakkrystalle anschiessen; Kochsalz krystallisirt aber, worauf Gorup-Besanez[5]) aufmerksam machte, bei Gegenwart organischer Stoffe sehr ähnlich wie Salmiak, und ferner war der Zutritt von Ammoniak von Aussen während der

[1]) Archiv für physiol. Heilkunde, Bd. 12. S. 170.

[2]) Archiv für wissenschaftl. Heilkunde, Bd. I. S. 605.

[3]) Deutsche Klinik, 1858. Nro. 13.

[4]) Deutsche Klinik, 1858. Nro. 18.

[5]) Lehrbuch der physiolog. Chemie, 1862. S. 87.

geraumen Zeit, die die Verdunstung in Anspruch nahm, nicht ausgeschlossen. Wenn Richardson[1]) über einen mit etwas Salzsäure befeuchteten Objektträger athmete, konnte er nach dem Verdunsten der Säure mit dem Mikroscop Salmiakkrystalle nachweisen, während dies bei Anwendung von atmosphärischer Luft nicht möglich war; Thiry hat in seiner gleich zu erwähnenden Abhandlung auf die Nichtberücksichtigung der Ammoniakquellen in den oberen Luftwegen hierbei aufmerksam gemacht.

Was endlich die hierher gehörigen Angaben Thiry's[2]) betrifft, so hat schon Zabelin[3]) unter der Leitung von Prof. Voit eingehend auseinander gesetzt, wie unzuverlässig beim Menschen die Prüfung mit dem schon von Reuling benützten Haematoxylinpapier und dem Nessler'schen Reagens ist. Thiry führte jedoch bei Behandlung dieser Frage einen andern Versuch aus, gegen dessen Beweiskraft für die Gegenwart von Ammoniak vor der Hand nichts eingewendet werden kann. Er machte nämlich bei Kaninchen die Tracheotomie und liess sie durch ein Ansatzrohr die ausgeathmete Luft nach Absorption der Kohlensäure durch das Nessler'sche Reagens treiben, in dem sich dann nach 20 Minuten ein deutlicher Niederschlag abschied. Prof. Voit hat diesen Versuch nicht nur an Kaninchen, sondern auch an Katzen wiederholt und ist zu einem ähnlichen Ergebniss wie Thiry gelangt, obwohl sich manche auffallende Unregelmässigkeiten zeigten, deren Ursache bis jetzt nicht zu ergründen war. Es ist auf diese Weise allerdings die Einwirkung des sich in der Mundhöhle aus Speiseresten oder cariösen Zähnen entwickelnden Ammoniaks vermieden, jedoch fand sich die in der Trachea in Folge der Operation und des Einführens des Röhrchens angesammelte Flüssigkeit sehr stark alkalisch reagirend, so dass auch hier Zersetzungen und die Entwicklung von Spuren von Ammoniak nicht mit Sicherheit ausgeschlossen erscheinen.

Es ist bis jetzt der sichere qualitative Nachweis vom Vorkommen des Ammoniaks in der Athemluft gesunder Menschen und Thiere, er-

---

1) The cause of coagulation of the blood, London 1858.

2) Zeitschrift für rat. Medizin, 1863. 3. R. Bd. 17. S. 166.

3) Annalen der Chemie und Pharm. 1863. Bd. 130. Heft 1. S. 54.

zeugt bei dem normalen Zersetzungsprocess stickstoffhaltiger Substanzen, nicht geliefert. Es ist nicht dargethan, ob die Reaktion nicht aus dem mit der Nahrung eingeführten Ammoniak herrührt oder durch Spuren von sich entwickelndem Ammoniak aus faulen Zähnen oder in Zersetzung begriffenen Speiseresten oder andern Substanzen veranlasst worden ist, worauf früher schon Reuling, Güterbock und Schottin hingewiesen haben. Liessen sich aber auch diese Einflüsse vermeiden, so würde doch ein qualitativer Nachweis gar nichts aussagen; was will man für Schlüsse ziehen, wenn man selbst mit aller Bestimmtheit weiss, dass mit den feinsten Hilfsmitteln eben zu entdeckende unwägbare Mengen von Ammoniak vorhanden sind? Die Bedeutung eines Vorgangs im Körper erhellt nur aus der Kenntniss der Grösse desselben.

Nach den vorliegenden Analysen der durch Haut und Lungen den Körper verlassenden Endprodukte der Zersetzungen geht schon hervor, dass die Ammoniakausscheidung durch die Lungen nur eine minimale sein kann.

Regnault und Reiset[1]) nahmen bei ihren berühmten Untersuchungen über die Respiration der Thiere auf das Vorkommen von Ammoniak aufs sorgfältigste Rücksicht; als Hunde sich im Apparat befanden, hatten sich darin in 24 Stunden 0.0156 Grmm. Ammoniak angesammelt, bei Kaninchen 0.0102 Grmm. und bei Hühnern 0.0075 Grmm. Da ohne Thier, von der atmosphärischen Luft her, in der gleichen Zeit 0.018 Grmm. Ammoniak aufgehäuft wurde, so war für diese Forscher die Abwesenheit von Ammoniak in den Perspirationsgasen bewiesen.

Pettenkofer und Voit[2]) fanden in der über einen grossen Hund und einen Menschen während eines Tages gestrichenen Luft nicht mehr Ammoniak, als in der in dem Athemraum eintretenden Luft schon enthalten war.

Vor Kurzem hat endlich Grouven[3]) eine Reihe von Ammoniakbestimmungen in der Gesammt-Perspiration von Thieren und

[1]) Annalen der Chemie und Pharm. Bd. 73.
[2]) Ebend. 1862. 2. Suppl. Bd. S. 59
[3]) Fütterungsversuche 1864. S. 119 und S. 235.

Menschen mitgetheilt, die stets nur sehr kleine Quantitäten ergaben. Er berechnete darnach für 24 Stunden beim Menschen im Mittel 0.0488 Gmm. Ammoniak, beim Ochsen 0.38 Gmm., bei einem Esel 0.2154 Gmm., bei Hammeln 0.035 Gmm. und bei einem grossen Hunde 0.0398 Gmm.

Bei der Ungewissheit über die Grösse der durch die Lungen allein stattfindenden Ammoniakabscheidung dürfte es daher nicht unstatthaft und ohne einige Bedeutung sein, das Resultat einer mit möglichster Sorgfalt angestellten quantitativen Bestimmung des Ammoniaks in der Lungenluft eines Menschen zu veröffentlichen. Der dazu dienende, am Schlusse figürlich dargestellte Apparat wurde mir von Prof. Voit zur Verfügung gestellt.

In zwei 30 cent. Meter lange und 4.5 cent. Meter im Durchmesser haltende, an beiden Enden ausgezogene und daselbst kuglich aufgeblasene Glascylinder a und b wurden grosse Glasperlen gefüllt und diese mit je 25 cub. cent. Salzsäure übergossen. Man erhält so eine grosse mit Salzsäure befeuchtete Oberfläche, die durch Drehen der Cylinder häufig erneuert werden konnte. Der eine Cylinder a war bestimmt, das Ammoniak der inspirirten, der andere b das der exspirirten Luft aufzunehmen. Diese beiden Cylinder wurden mit einem Wasserventil-Apparate v verbunden, dessen Spiel bei der Inspiration den Cylinder b, bei der Exspiration den Cylinder a abschloss. Das lange zwischen Cylinder b und dem Exspirationsventil eingeschaltete Glasrohr c diente zur Condensation des durch die Salzsäure nicht aufgehaltenen Wasserdampfes, sein U-förmiges Ende zum Absatz desselben. Zugleich sollte hier auch jede Spur mitgerissener Salzsäure, die etwa nicht in den zu beiden Seiten des Cylinders angebrachten kugelförmigen Ausbuchtungen geblieben war, zurückgehalten werden. An das Ventil, dessen Einrichtung aus der Figur hinreichend ersichtlich sein wird, schliessen sich 2 Kautschuk-Schläuche an, welche in ein Mundstück k enden. Sie sind durch je ein senkrechtes Rohr g g unterbrochen, welches zur Ansammlung des abfliessenden Speichels dient.

Sollte der Versuch beginnen, so wurde das Mundstück zwischen Lippen und Zähne eingeschoben, die Nase mit einer Zwinge verschlossen und in normaler Weise durch den Mund ein- und ausgeathmet.

Verfolgen wir den Luftstrom von dem Beginn der Inspiration bis zum Ende der Exspiration, so tritt er zuerst bei i in den Cylinder a, gibt hier sein Ammoniak an die in grosser Oberfläche vertheilte Salzsäure ab, geht in das Ventil e, drängt die Wassersäule hinweg und gelangt in die Lungen; von da tritt er bei der Exspiration in den Cylinder b, verliert hier abermals sein Ammoniak, gibt in dem Rohre c das condensirte Wasser und die mitgerissene Salzsäure ab, und gelangt nach Verdrängen der Wassersäule in Ventil f bei h wieder nach aussen.

Vor Beginn des Versuches überzeugte man sich, ob alle Rohre an ihren Verbindungen luftdicht schlossen.

Dieser Apparat gestattete, da alle Röhren mindestens 19 m. m. im Lichten maassen und der Widerstand einer mehrere Millimeter hohen Wassersäule gar nicht merkbar war, eine völlig ungezwungene Respiration und liess nach vollständigem Ausschluss des Ammoniaks der inspirirten Luft eine genaue Bestimmung des etwa exhalirten Ammoniaks zu.

Zur Lösung der proponirten Frage athmete ich in der angegebenen Weise 6 Stunden durch den Apparat. Nach beendigtem Versuche wurden beide Ventilcylinder e und f untersucht, ob etwa Salzsäure mitgerissen worden war. Der Ventilcylinder e zeigte eine schwach saure, der Ventilcylinder f aber eine neutrale Reaktion. Es war also nach f keine Salzsäure, mithin auch kein Ammoniak mitgerissen worden. Das im Glasrohre c in ziemlicher Menge condensirte Wasser reagirte sauer.

Die beiden Cylinder a und b wurden nun mit Wasser sorgfältig ausgewaschen, bis das zuletzt ausfliessende Wasser keine saure Reaktion mehr zeigte. Beide Flüssigkeiten, von welchen der letzteren, aus dem Cylinder b stammenden, noch das im Rohre c condensirte Wasser beigefügt worden war, wurden mit Platinchlorid versetzt, im Wasserbade zur Trockne verdampft und der ausgeschiedene Platinsalmiak gewogen. Es ergaben sich folgende Resultate:

Die Flüssigkeit aus Cylinder a enthielt 0.0035 Gmm. NH_3, die aus Cylinder b 0.0033 Gmm. NH_3.

Die zum Zurückhalten des Ammoniaks verwendeten 25 c. c. Salzsäure enthielten von vorn herein 0.0007 Gmm. NH_3.

Es waren demnach in der Inspirationsluft von 6 Stunden 0.0028 Gmm. NH_3, also in 24 Stunden 0.0112 Gmm. NH_3; in der Exspirationsluft von 6 Stunden 0.0026 Gmm. NH_3, also in 24 Stunden 0.0104 Gmm. NH_3 enthalten.

Es war mir nach den Angaben von Thompson von Interesse, das aus der exspirirten Luft condensirte Wasser einer nähern Untersuchung zu unterwerfen.

Zu dem Zweck wurde statt der mit Perlen gefüllten Cylinder an der Exspirationsseite eine grosse doppelhalsige Flasche mit dem Wasserventilapparat f in Verbindung gesetzt und während der Dauer des Versuchs mit Eiswasser umgeben.

In diese Flasche athmete ich in derselben Weise wie oben ungefähr 6 Stunden lang hinein. Es hatte sich dabei eine ziemliche Menge Wasser condensirt, welches nun nach verschiedenen Richtungen hin geprüft wurde.

Ein Tropfen davon auf Hämatoxylinpapier geschichtet, erzeugte einen etwas stärker blauen Ring als destillirtes Wasser. Im Nessler'schen Reagens entstand mit einigen Cubikcentimetern der Flüssigkeit ebenfalls eine etwas intensiver gelbliche Färbung als mit destillirtem Wasser, aus der sich nach und nach einige gelbe Flocken absetzten. Die Reaktion auf Ammoniak war also jedenfalls eine äusserst schwache.

5 c. c. des condensirten Wassers wurden mit Platinchlorid versetzt und daraus 0.0007 Gmm. Ammoniak erhalten. Es ist natürlich nicht statthaft, von 5 c. c. aus auf die ganze während eines Tags von Menschen durch die Lunge ausgehauchte Wassermenge zu rechnen. Bei dem angewandten Verfahren wird nämlich nicht aller Wasserdampf flüssig, weil die Luft bei 0° noch Wasserdampf enthält und auch in der kurzen Zeit des Durchgangs durch die Flasche die Abkühlung nicht bis auf 0° geht; wohl aber wird der weitaus grösste Theil des leicht condensirbaren Ammoniaks entfernt werden, zudem der Absorptionscoefficient desselben für Wasser mit der Erniedrigung der Temperatur sehr zunimmt.

Weitere 20 c. c. des Wassers wurden bei 100° eingedampft; sie gaben nur eine sehr geringe Spur Rückstand, der mit einigen

Tropfen Wasser aufgenommen schwach sauer reagirte und beim Glühen sich deutlich schwärzte.

Der nach diesen Prüfungen noch vorhandene Rest der Condensationsflüssigkeit wurde wohl bedeckt stehen gelassen. Sie roch nach Verlauf von 4 Wochen nicht faulig und zeigte eine schwach saure Reaktion. Mit Kalilauge versetzt, bräunte sich ein darüber gehaltenes befeuchtetes sehr empfindliches Curkumapapier nur äusserst wenig.

Es frägt sich nun noch schliesslich, ob diese fast verschwindend kleinen Mengen von Ammoniak (10 Milligramm im Tag), die bei Untersuchungen über den Gesammtgasaustausch im Körper und bei der Aufstellung der Bilanz des ein- und ausgeführten Stickstoffs nicht nachgewiesen werden können oder wenigstens gar nicht in Betracht kommen, von den normal im Organismus vor sich gehenden Zersetzungen stickstoffhaltiger Substanzen, also zunächst aus dem Blute stammen oder ihre Quelle in den Respirationswegen haben. Der Entscheid dieser Frage bleibt der individuellen Anschauung überlassen. Uns scheint die letztere Annahme ungleich mehr Wahrscheinlichkeit für sich zu haben. Es wäre erstens völlig unverständlich, warum ein innerhalb der Organe des Körpers beständig vor sich gehender Process aus einem so reichen Material nur so minimale Quantitäten von Ammoniak bilden sollte, und zweitens ist direkt durch die Untersuchungen von Prof. Voit über die zum Theil noch Mittheilung gemacht wird, entschieden, dass nicht nur aller Stickstoff der gewöhnlichen stickstoffhaltigen Nahrung im Harn und Koth wieder aufzufinden ist, sondern auch der Stickstoff stickstoffhaltiger Zersetzungsprodukte, z. B. des Harnstoffs, was nicht möglich wäre, wenn ein Theil desselben als Ammoniak durch die Lungen den Körper verliesse. Andrerseits findet sich in den Luftwegen und der Mundhöhle thatsächlich eine Reihe von Momenten, die die Bildung von Spuren von Ammoniak bedingen können. Dahin gehört der Contakt einer erwärmten und feuchten Luft mit den verschiedenen Sekreten und abgestossenen Epithelien, die in der Mundhöhle zurückgebliebenen und in Zersetzung begriffenen Speisereste und der faulige Inhalt cariöser Zähne.

Notiz über die Donné-Vogel'sche Milchprobe.

Von

stud. med. Georg Bichlmayr.

Es ist in der Heilkunde und der öffentlichen Gesundheitspflege von Wichtigkeit, rasch die Reinheit und den Gehalt der Milch zu bestimmen. Man hat zu dem Zwecke eine grosse Anzahl von Verfahrungsweisen angewendet, die aber grösstentheils mehr oder weniger mangelhaft sind.

Am einfachsten und besten war wohl die von Donné[1]) angegebene Methode, welche die Menge des in der Milch enthaltenen Fettes als Anhaltspunkt nimmt.

Donné verglich bekanntlich verschiedene Milchsorten auf ihrem Fettgehalt, indem er zusah, welche Dicke die Milchschicht hat, bei der eben das Licht einer hinter ihr befindlichen Kerzenflamme nicht mehr wahrgenommen wird; es ist klar, diejenige Milchsorte enthält am wenigsten von dem undurchsichtigen Fett, von welcher man die dickste Schicht einschalten muss und umgekehrt.

Da dies Verfahren aber dennoch manche Schwierigkeiten darbietet und sich desshalb keinen Eingang verschaffen konnte, so hat Alf. Vogel[2]) dasselbe äusserst zweckmässig dahin abgeändert, dass er bestimmte, wie viel Milch er zu 100 c. c. Wasser zusetzen musste, um eine Flüssigkeitsschicht von 0.5 cent. met. Dicke undurchsichtig zu machen. (Methode a.)

F. Hoppe-Seyler[3]) hat eine Abänderung dieser Methode vorgeschlagen, wodurch sie ihm noch einfacher und sicherer zu werden schien. Er lässt 5 c. c. der Milch zu 95 c. c. Wasser fliessen und giebt von der Mischung 5 c. c. (die also 0.25 c. c. Milch enthalten) in ein Glaskästchen, dessen Gläser 1 cent. met. von einander abstehen; dazu setzt er nun aus einer Bürette so lange Wasser zu, bis das Licht einer etwa 1 Meter entfernten Kerze eben durchschimmert, wenn er das Glaskästchen bei verfinstertem Zimmer ganz dicht vors Auge hält. (Methode c.)

Man könnte auch noch drittens aus einer Bürette zu 5 c. c. Milch gleich die hinreichende Menge Wasser zufliessen lassen, ohne vorerst eine Probe der verdünnten Milch zu nehmen. (Methode b.)

---

[1]) Die Mikroskopie etc. nach dem Französ. von Gorup-Besanez, 1846, S. 290.

[2]) Eine neue Milchprobe, 1862.

[3]) Archiv für patholog. Anatomie, 1863. Bd. 27. S. 394.

Es wurde mir von Prof. Voit die Aufgabe gestellt, die genannten Verfahrungsweisen auf ihre Genauigkeit zu prüfen. Ich theile die dabei erhaltenen Resultate hier mit, da dieselben vielleicht von einigem Interesse sind.

I.

Zunächst sollen die durch jede der drei Methoden für sich in einer Anzahl von Versuchen erhaltenen Werthe verglichen werden, um die Differenzen zu ermitteln.

(Methode a.)

Schon Vogel[1]) hat 4 Reihen hierher gehöriger Versuche ausgeführt, indem er die Milch mit verschiedenen Mengen Wasser verdünnte und von der verdünnten Milch zu 100 c. c. Wasser zusetzte, wobei er natürlich entsprechend der Verdünnung immer mehr der Mischung nöthig hatte. Rechnet man die dabei von ihm erhaltenen Zahlen auf unverdünnte Milch um, so kann man daraus die Genauigkeit der Methode entnehmen; da bei stärkerer Verdünnung die Abweichungen sehr bedeutend ausfielen, so benützte ich nur die bei geringem Wasserzusatz erhaltenen Werthe. Es ergab sich:

	c. c. Milch auf 100 c. c. HO im Mittel	mittlerer Fehler in c. c.	% Fehler
1.	5.84	0.124	2.1
2.	3.95	0.177	4.5
3.	8.48	0.419	4.9
4.	6.47	0.128	2.0

Ich erhielt verschiedene Wassermengen zugemessen und ich suchte, wie viel von ein- und derselben Milch nöthig war, um den Lichtkegel hinter einer 0.5 c. m. dicken Flüssigkeitsschicht zum Verschwinden zu bringen.

	Wassermenge in c. c.	Milchverbrauch in c. c.	Milchverbrauch in c. c. auf 100 c. c. Wasser berechnet
1.	100	6.2	6.20
2.	80	5.0	6.25
3.	100	6.0	6.00
4.	130	7.8	6.00
5.	90	5.4	6.00
6.	150	8.8	5.86
7.	110	6.8	6.18
8.	200	11.6	5.80
9.	120	7.2	6.00
10.	70	4.2	6.00
		Mittel =	6.03

[1]) A. a. O. S. 21.

Der mittlere Fehler beträgt 0.109 c. c. auf 6.03 c. c. Milch = 1.8 %; der wahrscheinliche Fehler 0.033 c. c.

(Methode b.)

Es wurden mir verschiedene Mengen von der gleichen Milch zugemessen, zu denen ich Wasser zusetzte, bis im Vogel'schen Glaskästchen von 0.5 c. meter im Lichten die Kerzenflamme eben wahrzunehmen war. Die erhaltenen Werthe sind folgende:

	Milchmenge in c. c.	Wasserverbrauch in c. c.	Milchverbrauch in c. c. auf 100 c. c. Wasser berechnet
1.	5.0	80	6.02
2.	6.5	110	5.90
3.	8.0	130	6.15
4.	5.7	95	6.00
5.	6,4	105	6.09
6,	5.4	90	6.00
7.	8.6	140	6.13
8.	10.8	180	6.00
		Mittel	= 6.04

Der mittlere Fehler beträgt 0.065 c. c. auf 6.04 c. c. Milch = 1.1 %; der wahrscheinliche Fehler 0.023 c. c.

(Methode c.)

Zur Prüfung der Hoppe'schen Methode wurden verschiedene Mengen der gleichen Milch zu je 100 c. c. Wasser gegeben und von der Mischung 5 c. c. in Untersuchung genommen.

Man braucht hier auf 100 c. c. Wasser ansehnlich weniger Milch als bei den frühern Proben, da der Abstand der Gläser nicht 0.5, sondern 1.0 cent. met. betrug.

	Milchmenge in c. c. zu 100 c. c. Wasser	c. c. Milch in 5 c. c. der verdünnten Milch	Wasserverbrauch in c. c.	Milchverbrauch in c. c. auf 100 c. c. Wasser berechnet
1.	5.0	0.238	1.5	3.08
2.	6.0	0.283	3.0	3.06
3.	7.0	0.327	4.0	3.05
4.	8.0	0.370	5.5	3.06
5.	9.0	0.413	7.0	3.05
			Mittel	= 3.06

Der mittlere Fehler beträgt 0.008 c. c. auf 3.06 c. c. Milch = 0.3 %; der wahrscheinliche Fehler 0.004 c. c.

II.

Diese Zahlen thun zwar schon dar, dass die Hoppe'sche Modifikation der Vogel'schen Methode unstreitig die genauesten Resultate liefert; um aber einen schärfern Vergleich zu ermöglichen, wurde schliesslich mit der gleichen Milch und mit gleicher Entfernung der Gläser (1 cent. met.) nach den drei Modifikationen eine Reihe von Versuchen angestellt, über deren Ergebnisse ich noch berichten will.

(Methode a.)

	Wassermenge in c. c.	Milchverbrauch in c. c.	Milchverbrauch in c. c. auf 100 c. c. Wasser berechnet
1.	120	2.4	2.00
2.	150	3.0	2.00
3.	160	3.6	2.25
4.	180	4.0	2.22
5.	190	4.0	2.10
6.	170	3.8	2.23
7.	220	5.0	2.26
8.	200	4.8	2.40
		Mittel =	2.18

Der mittlere Fehler beträgt 0.112 c. c. bei 2.18 c. c. Milch = 5.1 %; der wahrscheinliche Fehler 0.040 c. c.

(Methode b.)

	Milchmenge in c. c.	Wasserverbrauch in c. c.	Milchverbrauch in c. c. auf 100 c. c. Wasser berechnet
1.	2.5	110	2.27
2.	2.7	118	2.28
3.	2.9	125	2.30
4.	3.0	133	2.20
5.	3.4	148	2.29
6.	3.5	160	2.18
7.	3.7	165	2.24
8.	4.0	180	2.22
		Mittel =	2.25

Der mittlere Fehler beträgt 0.037 c. c. bei 2.25 c. c. Milch = 1.6 %; der wahrscheinliche Fehler 0.015 c. c.

(Methode c.)

	Milchmenge in c. c. zu 100 c. c. Wasser	c. c. Milch in 5 c. c. der verdünnten Milch	Wasserverbrauch in c. c.	Milchverbrauch in c. c. auf 100 c. c. Wasser berechnet
1.	5.2	0.247	6.5	2.20
2.	5.4	0.257	7.0	2.19
3.	5.6	0.265	7.5	2.16
4.	5.8	0.274	8.0	2.13
5.	6.0	0.283	8.4	2.14
6.	6.2	0.291	9.0	2.12
7.	6.4	0.300	9.5	2.11
8.	6.6	0.309	9.8	2.13
			Mittel =	2.15

Der mittlere Fehler beträgt 0.027 c. c. bei 2.15 c. c. Milch = 1.2 %; der wahrscheinliche Fehler 0.010 c. c.

Auch diesmal wurden bei Anwendung der Hoppe'schen Modifikation die übereinstimmendsten Werthe erhalten.

Es ist leicht einzusehen, warum bei der Methode a. die Genauigkeit am geringsten ist; es handelt sich dabei im Ganzen nur um einen Zusatz von wenigen Cubikcentimetern Milch, daher hier ein Fehler von ein Paar Zehntel Cubikcentimetern schon viel ausmacht und zu grossen Irrungen Veranlassung giebt. Wenn man daher nach Vogel aus einer Pipette, welche nur auf $^1/_2$ c. c. getheilt ist, die Milch zulaufen lässt und in der Ablesung nicht weiter geht als $^1/_2$ c. c., so sind bei einem Milchverbrauch von etwa 4 c. c. auf 100 c. c. Wasser Fehler von 12 % unvermeidlich. Bei möglichst genauem Arbeiten ist die Methode c. am zuverlässigsten. Für Jemand aber, der in Untersuchungen der Art nicht geübt ist, dem es beim Titriren auf $^1/_2$ c. c. Flüssigkeit nicht ankommt, ist die Methode b. am meisten zu empfehlen, da bei ihr bei einem Fehler von 5 c. c. im Wasserzusatz die Differenz nicht grösser ausfällt als bei der Methode c. bei einem Fehler von 0.5 c. c. Ich möchte daher für die allgemeine Anwendung die Methode b., bei der man zusieht, wie viel c. c. Wasser man zu 5 c. c. Milch zusetzen muss, damit durch eine 0.5 c. meter dicke Schicht der Mischung ein Licht eben durchscheint, vorschlagen. Man hat dazu das von Vogel angegebene Glaskästchen, eine Pipette für 5 c. c. und eine Bürette, welche bis 180 c. c. ablesen lässt, nöthig.

Man müsste nun noch für eine Reihe von Fällen ermitteln, wie viel man unter physiologischen Verhältnissen für 5 c. c. reine unverfälschte Milch Wasser nöthig hat, um die Grenze festzustellen, wann die Milch entweder durch Ursachen, die im thierischen Organismus liegen oder durch absichtliche Verdünnung zu arm an Fett ist.

Vogel[1]) hat zwar über 69 Versuche, welche in der hiesigen Veterinärschule angestellt wurden, Mittheilung gemacht, nach denen im Mittel für 100 c. c. Wasser 3.7 c. c. unverfälschte Milch verbraucht worden sind, also für 5 c. c. Milch 135 c. c. Wasser. Da aber bei diesen 69 Fällen 60 mal ganze Zahlen vorkommen, also nur auf ganze cub. cent. genau titrirt ist, so sind die möglichen Fehler so gross, dass dieser Werth nicht maassgebend sein kann.

---

[1]) a. a. O. S. 25.

Ueber den numerischen Zusammenhang, welcher zwischen der Häufigkeit der Typhus-Erkrankungen und dem Stande des Grundwassers während der letzten 9 Jahre in München hervorgetreten ist.

Von

Ludwig Seidel.

(Der Hauptinhalt dieses Aufsatzes ist von dem Verf. in der Sitzung der math.-phys. Classe der kgl. bayer. Akademie d. W. am 13. Mai 1865 vorgetragen worden.)

In dem ersten Hefte der vorliegenden Zeitschrift hat Buhl auf eine merkwürdige Wechselbeziehung aufmerksam gemacht, die in den letztverflossenen 9 Jahren hier in München zwischen den Niveauschwankungen des Grundwassers einerseits und der relativen Häufigkeit der Typhusfälle andrerseits sich geltend machte, und welche die Auslegung zulässt, dass die Anwesenheit von Wasser in den oberen Schichten des porösen Kiesgerölles, auf welchem wir wohnen, ein Hinderniss abgibt für die intensive Entwicklung der äusserlich bedingenden Ursachen des Typhus. Die Andeutung eines Zusammenhanges zwischen den beiden an sich noch sehr räthselhaften Vorgängen wurde dort zunächst aus dem analogen Verlaufe der Curven hergenommen, durch welche das gleichzeitige Verhalten in beiden sich darstellt. So sehr die graphische Repräsentation des erlangten Materiales den Ueberblick des Ganzen erleichtert, so lässt sie indessen dem subjectiven Urtheil einigen Spielraum, weil nicht alle Unregelmässigkeiten des Ganges der einen Linie sich bei der andern widerspiegeln; nachdem sie daher für die Richtung der Untersuchung das Indicium geliefert hat, so schien es mir, bei der grossen Wichtigkeit des Gegenstandes, der Mühe werth, auf die ursprünglich erhobenen Zahlen zurückzugreifen, um sie einer etwas nähern Discussion zu unterziehen. Der Ausdruck der gewonnenen Data in der Form von Zahlen ist nicht allein der präciseste, sondern auch, hier wie überall, am meisten geschickt für die weitere Verwerthung: im vorliegenden Falle gestattet er, auf gewisse Einwendungen eingehendere Rücksicht zu nehmen, und die Berechtigung der gezogenen Schlüsse zum Theil durch eine Anwendung bekannter Sätze der Wahrscheinlichkeitsrechnung näher zu erweisen.

Die Data, welche der nachfolgenden Untersuchung zu Grunde liegen, und die mir von meinen Freunden Buhl und Pettenkofer, in Copie ihre Original-Aufzeichnungen, zur Disposition gestellt wurden, reichen ein wenig weiter als sie dem Ersteren bei seiner eigenen Arbeit vorlagen. Ich stelle sie hier an die Spitze.

1) Monatliche Anzahlen der durch den Sectionsbefund constatirten Typhus-Todesfälle im Krankenhause zu München.

Mortalität	Januar	Februar	März	April	Mai	Juni	Juli	August	Septbr.	October	Novbr.	Decbr.
1856	8	18	11	12	6	5	5	7	9	9	8	10
1857	5	15	11	6	6	11	5	3	7	5	15	23
1858	31	27	32	13	9	6	7	4	5	5	6	5
1859	8	6	10	2	3	4	6	4	9	4	10	8
1860	7	4	6	6	2	1	0	3	2	0	3	0
1861	2	2	1	3	1	0	4	3	8	4	2	15
1862	17	19	11	3	4	6	8	7	5	4	8	15
1863	17	13	9	4	7	9	8	3	11	4	13	17
1864	24	18	17	13	9	5	11	9	5	3	3	16
1865	12	19	12	—	—	—	—	—	—	—	—	—
Morbilität	Decbr. des Vorjahres.	Januar.	Februar.	März.	April.	Mai.	Juni.	Juli.	August.	Septbr.	October.	Novbr.

Nach dem Vorgange von Buhl nehme ich im Folgenden an, dass gemäss der durchschnittlichen Dauer der Krankheit jeder

Todesfall des Einen Monats als ein Erkrankungs-Fall des vorausgehenden gerechnet werden kann; aus diesem Grunde ist der Tabelle ausser dem oberen Kopf (Rubrik: Mortalität) noch ein unterer („Morbilität") gegeben, in welchem sich die Monatsnamen um eine Stelle verschoben finden. In der folgenden Untersuchung werden zur Vergleichung mit den Grundwasserständen etc. immer die „Morbilitäts-Zahlen" benützt, so dass also die unteren Columnentitel der vorstehenden Tafel gebraucht werden.

2) Monatlicher Stand des Grundwassers (Brunnen in der Karlsstrasse) unter dem Nullpunkt an der Brunnenfassung, in bayer. Fussen.

	Januar	Februar	März	April	Mai	Juni	Juli	August	Septbr.	October	Novbr.	Decbr.
1856	—	—	14.05	14.72	14.80	14.67	14.28	14.52	14.92	15.30	15.45	15.36
1857	15.27	15.42	15.30	15.12	15.07	13.80	14.27	15.15	15.50	15.35	15.60	15.80
1858	15.95	16.20	16.00	14.82	14.80	14.97	15.03	14.65	14.88	14.92	14.32	14.30
1859	14.33	14.32	14.18	14.10	13.15	13.12	13.73	14.00	14.15	14.50	14.40	14.25
1860	14.25	13.75	13.25	13.43	13.82	13.55	13.50	13.20	13.25	12.87	13.17	13.60
1861	13.40	12.65	12.77	12.82	13.02	12.55	11.78	12.30	13.47	13.75	14.13	14.42
1862	14.15	13.25	13.20	13.47	13.60	13.62	13.77	13.62	13.75	13.98	14.27	14.50
1863	14.08	13.85	14.17	14.37	14.02	13.62	13.37	13.63	14.30	14.60	14.78	15.02
1864	15.18	15.15	14.82	14.40	14.05	13.30	12.32	12.50	13.15	13.72	14.10	14.40
1865	14.25	13.95	14.00	14.20	—	—	—	—	—	—	—	—

Die hier abgedruckten Zahlen sind die arithmetischen Mittel, welche ich für die einzelnen Monate genommen habe aus den alle 14 Tage gemachten Originalaufzeichnungen. Nur die Zahl für December 1856 ist interpolirt, weil für diesen Monat die Beobachtungen fehlen. Pettenkofer's Messungen haben erwiesen, dass die Niveauschwankungen in den übrigen Brunnen der Stadt (linke Seite der Isar, von welcher auch die Patienten des Krankenhauses kommen) mit denjenigen des hier von ihm ausgewählten Brunnens sehr genau parallel gehen. (Vergl. auch Sitzungsberichte der Bayr. Akademie, März 1862.) Einige Differenzen, die sich zwischen den vorstehenden Zahlen und der auf den gleichen Daten beruhenden graphischen Tafel bei Buhl finden, haben ihren Grund in Versehen des Zeichners der letzteren; da sie das Gesammtbild der Curve nur unbedeutend alteriren, so sind sie ohne Belang für die dort gemachte Anwendung.

Wenn man zuerst aus allen Zahlen, welche zu gleichnamigen Monaten gehören, die arithmetischen Mittel nimmt, so ergibt sich aus den beiderlei Tafeln folgender

3) Mittlerer jährlicher Gang.

	Januar	Februar	März	April	Mai	Juni
Typhus-Morbilität	14.1	12.0	6.9	5.2	5.2	6.0
Grundwasser	14.54	14.28	14.17	14.14	14.04	13.69
	Juli	**August**	**Septbr.**	**Octbr.**	**Novbr.**	**Decbr.**
Typhus-Morbilität	4.8	6.8	4.2	7.6	12.2	13.1
Grundwasser	13.56	13.73	14.15	14.33	14.47	14.63

In den Sommermonaten, wo die Anzahlen der Typhusfälle niedrig und deshalb von Zufälligkeiten mehr abhängig sind, zeigt die erste Reihe unregelmässigeres Fortschreiten als die zweite: in der Hauptsache ist aber ein analoger Gang in Beiden sehr ausgesprochen. Die Maximalzahl der zweiten fällt auf December, die der ersten auf den nächstfolgenden Monat, Januar; ebenso correspondirt im Juli mit dem Minimum der zweiten ein relatives Minimum in der ersten.

Ein sehr ähnliches Verhalten tritt hervor, wenn man zweitens mit den ganzen auf die einzelnen Jahre treffenden Morbilitätszahlen die Jahresmittel für die Ablesungen des Grundwassers zusammenstellt.[1])

[1]) Für 1856, wo die Beobachtungen des Grundwassers zu Januar und Februar fehlen, habe ich zur Bildung des Jahresmittels die Zahlen für diese Monate gleich den Durchschnittswerthen 14.5 und 14.3 angenommen.

4) Fortgang der Zahlen von Jahr zu Jahr.

	1856	1857	1858	1859	1860	1861	1862	1863	1864
Typh.-Morbilität	105	138	127	73	29	60	107	122	121
Grundwasser . .	14.74	15.14	15.07	13.60	13.47	13.09	13.77	14.15	13.92

In jeder der beiden Reihen fällt hier ein Maximum auf 1857 und ein zweites auf 1863; das zwischenliegende Minimum trifft auf benachbarte Stellen, nehmlich 1860 und resp. 1861, so dass Steigen und Fallen in beiden Zahlenreihen mit einer einzigen Ausnahme durchweg zusammengehen, also auch hier mit der Erhebung des Grundwasser-Niveaus (Verminderung der für den Stand desselben abgelesenen Zahl) eine Abnahme der Häufigkeit der Krankheitsfälle zusammentrifft, und umgekehrt.

Das allgemeine Mittel der Ablesungen des Grundwasserstandes für den von den Beobachtungen umfassten Zeitraum (Mittel der 12 in Tabelle 3 gegebenen Monatsmittel) ist 14.14, und die ebenfalls aus den Ziffern dieser Tabelle gebildete Durchschnittszahl der in Untersuchung gezogenen Typhusfälle per Monat ist 8.18. Um nun die Vergleichung der Zahlen in dem Gange der beiden Phänomene mehr in's Einzelne zu verfolgen, kann man zunächst für jeden der hundert und acht Monate, für welche beide registrirt sind, zusehen, ob für ihn die Ablesung des Grundwasser-Niveaus über oder unter dem Hauptmittel 14.14 sich befand, und zugleich ob die zugehörige Zahl für die Typhus-Morbilität über oder unter 8 lag. Das Ergebniss dieser Untersuchung ist in der nachfolgenden Tafel niedergelegt: das erste der beiden in derselben für jeden Monat angesetzten Zeichen + oder — gibt an, wenn es + ist, dass das Grundwasser um mehr als die 14.14 Fuss unter dem Nullpunkt der Zählung stand, wenn es — ist, das Gegentheil; vollkommen analog gibt das zweite der beiden zu der Gruppe vereinigten Zeichen, je nachdem es + oder — ist, an, im ersten Fall, dass mehr, und im zweiten, dass weniger als 8 Typhusfälle sich gleichzeitig verzeichnet finden. Die Bedeutung einer Null an Stelle des Einen oder andern Zeichens ist hiernach von selbst klar.

	Januar	Februar	März	April	Mai	Juni	Juli	August	Septbr.	Octbr.	Novbr.	Decbr.
1856			− +	+ −	+ −	+ −	+ −	+ +	+ +	+ 0	+ +	+ −
1857	+ +	+ +	+ −	+ −	+ +	− −	+ −	+ −	+ −	+ +	+ +	+ +
1858	+ +	+ +	+ +	+ +	+ −	+ −	+ −	+ −	+ −	+ −	+ −	+ 0
1859	+ −	+ +	+ −	− −	− −	− −	− −	− +	0 −	+ +	+ 0	+ −
1860	+ −	− −	− −	− −	− −	− −	− −	− −	− −	− −	− −	− −
1861	− −	− −	− −	− −	− −	− −	− −	− 0	− −	− −	− +	+ +
1862	0 +	− +	− −	− −	− −	− 0	− −	− −	− −	− 0	+ +	+ +
1863	− +	− +	+ −	+ −	− +	− 0	− −	− +	+ −	+ +	+ +	+ +
1864	+ +	+ +	+ +	+ +	− −	− +	− +	− −	− −	− −	− +	+ +
1865	+ +	− +	−	+								

Wenn man abzählt, wie oft hier die beiden Zeichen einer Gruppe übereinstimmen (Fall A), und wie oft sie sich widersprechen (Fall B), und wenn man dabei jeden unentschiedenen Fall ein halbmal in jeder von beiden Zählungen rechnet, so findet sich, dass 67.5 mal der erste, 40.5 mal der zweite Fall vorkommt, welche beiden Zahlen sich verhalten wie 5 : 3.

Vor Allem ist zu bemerken, dass das Uebergewicht der Fälle A über diejenigen der Art B viel zu entschieden ausgesprochen ist, als dass man dasselbe erklären dürfte durch ein Spiel des Zufalles, von welchem allerdings die Zahlen der im Krankenhause in den einzelnen Monaten vorgekommenen Typhusfälle ohne Zweifel afficirt sind. Man würde freilich, auch unter der Annahme, dass A und B in der Wirklichkeit gleich leicht eintreten können, doch nicht zu erwarten haben, dass man beiden auch genau gleich oft begegnet, aber die Supposition, dass der Zufall zwischen zwei gleich berechtigten Fällen eine so stark ungleiche Vertheilung herbeiführen würde, als wir angetroffen haben, hat nach bekannten Sätzen aus der Theorie der Probabilitäten, auf die ich mich hier zu berufen habe, eine extreme Unwahrscheinlichkeit. Wenn man an einer bedeutenden Anzahl N (hier 108) von Fällen die Abzählung gemacht, und gefunden hat, dass darunter Ereigniss A eingetreten ist μ N mal, und das entgegengesetzte B ν N mal (wobei also μ und ν echte Brüche vorstellen), so gibt einer der gedachten Sätze unmittelbar darüber Aufschluss, wie viel Grund man hat, anzunehmen, dass die Probabilität des Eintreffens von A für einen einzelnen Fall eingeschlossen sei zwischen den beiden Grenzen σ und τ. Die Wahrscheinlichkeit dieser Annahme wird ausgedrückt durch das Integral der Grösse $\frac{1}{\sqrt{\pi}} e^{-tt}$, nach t genommen zwischen den beiden Grenzen $(\sigma - \mu)\sqrt{\frac{N}{2\mu\nu}}$ und $(\tau - \mu)\sqrt{\frac{N}{2\mu\nu}}$. Man kann diese Formel anwenden, um in unserem Falle zu erfahren, wie viel Recht man zu dem Schlusse hat, dass das Eintreffen unseres Falles A überhaupt plausibler als dasjenige von Fall B ist, oder mit anderen Worten: zu dem Schlusse, dass bei einem Stande des Grundwassers unter dem mittleren eine mehr als mittlere Häufigkeit der Typhusfälle wirklich wahrscheinlicher ist als eine verminderte Häufigkeit derselben, und umgekehrt bei einem erhöhten Stande des Grundwassers.

Die besondern Zahlenwerthe, welche dieser Anwendung entsprechen, sind $N = 108$, $\mu = \frac{5}{8}$, $\nu = \frac{3}{8}$, $\sigma = \frac{1}{2}$, $\tau = 1$ (π bezeichnet die bekannte Zahl 3.14159...) und der Werth des Integrales, den man etwa aus der Tafel I. im Berliner astron. Jahrbuch für 1834 entnehmen kann, wird gefunden gleich 0.99635; das heisst: die Chancen stehen wie 0.99635 gegen 0.00365, oder wie 273 gegen Eins, zu Gunsten der Annahme, dass das Vorherrschen des Falles A in unserer Zählung kein Werk des Zufalles war, sondern seinen Grund in dem Umstande hat, dass dieser Fall leichter als der entgegengesetzte in der Natur herbeigeführt wird.

Sehr nahe liegt jedoch der Gedanke, dass vielleicht der vorherrschend analoge Gang, welcher in den Schwankungen bei dem einen und dem andern Phänomen sich geltend macht, wesentlich nur dadurch bedingt wird, dass alle beide eine deutliche Abhängigkeit von der Jahreszeit zeigen. Die Verschiedenheit zwischen Sommer und Winter in unseren Climaten ist so gross, und so durchgreifend sowohl in der Natur als in unseren Lebensverhältnissen, dass man sich nicht wundern kann, bei der Verfolgung der verschiedenartigsten Vorgänge Maxima und Minima je nach diesen grossen Epochen auftreten zu sehen, und hierdurch kann ein Charakter von Aehnlichkeit dem Verlaufe von Erscheinungen aufgeprägt werden, die mit einander direct gar nichts zu thun haben. Auch in unserer kleinen Tafel 3 zeigt sich sehr deutlich der dominirende Einfluss von Winter und Sommer für die beiden von uns betrachteten Phänomene; obgleich der Parallelismus des Ganzen, welcher sich in den Zahlen der Tabelle 4 ausspricht, diese Art von Erklärung nicht zulässt, ist es nothwendig, dieselbe in genauere Betrachtung zu ziehen.

Um die für die einzelnen Monate verzeichneten Zahlen von dem Gange jährlicher Periode, d. i. von dem Einflusse der Jahreszeiten, zu befreien, kann man von jeder einzelnen die (in Tabelle 3 enthaltene) Mittelzahl abziehen, welche, im Durchschnitt sämmtlicher Beobachtungsjahre, dem gleichnamigen Monate entspricht. Die positiven oder negativen Reste zeigen dann an, in welcher Weise die beiden Erscheinungen z. B. in dem besonderen Monat März des Jahres 1856 abweichend waren von ihrem durchschnittlichen Verhalten im März: sie bezeichnen etwas, was individuell jenem besondren Zeitabschnitt, und nicht der Jahreszeit als solcher zugehört, — so wie sie denn auch, z. B. in den verschiedenen März-Monaten der beobachteten Jahre, mit im Ganzen gleichen Beträgen auf die positive und auf die negative Seite fallen, und fallen müssen. Sollte sich also in den Vorzeichen der beiderlei für jeden einzelnen Monat abgeleiteten Reste noch immer die Uebereinstimmung als entschieden vorherrschend ergeben, so wäre die Erklärung durch den Einfluss der Jahreszeiten abgeschnitten. Zwar könnte man sich nicht darüber wundern, auch wenn in der Natur ein Zusammenhang der Art, wie er von Buhl angedeutet worden ist, wirklich stattfindet, ihn an den durch Subtraction der Monatsmittel reducirten Zahlen einigermaassen verwischt zu finden; denn, weil durch diese Subtraction alle Zahlen wesentlich der Null angenähert werden, ihre durch Zufall veranlassten Entstellungen aber sich nicht in gleichem Grade vermindern, so werden letztere relativ stärker an den reducirten Zahlen hervortreten, und ein negativer Erfolg der Untersuchung könnte hierdurch veranlasst werden. Um so merkwürdiger erscheint es nach dieser Betrachtung, dass das positive

Ergebniss, in demselben Sinne gelegen wie bei den bisher angestellten Vergleichungen, an den reducirten Zahlen noch stärker hervortritt, als an den nicht reducirten.

In der folgenden Tafel repräsentirt nehmlich von den beiden für jeden Monat angesetzten Zahlen die obere die Ablesung des Grundwasserstandes, vermindert um die mittlere dem gleichnamigen Monat zukommende Ziffer (letztere aus Tab. 3 genommen); die darunter stehende, durch andre Schrift unterschiedene Zahl hat ganz analoge Bedeutung für die Typhus-Morbilität.

	Januar	Februar	März	April	Mai	Juni	Juli	August	Septbr.	October	Novbr.	Decbr.
1856	 + 4	 − 1	−0.12 + 5	+0.58 + 1	+0.76 0	+0.98 − 1	+0.72 + 2	+0.79 + 2	+0.77 + 5	+0.97 0	+0.98 − 2	+0.73 − 8
1857	+0.73 + 1	+1.14 − 1	+1.13 − 1	+0.98 + 1	+1.03 + 6	+0.11 − 1	+0.71 − 2	+1.42 0	+1.35 + 1	+1.02 + 7	+1.13 + 11	+1.17 + 18
1858	+1.41 + 13	+1.92 + 20	+1.83 + 6	+0.68 + 4	+0.76 + 1	+1.28 + 1	+1.47 − 1	+0.92 − 2	+0.73 + 1	+0.59 − 2	−0.15 − 7	−0.33 − 5
1859	−0.21 − 8	+0.04 − 2	+0.01 − 5	−0.04 − 2	−0.89 − 1	−0.57 0	+0.17 − 1	+0.27 + 2	0 0	+0.17 + 2	−0.07 − 4	−0.38 − 0
1860	−0.29 − 10	−0.53 − 0	−0.92 − 1	−0.71 − 3	−0.22 − 4	−0.14 − 6	−0.06 − 2	−0.53 − 5	−0.90 − 4	−1.46 − 5	−1.30 − 12	−1.08 − 11
1861	−1.14 − 12	−1.63 − 11	−1.40 − 4	−1.32 − 4	−1.02 − 5	−1.14 − 2	−1.78 − 2	−1.43 + 1	−0.68 0	−0.58 − 0	−0.34 + 3	−0.21 + 4
1862	−0.39 + 5	−1.03 − 1	−0.97 − 4	−0.67 − 1	−0.44 + 1	−0.07 + 2	+0.21 + 2	−0.11 − 2	−0.40 0	−0.35 0	−0.20 + 3	−0.13 + 4
1863	−0.46 − 1	−0.43 − 3	0 − 3	+0.23 + 2	−0.02 + 4	−0.07 + 2	−0.19 − 2	−0.10 + 4	+0.15 0	+0.27 + 5	+0.31 + 5	+0.39 + 11
1864	+0.64 + 4	+0.87 + 5	+0.65 + 6	+0.26 + 4	+0.01 0	−0.39 + 5	−1.24 + 4	−1.23 − 2	−1.00 − 1	−0.61 − 5	−0.37 + 4	−0.28 − 1
1865	−0.29 + 5	−0.33 0	−0.17	+0.06								

Wenn man die unentschiedenen Fälle wie zuvor ½ mal auf jeder Seite rechnet, so hat man jetzt 73.5 mal den Fall A der Uebereinstimmung beider Vorzeichen, und nur 34.5 mal den entgegengesetzten B (Verhältniss sehr nahe wie 17 : 8). Ein vollkommen ähnliches Resultat ergibt sich, wenn man nur die Monate October bis März incl. in Betracht zieht, in welchen die Typhus-Morbilität am grössten ist und zugleich das mittlere Niveau des Grundwassers unter dem allgemeinen Jahresmittel steht: man findet dann 35 mal den Fall A und 17 mal Fall B. Ueberhaupt hätte man also, wenn in irgend einem Monat der Stand des Grundwassers höher ist als der durchschnittliche dieses Monats, eine Wahrscheinlichkeit von etwas mehr als zwei gegen Eins dafür, dass gleichzeitig weniger Typhus-Erkrankungen vorkommen werden, als im Durchschnitt in dem gleichnamigen Monat, und dieselbe Wahrscheinlichkeit für das Gegentheil, im Falle das Niveau des Grundwassers unter dem durchschnittlichen sich befindet. — Das Uebergewicht der Fälle unserer ersten Art (A) bei der Abzählung tritt, wie man sieht, jetzt noch entschiedener heraus, als zuvor: in solchem Grade, dass jetzt die Chancen (wie sich aus analoger Anwendung der vorher benützten Wahrscheinlichkeitsformel auf die neuen 108 Fälle ergibt)[1]) nicht mehr blos wie 273 gegen Eins, sondern wie 36000 gegen Eins dafür stehen, dass nicht zufällige Entstellung der Ziffern eine solche Ungleichheit erzeugt hat.

Der Umstand, dass die Anzeichen einer Gesetzmässigkeit durch die Reduction noch sichtbarer geworden sind, obgleich man nach der vorhin angestellten Betrachtung hätte besorgen müssen, sie durch dieselbe einigermaassen zu verwischen, scheint darauf hinzudeuten, dass unter den Ursachen, von welchen die Frequenz des Typhus abhängt, noch solche von jährlicher Periode sich befinden, die mit dem Gange des Grundwassers nichts zu thun haben. Eine Annahme dieser Art ist offenbar an und für sich sehr plausibel; zugleich aber ist es evident, dass durch unsere Art der Reduction alle Bestandtheile der erhobenen Zahlen, welche genau eine jährliche Periode einhalten, strenge eliminirt werden, und dass nur kleine Ueberreste zurückbleiben können von denjenigen, welche sich approximativ so verhalten. Wenn also durch das Hinzutreten derartiger Bestandtheile die Abhängigkeit der ursprünglichen Zahlen von der besonderen in Betracht gezogenen Ursache theilweise mas-

---

[1]) Für den vorliegenden Fall, für welchen die untere Grenze des Integrales $= -2.849$ wird, habe ich den Werth desselben mittelst des Laplace'schen Kettenbruches berechnet, weil die Tafel bei Encke nicht so weit reicht.

kirt war, so muss sie entschiedener heraustreten nach angewandter Reduction.[1])

Verfolgt man den Gang der Ziffern unserer letzten Tafel mehr im Einzelnen, so bemerkt man, dass von April 1856 bis Oktober 1858 bei den Grundwasser-Differenzen die positiven Zeichen vorherrschen, also im Allgemeinen das Niveau unter dem durchschnittlichen Stand in gleichnamigen Monaten sich befand. Diesem Zeitabschnitt entspricht ein Ueberschuss von zusammen 85 Typhusfällen über die Mittelzahlen, welche für die gleichnamigen Monate gelten. Es folgt dann ein längerer Zeitraum, von November 1858 bis Juli 1863, in welchem die negativen Vorzeichen für das Grundwasser vorherrschen (Stand desselben höher als im Durchschnitt): dieser Epoche entspricht ein Minus von. 136 Typhusfällen gegen den Durchschnitt. Im folgenden Abschnitt, von August 1863 bis Mai 1864, findet man fast ausschliesslich positive Zeichen für das Grundwasser, und ebenso für die Typhusfälle, welche hier einen Ueberschuss von 44 ergeben; seit Juni 64 überwiegen wieder dort die Minuszeichen, während zur Zeit noch ein Plus von 9 Fällen in den Erkrankungen vorliegt.

Nimmt man, anstatt so nach grösseren Epochen zu scheiden, alle einzelnen Monate zusammen, in welchen die Ablesung des Grundwassers einen tieferen oder höheren Stand ergab als der mittlere des gleichnamigen Monats, so gibt die Tafel 47 Monate der ersteren Art, mit zusammen 120 Typhusfällen mehr, als einer gleichen Anzahl gleichnamiger Monate im allgemeinen Durchschnitt entsprechen, und auf der anderen Seite 59 Monate der zweiten Art, mit zusammen 115 Typhusfällen weniger, als ihnen bei mittlerem Verhalten zukommen würden.

Die grössten positiven Zahlen in den Zeilen für das Grundwasser (stärkste relative Erniedrigung seines Niveaus) findet man im Herbst und Winter 1857/8: mit ihnen coincidirt die bedeutendste

---

[1]) An den ursprünglichen Zahlen könnte man z. B. den indicirten Zusammenhang vollkommen verstecken, wenn man sie durch Addition willkührlicher Ziffern, die sich jährlich genau wiederholen würden, entstellen wollte. An den reducirten Zahlen würden aber diese Alterationen gänzlich fortfallen; weil sie Minuenden und Subtrahenden um gleich viel verändern, so dass unsere letzte Tafel gar nicht dabei berührt würde.

von den Beobachtungen umfasste Typhus-Epidemie. Die Culmination der letzteren fällt auf denselben Monat Februar 1858, welchem für den Grundwasserstand die positive Maximalzahl in der Tabelle zugehört. Eine geringere epidemische Verstärkung der Typhusfälle trifft man im Herbst und Winter 1863/4: auch sie geht zusammen mit einem relativen (aber geringeren) Maximum der Depression des Grundwassers. Den am meisten über das Mittel gleichnamiger Monate erhöhten Stand des letzteren (die grössten negativen Zahlen in der entsprechenden Zeile der Tafel) findet man um Juli 1861; dass ihm nur eine schwache Erniedrigung in der Zahl der Typhusfälle, dem durchschnittlichen Befund für Juli gegenüber, entsprechen kann, ist eine einfache Folge des Umstandes, dass die Durchschnittszahl für diesen Monat selbst nur 5 ist (siehe Tabelle 3). Die nächstgrössten negativen Zahlen unserer Grundwasser-Reihe fallen aber auf Herbst und Winter 1860/1, also auf eine Jahreszeit, an deren Typhuszahlen sich ein günstiger Einfluss, wenn er vorhanden ist, viel mehr bemerkbar machen kann; und wirklich findet man hier in unserer Tabelle so bedeutende negative Zahlen in der andern Zeile, dass man versucht sein könnte, das ungewöhnlich günstige Verhalten in den betreffenden Monaten als eine Art von „negativer Epidemie" zu bezeichnen.[1])

Ich habe noch ein paar analoge Abzählungen vorgenommen, von welchen ich, um nicht allzu ausführlich zu werden, nur die Resultate angebe. Einerseits bildete ich für jeden Monat den Unterschied zwischen dem für ihn beobachteten Grundwasserstand und dem arithmetischen Mittel des Standes der vier vorausgehenden Monate, und untersuchte, wie oft dem relativ vertieften Stande eine Vergrösserung oder dem relativ erhöhten eine Verringerung in der Anzahl der verzeichneten Typhus-Erkrankungsfälle gegen die Durchschnittzahl von 8 Fällen per Monat entsprach, — und wie oft das Gegentheil sich ergab. Das Resultat war, dass unter 106 Monaten 65 das erstere und nur 41 das entgegengesetzte Verhalten darboten, so dass man hier für Fall A und B ganz ähnliche Ziffern erhält,

---

[1]) Im Jahre 1860 hat das Grundwasser seinen höchsten Stand ungewöhnlich spät erreicht, nehmlich erst im Oktober, statt im Juli. Siehe Taf. 2.

wie sie aus der Abzählung an unserer Tabelle 5 hervorgegangen sind. — Andererseits verglich ich auch jede Grundwasser-Ablesung in Tafel 2 einfach mit der ihr vorausgehenden, um das eben stattfindende Steigen oder Sinken des Niveaus zu constatiren, und dasselbe mit der gegen die Durchschnittszahl 8 verminderten oder erhöhten Anzahl der Typhusfälle zusammenzuhalten. Dass die momentan aufwärts oder abwärts gehende Bewegung des Wassers im Boden für sich eine günstige oder ungünstige Wirkung ausüben sollte, ist offenbar nach unseren bisherigen Ergebnissen nicht zu erwarten, weil ja jede Art der Bewegung mit gleichem Rechte bei hohem wie bei tiefem Stande vorkommen muss. Hiermit stimmt denn auch der Befund der Abzählung überein: 53 mal trifft man einen der beiden Fälle, wo entweder mit dem Steigen des Wassers eine geringere als die mittlere, oder mit seinem Sinken eine grössere als die mittlere Typhus-Frequenz sich verbunden zeigt, und 54 mal einen der beiden entgegengesetzten. Dieses Resultat kann zugleich Solchen, welchen die Sätze der Wahrscheinlichkeits-Rechnung weniger zugänglich sind, als ein experimentum crucis dafür dienen, dass, sobald die Abzählungen an einem einigermaassen bedeutenden Materiale gemacht werden, der blose Zufall unter zwei gleich probabelen Fällen nicht dem einen ein bedeutendes Uebergewicht verleiht.

Man sieht, dass unsere Diskussion der aufgezeichneten Zahlen durchaus mit den Schlüssen übereinstimmt, welche Buhl im ersten Hefte dieses Journales zunächst an die Betrachtung der graphischen Darstellung der betreffenden Phänomene geknüpft hatte. Zugleich glaube ich, zweierlei Einwendungen, zu welchen man vielleicht geneigt sein konnte, völlig beseitigt zu haben: die erste, dass die Zahlen, nach welchen hier die Typhus-Morbilität beurtheilt wird, da sie nur auf die Sectionen im Krankenhause basirt sind, zufälliger Entstellung allzusehr ausgesetzt wären. Es ist darauf hingewiesen worden, dass die Forderung, man solle den Anschein von Gesetz in unseren Zahlen einfach auf Rechnung ihrer Unsicherheit schreiben, nichts anderes ist, als die Zumuthung, hier die Wirklichkeit eines Falles zu statuiren, der unter 36000 Fällen sich Einmal ergibt. Die zweite Entgegnung, dass in den beiden betrachteten Naturvorgängen nur die grossen Epochen des Jahres sich widerspiegelten, erweist sich gleichfalls als unhaltbar, da nach Elimination des jährlichen Ganges der Parallelismus in beiden nur klarer hervortritt als zuerst. Wer einen Connex zwischen beiden anzunehmen noch nicht geneigt ist, kann indess noch eine dritte Art der Betrachtung geltend machen. Es lässt sich mit Grund darauf hinweisen, dass sowohl in dem Stande unseres Grundwassers als in der Häufigkeit der Typhusfälle grosse Schwankungen von längerer Periode hervortreten (siehe Tab. 4), die längeren Wellen vergleichbar sind, und über welche sich als kürzere Wellen (um in dem Bilde zu bleiben) die Schwankungen von jährlicher Periode (Tab. 3) und endlich noch zufällige Unregelmässigkeiten hinlegen. Man könnte sich denken, dass die Schwankungen der längeren Periode, welchen die schon oben (p. 231) erwähnten grösseren Zeitabschnitte entsprechen, in den beiden Phänomenen unabhängig und mit verschiedener Dauer verlaufen, und nach und nach die verschiedensten Stellungen gegen einander annehmen, und dass zufälliger Weise die Beobachtungen Buhl's gerade in eine Epoche gefallen sind, in welcher Berg und Thal der einen Welle mit Berg und Thal der andern wesentlich coincidiren. Definitive Beantwortung hätte dieser Einwand erst von der künftigen Fortsetzung der Beobachtungen zu erwarten: die grosse berechnete Unwahrscheinlichkeit, welche man der zuerst von uns berührten Appellation an den Zufall entgegen halten konnte, trifft die jetzt besprochene Ansicht nicht, weil nach dieser die Data für unsere 108 einzelnen Monate nicht mehr als ebenso viele von einander unabhängige Thatsachen erscheinen. Aber auch die neue Voraussetzung nöthigt, anzunehmen, dass das blinde Ungefähr unter allen denkbaren Fällen, die es herbeiführen konnte, gerade einen ganz ausgezeichneten herbeigeführt hat: einen Fall genau von derselben Art, wie ihn derjenige aufsucht und erwartet, der einem Naturgesetze nachspürt; — indem es durch dies Ungefähr geschehen wäre, dass in dem Zeitraume der Beobachtungen sowohl primäre als secundäre Wellen (die von der längeren und die von der jährlichen Periode) ganz in gleichem Sinn in den beiden untersuchten Erscheinungen einen völlig analogen Lauf zeigten. In Zahlen den bestimmten Grad der Unwahrscheinlichkeit dieser Annahme darzulegen, scheint mir zwar nicht wohl thunlich, dass sie indess etwas sehr Gezwungenes hat, liegt auf der Hand. Ich glaube von einer andern Seite her noch ein weiteres Argument zu ihrer Beseitigung beibringen zu können, — worüber ich in einem nachfolgenden Aufsatze sprechen werde.

Ueber die Art, wie man sich etwa eine ursächliche Verbindung denken könnte zwischen den beiden Naturvorgängen, von welchen die Rede ist, hat Buhl bereits im ersten Hefte dieses Journales sich geäussert. Dass das Wasser im Boden, oder etwa seine Dünste, eine Art Antidoton gegen die Krankheits-Infection abgeben sollte, glaubt natürlich Niemand; viel plausibler erscheint die Vorstellung, dass sein erhöhter Stand die günstige Wirkung, welche die Zahlen anzudeuten scheinen, dadurch ausüben mag, dass er in unserem lockeren Erdboden den Zutritt der Luft, etwa zu sich zersetzenden organischen Stoffen, mit welchen derselbe imprägnirt ist, absperrt oder beschränkt. Uebrigens liegt diese Frage ausser meinem Thema. Dagegen sei hier noch hervorgehoben, dass nach der Anschauung, nach welcher in München der Stand des Grundwassers von Einfluss auf die Typhusfrequenz ist, die letztere doch natürlich nicht als eine Function dieser einzigen Variabelen gedacht werden kann. Unsere Zahlen selbst sprechen dies aus, denn im entgegengesetzten Falle würde in irgend einem Monat z. B. ein relativ tiefer Stand des Grundwassers nicht blos eine Wahrscheinlichkeit (ungefähr von 2 gegen 1, wie wir gesehen haben), sondern die Gewissheit vermehrter Typhus-Erkrankungen darbieten. Ebenso müsste dann die Reihenfolge der Jahrgänge, geordnet nach dem Stande des Grundwassers, dieselbe sein wie diejenige nach der Zahl der Erkrankungen, während in Wirklichkeit Umstellungen vorkommen u. dgl. mehr.[1]) Dagegen ist es klar, dass, wenn noch andere Variable mitwirken, und daher die Eine in den Beobachtungen erkannte den Ausschlag nur ceteris paribus gibt (so lange durch keine entgegenwirkenden Veränderungen der übrigen die Entscheidung auf die andere Seite gebracht wird), die Beobachtung des Ganges

[1]) Die Wiedergabe der beiden Reihenfolgen, wie sie sich stellen nach Tab. 4, mag noch einiges Interesse haben, weil ihre Aehnlichkeit im Ganzen frappant ist:

Grundwasser 1857, 1858, **1856**, 1863, 1864, 1862, 1859, 1860, 1861.
Typhus 1857, 1858, 1863, 1864, 1862, **1856**, 1859, 1861, 1860.

der Einen nur ein Indicium der Wahrscheinlichkeit liefern kann: einer grösseren oder einer geringeren, je nachdem gerade die Variable, auf welche die Aufmerksamkeit sich gerichtet hat, eine wichtigere oder mehr untergeordnete Rolle spielt, und je nachdem die übrigen im Vergleich zu ihr ihre Werthe langsamer oder schneller verändern.

Ueber binoculares Sehen.

Von

Wilhelm von Bezold. [1]

Die folgenden Zeilen enthalten einen Versuch, die Lehre vom Sehen mit zwei Augen unter einen zwar öfters angedeuteten aber niemals mit Consequenz festgehaltenen Gesichtspunkt zu bringen. Es soll nämlich die sogenannte Identität der Netzhäute als eine erworbene Eigenschaft betrachtet, die Gründe, welche für diese Annahme sprechen, eingehend entwickelt, und schliesslich gezeigt werden, dass diess Princip in der weniger schroffen Form, in welcher es aus dieser Anschauung folgt, eine einfache Erklärung der stereoscopischen Wahrnehmung gestattet.

Zur Aufstellung dieser Hypothese wurde der Verfasser durch die Beachtung des Umstandes veranlasst, dass unter den gewöhnlichen Verhältnissen die meisten Gegenstände auf nur wenig differenten Stellen der Netzhäute abgebildet werden, und dass mithin correspondirende Stellen meist gleichzeitig durch gleiche Ursachen gereizt werden.

Dieser Satz muss also vor Allem bewiesen werden. Diess liesse sich dadurch bewerkstelligen, dass man die Lage der irgend einem Objectpunkte auf der Doppelnetzhaut [2]) entsprechenden Bildpunkte

---

[1]) Eine vorläufige Mittheilung findet sich in d. Sitzgsber. d. k. b. Acad. v. J. 1864 S. 372 ff.

[2]) Unter Doppelnetzhaut soll der Inbegriff der beiden Netzhäute verstanden werden, wenn man sich dieselben so aufeinandergelegt denkt, dass identische Punkte zur Deckung kommen. Identische nennt man bekanntlich jene Punkte der Netzhäute, auf welchen bei parallelen Gesichtslinien die Bilder unendlich ferner Punkte entworfen werden. Was die Eintheilung der Netzhaut anlangt, so soll in der Folge immer die von Hering angegebene in Längs- und Querschnitte angewendet werden.

durch eine Funktion der Coordinaten dieses Objectpunktes ausdrückt, und dann diese Formel für möglichst verschiedene Werthe dieser Coordinaten discutirt.

Da es jedoch schwer wäre, durch diese Discussion ein klares Bild von den Verhältnissen zu erlangen, so habe ich es vorgezogen, den umgekehrten Weg einzuschlagen, und die Frage gestellt nach dem Orte sämmtlicher Punkte, welche unter der Annahme, dass die Empfindlichkeit für Doppelbilder keine unbegrenzte, sondern innerhalb mässiger Grenzen eingeschlossen sei, einfach wahrnehmbar sind. Dieser Ort ist offenbar nichts anderes als der sogenannte empirische Horopter, und zwar ein von bestimmten Flächen umschlossener Raum.

Die Gestalt dieser Flächen lässt sich näherungsweise angeben, wenn man die Empfindlichkeit für Doppelbilder an den einzelnen Stellen der Doppelnetzhaut nach einem geeigneten Maasse ausgedrückt, kennt. Ein solches Maass besitzt man aber in den sogenannten Grenzdistanzen, welche man nach dem Vorgange von Volkmann[1]) experimentell bestimmen, und dann in die Rechnung einführen kann.

Auf diese Untersuchung folgt eine Erörterung der Gründe, welche berechtigen, den stets gleichzeitigen Gebrauch correspondirender Stellen als Ursache ihres eigenthümlichen Verhaltens anzusehen.

Ein Versuch, die Tiefenwahrnehmung von dem eingenommenen Standpunkte aus zu erklären, soll das Ganze beschliessen, die Messungen aber, um den Ideengang nicht zu unterbrechen, in einen Anhang verwiesen werden.[2])

I.

Das Horopterproblem kann man bekanntlich auf zweierlei Weise auffassen, je nachdem man unter dem Horopter den Ort aller derjenigen Punkte versteht, welche sich auf genau correspondirenden Netzhautpunkten abbilden, beziehungsweise die Gesammtheit der Punkte, in denen sich correspondirende Richtungslinien schneiden, oder den Inbegriff aller Punkte, welche man bei einer bestimmten Augenstellung binocular einfach wahrnehmen kann.

---

[1]) Archiv f. Ophth. Bd. V. Abth. II. S. 1 ff.

[2]) Dieser Anhang soll im nächsten Hefte erscheinen.

Im ersteren Falle erhält man im Allgemeinen eine Curve, welche man den „mathematischen Horopter" nennt, und mit deren Aufsuchung sich in jüngster Zeit Helmholtz[1]), Hering[2]) und Hankel[3]) beschäftigt haben. Seit den trefflichen Arbeiten Hering's über diesen Gegenstand muss die Frage in diesem Sinne als endgültig entschieden bezeichnet werden.

Anders verhält es sich mit der Lösung des Problems nach der zweiten Auffassung, mit dem sogenannten „empirischen Horopter". Es ist bekannt, dass die Versuche, diesen Ort experimentell zu bestimmen, zu keinem sicheren Resultate geführt haben. Auch ist ein solches bei den ausserordentlichen Schwierigkeiten, mit welchen man hiebei zu kämpfen hat, auf diesem Wege wohl kaum jemals zu erwarten.

Diess veranlasste mich, an die Aufgabe von der schon oben bezeichneten Seite heranzutreten.

Da aber auch die bei dieser Auffassung zu Grunde zu legenden Messungsdaten, die Grenzdistanzen, nicht nur ausserordentlich grosse individuelle Verschiedenheiten zeigen, sondern sogar bei einem und demselben Individuum den allergrössten Schwankungen unterworfen sind, so habe ich von einer allgemeinen Behandlung des Problemes abgestanden, und mich auf einen einfachen Fall beschränkt.

Eine allgemeine Untersuchung der Frage würde nämlich einen im Vergleich mit dem zu erzielenden Resultate unverhältnissmässig grossen Aufwand an mathematischem Apparate erfordern. Während es mir anderseits für die Bildung einer richtigen Vorstellung von der Sachlage, insoferne sie physiologisch wichtig ist, vollkommen hinreichend scheint, die Curven zu betrachten, in denen der empirische Horopter bei horizontaler Blickebene und in der Medianebene gelegenem Fixationspunkte diese beiden Ebenen schneidet.

Um nun den Durchschnitt des empirischen Horopter mit der Blickebene zu erhalten, wählen wir (Tafel 5 Fig. 1) K d. i. den Kreuzungspunkt der Richtungslinien des linken Auges als Ursprung eines Systemes von Polarcoordinaten, dessen Axe die durch den

[1]) Arch. f. Ophth. Bd. X u. Pggdff. Ann. Bd. 123 S. 158.
[2]) Beiträge zur Physiologie.
[3]) Pggdff. Ann. Bd. 122 S. 575.

Fixationspunkt F gehende Richtungslinie d. h. die Gesichtslinie dieses Auges ist, und wobei die Winkel, welche durch Drehung im Sinne eines Uhrzeigers beschrieben werden, positiv gerechnet werden sollen.

Auf jeder durch K gezogenen Geraden PK, die etwa mit KF den Winkel α bilden mag, giebt es nun einen Punkt P, dessen Bild genau auf dem correspondirenden Punkte der anderen Netzhaut entworfen wird. Dieser Punkt liegt auf dem Müller'schen Horopterkreise, und die von ihm nach K' d. i. dem Kreuzungspunkte der Richtungslinien im rechten Auge gezogene Gerade bildet alsdann mit der Gesichtslinie $K'F$ dieses Auges ebenfalls den Winkel α. Jedoch nicht nur der Punkt P der Geraden PK wird einfach wahrgenommen, sondern auch noch alle ihm benachbarten, bei welchen die durch sie und K gezogenen Geraden mit PK Winkel einschliessen, welche unterhalb gewisser Grenzwerthe α_1 und α_2 bleiben. Diese beiden Grenzwerthe sind Functionen von α und zwar wird, wenn α_1 den Grenzwinkel auf der positiven, α_2 den auf der negativen Seite von PK bezeichnet, durch α_1 ein Punkt P_1 der äusseren, durch α_2 ein solcher P_2 der inneren Grenzcurve bestimmt. Nennt man nun KP_1 d. i. der Leitstrahl der äusseren Grenzcurve r_1, während man r_2 für KP_2 schreibt, den Radius CP des Horopterkreises aber durch r und den Winkel CFK durch γ bezeichnet, so erhält man die folgenden Gleichungen:

$$PP_1 : PK' = \sin \alpha_1 : \sin (2\gamma - \alpha_1)$$

und mithin

$$PP_1 = PK' \frac{\sin \alpha_1}{\sin (2\gamma - \alpha_1)}$$

Anderseits hat man

$$PK' = 2r \cos (\alpha + \gamma)$$
$$PK = 2r \cos (\alpha - \gamma)$$
$$r_1 = KP + PP_1$$

und mithin nach Ausführung der geeigneten Substitutionen

$$r_1 = 2r \left[\cos (\alpha - \gamma) + \cos (\alpha + \gamma) \frac{\sin \alpha_1}{\sin (2\gamma - \alpha_1)}\right]$$

Berücksichtigt man endlich noch, dass

$$r = \frac{c}{2 \sin 2\gamma}$$

wenn c den Abstand KK' der beiden Augen bedeutet, so ergiebt sich für die äussere Begrenzungscurve die Gleichung

$$r_1 = \frac{c}{\sin 2\gamma}\left[\cos(\alpha-\gamma)+\cos(\alpha+\gamma)\,\frac{\sin\alpha_1}{\sin(2\gamma-\alpha_1)}\right] \qquad (1)$$

Für die innere hingegen erhält man durch eine ähnliche Betrachtung

$$r_2 = \frac{c}{\sin 2\gamma}\left[\cos(\alpha-\gamma)-\cos(\alpha+\gamma)\,\frac{\sin\alpha_2}{\sin(2\gamma+\alpha_2)}\right] \qquad (2)$$

Will man diese Gleichungen discutiren, so muss man vor Allem das Verhalten der Grössen α_1 und α_2 als Functionen $\varphi\alpha$ und $\psi\alpha$ von α kennen; denn von diesem Winkel d. h. von der Entfernung der Bildpunkte vom Centrum der Doppelnetzhaut sind ja diese Grössen vorzugsweise abhängig.

Zwischen diesen Functionen finden nun gewisse Beziehungen statt, wie man leicht aus folgender Betrachtung übersieht.

Gesetzt, man biete dem linken Auge ein Strichpaar a' b' dar, dem rechten ein anderes a'' b'', von denen das erstere unter einem Gesichtswinkel α', das zweite unter dem Winkel α'' erscheinen mag; macht man nun den Unterschied zwischen diesen Strichpaaren so gering, dass sie binocular gerade noch als ein einziges wahrgenommen werden, so ist doch der Winkel $\alpha' - \alpha''$ innerer oder äusserer Grenzwinkel, je nachdem man a' b' oder a'' b'' als Grunddistanz betrachtet. V o r a u s g e s e t z t n ä m l i c h, d a s s e s f ü r d i e V e r s c h m e l z u n g e i n e r l e i s e i, o b m a n d i e l i n k s g e l e g e n e n S t r i c h e a' u n d a'' o d e r d i e r e c h t s g e l e g e n e n b' u n d b'' f i x i r e. Es ist unerlässlich, diese Fälle als wesentlich verschiedene aufzufassen, da das einemal b' und b'' gekreuzte, das anderemal aber a' und a'' gleichnamige Doppelbilder liefern müssen. Die Versuche machen es nun sehr wahrscheinlich, dass die Empfindlichkeit für Doppelbilder nur von der absoluten Lage der beiden Bildpunkte auf der Doppelnetzhaut, nicht aber davon abhänge, ob man es mit gekreuzten oder gleichnamigen Doppelbildern zu thun habe. Man kann also mit demselben Rechte $\alpha' - \alpha''$ als den zu α' gehörigen inneren Grenzwinkel betrachten, sowie als den zu α'' gehörigen äusseren.

In Form einer Gleichung stellt sich dieser Satz folgendermaassen dar:

$$\psi\alpha = \varphi(\alpha - \psi\alpha)$$

oder

$$\varphi\alpha = \psi(\alpha + \varphi\alpha)$$

Anderseits ist

$$\varphi(-\alpha) = \psi\alpha.$$

Mithin ist die Kenntniss der Function φ für Werthe, welche von $\alpha = -\varphi o$ an nach der positiven Seite zu wachsen, vollkommen hinreichend, um sowohl diese Function für alle negativen, als auch $\psi\alpha$ für beliebige Argumente zu bestimmen.

Experimentell lassen sich nun die Werthe dieser Functionen für die dem Werthe o zunächst benachbarten Argumente nicht auffinden, wenigstens nicht mit Hülfe verschiedener Strichpaare, da man weder die Entfernung der Striche des einen Paares unter gewisse Grenzen herabdrücken, noch mit Sicherheit Punkte fixiren kann, welche zwischen diese Striche zu liegen kommen, ohne diese besonders zu markiren, wodurch jedoch die ganze Beobachtung gestört würde, wie aus vielen der Volkmann'schen Versuche auf's Entschiedenste hervorgeht.

Man ist deshalb nicht im Stande, die Stücken der Grenzcurven, welche den Gesichtslinien zunächst liegen, noch die zwischen denselben befindlichen anders als mit Hülfe von Interpolationen zu bestimmen, die freilich gerade für diese Theile am wenigsten statthaft sind.

Das Wesentliche, was die Versuche über den Gang der Funktionen $\varphi\alpha$ und $\psi\alpha$ lehren, besteht darin, dass sie beide mit wachsendem α ziemlich rasch zunehmen.

Diess vorausgeschickt, ist es leicht, sich von dem Verlaufe der beiden Curven ein Bild zu entwerfen, wobei man überdiess immer nur den auf einer Seite der Medianebene liegenden Theil zu berücksichtigen hat, da der Natur der Sache nach beide Curven aus zwei nach dieser Ebene symmetrischen Zweigen bestehen müssen.

Man hat also bei der Discussion der Gleichung (1) nur Werthe von α in Betracht zu ziehen, welche mit einem Anfangswerthe $-\alpha_0 = -\varphi o$ beginnen und von da im positiven Sinne wachsen.

Hiebei hat man nun zwei Fälle zu unterscheiden, je nachdem φo absolut kleiner, oder gleich oder grösser als γ ist.

Im letzteren Falle nämlich wird r_1 für jeden Werth von α

entweder unendlich gross oder negativ, d. h. es existirt keine äussere Grenzcurve. Ist hingegen γ grösser als α_0, so hängt der Verlauf der Curve in dem der Medianebene benachbarten Stücke zunächst von dem Gange der Function $\varphi\alpha$ ab. Doch sieht man, dass bei einigermaassen kleinem γ ein rasches Wachsen von r_1 zu erwarten ist, da sich alsdann $2\gamma - \alpha_1$ immer mehr der Null nähert. Wird endlich $\alpha_1 = 2\gamma$, was bei kleinen Werthen von γ mit zunehmendem α stets eintreten muss, so wird $r_1 = \infty$, d. h. die Curve nähert sich einer Asymptote, welche durch K gehend mit der Gesichtslinie KF einen Winkel α^* bildet, der sich aus der Gleichung

$$\varphi\alpha^* = 2\gamma \text{ ergiebt.}$$

Für diesen und alle grösseren Werthe von α giebt es also gar keine äussere Grenzcurve mehr, da negative Werthe von r_1, wie sie später aus der Gleichung folgen würden, keine physikalische Bedeutung mehr haben.

Die innere durch die Gleichung (2) dargestellte Curve liegt, wie man leicht sieht, ganz innerhalb des Horopterkreises und zeigt in der Nähe der Medianlinie eine um so stärkere Krümmung, je rascher α_2 mit wachsendem α zunimmt.

Besser als durch diese Discussion wird man sich durch Betrachtung der Figur 2 Tafel 5 eine Vorstellung von der Gestalt der besprochenen Curven bilden können. In dieser Zeichnung ist F der Fixationspunkt, HH ein Stück des Horopterkreises, dessen Mittelpunkt in C liegt, Fk und Fk' sind die beiden Gesichtslinien. Die Entfernung des Fixationspunktes vom Mittelpunkt der Grundlinie ist zehnmal so gross gewählt als die Augendistanz, entspricht mithin ungefähr 640^{mm}. Die Figur ist in $\frac{1}{3}$ der natürlichen Grösse ausgeführt.

Unter dieser Voraussetzung ist B die äussere, B' die innere Grenzcurve, wie man sie aus meinen Messungen erhält. Die der Construction zu Grunde gelegten Zahlen ergaben die Punkte, welche sich auf der linken Hälfte der Figur markirt finden, und zwischen denen dann die Curve nach Gutdünken durchgezogen wurde. V und V' sind die Curven nach den von Volkmann a. a. O. auf S. 38 mitgetheilten Mittelwerthen für seine Augen, S und S' endlich beziehen sich auf die Messungen des Herrn Solger, welche man auf S. 41 derselben Abhandlung findet. Die zur Construction dieser Curven benützten Punkte sind auf der rechten Hälfte der Figur angegeben. Es ist höchst auffallend, wie stark sich der Einfluss der Grenzdistanzen selbst bei so nahe gelegenem Fixationspunkte geltend macht.

Wenden wir uns zur Aufsuchung der Durchschnittscurven des empirischen Horopters mit der Medianebene.

Sei F wieder der Fixationspunkt, f seine Entfernung vom Mittelpunkte M der Grundlinie, M' der Durchschnittspunkt der beiden Queraxen, N irgend ein Punkt der gesuchten Curven, N' seine Projection auf MF, ϱ_1 und ϱ_2 die Entfernung NM, je nachdem der Punkt N der äusseren oder inneren Curve angehört und endlich $FMN = \vartheta$.

Jeder Punkt der Medianebene entwirft nun seine Bilder auf symmetrische Punkte, deren Längsschnitte mit dem mittleren die Winkel ε bilden mögen. Ist η der grösste Werth, den ε annehmen darf, wenn noch einfache Wahrnehmung möglich sein soll, so ist der gesehene Punkt ein Punkt N der Grenzcurve. Ist β der Winkel, welchen die Querschnitte, denen die beiden Bildpunkte angehören, mit der Ebene des mittleren Querschnittes bilden, so ist η eine Function Φ von β.

Diess vorausgeschickt, hat man für die äussere Curve

$$MN' = \frac{c}{2} \cot (\gamma - \eta)$$

was unter Berücksichtigung der Gleichung

$$\varrho_1 = MN' \sec \vartheta$$

die Gleichung $\varrho_1 = \frac{c}{2} \sec \vartheta \cot (\gamma - \eta)$ giebt, während man für die innere Grenzcurve die Gleichung $\varrho_2 = \frac{c}{2} \sec \vartheta \cot (\gamma + \eta)$ findet.

Da η eine Function von β ist, so ist es wünschenswerth ϑ durch β auszudrücken. Diess ist nun sehr leicht möglich, man darf nämlich innerhalb der Grenzen, innerhalb deren die angestellten Betrachtungen überhaupt von Bedeutung sind, ϑ geradezu durch β ersetzen. Eine höchst einfache Betrachtung zeigt nämlich, dass so lange man MM' gegen MF vernachlässigen darf,

$$\sec \vartheta^2 = \left(1 + \frac{c^2}{4f^2}\right) \sec \beta^2 - \frac{c^2}{4f^2},$$

eine Gleichung, die man bei den sehr kleinen Werthen, die dem $\frac{c^2}{4f^2}$ im Allgemeinen zukommen, geradezu durch $\sec \vartheta = \sec \beta$ ersetzen darf.

Bei der Convergenz der Gesichtslinien z. B., welche den Curven, Fig. 2 und 3, Tafel 5, zu Grunde liegen, ist $\frac{c^2}{4f^2} = \frac{1}{400}$.

Man kann mithin für die äussere und innere Grenzcurve die folgenden Gleichungen aufstellen:

$$\varrho_1 = \frac{c}{2} \sec \beta \cot (\gamma - \eta) \tag{3}$$

und

$$\varrho_2 = \frac{c}{2} \sec \beta \cot (\gamma + \eta). \tag{4}$$

Von dem Verlaufe dieser Curven erhält man ein deutliches Bild, wenn man sich daran erinnert, dass der durch F gehenden vertikalen Horopterlinie die Gleichung $\varrho = \frac{c}{2} \sec \beta \cot \gamma$ zukommt.

Man sieht nämlich, dass beide Curven, wenn γ nur einigermaassen rasch mit β wächst, wie das in Wahrheit der Fall ist, ihre convexen Scheitel dem Fixationspunkte zuwenden, und dass die äussere (3) im Allgemeinen zwei Asymptoten besitzt, welche durch M gehend mit der Horizontalen einen Winkel β^* bilden, welcher sich aus der Gleichung $\Phi \beta^* = \gamma$ ergiebt.

Figur 3, Tafel 5 zeigt die Gestalt dieser Curven, wie ich sie aus meinen Messungen erhalten habe. Sie ist genau unter denselben Voraussetzungen construirt, wie Fig. 2, jedoch der Raumersparniss wegen nur halb so gross, also in $\frac{1}{6}$ der natürlichen Grösse ausgeführt. Es ist demnach $FC' = \frac{1}{2} f$, während in Figur 2 $FC = \frac{1}{2} f$ war. FC' ist der **horizontale** Durchschnitt der

Median- und Blickebene, FH die verticale Horopterlinie, C' liegt ausserhalb des Fixationspunktes.

Wollte man die Untersuchung über die Gestalt der Grenzflächen des empirischen Horopters allgemeiner führen, so hätte man mit der Schwierigkeit zu kämpfen, dass Bilder von Punkten ausserhalb der beiden bisher betrachteten Ebenen im Allgemeinen nicht mehr auf gleiche Querschnitte fallen. Eine ganz oberflächliche Betrachtung ist jedoch bereits hinreichend, um zu zeigen, dass der Unterschied in der Lage der Bildpunkte in diesem Sinne durchschnittlich nur sehr gering ist, so dass trotz der Abnahme, welche die Grenzdistanzen bei der Annäherung an die Verticale zeigen, zu erwarten ist, dass die Durchschnitte der Grenzflächen mit verticalen der Antlitzfläche parallelen Ebenen ziemlich einfache ovale Curven sein werden.

Besonderes Interesse gewährt die Discussion der Gleichungen für den Fall paralleler Gesichtslinien d. h. wenn $\gamma = o$ wird.

Dann existirt keine äussere Grenzfläche mehr, die Gleichungen (2) und (4) aber gehen in die folgenden über

$$r_2 = c\,[\sin\alpha + \cos\alpha \cot\alpha_2]\,^{1)} \tag{5}$$

und

$$\varrho_2 = \frac{c}{2} \sec\beta \cot\eta. \tag{6}$$

Die Entfernung des Scheitels dieser Curven von M wird gleich $\frac{c}{2}\cot\alpha_0$, wobei α_0 zugleich der Werth ist, den η in der Netzhautgrube annimmt.

Da bei dieser Augenstellung sich alle Punkte auf identischen Querschnitten abbilden, so gilt in diesem Falle die zur Ableitung der Gleichung (2) beziehungsweise der Gleichung (5) für die Blickebene angestellte Betrachtung nun für jede durch KK' gelegte Ebene. Die Gleichung (5) ist mithin für $\gamma = o$ die Gleichung der inneren Grenzfläche, wenn man α_2 nicht nur als Function von α, sondern auch als solche von β auffasst.

---

[1]) Durch einen Irrthum wurde in der obenangeführten vorläufigen Mittheilung der rechten Seite dieser Gleichung der Factor 2 beigefügt.

Den anderen hervorragenden Fall, wo immer $\alpha_1 \geqq 2\gamma$ also auch $\alpha_0 \geqq \gamma$, haben wir schon oben betrachtet, und gesehen, dass es alsdann gar keine äusseren Grenzflächen mehr giebt, sondern alle jenseits, sowie noch eine grosse Menge diesseits des Fixationspunktes gelegenen Punkte einfach wahrgenommen werden.

Fasst man die gewonnenen Resultate zusammen, so sieht man, dass unter den gewöhnlichen Verhältnissen nicht nur die auf dem mathematischen Horopter befindlichen, sondern bei einigermaassen erheblichen Werthen der Grenzdistanzen auch noch eine ungemein grosse Anzahl von Punkten, welche den Horopter umgeben, einfach gesehen wird. Nur zwischen den beiden Gesichtslinien und in dem diese zunächst umgebenden Raume ist Gelegenheit geboten, Doppelbilder wahrzunehmen; eine Thatsache, die schon längst von Vieth[1]) auf dem Wege des Versuches entdeckt wurde.

Bedenkt man nun überdiess, dass alle Punkte mit Ausnahme derjenigen, für welche man gerade accomodirt, Zerstreuungskreise liefern müssen, wodurch die Entfernung der äussersten durch ein und dieselbe Ursache erregten Punkte der Doppelnetzhaut noch verringert wird, und berücksichtigt man ausserdem, dass man nur selten in die Lage kommt, Gegenstände zwischen den beiden Gesichtslinien oder in deren Nachbarschaft zu beobachten, dass man vielmehr jede Gelegenheit hiezu, z. B. das Sehen durch Gitter, fast ängstlich vermeidet, so kommt man zu dem Satze:

Unter den gewöhnlichen Bedingungen des Sehens fallen die Bilder aller Punkte, welche man mit einem Blicke auch nur einigermaassen deutlich sehen kann, auf nahezu identische Stellen und es ist desshalb bei nicht zu grosser Empfindlichkeit für Doppelbilder nur in Ausnahmsfällen Gelegenheit geboten, solche wahrzunehmen.

II.

Das eben gewonnene Resultat bietet eine kräftige Stütze für die Hypothese, dass die sogenannte Identität eine rein erworbene

[1]) Gilbert's Ann. Bd. 58 S. 241.

Eigenschaft sei[1]), wenn man überhaupt zugiebt, dass durch fortgesetzten gleichzeitigen Gebrauch zweier gleichartiger Organe zu gleichem Zwecke eine so enge Beziehung zwischen den entsprechenden Nerven eingeleitet werden kann, dass eine getrennte gleichzeitige Benützung geradezu schwierig, wenn nicht unmöglich wird, ein Satz, für den später verschiedene Analogieen angeführt werden sollen.

Doch sprechen ausser dem genannten Umstand noch verschiedene andere Gründe für die gemachte Annahme:

1) Der einem bestimmten Punkte *a* der einen Netzhaut *n* correspondirende Punkt *a'* der anderen *n'* ist der mittlere Ort der Bilder jener Punkte, deren Bilder auf *n* im Punkte *a* entworfen werden. Oder die ein und demselben Objectpunkte zugehörigen Bilder fallen im Mittel auf correspondirende Punkte.

Eines strengen Beweises ist dieser Satz nicht fähig, da selbst wenn man die Wahrscheinlichkeitsrechnung zu Hülfe nehmen würde, man doch über die der Rechnung zu Grunde zu legenden Daten, nämlich über die mittlere Augenstellung und die mittlere Lage der Beobachtungsobjecte mehr oder weniger willkührliche Voraussetzungen machen müsste. Doch wird man sich von der Wahrheit nicht sehr weit entfernen, wenn man eine gerade Nahestellung mit gleichliegenden Mittelschnitten, resp. eine Stellung, wie sie einem in der Medianebene etwa in Augenhöhe gelegenen mässig entfernten Fixationspunkte entspricht, als mittlere annimmt.

Alsdann werden gekreuzte und gleichnamige Doppelbilder von gleicher Oeffnung[2]) gleich wahrscheinlich, und diess ist es eben, was der aufgestellte Satz behauptet.

Sollten bestimmte Augenstellungen und bestimmte Lagen der Beobachtungsgegenstände bei einzelnen Individuen je nach ihrer Beschäftigung so vorherrschend sein, dass die eben angestellte

[1]) Vgl. Classen. Das Schlussverfahren des Sehactes. Rostock 1863. S. 65.

[2]) Unter „Oeffnung" eines Doppelbildes soll der Winkel verstanden werden, welchen die vom Centrum des Doppelauges (d. i. der gemeinschaftliche Kreuzungspunkt der Richtungslinien) nach den beiden Bildpunkten auf der Doppelnetzhaut gezogenen Geraden mit einander bilden.

Betrachtung nicht mehr gültig wäre, dass mithin die besagten mittleren Orte nicht mehr mit correspondirenden Punkten im geometrischen Sinne zusammenfielen, so könnte diess zu Assymmetrieen Anlass geben, wie sie von v. Recklingshausen, Helmholtz und anderen beobachtet wurden.

2) Der mittlere Abstand der einem und demselben Objectpunkte auf der Doppelnetzhaut entsprechenden Bildpunkte ist viel grösser in horizontalem als in vertikalem Sinne. Der Beweis dieses Satzes ist so leicht zu führen, dass er hier wohl unterbleiben kann.

Die Erfahrung lehrt, dass die Grenzdistanzen im vertikalen Sinne weit geringer sind, als im horizontalen, mithin sich genau so verhalten, wie es die Hypothese der erworbenen Identität fordern würde.

3) Die Grenzdistanzen erleiden durch fortgesetzte Uebung in der Wahrnehmung von Doppelbildern eine beständige Abnahme, wie durch Volkmann, Hering und meine eigenen Messungen aufs Auffallendste dargethan ist.

Diese Thatsache ist mit der Annahme einer angeborenen Identität, welche auf anatomischen Gründen beruhen sollte, geradezu unvereinbar, während es bei einer erworbenen Eigenschaft ganz selbstverständlich ist, dass eine Thätigkeit, deren Ziel gerade das entgegengesetzte von jener ist, durch welche diese Eigenschaft erworben wurde, sich in diesem Sinne äussern muss.

Die Hauptfrage, welche noch zu erörtern bleibt, ist also nur, ob es überhaupt Analogieen giebt, welche die Herstellung eines so innigen Zusammenhanges durch stets gleichzeitigen Gebrauch zweier Organe unzweideutig darthun. Solche Analogieen existiren, sowohl in der sensitiven als in der motorischen Sphäre.

Von den ersteren mag vor allem angeführt werden, dass wir auch mit den beiden Ohren stets nur einfach hören, obwohl wir uns durch Schliessen oder Oeffnen derselben, sowie durch Drehen des Kopfes, gerade so wie bei den Augen davon überzeugen können, ob wir in einem bestimmten Falle das eine oder andere ausschliesslich oder vorzugsweise benützen. Zur Erklärung dieser Thatsache hat man es meines Wissens nie für nöthig gehalten, besondere Verbindungen zwischen den Gehörsnerven anzunehmen.

Ein anderer Versuch, der mit den Verhältnissen beim doppeläugigen Sehen auffallende Verwandtschaft zeigt, ist der allbekannte mit dem Kügelchen, das zwischen verschränkten Fingern für doppelt gehalten wird.

Auch sonst kann man in Verlegenheit gerathen, seine Stellung zu den Gegenständen, oder die gegenseitige Lage und Grösse derselben zu beurtheilen, wenn man sie mit Stellen berührt, welche gewöhnlich nicht gleichzeitig zu Tastwahrnehmungen dienen. Wer Klavierspielen gelernt hat, dem wird die Verwirrung wohl noch erinnerlich sein, in welche es ihn brachte, als er zum erstenmale mit verschränkten Händen spielen sollte. Auch bei Turnübungen kommen ähnliche Fälle vor.

Aber auch auf dem Gebiete der motorischen Thätigkeit fehlt es nicht an Beispielen dafür, dass stets gleichzeitiger und gleichartiger Gebrauch zweier entsprechenden Organe schliesslich eine so enge Beziehung zwischen denselben hervorruft, dass man sie schwer getrennt benützen kann. So müssen z. B. die meisten es erst erlernen, nach Belieben das eine oder andere Auge zu schliessen und zu öffnen, oder gar die Augen unabhängig von einander zu bewegen. Zwischen Accomodation und Convergenz der Gesichtslinien besteht eine Wechselbeziehung, die sogenannte relative Accomodation, deren Grund wohl nur in der Gewohnheit zu suchen ist. Auch dem Anfänger im Klavierspiele macht es viele Mühe, seine beiden Hände unabhängig von einander bewegen zu lernen und mit der einen Hand grössere, mit der anderen kleinere Tacttheile zu spielen u. s. w.

Zur Erklärung dieser Thatsachen hat man es nirgends für nöthig gehalten, nach besonderen anatomischen Gründen zu suchen; sollte bei den Augen, die im gewöhnlichen Leben fast immer gleichzeitig gebraucht werden, dieser Umstand nicht hinreichen, um jenen Zusammenhang zu erklären, dessen Ausdruck das Identitätsprincip ist?

Schliesslich möge noch bemerkt werden, dass vielleicht auch die sogenannte Incongruenz der Netzhäute, wenigstens die erste von A. Gräfe[1]) angeführte Classe, welche besonders bei inveterirtem Schielen beobachtet wird, durch die Annahme der erworbenen Identität eine ungezwungene Erklärung finden dürfte. Freilich ist hiebei niemals zu vergessen, dass es immerhin auch zwei anatomisch correspondirende Punkte giebt, nämlich die des centralen Sehens. Da mir als Physiker alle eigenen Erfahrungen über diesen Gegenstand fehlen, so begnüge ich mich mit dieser Andeutung.

Kurz zusammengefasst kommt man zu dem Resultate, dass verschiedene Gründe eine erworbene Identität höchst wahrscheinlich machen, während die ältere anatomische Hypothese einerseits verschiedene Thatsachen nur schwer erklären könnte, anderseits aber jeglicher Analogie entbehrt, da das ganze Thierreich zwar allenthalben symmetrische, nirgends aber congruente gleichsinnig gelagerte Organismen zeigt.

III.

Nach Darlegung der Gründe, welche für eine erworbene Identität sprechen, erübrigt noch, zu untersuchen, ob die entwickelte Anschauung mit der merkwürdigsten Erscheinung auf diesem Gebiete, mit der Fähigkeit körperlich zu sehen, in Einklang zu bringen sei. Die Erörterung dieses Punktes ist um so dringender geboten, als man der Identitätslehre überhaupt den Vorwurf machte, diese Thatsache nicht erklärt zu haben, noch erklären zu können. Ich selbst muss in diesem Punkte, insoferne es sich darum handelt, ob eine solche Erklärung bereits geliefert sei, den Gegnern der Identitätslehre beistimmen, sogar noch nach dem Erscheinen des 5. Heftes von Hering's Beiträgen, dem ich in diesem Punkte nicht beipflichten kann.

Doch mag es gestattet sein, vorerst zu untersuchen, ob denn von gegnerischer Seite diese Frage mit mehr Glück behandelt wurde?

Was nun diess betrifft, so sind ein paar Versuche und kurze Betrachtungen hinreichend, um zu zeigen, dass die Projectionstheorie weder von den Doppelbildern, noch von der doppeläugigen Tiefenwahrnehmung Rechenschaft geben kann. Wenn ich trotz Hering's

[1]) Die Motilitätsstörungen u. s. w. S. 234.

eingehender Kritik dieser Lehre hier doch noch diesen Punkt in Kürze berühre, so wird diess hoffentlich in dem dadurch zu erzielenden Ueberblick über den ganzen Stand der Sache Entschuldigung finden.

Für's Erste steht die Erscheinung der Doppelbilder mit der Grundanschauung der Projectionslehre in eigentlichem Widerspruche, und es kann die Erklärung derselben nur durch eine Hülfshypothese ermöglicht werden; während nämlich unter den gewöhnlichen Umständen ein Punkt dahin verlegt werden soll, wo sich die beiden zu seinen Bildpunkten gehörigen Richtungslinien schneiden, d. h. wo er wirklich liegt, so soll unter anderen Umständen seine scheinbare Lage durch die Durchschnitte dieser Linien mit zwei ziemlich willkürlich gewählten Flächen bestimmt werden.

Abgesehen von den theoretischen Bedenken, welche diese Hülfshypothese einflössen muss, lässt sich auch experimentell ihre völlige Unhaltbarkeit nachweisen. Denn erstens giebt über den Ort, an welchem wir Gegenstände zu erblicken glauben, ihre scheinbare Grösse den besten Aufschluss, was bekanntlich bei Nachbildern am auffallendsten hervortritt, und diese scheinbare Grösse der Doppelbilder stimmt durchaus nicht mit jener überein, welche man nach der Nagel'schen Hypothese erwarten sollte[1]). Diesen Widerspruch hat Nagel selbst wohl gefühlt, und er sagt deshalb nach einer hierauf bezüglichen Betrachtung auf S. 22: „Um diesem Dilemma aus dem Wege zu gehen, ändern wir die Vorstellung von der Stellung der Augen und nehmen an, sie stehen convergent u. s. w."

Diess ist, wie leicht ersichtlich, eine neue Hülfshypothese, die noch dazu dem Wesen der Projectionslehre, welches ja gerade darin besteht, dass man mittelst des sogenannten Muskelgefühles, d. h. vermittelst der Kenntniss der Augenstellung über die Lage der Richtungslinien unterrichtet sei, völlig fremd ist. Die ganze a. a. O. durchgeführte Betrachtung ist streng genommen die folgende: Wenn wir unseren Fixationspunkt in grössere Entfernung bringen als die eines in der Medianebene befindlichen Objectes, so sehen wir Doppelbilder, weil wir die beiden Netzhautbilder auf die durch den Fixations-

[1]) Das Sehen mit zwei Augen. Leipzig 1861.

punkt gelegten Projectionssphären projiciren, da das hiebei erzielte Resultat uns aber zu unwahrscheinlich vorkommt, nämlich der Gegenstand zu gross erscheinen würde, so verlegen wir die „Doppelbilder“ wieder ungefähr in die wahre Entfernung des Objectes, kurz, wir projiciren eben nicht auf die Projectionssphären. (!!) So verstehe wenigstens ich den ganzen Passus, und ich glaube nicht, dass man mir vorwerfen kann, einen falschen Sinn untergeschoben zu haben.

Auf das Alleraugenfälligste bemerkt man diese Widersprüche auch bei Versuchen mit Nachbildern. Dort giebt die scheinbare Grösse unmittelbaren Aufschluss über die Entfernung, in welche wir, um diesen Ausdruck zu gebrauchen, projiciren. War das Nachbild durch doppeläugige Fixation erhalten, so müsste es nun jederzeit in zwei zerfallen, so oft man es bei beliebiger geänderter Stellung der Augen nicht in die Entfernung des neuen Fixationspunktes verlegt. Dass aber ein auf correspondirenden Stellen erzeugtes Nachbild immer einfach bleibt, hat schon Hering auf S. 150 bewiesen. Ja sogar mechanische Verschiebung des einen Bulbus vermag ein solches Nachbild niemals in zwei zu zerfällen. Diese wenigen Worte und Versuche werden wohl hinreichen, um die vollständige Unbrauchbarkeit der Projectionslehre zur Erklärung der Doppelbilder darzuthun. Ebenso ungeeignet aber als hiefür erweist sie sich für die Erklärung der stereoscopischen Erscheinungen.

Die Projectionslehre ist zwar im Stande, die Tiefenwahrnehmung unter den gewöhnlichen Umständen zu erklären, vorausgesetzt nämlich, dass man uns die Fähigkeit zuschreibt, unbewusst geometrische Constructionen auszuführen und unsere Augenstellung genau zu beurtheilen. Aber das Resultat dieser Constructionen ist eben alsdann vorzugsweise von dem Convergenzwinkel der Gesichtslinien abhängig und müsste ein ganz anderes werden, wenn man bei genau denselben Netzhautbildern diesen Winkel änderte, wovon man sich durch den blossen Anblick der umstehenden Figur (Fig. 1 a) sofort überzeugen kann. Es müsste also die absolute Entfernung zwei zu verschmelzender Stereoscopbilder auf das Resultat der Verschmelzung den grössten Einfluss äussern; es müsste dieses ganz verschieden sein, je nachdem man mit Anwendung eines Instrumentes oder mit freien Augen stereoscopirt. Ja man müsste im letzteren Falle, wenn man die Projectionslehre consequent anwenden will, sogar bei den meisten käuflichen Stereoscopen das Vergnügen haben, die Gegen-

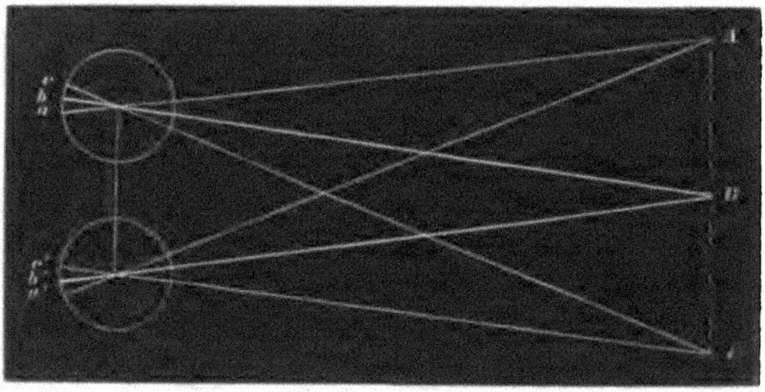

Fig. 1 a.

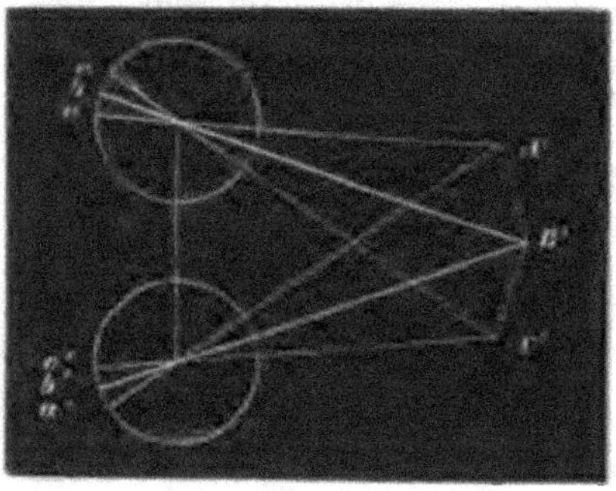

stände hinter sich zu erblicken, da die Entfernung der entsprechenden Punkte dieser Bilder die mittlere Augendistanz meist nicht unbeträchtlich übersteigt. Bekanntlich verhalten sich die Dinge in Wahrheit ganz anders; für die Betrachtung von stereoscopischen Bildern ist es von sehr geringem oder keinem Belange, ob man sich eines Instrumentes bedient oder nicht, und ob man schwächere oder stärkere Prismen anwendet.

Nagel sucht diese Widersprüche dadurch zu heben, dass er wieder ähnlich wie oben durch den Verstand das Muskelgefühl corrigiren lässt. Er spricht von einer „Alienation" des Muskelgefühles, und diese verwerthet er mit grosser Freiheit: Um diess zu beweisen, sehe ich mich genöthigt, die Figur 10 seiner Schrift

(Tafel 5 Fig. 4), sowie einige darauf bezügliche Worte zu reproduciren.

Die gestellte Aufgabe ist, die stereoscopische Verschmelzung zweier Punktpaare zu erklären, von denen das weitere links, das engere rechts liegt. S. 25 unten heisst es: „Die Erklärung dieses Versuches geht aus den früheren Betrachtungen unmittelbar hervor. L und R seien die Augen, $a_{,}\, b_{,,}$ die Ebene des Papiers im Durchschnitt, $a_{,}\, b_{,}$ und $a_{,,}\, b_{,,}$ die verschieden distanten Punktpaare in dieser Ebene. Wie bei dem eben besprochenen Versuch mit zwei Stäbchen nähern sich beim Uebergange in die parallele Augenstellung die Punktpaare und gehen in der Mittellinie in einander über. $a_{,}$ und $a_{,,}$ vereinigen sich zu A, d. h. die Visirlinien der Netzhautbilder $\alpha_{,}$ und $\alpha_{,,}$ schneiden sich in dem Punkte A u. s. w.“

Diess ist geradezu irrig, denn $\alpha_{,}$ und $\alpha_{,,}$ sind nicht die Netzhautbilder von $a_{,}$ und $a_{,,}$, sondern diese liegen in $\mathfrak{a}_{,}$ und $\mathfrak{a}_{,,}$ und die ihnen entsprechenden Richtungslinien schneiden sich in einem Punkte, welcher in der von Nagel angegebenen Figur hinter die Augen zu liegen käme. Ich kann diess nur unter der Voraussetzung verstehen, dass Nagel das Muskelgefühl gerade um so viel alienirt annimmt, dass wir die Visirlinie (Richtungslinie) $a_{,}\,\mathfrak{a}_{,}$ nach $A\,\alpha_{,}$ verlegt wähnen.

Wenn man also selbst zugeben wollte, dass durch diese „Alienation“, die übrigens einen ganz bestimmten Betrag haben muss, wenn nicht die sonderbarsten Sammelbilder erzielt werden sollen, diese Thatsache mit der Projectionslehre in Einklang gebracht werden kann, so wird doch niemand leugnen, dass durch Hereinziehen dieses neuen Elementes der Willkür Thür und Thor geöffnet ist.

Von Seite der Vertreter der Identitätslehre wurden, abgesehen von der gänzlich widergelegten Annahme Brücke's, nur zwei eingehendere Versuche gemacht, die Tiefenwahrnehmung zu erklären. Einmal von Volkmann[1]), dem ich im Ganzen am meisten beistimme, dessen Erklärung aber doch wohl ein Bischen zu sehr auf dem psychologischen Gebiete sich bewegt, und dann von Hering,

[1]) A. a. O.

dessen Meinungen über diesen Punkt mir, wie schon oben erwähnt, ziemlich hypothetischer Natur zu sein scheinen.

Dieser Ausspruch bedarf einer Rechtfertigung.

Hering erklärt die Tiefenwahrnehmung, indem er neben dem Identitätsprincip, welches er (S. 295) in die Sätze 1 und 2 auflöst, noch ein anderes Prinzip aufstellt, welches er als dritten Satz folgendermaassen ausspricht:

„Gegenpunkte (symmetrische Punkte) haben identische Sehtiefe."

Um diesen Satz anwenden zu können, bedarf man noch eines Hülfsatzes, der darin besteht, „dass alle auf Deckstellen abgebildeten Linien oder Punkte auf einer durch den scheinbaren Ort des Fixationspunktes gehenden, senkrecht zur Blickebene stehenden Ebene erscheinen, sofern alle anderen Motive zur Localisirung nach der dritten Dimension ausgeschlossen sind und allein die rein primitiven Raumgefühle in Wirksamkeit treten." (S. 293.)

Diese Ebene nennt Hering die Kernfläche und giebt den auf ihr erscheinenden Punkten den Tiefenwerth 0. Da die meisten Punkte sich nicht auf symmetrischen Netzhautpunkten abbilden, so kommt ihnen für die beiden Augen ein verschiedener Tiefenwerth zu; den resultirenden Tiefenwerth findet Hering, indem er das arithmetische Mittel aus beiden zieht. (S. 294 u. 306.)

Dieser Satz von den angeborenen „Tiefengefühlen", beziehungsweise von den Tiefenwerthen der Netzhautpunkte, ist nun eine reine Hypothese, für welche mir wenigstens der Verfasser durchaus keine genügenden Beweise beigebracht zu haben scheint.

Denn gesetzt auch, seine Beobachtungen über die Existenz der Kernfläche seien richtig, was bei den entgegenstehenden Beobachtungen von Helmholtz noch in Zweifel gezogen werden muss[1]), so bildet diess noch durchaus keinen Beweis für den Satz von den Tiefenwerthen. Denn ein solcher schlösse wieder das hypothetische Mittelziehen in sich, eine Operation, die wohl mit der unbewussten Construction der Richtungslinien auf ganz gleicher Stufe steht.

---

[1]) Mir selbst fehlte bisher leider die Zeit zu einer Wiederholung dieser Versuche.

Ich unterlasse es, weiter auf eine Kritik dieses Punktes einzugehen, da ich glaube, dass sich zwischen meinen eigenen Ansichten und dem Grundgedanken, der sich durch Hering's Lehre von der Tiefenwahrnehmung zieht, unschwer eine Versöhnung werde finden lassen.

Ehe ich jedoch meine eigene Anschauung entwickle, halte ich es für nöthig, ganz präcise festzustellen, was in der Folge unter Empfindung, Wahrnehmung und Vorstellung verstanden werden soll, da in den bisher erschienenen Arbeiten über diese Fragen gerade diese Worte in dem verschiedensten Sinne gebraucht und dadurch viele Missverständnisse hervorgerufen wurden.[1])

Empfindung ist der Eindruck, den die Reizung irgend eines sensitiven Nerven auf das Centralorgan (Sensorium) hervorbringt. Einfache Empfindung die durch den kleinsten für sich wirkungsfähigen Theil eines solchen Nerven (Nervenprimitivfaser) vermittelte.

Vorstellung ist der Inbegriff von Eigenschaften (Ursachen bestimmter Empfindungen), den man in Gedanken einem Dinge beilegt, als das Wesen eines Dinges ausmachend ansieht.

Wahrnehmung endlich ist die unmittelbare Verbindung einer oder einer Summe von Empfindungen mit bestimmten Vorstellungen.

Einige Beispiele werden diese Definitionen erläutern:

Die Reizung jedes kleinsten intergrirenden d. h. für sich allein reizungsfähigen Netzhautelementes (Stäbchens) bringt eine Lichtempfindung hervor, an der man Intensität und Farbe unterscheiden kann. Der Anblick der Mondscheibe z. B. erregt so viele einfache Empfindungen, als Stäbchen von dem Bilde derselben getroffen werden. Verbindet man mit dieser Summe von Erscheinungen sofort die Vorstellung der Zusammengehörigkeit, so macht man die Wahrnehmung eines leuchtenden Körpers oder einer leuchtenden Fläche. Dadurch, dass man sich die Gestalt dieser Fläche an verschiedenen Tagen einprägte, und diese verschiedenen Wahrnehmungen zum Gegenstande des Nachdenkens machte, gelangte man dazu, sich den Mond als eine undurchsichtige Kugel vorzustellen. Der Astronom, der sich mit dieser Vorstellung sehr vertraut gemacht, und dem

---

[1]) Vgl. Cornelius. Zur Theorie des Sehens. Halle 1864.

überdiess Erfahrungen über die perspectivischen Verkürzungen zur Seite stehen, wird sogar den Mond durch sein Fernrohr unmittelbar als Kugel wahrnehmen können.

Der Vorgang, durch welchen man allmälig dazu gelangt, Wahrnehmungen zu machen d. h. unmittelbar mit der sinnlichen Empfindung Vorstellungen zu verbinden, ist leicht zu überblicken. Den meisten Dingen begegnen wir sehr häufig, empfangen also immer und immer wieder dieselben Summen von Empfindungen. Endlich fassen wir diese mit Hülfe des Gedächtnisses als ein nothwendig zusammengehöriges Ganzes auf, wir bilden uns eine Vorstellung von dem Dinge und verbinden diese schliesslich ohne weiteres Nachdenken unmittelbar mit der Empfindungssumme zu einer Wahrnehmung. Wir nehmen die Dinge wahr.

Empfindungen können gedacht werden ohne Vorstellungen, Vorstellungen ohne gleichzeitige darauf bezügliche Empfindungen, die Erinnerung genügt, Wahrnehmungen hingegen fordern immer eine unmittelbare Verbindung von beiden.

Man darf also beim stereoscopischen Sehen durchaus nicht sagen, dass in uns blos die „Vorstellung“ von Körpern erweckt werde, hiezu genügen gewöhnliche lineare Zeichnungen auch, sondern man nimmt geradezu mit zwingender Nothwendigkeit Körper wahr.

Ebensowenig ist es aber gestattet, von einer „Empfindung der Tiefe“ zu sprechen; denn die Wahrnehmung der Körper fordert unbedingt das Vorhandensein der Raumvorstellung, während Empfindungen doch offenbar nicht von dem Vorhandensein von Vorstellungen abhängig sein können.

Die „Tiefenwahrnehmung“ setzt bereits eine Bildung des Centralorganes voraus, wie sie im betrachteten Falle vorzugsweise durch den Tastsinn erlangt wird.

Diess mag genügen, um einerseits meinen Sprachgebrauch zu rechtfertigen und festzustellen, anderseits aber die Verwirrung zu erklären, welche die Einführung eines „Tiefengefühles,“ einer „Tiefenempfindung“ oder gar der „Empfindung der binocularen Parallaxe“ hervorrufen musste.

Nach diesen Vorbereitungen kann ich meine Ansicht über das Zustandekommen der körperlichen Wahrnehmung in wenigen Worten darlegen.

Fixirt man irgend einen Punkt, so bilden sich nur die auf dem Totalhoropter gelegenen Objectpunkte auf genau identischen Punkten der Netzhäute ab, alle anderen Punkte liefern Doppelbilder, und zwar gleichnamige, wenn sie ausserhalb, gekreuzte, wenn sie innerhalb des Längshoropters liegen. Dass die beiden Bilder überdiess im Allgemeinen nicht auf gleiche Querschnitte fallen und auch dort ein ähnliches Umspringen wie von gekreuzten zu ungekreuzten Doppelbildern eintritt, wenn der Punkt den Querhoropter passirt, ist bekannt. Diese Doppelbilder werden aber nur als solche wahrgenommen, wenn ihre Entfernung auf der Doppelnetzhaut gewisse Grenzen übersteigt, die von der Lage dieser Punkte auf derselben abhängig sind.

Die einzige Annahme, welche man nun zur Erklärung der Tiefenwahrnehmung nöthig hat, ist, dass der Eindruck, den die Reizung zweier benachbarter Stellen der Doppelnetzhaut hervorbringt, auch dann, wenn die dadurch vermittelte Wahrnehmung eine einfache ist, von der gegenseitigen Lage und Entfernung der beiden Bildpunkte abhängig sei, d. h. dass der Eindruck ein verschiedener, je nachdem das (verschmolzene) Doppelbild ein gekreuztes oder ungekreuztes mit grösserer oder geringerer Oeffnung ist.

Die Erfahrung ist alsdann vollkommen hinreichend, um die Tiefenwahrnehmung zu erklären. Da nämlich alle Punkte, welche in grösserer Entfernung liegen (ausser bei parallelen Gesichtslinien) immer gleichnamige, näher gelegene Punkte, aber jederzeit gekreuzte Doppelbilder hervorbringen, so muss man endlich, nachdem man sich mit Hülfe des Tastsinnes die Vorstellung von nah und fern gebildet hat, dazu kommen, mit dem Eindruck eines gekreuzten aber sehr wenig geöffneten, also verschmelzbaren Doppelbildes unmittelbar die Vorstellung eines nahen, mit dem eines gleichnamigen, die eines fernen Gegenstandes zu verbinden, d. h. solche wahrzunehmen.

Linien, welche sich vom Längshoropter nach aussen entfernen, liefern allmälig immer weiter geöffnete gleichnamige Doppelbilder u. s. w. Auch die Eigenthümlichkeit dieser Eindrücke kann sich nach wiederholten Erfahrungen allmälig dem Gedächtniss einprägen und dann zu directen Wahrnehmungen Anlass geben.

Was die absolute Localisation der gesehenen Gegenstände betrifft, so würde sie, wenn sie allein mit Hülfe der eben entwickelten Momente zu Stande kommen sollte, eine genaue Kenntniss der Lage des Fixationspunktes und der Gestalt des Längshoropters voraussetzen. Bekanntlich fehlt eine solche; wir sind nicht im Stande, die Lage des Fixationspunktes ohne andere Hülfsmittel anzugeben und localisiren nach Hering den Längshoropter falsch.

Hiezu bedarf es also noch anderer Momente, diese liegen aber genügend in den Erfahrungen über die bekannte Gestalt der Gegenstände und über die Perspective. Fehlen solche, so wird auch die Localisation falsch, oder die körperliche Wahrnehmung ist nicht mehr zwingend und eindeutig, sondern mehrdeutig. Im letzten Hefte dieser Zeitschrift wurden auf S. 190 ff. mehrere solche Beispiele angeführt.

Für die Tiefenwahrnehmung im Allgemeinen genügt es, wenn der unmittelbare Eindruck über näher und ferner, mehr oder weniger belehrt. Würde man alsdann falsch localisiren, so käme man in Widerspruch mit der Perspective, man sähe Zerrbilder.

Diese Betrachtungen erklären sofort die Wirkung des Stereoscopes, sowie die geringe Rolle, welche dabei die Convergenz der Augenaxen spielt. Auch versteht man leicht, weshalb die stereoscopisch gesehenen Bilder doch nie in ihrer wahren Grösse, sondern mehr wie Modelle erscheinen. Da nämlich die Stereoscopbilder durchschnittlich auf Standlinien aufgenommen werden, welche die Augendistanz beträchtlich übertreffen, so zeigen die beiden Bilder so starke Verschiedenheiten, wie wir sie nur bei sehr nahen Gegenständen zu bemerken gewohnt sind; wir erblicken daher die Gegenstände im Stereoscop meist ziemlich nahe und halten sie deshalb bei dem gleichen Gesichtswinkel für kleiner[1]).

Ganz ohne Einfluss ist aber die Convergenz der Augenaxen doch nicht, wenigstens nicht in allen Fällen, wie der bekannte Tapetenversuch beweist, oder der andere, wo zwei bewegliche Linien,

---

[1]) Vgl. Helmholtz. Das Telestereoscop. Pggdff. Ann. Bd. 102. S. 168.

von denen jede einem Auge dargeboten wird, sich zu einem Sammelbilde vereinigen, welches sich dem Beobachter zu nähern oder sich von ihm zu entfernen scheint, je nachdem der Abstand der beiden Linien sich verkleinert oder vergrössert. Man kann diese Thatsachen jedoch durchaus nicht als Beweise für die Existenz sogenannter Muskelgefühle ansehen, sondern nur dafür, dass wir von der Stellung der Augen, sei es auch nur durch die Stärke des Willensactes, welcher erforderlich ist, um dieselben in der einen oder anderen Stellung festzuhalten oder in dieselbe zu bringen, einigermaassen Kenntniss haben. Keinenfalls aber berechtigen sie, diesen sogenannten Muskelgefühlen eine so bedeutende Rolle zu übertragen, wie es von mancher Seite her geschehen ist.

Diese Betrachtungen scheinen mir genügend, um sich von dem Zustandekommen der stereoscopischen Wahrnehmung wenigstens im Grossen und Ganzen eine ziemlich klare Vorstellung zu bilden.

Ob die entwickelten Anschauungen den Namen einer eigentlichen Erklärung verdienen oder nur den einer Umschreibung der Thatsachen, müssen Andere entscheiden. Jedenfalls glaube ich die Erscheinungen unter einen Gesichtspunkt gebracht zu haben; inwieferne aber Erklärungen im physikalischen Sinne auf einem Gebiete, das so nahe an die Psychologie heranstreift, überhaupt möglich seien, muss die Zukunft lehren. Eine schärfere mathematische Fassung wurde bei den Betrachtungen über das Zustandekommen der körperlichen Wahrnehmung absichtlich vermieden, da bei diesen Fragen, die messender Prüfung doch nur sehr schwer oder theilweise zugänglich sind, die Gefahr nahe lag, den Sätzen ein anspruchvolleres Ansehen zu geben, ohne deshalb in Wahrheit an Strenge zu gewinnen. Eine verfrühte Anwendung der Mathematik führt leicht zu einem Missbrauche, der die sonst sprüchwörtliche mathematische Strenge zu einer reinen Illusion macht, wofür es in der neueren Physiologie nicht an Beispielen fehlt.

Kurz gefasst wurden folgende Sätze gewonnen:

1) Unter den gewöhnlichen Umständen werden die Bilder der meisten zu gleicher Zeit deutlich sichtbaren Gegenstände auf nahezu identischen Stellen entworfen.

2) Dieser fortgesetzt gleichzeitige Gebrauch zu gleichem Zwecke berechtigt, das eigenthümliche Verhalten der sogenannt identischen Punkte als ein erworbenes zu betrachten. Eine Anschauung, die noch durch verschiedene andere Gründe unterstützt wird.

3) Von diesem Gesichtspunkte aus bietet auch die Erklärung der doppeläugigen Tiefenwahrnehmung keine Schwierigkeit, wenn man nur zugiebt, dass der Eindruck, den ein zu einer Wahrnehmung verschmolzenes Doppelbild macht, verschieden sei, je nachdem es gekreuzt oder gleichnamig und mehr oder weniger geöffnet ist.

Wahres, recidivirendes Myom.
(Rhabdomyoma Zenker's.)

Von
Ludwig Buhl.

Die Entwicklungsgeschichte der quergestreiften Muskeln ist erst in der neuesten Zeit wesentlich gefördert worden. Den Untersuchungen Weismann's (Zeitschr. für rat. Med. 3. R. X. Bd. 1860 p. 263), den Beobachtungen über pathologische Neubildung quergestreifter Muskeln (Billroth, C. O. Weber, Lambl, Recklinghausen), der Mittheilung v. Wittich's über die Winterfrösche (Königsb. med. Jahrb. III. 1861), der gehaltreichen Abhandlung Zenker's über die Veränderungen der willkührlichen Muskeln im *Typhus abdominalis*, u. a. hat man die bezügliche Kenntniss zu verdanken.

Trotzdem erscheint mir die Sache noch nicht zum Abschlusse gekommen und jeder weitere Beitrag desshalb nicht unerwünscht zu sein.

Diess veranlasst mich, einen im Jahre 1863 und einen zweiten im verflossenen November 1864 beobachteten Fall von Muskelgeschwulst, die schon an sich ihrer Seltenheit wegen hinreichendes Interesse bieten dürften, insbesondere aber wegen der Belehrung, die aus ihnen in Bezug auf Entwicklung quergestreifter Muskeln zu schöpfen ist, in die Oeffentlichkeit zu bringen.

1. Die (1863) 28jährige Dienstmagd M. S. giebt an, vor acht Jahren gefallen zu sein und seit jener Zeit am Rücken Schmerzen zu empfinden. Als man im Jahre 1862 eine Geschwulst links neben der Lendenwirbelsäule bemerkt und diese als den Ausgangspunkt der Schmerzen erkannt hatte, setzte man ein Haarseil an die Stelle

und unterhielt die Eiterung 6 Wochen lang. Die Kranke empfand nicht die geringste Erleichterung. Sie liess sich nun (1. Mai 1863) auf die Abtheilung des Prof. Dr. Nussbaum aufnehmen. Die Geschwulst und die Schmerzen bestanden fort; die Wirbel selbst waren schmerzlos. Am 5. Mai legte man Drainageröhren ein, welche man aber wegen Erfolglosigkeit am 25. Mai wieder entfernte. Man entschloss sich vielmehr zur Exstirpation der Geschwulst, die auch am 1. Juni unter sehr beträchtlicher Blutung vollzogen wurde. Daraufhin waren die Schmerzen wirklich verschwunden; allein nur auf kurze Zeit. Sie strahlten bald wieder längs der ganzen Wirbelsäule und gegen die Füsse zu aus und während nur wenig Eiter, mehr eine seröse Flüssigkeit aus der Wunde abfloss, erhob sich aus der Tiefe derselben, die Hautspalte immer weiter aus einanderdrängend, eine neue, oberflächlich gelblich belegte Geschwulst, die innerhalb 14 Tagen kindskopfgross über die Rückenhaut emporragte und die Wundränder pilzähnlich überdeckte. Man entschloss sich zum zweiten Mal zur Hinwegnahme und bediente sich dazu der Galvanokaustik (16. Juni). Die trotz der Methode eintretende reichliche Blutung konnte nur durch das Glüheisen bewältigt werden. Nach dieser Exstirpation recidivirte die Geschwulst scheinbar wohl neuerdings, doch nicht mehr in dem früheren Maasse, indem durch continuirlichen Verband mit Chlorzinklösung der allzuüppigen Wucherung Schranken gesetzt wurde. In diesem Zustande befand sich die Kranke noch lange Zeit, war natürlich durch die Blutungen, die Schmerzen abgemagert und schwächer geworden, hat sich aber nach und nach auffallend erholt, die Neubildung verminderte sich sogar, ja die Wunde schloss sich ohne eine weitere Recidive.

Die zuerst (am 1. Juni) entfernte Geschwulst war hühnereigross, fühlte sich sehr hart und derb an und zeigte auf den Durchschnitten sinuöse Räume mit injicirter Innen-Wandung und einem serösen, nur sehr spärlich Eiterkörper besitzenden Inhalte. Die Grenzen der Geschwulst gingen verwischt in Muskelgewebe über, welches, je näher der harten Masse, um so entfärbter und bleicher, selbst weisslich beschaffen war.

Die mikroskopische Untersuchung ermittelte damals nichts weiter, als dass man ein mit dichten Bindegewebszügen durchsetztes, narbiges Muskelgewebe vor sich hatte. Die inneren Räume, welche wie Fistelgänge nur mit schwieliger Muskelmasse umsäumt sich ausnahmen, hielt man für Reste des gesetzten Haarseiles und der Drainage.

Ganz anders verhielt sich die recidivirte Geschwulst. Abgesehen von dem Volum, zeigte ihre Oberfläche durch seichte Einschnitte von einander getrennte Lappen, und waren diese wieder in kleinere und kleinste Läppchen und Warzen gefurcht. Ich war nun darauf bedacht, an dem abgeschnittenen breiten Stiele ein Gefäss aufzufinden, welches eine Injektion zuliess. Sie gelang wenigstens so weit, dass es in Folge derselben möglich war, nicht nur die Gefässe selbst zu beurtheilen, sondern das eigentliche Gewebe von denselben leichter zu unterscheiden, was ausserdem sehr schwierig gewesen wäre.

Der Reichthum an neugebildeten Gefässen ist sehr gross. Die Capillaren sind stellenweis so dicht gestellt, dass zwischen ihnen kaum Platz für andere Bestandtheile übrig scheint; sie verlaufen im Allgemeinen in dicken Büscheln beisammen, radienartig von der aufsitzenden Basis der Geschwulst gegen die gelappte Peripherie zu, um schliesslich in Schlingen zu endigen, die jedoch untereinander mittelst Seitenästen maschenartig communiciren. Ihre Weite ist ebenfalls sehr bedeutend; die im Stiele befindlichen Gefässe haben wohl die grössten Durchmesser, doch finden sich auch strichweise gegen die Peripherie zu noch Capillaren von 0,12 — 0,2 $^{m}/_{m}$ und mehr Durchmesser; geringeres Kaliber besitzen nur wenig Schlingengefässe. Die feinsten, etwa 0,01 $^{m}/_{m}$ im Durchmesser haltend, laufen neben und parallel mit ausgebildeten Muskelbündeln und scheinen daher auch relativ ältere Gefässe zu sein. Sehr häufig ist es unmöglich, an den jungen Capillaren eine eigene Wandung nachzuweisen, ihre Begrenzung ist dann das unmittelbar anliegende celluläre Gewebe der Geschwulst. Nerven konnte ich nirgends auffinden, obgleich die beträchtlichen Schmerzen, welche die Kranke auszuhalten hatte, solche erwarten liessen. Das intraangiöse eigentliche Gewebe der Geschwulst ist höchst merkwürdig. Zunächst an die Gefässe schliesst sich ein kernreiches Bindegewebe an, dessen Substanz alle Abstufungen von fertigen gelockten Bündeln bis zur homogenen Gallerte darstellt. Die Kerne in demselben sind stark oblong und oft sehr dicht gelagert; etwas entfernter von den Gefässwänden aber sieht man weniger oblonge Kerne mit einem feinkörnigen Protoplasma umgeben, wodurch zellenähnliche Körper von Kugelform und von kürzerer oder längerer Spindelform zu Stande kommen. Das Wachsthum dieser Körper drängt deutlich in die Länge, weniger in die Dicke und geht dem Längenwachsthum offenbar eine Kerntheilung voraus, deren resultirende Doppelkerne dann immer weiter auseinanderrücken. Man findet solche Theilungsversuche und wirkliche Theilungen in grosser Zahl, und beginnt an je zwei auseinandergerückten Kernen die Theilung neuerdings, so zeigen sich Reihen von Kerngruppen in einiger Entfernung hintereinander in einem und demselben Spindelkörper. Manchmal überholt die Kerntheilung das Wachsthum in die Länge der Art, dass geschlossene Reihen von 6—10 Kernen sich gebildet haben, ohne dass der Körper sich entsprechend verlängert hätte.

Innerhalb der meisten dieser Körper oder Fäden erkennt man und zwar um so deutlicher, je länger und breiter sie geworden sind, eine quere Streifung. Solche Fäden bieten keine scharfe Grenze mehr von schmalen quergestreiften Muskelbündeln, welche man ihrerseits wieder in vollkommen ausgebildete Muskelbündel übergehen sieht. Verfolgt man die schmalen Bündel, so kann man häufig finden, dass sie mit dem einen Ende in eine stumpfe Spitze sich verjüngen und auslaufen, mit dem anderen aber an einen dickeren Bündel angefügt sind, aus dessen Theilung sie hervorgegangen sein müssen. Die Theilung der gröberen Bündel scheint dadurch eingeleitet zu werden, dass nicht nur behufs eines Längenwachsthumes Quertheilungen der Kerne in üppiger Weise eintreten, sondern dass auch einzelne der Kerne eine Längstheilung eingehen, wodurch die entstandenen Doppelkerne der Quere nach im Bündel gelagert werden und sich ebenfalls immer mehr von einander entfernen. Da wo die Kernwucherung sehr reichlich ist, Quer- und Längstheilung stattfindet, da bilden sich oft doppelte und dreifache Reihen und Anfänge neuer Zwischenreihen, so dass ein scheinbarer Wirrwarr in der Lagerung der Kerne hervorgebracht wird. Es sind diess jene Stellen, welche als Varikositäten der Muskelbündel (Billroth) beschrieben oder mit den *plaques à plusieurs noyaux* des embryonalen Knochenmarkes verglichen werden.

Von einer Membran um die jüngeren Primitivmuskelfäden, welche sich schon durch geringeren, aber auch höchst ungleichen Querdurchmesser von den alten Muskelbündeln unterscheiden, konnte ich mich nicht überzeugen, sie liegen einfach in der Bindesubstanz eingebettet; aber selbst bei den grösseren, noch im Wachsthum begriffenen Fäden schien es mir eher, als sondere sich eine membranöse Hülle von der Bindesubstanz ab, als dass es der Muskelfaden selbst sei, der an seiner Oberfläche zum Sarkolemm erhärte.

Die Primitivmuskelkörper von ihren ersten embryonalen Anlagen bis zur ausgebildetsten Form eines Bündels finden sich in der ganzen Geschwulst, so gut in der Basis und dem Centrum derselben, als an der Peripherie.

An vielen, insbesondere den jüngeren Körpern sieht man häufig Fettmoleküle eingelagert, was nicht sowohl als embryonaler Zustand, sondern als Degeneration aufgefasst werden muss, da in der Nähe derselben auch die Gefässwandungen mit Fetttröpfchen durchsetzt sind.

2. Der zweite Fall von neugebildeter Muskelgeschwulst, den ich beobachtete, war folgender: Im linkseitigen *Musculus pectoralis major* eines 50jährigen Mannes hatte sich nach vorausgegangener leichter Zerrung in kurzer Zeit eine Geschwulst entwickelt und ist dieselbe rasch bis fast zu Manneskopfgrösse angewachsen. Da sie deutlich Fluktuation wahrnehmen liess, stach sie Prof. Dr. Nussbaum mit dem Explorativtroikart an und entleerte eine blutig wässerige Flüssigkeit, in welcher zahlreiche kuglige Körperchen von der Grösse der Lymphkörper, aber auch grössere mehrkörnige Zellen verschiedener Gestalt zu sehen waren. Die alsdann exstirpirte Geschwulst erwies sich als eine Cyste mit mehrfach geschichteter Wandung, deren wesentliche histologische Bestandtheile erbleichte, zum Theil fibroid verdichtete, zum Theil hyalin oder fettig degenerirte Muskelsubstanz waren. Je näher der zottig unebenen Innenfläche, desto mehr sah man Kernwucherung in den Muskelbündeln und junge Muskelelemente von der Art und Weise, wie im ersten Falle. Es war also gerechtfertigt, die Geschwulst ein *Myoma cysticum* zu nennen. Die von der innersten Lage abgeschabten Theile

enthielten sehr grosse, mit in Theilung begriffenen, ebenfalls sehr grossen Kernen versehene Zellen, welche für sich allein als vom Muskel abstammend kaum würden erkannt worden sein, wenn nicht die Uebergänge den Beweis geliefert hätten, dass sie doch bloss in der Wucherung ausgeartete Muskelelemente waren. Sie machten jedoch klar, dass die Höhle nur durch die immer bedeutendere Weichheit und endlich völlige Erweichung, welche der Muskelwucherung zur Seite ging, entstanden sein konnte.

Die Exstirpationswunde heilte gut und rasch. Doch nach Verlauf von 3 Monaten nach der Operation recidivirte die Geschwulst und der alsbald wieder unternommenen Entfernung derselben erlag der Kranke in Folge rascher Verjauchung der Wunde.

Fasst man Alles zu einem Bilde zusammen, so ergibt sich, dass man es beide Male mit einer rasch wuchernden Geschwulst zu thun hatte, welche nicht nur in quergestreiften Muskeln ihren Sitz aufschlug und aus ihnen entsprang, sondern auch aus quergestreiften Muskeln verschiedener Entwicklung bestand, dass ferner die Bindesubstanz zwischen Gefässen und Muskeln nicht minder sich in einer entsprechenden, vom Schleimgewebe bis zum fertigen Bindegewebe reichenden Entwicklungsstufe befand. Der Hauptaccent liegt offenbar auf der Muskelneubildung im Muskel und habe ich in Analogie mit dem „wahren Neurom", welches eine Nervenneubildung im Nerven bedeutet, bisher den Namen „wahres Myom" dafür gebraucht. Zenker schlägt (l. c. p. 85) die Bezeichnung *Rhabdomyoma* (ῥαβδός Stab, Streifen) vor, um die Geschwulst aus quergestreiften Muskeln von der aus glatten Muskelzellen zu unterscheiden. Da indessen bei der letzteren gewöhnlich dichtes, fibroides Bindegewebe dazwischen sich befindet, so wäre die Abgrenzung vom wahren Myom durch die bereits gebräuchliche Benennung „*Fibromyom*" schon gegeben. Wo Schleimgewebe und jüngste Muskelanlagen vorkommen, nähert sich die Neubildung wohl dem sogenannten Myxom; allein da dieses trotz der Bemühungen ausgezeichneter Forscher in seiner Natur noch nicht hinreichend gekannt ist, und wahrscheinlich die embryonale Stufe verschiedener Gewebe bezeichnen kann, so wäre für unseren Fall der Name „*Myoma verum mucosum*" am passendsten.

Die Existenz eines wahren Myom's scheint früher verkannt worden zu sein oder es überhaupt selten vorzukommen. Bis jetzt haben nur C. O. Weber von der Zunge (Virch. Arch. VII. Bd. 1854. p. 115), Billroth unter der Bezeichnung *Myoma cysticum* vom Oberarme (Virch. Arch. Bd. IX. 1856. p. 172, siehe auch die Darstellung eines Hodencystoids mit quergestreiften Muskelfasern von demselben Schriftsteller in Virch. Arch. Bd. VIII. p. 440), ferner Lambl von der Unterextremität (aus dem Franz Joseph-Kinderspital in Prag 1860. p. 191) und endlich Recklinghausen vom Herzen eine Neubildung beschrieben, welche den vorliegenden sowohl in Bezug auf die Muskelneubildung, als auch auf die schleimige Intercellularsubstanz an die Seite zu stellen ist.

Wir lernen aus den vorliegenden Angaben bezüglich der normalen Entwicklung und pathologischen Neubildung der quergestreiften Muskeln so Manches.

Vor Allem erhält man die Bestätigung der Thatsache, dass ein fertiger, ausgewachsener Muskel die Fähigkeit in sich trägt, auf einen pathologischen Reiz (einen Stoss, eine Zerrung) nicht bloss durch eine bindegewebige Verdichtung oder Narbe, die vom Zwischenbindegewebe und dem Sarkolemm ausgeht, während der Muskel selbst degenerirt, sondern auch durch Wucherung seiner wesentlichen Elemente zu reagiren.

Die Wahrheit dieses Satzes habe ich seither auch bei jedem mir vorgekommenen Amputationsstumpfe, bei jedem Muskelabscesse, jeder Myositis etc. neuerdings erprobt. Die Wucherung zeigt sich alsdann ganz in derselben Weise wie im Myome.

Diese erhöhte lokale Bildungsthätigkeit entfaltet sich anfangs höchst langsam, nach und nach aber immer reger. Je üppiger sie wird, um so mehr ähnelt der Befund, den ein Untersucher gewinnt, dem bei embryonaler Muskelentwicklung.

In dem letztgenannten höchsten Grade der Wucherung finden sich nämlich kuglige, zellenähnliche (cytoide) Körper wie im Embryo vor und müssen sie als die ersten Anlagen der Muskelprimitivbündel angesehen werden. Es ist begreiflich, dass auch Ausartungen darüber hinaus, Ueberschreitungen des richtigen Bildungsmaasses, d. h. Zellen mit Kernen in Gestalten und Grössen producirt werden, wie sie bei normaler Muskelentwicklung nicht, sondern höchstens in Carcinomen u. dgl. vorkommen. Doch können wir diese hier füglich ausser Acht lassen.

Auf welchem Wege jene Primitivzellen, jene Uranlagen der künftigen Muskelbündel, entstehen, lässt sich wie alles Werden nicht unmittelbar beobachten, sondern nur durch Vergleichung des in verschiedener Entwicklungsstufe Gewordenen erschliessen.

Es lassen sich zwei Wege denken. Zenker (l. c. p. 74) nimmt an, die Entwicklung neuer Fasern gehe vom Stroma aus, das intrafasciculäre Bindegewebe sei die Matrix für die Entwicklung neuer Muskelfasern.

Diese Schlussfolgerung ist das Resultat sorgfältiger und wohlerwogener Beobachtungen; dennoch möchte ich sie nicht unbedingt annehmen, da die Myome, in welchen die histogenetischen Verhältnisse offenbar viel deutlicher vorliegen, als bei den Regenerationsversuchen in den Körpermuskeln Typhöser, eine andere Auffassung nicht nur zulassen, sondern gebieten. Auch dünkt mir, dass man den Bindegewebkörpern übergrosse Fähigkeiten zuschreibe und dass der Gedanke, die Bindegewebkörper seien etwas Indifferentes und es könne Alles aus ihnen werden, nur beweise, dass man die eigentliche Bedeutung derselben noch nicht ermittelt habe.

Ich setze den anderen Gedanken als wissenschaftliche Hypothese entgegen, dass im Erwachsenen ein specifisches Gewebselement sich nicht mehr neu zu bilden vermöge, es sei denn von einem präexistirenden Gewebe derselben specifischen Artung aus, das sich im Embryo gewissermaassen durch Urzeugung bereits angelegt hatte.

Diess auf die Neubildung quergestreifter Muskeln übertragen würde heissen, nur wo im Embryo ein quergestreifter Muskel angelegt wurde und in Folge davon im Gebornen und Erwachsenen Muskeln sich befinden und nur aus ihnen ist es möglich, dass eine Neubildung quergestreifter Muskeln sich ereigne.

Findet man daher hie und da quergestreifte Muskeln an ganz ungewöhnlichen Orten, z. B. in einem Hodencystoid, in Ovarialcysten, so wäre damit zugleich gesagt, dass sich schon im Embryo in Hoden oder Ovarium abnormer Weise solche Muskeln angelegt hatten. Die Heterotopie quergestreifter Muskeln wäre sonach auf einen embryonalen Bildungsfehler zurückzuführen, das wahre Myom dagegen als acquirirtes Bildungsübermaass aufzufassen.

Aus meinen Beobachtungen ergiebt sich nun, dass der Zuwachs an Muskelfasern in einem Myom wirklich nicht aus zu Muskeln umgewandelten Bindegewebkörpern besteht, sondern was so erscheint, sind aus wuchernden Primitivmuskelbündeln abgesonderte Theile.

Es ist mir nicht denkbar, dass das normale Muskelwachsthum auf andere Weise als das pathologische zu Stande gebracht werde.

Ich schliesse mich somit an Lebert und Remak, sowie an Weismann, Kölliker etc. an, welche für das Wachsthum des Muskels eine vorausgehende Theilung (nicht der Sarkolemm-, sondern) der Muskelkerne in der Quer- und nicht minder auch in der Längsachse des Primitivbündels annehmen, und daraus die Verlängerung und die Zahlvermehrung der Bündel ableiten. Durch die Quertheilung der Kerne entstehen nämlich Kernreihen im Innern, die sich mit dem Längerwerden des Bündels immer mehr von einander entfernen; durch die Längstheilung der Kerne aber entstehen Theilungen und Abspaltungen der Bündel der Länge nach. Für die Bildung eines wahren Myoms ist diese Abspaltung die Hauptsache, auf ihr beruht eben die Vermehrung der Bündel, die eigentliche sogenannte Neubildung. Sie ist bereits von Billroth (Virch. Arch. 8. Bd. p. 444) erkannt worden.

In den höheren Graden der Muskelwucherung sieht man jedoch nicht bloss Bildung von Kernreihen, welche deutlich einem Längenwachsthum oder einer Abspaltung entsprechen, sondern man sieht die Vermehrung der Kerne auch, ich möchte sagen, in wirren Haufen (*plaques à plusieurs noyaux*). Sie sind eingebettet in körnig aussehender Muskelsubstanz, und diese selbst nimmt gleichzeitig an Masse zu, schwillt auf. Periphere Kerne derselben schnüren sich nun mit einer Portion Umhüllung als mehr oder weniger kuglige, cytoide oder als kurze spindelförmige Körper ab.

Die kugligen und spindelförmigen Körper stammen daher ebenfalls nicht aus Bindegewebkörpern, sondern sind, wie die abgespaltenen Muskelbündel, selbständig abgesonderte Muskelkerne mit protoplastischer Umhüllung; die protoplastische Umhüllung ist keine indifferente Bindesubstanz, sondern abgelöste Muskelsubstanz.

Zenker bringt zwar zum Beweise seiner Ansicht (p. 18) vor, dass die verschiedenen Zellen zwischen den Muskelbündeln liegen, nicht innerhalb des Sarkolemmschlauches. Allerdings liegen die bereits abgetrennten Muskelkörper dazwischen, aber noch nicht die Kerne, welche von der Substanz des aufquellenden Muskels umgeben, sich von diesem sammt ihrer Umhüllung eben erst abzutrennen im Begriffe sind. Derartige Objekte lagen mir in meinen Myomen zu wiederholten Malen vor.

An den isolirten Körpern beginnt dann wieder die Quertheilung der Kerne, wodurch das Längenwachsthum zur Spindel- und Faserbündelform und ebenso auch die Längstheilung der Kerne, wodurch neue Abspaltungen erzielt werden. Mit der Vergrösserung werden die Querstreifen immer deutlicher.

Der interfasciculären bindegewebigen Schleimsubstanz gehören allerdings auch Primitivkörper zu, welche spindelförmig werden; allein diese eigentlichen Bindegewebkörper sind bald zu unterscheiden von den Muskelkörpern. Die letzteren sind dicker und enthalten alsbald vermehrte leicht ovale Kerne und im Uebrigen eine körnige Substanz; die ersteren dagegen sind schlanker, umschliessen den einfachen, oblongen Kern eng und erscheinen homogen und glänzender.

So viel jedoch gebe ich zu, dass freilich bei sehr beträchtlicher Wucherung von beiden Seiten, der Muskelbündel und des Zwischenbindegewebes, die Unterscheidung oft unmöglich ist, welches specifische Endziel die primitiven Körperchen, die dem äusseren Ansehen nach wegen ihrer Kugelgestalt, ihrer gleichen Grösse und übrigen Beschaffenheit die innere Differenz nicht erkennen lassen, erreichen werden.

Ueber den muthmasslichen Zusammenhang des Vermögens gewisser thierischer Absonderungsstoffe, bestimmte Krankheitserscheinungen im Organismus zu verursachen, mit ihrer Fähigkeit, das Wasserstoffsuperoxyd in Sauerstoffgas und Wasser umzusetzen.

Von

C. F. Schönbein.

Vor einigen Jahren habe ich auf die beachtenswerthe Thatsache aufmerksam gemacht, dass alle organischen Materien, welche Gährungen zu bewirken vermögen, auch die Fähigkeit besitzen, nach Art des Platins das Wasserstoffsuperoxyd in Wasser und gewöhnlichen Sauerstoff umzusetzen und ist von mir gleichzeitig gezeigt worden, dass durch das ganze Pflanzen- und Thierreich Substanzen albuminoser Art verbreitet seien, welche ähnlich den Fermenten das genannte Superoxyd zu katalysiren vermögen. Auch habe ich die Thatsache als eine allgemeine festgestellt, dass mit dem gährungserregenden Vermögen der Fermente gleichzeitig ihre katalytische Wirksamkeit verloren gehe, und hieraus den Schluss gezogen, dass die Gährungsursache, worin sie auch immer liegen möge, die gleiche sei, durch welche die Katalyse des Wasserstoffsuperoxydes bewerkstelligt werde. An dieses Verhalten der Fermente wurde die Vermuthung geknüpft, dass viele der gewöhnlichen und ungewöhnlichen Stoffswandelungen, welche im lebenden Organismus stattfinden, ihrer nächsten Ursache nach vergleichbar seien der Umsetzung des Traubenzuckers in Weingeist und Kohlensäure durch die gewöhnliche

Hefe oder der Zusammensetzung der gleichen Zuckerart aus Stärke und Wasser unter dem Einflusse der Diastase bewerkstelliget u. s. w.

Es für wahrscheinlich haltend, dass manche krankheitserzeugenden thierischen Absonderungsstoffe fermentartige Materien seien und die durch sie im Organismus verursachten stofflichen Veränderungen zu der Klasse der Gährungserscheinungen gehören, habe ich unlängst mit einigen derartigen Ausscheidungen Versuche angestellt, deren Ergebnisse so ausfielen, dass ich glaube, sie dürften für die Physiologen und Aerzte nicht ohne alles Interesse sein.

Da vor einigen Monaten die natürlichen Blattern in unserer Stadt herrschten und desshalb viele Personen mit Kuhpockengift geimpft wurden, so benützte ich die Gelegenheit, mit dieser Materie die angedeuteten Untersuchungen zu beginnen und weil erwähntermaassen das Vermögen HO_2 zu zerlegen allen Fermenten gemeinsam ist, so suchte ich zunächst zu ermitteln, ob dem Kuhpockengift diese katalytische Wirksamkeit zukomme.

Wurden einige Tropfen des durchsichtigen Impfstoffes in einige Gramme verdünnten Wasserstoffsuperoxydes eingeführt, so traten bald zahlreiche Luftbläschen an der thierischen Flüssigkeit auf und erfolgte nach kurzer Zeit eine ziemlich lebhafte Entwicklung von Sauerstoffgas. Bekanntlich verlieren die Fermente ihr gährungserregendes Vermögen und somit auch (gegenüber von HO_2) ihre katalytische Wirksamkeit schon bei einer Temperatur, welche noch nicht den Siedpunkt des Wassers erreicht, und meine Versuche haben dargethan, dass unter diesen Umständen auch das Kuhpockengift seine Fähigkeit, HO_2 zu zerlegen, des Gänzlichen einbüsse. Wurde diese in Capillarröhrchen eingeschlossene Materie nur für wenige Augenblicke in siedendes Wasser getaucht, so brachte sie nachher nicht mehr die geringste Wirkung auf das erwähnte Superoxyd hervor, verhielt sich also in dieser Beziehung wie die Fermente.

Hängt nun die katalytische Wirksamkeit des Pockengiftes irgendwie mit seiner Fähigkeit zusammen, im gesunden Organismus specifisch physiologische Wirkungen hervorzubringen, d. h. die künstlichen Blattern zu erzeugen, so wird dasselbe, einmal seines katalytischen Vermögens durch irgend ein Mittel beraubt, auch nicht mehr physiologisch wirksam sein können.

Wenn ich recht unterrichtet bin, so weiss man schon längst, dass das Kuhpockengift durch Erhitzung die Fähigkeit verliert, im menschlichen Körper Pusteln zu erzeugen; es lag mir aber daran, die Richtigkeit der Thatsache durch neue Versuche festgestellt zu sehen und die Herren Prof. Socin und Dr. Bernoulli waren so gefällig, auf meinen Wunsch im hiesigen Krankenhause vergleichende Versuche anzustellen, deren Ergebnisse keinen Zweifel darüber walten liessen, dass der Impfstoff, welcher das Wasserstoffsuperoxyd nicht mehr zu katalysiren vermochte, auch seine specifisch physiologische Wirksamkeit verloren hatte.

Fünf erwachsene Personen wurden an dem einen Arme mit Pockengift geimpft, welches das Wasserstoffsuperoxyd lebhaft zerlegte, am andern Arme mit der gleichen Materie, deren katalytische Wirksamkeit aber vorher durch kurzes Erhitzen in siedendem Wasser aufgehoben worden war, und wie zu vermuthen stand, so kam es auch: an allen fünf Personen erwies sich das unveränderte Pockengift physiologisch wirksam, während auf den mit dem vorher erhitzten Stoffe geimpften Armen keine Pusteln sich bildeten.

Da die natürlichen Blattern bekanntlich in hohem Grade ansteckend sind, so lag die Vermuthung nahe, dass darin ebenfalls eine fermentartige Materie enthalten und dieselbe daher mit dem Vermögen begabt sei, das Wasserstoffsuperoxyd zu katalysiren und die Ergebnisse der im hiesigen Spital auf meine Veranlassung hin von Dr. Bernoulli angestellten Versuche haben die Richtigkeit dieser Vermuthung ausser Zweifel gestellt. Es wäre wünschenswerth gewesen, auch mit dem durch Erhitzung seiner katalytischen Wirksamkeit beraubten Blatternexsudate Impfversuche an gesunden Menschen anzustellen, um zu sehen, ob dieser so veränderte Ausscheidling vermocht hätte, die natürlichen Blattern zu erzeugen. Begreiflicher Weise liessen sich jedoch derartige Versuche nicht ausführen; ich halte es aber für wahrscheinlich, dass das veränderte Exsudat wirkungslos geblieben wäre.

Dass die in den syphilitischen Krankheiten auftretenden Absonderungsstoffe von kräftigster physiologischer Wirksamkeit sind und in den Körper eingeführt darin eine Reihe aussergewöhnlicher Stoffswandelungen veranlassen, ist seit Jahrhunderten leider eine nur allzu bekannte Thatsache. Vermuthend, dass die besagten Krankheiten, vom chemischen Gesichtspunkte aus betrachtet, ebenfalls Gährungserscheinungen seien und durch specifische Fermente verursacht werden, stellte ich Versuche mit den beiden von der heutigen Medicin angenommenen syphilitischen Ansteckungsstoffen an: nämlich mit dem Tripper- und Schankergifte, welche mir durch die Gefälligkeit meines Collegen, des Oberarztes der chirurgischen Abtheilung des hiesigen Krankenhauses Herrn Dr. Socin, zur Verfügung gestellt wurden. Das eine Gift war das eiterartige Secret einer mit Tripper behafteten Harnröhre, das andere frischer Schankereiter. Beide Absonderungsstoffe zersetzten das Wasserstoffsuperoxyd mit stürmischer Heftigkeit, so dass mir bis jetzt noch keine pflanzliche oder thierische Materie vorgekommen ist, deren katalytische Wirksamkeit derjenigen der beiden erwähnten Gifte gleich käme, selbst diejenige der Blutkörperchen nicht ausgenommen, welche in dieser Beziehung doch so sehr sich auszeichnen.

Wie nun diese den Fermenten zukommende Wirksamkeit durch Erhitzung aufgehoben wird, so auch diejenige der syphilitischen Gifte, welche, nachdem sie nur kurze Zeit der Einwirkung des siedenden Wassers ausgesetzt worden, völlig gleichgültig gegen das Wasserstoffsuperoxyd sich verhielten. Gerne hätte ich durch Versuche ermittelt gesehen, ob die fraglichen ihrer katalytischen Wirksamkeit beraubten Gifte auch das Vermögen verloren, syphilitische Krankheitserscheinungen im gesunden Körper hervorzurufen; begreiflicher Weise war aber die Sache nicht thunlich. Aus Gründen der Analogie lässt sich jedoch vermuthen, dass dieselben physiologisch eben so unwirksam sich verhalten. hätten wie das Kuhpockengift, dem man sein Vermögen entzogen, das Wasserstoffsuperoxyd zu katalysiren, und wäre dem so, so dürften wir wohl annehmen, dass die syphilitischen Gifte zu der Klasse der specifischen Fermente gehören und somit auch, dass die dadurch im Organismus hervorgerufenen primitiven Krankheiten, in chemischer Hinsicht wenigstens, ächte Gährungserscheinungen seien.

Die bis jetzt vorliegenden Thatsachen machen es nach meinem Dafürhalten sehr wahrscheinlich, dass allen thierischen Absonderungsstoffen, welche mit dem Vermögen begabt sind, specifisch physiologische Wirkungen, d. h. eigenthümliche Krankheiten zu verursachen, auch dem Wasserstoffsuperoxyd gegenüber eine katalytische Wirksamkeit zukomme, wesshalb es mir wünschenswerth zu sein scheint, dass in grösseren Krankenhäusern über diesen gewiss nicht unwichtigen Gegenstand zahlreiche vergleichende Versuche angestellt werden, welche sich um so eher ausführen lassen, als in materieller Hinsicht hierzu nichts Weiteres nöthig ist, als einiges verdünnte Wasserstoffsuperoxyd, welches man sich leicht aus einem Laboratorium verschaffen oder im Nothfalle selbst darstellen kann.

Da schon so viele Fälle stofflicher Um-, Zusammen- und Zersetzungen organischer Materien bekannt sind, welche ausserhalb des Organismus durch Fermente verursacht werden, so ist aller Grund zu der Vermuthung vorhanden, dass auch innerhalb des lebenden Pflanzen- und Thierkörpers ähnliche Vorgänge gewöhnlicher und aussergewöhnlicher Art stattfinden und namentlich eine Anzahl menschlicher Krankheiten wirkliche Gährungserscheinungen seien. Trotz meines völligen Laienthums in physiologischen und pathologischen Dingen glaube ich doch vom chemischen Standpunkt aus annehmen zu dürfen, dass es für Physiologie und Therapie von grosser Wichtigkeit sei, die nächste Ursache einer Krankheit und namentlich derjenigen kennen zu lernen, welche auf einer aussergewöhnlichen Blutveränderung beruhen, sei diese eine allgemeine oder nur örtliche. Allerdings wüssten wir noch nicht sehr viel, wenn uns auch bekannt wäre, welche Krankheiten als Gährungserscheinungen anzusehen seien und durch welches specifische Ferment eine jede derartige Krankheit verursacht werde; denn so lange uns das ganze Gebiet der Gährungsphänomene noch unverständlich ist, müssen auch die Gährungskrankheiten für uns noch eben so räthselhaft bleiben als z. B. die Umsetzung des Traubenzuckers in Weingeist und Kohlensäure durch die Hefe oder die Bildung dieser Zuckerart aus Stärke und Wasser unter dem Einflusse der Diastase u. s. w. Da wir aber nur Schritt für Schritt zum Verständnisse der Naturerscheinungen gelangen und hierzu vor Allem eine volle Kenntniss der thatsächlichen Bedingungen erforderlich ist, unter welchen Jene eintreten, so würde immerhin schon etwas gewonnen sein, wenn einmal mit Sicherheit ermittelt wäre, welche Krankheiten als Gährungserscheinungen zu betrachten seien und durch welche specifische Fermente sie eingeleitet werden; denn von selbst springt die Bedeutung in die Augen, welche eine solche Kenntniss für die Therapie haben müsste. Die nächste Ursache einer Krankheit beseitigen, heisst diese heilen und so lange Jene unbekannt ist, tappen wir mit unsern Heilversuchen im Dunkeln. Seit man weiss, dass die nächste Ursache der Krätze eine Milbe ist, tödtet man durch dieses oder jenes hierzu geeignete Mittel das krank machende Thierchen und ist die Heilung des Uebels sicher. Bestände nun zwischen der katalytischen (gegenüber von HO_2) und physiologischen Wirksamkeit eines thierischen Ansteckungsstoffes z. B. des syphilitischen Giftes der von mir vermuthete Zusammenhang, so müsste durch jedes Mittel, welches die erstere Wirksamkeit aufzuheben vermöchte, auch die physiologische beseitiget werden, woraus weiter folgte, dass ein solches Mittel, rechtzeitig angewendet, die durch den Ansteckungsstoff erzeugte Krankheit heilen würde. Versteht sich von selbst, dass die chemische Zersetzung eines solchen fermentartigen Giftes die Aufhebung seiner beiden Wirksamkeiten zur Folge haben müsste und in der That heilt man auch einige der Krankheiten, welche ich für Gährungserscheinungen zu halten geneigt bin, durch Mittel, welche eine solche Zersetzung bewerkstelligen, z. B. durch Brennen, Aetzen mit Silbernitrat u. s. w.

Was die katalytische Wirksamkeit mancher organischen Materien betrifft, so lässt sie sich auch durch Mittel aufheben, welche in chemischer Hinsicht keine zersetzende Wirkung auf Jene hervorzubringen scheinen, wie z. B. nach meinen Versuchen die keimungsfähigen Pflanzensaamen, welche das Wasserstoffsuperoxyd nach Art des Platins ohne Ausnahme zerlegen, dieser Fähigkeit dadurch beraubt und zugleich auch keimungsunfähig werden, dass man dieselben einige Zeit der Einwirkung des Schwefelwasserstoffes aussetzt. Ebenso verlieren die Schalen roher Kartoffeln und noch andere Pflanzengebilde ihr Vermögen HO_2 zu katalysiren, nachdem sie nur kurze Zeit in wässrigem HS gelegen, woraus jedoch nicht folgt, dass die katalytische Wirksamkeit aller organischen Materien durch Schwefelwasserstoff aufgehoben werde. So z. B. habe ich nicht finden können, dass die syphilitischen Gifte durch Behandlung mit

Schwefelwasserstoff gegen das Wasserstoffsuperoxyd unwirksam werden, obwohl mir die darüber angestellten Versuche darzuthun scheinen, als ob dadurch das katalytische Vermögen jener Secrete merklich stark geschwächt würde.

Es ist kaum daran zu zweifeln, dass es ausser dem Schwefelwasserstoff noch andere Mittel gebe, welche, ohne eine eigentliche chemische Zersetzung der Fermente zu bewerkstelligen, deren katalytische Wirksamkeit aufzuheben vermögen und fände sich ein solches Mittel z. B. für die syphilitischen Gifte, so würde dadurch wahrscheinlich auch die physiologische Wirksamkeit, will sagen das Ansteckungsvermögen derselben zerstört werden. Leicht sieht man aber ein, dass die chemische Natur einer Materie, welche die physiologische Wirksamkeit eines organischen Giftes aufheben, somit als Heilmittel dienen und in den Organismus eingeführt werden soll, keineswegs eine gleichgültige Sache ist und bei seiner Anwendung darauf Bedacht genommen werden muss, welche sonstige physiologische Wirkungen ein solches Mittel hervorbringe; denn würde dasselbe auch die Wirksamkeit der *Materia peccans* zerstören, aber anderweitige Uebelstände herbeiführen, so könnte selbstverständlich von ihm kein medicinischer Gebrauch gemacht werden. Es wäre daher wohl der Mühe werth, dass mit Ansteckungsstoffen, z. B. mit den syphilitischen Giften, Versuche zunächst in der Absicht angestellt würden, zu ermitteln, durch welche chemischen Agentien die angedeuteten Motoren ihres Vermögens beraubt werden, das Wasserstoffsuperoxyd in Wasser- und Sauerstoffgas umzusetzen. Da es wahrscheinlich ist, dass diese katalytische Wirksamkeit durch sehr verschiedenartige Mittel aufgehoben wird, so dürfte unter ihnen doch das Eine mehr als das Andere zur Einführung in den vergifteten Organismus und somit zur Anstellung von Heilversuchen sich eignen. Eine solche Untersuchung könnte daher wohl zur Auffindung dieser oder jener Materie führen, von welcher bis jetzt zum Behufe der Heilung der Syphilis u. s. w. noch kein Gebrauch gemacht worden.

Bei der Dunkelheit, in welche dermalen noch so viele pathologischen Vorgänge gehüllt sind, muss meines Bedünkens jeder neue auf Thatsachen gestützte Gesichtspunkt, den man jenen Vorgängen abgewinnt, willkommen erscheinen, schon desshalb, weil ein Solcher über dieselben zu neuen Untersuchungen führt. Und wie auf allen Gebieten der Forschung es geschieht, dass unter der Leitung neuer und selbst irriger Voraussetzungen nicht selten werthvollste Wahrheiten gefunden werden, so steht auch zu hoffen, dass diess der Fall sein werde, wenn hierzu berufene Hände in der angedeuteten Richtung experimentelle Forschungen über die durch thierische Absonderungsstoffe verursachten Krankheitserscheinungen unternehmen würden.

In meiner Abhandlung „Ueber die katalytische Wirksamkeit organischer Materien und deren Verbreitung in der Pflanzen- und Thierwelt" ist angegeben, dass Pilze und Schimmelpflanzen der verschiedensten Art das Vermögen besitzen, das Wasserstoffsuperoxyd in Wasser- und Sauerstoff zu zerlegen und die Ergebnisse meiner über diesen Gegenstand seither fortgesetzten Untersuchungen berechtigen zu der Annahme, dass wo nicht allen doch den meisten niedrig organisirten Pflänzchen und Thierchen diese katalytische Wirksamkeit zukomme. Diese Thatsache gibt daher der Vermuthung Raum, die ich auch schon in der obenerwähnten Abhandlung ausgesprochen habe, dass die besagten Gebilde gegen gewisse organische Materien als Fermente sich verhalten dürften und bekanntlich betrachtet Pasteur und mit ihm andere Chemiker eine Reihe von Gährungserscheinungen als Wirkungen solcher Organismen.

Da es Fermente gibt, die trotz ihrer organischen Natur doch nicht organisirt sind wie z. B. das in den Mandeln oder dem schwarzen Senf enthaltene Emulsin und Myrosin, so bin ich geneigt zu glauben, dass auch die durch bestimmte Thierchen oder Pflänzchen verursachten Gährungen mit der Organisation dieser Gebilde als solcher nichts zu thun haben und nur die eigenthümlich stoffliche Beschaffenheit des Materiales, aus welcher die Organismen bestehen, es sei, durch welche ächte Gährungserscheinungen hervorgerufen werden.

Was nun die oben besprochenen thierischen Ansteckungsstoffe (das Pocken- und syphilitische Gift) betrifft, so weiss ich nicht, ob dieselben ihre katalytische Wirksamkeit einer unorganisirten Materie verdanken oder ob darin gewisse thierischen oder pflanzlichen

Gebilde vorkommen, welche das Wasserstoffsuperoxyd zerlegen und somit das Ferment bilden.

Wenn es nun Krankheiten gibt, welche als Gährungserscheinungen betrachtet werden dürfen, so liegt es allerdings im Bereiche der Möglichkeit, ja sogar Wahrscheinlichkeit, dass durch Einführung gewisser organischer Gebilde pflanzlicher oder thierischer Art in den menschlichen Organismus specifisch pathologische Wirkungen d. h. Krankheiten einer bestimmten Art verursacht werden und bekanntlich ist diess eine Ansicht, welche einige deutsche und italienische Aerzte jetzt zur Geltung zu bringen suchen. Natürlich kann die Richtigkeit derselben nur durch zahlreichst und umsichtigst angestellte Versuche festgestellt werden; ich halte es aber für höchlichst der Mühe werth, in ausgedehntester Weise derartige Forschungen zu unternehmen, welche selbstverständlich das Zusammenwirken des Arztes, Physiologen, Chemikers und Naturhistorikers erfordern, wenn sie zu einem erklecklichen Ergebniss führen und unsere Kenntniss der Krankheitsursachen wirklich erweitern sollen.

Um noch einmal auf die thierischen Secrete zurückzukommen, welche mit dem Vermögen begabt sind, die gleiche Krankheit zu erzeugen, in Folge deren sie gebildet worden und die ich für Fermente halte, so sollte nach meinem Dafürhalten dieser Annahme die Thatsache nicht widersprechen, dass gewisse organische Materien nur durch bestimmte Fermente in eine bestimmte Gährung versetzt werden, wie z. B. der Traubenzucker durch die Hefe in die Weingährung.

Es dürfte wohl keinem Zweifel unterliegen, dass die normalen albuminosen Bestandtheile des Blutes, namentlich das Eiweiss und der Blutfaserstoff es seien, auf welche die damit in Berührung gesetzten thierischen Fermente stofflich verändernd einwirken und bekannt ist, dass je nach der spezifischen Natur des in den Organismus eingeführten Fermentes wie z. B. des Kuhpockengiftes dadurch auch eigenthümliche Veränderungen des Blutes verursacht werden, wesentlich verschieden von denjenigen, welche ein anderes Ferment z. B. das syphilitische Gift veranlasst. Es sind mit andern Worten die Gährungserzeugnisse, welche aus der Umsetzung der gleichen organischen Materien (des Eiweisses u. s. w.) hervorgehen, verschieden, je nachdem durch dieses oder jenes Ferment, sei es eine örtliche oder allgemeine Blutveränderung, eingeleitet wird.

Dass die gleiche organische Materie durch ungleiche Fermente verschiedenartig umgesetzt werden kann, zeigt z. B. der Traubenzucker, welcher durch die gewöhnliche Hefe in Weingeist und Kohlensäure, durch alten Käs u. s. w. in Milchsäure umgebildet wird und Fälle ähnlicher Art gibt es noch mehrere.

Schliesslich muss ich noch die Fachsmänner um Nachsicht bitten, dass ich es gewagt habe, mich auf ein mir völlig fremdes Erscheinungsgebiet zu stellen und darüber Ansichten zu äussern, welche im Munde eines Laien etwas vermessen klingen dürften. Da jedoch der lebendige Organismus eine Werkstätte ist, in welcher ohne Unterlass mannigfaltigste Stoffswandelungen stattfinden und mit denselben physiologische Vorgänge, also auch Krankheitserscheinungen innigst verknüpft sind, so mag dem Chemiker doch gestattet sein, auch von seinem Standpunkt aus pathologische Gegenstände einer gewissen Art in das Bereich seiner Betrachtung und Untersuchung zu ziehen.[1])

Basel, geschrieben im August 1865.

---

[1]) Der Begriff der Gährungskrankheiten (der zymotischen Krankheiten) ist zwar seit Längerem in die Medicin eingeführt, aber der Standpunkt des Verfassers, der zu experimentellen Untersuchungen mit den verschiedenen Fermenten Veranlassung wird, ist so originell und fruchtverheissend, dass ihm das wissenschaftliche Publikum der Aerzte für die Mittheilung seiner geistreichen Ideen nur sehr dankbar sein kann. Anmerkung der Redaktion.

Die Gesetze der Zersetzungen der stickstoffhaltigen Stoffe im Thierkörper.

Von

Carl Voit.

(Schluss.)

c) Perspiration.

Auf die in dem vorigen Abschnitte angegebene Art haben wir die durch den Harn und den Koth unter mannigfaltigen Umständen aus dem Organismus entfernten Stoffe bestimmt und die Ergebnisse benützt, um die Verschiedenheiten der Umsetzung der stickstoffhaltigen Materien näher kennen zu lernen. Dies ist, wie schon öfter gesagt, nur dann möglich, wenn kein Stickstoff anderweitig, namentlich nicht gasförmig durch Haut und Lungen, den Körper verlässt; wäre dies der Fall, so wäre, um das von uns angestrebte Ziel zu erreichen, eine direkte Bestimmung desselben ganz unerlässlich gewesen. Da wir aber die Erfahrung gemacht hatten, dass aller nur irgendwie in Betracht kommende Stickstoff durch Harn und Koth ausgeschieden wird, so war eine Berücksichtigung der Respirationsprodukte nicht nöthig.

Es versteht sich von selbst, dass wir auf dem von uns eingeschlagenen Wege einzig und allein die Gesetze der Zerstörung der stickstoffhaltigen Stoffe genau verfolgen konnten, und dass durch die Analyse der Nahrung, des Harns und Koths ohne eine direkte Bestimmung der durch Haut und Lungen aus dem Körper tretenden Stoffe, keine nähere Einsicht in letztere zu erhalten war.

Dennoch haben wir in unserm Buche auf die Respiration Rücksicht genommen, weil wir einmal bei Berücksichtigung des Körpergewichts, der festen und flüssigen Einnahmen und Ausgaben die

Möglichkeit hatten, die Gesammtmenge der gasförmig ausgeschiedenen Stoffe ganz scharf festzustellen und es immerhin von mannigfachem Interesse sein konnte, die Grösse dieser Ausscheidung unter so verschiedenen Umständen kennen zu lernen und zweitens weil uns durch die übrigen Bestimmungen auch manche Anhaltspunkte zur Beurtheilung der nähern Bestandtheile der durch Haut und Lungen entfernten Gase gegeben waren.

Nichts ist einfacher, als das Gesammtgewicht der während einer gegebenen Zeit vom Körper gelieferten Perspirationsprodukte zu ermitteln, und zwar auf die schon von Sanctorius geübte Weise. Man wiegt zu dem Zweck bei Beginn des Versuchs den Körper, addirt zu diesem Gewicht dasjenige der in der betreffenden Zeit aufgenommenen Nahrung und subtrahirt dann das Gewicht des unterdessen gelassenen Harns und Koths; was das Körpergewicht am Ende des Versuchs weniger wiegt als die oben erhaltene Summe, ist gasförmig durch Haut und Lungen ausgeschieden worden.

Wie genau kann die Perspirationsgrösse durch dieses Verfahren ermittelt werden?

Die Wägung des Thieres, die auch vorgenommen werden musste, um die Aenderungen des Körpergewichts während einer bestimmten Reihe zu verfolgen, geschah auf einer trefflichen Dezimalwaage. Vogt beschwert sich in seiner Kritik darüber, dass nirgends zu lesen sei, wie weit die Genauigkeit dieser Waage gehe. Wir haben das Körpergewicht auf 10 Grmm. angegeben und daraus ist zu schliessen gewesen, dass die Wägung so weit genau war. Es versteht sich bei wissenschaftlichen Arbeiten von selbst, dass man bei Wägungen die Zahlen nicht weiter führt, als sie sicher sind; sowie es auch als selbstverständlich vorausgesetzt wird, dass der betreffende Analytiker überhaupt mit der Waage umgehen kann, wenn er auch das Zeugniss der Befähigung dazu vor Vogt nicht vorgelegt hat. Ich kann Vogt versichern, dass ich die von mir benützten Instrumente behandeln kann und weiss, wie genau sie arbeiten; gehört es aber etwa auch zur „Opposition gegen den Unverstand," wenn Jemand, der von solchen Dingen nichts versteht, sich herausnimmt, über meine Wägungen Vermuthungen anzustellen? Vogt meint nämlich (S. 8): „es ist zu vermuthen, dass die Dekagramme noch zum Theil abgeschätzt und in den Fehlergrenzen der Waage eingeschlossen sind und dass also die Fehler, gering geschätzt, auf 40 Grmm. herüber und hinüber schwanken können.“ Ich glaube nicht, dass je ein Kritiker, nach dem Satze handelnd, calumniare audacter, semper aliquid haeret, mit ungegründeteren Behauptungen an eine experimentelle Arbeit heranzutreten wagte. An der Dezimalwaage ist an der feststehenden Schneide ein Gradbogen und an der beweglichen ein Zeiger befestigt; man kann daher, wenn man den Zeiger etwas ausschwingen lässt, bei einer gewissen Belastung ganz genau angeben, ob die aufgelegten Gewichte zu schwer oder zu leicht sind, je nachdem der Zeiger unterhalb oder oberhalb des Nullpunktes weiter ausschlägt. Wenn z. B. 3101 Grmm. sich als zu leicht und 3102 als zu schwer erweisen, so werden noch 0.5 Grmm. auf die Schaale gebracht und am Gradbogen abgelesen, ob der Zeiger etwas weiter über oder weiter unter dem Nullpunkt ausschwingt; geht er weiter nach unten, so nehme ich 31010 Grmm. an, geht er weiter nach oben 31020 Grmm., die Wägung ist also auf 5 Grmm. sicher. Wenn nun auch bei der zweiten Wägung am Ende des Versuchs der Fehler im gleichen Sinne gemacht werden sollte, so beträgt die grösste Differenz 10 Grmm.; sie wird aber eben so oft Null werden, wenn der Fehler auf die entgegengesetzte Seite fällt; Vogt nimmt aber, gering geschätzt, 40 Grmm. als Fehler an.

Ich besitze noch eine Waage, eine Weber'sche Federwaage, die bei sehr grosser Belastung noch bei 1 Grmm. einen deutlichen Ausschlag giebt. Ich habe aber diese Waage nicht benützt, weil ich es für völlig unnöthig hielt, noch genauere Wägungen anzustellen, da ihr Resultat nur ein illusorisches gewesen wäre. Vogt hätte dann wohl Gelegenheit genommen, zu bemerken: es bleibt doch an den Pfoten des Hundes etwas Schmutz hängen oder das Thier giebt während des Wiegens beständig von seinem Körper her, wodurch die Genauigkeit der Wägung wieder aufgehoben wird.

Nehmen wir also an, man begehe bei der Körper-Wägung einen Fehler von 10 Grmm.; die Nahrung wird auf $^1/_{10}$ Grmm. gewogen, die Abmessung des Wassers ist mit allen Fehlern auf 3 Grmm. genau; der Harn wird vollkommen aufgefangen und seine Bestimmung ist auf höchstens 2 Grmm. unsicher; der Koth kommt ohne Verlust auf die Waage, wo sein Gewicht auf $^1/_{10}$ Grmm. bestimmt wird. Das Gewicht der abgefallnen Haare und Epidermisschuppen endlich konnte das der Perspirationsprodukte vermehren; ich bemerke daher, dass täglich die Glasplatte des Käfigs sorgfältig gekehrt und der Inhalt gewogen wurde, wobei man im Mittel etwa 2 Grmm. Substanz erhielt.

Der Fehler bei der Bestimmung der täglichen Perspirationsgrösse beträgt demnach, wenn alle einzelnen Fehler im Maximum angesetzt werden und, was ausserordentlich unwahrscheinlich ist, alle auf die gleiche Seite fallen, 18 Grmm.; es ist klar, dass es ganz gleichgültig ist, ob ein Hund 500 oder 518 Grmm. durch Haut und Lungen abgegeben hat. Es giebt keinen Weg, um die Menge der den Körper gasförmig verlassenden Stoffe genauer zu bestimmen, als diesen indirekten.

Man wird nun wohl nach diesen Auseinandersetzungen die Bedeutung von Vogt's Aussprüchen[1]) würdigen können; er sagt: „Nicht minder behaupten wir, dass die Körperwägungen zu bedeutende Fehlergrenzen zeigen, und dass die sogenannte Berücksichtigung des Kothes, durch Einführung rein willkührlicher Faktoren, ebenfalls eine bedeutende Fehlerquelle, sowohl für die Bestimmung des Körpergewichts, als für die übrige Berechnung in sich schliesst. Dass aber dadurch die quantitative Bestimmung der Perspiration, die nur als Deficit der übrigen, unrichtigen Faktoren berechnet, nicht direkt bestimmt wird, ebenfalls unrichtig werden muss, liegt auf der Hand.“ Ich habe gezeigt, dass es Uebertreibungen sind, wenn Vogt von bedeutenden Fehlern spricht; und er irrt, wenn er meint, unsere von ihm sogenannte Kothberechnung, bei der übrigens keine willkührlichen Faktoren gebraucht werden, sei von Einfluss auf die Bestimmung der Perspiration, denn es kommt bei letzterer nur der wirklich entleerte auf $^1/_{10}$ Grmm. abgewogene Koth in Betracht. Vogt legt, wie es scheint, grossen Werth darauf, die indirekte Bestimmung der Athemgrösse als ungenau zu schildern, obwohl sie für unsern eigentlichen Zweck

---

[1]) a. a. O. S. 13.

ganz gleichgültig war und in unserm ganzen Buch auch nicht ein einziger Schluss daraus gezogen wurde; Seite 9 seiner Kritik hiess es nämlich schon: „Die Ausgaben der Perspiration werden nicht direkt bestimmt, sondern aus dem Unterschiede der Einnahmen und Ausgaben und des Körpergewichts berechnet. Da die Faktoren bedeutend schwanken, so muss auch das Resultat dieser Subtraktion in bedeutenden Gränzen schwanken. Die Perspiration wird aber als direkt gefundene Grösse behandelt." Wir haben nirgends gesagt, dass wir die Perspirationsgrösse direkt bestimmt hätten und wir haben die von uns indirekt gefundenen Zahlen, die so genau sind, als es vernünftiger Weise verlangt werden kann, einfach mitgetheilt. Vogt könnte gerade so gut die Richtigkeit der Sauerstoffmengen organischer Verbindungen in Zweifel ziehen, weil sie nicht direkt bestimmt, sondern nur aus dem Verlust gerechnet werden und sich dann ergrimmt darüber zeigen, dass man sie als direkt gefundene Grösse behandle. Gelegentlich kommt Vogt noch mit sich selbst in Widerspruch; denn nachdem er früher hervorgehoben, dass die Perspirationsmenge nur aus unrichtigen Faktoren berechnet und nicht direkt bestimmt sei, meint er auf S. 30: „Die gesammte Perspirationsmenge ist, wie oben bemerkt, durch die Differenz zwischen den gewogenen Einnahmen und Ausgaben gefunden, also ein Ergebniss der unmittelbaren Wägung und Beobachtung."

Wenn wir auch im Stande waren, die Gesammtgrösse der Perspiration festzustellen, so mussten wir ganz darauf verzichten, sichere Aufschlüsse über die Zusammensetzung derselben zu geben, denn es ist vollkommen unmöglich, ohne direkte Bestimmungen etwas Zuverlässiges darüber auszusagen. Man erinnere sich aber nur, dass diese Unmöglichkeit vorzüglich durch unsere Untersuchungen klar erkannt und von uns zuerst nachdrücklich hervorgehoben worden ist.

Betrachten wir nämlich die meisten der vorhergehenden Untersuchungen, so stossen wir beinahe allgemein auf den Glauben, mit Zuhülfenahme des Körpergewichts und der Elemente der Einnahmen und sichtbaren Ausgaben etwas Bestimmtes über die Bestandtheile der durch Haut und Lungen ausgeschiedenen Elemente angeben zu können. Dies geschah bei den Versuchen von Boussingault am

Pferd, der Kuh und dem Schwein; von Valentin am Pferd; bei den Versuchen von Sacc an Hühnern; von Barral, Dalton und Hildesheim am Menschen, deren Resultate noch heute in allen Lehrbüchern der Physiologie aufgeführt sind.

Sie alle gehen von der Idee aus, dass aller Kohlenstoff, Wasserstoff, Stickstoff und Sauerstoff der Nahrung, den sie im Harn und Koth nicht finden, in der Perspiration erscheint. Wie ungeheuer der Irrthum war, zeigt vor allem die Thatsache, auf die ich noch ausführlich zu sprechen kommen werde, dass kein Stickstoff der Nahrung gasförmig den Körper verlässt, während bei sämmtlichen obigen Untersuchungen ein sehr bedeutender Theil auf die Respiration fällt. Wenn dies feststeht, so sind natürlich auch die übrigen Elemente der Ausgaben durch Haut und Lungen grundfalsch und man verschliesst sich wissentlich der Wahrheit, wenn man nach den Ergebnissen der neueren Arbeiten auf die früheren die mindeste Rücksicht nimmt.

Wir waren im Stande, aus der Stickstoffausscheidung durch Harn und Koth den Eiweissverbrauch im Thier zu bestimmen und wir hatten allerdings eine Zeit lang die Ansicht, mit Berücksichtigung des Körpergewichts den des Fettes berechnen zu können. Da waren es aber die Resultate unserer eigenen Versuche, die dies verboten. Unsere Untersuchungen hatten das bemerkenswerthe, seitdem von anderer Seite bestätigte Resultat geliefert, dass aus dem Körpergewicht auf die Vorgänge der Umbildung und Anbildung von Fleisch und Fett nicht der mindeste Rückschluss zu machen ist, da wir auf die merkwürdigen Schwankungen des Wassers im Thierleib, von denen ich später eine Anzahl schlagender Beispiele zusammenstellen werde, aufmerksam geworden waren, nach denen es, wenn auch der Verbrauch an eiweissartigen Stoffen genau eruirt ist, immer zweifelhaft bleibt, ob eine Gewichts-Abnahme oder Zunahme in Fett oder Wasser besteht. Umwandlungen in den Anschauungen gehen meist in aller Stille vor sich, da man gar zu gerne geneigt ist, anzunehmen, es verstehe sich die Sache eigentlich von selbst und es hätte zur richtigen Erkenntniss gar keiner Anstrengungen bedurft. Man möge in unserem Falle bedenken, wie lange man aus der Zunahme des Lebendgewichts eines Thiers auf den Ansatz von Fleisch und Fett schloss und sich erinnern, dass man bei den Ernährungsversuchen stets bestrebt war, die Qualität und Quantität der Nahrung zu suchen, welche den Körper auf dem gleichen Gewicht erhält. Auch unser Bestreben gieng anfangs dahin, und erst nachdem unzählige Versuche in dieser Richtung die absurdesten Resultate ergeben hatten, sahen wir die Unsinnigkeit der Voraussetzung ein. Es war durch diese Erfahrung eine neue Einsicht in die Vorgänge im Körper eröffnet, jedoch die Berechnung der Respirationsprodukte aus den Elementen der Einnahmen und Ausgaben und den Gewichtsänderungen als ganz unmöglich bezeichnet; der Körper konnte Substanz angesetzt oder noch abgegeben haben und so die Berechnung des gasförmig Excernirten aus der Differenz der Einnahmen und Ausgaben zu hoch oder zu niedrig ausfallen. Die Erkenntniss, dass man aus dem Körpergewicht keine sicheren Schlüsse ziehen kann, welche Substanzen der Körper angesetzt oder verloren hat und dass hier das Wasser sehr störend dazwischen tritt, war in der That der erste in unsere Untersuchung fallende Lichtblick, der uns anders vorzugehen nöthigte, als es bis jetzt gewöhnlich geschah und als wir begonnen hatten. Wir konnten daher das Körpergewicht zu Folgerungen der Art nicht benützen; nichtsdestoweniger meint Wundt (Physiologie S. 379), wir leugneten die Luxusconsumption, weil wir beobachtet hätten, dass überschüssig zugeführte Nahrung anfänglich immer das Körpergewicht erhöhe; ein solcher Schluss ist uns nie in den Sinn gekommen. Da die qualitative Zusammensetzung ein und desselben Körpers so sehr verschieden sein kann, so ist es auch einleuchtend, wie falsch es ist, die Ausgaben und Einnahmen auf 1 Kilogramm Körpergewicht zu reduciren, wie es bis jetzt noch immer geschieht; ich werde an einer anderen Stelle auf diesen Punkt noch näher eingehen.

Unsere Experimente hatten nun bei verschiedener Nahrung Unterschiede in der Umsetzung der stickstoffhaltigen Stoffe gezeigt, wie man sie früher bei demselben Thier nicht für möglich gehalten hätte. Wenn wir, wie es bis dahin allgemein geschah, berechneten, wie viel von dem Kohlenstoff und Wasserstoff der Nahrung nach Abzug des Kohlenstoffs und Wasserstoffs von Harn und Koth für die Respiration noch übrig blieb, so ergaben sich auch für die Respiration bei demselben Thier Differenzen, von denen man bisher keine Ahnung hatte. Wir haben die Zahlen mitgetheilt, nicht um damit Sicheres zu geben, sondern um die höchst merkwürdigen Möglichkeiten vorzuführen, die bei verschiedener Qualität und Quantität der Nahrung vorhanden sind und die wichtigen noch ungelösten Fragen zu präcisiren. Es blieb in einigen Fällen viermal so viel Kohlenstoff für den Athem übrig, als in andern; es entstand dadurch die Frage, ob unter verschiedenen Umständen in der That im Organismus viermal so viel verbrennen kann, oder ob der Ueberschuss im Körper angesetzt wird. Bei sehr grossen vom Thier verzehrten Fleischmengen erschien aller Stickstoff derselben im Harn und Koth, es hätten aber enorme Mengen von Kohlensäure ausgeathmet werden müssen, wenn auch aller Kohlenstoff den Körper verlassen hätte; war dies nicht der Fall, so war aus Fleisch Fett gebildet worden. Bei geringern Quantitäten von eiweisshaltiger Nahrung kam in den Exkreten so viel Stickstoff vor, als in der Zufuhr enthalten war, aber man hätte daraus sehr wenig Kohlenstoff für die Respiration zur Verfügung gehabt; es war daher zu untersuchen, ob nur so wenig verbraucht wird oder ob der Körper von seinem eigenen Fett zehrt und den Rest auf diese Weise ersetzt. Bei grossen Mengen von Fleisch mit Fett oder Kohlehydraten war schon im zersetzten Fleische so viel Kohlenstoff enthalten, dass, wenn auch der Zusatz von Fett, Stärke oder Zucker verbrannt worden wäre, die für den Athemprocess verfügbare Kohlenstoffmenge ins Ungeheuerliche gestiegen wäre, daher zu entscheiden war, ob das Fett in diesen Fällen im Körper zurückbleibt und aus Kohlehydraten Fett entstehen kann.

Alle diese Fragen drängten sich in den einzelnen Fällen an uns heran und wir wählten aus den verschiedenen Möglichkeiten des Fett- und Wasserverbrauchs die wahrscheinlichste, wobei wir noch einige andere Hülfsmittel zu benützen versuchten.

Zunächst stützten wir uns zur Beurtheilung des Verbrauchs während der Inanition auf die Gewichtsverhältnisse des Thiers. Man weiss mit aller Bestimmtheit, dass der Organismus beim Hungern nicht nur an Fleisch, sondern auch an Fett abnimmt; wir rechneten daher die Gewichtsabnahme des Körpers nach Abzug des

Fleischverbrauchs, da wo das Thier kein Wasser soff, ganz als Fettabgabe, indem wir meinten, das Thier werde nicht an Wasser ärmer werden, wenn es den Verlust durch unbehinderte Wasseraufnahme decken kann. Dies war jedoch eine grundfalsche Annahme und desshalb sind auch unsere Kohlensäurewerthe beim Hunger durchgängig zu hoch gegriffen, wie die Athemversuche von Pettenkofer und mir gezeigt haben. Es ist dies wohl der bedeutendste Fehler, welchen wir bei unsern in dieser Richtung gemachten Hypothesen begangen haben. Wenn das Thier nur Fett verzehrte und trotz beständiger Eiweissabgabe an Gewicht zunahm, so war es erlaubt zu schliessen, dass diese Zunahme zum Theil in Fett bestand und nicht alles aufgenommene Fett verbrannt wurde.

Als weiteres Mittel, um im gegebenen Falle mit Wahrscheinlichkeit zu entscheiden, wie viel Wasser und Kohlensäure in der bekannten Gesammtmenge der Perspirationsprodukte enthalten sind, glaubten wir die Wärmemenge, welche die vom Thier aufgenommene Nahrung bei völliger Oxydation liefern würde, benützen zu können.

Man vermag aus der Menge des Kohlenstoffs, Wasserstoffs und Sauerstoffs einer Substanz annähernd zu berechnen, wieviel Wärme bei der Verbrennung derselben erzeugt wird. Es steht fest, aus Gründen, die wir selbst weitläufig aus einander gesetzt haben, dass diese Berechnung keine genauen Werthe giebt, da die Wärmeeinheiten, welche eine bestimmte Menge Eiweiss, Fett oder Kohlenhydrat liefert, nicht bekannt ist. Wir mussten uns also mit ohngefähren Zahlen begnügen, ebenso wie Helmholtz, der auf ganz unsichere Daten hin die gleiche in der Physiologie allgemein verwerthete Rechnung für den Menschen ausführte.[1])

Wir haben zunächst angenommen, dass beim Hunger die geringste Menge von Wärme entwickelt wird und bei jeder Nahrungszufuhr wenigstens diese Grösse erreicht werden muss und dann dass sie auch bei sehr gesteigerter Nahrungszufuhr nicht sehr beträchtlich

[1]) M. Traube (Arch. f. path. Anat. 1861 Bd. 21 S. 414) sagt in einem nichts Neues enthaltenden Aufsatz über die Verbrennungswärme der Nahrungsstoffe: „die Vermuthung Voit's, dass das Eiweiss eine viel beträchtlichere Verbrennungswärme besitzen müsse, als alle andern Nahrungsstoffe, ist entschieden zurückzuweisen.“ Ich habe niemals eine solche Vermuthung ausgesprochen.

darüber hinausgehen kann, da das Thier stets unter den gleichen äussern Verhältnissen lebte und die gleiche Temperaturhöhe des Körpers hatte.

Diese Annahmen, die vollkommen richtig sind, suchten wir für die Erkenntniss, ob in einem speziellen Fall Wasser oder die Endprodukte des Fetts in die Respiration übergetreten sind, zu verwerthen. Da wir aber die Menge des beim Hunger verbrannten Fetts aus eben erörterten Ursachen zu hoch griffen, so fiel damit auch unser Minimum von Wärmeeinheiten, nämlich 2.2 Millionen im Tag beim Hunger, zu hoch aus. Wenn man für den Hunger nahezu richtige Kohlenstoff- und Wasserstoffzahlen zur Verfügung hat und daraus die Wärmeeinheiten bekannt sind, so kann man, wie wir es thaten, sobald bei irgend einer Nahrung dies Minimum nicht erreicht wird, unbedenklich aussagen, dass vom Körper noch Fett hergegeben worden ist, oder man kann, sobald beträchtlich zu viel Wärmeeinheiten berechnet würden, auf einen Ansatz von Fett schliessen.

Es ist von uns auf diese Weise die gasförmige Ausscheidung jedenfalls genauer angegeben worden, als es von Boussingault, Valentin, Barral etc. etc. geschah, deren Bilanzrechnungen als Beispiele in jedem Handbuch der Physiologie ungehindert ihren Platz finden. Wir waren aber weit davon entfernt, zu wähnen, unsere Angaben über die Produkte der Respiration seien absolut genau; wir rechneten wie unsere Vorgänger, wieviel nach Abzug der Elemente der Ausgaben durch Harn und Koth von denen der Einnahmen noch übrig blieb und suchten dann, auf obige Voraussetzungen gestützt, die wahrscheinlichste Grösse aus. Wir haben öfter gesagt, dass wir mit unsern Mitteln nur den Verbrauch an stickstoffhaltigen Materien mit Sicherheit eruiren können, und dass die Zahlen für Haut und Lungen nur den Werth einer Schätzung haben.

Kann man sich offener und klarer über den Werth, den wir diesen Zahlen beilegten, aussprechen, als wir es S. 35 und 36 unseres Buchs thaten? Dort steht geschrieben: „Denn es kam uns nicht auf eine absolut richtige Zahl der gebildeten Wärmeeinheiten und einen daraus sich ergebenden Verbrauch von einigen Gramm Fett mehr oder weniger an, sondern vielmehr gewöhnlich nur auf die Beantwortung der Frage, ob der Hund in einem gegebenen Falle Fett oder Wasser angesetzt oder verbraucht habe. Diese konnten wir bei unserm oben erörterten, auf die direkte Bestimmung des Stickstoffumsatzes begründeten Verfahren und Berechnung allein nicht entscheiden, da Wasser und Fett bei der Verbrennung der letzteren gleiche Gewichtszahlen ergeben und es also im speciellen Falle nicht zu bestimmen war, ob der Hund einen Gewichtsverlust oder eine Gewichtszunahme durch Abgabe oder Aufnahme von Fett oder Wasser erlitten. Zur Entscheidung dieser Frage benutzten wir nun die Berechnung der gebildeten Wärmemenge, da dieselbe natürlich bei Verbrauch von Fett oder von Wasser ganz verschieden ausfallen muss. Wir erhielten wiederholt beim Hunger als Mittelzahl 2.2 Millionen Wärmeeinheiten für 24 Stunden und haben diese als das Minimum betrachtet, auf welches bei irgend einer Fütterung die Wärmebildung stehen bleiben könne. Es ist gewiss, dass sie sich öfter darüber erhebt und um einige hunderttausend Wärmeeinheiten steigen kann; allein es kam, wie gesagt, nicht darauf an, die gebildete Wärmemenge so genau zu ermitteln; nur wenn wir durch die auf den Stickstoffumsatz und die Gewichtsverhältnisse gestützte Berechnung weniger als 2.2 Millionen Wärmeeinheiten erhielten, glaubten wir uns berechtigt und genöthigt zu sagen, der Hund müsste also noch Fett verbraucht haben; oder wenn unsere Berechnung auf 3.0 Millionen Wärmeeinheiten geführt haben würde, erachteten wir ihre Basis, soweit sie auf Fettverbrauch beruhte, für nicht wahrscheinlich.“

Nichtsdestoweniger sind unsere Respirationszahlen und die Berichtigung derselben durch die Berechnung der Wärme meist ganz falsch aufgefasst worden.

Auf S. 33 unseres Buchs sind zwar einige Stellen so gehalten, dass sie für sich allein ohne Beachtung der übrigen missverstanden werden konnten. Nachdem wir nämlich angegeben hatten, dass wir nur über den Umsatz der stickstoffhaltigen Stoffe zuverlässige Auskunft geben können, und es zweifelhaft bleibe, ob der Rest durch Fett oder Wasser ausgeglichen werde, sagten wir: „Doch werden wir gleich angeben, wodurch wir uns auch hierüber, wie wir glauben, meistens zuverlässige Auskunft verschafft haben.“ Darauf folgt gleich der Satz: „Wir haben nämlich glücklicher Weise eine doppelte Controle für die Richtigkeit unseres Verfahrens und der darauf gegründeten Berechnung in Anwendung bringen können." Man könnte nun meinen, dass beide sogenannte Controlen den gleichen Zweck hätten und beide prüfen sollten, ob die von uns angenommene Zusammensetzung der Athemprodukte richtig ist. Dies ist aber nicht der Fall, die eine Controle, von der ich noch weiter sprechen werde, controlirt den Gesammtverlust durch die Perspiration und nicht die Zusammensetzung derselben, und es ist diese Bedeutung derselben aus andern Stellen leicht zu entnehmen; die zweite ist die Schätzung der Zusammensetzung der Athemluft nach der Wärmeberechnung. Die Wärmeberechnung ist daher eigentlich keine Controle, und wir hätten besser gethan, ihr einen andern Namen zu geben, wenigstens ist sie es nicht im Sinne der erstern; sie zeigt nicht, ob ein auf anderem Wege gewonnenes Resultat mit ihr übereinstimmt, sondern es wird die Differenz der Elemente der Einnahmen und Ausgaben näher in Betracht gezogen und zugesehen, ob es wahrscheinlich ist, dass so viel durch Haut und Lungen abgehen konnte, oder ob es wahrscheinlicher ist, dass davon am Körper angesetzt worden oder der Körper dazu noch etwas geliefert hat. Dass dies die Absicht bei der Wärmeberechnung war, geht aus allen Stellen ihrer Anwendung hervor, und sie ist auch von Andern z. B. von Meissner[1]) in diesem Sinne verstanden worden. Damit zerfällt Vogts Anklage S. 18, wo es heisst: „Nichtsdestoweniger wird also ein zweifelhaftes Maass wissentlich in falscher Weise angewandt und — dennoch die Controle richtig befunden!"; es wurde durch sie gar nicht eine auf andere Weise erhaltene Zahl controlirt.

Man glaubte aber sogar, wir hätten durch die Berechnung der Wärme bestätigen wollen, dass aller excernirte Stickstoff im Harn und Koth erscheint, so z. B. C. Speck[2]). Es ist mir völlig unbegreiflich, wie man so etwas denken konnte. Wir schreiben S. 35 unseres Buches: „es war im speziellen Falle nicht zu bestimmen, ob der Hund einen Gewichtsverlust oder eine Gewichtszunahme durch Abgabe oder Aufnahme von Fett oder Wasser erlitten. Zur Entscheidung dieser Frage benutzten wir nun die Berechnung der gebildeten Wärmemenge." Es ist wahrhaftig kaum möglich, alle die Einbild-

[1]) Jahresbericht 1859. S. 351.

[2]) Archiv der Heilkunde 1861. S. 371.

ungen speciell zu widerlegen, die man sich über den Werth, den wir den beiden Controlen zuschrieben, gemacht hat. Man hätte sie vermieden, wenn man mit mehr Ruhe und Aufmerksamkeit unsere Schrift gelesen hätte; ein Kritiker sollte sich hüten, Dinge zu tadeln, von denen in der kritisirten Arbeit gar nicht die Rede ist.

Auch die Ergebnisse dieser unserer Perspirationsrechnung suchte Vogt lächerlich zu machen. Er meinte (S. 130): „Man hätte erwarten sollen, dass die Zahlen für diese Ergebnisse der Perspiration ziemlich gleichmässig ausfallen müssten. Denn nach der Versicherung der Verfasser befand sich der Hund immer unter annähernd gleichen Bedingungen der Bewegung und Temperatur, es konnten also diese Faktoren keinen bedeutenden Einfluss auf das Quantum der Perspirationsprodukte ausüben. Dagegen wurde die Nahrung in Stoff und Menge vielfach variirt und musste diese also den wesentlichsten Einfluss auf die Perspiration üben.“ Nachdem er nun noch ein Langes und Breites nach seiner Manier über dies Thema geredet, kommt er zu folgendem bezeichnenden Schluss (S. 32): „Resultat: Man kann, den Bischoff-Voit'schen Annahmen zufolge, das Quantum des durch die Athmung oder Perspiration zu entbindenden Kohlenstoffs bei Beibehaltung aller übrigen Bedingungen einzig und allein durch Aenderung der Nahrung um mehr als das dreifache steigern — das Quantum des auszuathmenden Wassers sogar auf das zehnfache erhöhen. So etwas nennt man exakte Wissenschaft.“ Die 77.6 Grmm. Wasser, welche Vogt als Minimalzahl für die gasförmige Wasserausscheidung angiebt, beruhen auf einem Druckfehler in unserm Buche (S. 180); wenn er etwas näher zugesehen hätte, so würde er bemerkt haben, dass das Thier in 2 Tagen 755.20 Grmm. Wasser im Athem abgab, also im Tag 377.6 Grmm. und nicht 77.6 Grmm.; nach unsern damaligen Resultaten kann sich also das auszuathmende Wasser nicht um das zehnfache erhöhen. Durch die Respirationsversuche von Pettenkofer und mir ist aber dargethan, dass die Menge der ausgeschiedenen Kohlensäure allerdings um das dreifache hin und her gehen kann und die des Wassers um das sechsfache. Wer hat sich nun lächerlich gemacht?

Funke hat ebenfalls nicht richtig aufgefasst, was wir mit unserer Respirationsrechnung erstrebten. Wenn wir damit ein genaues Resultat hätten geben wollen, so wäre sein Verdammungsurtheil gerechtfertigt, obwohl er dann vor Allem das gleiche über die in seinem Lehrbuch aufgeführten Zahlen von Boussingault, Valentin, Barral, Hoppe hätte fällen müssen. Da wir aber in Ermangelung einer direkten Bestimmung nur uns der Wahrheit zu nähern suchten, ohne damit irgend etwas Anderes zu bezwecken, so ist es unbillig. Wir wissen am besten und haben es wiederholt angegeben, dass man aus der Beobachtung des Stickstoffs im Harn und Koth durchaus nicht im Stande ist, etwas Sicheres über den Verbrauch von Fett oder Wasser auszusagen. Funke[1]) behandelt willkührlich Arbeiten, die sich in den experimentellen Daten in Nichts unterscheiden, ganz ungleich, so z. B. die von Hoppe und die unsere. In beiden wird einem Hund neben Fleischnahrung Zucker gegeben, die Versuchsresultate sind die gleichen, nur die Interpretation derselben ist verschieden. Hoppe fand bei Zuckerzusatz zum Fleisch eine grössere Gewichtszunahme, als ohne denselben und erklärt sich diese durch eine dabei stattfindende Ablagerung von Fett aus dem Fleisch und von Wasser im Körper. Wir dagegen hatten erkannt, dass aus den Gewichtsverhältnissen gar nichts Zuverlässiges zu entnehmen ist und thaten durch Versuche dar, dass die bei Zuckerzusatz stattfindende Gewichtszunahme höchst wahrscheinlich nur aus Fleisch und Wasser besteht; wenn wir nun die Ansicht aussprechen, es nöthige uns nichts beim Fleischfresser eine solche Fettbildung anzunehmen und sie sei uns unwahrscheinlich, so haben wir die Sache unentschieden gelassen. Von unserer Ansicht heisst es nun bei Funke: „Die Glaubwürdigkeit dieses Facits beruht abermals auf der Glaubwürdigkeit der Rechnungsschablone. Wir glauben uns weitere Bemerkungen über den Werth von Ernährungsgesetzen und physiologischen Schlüssen, welche auf so bedenklichen Prämissen ruhen, ersparen zu dürfen.“ Und von Hoppe sagt er (S. 482): „eine interessante Arbeit von Hoppe hat endlich so ziemlich jeden Zweifel an der wirklichen Umsetzung der Albuminate in Fette innerhalb des Organismus bei mangelhafter Oxydation beseitigt. Hoppe erklärt diesen Befund sehr scharfsinnig in folgender Weise.“ Die Versuche von Hoppe und uns

[1]) Lehrbuch Bd. I. S. 482.

sind die nämlichen; man müsste also dann auch aus den unsrigen, wenn man den gleichen Scharfsinn anwendet, dieselbe Erklärung finden können, wie Hoppe für die seinigen. Es handelt sich also nicht um Thatsachen, sondern um Meinungen, und solchen gegenüber hätte Funke vielleicht sagen können: Bischoff und Voit finden die Umwandlung von Zucker in Fett unwahrscheinlich, ich schliesse mich lieber der Ansicht von Hoppe an. Er hat aber als Kritiker, ohne specielle, experimentelle Studien im betreffenden Fall gemacht zu haben, kein Recht, sich in so auffälliger und ungerechter Weise zum Richter aufzuwerfen.

In anderem Sinne ist neuerdings Grouven[1]) zu weit gegangen, indem er aus der von ihm ausgerechneten für das Thier nothwendigen Wärmemenge den Umsatz des Fettes regulirte, und damit wirklich genaue Werthe zu erreichen wähnte. Er nimmt wie wir zunächst die Differenz der Elemente der Einnahmen und Ausgaben und findet so, wieviel möglicherweise dabei für Haut und Lungen übrig bleiben kann; aus der Menge des Kohlenstoffs und Wasserstoffs berechnet er die zur Verbrennung nöthige Sauerstoffquantität und indem er den schon vorhandenen Sauerstoff davon abzieht, findet er das Gewicht des Sauerstoffes, das von Aussen aufgenommen werden muss. Bei der Oxydation erzeugt dieser Sauerstoff eine gewisse Wärme. Er rechnet nun, welche Wärmemenge das Thier bei seinem Körpergewicht, der bekannten Luft-Temperatur und Perspirationsgrösse nöthig hat; ist diese geringer als oben aus dem Sauerstoff bestimmt worden ist, so hat das Thier Fett angesetzt; ist sie aber grösser, so hat es noch Fett vom Körper hergegeben. Es ist hier nicht meine Aufgabe, diese Rechnungsweise zu besprechen; ich sage nur so viel, dass nach den Respirationsversuchen von Pettenkofer und mir bei gleichem Körpergewicht, gleicher äusserer Temperatur und gleicher Gesammtperspirationszahl die Menge des aufgenommenen Sauerstoffs, also auch der erzeugten Wärme, ungemein verschieden ist. Es ist ein für allemal unmöglich, ohne eine direkte Bestimmung der Respirationsprodukte (und zwar des Wassers, der Kohlensäure, des Kohlenwasserstoffs und Wasserstoffs) etwas Sicheres über den

[1]) Fütterungsversuche.

Consum an Fett auszusagen. Man muss den zahlreichen Grouven'schen Angaben über die Kohlensäureausscheidung durch die Perspiration jeden Werth absprechen, da sie auf völlig falscher Grundlage aufgebaut sind; was seine Erfahrungen über die Umsetzung der Eiweiskörper betrifft, so verweise ich auf das vortreffliche kritische Referat W. Henneberg's[1]). Auch die Angaben von Seegen[2]), dass während der Glaubersalzzufuhr die stickstofffreien Gewebselemente und insbesondere die Fettgewebe in reichlicherer Menge umgesetzt werden, beruht nur auf einer Annahme, die erst durch eine direkte Bestimmung erwiesen werden müsste.

Ich hoffe dieses Mal mich vollkommen verständlich ausgedrückt zu haben. Durch die Analyse des Stickstoffs der Nahrung, des Harns und Koths können wir, wenn anders in letztern aller Stickstoff aus dem Körper ausgeschieden wird, mit aller Sicherheit die Verhältnisse der Zersetzungen der stickstoffhaltigen Stoffe ableiten; dies ist die Hauptsache der gemeinschaftlichen Arbeit von Bischoff und mir, die zugleich noch Aufschlüsse gibt über die Menge des Harns, des Koths und der Perspiration unter den verschiedensten Umständen; die Angaben über die Zusammensetzung der Perspiration sind nicht aus Beobachtungen entnommen, sondern sind nur Wahrscheinlichkeitsberechnungen; wir bestrebten uns dabei, die Fehler, die notorisch an allen frühern Gleichungen der Art hafteten, so gut es gieng, besser zu machen; sie sollten eine Lücke ausfüllen, die damals nicht anders ausgefüllt werden konnte.

Durch die dadurch gewonnene Einsicht wurde die Wichtigkeit eines Apparates, der es erlaubte, die gasförmigen Exkrete unter Berücksichtigung der Einnahmen und übrigen Ausgaben unter den verschiedensten Verhältnissen zu untersuchen, um den Umsatz von Fleisch und Fett im Organismus zu bestimmen, von Neuem hervorgehoben. Ohne die von uns erhaltenen Kenntnisse hätten Respirationsversuche nicht weiter geführt, als die früheren Versuche der Art auch, man hätte sie nicht in Verbindung mit den übrigen Zersetzungen des Körpers bringen können. Der Bau des Athemapparates durch Pettenkofer, mit dem wir gemeinschaftliche Unter-

[1]) Journal für Landwirthschaft, 1865. Heft 1.

[2]) Einfluss des Glaubersalzes, Sitz.-Ber. d. Wien. Acad. 1864. Bd. 49. S. 28.

suchungen anstellen, ist ein Ausfluss der früheren Untersuchungen und ohne sie ohne Bedeutung. Unsere Schätzungen sind natürlich durch die Möglichkeit einer direkten Bestimmung ganz werthlos geworden; uns sind sie jetzt nur noch für die Fragenstellung von Wichtigkeit.

Pettenkofer und ich werden die von uns mit Hülfe des Respirationsapparates erhaltenen Ergebnisse nach und nach in dieser Zeitschrift mittheilen; ich werde mich in den folgenden Artikeln nur mit dem Kreislauf des Stickstoffs, dessen Faktoren sämmtlich der Beobachtung entnommen sind, beschäftigen.

Ich habe endlich noch Einiges über die sogenannte Haupt- und Controlrechnung der Perspirationsgrösse anzugeben. Wir haben die Menge des Stickstoffs, welcher in dem auf die Fütterungsreihe treffenden Harn und Koth zu finden war, mit der der Einnahmen gegen einander gehalten und daraus beurtheilt, ob Fleisch (d. h. eiweissartige Substanz) angesetzt oder abgegeben worden ist, oder ob darin Gleichgewicht bestand. Aus der Aenderung des Körpergewichts konnten wir entnehmen, ob daneben noch eine Abnahme oder Zunahme stickstofffreier Substanz (d. h. von Fett oder Wasser) vorhanden war. Die Aenderung des Körpergewichts war nur festzustellen, indem man das harn- und kothfreie Anfangs- und Endgewicht verglich; es musste daher zu dem Zwecke der noch im Darm befindliche von der vorhergehenden Reihe herrührende Koth vom Anfangsgewicht und der noch nicht entleerte zu der betreffenden Reihe gehörige vom Endgewicht abgezogen werden. Indem man das im Körper zersetzte Material und die Ausgaben durch den Harn und den auf die Reihe treffenden Koth in die nähern Bestandtheile zerlegt, erfährt man aus der Differenz die Summe von Wasser, Kohlenstoff, Wasserstoff und Sauerstoff, die für Haut und Lungen noch übrig bleibt. Die Gesammtmenge der Perspirationsprodukte konnten wir aber auch noch auf die von Sanctorius schon benützte und oben von uns auf ihre Genauigkeit geprüfte Weise erhalten; dies ist die Controlrechnung. Dass wir damit nur die Gesammtmenge der durch Haut und Lungen ausgeschiedenen Materien controliren wollten, steht deutlich in unserm Buche (S. 33); wir sagen dort: „Indem wir damit die Gewichtsverhältnisse des ganzen Thieres in Verbindung bringen, berechnen wir daraus den Umsatz oder

Ansatz der stickstofffreien Körpertheile und den Verlust durch Haut und Lungen. Allein den letzteren kann man auch auf ganz anderm Wege (nämlich durch die Controlrechnung) ermitteln.“ Wer die Anwendung dieser Controlrechnung an einigen Beispielen prüft, konnte nicht im Zweifel sein, was wir damit zu erreichen suchten; denn wir verglichen immer nur die Gesammtmenge der gasförmigen Stoffe. Ludwig wenigstens hat uns nicht missverstanden, da er in seinem Lehrbuche der Physiologie[1]) angiebt: „Der Perspirationsverlust wird nach jeder Versuchsreihe durch 2 Gleichungen ausgedrückt.“ Es ist uns nicht im entferntesten eingefallen, dadurch controliren zu wollen, ob aller excernirte Stickstoff im Harn und Koth auftritt oder die berechnete Zusammensetzung der insensiblen Ausgaben richtig ist oder nicht, wie so manche Kritiker sich einbildeten. C. Speck referirt z. B. (a. a. O.), wir sähen die nahe Uebereinstimmung der auf beide Weisen gewonnenen Zahlen als den Hauptbeweis für die Richtigkeit unserer Annahme an, dass aller im Körper verbrauchte Stickstoff als Harnstoff wieder erschienen sei; es stünde wahrhaftig schlecht um diesen Satz, wenn die Uebereinstimmung der beiden Rechnungen der Hauptbeweis dafür wäre.

Vogt und auch Funke lassen uns controliren, ob die Annahme von Fleisch- und Fettabgabe wahr ist. Da dies durch die Controlrechnung gar nicht beabsichtigt wurde, wie jeder, der unsere Schriften gelesen hat, ersehen kann, so fallen die Erörterungen beider Kritiker in Nichts zusammen. Funke[2]) hat umsonst gesprochen, wenn er in wegwerfendem Tone sich äussert: „Dass mit dieser sogenannten Controlrechnung die Richtigkeit der Voraussetzungen, auf welche die Bilanz gegründet ist, mithin auch die Richtigkeit der für Fleisch- und Fettverbrauch berechneten Werthe nicht im Entferntesten bewiesen werden kann, liegt so auf der Hand, dass es keiner weiteren Kritik bedarf.“ Auf Vogt's Besprechung werde ich nachher noch Einiges zu erwidern haben.

Es handelt sich darum, ob die Controlrechnung für die Perspirationsgrösse nach der Methode von Sanctorius und die Berechnung des im Harn und Koth fehlenden Kohlenstoffs, Wasserstoffs

[1]) 1861. Bd. 2. S. 676.

[2]) a. a. O. S. 613.

und Sauerstoffs der Nahrung nur Ausprägungen derselben Thatsache in anderer Redeweise sind. Ich sage noch jetzt, dass dies nicht der Fall ist, obwohl sich fast sämmtliche Referenten dagegen erklärt haben. Ich habe bald nach der Veröffentlichung unserer gemeinschaftlichen Arbeit, weil ich voraussah, dass unsere Aeusserungen darüber missverstanden werden konnten, ehe nur von irgend einer Seite Einwände erhoben worden waren, in meiner Schrift über den Einfluss des Kochsalzes (S. 75) mich ganz eingehend über den Werth, den ich dieser Controle beilege, ausgesprochen. Ich kann nur beklagen, dass keiner der Kritiker diese meine Angaben berücksichtigt hat. Da ich dieselben noch aufrecht erhalte und Manchem meine Schrift zur Einsicht nicht zu Gebote steht, so erlaube ich mir, meine damaligen Sätze nochmals genau wiederzugeben. Ich sagte:

Diese Controlrechnung beruht zwar scheinbar auf ganz anderen Voraussetzungen als die Hauptrechnung, jedoch bietet sie nur für einige der Faktoren eine Garantie und es ist nöthig, sich darüber klar zu sein, um den Werth derselben beurtheilen zu können. Ist die Zusammensetzung des gereichten Fleisches, Brods, der Milch etc. unrichtig bestimmt oder vielmehr ihr Salzgehalt, so fällt die Grösse der Lungenausscheidung in der Hauptrechnung anders aus, da das Salz nicht mit in letztere übergeht, und man bekommt eine Differenz mit der Controlrechnung; von 100 Grmm. Fleisch, Brod, Milch etc. etc. gehen je nach dem Salzgehalt bei der Verbrennung verschiedene Mengen in die Perspiration, von 100 Grmm. Zucker oder Fett aber alles. Es ist desshalb die Controlrechnung erstens von Werth für die Beurtheilung, ob der angenommene Salzgehalt und also die Zusammensetzung der salzhaltigen Speisen eine richtige ist. — Auch wenn andere Mengen solcher Nahrung gefressen worden wären als angegeben, so hätten die Produkte davon in den Exkreten sein müssen und es wäre die richtige Exkretzahl von der unrichtigen Zahl der Einnahmen abgezogen worden und so eine Abweichung entstanden. — Die Kothzahl in der Hauptrechnung ist zwar meist eine sehr verschiedene von der in der Controlrechnung, da in ersterer die auf die betreffende Reihe fallende Kothmenge, in letzterer die in der Reihe überhaupt entleerte angegeben ist. Wenn aber die zur Reihe gehörige Kothmenge um 100 Grmm. zu hoch oder zu gering angeschlagen worden wäre, so sind auch die daraus berechneten Gewichtsverhältnisse um dieselbe Grösse falsch. Es würde sich daher der Fehler völlig aufheben, wenn nicht der Koth viel Salz enthielte; 100 Grmm. Aenderung im Gewicht schicken 100 Grmm. in die Perspiration, 100 Grmm. Koth aber nicht. Dasselbe ist es, wenn die Menge des Koths richtig ist, aber nicht dessen Zusammensetzung, d. h. eigentlich dessen Salzgehalt, denn bei zu grosser Salzannahme entsteht eine zu kleine Zahl für die Haut- und Lungenausscheidung in der Hauptrechnung. Es werden also ferner Differenzen der Haupt- und Controlrechnung vorkommen, wenn in der Menge des Koths oder in seiner Zusammensetzung Fehler vorhanden sind. — Ist das angenommene Verhältniss des Harnstoffs zu den Salzen im Harn unrichtig, so ist natürlich der Wassergehalt des Harns falsch und man bekommt in der Hauptrechnung eine Grösse für die Haut- und Lungenprodukte, die von der nach einem andern Verhältniss gerechneten verschieden ausfällt; es macht diess ziemlich viel aus, besonders beim Brodharn, in welchem auf 1 Grmm. Harnstoff beinahe 1 Grmm. Salz gerechnet ist. — Die Controlrechnung ist von geringerer Tragweite für die Frage, ob die aus der gefundenen Harnstoffmenge gerechnete Menge des verbrauchten Fleisches richtig ist oder nicht. Nehme ich mehr Harnstoff an, so muss ich mehr Salze im Harn rechnen; Harnstoff und Salze zusammen geben mir die Summe der festen Theile im Harn, ich bekomme also bei einem Plus von Harnstoff und Salzen um dieselbe Zahl weniger Wasser im Harn. Wenn ich z. B. in obiger erster Reihe statt 691 Grmm. Harnstoff 750 Grmm. als entleert annehme, so bekomme ich 31.2 Grmm. Kohlenstoff, Wasserstoff und Sauerstoff mehr und 88.6 Grmm. Wasser weniger im Harn, also 57.4 Grmm. weniger in die Respiration. Nun muss man aber aus dem Plus Harnstoff auch mehr zersetztes Fleisch rechnen und dafür um dieselbe Menge mehr angesetztes Wasser. Es würde sich also die Zahl ganz gleich bleiben, da sich das Plus Fleisch und das Minus Wasser ausgleicht, wenn nicht das Fleisch Salz enthielte, das nicht in die Respiration geht; 100 Grmm. Wasser geben 100 Grmm. in letztere, 100 Grmm. Fleisch nur 98.7 Grmm. In unserm Beispiel müssten 798 Grmm. Fleisch mehr zersetzt und dafür 798 Grmm. Wasser mehr angesetzt werden und man kann berechnen, dass dann 192.32 Grmm. weniger Wasser und 154.81 Grmm. mehr an Kohlenstoff, Wasserstoff und Sauerstoff in der Rubrik der Einnahmen stehen, also im Ganzen um 37.51 Grmm. weniger als vorher. In den Ausgaben hatten wir 57.4 Grmm. weniger; es ergiebt sich daher eine Differenz von nur 19.9 Grmm. in der Respiration bei einem Unterschied von 59 Grmm. Harnstoff; diess ist zwar in der Controlrechnung zu merken, jedoch ist die Aenderung auch bei diesem grossen Fehler im Harnstoff sehr gering. Man kann auch aus der Gleichheit beider Rechnungen nicht entnehmen, ob Fett in der angenommenen Menge angesetzt oder vom Körper hergegeben worden, oder ob Ansatz und Abgabe nur Wasser war, da 100 Grmm. Fett ebensoviel in die Respiration schicken als 100 Grmm. Wasser; man kann, um diess zu beurtheilen, nur zusehen, ob die nach einer solchen Annahme gerechnete Menge des in der Respiration entleerten Kohlenstoffs oder die von Aussen aufzunehmende Menge Sauerstoff zu gross oder zu klein erscheint. Wenn keine Fehler in den Beobachtungen sind, so müssen Haupt- und Controlrechnung genau übereinstimmen; aus grössern Differenzen kann man auf Fehler schliessen nicht nur in der Beobachtung, sondern auch in der Zahlenrechnung, so dass schon zur Erkennung letzterer die angegebene Controlrechnung nicht zu versäumen ist.

Dies waren meine früheren Aeusserungen über die Controlrechnung.

Ich bespreche zunächst den Einwand von Ludwig (Physiologie. Bd. 2. S. 676), weil das von ihm Gesagte, im Gegensatz zu den Schimpfreden Anderer, eine wissenschaftliche Diskussion zulässt. Ich werde daran am besten nochmals darthun können, worin sich die Controlrechnung von der andern unterscheidet. Ludwig theilt die Ansicht, dass eine Uebereinstimmung beider Rechnungen dann als eine Bürgschaft für die Richtigkeit der Annahme angesehen werden muss, wenn die in den beiden Ausdrücken vorkommenden Werthe wirklich auf verschiedene Weise abgeleitet sind. Dazu habe es aber nur den Anschein, weil die zu den beiden Rechnungen gebrauchten Zahlen wirklich ganz verschieden aussähen. Er sucht nun durch eine Ableitung, die ich frei von den darin vorkommenden Druckfehlern hierher setze, zu beweisen, dass die Werthe beider Gleichungen auf dieselbe Weise abgeleitet sind und sie nur durch besondere Annahmen über die Berechnung eines meist kleinen Kothantheils differiren. Nach ihm ist:

A' = das wegen des Koths k corrigirte Anfangsgewicht A.
E' = das wegen des Koths K corrigirte Endgewicht E.
K' = der für die Reihe treffende Koth.
β = ein Coefficient, mit dem man eine bekannte Quantität von Stickstoff multipliciren muss, um zu erfahren, wieviel Fleisch von bekannter Zusammensetzung mit Hülfe jenes Stickstoffs dargestellt werden kann.
n = der Stickstoff des gefütterten feuchten Fleischs.
n' = der Stickstoff des entleerten Harnstoffs.
n'' = der Stickstoff des entleerten Koths.
W = das genossene Wassergewicht.
U = das entleerte Harngewicht.
A = gefundenes Anfangsgewicht.
E = gefundenes Endgewicht.
k = Koth der frühern Reihe, während dieser Reihe entleert.
K = der zu dieser Reihe gehörige, am Schluss noch nicht entleerte Koth.
k' = der während der Reihe entleerte Koth.

1) Man hat demnach in der ersten nach dem Stickstoffverbrauch angestellten Rechnung (unserer Hauptrechnung) Folgendes:

Einnahme $= W + [n\beta - (n\beta - n'\beta - n''\beta)] + n\beta - (n' + n'')\beta - (E' - A')$
Ausgabe $= U + K'$
Perspiration $P = W + n\beta + A' - E' - U - K'$

Nun ist aber: $A' = A - k$
$E' = E - K$[1])
$K' = k' - k + K$.

Wenn am Ende des Versuchs sogar noch Koth von der vorhergehenden Fütterung und also auch aller von der betreffenden im Darm sein sollte, dann hätte man noch ein k einzusetzen und zwar k'' d. i. der Koth, der am Ende des Versuchs von der vorhergehenden Fütterung noch im Leibe war; man hätte dann:

---

[1]) Und nicht, wie Ludwig angiebt: $E' = E - K' - K$, denn K' ist der für die Reihe treffende Koth, der nicht abgezogen werden darf.

$$A' = A - k$$
$$E' = E - K - k''$$
$$K' = k' - (k - k'') + K.$$

Setzt man diese Werthe in die obige Gleichung statt A' E' und K' ein, so erhält man als Respirationsrest durch die Hauptrechnung:

$$P = W + n\beta + A - E - U - k'$$ [1])

2) In der zweiten Rechnung (unserer Controlrechnung) hat man aber Folgendes:

zu den Einnahmen gehören: A = das gefundene Anfangsgewicht
$n\beta$ = das gefressene Fleisch
W = das gesoffene Wasser + Fett etc.
zu den Ausgaben gehören: E = das gefundene Endgewicht
U = der Harn
k' = der während des Versuchs entleerte Koth.
dann ist die Gleichung: $P' = W + n\beta + A - E - U - k'$.

Es sind also auf diese Weise beide Rechnungen vollkommen gleich und nicht wie Ludwig findet $P' = P - K$, d. h. nur unterschieden durch besondere Annahmen über die Berechnung eines meist kleinen Kothantheils. Es wäre dies schon daraus zu ersehen gewesen, dass das K (d. i. der zur Reihe gehörige noch nicht entleerte Koth) oft sehr beträchtlich ist und mehrere hundert Gramm betragen kann, während unsere beiden Rechnungen meist bis auf einige Gramm übereinstimmen.

Wenn man also nach Ludwig's Art und Weise richtig rechnet, so sind die beiden Werthe P und P' absolut gleich. Weil aber dennoch in unseren Beispielen die Rechnungen, ohne Rechenfehler einzuschliessen, beinahe nie gleich ausfallen, so müssen eben Unterschiede zwischen beiden vorhanden sein.

Die beiden Rechnungen sind in der That nicht auf dieselbe Weise abgeleitet, sondern sie unterscheiden sich sehr wesentlich dadurch, dass in der zweiten Gleichung (der Controlrechnung) die Aschenbestandtheile, die im Harn, im Kothe, im verzehrten Fleisch oder Brod vorhanden sind, im Gewicht sich mit befinden, während sie bei der Berechnung der Perspirationsgrösse mittelst der ersten Gleichung (der Hauptrechnung) von vorn herein wegfallen. Die beiden Rechnungen können also nur dann ein gleiches Ergebniss liefern, wenn bei der Hauptrechnung die Aschenmengen in den

---

[1]) Und nicht, wie Ludwig wegen seines fehlerhaften Werths für E' rechnet:
$$P = W + n\beta + A - E - U - k' + K.$$

Einnahmen und Ausgaben sich ausgleichen. Bleibt in den Einnahmen oder den Ausgaben ein Ueberschuss, so treten Differenzen mit der Controlrechnung ein.

Unter welchen Umständen kann nun eine Nichtausgleichung der Salze der Einnahmen und Ausgaben in der Hauptrechnung stattfinden?

1) Wenn der Körper des Thiers von den Salzen der Nahrung einen Theil zurückhält, welcher also unter den Einnahmen sich findet, aber unter den Ausgaben, da die Salze im Harn nicht direkt bestimmt worden sind, fehlt, oder wenn der Körper ohne Fleischzersetzung Salze ausgiebt, die dann in den Einnahmen nicht vorhanden sind, so entstehen Differenzen zwischen den Einnahmen- und Ausgaben-Rubriken, die das für Haut und Lungen gerechnete Wasser erhöhen oder erniedrigen. Eine Salzaufspeicherung oder Abgabe tritt jedoch nur unter besonderen Umständen ein und macht, wie meine Kochsalzuntersuchung zeigt, nur sehr wenig aus.

2) Hätte der Hund durch ein Uebersehen eine grössere oder geringere Menge aschehaltiger Nahrung bekommen, als angenommen worden ist, so wären die Produkte davon in den Exkreten gewesen und man hätte die richtige Exkretzahl von der unrichtigen Zahl der Einnahmen abgezogen, wodurch eine Abweichung entstanden wäre. Aber auch bei grössern Fehlern in der Darreichung der Nahrung fällt die Differenz immerhin nur sehr gering aus, denn sie richtet sich nach dem Salzgehalt der Nahrung und beträgt also bei 1000 Grmm. Fleisch nur 13 Grmm., bei 1000 Grmm. Brod 22 Grmm.

3) Es entstehen ferner Differenzen zwischen beiden Rechnungen, wenn der Salzgehalt der Nahrung, d. i. also die Zusammensetzung derselben, nicht richtig bestimmt ist; ist die Menge der Asche im gereichten Fleisch, Brod, der Milch etc. etc. in Wirklichkeit eine andere, als der Bestimmung nach angenommen worden ist, so wird der Rest, welcher nach Abrechnung von Harn und Koth in die Perspiration übergeht, auch anders sein und so das Resultat mit dem der Controlrechnung nicht mehr klappen. Man kann daher aus der Uebereinstimmung schliessen, ob der zur Rech-

nung benützte Salzgehalt und also auch die Zusammensetzung der salzhaltigen Nahrung genau ist.

Nehmen wir, um den Erfolg an einem Beispiel zu zeigen, an, das ausgeschnittene Fleisch enthielte mehr Salz, als wir angegeben, also 2.0 % statt 1.3 %, so wäre dann in 100 Grmm. Fleisch eine andere Gesammt-Quantität Wasser, Stickstoff, Kohlenstoff, Wasserstoff und Sauerstoff und zwar statt 98.7 % nur 98.0 %. Rechnen wir mit der veränderten Zahl einen concreten Fall, z. B. die Fleischreihe vom 22. März bis 1. April 1859 S. 81 unseres Buches, so wären in 12413 Grmm. zersetzten Fleisches nicht 161 Grmm. Asche, sondern 248 Grmm. gewesen und die Summe der verbrennlichen Theile hätte nicht 12251 Grmm. betragen, sondern 12164 Grmm.; da zu letzteren noch 2586 Grmm. verbrauchten Wassers und Fettes kommen, so wäre die Summe der verbrennlichen Theile der Einnahmen 14750 Grmm. und nicht 14837 Grmm. Von den Ausgabeposten gehen davon nun 9459 Grmm. ab. Bei 1.3 % Asche bleiben 5378 Grmm. für Haut und Lungen übrig, was mit der 5380 Grmm. ergebenden Controlrechnung sehr gut stimmt, während bei der falschen Annahme von 2 % Asche 5292 Grmm. herauskommen, somit eine Differenz von 88 Grmm., die für 7 Tage in unseren Beispielen nie sich findet. Die Aschemengen in Einnahmen und Ausgaben stimmen bei einem Gehalt von 1.3 % sehr gut überein, es sind dabei

im Fleisch	=	161.4 Grmm. Asche
im Harn und Koth	=	159.2 „ „
Diff.	=	2.2 Grmm. Asche,

während bei 2.0 % wären:

im Fleisch	=	248.3 Grmm. Asche
im Harn und Koth	=	159.2 „ „
Diff.	=	89.1 Grmm. Asche,

es müssten also im letztern Falle 89 Grmm. Salz in 7 Tagen im Körper zurückgehalten worden sein, was im höchsten Grade unwahrscheinlich ist.

4) Wenn der Stickstoffgehalt der Nahrung, z. B. des Fleisches, unrichtig, wir wollen annehmen zu hoch, ermittelt ist, so rechnet sich im gefütterten Fleisch mehr Stickstoff und man bekömmt gegenüber dem Stickstoff im Harn und Koth eine Differenz. Die Folge ist, dass man dann weniger Fleisch vom Körper hergeben oder mehr ansetzen lassen muss. Lässt man aber weniger Fleisch vom Körper abgegeben sein, als wirklich der Fall ist, so wird, weil dies Fleisch in der Hauptrechnung nicht eingesetztes Salz enthält, dem Einnahmeposten Salz entzogen und dadurch eine Differenz entstehen; umgekehrt ist es, wenn man fälschlich einen stärkern Fleischansatz annimmt.

Rechnen wir in dem oben gewählten Beispiel statt mit 3.4 % Stickstoff im Fleisch mit 4.0 %, so treffen auf 12600 Grmm. Fleisch 504 Grmm. Stickstoff und es werden bei 422 Grmm. Stickstoff im Harn und Koth 2412 Grmm. Fleisch angesetzt; dann muss aber der Körper, da er um 186 Grmm. an Gewicht verloren hat, 2548 Grmm. Wasser abgegeben haben.

In 10188 Fleisch	=	10056	verbrennlich
in 4811 Wasser	=	4811	„
		14867	„
in 9409 Harn	=	9271	„
in 210 Koth	=	188	„
		9459	„
Perspiration	=	5408	

Die Rechnung mit 3.4% Stickstoff ergiebt für die Perspiration 5380 Grmm. und die Controlrechnung 5378 Grmm.; wir finden daher bei einem um 0.6 % falschen Stickstoffgehalt eine Differenz von 28 Grmm. zwischen beiden Rechnungen.

Man kann also aus einer Uebereinstimmung beider Rechnungen schliessen, ob der Stickstoffgehalt der verzehrten Nahrung richtig bestimmt ist, und eine darnach berechnete Ansetzung oder Abgabe von stickstoffhaltiger Substanz der Wahrheit entsprechend ist.

5) Aehnliche Verhältnisse würden sich geltend machen, wenn mehr Fleisch im Körper zersetzt worden wäre, als aus der im Harn und Koth ausgeschiedenen Stickstoffmenge entnommen werden kann, wenn also auf einem andern Weg, z. B. durch Haut und Lungen, noch Stickstoff entfernt würde. Denn die Salze des mehr umgesetzten Fleisches könnten nicht in die Perspiration, sondern nur in den Harn oder den Koth übergehen, wodurch eine Differenz im Salzgehalt der Einnahmen und Ausgaben entstände. Es muss jedoch ansehnlich mehr Fleisch zersetzt werden, wenn auf diese Weise die Differenz merklich werden soll.

Gesetzt den Fall, es wären in unserm Beispiel statt der aus dem Stickstoff des Harns und Koths berechneten 12413 Grmm. Fleisch 13500 Grmm. oxydirt worden, so hätte der Hund 1087 Grmm. Wasser weniger von seinem Körper abgegeben. Darnach berechnet sich:

in 13500 Fleisch	=	13325	verbrennlich
in 1499 Wasser	=	1499	„
		14824	
in 9409 Harn	=	9271	verbrennlich
in 210 Koth	=	188	„
		9459	„
Perspiration	=	5365	

also nur eine Differenz von 15 Grmm. mit dem Ergebniss der Controlrechnung (5380 Grmm.) bei einem Plus von 1087 Grmm. Fleisch, jedoch immerhin grösser als die 2 Grmm., welche die richtig angestellte Rechnung ergiebt.

6) Die letztern Bemerkungen haben auch für die Hungerreihen, wo der Körper von seinem eigenen Fleisch lebt, Geltung; bei diesen stimmen für gewöhnlich Haupt- und Controlrechnung beinahe vollständig überein. In der ersten sechstägigen Hungerreihe (S. 44 unseres Buchs) finden sich 18.7 Grmm. Asche im Harn, und in dem aus dem Stickstoff des Harns berechneten im Körper verbrauchten Fleisch wären 21.7 Grmm. Bei allen Hungerreihen wird etwas weniger Salz im Harn entfernt, als im zerstörten Fleisch enthalten war, und um ebensoviel differirt auch die Controlrechnung von der Hauptrechnung. Hätte das Thier beträchtlich mehr Fleisch verloren als 1668 Grmm. und den Stickstoff desselben als Gas ausgehaucht, so würden sich grössere Differenzen finden. Die Uebereinstimmung der beiden Rechnungen beim Hunger beweist auch zugleich, dass in der That Fleisch oder eiweissartige Substanz mit einer ganz ähnlichen Menge von Salzen wie das Muskelfleisch umgesetzt worden ist.

Würden die während des Hungers zerstörten eiweissartigen Materien nicht wie das Fleisch 1.3 % Asche, sondern 2.3 % enthalten, so ergäbe sich in der dritten Hungerreihe (S. 50 unseres Buchs) folgendes:

in 1780 Fleisch = 1739 verbrennlich und 41 Asche
im Wasser und Fett = 2789
4528
in 1523 Harn = 1503 verbrennlich
Perspiration = 3025

Die Controlrechnung ergiebt 3046, und unsere Hauptrechnung 3043 Grmm. Ein Unterschied von 21 Grmm. kommt bei keiner der Hungerreihen vor, also ist zu entnehmen, dass die in die Rechnung fiktiv eingeführten 2.3 % Asche falsch sind.

7) Bei der Fütterung mit Leim allein erscheint im Harn viel mehr Harnstoff als beim Hunger. Wir haben angenommen, dass das Mehr von Stickstoff vom Leim herrührt; man könnte aber auch meinen, es werde unter solchen Umständen mehr Eiweiss im Körper zersetzt und Leim dafür angesetzt. Die Uebereinstimmung in Haupt- und Controlrechnung beweist, dass dem nicht so ist, denn wenn statt des aschefreien Leims 1.3 % Asche enthaltendes Fleisch des Körpers oxydirt worden wäre, so wäre die Asche des letztern mit in den Harn übergegangen und die Rechnungen hätten nicht mehr ein gleiches Resultat liefern können.

Machen wir z. B. in der Reihe S. 232 unseres Buchs diese Annahme. Für 600 Grmm. angesetzten Leim hätte der Hund 2728 Fleisch abgegeben und also

2128 Grmm. an Substanz verloren; da er aber in Wirklichkeit nur um 624 Grmm. an Gewicht abnahm, so müsste er 1504 Grmm. Wasser angesetzt haben:

in 2728 Fleisch = 2693 verbrennlich
Wasser = 911
3604
im Harn = 2135 verbrennlich
im Koth = 48 „
2183
Perspiration = 1421

Dies ist eine wohl zu berücksichtigende Differenz von 23 Grmm. gegen die Controlrechnung mit 1444 Grmm., während unsere Hauptrechnung 1447 Grmm. ergab.

8) Wenn eine andere Menge von Wasser oder einer salzfreien Substanz, z. B. Leim, Fett, Zucker, Stärke etc. etc., eingenommen, angesetzt, abgegeben oder umgesetzt worden ist, als angenommen wurde, so kann keine Differenz der Rechnungen eintreten.

9) Die Kothzahl in der Hauptrechnung, d. i. der für die Reihe treffende Koth, ist zwar meist sehr verschieden von der in der Controlrechnung befindlichen, in welcher die während der Reihe überhaupt entleerte Kothmenge eingetragen wird; jedoch sind, wenn der zur Reihe gehörige Koth um 100 Grmm. zu gering oder zu hoch angeschlagen worden ist, auch die daraus berechneten Gewichtsverhältnisse um dieselbe Grösse fehlerhaft. Es würden sich also die beiden Fehler vollkommen ausgleichen, wenn nicht der Koth Salz enthielte. 100 Grmm. Aenderung im Gewicht betheiligen sich bei der Hauptrechnung mit 100 Grmm., 100 Grmm. Koth aber nicht, die um so viel weniger dazu beitragen, als sie Aschebestandtheile enthalten, wodurch eine Differenz mit der Controlrechnung entsteht.

Prüfen wir diesen Einfluss wieder an unserem Beispiel (S. 81) und nehmen wir an, der Hund hätte am Ende der Reihe nicht allen Koth entleert gehabt, sondern noch 200 Grmm. im Darm zurückbehalten, so müssten wir diese 200 Grmm. vom Endgewicht abziehen und die Abnahme des Körpers betrüge dann 336 Grmm. und nicht 136 Grmm. Wir hätten ferner nicht 210 Grmm. Koth zu berechnen, sondern 410 Grmm., welche 140,7 Grmm. feste Theile mit 9.1 Grmm. Stickstoff enthalten. Diese geben mit den 417.3 Grmm. Stickstoff des Harns 426.4 Grmm. Stickstoff in den Exkreten gegenüber 428.4 Grmm. in den Einnahmen; das Plus in den letzteren entspricht 60 Grmm. Fleischansatz. Da der Körper aber dennoch um 336 Grmm. an Gewicht abnahm, so musste er 396 Grmm. an Wasser oder Fett verloren haben. Darnach stellt sich folgende Rechnung:

12540 Fleisch	=	12377	verbrennlich
2659 Wasser	=	2659	
		15036	
9409 Harn	=	9271	verbrennlich
410 Koth	=	368	„
		9639	
Perspiration	=	5397,	

während die Hauptrechnung in unserm Buch 5378 Grmm. giebt und die Controlrechnung 5380 Grmm.; durch die 200 Grmm. Koth wird also eine Differenz von 17 Grmm. hervorgerufen, die immerhin zu bemerken ist.

10) Das Gleiche findet statt, wenn zwar die Menge des Koths richtig bestimmt ist, aber nicht dessen Zusammensetzung oder vielmehr dessen Salzgehalt, denn bei zu gross angenommener Salzmenge entsteht eine zu kleine Zahl für die Haut- und Lungenausscheidung in der Hauptrechnung und umgekehrt. Wenn wenig Koth vorhanden ist, macht dies nicht viel aus.

Setzen wir in der oben schon benützten Reihe statt 30.01 % Asche im trocknen Koth nur 20.00 % ein, so haben wir:

im Fleisch	=	12251.6	verbrennlich
im Wasser	=	2586.0	
		14837.6	
im Harn	=	9271.0	verbrennlich
im Koth	=	195.6	„
		9466.6	
Perspiration	=	5371	

gegen 5380 unserer Hauptrechnung und 5378 unserer Controlrechnung. Je grösser die Menge des Koths ist, desto bedeutender fällt dieser Unterschied aus.

11) Wenn man einen Fehler im Auffangen oder in der Abmessung des Harns gemacht hat, so kann dies nicht in einer Differenz in den Rechnungen bemerkt werden. Hätte das Thier nämlich mehr Harn entleert, so würde sich auch die Harnstoff- und Salzmenge grösser rechnen; dann müsste man auch entsprechend mehr zersetztes aschehaltiges Fleisch annehmen, wodurch das Plus von Asche im Harn wieder aufgehoben würde.

12) Die Controlrechnung ist auch von geringer Tragweite für die Frage, ob die aus der gefundenen Harnstoffmenge gerechnete Menge des verbrauchten Fleisches richtig ist, oder nicht. Ich setze den Fall, die Harnstoffbestimmung sei aus irgend einem Grunde

unrichtig ausgefallen, es sei z. B. im Harn in Wirklichkeit mehr Harnstoff enthalten, so wären auch mehr Salze im Harn zu rechnen gewesen und man hätte um dies weniger Organisches und Wasser im Harn bekommen. Durch die grössere Harnstoffmenge hätte sich eine stärkere Fleischzersetzung und daraus ein entsprechend gesteigerter Wasseransatz ergeben. Da aber dies mehr zersetzte Fleisch auch nahezu soviel Asche enthält, als im Harn mehr Asche gerechnet werden musste, so gleichen sich die beiden Zahlen wieder aus und es entsteht kein Unterschied zwischen der Haupt- und Controlrechnung.

Nimmt man in unserm Beispiel statt 894 Grmm. Harnstoff 950 Grmm. an, so setzt das Thier nicht 187 Fleisch an, sondern giebt umgekehrt noch 580 Grmm. her; es wären dann, da es 136 Grmm. an Gewicht abgenommen hat, 444 Grmm. Wasser von ihm im Körper zurückgehalten worden.

Die Rechnung stellte sich dann folgendermaassen:

in 13180 Fleisch	=	13009 verbrennlich	und 171	Asche
in 1819 Wasser	=	1819		
		14828		
in 9409 Harn	=	9263 verbrennlich	und 146	Salz
in 210 Koth	=	188 „	„ 22	„
		9451		
Perspiration	=	5377.		

Die Controlrechnung macht 5380 Grmm. Man hat also hier keine Controle.

13) Ist das von uns angenommene Verhältniss des Harnstoffs zu den Salzen im Harn der Wirklichkeit nicht entsprechend, so wird dadurch der Wassergehalt des Harns ein anderer und man bekommt in der Hauptrechnung eine Grösse für die Haut- und Lungenprodukte, die von der nach einem andern Verhältniss gerechneten abweicht.

Wenn im Harn nach Fleischnahrung auf 1 Grmm. Salz statt 6.5 Grmm. 8 Grmm. Harnstoff kämen, so fänden sich in dem von uns benützten Beispiel 9291 Grmm. Wasser und organische Substanz im Harn. Man hätte dann:

im Fleisch	=	14838 verbrennlich
im Harn	=	9291 „
im Koth	=	188
		9479
Perspiration	=	5359

während wir in der Hauptrechnung 5380 Grmm. und in der Controlrechnung 5378 Grmm. haben. Die Differenz von 21 Grmm. bei einer Ungenauigkeit in der Bestimmung der Salze im Harn ist wohl zu bemerken.

Es steht nach diesen Auseinandersetzungen fest, dass die beiden Rechnungen ein ungleiches Resultat liefern müssen, sobald der Salzgehalt der Einnahmen und Ausgaben sich nicht ausgleicht; ich habe mich bemüht zu zeigen, unter welchen Umständen dies nicht eintritt. Findet sich nur eine geringe Differenz, so können in den angegebenen Fällen keine erheblichen Fehler gemacht worden sein.

In der bei weitem grössten Mehrzahl unserer Versuchsreihen trifft man eine sehr schöne Uebereinstimmung beider Gleichungen; da wo grössere Differenzen auftreten, kann man meistentheils den Grund in einem Betrachtungsfehler nachweisen.

Mit dieser abermaligen Erklärung, die mit der schon in meiner Schrift gegebenen vollkommen übereinstimmt, wird wohl meine Ansicht über die Controlrechnung dargelegt und die entgegengesetzte Meinung Anderer widerlegt sein. Grouven (a. a. O. S. 110) sieht ganz gut ein, dass man durch die Controlrechnung nie entscheiden könne, ob in einem bestimmten Falle Fett oder Wasser umgesetzt worden sei, er fügt aber bei: „Dass sie trotzdem dazu vermögend sei, hat man zwar als die Meinung des Herrn Voit hingestellt und diese getadelt; ich glaube aber, dass seine Gegner ihm damit einen unartigen Vorwurf gemacht haben. Ich tadle blos, dass Herr Voit sich über diesen Punkt nicht deutlich genug ausgesprochen hat." Grouven kann so wenig wie die Uebrigen die von mir früher gegebene Erklärung gelesen haben, denn ich bin nicht im Stande, mich deutlicher darüber auszusprechen wie damals, wo ich an einer Stelle sagte: „man kann auch aus der Gleichheit beider Rechnungen nicht entnehmen, ob Fett in der angenommenen Menge angesetzt oder vom Körper hergegeben worden, oder ob Ansatz und Abgabe nur Wasser war, da 100 Grmm. Fett ebensoviel in die Respiration schicken als 100 Grmm. Wasser."

C. Speck (a. a. O.) hatte Unrecht, wenn er uns die Ansicht zuschreibt, die Controlrechnung sei der Hauptbeweis für die Ausscheidung allen Stickstoffs im Harn und Koth; er hat aber, wie aus obigen Auseinandersetzungen hervorgeht, ebensowenig Recht, wenn er meint, die zweite Rechnung sei nur eine Controle für die Richtigkeit der Zahlenberechnung an und für sich, und die beiden

Resultate müssten genau dieselben sein, wenn nicht ein Rechenfehler gemacht worden ist. Der Unterschied der zwei Rechnungen ist nicht nur der, dass die eine die Berechnung nach specificirten Posten, die andere ganz dieselbe Rechnung mit der Summe dieser Posten ist. Warum stimmen denn die Rechnungen nicht überein, auch wenn kein Rechenfehler sich eingeschlichen hat? Speck kommt an einer Stelle sehr nahe der Wahrheit, indem er sagt, das Fett giebt genau die Summe wieder, das Fleisch und der Harn aber nicht, da die Salze fehlen, die sich aber compensiren. Dies ist nun gerade das, worauf es ankommt, denn die Salze compensiren sich nicht immer, wie bei den oben gemachten fehlerhaften Annahmen oder wenn Salz im Körper zurückgehalten oder vom Körper abgegeben worden ist. Speck berechnet, wie ich es oben gethan habe, eine unserer Hungerreihen und zwar die erste sechstägige unter der Annahme, es seien 40 Grmm. Harnstoff (entsprechend 519 Grmm. Fleisch) auf andere Weise als durch den Harn ausgeschieden worden. Es werden dann die Einnahmen um die 7 Grmm. Asche dieses Fleisches verringert, die nicht in den Ausgaben sich wieder finden, so dass also wegen Nichtcompensation der Salze eine Differenz beider entsteht. Speck macht aber nun einen Trugschluss, indem er einfach sich die Salze ausgleichen lässt, d. h. Salze zur Respirationszahl nimmt und dann natürlich eine völlige Uebereinstimmung beider Rechnungen erhält. Salze in der Respiration sind eben die Unmöglichkeit; die Nichtausgleichung der Salze zeigt uns gewisse Fehler an und sie bewirkt das, wodurch die Controlrechnung zur Controle der Gesammtzahl der Haut- und Lungenprodukte wird.

Ich kann es mir wohl erlassen, auf Vogt's Reden von Gaukeleien und unhaltbaren Hirngespinnsten etwas zu erwidern. Er hätte aus meiner Schrift ersehen können, dass ich recht gut wusste, dass das Resultat der Rechnung sich nicht ändert, ob man Fett oder Wasser oder irgend eine andere aschefreie Substanz, z. B. Leim, Strychnin u. s. w., sich umsetzen lässt, da sie alle dem Gewicht nach gleich viel in die Respiration schicken. Ich kann doch wahrlich nicht dafür verantwortlich gemacht werden, wenn Vogt durch Einsetzung falscher Prämissen ad absurdum geführt worden ist.

Ich bin damit am Ende der Besprechung der Methode unserer Untersuchung, der Art und Weise der Bestimmung der Quantität und Qualität der Nahrung, des Harns und Koths, der Feststellung der Gesammtperspirationsgrösse und der Schätzung ihrer Zusammensetzung angelangt. Ich habe überall die Grenzen der Genauigkeit sorgfältig angegeben.

Es geht hier wie bei allen experimentellen Forschungen, die Fehler können nie ganz vermieden werden. Man ist im Stande, bei jeder Untersuchung einen Punkt zu finden, wo die Ungenauigkeiten anfangen. Wollte man daher diejenigen Arbeiten verdammen, in denen sich überhaupt Fehler finden lassen, so müsste man alle verdammen; es ist die Aufgabe einer gerechten Kritik, nachzusehen, ob die Fehler von Bedeutung sind, d. h. eine Grösse haben, dass sie die Schlussfolgerungen zu Nichte machen. Wenn Jemand dies letztere nicht einsieht oder nicht einsehen mag, so kann er den unwiderleglichen Beweis bringen, dass eine grosse Kugel nicht rund sei, weil er ein Stäubchen darauf bemerkt; er kann darthun, wie einfältig doch die Menschen sind, die da glauben, eine Kugel vor sich zu sehen. Die Ununterrichteten wird er mit seinen Argumenten auch verblenden, der Verständige wird höchstens darüber lachen. Auf diese Weise hat es Vogt gut verstanden, durch Beschimpfungen und Possen, die der Wissenschaft fremd sind, die Hohlheit seiner Gründe zu verdecken und einer ernsten Widerlegung auszuweichen.

Ich habe mich redlich bemüht, die unvermeidlichen Fehler der Untersuchung so klein als möglich zu machen. Die vorstehenden Mittheilungen über die Methode sollen Zeugniss ablegen, dass dadurch eine feste Grundlage geschaffen worden ist, auf der weiter gebaut werden kann.

Ueber die Ausscheidungsverhältnisse der Kynurensäure im Hundeharn.

Von

Carl Voit und **Ludwig Riederer.**

Liebig[1]) hatte in einem Bodensatz aus dem Hundeharn eine Säure gefunden, die er Kynurensäure nannte und deren Eigenschaften er genau studirte; späterhin[2]) konnte von ihm aus dem Harn des Hundes nach Fütterung mit Fett oder Fett mit wenig Fleisch, nicht nach reiner Fleischkost, durch Zusatz von Salzsäure zum abgedampften Harn dieselbe Säure gefällt werden, die dann auf seine Veranlassung von Dr. Schindling einer Elementaranalyse unterworfen wurde.

Nach einer frühern Mittheilung von Eckhardt[3]) fällt aus dem Harn mit Fleisch gefütterter Hunde nach Zusatz von etwas Salzsäure (3—4 c. c. auf 100 c. c. Harn) nach einiger Zeit ein aus Krystallkugeln bestehender Niederschlag heraus, der nach seinem Verhalten gegen Reagentien zum grössten Theile aus der von Liebig beschriebenen Kynurensäure besteht, aber auch Spuren von Harnsäure enthält. Eckhardt versprach damals weitere Mittheilungen über die Zusammensetzung derselben, die aber bis jetzt noch nicht erfolgt sind.

Der eine von uns war bei seinen am Hunde gemachten Untersuchungen über die Ernährung schon lange auf diese Säure aufmerksam. Es wurde zunächst bei der Titrirung der Schwefelsäure bemerkt,[4]) dass der Hundeharn nach Zusatz von einigen Tropfen

---

1) Liebig, Annal. der Chem. u. Pharmaz. 1853. Bd. 86. S. 125.
2) Liebig, Annal. der Chem. u. Pharmaz. 1858. Bd. 108. S. 354.
3) Eckhardt, Annal. der Chem. u. Pharmaz. 1856. Bd. 97. S. 358.
4) Bischoff und Voit, die Gesetze der Ernährung. 1860. S. 268.

Salzsäure beim Erwärmen trübe wird. Es war ferner, als nach Beibringung einer Dosis von Binitrobenzoesäure der Harn zur Abscheidung der allenfalls vorhandenen Binitrohippursäure mit Salzsäure versetzt wurde, ein reichlicher gelber Niederschlag erhalten worden, aus dem ein schön krystallisirendes Barytsalz dargestellt werden konnte. Da darin eine ganz andere Menge von Baryt enthalten war, als im binitrohippursauren Baryt hätte sein sollen, so wurde der Sache weiter nachgegangen, und gefunden, dass die Fällung durch Salzsäure im Hundeharn constant eintritt und es sich im obigen Falle um kynurensauren Baryt handelte. In der Arbeit von Zabelin[1]) ist mitgetheilt worden, dass nach Vermischung des Hundeharns mit Salzsäure (auf 100c. c. Harn 5c. c. concentrirte Salzsäure) sehr bald eine Trübung sich einstellt, aus der sich nach 36 oder 48 Stunden eine ziemliche Menge eines gelben Niederschlags absetzt; dieser Niederschlag besteht unter dem Mikroskop aus Kugeln, die aus deutlichen Krystallen zusammengesetzt sind. Es war damit die Möglichkeit einer quantitativen Bestimmung der Kynurensäure gegeben, die schon von Zabelin in einigen Fällen ausgeführt worden war.

Neuerdings hat Seegen[2]) in seiner Abhandlung über den Einfluss des Glaubersalzes auf einige Faktoren des Stoffwechsels ebenfalls Angaben über die Kynurensäure gemacht. Er untersuchte den Harn von vier Hunden auf das Vorkommen dieser Säure; bei dem ersten und zweiten fand sich nur bei Glaubersalzgaben mit Salzsäure beim Erwärmen eine Trübung und ein Niederschlag, der zwischen 0.3 — 0.6 Grmm. im Tag schwankte; ein dritter Hund schied auch bei Einnahme von Glaubersalz keine Kynurensäure aus; bei einem vierten erschien mit der Darreichung von Glaubersalz eine sehr geringe Quantität der Säure, dagegen eine bedeutende Menge, während er mit Fleisch ohne Zusatz von Glaubersalz sehr reichlich gefüttert wurde. Es schliesst Seegen aus diesen Beobachtungen: „Die Bedingungen, unter welchen Kynurensäure ausgeschieden wird, erscheinen mannigfach zu sein; wir kennen die

---

[1]) Zabelin, Annal. der Chem. u. Pharmaz. 1864. 2. Suppl.-Bd. S. 336.
[2]) Seegen, Sitz.-Ber. d. Wien. Acad. 1864. Bd. 49. S. 24.

Bedeutung dieser Säure für den Haushalt des Thieres nicht, aber die Ausscheidung dieses verhältnissmässig seltenen Umsatzproduktes ist für uns nur ein Beweis mehr, dass die Glaubersalzzufuhr auf den Stoffwechsel einen bedeutenden denselben wesentlich modificirenden Einfluss ausübt." Es verdient noch erwähnt zu werden, dass von Schneider die Elementarzusammensetzung und andere Eigenschaften der von Seegen gewonnenen Kynurensäure sorgfältig ermittelt worden sind.

Da bei den hier am Hunde angestellten Ernährungsversuchen nicht nur wahrgenommen worden war, dass vom Versuchsthier beständig Kynurensäure abgeschieden wird, sondern auch die Grösse der Ausscheidung unter verschiedenen Verhältnissen sehr wechselnd zu sein schien, so benützten wir, während gerade die Ernährungszustände des Thiers bei verschiedener Nahrung untersucht wurden, diese Gelegenheit zur Anstellung einer Reihe von Kynurensäurebestimmungen. Es handelte sich um die Beantwortung der Fragen: wird vom Hund unter allen Umständen Kynurensäure abgesondert? ist die Menge derselben eine gleich bleibende, oder zeigt sie die grossen Differenzen, die sich in der Harnstoffausscheidung herausstellten? haben die stickstofflosen Substanzen einen Einfluss auf die Bildung derselben?

Zur Fällung der Kynurensäure werden 100 c.c. Harn mit 4 c.c. concentrirter Salzsäure versetzt. Nach einigen Minuten entsteht in der Flüssigkeit eine milchige Trübung, aus der sich nach und nach ein pulveriger Niederschlag zu Boden setzt; derselbe ist bei grössern Harnmengen hellgelb, bei geringern Harnmengen jedoch grünlichgelb und dann gallenfarbstoffhaltig. Der krystallinische Bodensatz wird nach 48 Stunden auf ein bei 100° getrocknetes Filter abfiltrirt, mit kaltem Wasser, in dem die Kynurensäure nur sehr schwer löslich ist, ausgewaschen und das Filter mit dem Niederschlag getrocknet und gewogen.

Wir stellen zunächst in folgender Tabelle die bei 53 Bestimmungen erhaltenen Resultate zusammen, um dann die Schlüsse daraus zu ziehen.

Datum.	Nahrung.		Harnstoff im Tag in Grmm.	Kynurensäure im Tag in Grmm.
	Fleisch.	Zusatz.		
22. April 1864	0	300 Fett	16.11	0.349
23. „	0	0	15.39	0.466
24. „	0	0	15.37	0.446
25. „	0	0	15.78	0.462
26. „	0	0	13.86	0.454
28. „	350	0	29.20	0.675
3. Mai	480	0	35.28	0.670
4. „	1500	0	82.39	1.826
5. „	1500	0	100.93	2.122
8. „	1500	0	107.95	1.867
10. „	1500	0	107.36	1.823
11. „	1500	0	108.13	1.160
12. „	1500	3 $SO_3 Na$	103.57	1.842
13. „	1500	3 „	104.29	1.614
14. „	1500	3 „	107.09	2.024
15. „	1500	3 „	113.96	1.575
16. „	1500	3 „	110.27	2.363
17. „	1500	3 „	108.36	1.644
18. „	1500	3 „	107.94	1.576
19. „	1500	3 „	109.98	1.671
20. „	1500	0	109.14	1.755
22. „	1500	0	112.41	1.686
23. „	1500	0	106.22	1.609
24. „	1500	0	109.61	1.781
25. „	1500	3 $SO_3 Na$	107.85	2.122
26. „	1500	3 „	109.34	1.700
27. „	1500	3 „	108.37	1.561
7. Juni	2000	0	140.00	1.967
8. „	2000	0	144.17	2.029
9. „	2000	0	142.31	1.947
10. „	2000	0	141.69	1.647
11. „	2000	0	142.86	1.901
12. „	0	0	33.63	0.325
13. „	0	0	26.42	0.328
14. „	0	0	19.42	0.323
7. Juli	800	0	59.88	1.019
8. „	800	0	57.14	0.918
9. „	800	0	57.21	1.124
11. „	800	100 Stärke	53.01	0.743
12. „	800	200 „	51.84	0.678
13. „	800	200 „	53.83	0.713
14. „	800	200 „	59.07	0.876
15. „	800	400 „	55.32	0.653
16. „	800	400 „	52.05	0.750
17. „	800	400 „	56.52	1.036
18. „	800	400 „	54.15	1.051
19. „	800	0	63.19	1.217
20. „	800	0	66.44	1.187
21. „	800	0	63.95	1.176
22. „	800	0	63.56	1.099
21. März 1865	0	0	13.20	0.309
11. Mai	1500	0	105.70	1.524
12. „	1500		107.46	1.939

Mittlere Werthe.

Nahrung.		Harnstoff.	Kynurensäure.	Verhältniss von $\overset{-}{Ky} : \overset{+}{U}$.
Fleisch	Zusatz.			
0	—	19.98	0.397	1 : 50
0	300 Fett	16.11	0.349	1 : 46
350	—	29.20	0.675	1 : 43
480	—	35.28	0.670	1 : 53
800	—	61.62	1.106	1 : 56
800	100—400 Stärke	54.47	0.812	1 : 67
1500	—	104.90	1.735	1 : 60
1500	3 $SO_3 Na$	108.27	1.790	1 : 60
2000	—	142.20	1.898	1 : 75

Ueberblicken wir die Ergebnisse dieser Reihe. Es wird bei dem Versuchshunde sowohl bei Inanition als auch bei reiner Fleischnahrung, bei Zusatz von Kohlehydraten zu der letztern und bei ausschliesslicher Fütterung mit stickstofffreien Stoffen Kynurensäure im Harn abgeschieden. Die Menge der Säure ist nicht unbedeutend, sie ist so gross als die der Harnsäure im Menschenharn. Die Kynurensäureausscheidung ist unter verschiedenen Umständen sehr verschieden, denn es zeigen sich darin Schwankungen, die sich wie 1 : 5.4 verhalten. Beim Hunger findet sich die geringste Menge; mit der Menge der stickstoffhaltigen Nahrung wächst die Quantität derselben allmählich an. Aehnliches hat J. Ranke[1]) für die Harnsäure beim Menschen angegeben, von der beim Hunger 0.24 Grmm., bei reichlicher Fleischnahrung 2.2 Grmm. vorkamen. Das Ansteigen geht aber nicht proportional mit der Zufuhr eiweissartiger Stoffe; denn während in den mitgetheilten Versuchen das Minimum der Kynurensäure zum Maximum sich wie 1 : 5.4 verhält, verhält sich dabei das Minimum der Harnstoffausscheidung zum Maximum wie 1 : 8.8, d. h. die Harnstoffmenge wächst rascher an. Das Gleiche ergiebt sich, wenn man die Verhältnisszahlen der Kynurensäure und des Harnstoffs vergleicht; die Mengen derselben verhalten sich bei geringer Eiweisszersetzung wie 1 : 50, bei grösserer wie 1 : 75. Es lässt sich ein geringer Einfluss der stickstofffreien Nahrung auf die Kynurensäurebildung bemerken; denn bei Entziehung aller Nahrung

[1]) Ranke, Arch. f. Anat. u. Physiol. 1862. S. 359.

betrug die Menge derselben im Tag im Mittel 0.397 Grmm., bei 300 Grmm. Fett 0.349 Grmm., bei 800 Grmm. Fleisch 1.106 Grmm., bei Zusatz von 100 bis 400 Grmm. Stärke nur 0.812 Grmm. Die Kynurensäuremenge wird also durch Fette und Kohlehydrate, ähnlich wie die des Harnstoffs, etwas beschränkt, so dass sie sich im Allgemeinen abhängig von der Zersetzung der eiweissartigen Substanzen im Körper zeigt. Es ist endlich noch zu bemerken, dass die Glaubersalzzufuhr nicht den mindesten Einfluss auf die Kynurensäureausscheidung hat, im Gegensatz zu Seegen's Angaben.

Die Kynurensäure vertritt offenbar die Harnsäure im Hundeharn, die in letzterm nur in Spuren zu entdecken ist. Liebig vermisste stets die Harnsäure im Hundeharn, nach Eckhardt enthält aber die durch Salzsäure ausgefällte Kynurensäure noch Spuren von Harnsäure. Nach den Angaben von G. Meissner und F. Jolly[1]) soll Harnsäure im Harn des Hundes constant nach Fleischnahrung in geringer Menge, aber gar nicht bei vegetabilischer Kost vorkommen; sie soll oft darin zum grossen Theil als harnsaures Ammoniak gefunden werden, das sich dann im Alcoholniederschlag oder aus dem eingedampften Harn in gelblichen Kugeln abscheidet. Es ist hier wahrscheinlich eine Verwechselung mit Kynurensäure gemacht worden, die ebenfalls unlöslich in Alcohol ist und in gelblichen Kugeln ähnlich dem harnsauren Ammoniak anschiesst, denn der Gehalt an Harnsäure ist stets ein minimaler, d. h. die durch Salzsäure ausgefällte unreine Kynurensäure lässt manchmal bei Anstellung der Murexidprobe neben einer intensiv gelben Farbe eine schwache violette Färbung erkennen. Beim Hunger konnte keine auf Harnsäure deutende Färbung wahrgenommen werden, ebenso bei Aufnahme von 500 Grmm. Fleisch; bei Zusatz von 250 Grmm. Stärke zu 500 Grmm. Fleisch war einmal eine schwache Färbung zu bemerken, ein ander Mal nicht; dagegen trat bei reichlicher Fleischkost (1500 Grmm.) stets ein deutliches Violett auf. Es ist wahrscheinlich, dass die Kynurensäure bei der Umsetzung der stickstoffhaltigen Stoffe irgend eines Organes, vielleicht der Milz, erzeugt wird, in dem die Zersetzung unter andern Bedingungen vor sich

---

[1]) Nachr. d. k. Ges. d. Wiss. zu Göttingen 1865. Nr. 3.

geht als in andern Organen. Es wäre nicht unwichtig, um über die Bildung dieser merkwürdigen Säure ins Reine zu kommen, die Organe des Hundes auf das Vorhandensein derselben zu untersuchen und zu sehen, ob sie innerlich gegeben als solche oder verändert ausgeschieden wird. Ueber die nähere chemische Zusammensetzung der Kynurensäure und ihr Verhältniss zu andern Stoffen im Thierkörper wird später noch weiter berichtet werden.

Ueber die Verbreitungsart der Cholera.

Von

Max Pettenkofer.

I.

Wieder hat die Cholera einen ihrer verheerenden Streifzüge aus Indien über Kleinasien und Aegypten nach Europa begonnen, und ihrem ersten Auftreten in Kairo und Alexandria, in Konstantinopel und Ankona nach zu urtheilen, scheint uns das Land des Ganges auch diesmal wieder einen kräftigen und fruchtbaren Samen gesendet zu haben. Es ist die dritte grosse Expedition, welche die Krankheit von Indien aus gegen Europa unternimmt. Das erste Mal erreichte sie Europa im Jahre 1830 und hielt sich bis zum Jahre 1838; das zweite Mal erschien sie 1847 und dauerte bis zum Jahre 1859. Wenn wir diese Zeitmomente näher in's Auge fassen, so erblicken wir in ihnen zwei sehr ernste Thatsachen; zunächst, dass die zweite Heimsuchung länger dauerte und heftiger war, als die erste, und dann dass die cholerafreie Pause für Europa, welche zwischen der zweiten und dritten Invasion verstrich, kaum halb so lang währte, als zwischen der ersten und zweiten. Angesichts dieser Thatsachen dürfen wir uns nicht verhehlen, dass Gefahr droht, von dieser Geissel noch öfter und nachhaltiger getroffen zu werden, als bisher. Wir haben sicherlich Ursache genug, uns ernstlich zu fragen, was die europäische Medizin in den zwanzig Jahren, welche sie die Cholera unter Augen hatte, gelernt hat, um den allgemeinen Feind zu bekämpfen.

Einer unserer ausgezeichnetsten Kliniker und Epidemiologen. Griesinger, hat in seinem Werke über Infektionskrankheiten den

Zustand der Medizin mit Schärfe gezeichnet, in welchem sie von der ersten Invasion der Cholera betroffen wurde: „In Deutschland, wo sich aus der Mitte der damals an positivem Inhalt ebenso armen als in Schuldünkel ebenso befangenen Medizin vor dem Ausbruch der Seuche hochmüthige Stimmen hatten hören lassen, hier würde endlich „dem Gespenst die Larve abgerissen werden," hatte die Cholera einen segensreich demüthigenden Einfluss auf die Wissenschaft und die ärztliche Praxis. Schon gleichzeitige Epidemiographen verglichen sie mit einem Feinde, der „uns gewaltsam aus der Lethargie herausschreckt, der an Systemen und Theorien rüttelte, welche die Mehrzahl für unumstösslich hielt" u. s. f. — Bis heute erstrecken sich diese wohlthätigen Wirkungen. Die Cholera mit den grossen praktischen Problemen, welche sie hinstellt, war es vor Allem, die allmälig der endlosen Stubenweisheit über Miasma und Contagium ein Ende machte, zum vorläufigen Fallenlassen dieser Nebel- und Schatten-Gestalten führte und allmälig zur Einzeluntersuchung der wirklichen concreten Verhältnisse hindrängte." So schrieb Griesinger 1857.

Wahrscheinlich werden wir nun bald wieder Gelegenheit haben, zu zeigen, was wir seit 1830 gelernt haben. Wie wenig man mit dem therapeutischen Apparat auszurichten im Stande ist, hat der Verlauf aller Ortsepidemien bewiesen. Den guten Aerzten starben bisher bei der verschiedensten, heterogensten Behandlung durchschnittlich 60 Prozent ihrer Patienten, bei denen die Cholera sich bis zum sogenannten asphyktischen Stadium ausgebildet hatte, und nur Charlatane geben bessere Resultate an. Heilen also haben wir die Krankheit bis jetzt noch nicht gelernt und selbst auf die subkutane Behandlung und auf die Inoculation von Quassia, die ein „alter Inder" empfiehlt, möchte ich mich nicht verlassen. Die Aufgabe der Medizin ist aber eine doppelte; sie hat nicht blos eine nützliche, gefügige Dienerin und Magd des Publikums zu sein, die kommt, wenn man sie ruft, um einen entstandenen Schaden zu heilen, und, nachdem sie sich mit mehr oder weniger Glück in dieser Richtung bemüht hat, ihren Lohn erwartend sich wieder zurückzuziehen; sie hat auch die viel höhere Aufgabe, Lehrerin, Erzieherin und Beschützerin der Menschheit zu sein, und Gefahren von ihr fern zu halten, selbst für den Fall, dass sie die Mittel besässe, entstandene Schäden wieder vollkommen zu heilen, was bei der Cholera gewiss nicht der Fall ist.

Bei dieser Krankheit wie bei vielen anderen sehen wir uns wesentlich auf den hygienischen Theil der Medizin angewiesen. Wenn dieser Theil seit 1830 keine grösseren Fortschritte gemacht hat, als der therapeutische oder klinische, dann bleibt uns allerdings nichts übrig, als zu thun, was wir auch schon im Jahre 1830 gethan haben. Fast hat es den Anschein, als wäre es so. Es erheben sich bereits wieder Stimmen, man soll Cordone ziehen; in Italien hat man wieder zu räuchern angefangen; Andere erklären wieder, es lasse sich nichts gegen die Verbreitung thun u. s. w., fast genau so, wie anno 1830, und dies geschieht nicht etwa, weil man damals von diesen Maassregeln und diesem Verhalten einen guten Erfolg gesehen hat, sondern weil man nichts Besseres an die Stelle zu setzen weiss. Die Zeit der heilsamen Demüthigung, von welcher Griesinger spricht, scheint noch länger dauern zu sollen. Spitäler zu errichten, Betten anzuschaffen, den Armen Nahrung, Kleidung und ärztliche Hilfe in Aussicht stellen, verdorbenes Fleisch, unreifes Obst und faule Kartoffeln auf den Märkten zu confisciren, auf Reinlichkeit zu halten u. s. w., das sind keine Mittel gegen Cholera, das sind Maassregeln, die erfahrungsgemäss bei jeder Krankheit nützlich sind, die man immer aufrecht erhalten sollte. Ein unparteiischer Richter wird übrigens doch gerne anerkennen, dass namentlich die zweite Invasion der Cholera in Europa von vielen aufrichtigen und verständigen Forschern auf den Gebieten der Pathologie und Aetiologie sorgfältig benutzt worden ist, um unsere Kenntnisse von dieser räthselhaft durch die Welt wandernden Seuche zu vermehren. Im ätiologischen Theil haben sich auch Anknüpfungspunkte für die Praxis ergeben, und es kann nur Mangel an Verständniss oder an Ueberzeugung sein, wenn Nichts geschieht. Um die nöthige Einsicht und Ueberzeugung auch über den Kreis der speciellen Fachleute hinauszuschaffen, will ich hier einige Sätze aus der Verbreitungsart der Cholera besprechen, die Jedem gebildeten Laien verständlich sein werden.

Die erste Frage, die man von Anfang an an die Krankheit

gerichtet hat, ob ihre specifische Ursache sich durch den menschlichen Verkehr oder unabhängig davon verbreite, haben die Beobachtungen während der zweiten Invasion gründlich beantwortet. Hunderte von Thatsachen liegen vor, die unabstreitbar sind und uns geradezu zwingen, die Verbreitung des Krankheitskeimes durch den menschlichen Verkehr anzunehmen, und Griesinger konnte deshalb schon im Jahre 1857 mit Recht sagen, dass „es gar keine Krankheit gäbe, wo die Verbreitung durch Kranke fester erwiesen wäre, als bei der Cholera.“ Solche epidemische Krankheiten hiess man damals, als die Cholera auftrat, contagiöse Krankheiten, weil man annahm, sie steckten durch Berührung an und könnten durch Absperrung fern gehalten werden, während man solche Krankheiten, die aus lokalen oder allgemeinen atmosphärischen Einflüssen entstanden, miasmatische nannte. Da entsteht nun allerdings die interessante Frage, wie es möglich sein konnte, die Cholera eine lange Zeit hindurch für eine nicht contagiöse Krankheit zu halten? Die Geschichte ihrer Verbreitung beantwortet diese Frage.

Als man die Krankheit auf den Caravanen- und Wasserstrassen Westasiens nach dem europäischen Continente zuerst vordringen sah, empfing Jedermann den Eindruck, es müsse die Krankheit ansteckend sein, und die Regierungen ordneten Contumazanstalten und Militärcordone gegen ihre Verbreitung an, aber ohne allen Erfolg. Die gänzliche Erfolglosigkeit der Absperrungsmaassregeln, welche für einige Länder die Kosten eines kleinen Krieges verursachten, machte die Aerzte und die Regierungen stutzig und zweifelhaft. Die Zweifel erschienen um so gegründeter, als die Eindrücke ganz andere wurden, wenn man die Krankheit in der Nähe betrachtete, als wenn man sie aus der Ferne heranrücken sah. In der Nähe zeigte sich so Vieles, was bei sonstigen ansteckenden Krankheiten gar nicht vorkam, z. B. dass Aerzte und Wärter in keinem höheren Grade von der Krankheit ergriffen wurden; dass in der Nähe stark ergriffener Orte wieder andere lagen, welche trotz des lebhaftesten, unausgesetzten Verkehrs in der auffallendsten Weise verschont blieben u. s. w. Der Begriff, den man damals mit dem Worte contagiös verband, passte ganz entschieden nicht auf die Verbreitungsart der Cholera, und es war nur eine natürliche Entwicklung, sie nun auf die negativen Erfahrungen mit Absperrungsmaassregeln und auf die positiven Beobachtungen von Nicht-Ansteckung hin für nicht contagiös, für miasmatisch zu erklären. Die damalige Schule fasste die Begriffe von Contagium und Miasma als strenge Gegensätze auf und stellte in diesem Sinne ihre Frage: „Verbreitet sich die Cholera durch ein Contagium oder durch ein Miasma?“ Da war es nun allerdings schwer zu sagen, ob die Cholera mehr Zeichen einer miasmatischen oder einer contagiösen Krankheit an sich habe. Nur unwissenschaftliche Köpfe wollten sich damit aus der Verlegenheit helfen, dass sie Beides für möglich hielten, sowohl dass sich dieselbe mit Hilfe kosmischer und tellurischer Einflüsse autochthon entwickle und verbreite, als auch dass sich und namentlich auf der Höhe einer autochthon einmal entstandenen Epidemie auch ein Contagium bilde, durch welches die Krankheit dann ebenfalls verbreitet werde. Damit wäre der wissenschaftlichen Forschung, die nach Gesetzen strebt, aller Boden entzogen gewesen. Der Werth einer solchen zweideutigen Antwort auf eine so wichtige Frage war nicht höher anzuschlagen, als wenn Jemand zur Zeit, wo man noch darüber stritt, ob die Sonne oder die Erde sich bewege, erklärt hätte, Beides sei der Fall, bald das Eine, bald das Andere, selbst Beides zugleich; Josua habe Recht und Galilei habe auch Recht, praktisch sei die Sache ja ganz gleichgiltig, denn Tag und Nacht kommt so wie so, und die Leute, welche Cholera haben, müsse man geradeso behandeln, ob sie nun die Krankheit auf miasmatischem oder auf contagiösem Wege erhalten haben. Solche Grundsätze oder vielmehr ein solcher Mangel an Grundsätzen würden zum Stillstand jeder Forschung führen; denn deutlich ausgedrückt wird damit nur gesagt, es sei an einer richtigen Theorie, wie sich die Sache wirklich verhalte, ja nichts gelegen. In der That ist es aber nur das Bekenntniss der Unfähigkeit, welche auf einen derartigen Abschluss von grossen Streitfragen dringt, weil sie weder das eine, noch das andere zu beweisen im Stande wäre.

Weitere Studien haben nun allerdings zur Evidenz gezeigt, dass die specifische Ursache, der Keim der Epidemie durch den menschlichen Verkehr verbreitet wird, „indem die Cholera ganz zuverlässig durch Kranke, und zwar sowohl durch Cholerakranke, als auch durch blos Diarrhöekranke, und vielleicht auch durch Gesunde, welche aus inficirten Gegenden kommen, andern Gesunden mitgetheilt und hiemit verbreitet werden kann; dass aber zweitens noch gewisse lokale Hilfsursachen hinzukommen müssen, wenn eine Ortsepidemie entstehen soll" (Griesinger). Im Sinne der alten Schule gesprochen, wäre die Cholera also weder ein Contagium noch ein Miasma, sondern ein Bastard von Beiden. An eine Bastardzeugung zwischen zwei so heterogenen Geschöpfen, wie die Begriffe Miasma und Contagium anno 1830 noch waren, konnte man damals natürlich gar nicht denken, und es fällt auch jetzt den Meisten noch schwer genug, daran zu glauben.

Geraume Zeit lang glaubte man den Schlüssel zu den Räthseln der Entstehung und Verbreitung der Cholera in den allgemeinen atmosphärischen Verhältnissen suchen zu müssen, und es gibt viele Thatsachen, welche einen wohl veranlassen konnten, sich in dieser Richtung umzusehen. Bisher aber hat uns jede atmosphärische Hypothese bald im Stiche gelassen, und Angesichts der sorgfältig erhobenen Thatsachen können nur gedankenlose oder freche Schwätzer auch heut zu Tage noch darauf zurückkommen. Wenn man z. B. die allgemeinen Temperaturverhältnisse und die Jahreszeiten zum Ausgangspunkte der Erklärung der faktischen Choleraverbreitung nimmt, so verstummt man bereits bei der Frage, warum z. B. Stuttgart und Würzburg verschont bleiben konnten, als München und Zürich ergriffen wurden, warum die Cholera wohl wesentlich im Spätsommer auftritt, aber wie dann auch heftige Epidemien im Winter bei 20° C. unter Null (Moskau und Orenburg 1830 und Petersburg 1852—53) vorkommen können? wie die Krankheit überhaupt von den Wendekreisen bis in die Nähe der Polarkreise, von Rio Janeiro bis Archangel sich ausbreiten kann, wie Augsburg im Jahre 1836 verschont bleiben und 1854 heftiger als München ergriffen werden konnte? Ebenso wenig vermochte man aus Barometerstand und Windrichtung, aus Luftelektrizität und Erdmagnetismus oder aus dem Ozongehalte der Luft (Schiefferdecker, Beobachtungen der Königsberger Aerzte) die faktische örtliche und zeitliche Ausbreitung der Krankheit zu erklären.

Eine Zeit lang glaubte man auch einen wesentlichen Einfluss von der Elevation, von der Erhebung eines Ortes im Luftkreise über dem Meere, oder über dem Spiegel der Flüsse und Seen beobachten zu können. Hieher gehört namentlich das Resultat einer höchst denkwürdigen Untersuchung von Farr über die Ausbreitung der Choleraepidemien in London, deren Intensität dort mit der Erhebung der Distrikte über das Highwater Mark an der Londonerbrücke so gesetzmässig abnimmt, dass Farr eine Gleichung construiren konnte, aus der man die Sterblichkeit pro mille für jede beliebige Höhe über dem Themsepegel berechnen kann, wenn man die Sterblichkeit zwischen 0 und 10 Fuss kennt, so dass die berechneten mit den thatsächlich erfolgten und registrirten Choleratodesfällen in ganz überraschender Weise übereinstimmen. Da die Farr'sche Formel bereits auf zwei Londoner-Epidemien so gut passte, lag die Veranlassung nahe genug, an einen ursächlichen Zusammenhang zwischen Cholera und Elevation zu denken, eine Idee, die von jeher auch von vielen andern Thatsachen begünstigt erschien. Die Farr'sche Formel, die auf London so vortrefflich passt, ist aber schon nicht mehr auf Paris und die Seine anwendbar, wo die Differenz in der Sterblichkeit zwischen höher und tiefer gelegenen Quartiren schon unverhältnissmässig viel geringer ist, und auf andere Orte, z. B. auf Zürich, wo die höher gelegenen Distrikte viel mehr gelitten haben, als die tiefen, passt sie gar nicht; da müsste man ihre Bedeutung geradezu umdrehen. Selbst in London hat es immer, wenn auch sehr vereinzelte Distrikte gegeben, welche sich der Formel nicht fügen wollten.

Trotz allen Versuchen in den verschiedensten Richtungen sah man sich wesentlich immer wieder auf die Anerkennung eines gedoppelten Einflusses, des Verkehrs und der Oertlichkeit verwiesen. Von diesem doppelten Gesichtspunkte aus allein kann die Verbreitungsart der Cholera verständlich werden.

Als Träger der specifischen Ursache, des Keimes der Epidemie, welchen der Verkehr liefert, hat man die Ausleerungen der Cholera- und Diarrhöe-Kranken erkannt, eine Ansicht, die schon sehr frühe als Vermuthung ausgesprochen (Lichtenstädt), die aber erst allmälig als eine allgemeine Thatsache erkannt und gelehrt worden ist. Ich bin während der Epidemie des Jahres 1854 in Bayern selbst in der Lage gewesen, diese Lehre durch Erfahrungen genauer zu begründen und zu prüfen. Wie Griesinger richtig bemerkt, kann „die Möglichkeit nicht in Abrede gestellt werden, dass auch auf anderem Wege eine Mittheilung von den Kranken aus erfolgen kann, allein es ist dies problematisch und weit weniger wahrscheinlich, während es positiv ist, dass die Ausleerungen die inficirende Materie enthalten.“

Als das wichtigste, ja nach meiner Ueberzeugung als das allein entscheidende örtliche Moment hat sich die Bodenbeschaffenheit herausgestellt.

Eine Infektion ist in doppelter Weise denkbar:

1) von den Kranken aus direkt, oder 2) indirekt, in welchem Falle der Verkehr nur einen Keim zu einem Infektionsheerde liefert. Der erste Fall, der noch nach der alten Contagionslehre beurtheilt werden kann, ist für die Verbreitungsart der Cholera erfahrungsgemäss nur von sehr untergeordneter Bedeutung, wenn er überhaupt vorkommt. Frische Ausleerungen scheinen ganz unschädlich zu sein; was überhaupt an diese Art der Uebertragung denken lässt, sind eine Anzahl von Fällen, wo Personen erkranken, welche Cholerakranke warten, oder Wäsche reinigen, welche von Cholerakranken verunreinigt worden ist, ohne dass die Krankheit sich dann noch weiter verbreitet. Derartige Fälle sind während der Epidemie 1854 z. B. in Stuttgart und Würzburg vorgekommen. Wenn der Ort zur Zeit, wo solche Fälle vorkommen, keine lokale Disposition besitzt, so entwickelt sich, wie die Erfahrung mehrfach gezeigt hat, trotz Einschleppung und Ansteckung einzelner Individuen doch keine Epidemie. Man betrachtet solche Fälle als Belege für die direkte Infektion mit Ausschluss der sonst zum Zustandekommen einer Epidemie erforderlichen Hilfsursache, des Bodens; aber ich zweifle, ob sich diese Deutung auch in der Zukunft wird behaupten können. Es stehen ihr bereits wichtige Thatsachen entgegen. Erstlich werden diese Fälle an Orten, wo sich nicht ohnehin Infektionsheerde bilden, merkwürdig selten beobachtet, hingegen zahlreich die entgegengesetzten wo in Folge von Einschleppung in einem sonst nicht disponirten Orte weder Ortsepidemien, noch weitere vereinzelte Er-

krankungen entstehen, während doch überall die Kranken in gleicher Weise gepflegt und die Wäsche mit Wasser und Seife behandelt wird. Der direkten Infektion widerspricht unter anderm auch die Thatsache, dass diejenigen, welche Abtrittgruben und Kloaken reinigen, nirgend in höherem Grade, als die übrige Bevölkerung ergriffen werden, und die Vidangeurs von Paris scheinen sogar eine Art Immunität in ihrer Beschäftigung zu finden. Ich bin der Ansicht, dass weitere Forschungen darthun werden, dass eine direkte Infektion überhaupt nur scheinbar besteht, und dass man finden wird, was bei den Fällen von scheinbar direkter Ansteckung die Rolle der Hilfsursache des Bodens übernehmen muss oder wie das Stoffliche des Bodens zugleich mit dem Keime verbreitet werden kann. Es wird gehen, wie mit dem Nachweis der Einschleppung, der so lange selten gelingen wollte, als man auch autochthone Entstehung annahm; jetzt weiss man den Beweis in der Regel recht wohl zu führen. Vorläufig besitzen diese Fälle von scheinbar unmittelbarer Ansteckung nur eine wissenschaftliche, keine praktische Bedeutung; denn die Gefahr, dass sich eine Epidemie in einem Orte entwickle, liegt nicht auf diesem Wege, sondern in der zweiten Art der Infektion, in der Bildung von Infektionsheerden in den Gebäuden und in dem sie umgebenden Erdreich. Man hat erst spät erkannt, dass die Cholera zu ihrer Fortpflanzung als Epidemie überhaupt nothwendig des Bodens bedarf, dass die epidemische Cholera eine Bodenkrankheit ist, so gut wie das Sumpffieber, von dem sie sich nur dadurch unterscheidet, dass sie ausser Indien nicht autochthon entsteht, von woher ihr Keim zeitweise durch den Verkehr zu uns verbreitet werden muss. Das war ja auch der wesentliche Grund, warum man die Contagiosität, d. i. richtiger gesagt, ihre Verbreitbarkeit durch den Verkehr so lange in Abrede stellen konnte, weil man sah, wie sich die Krankheit in gewissen Richtungen und Distrikten in scharfer Begränzung ausbreitete und andere trotz unmittelbarer Nähe und ungehinderten Verkehrs hartnäckig vermied und verschonte.

II.

Ich und andere Forscher haben an langen Reihen von Thatsachen gezeigt, dass die Bodenbeschaffenheit bei der Ausbreitung der Epidemie durch den menschlichen Verkehr eine wesentliche Rolle spielt. In Folge von Beobachtungen, welche sich 1854 über das ganze Königreich Bayern erstreckten, stellte die Commission für Abfassung eines Hauptberichts unter ihren Schlusssätzen folgenden auf: „Alle von der Cholera epidemisch ergriffenen Orte und Ortstheile sind auf porösem, von Wasser und Luft durchdringbarem Erdreich erbaut und soviel bis jetzt bekannt geworden ist, gelangt man an allen in einer nicht zu grossen Tiefe (etwa 5 bis 50 Fuss) auf Wasser. Diese Bodenbeschaffenheit ist es auch, welche für die Möglichkeit einer Epidemie gefordert erscheint. So weit indess Orte oder Ortstheile unmittelbar auf kompaktem Gestein oder auf Felsen liegen, welche vom Wasser nicht durchdringbar sind, hat man in denselben meist gar keine, oder höchst selten nur vereinzelte Cholerafälle, niemals aber eine Choleraepidemie beobachtet.“ Hienach wäre das Wesentliche der Bodenbeschaffenheit nicht die geognostische oder mineralogische Constitution, sondern lediglich die physikalische Aggregation des Bodens, wie es auch in Wahrheit ist, denn die Cholera unterscheidet wohl sehr bestimmt zwischen compaktem und porösem Material, aber nicht zwischen Kalkschotter und Quarzschotter.

Die Beobachtungen, welche diese Folgerungen veranlasst haben, sind nicht etwa erst während der Heimsuchung 1854 in Bayern angeregt und künstlich gepflegt worden, sie haben sich von jeher aufgedrängt, obschon sie nie zu den herrschenden Theorien über Contagium und Miasma passten; sie erschienen bereits in den Berichten Jameson's über die Epidemie von 1817 in Indien, sowie in den Berichten von Young, Ranken, Lorimer, Mc. Gregor über Indien, Köppen, Foot u. Anderen über Europa und Amerika. Namentlich hat der französische Arzt Boubée diese Thatsachen von einem allgemeineren Standpunkte aus beurtheilt und zahlreiche, schlagende Belege beigebracht. (Hirsch Handbuch der historisch-geographischen Pathologie.) In Bayern hat man der Sache nur durch eine ausnahmslose Durchführung die nöthige, wissenschaftliche Präcision gegeben, auch die scheinbaren Ausnahmen einer gründlichen Specialuntersuchung an Ort und Stelle unterzogen und dadurch eine blosse Regel zum Rang eines Gesetzes erhoben, das bisher in jedem Falle, wo es noch angezweifelt worden ist, durch den thatsächlichen Befund gerechtfertigt worden ist. Ich erinnere diejenigen, welche mit der betreffenden Literatur bekannt sind, beispielsweise an das Ergebniss der Lokaluntersuchung über die Cholera in Kienberg auf dem Juraplateau des linken Donauufers (Hauptbericht); über den Verlauf der Cholera in der österreichischen Provinz Krain, wohin mich die bayerische Regierung zur Untersuchung sandte (Aerzt. Intelligenzblatt München 1861); über den Verlauf der Epidemie in Zürich (5 Fragen in Pappenheim's Zeitschrift für Sanitätspolizei); die Cholera und die Bodenverhältnisse der Stadt Halle a. d. S. von Delbrück u. s. w. Auf der Höhe von Rasderto z. B. bei St. Marein auf dem Wege von Laibach nach Neustadtl an der Gurk war in den zwischen Felsen gelegenen Häusern nicht nur wiederholt ebenso heftig wie in den Niederungen eines Flusses die Cholera aufgetreten, sondern es herrscht dort auch ebenso häufig und intensiv eine andere Bodenkrankheit, nämlich das Wechselfieber, trotz der relativ hohen Lage des Punktes und seines felsigen Ansehens, wo aber die zahlreichen und grossen Klüfte mit Alluvialerde angefüllt und derart von Wasser durchtränkbar sind, dass auf einer Seite des Kammes, auf dem Rasderto liegt, ein Bach verschwindet, der auf der anderen Seite wieder mächtiger und wasserreicher erscheint. Bessere Versitzgruben, als die Dolinen (Thalkessel) auf dem Karste und in vielen Theilen des Krainer Gebirges sind, können wir nicht im Kiesboden der Münchner Hochebene anlegen.

Jeder Einwurf gegen unsern Satz hat, soweit eine Untersuchung auf die wesentlichen Momente an Ort und Stelle möglich war, nur vortreffliches Material zur Begründung und Befestigung desselben gegeben. Wer trotzdem noch hoffen wollte, dass auch der Einfluss des Bodens sich ebenso als Irrthum erweisen werde, wie seiner Zeit der Einfluss der Luftelektricität, des Erdmagnetismus u. s. w., der müsste wahrlich ein schwaches Augenlicht haben und vom Verlauf der Epidemie auf verschiedenem Boden thatsächlich so wenig wissen, als die Erfinder der elektrischen und kosmischen Choleratheorie von Elektricität und Magnetismus, und von Naturwissenschaften überhaupt verstanden haben.

Wie absolut nothwendig die Cholera zu ihrer epidemischen

Entwicklung des Bodens bedarf, hat ihr Verhalten im Krimkriege auf den Schiffen, welche in den Häfen von Varna und Balaklawa lagen, unzweideutig kundgegeben (S. Report to the Minister of war of the proceedings of the sanitary commission, dispatched to the seat of war in the East 1855—56). So lange die Krankheit in der Hafenstadt herrschte, war sie auch unter der Mannschaft der Schiffe, die im Hafen blieben. Die Schiffe jedoch, welche mit inficirter Mannschaft den Hafen verliessen und auf die hohe See giengen, verloren die Krankheit binnen 12 bis 16 Tagen. Höchst belehrend ist der Verlauf, den die Cholera auf dem Viceadmiralschiff „Britannia" nahm, welches bereits inficirt den Hafen von Varna verliess, um auf der hohen See wieder rein zu werden. Das Schiff war stark bemannt, und in der ersten Woche erkrankten so viele Matrosen und Soldaten, dass es an der nöthigen Pflege fehlte. Der Befehlshaber rief ein anderes Schiff an, welches noch mit keinem inficirten Hafen verkehrt hatte und ganz cholerarein war und verlangte von dem Capitän, er solle nicht nur Kranke an Bord nehmen, sondern auch von seinen gesunden Leuten mehrere auf die „Britannia" geben, um sie da zu verwenden. Man machte dem Viceadmiral Vorstellungen, welche Verantwortung er auf sich lade, wenn er die Cholera auf ein bisher davon freies Schiff bringe, und wenn er Mannschaft vom gesunden Schiff auf das verpestete setze. Der Zustand auf der Britannia war aber der Art, dass ihr Befehlshaber erklärte, Noth breche Eisen, und es geschah, wie er verlangte. Der Erfolg rechtfertigte den verzweifelten Entschluss. Von der Mannschaft des gesunden Schiffes erkrankte auch nicht Einer an Cholera, weder von denjenigen, welche auf die Britannia herüber genommen wurden, noch von denjenigen, welche auf ihrem gesunden Schiffe blieben, aber eine Anzahl von Kranken dem inficirten Schiffe abgenommen hatten.

Solche Fälle sind nicht neu und sie haben sich gewiss von jeher ereignet, seit die Cholera besteht; aber sie sind gewiss vielfach unbeachtet geblieben oder falsch gedeutet worden, weil sie nicht zu den jeweiligen herrschenden Ansichten passten. Schon aus der Zeit des ersten pandemischen Auftretens der Krankheit in Indien 1817 berichtet Jameson, dieser ebenso gewissenhafte als feine Berichterstatter, einen Fall, der nicht minder schlagend ist, als der der

Britannia. In Madras lag das Schiff „Carnatic“ vor Anker und wartete etwa zwei Wochen lang auf Truppen, die aus dem Innern des Landes kommen und sich einschiffen sollten. Während dieser Zeit brach in Madras die Cholera aus. Der Befehlshaber der Truppen wurde davon benachrichtigt und beschloss, in Madras gar nicht halt zu machen, sondern sofort durch die Stadt durch auf das Schiff zu marschiren und den Hafen sofort zu verlassen. So geschah es auch. Am siebenten Tage nach der Abfahrt brach in offener See die Cholera auf dem Schiffe mit Heftigkeit aus, aber merkwürdiger Weise nur unter den Matrosen; von den eingeschifften Truppen, die doch bei Weitem die Mehrzahl waren und nicht abgesondert wurden, wurde nicht ein Mann ergriffen. Jameson hebt ausdrücklich hervor, dass alle Matrosen, die an Cholera erkrankten und starben, brave nüchterne Leute gewesen und auf der Fahrt nicht angestrengt worden wären; ferner dass die Truppen zur Pflege der kranken Matrosen verwendet wurden, von den Hängematten derselben gar nicht wegkamen und mit ihren Ausleerungen begossen wurden. Es ist merkwürdig, welchen Schluss der geistreiche Jameson damals noch aus dieser eklatanten Thatsache zog, weshalb ihm überhaupt der Fall der Aufnahme in seinen Bericht würdig schien. Er benützt ihn, um damit, wie er glaubte, für immer zu beweisen, dass die Cholera unmöglich eine contagiöse Krankheit, die durch den Verkehr verbreitet werde, wie Viele behaupteten, sein könne; denn unter diesen Umständen hätte von den Truppen auf dem „Carnatic“ doch sicherlich der eine oder andere ergriffen werden müssen. Er gesteht offenherzig, dass er allerdings auch nicht erklären könne, warum die Epidemie unter die Matrosen kam und sich unter ihnen so begrenzte; als eine schüchterne Hypothese äussert er, es könnte vielleicht zufällig ein sehr schmaler Strom von Choleramiasma durch die Luft über das Schiff gefahren sein und zufällig nur Matrosen getroffen haben. Unter der Herrschaft der damaligen Vorstellungen dachte man noch nicht daran, oder hielt es noch für gleichgiltig, dass die Matrosen vierzehn Tage lang vor Madras gelegen, und während sie auf die Truppen warteten, mit dem Ufer verkehrten, auf dem eben die Cholera sich zu entwickeln begann. Diese Matrosen nahmen das

Gift in ihrem Leibe bereits von Madras mit auf die hohe See, wo es sich allmälig bei Einigen bis zur tödtlichen Form der Cholera, bei Anderen nur bis zur Cholerine, wieder bei Anderen gar nicht entwickelte.

Um die Cholera zu verbreiten, hätten diese Matrosen, so lange der Keim der Krankheit in ihren Excrementen noch nicht erloschen war, worauf man erst nach mehreren Wochen rechnen kann, wieder an's Land steigen müssen, und dieses Land hätte wieder einen für die epidemische Entwicklung der Krankheit eben günstigen Boden haben müssen. Das ist der Grund, weshalb sich die Krankheit in gewissen Richtungen und zu gewissen Zeiten verbreitet und in andern nicht, und warum London noch nie durch Ostindienfahrer, sondern immer auf dem Landwege von Europa aus die Cholera empfangen hat. Man sieht, wie der Verkehr und ein empfänglicher Boden zusammenwirken müssen.

III.

Die vorher gegebene Definition von empfänglichem Boden ist wohl richtig, aber sie ist noch nicht erschöpfend, sie stellt einstweilen nur zwei Gegensätze, compakt und porös, einander gegenüber. Der für Luft und Wasser durchgängige und mit Grundwasser versehene poröse Boden ist seit der historischen Zeit wohl überall wesentlich derselbe geblieben, ohne sich überall und jederzeit gleich empfänglich für eine Epidemie erwiesen zu haben. Die Untersuchungen haben ergeben, dass hierauf noch drei Dinge Einfluss haben, erstens die Entfernung der Oberfläche vom Grundwasser, zweitens die Schwankungen desselben und drittens die Imprägnirung des Bodens mit organischen Substanzen, namentlich mit solchen, welche von Excrementen stammen.

Wenn überhaupt an der Nähe am Wasser etwas gelegen ist, worüber bisher alle Partheien einig waren, so muss das Wasser in dem Stücke Boden, auf welchem wir wohnen, nach gewöhnlichem Menschenverstand doch einen grösseren Einfluss äussern, als das Wasser in einem fernen, wenn auch noch so benachbarten Flusse oder See. Da dieser Gedanke so einfach ist, möchte man denken, dass man an jedem Orte dieses Moment im Boden längst erkannt und beobachtet haben würde. Ich habe vor mehreren Jahren mich umständlich hierüber ausgesprochen und zu Beobachtungen aufgefordert (s. 5 Fragen aus der Aetiologie der Cholera). Es ist bewiesen, dass wir den Stand des Grundwassers für einen gegebenen Ort und für eine bestimmte Zeit weder aus der Beobachtung der örtlichen atmosphärischen Niederschläge, noch der Pegelstände des nächsten Flusses entnehmen können, sondern dass wir den Stand und die Bewegung desselben durch besondere Beobachtungen örtlich feststellen müssen. In letzter Instanz hat das Grundwasser allerdings keine andere Quelle als die atmosphärischen Niederschläge, aber die Umstände, unter denen es nach dem Orte gelangt, wo allein es für uns Bedeutung hat, sind so vielerlei, dass man von vorneherein nie etwas sicheres über seinen Stand aussagen kann. Es hängt nicht nur davon ab, wie viel atmosphärischer Niederschlag an Ort und Stelle fällt, sondern auch wie viel davon in die Tiefe dringt, wie viel vom Boden absorbirt, durch Adhäsion festgehalten wird, wie viel wieder verdunstet, wie gross das örtliche Gefälle der wasserdichten Schichte ist, auf der das Grundwasser steht, wie gross die örtlichen Hindernisse für den Abfluss desselben sind, wie viel bereits von höher gelegenen Gegenden auf wasserdichten Wegen nach tiefer gelegenen oberflächlich unsichtbar befördert wird, wo örtliche Zufälligkeiten denkbar sind, die selbst Zuflüsse, die in hohem Grade intermittirend sein können, gestatten. Obwohl ich all das schon vor vielen Jahren gesagt habe, zweifle ich doch, ob viele Orte Grundwasserbeobachtungen aufzuweisen haben. In München mache ich sie selbst, in Ansbach haben sich wenigstens eine Zeit lang Escherich und Keyser dafür interessirt und seit einigen Jahren lässt Oberststallmeister Freiherr v. Lerchenfeld auf den königlichen Gestüten (Neuhof, Bergstetten und Rohrenfeld) dieselben regelmässig vornehmen. Ob noch sonst an Orten Beobachtungen, die grössere Zeiträume umfassen, gemacht worden sind, weiss ich nicht zu sagen, möchte es aber bezweifeln. Der Gedanke vom Einfluss des Grundwassers ist zu einfach und zu jung, um bereits Ansehen zu geniessen. Er widerstrebt gewissen Kreisen noch so sehr, dass sie das Wort Grundwasser nicht über die Lippen bringen; wenn es ihnen bei einer unvermeidlichen Gelegenheit auch in den Mund gelaufen ist, so sagen sie dann noch lieber: Wasser im Boden. Es giebt einmal Menschen, denen es viel wichtiger erscheint, wie hoch sie über dem adriatischen Meere oder dem atlantischen Ocean liegen, als in welcher Tiefe das Wasser unter ihren Füssen steht. Ich für meine Person bereue es nicht, seit März 1856 trotz aller Theilnahmslosigkeit und Geringschätzung regelmässige, halb monatliche Beobachtungen über das Grundwasser in München fortgeführt zu haben. Das Bild seiner Bewegungen, was jetzt vor mir liegt, bietet des Interessanten und Unerwarteten viel, so dass ich viel darum gäbe, es 50 Jahre zurück ausgedehnt vor mir zu haben. Die Märchen von dem 7jährigen Turnus, vom Einfluss des Hachinger Baches, der Isar u. s. w., die bisher einer dem andern nacherzählt hat, brauche ich schon nicht mehr zu glauben.

Durchschnittlich darf man annehmen, dass unter sonst gleichen Umständen jener Ort oder Ortstheil mehr von der Cholera leiden wird, dessen Oberfläche näher dem Grundwasser liegt. Die Entfernung des Grundwassers darf im Allgemeinen als gleich bedeutend mit der Entfernung der ersten wasserdichten Schichte im Boden angenommen werden. Man hat deshalb nicht das mindeste Recht sich das Grundwasser als Horizontalwasser zu denken, es folgt ganz den Bewegungen seiner wasserdichten Unterlage. Auf einer verhältnissmässig so kleinen Fläche, wie die Stadt München auf der bayerischen Hochebene einnimmt, ergeben die Messungen innerhalb der Stadt bereits lokale Abweichungen des Gefälls des Grundwassers von einer Niveaulinie, die mehr als 10 Fuss betragen. Das Gefäll der wasserdichten Schichte kann wohl mit dem Gefäll der Bodenoberfläche parallel gehen, muss aber nicht; ja es ist sogar die Regel, dass sie nicht parallel gehen, dass das eine steiler als das andere ist. Hat die wasserdichte Schichte ein geringes und die poröse ein grosses Gefäll, so wird die grössere Elevation der Oberfläche gleich bedeutend mit einer Entfernung vom Wasser (vom Grundwasser) sein; steigt aber die wasserdichte Schichte in gleichem Winkel mit der porösen Oberfläche, dann ist mit der Elevation keine grössere Entfernung vom Wasser verbunden. Von diesem Standpunkte aus ist der Einfluss der Elevation auf die Cholera und das Zutreffen oder Nicht-Zutreffen der Farr'schen Formel zu betrachten. In London scheint jedenfalls die Elevation der Oberfläche mit einer

Verminderung der Bodenfeuchtigkeit sehr regelmässig verknüpft zu sein und desshalb passt die Formel so vorzüglich. Auf Paris passt bekanntlich diese Formel nicht. Nun haben wir aber durch die geognostische und hydrologische Karte von Paris von Delesse erfahren, wie rasch dort die wasserdichte Schichte und das Grundwasser zu beiden Seiten der Seine ansteigt. Aehnliches ergiebt sich aus der meisterhaften Untersuchung des Bodens der Stadt Wien von Süss für diesen Ort, wo in einigen ein paar 100 Fuss über der Donau gelegenen Vorstädten die Cholera heftig wüthete. In Fluntern, dem Hauptschauplatz der Cholera in Zürich, wo zum grossen Erstaunen aller Parteien die Cholera 400 Fuss über dem Gestade des Sees anstatt auf diesem hauste, fand ich in einer Tiefe von 10 Fuss Schotter reichliches Grundwasser, so dass es mir sehr überflüssig schien, mich zu verwundern oder darnach zu fragen, wie hoch Fluntern über dem Spiegel des Sees oder der Limat liegt.

IV.

Die blosse Gegenwart vom Grundwasser vermag immer noch nicht die so verschiedene Empfänglichkeit der Orte zu verschiedenen Zeiten zu erklären. Wenn wir auf der Karte von Europa die örtliche und zeitliche Ausbreitung der Choleraepidemien verschiedener Länder vergleichen, so finden wir Gegenden mit Alluvialboden in den verschiedensten absoluten und relativen Höhen, die stets frei geblieben sind, andere leisten der Seuche während einer gewissen Zeit auffallenden Widerstand, während sie ihr zu einer anderen Zeit ebenso auffallend unterliegen. Die beiden Abdachungen des uralbaltischen Landrückens, der sich von Russland bis Holstein zieht, sind nie gleichzeitig ergriffen gewesen. Als im Jahre 1854 die Krankheit auf der baierischen Hochebene in mehreren Orten wüthete, vermochte sie im ganzen Regierungsbezirke Berlin nur 43 Opfer zu holen, während sie 1855, also ein Jahr später 1385 todt dahin raffte. (Brauser's statistische Mittheilungen.) Die Epidemien von Schweden, von Mecklenburg u. s. w. hatten ihre besonderen Jahre, ebenso hatten die verschiedenen Abdachungen der Gebirgsstöcke, die verschiedenen Flussgebiete ihre Zeiten, wo sie empfänglich waren, und wo nicht. Diese Differenzen in der Empfänglichkeit einzelner Districte zu verschiedenen Zeiten lassen sich nicht nur im Grossen, wie ich eben angedeutet habe, sie lassen sich auch im Kleinen und Kleinsten verfolgen.

Im Jahre 1836 wurde München im October von der Cholera heimgesucht, die wahrscheinlich von Mittenwald aus eingeschleppt und wofür München vielleicht auch erst zu dieser Zeit empfänglich geworden war. Sie verbreitete sich von München aus nach mehreren Orten, namentlich auch in die Dörfer des Würmthales, des Ausflusses des Starnberger Sees, wo sie von Allach bis Kreiling aufwärts epidemisch herrschte, sich aber da begrenzte, so dass die an der Würm noch weiter aufwärts gelegenen Orte verschont blieben. In das Lechthal nach Augsburg verbreitete sich die Krankheit trotz ungehinderten Verkehrs und Einschleppung damals nicht. Als im Jahre 1854 München wieder ergriffen wurde, war in der Zwischenzeit das Würmthal von Pasing aufwärts mit einer Eisenbahn bis Starnberg durchzogen worden, was den Verkehr gegen früher unbestreitbar nur in hohem Grade steigern konnte. Nach der Erfahrung vom Jahre 1836 und bei dem 1854 bereits zugestandenen Einfluss des Verkehrs auf die Verbreitung, den man 1836 noch entschieden in Abrede stellte, hatte der Sachkundige allen Grund zu befürchten, dass die Epidemie diesmal im Würmthale noch viel heftiger auftreten werde. Aber sieh da! nur die beiden untersten Orte Allach und Untermenzing zeigten noch eine Spur von epidemischer Disposition, während Obermenzing, Blutenburg, Piping, Pasing, Gräfling, Steinkirchen, Planegg und Kreiling diesmal der Reihe nach verschont geblieben sind. Wenn die Verbreitung lediglich vom Verkehr abhinge, hätten namentlich Pasing, als Knotenpunkt zweier Eisenbahnen und Planegg, als Bahnstation für den von München aus fortwährend stark besuchten Wallfahrtsort Maria Eich, eher und mehr ergriffen werden müssen, als die beiden untersten Orte des Würmthales Allach und Untermenzing, die völlig ausserhalb der Verkehrsrichtung liegen, wohin man nur auf Feldwegen gelangt. Aehnlich wie München rechts von der Würm wurde noch ein vom Würmthale links seitab am Rande eines Moores gelegenes Dorf Aubing, dieses aber verhältnissmässig so heftig wie München ergriffen.

Der fast gänzlichen Immunität des Würmthales im Jahre 1854 gegenüber wurde aber die im Jahre 1836 verschonte Stadt Augsburg zwischen Lech und Wertach so heftig ergriffen, dass in diesem Jahre an Todten reichlich nachgeholt wurde, was 1836 versäumt worden war. Die Todtenprocentzahl von Augsburg war 1854 beträchtlich höher, als von München. Unter solchen Umständen bleibt wohl nichts übrig, als anzunehmen, dass im Jahre 1836 alle genannten Orte des Würmthales sich in einem Zustande befunden haben müssen, in welchem sie i. J. 1854 mit Ausnahme von Allach und Untermenzing nicht mehr waren, als die Cholera wieder von München aus eingeschleppt wurde, in welchem Zustande sie übrigens möglicher Weise ein halb oder dreiviertel Jahr früher gewesen wären; und dass Augsburg im Jahre 1836 ebenso von Cholera heimgesucht worden wäre, wenn es sich zur kritischen Zeit in dem Zustande befunden hätte, der 1854 der Epidemie eine so verderbliche Entwicklung gestattete.

Seit 1817 weisen die Thatsachen im Grossen und Kleinen darauf hin, dass ein zeitlich wechselnder Zustand im Boden hiebei wirksam sein müsse. Nichts lässt dies überzeugender hervortreten und deutlicher erkennen, als der Verlauf der Epidemie 1854 in Bayern. Ich habe bei Abfassung des Hauptberichtes nicht ohne Absicht darauf gedrungen, dass ihm mehrere Blätter der Karte des Generalquartiermeisterstabes beigegeben wurde, auf der jede Ortschaft, jede — auch die kleinste Gemeinde bezeichnet ist. Auf diesen Blättern wurde jeder Ort, welcher von Choleratodesfällen berührt wurde, mit einem farbigen Striche bezeichnet, mit Roth die epidemisch ergriffenen Ortschaften, mit Blau einzelne Hausepidemien, mit Grün einzeln gebliebene, sogenannte sporadische und verschleppte Fälle. Wer Blatt 8 und 11 vor sich hinlegt, den lassen die rothen Striche sofort die örtliche Ausbreitung der Epidemie überschauen, der erstaunt aber auch sofort, in welch engen scharfen Grenzen die epidemische Verbreitung in Bayern geblieben ist, er erstaunt eigentlich darüber, welch geringe Verbreitung die Krankheit gefunden hat. Die lokale Begränzung in einigen Gegenden ist so scharf, dass jedem einseitigen Contagionisten augenblicklich der Muth sinken muss, wenn er die Verbreitung in Bayern bloss aus dem Verkehr erklären soll. Ich verweise Beispielshalber auf Blatt Nr. 11, auf den Landgerichtsbezirk Erding, der sich damals bis Dorfen erstreckte. Bevölkerung, Ernährungs-, Wohnungs- und Beschäftigungsweise, Wohlhabenheit, Gewohnheiten, Verkehr und Verkehrsstrassen, Boden überall gleich, überall wenigstens ein für Wasser und Luft permeabler, demnach nicht unempfänglicher Boden über den ganzen Bezirk ausgebreitet, und in welch schneidend scharfer Gränze liegen die Cholera-Ortsepidemien eingeschränkt! Solche frappante Bilder zeichnet kein Zufall und keine persönliche Willkühr auf eine Landkarte, da muss etwas Gesetzmässiges zu Grunde liegen, und nur Fasler könnten es in Abrede stellen wollen.

Was kann das aber sein?

Zur Lösung des Räthsels will ich keine neuen Kräfte, keine bisher verborgenen Eigenschaften der Weltseuche hereinziehen, es genügt eines ihrer bekanntesten, hervorstechendsten Merkmale, welches sie überall und von jeher so offen zur Schau getragen hat, dass es selbst der oberflächlichsten Betrachtung nie hätte entgehen können: das ist das Haften der Epidemien am Wasser, an den Flüssen, längs der Wasserläufe. Schon Jameson berichtet 1817 aus Indien: „Die Neigung der Seuche, dem Laufe der Ströme zu folgen, ist in so vielen Fällen beobachtet worden, dass man es unmöglich für einen blossen Zufall halten kann. Seit Entstehung der Seuche an den Ufern des Ganges und Burramputer bis zu ihrer Ankunft am Ausflusse der Narbidda und Taptee hat sie den Beobachter in Erstaunen gesetzt. In dem Bhangulpor-Distrikte war die Anhänglichkeit der Seuche zum Wasser so stark, dass das Gift kaum jemals in's Innere fuhr, während es die niedrigen Ländereien am Ganges fast entvölkerte" u. s. w. und so lauten die Berichte durch alle Länder der Welt bis herab auf die neueste Zeit. Auch der bayerische Hauptbericht über die Epidemie 1854 hat unter seinen Schlussfolgerungen aufgenommen: dass eigentliche Gruppen epidemisch ergriffener Orte sich nicht längs der Hauptverkehrswege (Landstrassen, Eisenbahnen, Schifffahrt), sondern nur in den Thälern und Becken an Flüssen und Bächen gezeigt haben, und dass die Wasserscheiden selbst von unbedeutender Höhe fast ausnahmslos verschont geblieben sind.

Es ist nicht die absolute Nähe des Wassers, welche diese zeitweise Anziehung ausübt, denn sobald compaktes Gestein die Ufer des Flusses bildet, kommt die Krankheit nicht mehr vor und auch bei porösen Ufern findet sich, dass ein Flussthal nur auf einer gewissen Strecke epidemisch ergriffen ist, und von da stromauf- und stromabwärts trotz einer eben so grossen Nähe der Orte am Ufer in auffallender Weise wieder eine vollständige Immunität zeigt. So finden wir im Jahre 1854 die Ufer der Donau nur von Neuburg bis Regensburg ergriffen und dann frei bis Passau, und an der Isar ging die Epidemie wesentlich nur von München bis Landshut, von da abwärts zeigte sie sich nur noch in Plattling und Triften, kurz vor der Mündung in die Donau. Einer der lehrreichsten Fälle ist der Verlauf im Thale der Paar, welche bei Landsberg entspringt und unter Ingolstadt in die Donau fällt. Die Bodenbeschaffenheit des Thales bleibt sich vom Ursprung bis zur Mündung wesentlich gleich. Auf den erwähnten Blättern 8 und 11 ist der ganze Lauf des Flusses ersichtlich. Alle Orte am obern Theil desselben sind von der Epidemie verschont geblieben; so z. B. Mering, eine ziemlich frequente Eisenbahnstation zwischen München und Augsburg. In Mering wurde die Krankheit von Reisenden eingeschleppt, ohne dass sie sich im Orte weiter verbreitete. Ebenso auffallend ist die Immunität von Friedberg und seiner Umgebung an der Paar, da das Städtchen nur 1½ Stunden von dem stark inficirten Augsburg entfernt liegt. Im weiteren Lauf erreicht der Fluss die Stadt Aichach, in der gleichfalls die Krankheit durch Fälle eingeschleppt wurde, welche tödtlichen Ausgang nahmen, ohne aber sich weiter zu verbreiten. Erst von Aichach flussabwärts beginnen die Ortsepidemien an der Paar, und der erste epidemisch ergriffene Ort ist nicht ein grösserer Ort an einer bedeutenden Verkehrsstrasse, sondern das Dorf Hörzhausen. Von da an aber abwärts bis zur Mündung liegt kein grösserer Ort mehr an der Paar, der nicht unzweideutige Symptome der Epidemie gezeigt hätte. Von Hörzhausen an macht auf der Karte eine Reihe von rothen Strichen den Lauf der Paar von weitem kenntlich.

Was findet sich nun in den Flussthälern mit porösem Boden, wenn auch nicht ausschliesslich aber doch mehr und häufiger, als an andern Orten mit gleichem Boden, um diese auffallende, unvertilgbare Vorliebe der Cholera dafür zu erklären? Die Ursache schon, welche den Fluss da, wo wir ihn sehen, entstehen liess, leitet auf die richtige Antwort. Er ist der tiefste Punkt einer grössern Umgebung, der tiefste Punkt einer geneigten Mulde, nach dem sich alles Wasser von beiden Seiten hindrängt. Wenn die Oberfläche poröser Boden z. B. Geröll ist, so wird die nächste darunter liegende wasserdichte Schichte darüber entscheiden, wo der Fluss sich bilden soll. Er bildet sich naturnothwendig entlang der tiefsten Stelle und nach dem grössten Gefälle der wasserdichten Unterlage, wo und wohin sich die Wasser von allen Seiten her zusammendrängen und ausspülen. In der Nähe dieser tiefsten Punkte ist die Durchfeuchtung des porösen Bodens natürlich eine andere, als ferner davon; alle Conflikte müssen da grösser werden und länger dauern, als an den entgegengesetzten Punkten, an den Wasserscheiden, und die Vorgänge und Wechsel in der Durchfeuchtung imprägnirter Bodenschichten können unmöglich an allen Stellen eines Flussthales die nämlichen sein oder zu gleicher Zeit stattfinden, es kann etwas am obern Theil eines Flusslaufes bereits beendigt sein, was im untern noch fortdauert, es können an einem Orte Zustände eintreten, die sich an einem andern nicht entwickeln können u. s. w. Es ist ferner eine bekannte Thatsache, dass die Entwicklung der Epidemien in den Alluvialgebieten durch vorausgehende Ueberschwemmungen in hohem Grade begünstiget wird. Schon der grossen Epidemie in Indien 1817 waren grosse Regengüsse zu ungewöhnlicher Jahreszeit, in Folge davon grosse Ueberschwemmungen und Missärndte des Reises im Jahre 1816 vorausgegangen (Griesinger) und wie häufig wird dieselbe Thatsache von den Berichterstattern aus andern Ländern und Welttheilen wiederholt! Die grossen Kriegsbewegungen des Jahres 1817 in Indien haben den Verkehr und damit die Cholera allerdings in einem Grade gesteigert und verbreitet, wie er früher nie da gewesen war; es gehörte aber sicherlich dazu auch die günstige Bodenbeschaffenheit dieses Jahres, dieser Grad der Feuchtigkeit des Bodens zur selben Zeit. Es haben später noch oft sehr grosse Kriegsbewegungen stattgefunden, ohne jederzeit von der Cholera in dieser Weise begleitet zu werden.

Insoferne die Cholera auch heftig in Orten auftritt, die nie überschwemmt werden können, und nie überschwemmt worden sind, scheint einer solchen abnormen Durchfeuchtung des porösen Bodens doch wieder kein allgemeiner wesentlicher Einfluss zuzukommen. Es ist aber wahrlich kein gesuchter Gedanke, wenn man annimmt, dass hohe Bewegungen des Grundwassers, wenn sie auch die Oberfläche des Bodens durchaus nicht erreichen, dass diese unterirdischen Inundationen für die Processe im Boden dasselbe bedeuten, wie oberflächlich sichtbare Ueberschwemmungen. Ich habe constatirt, dass der Epidemie 1854 in München, und der Epidemie 1855 in Fluntern bei Zürich und andern Orten ein abnorm hoher Stand des Grundwassers vorausgegangen ist. Ich trage kein Bedenken, auszusprechen, dass in der verschiedenen Durchfeuchtung des Bodens, in dem wechselnden Stande des Grundwassers das zeitlich disponirende Moment für die Cholera liege.

Die Thatsachen verlangen gebieterisch die Annahme eines wechselnden Faktors im Boden: abgesehen davon, dass beim Boden a priori nichts anders denkbar ist, als ein Wechsel in seinem Wassergehalte, sprechen dafür auch noch andere Thatsachen. Von jeher ist es aufgefallen, dass den Choleraepidemien in vielen und ausgedehnten Distrikten eine ungewöhnliche Steigerung der Wechselfieber, sowohl was ihre Häufigkeit in Orten, wo sie endemisch sind, als auch ihre Ausbreitung über andere Orte betrifft, vorhergegangen ist. „Es ist eine wohlbekannte und vielfach besprochene Thatsache, dass dem Ausbruche der Cholera nicht bloss an einzelnen Orten oder in einzelnen Ländern, sondern in einer fast pandemischen Verbreitung Malariafieber vorausgegangen sind, und sich alsdann in vielen Gegenden gezeigt haben, in welchen die Krankheit sonst vollkommen unbekannt ist.“ (Hirsch.) Wenn man die Orte, wo das Wechselfieber endemisch vorkommt, einmal näher darauf untersucht haben wird, wird man finden, dass eine gewisse Nähe stagnirenden Grundwassers unter der Oberfläche eine seiner Bedingungen ist. Küttlinger hat für Erlangen gefunden, dass in den dortigen Fieberstellen der Spiegel des Grundwassers nicht tiefer als 6 Fuss unter der Oberfläche liegt, und dass dort, wo oft in sehr geringer Entfernung davon keine Wechselfieber mehr, wohl aber noch dieselbe Bodenbeschaffenheit sich zeigt, der Spiegel des Grundwassers ausnahmslos tiefer liegt. So ist München, sonst frei von endemischem Wechselfieber durch einen abnorm hohen Stand des Grundwassers im Jahre 1853 vorübergehend ein Malariaort geworden. Vom Frühlinge 1854 bis November 1854 wich das Grundwasser in der Sedlmayr'schen Brauerei auf dem Marsfelde um volle 4 Fuss zurück.

In solchen Schwankungen der Bodenfeuchtigkeit liegt für mich die Erklärung, warum die Choleraepidemien vorwaltend im Sommer ausbrechen, warum sie aber ausnahmsweise auch im Spätherbste beginnen und selbst den Winter hindurch dauern können, wie z. B. bei 20° C. Kälte in Moskau und bei 30° Kälte in Orenburg im Jahr 1830, im Winter 1831 in Prag, 1846 auf dem Hochplateau von Armenien, 1852—1853 in Petersburg — (S. Hirsch), woraus hinlänglich hervorgeht, dass die Lufttemperatur als solche und für sich unmöglich eine Veranlassung oder ein Hinderniss des Ausbruches der Cholera sein kann. Die Regel aber beim Grundwasser ist, dass es vom Sommer an zurückgeht bis December oder Januar, dann meistens still steht, um vom März bis Juni oder Juli wieder zu steigen. Meine Beobachtungen lehren mich aber auch, dass das nur die Regel, und keine Nothwendigkeit ist, dass es Jahre giebt, wo es nahezu umgekehrt ist.

Vom nämlichen Gesichtspunkt aus betrachte ich den manchmal so raschen, manchmal so schleppenden Gang der Ortsepidemien, ihre Wiederkehr, obwohl da andere Umstände noch mitwirken mögen, welche der Verkehr, die individuelle Disposition und Anderes mit sich bringt.

Die verschiedene Zeit der Schwankung in den oberen Bodenschichten ist für mich auch der Grund der Immunität des Würmthales im Jahre 1854. Hier ging die Schwankung der in München um mehr als ein halbes Jahr voraus.

Im Würmthale sank das Grundwasser in Planegg vom September 1853 bis Januar 1854 um 14½ Fuss, nachdem es vom Juni bis September um ebenso viel gestiegen war und dadurch in eine Bodenschichte eingedrungen war, die viele Jahre lang vorher von ihm nicht erreicht worden war. (S. Bewegungen des Grundwassers in München.) Im Jahr darauf, als die Cholera nach München kam, zeigten nur mehr die beiden untersten Ortschaften des Würmthales Untermenzing und Allach noch eine schwache Disposition dafür. Wäre die Cholera anstatt im Sommer 1854 schon im Herbste 1853 in's Würmthal verschleppt worden, so wären ohne Zweifel die von Untermenzing bis Kreiling aufwärts gelegenen Ortschaften wieder ebenso ergriffen worden, wie im Herbste 1836. In den unteren Theilen der Thäler scheinen die Schwankungen durchschnittlich später oder langsamer vor sich zu gehen, wie auch der Verlauf im Paarthale angezeigt hat.

Hierin liegt für mich auch die Erklärung, warum Augsburg im Jahre 1836 verschont bleiben und 1854 so heftig ergriffen werden konnte. Im Jahre 1836 kam der Same der Epidemie durch den Verkehr entweder zu früh oder zu spät, im Jahre 1854 eben zur günstigen Zeit.

Das Grundwasser in Zürich am See und an der Limat verhält sich anders, als das Grundwasser in Fluntern und Oberstrass, wo eine heftige Epidemie herrschte, welche von der Höhe herabsteigend constant abnahm und erlosch, noch bevor sie die Gestade des Sees und der Limat erreichte. Hierin erblicke ich auch den Grund, warum Epidemien in höher gelegenen Gegenden (z. B. in Baiern) schneller verlaufen und seltener auftreten, wenn sie auch oft heftig sind, als in den grossen Niederungen (z. B. in Norddeutschland, Russland), wo das Gefäll des Grundwassers so gut wie das Gefäll der Flüsse ein viel geringeres ist. In den südlichen Gegenden (z. B. in Italien) kann in Folge höherer Temperatur die raschere Verdunstung theilweise die Rolle eines stärkeren Gefälls und eines rascheren Sinkens der Bodenfeuchtigkeit übernehmen.

Kurz, wie ich nur immer das Grundwasser in Bezug auf die Cholera betrachten mag, scheint mir sein Einfluss unbestreitbar. Selbst wenn die Annahme desselben ein Irrthum wäre, so ist es ein nothwendiger Irrthum, dem die Wissenschaft sich hingeben muss, um durch ihn zur Wahrheit zu gelangen. Wer gegenwärtig noch seine Bedeutung bestreiten wollte, der müsste nachweisen, dass die Feuchtigkeitsverhältnisse des Bodens überhaupt nichts mit der Entwickelung der Epidemie zu thun haben, also beweisen, dass gerade das, was der vorwaltende Verlauf der Cholera in den Flussthälern und auf dem Alluvialboden von jeher am unverkennbarsten gezeigt hat, und was die einzige Entschuldigung dafür ist, dass man darüber sogar eine Zeit lang den nun constatirten sogenannten contagiösen Theil der Verbreitungsart ganz übersehen konnte, nicht wahr sei. Die Lieferung dieses Beweises kann das Grundwasser getrost abwarten, einstweilen bleibt es in seinem Rechte.

V.

Ich habe schon erwähnt, dass man die Schwankung im Wassergehalte des porösen Bodens nicht ohne Weiteres als Brutstätte für den Cholerakeim, als Infectionsheerd betrachten kann, es gehört die Gegenwart von organischen Substanzen, namentlich die Imprägnirung mit den organischen Abfällen des menschlichen Haushaltes noch dazu, unter denen erfahrungsgemäss die festen und flüssigen Excremente die wichtigsten sind. Diese Abfälle finden wir nicht bloss in Städten und Dörfern bei gemauerten Wohnungen, wir finden sie ebenso unvermeidlich bei den beweglichen Lagerzelten der Kriegsheere, in der Nähe der Buden und Baracken von Eisenbahnarbeitern, ja selbst bei den Ruheplätzen der Karawanen und Pilgerzüge in der Wüste, wo die Vorausziehenden den Nachfolgenden die wassergebende schattige Oase ebenso inficirt hinterlassen, wie wir annehmen, dass der fashionable Europa-Reisende eine Eisenbahnstation oder einen Gasthof inficirt und mit dem nächsten Zuge wieder weiter reist. Ich musste immer lächeln, wenn die Verbreitung der Cholera unter Karawanen und Mekkapilgern in der Wüste als ein Grund gegen den wesentlichen Einfluss des imprägnirten Bodens und der Diarrhöen angeführt wurde, weil man dort weder Waterclosets, noch Versitzgruben, noch Nachtkübel zum Gebrauch vorfinde, als ob man deshalb auch nur 1 Loth weniger Excremente von sich gäbe. Ich zweifle keinen Augenblick, dass man die Verbreitungsart der Cholera in der arabischen Wüste genau mit der in Bayern übereinstimmend finden wird, sobald man die einzelnen Stationen, wo die Wüstenschiffer anlanden, genau auf die wesentlichen Bodenverhältnisse untersucht haben wird. Es wird unter diesen Ruheplätzen empfängliche und nicht empfängliche geben, sie werden sich zur Cholera verhalten wie München, Augsburg, Nürnberg und Würzburg. Die Würzburger haben 1854 keinen Anstand genommen, ebenso viel zu geniessen, und ebenso viel und in ebenso defecte Vorrichtungen auszuscheiden, als die Münchner, und sind von Cholera frei geblieben, und die Augsburger werden sich nicht wollen nachsagen lassen, dass sie von 1836 bis 1854 in ihrer berühmten Reinlichkeit so unverzeihliche Rückschritte gemacht hätten, dass ihnen erst dadurch die Seuche hätte beikommen können. Auf der Sebalder Seite von Nürnberg herrschte 1854 sicherlich nicht mehr Reinlichkeit als in den Häusern der Lorenzer Seite, und doch war der eine Stadttheil sehr schwach und der andere sehr heftig ergriffen. Es ist nicht der Unrath für sich das gefährliche, sondern dessen Verbreitung im Boden, gleichwie auch nicht das Getreide in purem Kothe wächst, obschon derselbe gehörig im Felde vertheilt die Fruchtbarkeit desselben so sehr erhöht.

Von diesem Standpunkte aus sind die Maassregeln zu beurtheilen, welche man durch eine bestimmte Construction der Aborte, Gruben und Abzugskanäle, gegen die Verbreitung der Cholera, d. h. gegen die Imprägnirung eines porösen Bodens zu richten vorgeschlagen hat.

Da wir den porösen feuchten Boden im Grossen einen so entschiedenen Einfluss auf die Entwicklung der Cholera üben sehen, so sind wir genöthigt, das Gleiche im Kleinen anzunehmen. Wenn schlechte Abtritte die Luft in den Wohnungen verpesten, so schaden sie nicht bloss dadurch, dass sie mit ihrem Inhalt uns das unentbehrlichste Bedürfniss, die Luft, verderben; man darf nicht vergessen, dass die Luft, welche durch den Abtritt in die Wohnung tritt, zuerst auch über und durch die poröse Umgebung zieht, welche von der Grube aus am Meisten imprägnirt ist. Was der Boden in der Nähe der Abtrittsgruben der Luft mittheilt, kann uns ebenso gefährlich, ja noch gefährlicher als ihr Inhalt sein.

Von der Bewegung der Luft im Haus und um das Haus und durch den porösen Boden haben die wenigsten Menschen eine richtige Vorstellung, ja die meisten haben von der Existenz solcher Bewegungen gar keine Ahnung, und glauben sie deshalb nicht, wenn man sie auch darauf aufmerksam macht. Für die meisten Menschen hört an dem Punkte, wo sie mit den Füssen aufstehen, auf dem Boden die Luft auf. Wo sie keine Bewegung in der Luft mehr sehen oder fühlen, da nehmen sie vollkommene Ruhe an. Wenn sie Körper, die in der Luft schwimmen, wie Wolken, Nebel oder Rauch sich in einer bestimmten Richtung bewegen sehen, so nehmen sie Luftbewegung an, obschon sie nichts davon spüren; ebenso wenn die wolkenlose Luft eine gewisse Geschwindigkeit hat und dadurch einen fühlbaren, mechanischen Eindruck auf sie, wie auf die Segel eines Schiffes oder die Blätter der Bäume macht, oder auch die eine Seite eines in die Luft gehaltenen, unbedeckten feuchten Körpertheiles mehr abkühlt, als die andere, dann nehmen sie auch Luftbewegung an, weil sie dieselbe fühlen, obschon sie dieselbe nicht sehen. Diese beiden Beobachtungsmittel für die Bewegung der Luft, Sehen und Fühlen, reichen aber nur für grobe Unterschiede aus. Wenn wir Luft einmal als bewegten Körper z. B. fühlen sollen, dann muss die Geschwindigkeit ihrer Bewegung bereits 3 Fuss in der Sekunde erreichen. Für Geschwindigkeiten von einigen Zollen in einer Sekunde fehlen uns die Mittel der direkten Beobachtung. Auf indirektem Wege lässt sich aber nachweisen, dass auch da noch Luftbewegungen stattfinden, wo wir längst nichts mehr davon sehen und fühlen. Dazu gehört auch die Luftbewegung im Boden und durch poröse Körper hindurch, worauf ich hier nicht eingehen kann. Ich will nur in Bezug auf die Luft im Boden daran erinnern, dass Jedermann mit Recht glaubt, dass poröser Boden nicht wasserdicht ist, und dass sich das Wasser in ihm noch bewegen kann, denn man sieht ja, wie das Wasser eindringt und ausdringt. Soll nun die Luft, die 770 mal leichter, also auch 770 mal beweglicher, als das Wasser ist, sich im Boden nicht bewegen können, bloss desswegen, weil wir es nicht sehen und fühlen? soll sie an der Bewegung der darüber stehenden Atmosphäre keinen Antheil nehmen? soll sie ruhig im Boden bleiben, wenn z. B. die darüber stehende Luft kälter und schwerer ist? soll die Diffusion, die durch Kautschuk hindurch erfolgt, durch Sand und Schotter gehindert sein? Es lässt sich experimentell nachweisen, wie beträchtlich sich unsere Wohnhäuser zu gewissen Zeiten durch die Mauern und durch den Untergrund ventiliren, und dass aus einer Tiefe von 8 und 10 Fuss im Boden noch eine merkliche Verdunstung von Wasser nach oben stattfindet. Der Baugrund und die Mauern unserer Häuser können um so weniger als luftdicht betrachtet werden, als Jedermann aus Erfahrung weiss, dass sie nicht einmal wasserdicht sind. Für mich hat es längst aufgehört, unerklärlich oder auch nur auffallend zu sein, wie Stoffe, die von der Luft überhaupt noch getragen werden können, aus dem Boden in die Luft und in die Häuser kommen. Warum sich in den Häusern die Emanationen des Bodens viel mehr ansammeln, als im Freien, hat gleichfalls wieder einen höchst einfachen Grund; denn der Luftwechsel und damit auch die Verdünnung der Emanationen ist in den Häusern auch bei guter Ventilation noch um das Hunderttausendfache geringer, als im Freien. Da die Imprägnirung des Bodens mit organischen Stoffen von oben nach unten erfolgt, so wird das Grundwasser, je höher es steigt, um so imprägnirtere Schichten treffen, die es bei seinem Zurücksinken dann dem Verkehr mit der Atmosphäre übergiebt.

VI.

Ehe ich den theoretischen Theil der Verbreitungsart der Cholera schliesse, muss ich noch auf einen Punkt aufmerksam machen, welcher einstweilen noch ganz der Hypothese angehört. In welcher näheren Beziehung der stoffliche Theil, welchen der Verkehr und der stoffliche Theil, welchen der Boden zum Zustandekommen einer Epidemie liefern, unter einander stehen, vermögen wir allerdings vorläufig nicht zu sagen, ja kaum zu vermuthen, da wir beide Dinge nur aus ihren Wirkungen erschliessen, aber weder das eine, noch das andere je im isolirten Zustande gesehen und beobachtet haben. Die Nothwendigkeit der Gegenwart Beider ist vorläufig eine Thatsache, die wir nicht weiter erklären können.

Es giebt Leute von so gründlicher Gelehrsamkeit, dass es oft nichts weiter braucht, um eine Thatsache nicht anzuerkennen, als sie vom Katheder-Standpunkte aus nicht erklären zu können. Sie hüten ängstlich das Gebiet des Wissens in seiner ganzen Ausdehnung und lassen nichts über die Grenze, was ihren Collegienheften gefährlich werden könnte, und haben schon oft dazu beigetragen, dass sich der Fortschritt im Wissen nicht überstürzt hat. Die Kritik sei immerhin vorsichtig und strenge, ehe eine Thatsache in die Wissenschaft aufgenommen wird; wer aber gar zu lange widerstrebt, etwas neues gelten zu lassen, der schadet nicht sich selbst, woran nichts gelegen wäre, sondern der Wissenschaft, wenn er ein Mann von Einfluss ist; denn nichts erweitert unsere Erkenntniss sicherer und schneller, als wenn wir so glücklich sind zu finden, dass der Gegenstand unseres Forschens mit etwas zusammenhängt, was man bisher wenig oder gar nicht in den Kreis der Untersuchungen hineingezogen hat, oder worüber noch nie docirt worden ist. Solche Thatsachen geben sofort einen neuen höheren Standpunkt, von dem aus unser Gesichtskreis sich wieder wesentlich erweitert. Auf diesem neuen Standpunkte stehend, lernen wir dann allmählig auch die Thatsache erklären, welche ihn begründet hat, das ist, wir lernen ihren Zusammenhang mit noch anderen Thatsachen kennen, und vervollständigen dadurch die Theorie, d. i. die Erkenntniss des Zusammenhangs der Erscheinungen. Um diesen Zusammenhang zu finden, bedarf man ebenso wie zur Auffindung neuer Thatsachen der Fantasie, welche sich in diesem Falle als Hypothese darstellt, und dem vollen Erkennen der Wahrheit, wie der Wille dem Werk, stets vorangeht. Eine gute Hypothese ist so viel werth — nicht mehr und nicht weniger — als der gute Wille, der schon vorhanden sein muss, ehe das Werk nur begonnen wird. Wenn's bloss beim guten Willen bleibt, dann geschieht allerdings damit Nichts, aber es geschieht auch nichts ohne guten Willen.

Um nun den näheren Zusammenhang zwischen Verkehr und Boden bei der Cholera zu finden, kann man zweierlei Hypothesen aufstellen. Man kann erstens für möglich und wahrscheinlich halten, dass der Infektionskeim, welcher in den Choleradiarrhöen anzunehmen ist, eines gewissen Bodens zu seiner Entwicklung, Fortpflanzung und Vermehrung bedarf. Hienach würde der Cholerakeim in seiner wirksamen Form erst durch einen Process im Boden zu uns gelangen und seine Wirkung äussern können. Diese Deutung des thatsächlichen beiderseitigen Einflusses von Verkehr und Bodenbeschaffenheit ist nahe liegend und einfach. Es ist aber, ohne an den bisher constatirten Thatsachen das Mindeste zu verletzen, auch die Annahme möglich, dass das Stoffliche des Bodens mit dem Stofflichen des Verkehrs erst innerhalb unseres Organismus in Wechselwirkung tritt, und erst da den Process eingeht, dessen Ende die Choleraerkrankung ist. Die erste Hypothese verlegt den Schauplatz der Wechselwirkung zwischen Verkehr und Boden ausserhalb, die zweite innerhalb unseres Körpers; die erste lässt die unmittelbare Ursache zur Erkrankung im Boden entstehen, ähnlich wie die Ursache des Wechselfiebers, wenn dazu der Verkehr den Samen liefern würde, die zweite lässt sie unter dem Einflusse des Stofflichen, welches der Verkehr und der Boden wohl gleichzeitig, aber unabhängig von einander in den Körper liefern, erst in jedem Einzelnen entstehen. Mir sind vorläufig noch keine Thatsachen bekannt geworden, welche die eine oder andere Hypothese als unzulässig erscheinen liessen. Bei Abfassung des bayerischen Cholera-Hauptberichtes brachte ich bereits beide zur Diskussion; man glaubte damals der ersten im Ganzen die grössere Wahrscheinlichkeit zusprechen zu können. Ich möchte die Epidemiologen hiemit aufmerksam gemacht haben, das künftige Material von diesen beiden Gesichtspunkten aus näher zu betrachten. Für die Praxis ist es nicht ganz gleichgiltig, von welcher Hypothese sie sich leiten lässt. Sollte die zweite thatsächlich begründet werden können, so wäre die Aufgabe der Hygiene leichter und könnte um das erfolgreicher gelöst werden, als wenn man gezwungen ist, sich an die erste zu halten. Nach meinem individuellen Gefühl, für meine Person empfinde ich eine grössere Vorliebe für die zweite. Uebrigens kann da nur weitere sorgfältige Beobachtung und gewissenhafte Schätzung der Thatsachen entscheiden.

Ich kenne bis jetzt eine einzige gehörig constatirte Thatsache, welche leichter im Sinne der zweiten, als der ersten Hypothese gedeutet wird, und das ist der Einfluss des unreinen Trinkwassers in London. Snow hat hierüber mehrere Thatsachen zusammengestellt, besonders wichtig aber ist die Mittheilung von J. Simon, dass 1854 von den Bewohnern der Häuser, welche mit filtrirtem Themsewasser von der Vauxhall Company versorgt waren, 13 pro mille an der Cholera starben, während von den Bewohnern anderer, sonst aber unter ganz gleichen Umständen befindlichen Häusern, welche ebenfalls mit filtrirtem Themsewasser, aber von der Lambeth Company versorgt waren, nur $3^3/_4$ pro mille starben. Die Vauxhall Company schöpfte damals ihr Wasser noch an einer Stelle des Flusses, wo er bereits einen grossen Theil der Kloaken der Stadt aufgenommen hatte, während die Lambeth Company einige Jahre früher ihre Bezugsquellen weiter aufwärts nach einer Stelle des Flusses verlegt hatte, wo noch keine Kloaken einmündeten. Im Jahre 1848, wo die Lambeth Company noch die gleiche Bezugsquelle wie Vauxhall hatte, hatten die beiden Häusergruppen, die gleichheitlich zusammen mehr als 100,000 Einwohner umfassen, auch die gleiche Cholera-Mortalität, nahezu 14 pro mille. Gewiss eine schwere und grossartige Thatsache!

Nach der zweiten Hypothese hätte hier das unreine Wasser den Stoff enthalten, welchen unter andern Umständen der persönliche Verkehr liefert, und das Stoffliche aus dem Boden wäre in den Häusern bereits vorhanden gewesen. Da aber das zugeführte Wasser nicht bloss getrunken, sondern auch zu den anderen Haushaltungszwecken verwendet wurde und dadurch reichlich mit dem Boden in Berührung kam, so ist der Vorgang auch noch ganz ungezwungen nach der ersten Hypothese zu erklären. Immerhin hat das unreine Wasser keine andere Rolle gespielt, als dass es Theile der Ausleerungen von Cholera-Diarrhöe-Kranken als Keim in die Häuser auf diesem Umwege geliefert hat. Das Resultat wäre das Nämliche gewesen, wenn die eine Gruppe von Häusern mehr oder häufiger von inficirten Personen besucht worden wäre, als die andere. Das Wasser als einen allgemeinen Verbreitungsweg zu betrachten, was Snow eigentlich beabsichtigte, widerspricht den Thatsachen, welche an andern Orten und in andern Epidemien gesammelt worden sind. In München wurde der Verlauf der Epidemie ebenso genau, wie in London auf den Einfluss verschiedenen Trinkwassers, aber mit völlig negativem Resultate untersucht. Beweisend zu Gunsten der zweiten Hypothese würde der Fall von London erst sein, wenn dargethan werden könnte, dass das Vauxhall Wasser blos getrunken wurde, und mit dem Boden in keinerlei Berührung kam.

VII.

Um die Summe der wesentlichsten Momente zur Entstehung der Cholera ganz zu machen, müssen wir auch noch die Disposition der Individuen in Rechnung nehmen. Zur Zeit einer heftigen Ortsepidemie spürt fast Jedermann etwas vom epidemischen Einflusse in seinem Körper, aber nicht der zehnte Theil bekommt die ausgebildete Cholera. Der grössere oder geringere Widerstand, welchen das Individuum der epidemischen Ursache entgegenzusetzen vermag, lässt den Ausbruch der Krankheit entweder erfolgen oder nicht. Im Allgemeinen sagt man deshalb mit vollem Rechte, Alles was unsere normalen physiologischen Zustände stört, disponire zur Cholera. Im Einzelnen gehört die Dispositionsfrage vom wissenschaftlichen Standpunkte aus beurtheilt vorläufig noch zu den dunkelsten Kapiteln der Choleragenese. Wir wissen zwar, dass gewisse Altersklassen, dass Personen, welche durch Krankheit, Mangel oder Armuth heruntergekommen sind, oder welche in einem Uebermaass von Speisen und Getränken schwelgen, leichter erkranken als Andere, dass ein einmaliges Ueberstehen der Krankheit fast mit absoluter Sicherheit gegen ein zweites Befallenwerden schützt; aber warum unter 100 kleinen Kindern oder Greisen, warum unter 100 Proletariern oder Schlemmern nur gerade 10 bis 12 Individuen erkranken und die übrigen nicht? was das Einheitliche in diesem Vielfachen ist? darüber fehlen uns vorläufig noch die Anhaltspunkte, um Folgerungen daran zu knüpfen, denen die Thatsachen nicht jeden Augenblick und bei jedem Schritt widersprechen. Das Räthsel wird sich zwar mit der Zeit sehr einfach lösen, aber bis dies geschieht, muss die Biologie noch grosse Fortschritte nach vielen Seiten hin machen. Für das Studium dieser Fragen wäre es von grösster Wichtigkeit, Thiere zu finden, welche unter ähnlichen Umständen, wie die Menschen, an Cholera erkranken, denn in vielen Dingen wird nur das Experiment entscheiden können.

VIII.

Bevor wir weiter gehen, will ich die wesentlichsten Punkte, die ich für Voraussetzungen zu einer Choleraepidemie halte summarisch zusammenstellen, um sie dann der Reihe nach vom hygienisch-praktischen Standpunkte aus zu besprechen. Zur Entwicklung einer Choleraepidemie gehört also

1) eine von Menschen bewohnte Bodenschichte, welche für Wasser und Luft bis zu einer gewissen Tiefe (bis zur Tiefe des Grundwassers) durchgängig ist;
2) eine zeitweise grössere Schwankung im Feuchtigkeitsgehalte dieser Schichte, welche sich im Alluvialboden am einfachsten und zuverlässigsten in dem wechselnden Stande des Grundwassers ausspricht, wobei namentlich die Zeit des Zurücksinkens von einer ungewöhnlichen Höhe die Zeit der Gefahr bezeichnet;
3) die Gegenwart von organischen, namentlich von Excrementen stammenden Stoffen, die sich in der empfänglichen Bodenschichte verbreitet haben;
4) der durch den menschlichen Verkehr verbreitbare specifische Keim, die specifische Cholera-Ursache, deren hauptsächlichster Träger die Darmexcremente von Choleradiarrhöe-Kranken und möglicher Weise auch von Gesunden sind, welche aus von Cholera inficirten Orten kommen;
5) eine Disposition der Individuen, an Cholera zu erkranken.

Am ersten Punkt, an der Bodenbeschaffenheit vermag menschliche Kraft wenig Hebel anzusetzen; wir können den porösen Boden einer Gegend nicht in eine zusammenhängende Felsenplatte verwandeln. Unsere Thätigkeit kann sich aber doch in Fällen, wo eine Wahl gestattet ist, nach der Theorie richten. Jedenfalls kann man die Oberfläche des Bodens in der nächsten Umgebung unserer Wohnungen durch Herstellung eines passenden Gefälles theilweise vor den Nachtheilen schützen, welche so regelmässig mit der Lage in einer Mulde, oder unmittelbar am Fusse von Abhängen und Steilrändern verbunden sind, wie Creutzer und Süss so überzeugend für Wien und ich für eine Reihe von Oertlichkeiten in Bayern nachgewiesen haben.

Gegen die zweite Bedingung, gegen das Grundwasser, vermögen wir ebensowenig auszurichten, da es theils von den grossen atmosphärischen Verhältnissen abhängt, die menschlicher Einwirkung gänzlich entzogen sind, theils von Terrainverhältnissen, die gleichfalls so mächtig sind, dass die Kraft des Menschengeschlechtes dagegen verschwindend klein erscheint. Bezüglich der beiden ersten Bedingungen bleibt uns nichts übrig, als sie, wo wir können, zu meiden oder uns denselben durch örtliche Entfernung zu entziehen. Die Cholerafiucht und die Cholerafiüchtlinge haben in der Geschichte dieser Weltseuche von jeher eine grosse Rolle gespielt; sie haben stets sehr viel zur Verbreitung der Krankheit beigetragen und sind ihr doch theils auf der Flucht, theils bei der Rückkehr zahlreich erlegen. Was die Nachtheile anlangt, welche die Cholerafiüchtlinge für's Allgemeine durch Verbreitung der Krankheit bringen, gehört ihre Besprechung unter den Punkt 4; was aber die Vortheile betrifft, welche der Einzelne aus der Flucht ziehen kann, so sind diese nur dann wirklich vorhanden, wenn die Flucht nach unempfänglichen Orten gerichtet ist und wenn die Rückkehr erst nach Ablauf der Epidemie erfolgt, welcher Zeitpunkt nicht immer genau mit der officiellen Erklärung zusammenfällt, dass die Epidemie erloschen sei. So lange man die Boden- und Grundwasser-Verhältnisse der einzelnen Orte nicht genauer kennt, als bis jetzt, wird es wohl ganz dem Ermessen jedes Einzelnen und seines ärztlichen Rathgebers überlassen werden müssen, wohin man fliehen soll; wenn aber eine spätere Zeit einmal die nöthige Aufklärung besitzen wird, dann könnte es geradezu Sache der Sanitätspolizei werden, gewisse Orte und Gegenden zu erlauben und zu verbieten, d. h. die Cholerafiucht zu organisiren. Die Hygiene kann übrigens bereits jetzt aus einem richtigen Verständniss und einer genauen Untersuchung der Bodenverhältnisse in vorkommenden Fällen grosse Vertheile ziehen. Welche Bedeutung hat die Wahl der Lagerplätze für Truppen im Felde! Welch grossen Werth kann es für eine Armee haben, zu wissen, dass auf einem bestimmten Gebiet, zu einer bestimmten Zeit keine Choleraepidemie zu fürchten ist, — oder wenn die Cholera in der Nähe ist, zu wissen, dass es lokale Verhältnisse giebt, welche grössere und geringere Sicherheit dagegen gewähren! Es ist wahr, dass strategische Rücksichten die Wahl des Platzes oft bestimmen, und dass hier die Gefährdung von Menschenleben so wenig maassgebend sein kann, als beim Kriegführen überhaupt; aber ebensowenig wird man bestreiten können, dass man nur dann eine Wahl trifft, wenn man überhaupt weiss, dass eine zu treffen ist. Hätte Lord Hastings im Jahre 1817 schon gewusst, dass die beiden Ufer eines Flusses so ungleich empfänglich für Cholera sein könnten, so hätte er früher gethan, was er einige Wochen später doch gethan, er hätte sein Lager gleich auf dem andern Ufer aufgeschlagen und hätte dadurch die schauderhafteste Epidemie vermieden, die je ein Lager heimgesucht hat. Man kann die Beschreibung, welche Jameson von der Heimsuchung der grossen Armee Hastings mit Thucydides Griffel niedergeschrieben hat, nicht lesen, ohne bis in's Mark erschüttert zu werden.

Dieselben Einflüsse des Bodens wie in Indien haben die Engländer auch in der Krim, bei der Belagerung von Sebastopol an einigen sehr lehrreichen Beispielen constatirt. In dem Berichte, den Sutherland, Gavin und Robert Rawlinson an den englischen Kriegsminister erstattet (S. 109), wird der Lagerplatz des 79. Hochländer-Regiments besprochen: „Ein Theil dieses Regimentes hatte eine Reihe hölzerner Hütten und Zelte am Abhange unmittelbar unter der steilen Abdachung der Marine-Höhen inne, etwa 550 Fuss über dem Meere. Der Boden war ein poröser, sandiger Lehm mit einer beträchtlichen Wasserscheide über sich. Bei Bearbeitung desselben hatte man die Grundflächen für die Hütten aus dem Abhange ausgegraben, und die Erde an den Seiten derselben aufgehäuft. Der übrige Theil des 79. Regimentes wurde aus besonderen militärischen Gründen noch 100 Fuss tiefer gelagert, wo der Boden noch lockerer und feuchter war. Das Terrain fiel steil nach diesem Theile des Lagers ab und in Folge der Configuration der Oberfläche musste sich das Tagwasser von den Marine-Höhen nach der Vertiefung ziehen, in welcher eine Anzahl Hütten für die Mannschaft errichtet war, welche unmittelbar mit der Vertheidigung der Werke zu thun hatte, welche von hier bis vor die Thore sich erstreckten. Einige wenige Hütten wurden oberhalb dieser Vertiefung aufgeschlagen und diese hatten dadurch einen sehr guten natürlichen Abzug für Wasser. Cholera und remittirende Fieber suchten dieses Regiment stark heim. Am interessantesten aber ist die Geschichte dieser Hütten, nachdem das 79. Regiment dieselben verlassen hatte. Am 25. Mai 1855 wurden sie vom 31. Regiment bezogen, welches kurz zuvor in Balaklava angekommen war. Die Stärke des Regiments nach der Landung war 873 Mann. Am 1. Juni ereignete sich ein Cholerafall im Regimente. Da es die Hütten nur für einen vorübergehenden Zweck bezogen hatte, verliess es dieselben am 16. Juni wieder. Zwischen dem 1. und 16. Juni hatte es 34 Todesfälle an Cholera und eine grosse Anzahl von Diarrhöen. Die am meisten ergriffene Compagnie hatte die schlechten Hütten in der Vertiefung inne. Das Regiment rückte an die Fronte und dort ereigneten sich noch 17 Todesfälle nach seiner Ankunft. Diese nämlichen Hütten wurden in der ersten Hälfte des September wiederholt von einer 500 Mann starken Abtheilung Artillerie bezogen, welche am 8. in Balaklava ausgeschifft sofort nach den Marine-Höhen marschirt war. Drei Compagnien davon wurden in den Hütten des 79. Regimentes untergebracht und die vierte wurde auf trockenem, freiem Grunde ausserhalb der Linie gelagert. Am 7. Oktober erschien die Cholera unter der Mannschaft, welche die Hütten auf dem feuchten Grunde inne hatte und ereignete sich ein Todesfall. Diesem folgten sechs andere Choleratodesfälle und die Diarrhöe herrschte stark unter der Mannschaft. Da man auf diese Weise fand, dass die Cholera keine Neigung zeige, diese Hütten zu verlassen, so wurden sie abgebrochen und in einer höheren Lage wieder aufgeschlagen. Sie wurden von derselben Mannschaft in dieser neuen Lage wieder bezogen; es ereignete sich noch 1 Cholerafall, worauf die Krankheit ganz aufhörte. Die vierte Compagnie, welche ausserhalb der Linie in einer geringen Entfernung von den inficirten Hütten gelagert war, blieb ganz frei von der Krankheit."

Schlagender kann nichts sein, als dieser Fall, der den Werth eines exakten Experimentes hat. Dreimal werden diese Hütten bezogen und dreimal bricht unter der zuvor gesunden Mannschaft die Cholera aus; das drittemal wurden sie, wie zum Versuche, nur mit 3 Viertheilen einer gesund, namentlich cholerarein eben ausgeschifften Mannschaft belegt, während ein Viertheil wohl in der Nähe, aber nicht in einer so tiefen feuchten Mulde mit Grundwasser gelagert wurde. Bis zu ihrer Ankunft auf den Marien-Höhen hatten die 4 Compagnien unter ganz gleichen Einflüssen gelebt; der Situation der Lagerplätze entsprechend werden 3 Compagnien von der

Cholera ergriffen, wenn auch nicht mehr so heftig, wie das 79. und 31. Regiment, und wie es vielleicht vier Wochen früher geschehen wäre, die vierte aber bleibt ganz frei. Die Hütten werden nun abgebrochen, und ohne sie besonders zu reinigen oder zu desinficiren, auf besserem Boden aufgeschlagen, wieder bezogen, und die Krankheit erscheint in diesen Hütten auf ihrem neuen Platze nicht wieder. All diese Menschenleben hätte man ersparen können, wenn man den Boden untersucht und verstanden hätte; man hätte dann den Platz gleich von vorn herein vermieden.

Das Nämliche sagen die traurigen Erfahrungen, welche gemacht worden sind, wenn während einer Epidemie Häuser, welche durch den Tod von den vorhergehenden Bewohnern geräumt worden waren, wieder bezogen wurden. (C. Schmidt in Dorpat.) Diese Fälle berechtigen ohne Zweifel zu gewissen polizeilichen Maassnahmen. Wenn man weiss, dass gewisse Quartiere besonders stark mitgenommen werden, so kann man eine Dislokation der Einwohner vornehmen, vorausgesetzt, dass man besser situirte Wohnungen schon in Bereitschaft hat, in denen sie bis zum vollen Ablauf der Epidemie verbleiben können. In den meisten Fällen wird eine Dislocation sehr grosse Schwierigkeiten und nur scheinbare Vortheile haben. Wenn man wirklich bessere und ausreichende Unterkunft in anderen Wohnungen schaffen kann, so ist kein Grund vorhanden, die alten, schlechten nicht für immer zu verlassen. Quartiere, wie z. B. die Grube in Haidhausen bei München, werden am zweckmässigsten ganz abgebrochen.

Der Verlauf der Cholera unter den Eisenbahnarbeitern am Sömmering 1849 ist auch so ein Fall, aus dem die Hygiene Belehrung schöpfen kann, wie künftig solches Elend zu vermeiden, oder doch zu lindern ist. Ich habe diese Epidemie bei Gelegenheit meiner Reise nach Krain und nach dem Karst im Herbste 1860 an Ort und Stelle nachträglich verfolgt. Ich will aus meinem damals erstatteten Berichte, der ausserhalb Bayern geringe Verbreitung gefunden hat, einiges wiederholen. Auf der Strecke zwischen Kartner Kogel und Wolfsberg, wo sich oft in ziemlich langen Strecken, wie vor Sebastopol, alle Kennzeichen eines für Cholera empfänglichen Terrains finden, arbeiteten und lagerten damals viele

Arbeiter und Arbeiterinnen. Sie wohnten in Baraken, die grösstentheils von den Eisenbahnarbeitern selbst in einer höchst einfachen Weise errichtet waren. Um an den Abhängen, die für die einzelne Barake nöthige Fläche zu gewinnen, wurde das Erdreich so weit als nöthig ausgehoben, vier Pfähle eingeschlagen, mit einigen Brettern die Seiten und das Dach gebildet, die dann theils mit Erde, theils mit Rasen bedeckt wurden. So stand eine grosse Anzahl solcher Hütten, in verschiedenen Grössen, neben und über einander. Der Eingang in die Hütte war stets thalwärts gerichtet. Bergwärts zwischen Barake und Anhöhe verrichteten die Bewohner ihre Nothdurft — die beste Methode, um von der höher gelegenen Unrathstätte das poröse Erdreich der Hütte gehörig mit Verwesungsstoffen bis zur vollen Sättigung zu tränken! Dass die Bewohner dieser primitiven Quartiere wirklich Dünger für Jahrzehnte hinterlassen haben, beurkundet noch gegenwärtig die viel üppigere Vegetation im Umkreise jeder einzelnen Stelle, auf der eine Barake gestanden. Ganz ähnlich fand ich die Verhältnisse auf dem Wolfsberge, wo ein Hauptsitz der Epidemie war. Dort stand eine grosse Restauration, das Spital u. s. w. auf tief gelegenem lehmigen Grunde, ebenso die meisten Baraken, manche wie in Löchern. Die Restauration und das Spital müssen arge, allgemeine Infektionsheerde gewesen sein. Diese armen unwissenden Leute suchten für ihre Lagerstätten mit unglücklicher Vorliebe natürlich überall den porösen Grund, der leicht zu bearbeiten war und die Nähe des Wassers auf. Ihre Excremente legten sie ebenso natürlich nie vor den Eingang der Hütte, wo der Unrath davon weggeflossen wäre, sondern stets auf die höher gelegene Rückseite, wo jeder Regen für eine gehörige Durchtränkung ihrer Lagerstätten mit allen löslichen Unrathsstoffen sorgte. Einige Baraken standen allerdings auch auf festem Felsen und hatten doch Kranke und Todte, was aber hier von keiner Bedeutung sein konnte, da die Anzahl poröser, erdiger und feuchter Stellen zu gross, und der Verkehr der Arbeiter unter sich und in den gemeinschaftlichen Wirthsbuden zu lebhaft und wechselnd war, um nach mehr als 10 Jahren noch eine Untersuchung über den Zusammenhang der einzelnen Infektionen anstellen zu können.

Wird es unsere öffentliche Gesundheitspflege wohl auch ferner dem Zufalle und der Unwissenheit armer Eisenbahnarbeiter oder der Theilnahmslosigkeit gewinnsüchtiger Unternehmer überlassen, wo und wie man solche Baraken baut? Unsere Polizei ist mit gerichtlicher Verfolgung dahinterher, wenn ein armer Wicht unbefugter Weise eine Salbe verkauft, welche Niemandem nützt und schadet, bloss aus Princip, um der Pfuscherei entgegen zu treten. Soll sie sich nicht auch noch etwas anstrengen, um der Entwicklung und Verbreitung eines Giftes in den Weg zu treten, an welchem Tausende hinsterben? Zur Lösung solcher Aufgaben reichen allerdings bloss klinische Untersuchungen am Krankenbette nicht aus, und die Hygiene, deren Aufgabe es wäre, fristet in ganz Deutschland nur ein kümmerliches Dasein. Es ist sowohl im Interesse des Allgemeinen, als auch im besonderen Interesse des Ansehens der Medicin zu wünschen, dass die Pflege und Entwicklung der Hygiene in Zukunft für wichtiger angesehen werden möchte, als bisher und dass Vorschläge, ihren Zustand zu bessern, nicht mehr als unreife Ideen bei Seite gelegt werden.

IX.

Der dritte Punkt, die Imprägnirung der porösen Bodenschichte mit organischen, namentlich mit excrementitiellen Stoffen, erfüllt sich leider überall von selbst, wo Menschen wohnen. Wir besitzen grosse Reihen von Beobachtungen, die auf das Klarste nachweisen, dass die Intensität der Cholera mit der Imprägnirung des Bodens mit solchen Stoffen zunimmt, und namentlich enthalten englische Berichte die zahlreichsten Belege für den Einfluss schadhafter Gruben und Abzugsröhren. Die während der Epidemie 1854 in Bayern gemachten Beobachtungen sprechen das nämliche aus; ich glaube sie als bekannt voraussetzen zu dürfen, und vom Nachweise im Einzelnen hier Umgang nehmen zu können. Um aber diese Schädlichkeit nach ihrem wahren Werthe beurtheilen zu können, darf man nie vergessen, dass ein mangelhafter Zustand der Aborte und der Kanalisirung, überhaupt Unreinlichkeit für sich keine lokale Disposition für Cholera noch geben, sondern nur im Zusammenhang mit der Bodenbeschaffenheit. Man darf also nicht so argumentiren, wie es leider nur zu häufig von gedankenlosen Leuten geschieht, dass z. B. eine schlechte Einrichtung der Aborte in Würzburg dieselben üblen Folgen haben müsste, die sie in München hat. Wo die imprägnirbare Bodenschichte mit Grundwasser fehlt, da liegt bei der grössten Unreinlichkeit der gleiche Fall vor, als wenn man eine nicht imprägnirte Schichte von absoluter Reinheit vor sich hat. Nicht der Inhalt der Kloaken, die concentrirten Auswurfsstoffe sind der empfängliche Boden, sondern diese machen den umliegenden Boden erst empfänglich, wenn sie sich in ihm verbreiten und fein vertheilen können, ähnlich wie ich schon oben das Gleichniss gebrauchte, dass auch das Getreide nicht im puren Kothe wächst.

In diesem Punkte verräth die Praxis im Allgemeinen noch wenig Verständniss. Wenn die Cholera in einem Orte ausgebrochen ist, oder auszubrechen droht, untersucht man die Gruben und Kanäle und bessert sie aus, während man sie bis dahin sich selbst überlässt. Wenn man auch annimmt, dass dann die Mängel gehörig erkannt und beseitigt werden, so wird damit nicht zugleich auch der üble Einfluss, der Jahre lang gedauert und mit jedem Jahre um etwas grösser geworden ist, die stattgehabte Imprägnirung beseitigt. Ich halte es nicht für zweifelhaft, sondern aus der Natur der Sache geradezu für unwahrscheinlich, dass damit für den Augenblick auch nur das geringste erzielt werden könnte. Die Imprägnirung ist vorhanden, und es dürfte eine geraume Zeit, selbst viele Jahre vergehen, bis die organischen Substanzen im Boden so verändert und verzehrt werden, dass der Cholerakeim keine Entwicklung mehr findet, wenn die sonstigen Bedingungen gegeben sind. Wenn man jetzt in München und Wien die Kanalisirung inspicirt und dicht macht und Uebelständen abhilft, so ist das recht gut, weil das etwas ist, was immer geschehen sollte, aber einen Vortheil davon, wenn nächstens die Epidemie diese Städte heimsuchen würde, möchte ich mir nicht im geringsten versprechen. Ich und Andere haben auf diesen Umstand rechtzeitig aufmerksam gemacht, man scheint ihn aber erst jetzt in Erwägung ziehen zu wollen. Für eben so unnütz halte ich das Räumen von Düngerstätten, Schmutzhöfen u. s. w. während der Dauer einer Epidemie, auch das sind Maassregeln post festum.

Die Unrathgruben und Abzugskanäle einer Stadt wasserdicht

herzustellen, ist eine Aufgabe, die nie ganz zu lösen sein wird, selbst bei der grössten Sorgfalt, viel weniger bei der oberflächlichen Art und Weise, wie man gegenwärtig die Sache gewöhnlich behandelt. Wenn man einen Kanal einen Ziegelstein stark mit Cement gemauert und zum Ueberfluss vielleicht auch noch etwas damit verputzt hat, so sagt man, das Mauerwerk ist wasserdicht, ohne sich durch eine Probe des Näheren zu überzeugen. Würde man wirklich eine Prüfung vornehmen, so würde man höchst gegentheilige Erfahrungen machen und einsehen lernen, dass man eigentlich nur sagen kann, mit Cement gemauerte Kanäle sind weniger undicht, als mit gewöhnlichem Kalkmörtel. Desswegen dürfen wir uns aber doch nicht hindern lassen, zu thun was besser ist, wenn es auch noch nicht das Beste ist, wir brauchen uns deshalb nicht vorzulügen, dass wir das Beste schon erreicht hätten. Ich habe die Ueberzeugung, dass ein völliges Verhindern der Imprägnirung bei einer gewissen Bodenbeschaffenheit nie gelingen wird. Verschiedener Boden erheischt eine verschieden grosse Sorgfalt; ein Kanal in sehr porösem Erdreich muss sorgfältiger gearbeitet sein, als wenn er in eine schon an sich dichte Mergelschichte eingebettet wird. Wir können deshalb den Erfolg ein und derselben Arbeit an verschiedenen Orten, z. B. der Kanalisirung von London, Wien und München nicht ohne Rücksicht auf den Boden mit einander vergleichen. Unter allen Umständen soll man sichs zum Gesetze machen, die Umgebung des Hauses möglichst wenig zu einer Versitzstelle für unreine Flüssigkeiten, weder auf der Oberfläche des Bodens, noch unter derselben zu machen.

X.

Wir kommen nun zum vierten Punkt, zur specifischen Ursache der Cholera, so weit sie durch den menschlichen Verkehr verbreitet wird. Ohne Verkehr keine Verbreitung der Cholera. Der Verkehr ist eine menschliche Einrichtung, und da sollte man denken, dass die Verbreitung am Leichtesten durch eine geeignete Beschränkung oder momentane Unterdrückung des Verkehrs gehindert werden könnte. Wer glaubt, dass die Imprägnirung des Bodens, oder die Schwankungen des Grundwassers schwieriger zu beherrschen wären, als der Verkehr im Grossen und Kleinen, weil das eine die Natur, das andere der Mensch veranlasst, der vergisst, in seine Rechnung die Natur des Menschen einzusetzen, die trotz ihres Selbstbewusstseins nicht minder ihre unbeugsamen Seiten hat, gleich der nicht bewussten Natur, zu welcher Bodenbeschaffenheit und Grundwasser gehören. Der Verkehr ist ein Erzeugniss der Menschennatur und zwar eines ihrer bedeutendsten. Um es zu erzielen, macht der Mensch fortwährend die grössten und gefahrvollsten Anstrengungen; um das errungene Gut zu schützen, würde er die blutigsten Kriege nicht scheuen, wenn sie auch mehr Menschenleben kosten würden, als Cholera und Pest zusammen. Der Verlust von Menschenleben darf überhaupt nie als das grösste Uebel betrachtet werden. Es wäre der traurigste Zustand, in den die Menschheit gerathen könnte, wenn das Leben des Einzelnen, das doch vergänglich ist, je einmal als das höchste Gut, höher als das allgemeine Beste angesehen würde, wenn ein Staat keine Unterthanen mehr hätte, die ihr Leben einsetzen und hingeben, um seine Einrichtungen, seine Existenz zu sichern. Der freie Verkehr auf der Erde in den weitesten und engsten Kreisen ist ein so grosses allgemeines Gut, dass man ihm mit viel mehr Recht Menschenleben opfern kann, als manchen anderen menschlichen Zwecken, die schon oft zu wilden Kriegen und zur Verheerung ganzer Länder geführt haben. Die Cholera wird häufig mit einem Feinde verglichen, der an der Grenze eines Landes erscheint und den Verkehr zu einer lebensgefährlichen Sache macht. Fügen und unterwerfen sich die Bewohner, so dass sie von allem Verkehr abstehen und keiner sich mehr vom Flecke rührt, so schenkt ihnen der Feind wohl das Leben, der Tribut aber, den sie dafür zu bezahlen haben, ist so ernorm, dass er bald unerschwinglich wird. Fügen sie sich nicht, so fallen wohl manche, indem sie ihr Leben in diesem Kampfe verlieren, aber der Feind vermag das Land nicht zu schädigen und in Knechtschaft zu bringen. Die Opfer, welche im Kampfe mit Epidemien dem freien Verkehr der Völker fallen, verdienen unsere Theilnahme, wie der gepresste Matrose, der im Sturme und Schiffbruch, wie der conscribirte Soldat, der in der Schlacht zu Grunde geht. Männer und Weiber, Greise und Säuglinge, Arme und Reiche erwerben sich durch einen solchen Tod ein

Anrecht auf ein ehrendes, dankbares Gedächtniss der Ueberlebenden, zu deren Gunsten sie gestorben sind; sie sterben wie Soldaten auf einem Schlachtfelde und gleich diesen, die einen unter Furcht und Zittern, die andern mit kaltblütiger Ruhe, und wieder andere mit männlichem Muth und mit dem vollen Bewusstsein, für ein hohes Gut der Menschheit zu sterben, obschon sie wissen, dass sie Wittwen und Waisen hinterlassen.

Es ist bekannt, dass jedes Gleichniss hinkt; aber dieses von der Cholera und von den Soldaten passt jedenfalls besser auf die Kranken, als auf die Aerzte, welche es sonst auf sich allein bezogen haben und sich Cholerasoldaten heissen, während doch die Patienten den Tod erleiden.

Gleichwie aber der heiligste Zweck eines Krieges keine brutale Grausamkeit und keine überflüssige Härte rechtfertiget, so dürfen wir bei solchen Epidemien, wie die Cholera ist, doch nichts unterlassen, wodurch sie vermieden und gemildert werden könnten. Von diesem Standpunkte aus sind die Quarantänen und sonstigen Sicherheitsmaassregeln zu betrachten, deren Bestimmung ohnehin von jeher nicht eine Unterdrückung, ja nicht einmal eine Unterbrechung, sondern nur eine andere Regelung des Verkehrs zur Sicherung der Gesundheit gewesen ist. Der Erfolg solcher Maassregeln hängt natürlich ganz von der Kenntniss ab, die man von der Sache hat, um die es sich handelt; man muss wissen, und zwar bestimmt wissen, wogegen man seine Thätigkeit zu richten hat. Wenn man auch räuchert, bis man nicht mehr athmen kann und bis Alles braun wird; wenn man wäscht, dass Alles tropft; wenn man Kleider und Effekten vernichtet, dass man kaum so viel behält, um seine Blössen wieder zu bedecken und jede Bequemlichkeit entbehren muss; wenn man alle Reisenden aufhält, quält und 6 bis 7 Tage lang einsperrt, und dann bloss diejenigen weiter reisen lässt, die all das ausgehalten haben, ohne die Cholera zu bekommen, so ist noch nicht die geringste Garantie gegen Einschleppung der Cholera gegeben. So ging man bereits der Krankheit bei ihrem ersten Auftreten entgegen. Wenn wir gegen die Einschleppung der Cholera wieder so zu Felde ziehen, wie Anno 30, dann werden wir natürlich auch wieder die nämlichen Resultate wie damals, nämlich eine gänzliche Erfolglosigkeit aller Mühen und Kosten haben.

Sollen wir also die Sache lieber wieder sich selbst überlassen? Wenn wir zuletzt auch bekennen müssten, dass man in 30 Jahren nichts aufgefunden, dem Feinde anders zu begegnen, als das erste Mal; dass man keine Grundlage für eine praktische Maassregel gewonnen habe, so müsste man sich doch rechtfertigen und offen die Gründe darlegen, warum nichts geschehen kann. Ein gänzliches, passives Stillschweigen gegenüber so lauten und berechtigten Anfragen, die wie Hülferuf klingen, halte ich vom Standpunkte der Hygiene aus nicht für verantwortlich, wenn es auch diplomatisch wäre.

Setzen uns die Resultate der Forschung in den Stand, gegen den contagiösen Theil der Verbreitungsart der Cholera etwas anderes zu unternehmen, als früher schon geschehen ist? Diese Frage lässt sich entschieden mit Ja beantworten. Erstens können wir vieles von dem, was man 1830, als man die Krankheit noch für contagiös hielt, gethan hat, getrost unterlassen und dann können wir einiges thun, was man weder damals, als man die Cholera nicht mehr für contagiös hielt, noch damals, als man sie wieder neuerdings für contagiös erklärte, gethan hat. Wir wissen jetzt, — oder glauben wenigstens allgemein, dass der stoffliche Theil, durch welchen der Verkehr die Krankheit verbreitet, in den Darmentleerungen enthalten ist. Diesen muss daher die grösste Aufmerksamkeit gewidmet werden. Ohne im Mindesten einen Irrthum zu riskiren, kann man aus dieser Thatsache auch eine zweite folgern, nämlich dass der fragliche Stoff, obschon im isolirten Zustande uns völlig unbekannt, organischer Natur sein muss, und zwar entweder eine Zelle oder ein Ferment. Das Leben von Zellen und Fermenten kann zerstört werden, wenn man ihrer habhaft werden kann, ehe wir sie in unsern Organismus aufgenommen haben. Die Zerstörung muss aber eine vollständige und möglichst allgemeine sein, da bei der Fortpflanzung von Zellen und Fermenten nicht die Quantität, sondern die Qualität entscheidend ist.

In diesen wenigen Sätzen ist Alles enthalten, was geschehen kann und geschehen muss, um der Verbreitung der Cholera durch den Verkehr entgegen zu treten. In der Praxis wird es allerdings complicirt und schwierig sein, eine Methode zu finden, welche allen Anforderungen dieser Sätze entspricht. Ich unterfange mich nicht einen fertigen Plan zu einem so grossen, schwierigen Werke vorzulegen, ich überlasse es praktischeren Leuten und ihrem reiferen Urtheil, wie dieser Gedanke verwirklicht werden soll, aber verwirklicht muss er werden. Der Gedanke nichts zu thun, scheint mir erst dann gerechtfertigt, wenn man die Desinfektion gründlich, vielfach und vergeblich versucht hat; gegenwärtig haben wir noch kein Recht, sie für wirkungslos zu halten, es liegt ja nicht einmal ein einziger methodischer Versuch im Grossen vor. Ich will hier einiges besprechen, was ich als Material zur Lösung der Aufgabe betrachte.

Vor Allem muss man darüber im Klaren sein, was als Verbreiter des Keimes angesehen werden kann. Wesentlich sind es bekanntlich die Excremente der Personen, die aus inficirten Gegenden kommen. Mit Excrementen verunreinigte Wäsche und Effekten sind natürlich ebenso zu betrachten. Es frägt sich nun, ob nur die Excremente von solchen, welche an Symptomen der Krankheit leiden, oder auch von solchen, die frei von allen Symptomen sind. Wir haben keinen Grund, die letzteren frei zu sprechen, da wir so häufig sehen, dass die Cholera in einem Individuum plötzlich ausbricht, fern vom Orte der Infektion, ohne zuvor auch nur das mindeste Zeichen von der Krankheit gegeben zu haben.

Die nächste Frage richtet sich überhaupt auf die Zeitdauer der Wirkung einer Infektion. In jedem Falle muss man wissen, ein wie langes Incubationsstadium man zu beachten hat, wie lange die Desinfektion fortzusetzen ist, falls ein Fremder aus einer inficirten Gegend ins Haus kommt. Gewöhnlich dauert das Stadium von der Infektion bis zum Ausbruche der vollen Symptome der Krankheit allerdings nur wenige Tage, aber es sind Fälle constatirt, dass es auch mehrere Wochen gedauert hat. Als Maassstab für die durchschnittliche Dauer kann man gewiss mit vollem Rechte die durchschnittliche Dauer der einzelnen Hausepidemien annehmen, die sich nach den hierüber angestellten Untersuchungen von Delbrück in Halle und von mir in München und Augsburg zu beiläufig 15 Tagen ergibt. Mit 3 Wochen als Maximum für die einzelne Incubation wird man ausreichen. Es sind mir zwar selbst Fälle bekannt geworden, in denen sie noch länger gedauert zu haben scheint, aber diess sind merkwürdiger Weise lauter Fälle, die vereinzelt geblieben sind, und keine weiteren nach sich gezogen haben. Bei jeder folgenden oder erneuten Einschleppung hat man sich natürlich wie gegen die erste zu verhalten. Die Excremente sämmtlicher Hauseinwohner müssen desinficirt werden, und werden zu diesem Behufe wohl am besten sofort in Geschirre oder Aborte deponirt, welche das Desinfektionsmittel bereits enthalten.

Es frägt sich, welche Mittel uns zur Desinficirung, zur Zerstörung des Lebens solcher niedriger Zellenorganismen oder Fermente, wie sie hier in Betracht kommen, zu Gebote stehen? Die grösste Wirksamkeit bei geringstem Preise haben schweflige Säure und Eisenvitriol. Für flüssige und feste Objekte kann Eisenvitriollösung als ausreichend betrachtet werden, und wo man durch das Medium der Luft eine Wirkung ausüben will, benütze man schweflige Säure, die sich durch Verbrennen von Schwefel überall leicht erzeugen lässt. Die Anwendung des Chlorkalkes würde ich auf beschmutzte Wäsche u. s. w. beschränken, wo aber an Wasser gebundene schweflige Säure sicher dieselben Dienste leisten würde.

Selbst wirkliche Quarantänen oder Cordone können die methodische allgemeine Desinfektion nicht entbehren, wenn sie nicht bloss zum Scheine vorhanden sein sollen. Die bisherigen Quarantänen und Cordone werden nicht nur auf Schleichwegen so regelmässig umgangen, als jede Blokade und jede Zollschranke von Einzelnen gebrochen wird, sondern sie unterbrechen ohne allgemeine Desinfektion nicht einmal die Kette der Verbreitungsursachen der Krankheit, und bisher konnte derjenige, welcher eben in die Quarantäne eintrat, unschwer noch einen Einfluss, wenn auch nur mittelbar auf denjenigen ausüben, welcher die vorgeschriebene Zeit bereits ausgehalten hatte und sich zum Fortgehen rüstete. Wenn eine Quarantäneanstalt nicht zufällig auf einem für Cholera unempfänglichen Platze ist, so müssten die Wächter, welche den Verkehr gewaltsam niederhalten sollen, durch ein Wunder hieb- und schussfest gegen Cholera sein. Wenn sich aber eine Quarantäne gegen Ansteckung sichern kann, dann kann es auch jeder andere

Ort. Es ist selbst für den Fall, dass es nicht wahr sein sollte, — sehr bezeichnend, was kürzlich aus Odessa gemeldet wurde, dass eine Schildwache vor dem Quarantängebäude auf dem Posten von der Cholera ergriffen umfiel und bald darnach starb. So thäte es noth, gegen eine Quarantäne wieder eine Quarantäne, gegen einen Cordon wieder einen Cordon zu errichten, und für das allgemeine Wohl wird es gleichgiltig sein, ob sich zuletzt die Krankheit durch Reisende oder durch die Wächter, die wir dagegen aufgestellt haben, verbreitet.

Wenn eine Quarantäne-Anstalt auf einem für Cholera unempfänglichen Platze besteht, so kann es kommen, dass hier sich keine Spur von Ausbreitung der Krankheit zeigt, und man von da aus mit bestem Gewissen dem Verkehr nach einigen Tagen wieder freien Lauf lässt. Gelangt aber der in den Individuen noch nicht abgestorbene Keim hinaus auf einen empfänglichen Boden, so wird er dort sicher das Entstehen einer Epidemie veranlassen. Hätten wir z. B. im Jahre 1854 auch Alle, die zur Industrieaustellung nach München reisten, 14 Tage lang sämmtlich und ohne Ausnahme im oberen Theile des Würmthales von Pasing bis Planegg zurückhalten können, so würden die Bewohner der betreffenden Ortschaften allerdings keine Choleraepidemie erhalten haben, so wenig, als sie dieselbe damals von München aus erhielten; aber München hätte trotz dieser Quarantäne die Epidemie durch die Reisenden aus dem Würmthale zuverlässig doch erhalten.

Eine möglichst sorgfältige, allgemeine und fortgesetzte Desinfection scheint mir mit und auch ohne Quarantaine den meisten Erfolg zu versprechen. Sie soll namentlich dort mit unablässiger Sorgfalt in's Werk gesetzt werden, wo sich die Reisenden zunächst und zumeist einfinden, an allen Eisenbahn-Stationen, Posthöfen, in allen Gasthöfen, an sonstigen Plätzen und sonstigen Gebäuden, wo ein Zusammenfluss von Menschen statt hat, und zuletzt kann jedes Privathaus dieselbe Sorgfalt üben. Es ist wahr, man kann sich nicht jeder Landplage gänzlich erwehren. Wenn man auch noch so rührig ist und kein Opfer scheut, kann man nicht jeden einzelnen Maikäfer umbringen und nicht jedes Raupennest zerstören; aber die Plage wird doch viel grösser und nimmt einen weit grösseren Umfang an, wenn man nichts dagegen thut, als wenn man sich frisch wehrt. Da die Wissenschaft nun einmal dahin gelangt ist, den Keim zur Verbreitung der Cholera in den Excrementen annehmen zu müssen, so darf es ihr, wenn sie beim Publikum nicht sehr an Ansehen verlieren will, nicht gleichgiltig sein, ob etwas in diesem Sinne geschieht oder nicht. Man darf nicht säumen, aus den wissenschaftlichen Prämissen die praktische Consequenz zu ziehen. Erst wenn wir die Beweise in den Händen hätten, dass wir uns geirrt, dass die Excremente den Keim nicht enthalten, dürften wir von der Desinfektion derselben wieder Umgang nehmen. Einstweilen dürfen wir nicht davon ablassen, wenn auch die ersten Versuche nicht den gehegten Erwartungen entsprechen würden. Es liegt der Fehler sehr häufig nicht im Princip, sondern in der Methode. So lange wir nicht überzeugt sind, dass unser Princip falsch, müssen wir an der Methode verbessern.

Man stelle sich aber eine allgemeine Desinfektion ja nicht als etwas leichtes vor. Ich erschrecke vor der Aufgabe, wenn ich mir denke, ich sollte die allgemeine Desinfektion einer Stadt nur von der Grösse Münchens übernehmen. Es ist schon eine schwierige Aufgabe, nur das Material zu beschaffen. Denken wir uns eine Stadt von 150,000 Einwohnern, deren Excremente ein halbes Jahr lang desinficirt werden sollen. Man rechne auf den Kopf täglich nur 15 Gramm (etwas weniger als 1 Loth), so gibt das täglich 2250 Kilo oder 45 Zollzentner Eisenvitriol, was in 183 Tagen 8235 Zentner macht, die zu 5 fl. gerechnet 41,175 fl. kosten. Man nehme dazu noch die ganze Mühe und die Kosten der Organisation, der Ausführung und der Ueberwachung, und man wird sich einer grossen Aufgabe gegenüber sehen. Ich und der verstorbene Gerichtsarzt Dr. Hell haben ihre Süssigkeit bereits einmal in einer kleinen Probe gekostet, als ich 1854 in den sämmtlichen Wohnungen der Salinenarbeiter in Traunstein allgemeine Desinfektion anordnete. Schon damals dachte ich mir und habe es auch ausgesprochen, welche kolossale Aufgabe es wäre, dasselbe für eine ganze grosse Stadt in's Werk zu setzen. Dieser erste kleine Versuch in Traunstein hat anscheinend vollkommenen Erfolg gehabt, die Krankheit griff unter der Salinenbevölkerung nicht weiter um sich. Ich bin aber weit entfernt, diesen Erfolg lediglich auf Rechnung des eingeleiteten Verfahrens zu schreiben, denn ich bin durchaus nicht sicher, ob der Desinfektion nicht manche Stelle entgangen ist, welche den Keim hätte weiter verbreiten können. Die Epidemie brach in diesem Theile von Traunstein erst sehr spät aus, und zeigte sich ohnehin nur schwach durch ein paar Cholerafälle und nicht sehr zahlreiche Diarrhöen vertreten; es könnte sein, dass sie selbst ohne Desinfektion aufgehört hätte. Ich bescheide mich zu sagen, dass dieser erste, kleine Versuch wenigstens nicht gegen die Wirksamkeit der Desinfektion spricht.

Ich bin überhaupt weit entfernt zu glauben, dass wir die Cholera auf diesem Wege je ganz abzuhalten und aus der Welt zu tilgen, im Stande wären. Dem Gesundheitszustande im Grossen und Ganzen wird es sogar einen grösseren Vortheil bringen, wenn wir sie nicht ganz vertilgen, wenn wir ihr nicht jeden Stachel benehmen können; denn dann sind wir gezwungen, unser ganzes Heil nicht bloss in der Vernichtung des Keimes, den der Verkehr verbreitet, zu erblicken, sondern auch beständig auf den Keimboden der Cholera unsere Aufmerksamkeit zu richten, und diesen so unempfänglich als möglich zu machen. Wenn unsere Wohnungen einmal aufhören, ein Keimboden für Cholera zu sein, dann haben wir damit ohne Zweifel noch manch anderem Feinde des Menschengeschlechts, z. B. dem Ileotyphus und anderen Bodenkrankheiten, ihre Thüre verschlossen. Wenn wir in der Entwicklungsgeschichte der Erde, des organischen Lebens und des Menschengeschlechtes auf ihr einen Plan der Vorsehung erkennen, so vermögen wir das auch in der Geschichte der Cholera. Alles, was der Mensch einzeln bewältigen lernt, vermehrt auch seine Macht im Ganzen.

XI.

Ich habe zum Schlusse nur noch wenige Worte über den fünften Punkt, über die individuelle Disposition, zu sagen. Dieselbe ist Gegenstand so zahlreicher, ärztlicher Schriften, die theils in sehr gutem, theils in sehr schlechtem Style geschrieben sind, dass ich keine Lust habe, noch mehr Eulen nach Athen zu tragen. Das Publikum ist gewiss hinlänglich unterrichtet und gewarnt, dass es gefährlich ist, schmutziges Wasser zu trinken, sich den Magen zu verderben, sich zu erkälten, in grosse Gemüthsbewegungen zu gerathen, kurz, sich irgend einer denkbaren Unordnung oder eines Excesses schuldig zu machen. Sobald eine derartige Choleraschrift mehr in's Detail geht, richtet sie zwar keinen Schaden an, aber man darf sich auch keinen besonderen Nutzen davon versprechen. Die Farr'sche Formel für die Berechnung der Choleramortalität in London ist noch nie davon alterirt worden, nach welcher Anleitung die Bewohner der einzelnen Distrikte ihr Regime eingerichtet hatten. Namentlich was die Diät anlangt, sind specielle Vorschriften gar nicht zu geben; da muss jeder selbst aus Erfahrung besser wissen, als der Arzt, was er verträgt und was ihm gut thut. Die frühere Cholerakommission in München hat zur Aufklärung über diesen Gegenstand im Hauptberichte 1854 das Resultat veröffentlicht, was eine Zusammenstellung der Antworten sämmtlicher Aerzte Bayerns auf die Frage ergeben hat, welcher Speisen- und Getränke-Genuss den Ausbruch der Krankheit befördert zu haben scheint. Das Resultat ist ein Speisezettel, auf dem eigentlich Alles steht, was im Königreich Bayern gegessen und getrunken wird. Aus einer Stadt wird z. B. berichtet, dass namentlich die Familien der Gärtner sehr arg ergriffen gewesen seien, was wesentlich aus dem Umstande zu erklären sei, weil diese Leute die Erzeugnisse ihrer Gärten im Uebermaass verzehrten, die ihnen zur Cholerazeit Niemand abnahm. Dafür kam aus einer anderen Stadt der Bericht: „Auffallend ist die fast gänzliche Immunität der Gärtnerfamilien, die während der Cholerazeit fast ausschliesslich von ihren eigenen Gartenprodukten leben mussten, da das Vorurtheil der Einwohner dieselben verschmähte. Man sieht hier aber gerade zur Evidenz, dass rein vegetabilische Kost den Ausbruch der Krankheit am wenigsten begünstiget". Ein Blick auf die Bodenverhältnisse der beiden Städte zeigt, dass in der einen das Gärtnerquartier gerade auf einem sehr empfänglichen, in der anderen auf einem sehr unempfänglichen Terrain liegt.

Es hat eine Zeit gegeben, wo man die Cholera vornämlich eine Krankheit des Proletariats nannte, aber wenn das Proletariat wie in Neustadtl an der Gurk auf den Chocoladefelsen, auf einem unempfänglichen Boden wohnt, dagegen der Wohlstand auf einem empfänglichen, so bleiben die Armen verschont und lebt die Krankheit einmal ausschliesslich auf Kosten der Reichen.

Ich will hier wiederholt daran erinnern, dass sowohl der stoffliche Theil des Verkehrs, als auch namentlich der stoffliche Theil der Bodenbeschaffenheit durch die Luft zu uns und wohl auch zu dem, was wir an Speise und Trank geniessen, gelangen, und dass beide Stoffe in der Luft unserer Wohnhäuser in dem Grade mehr als im Freien sich ansammeln müssen, als der Luftwechsel in den Häusern geringer ist, als im Freien. Die Verdünnung eines Stoffes wirkt bekanntlich wie eine Veränderung, wie eine Abschwächung seiner Qualität auf unseren Körper. Branntwein mit Wasser hat eine ganz andere Wirkung auf uns, als 50grädiger Spiritus, obschon beide nur aus Alkohol und Wasser bestehen, und wesentlich nur in den quantitativen Momenten kann es liegen, wenn uns ein Cholerainfektionsheerd viel giftiger und wirksamer als ein anderer erscheint.

Ueberdies kommt zu bedenken, dass die schlechte Luft überfüllter Wohnungen, auch abgesehen von der Concentration, welche der Cholerakeim in ihr erreichen kann, nicht minder schwächend auf die individuelle Disposition wirkt, als schlechte Nahrung oder schlechtes Getränk. Der Genuss der Luft ist nicht nur wie Speise und Trank unentbehrlich nothwendig, er wiederholt sich auch am öftesten und in den kürzesten Zwischenräumen, nämlich mit jedem Athemzuge, wodurch ein Erwachsener in 24 Stunden durchschnittlich die grosse Menge von 8000 Liter Luft aufnimmt. Da nun in den unreinlichsten Stadttheilen die Luft auf der Strasse immer noch reiner ist, als in den Häusern, welche ja keine eigene Luftquelle in sich haben, sondern beim Bezug derselben lediglich auf ihre nächste Umgebung angewiesen sind, so wird ein beständig offenes Fenster in jedem Zimmer zu den wirksamsten diätetischen Mitteln während einer Choleraepidemie gehören. Namentlich sollten die Abtrittfenster immer offen sein, damit die Luft, welche von da nach dem Innern der Wohnung strömt, nicht wie es bei geschlossenem Fenster der Fall ist, wesentlich durch den Abtrittschlauch, sondern doch wenigstens durch's Abtrittfenster hereingehe. Es ist ein fundamentaler Irrthum zu glauben, dass ein Abtritt bei offenem Fenster desshalb weniger rieche, weil der Gestank zum Fenster hinausgeht: der Grund ist ein ganz anderer, bei offenem Fenster wird nämlich der Zug durch die Abtrittröhre viel schwächer in dem Maasse, als mehr Luft zum Fenster herein kann.

Im Uebrigen begnüge ich mich, auf das zurückzuweisen, was ich oben im theoretischen Theile über die individuelle Disposition gesagt habe.

Ueber den gegenwärtigen Stand des Grundwassers in München.

Von

Max Pettenkofer.

Bis zum Herbst des Jahres 1864 hat Professor **Buhl** in seiner Arbeit über den Typhus im ersten Hefte dieser Zeitschrift den Stand des Grundwassers in München in graphischer Darstellung mitgetheilt. Da es manchen Leser in Bezug auf die Cholera interessiren dürfte, den gegenwärtigen Stand zu kennen, so theile ich die Messungen an einem Beobachtungsbrunnen in der Karlsstrasse vom 2. Januar 1864 bis zum 7. Oktober 1865 mit.

Tag der Messung.			Entfernung von der Oberfläche in Fussen.	Tag der Messung.			Entfernung von der Oberfläche in Fussen.
1864.	Januar	2	15.1	1865.	Januar	14	14.6
	„	16	15.2		„	28	13.9
	„	29	15.25		Februar	11	13.9
	Februar	13	15.3		„	25	14.0
	„	27	15.0		März	11	13.9
	März	12	14.8		„	25	14.1
	„	26	14.85		April	8	14.2
	April	9	14.5		„	22	14.25
	„	23	14.3		Mai	6	14.5
	Mai	7	14.4		„	20	14.4
	„	21	13.7		Juni	3	14.05
	Juni	4	13.75		„	17	14.2
	„	18	12.85		Juli	1	14.45
	Juli	2	12.5		„	15	13.9
	„	16	12.3		„	29	14.4
	„	30	12.15		August	12	14.5
	August	13	12.3		„	26	14.4
	„	27	12.7		September	9	14.7
	September	10	13.15		„	23	15.2
	„	24	13.15		Oktober	7	15.45
	Oktober	8	13.6				
	„	22	13.85				
	November	5	14.05				
	„	19	14.15				
	Dezember	3	14.2				
	„	17	14.4				
	„	31	14.6				

Um das Steigen und Fallen anschaulich und übersichtlich und zugleich mit der graphischen Darstellung von Prof. Buhl vergleichbar zu machen, habe ich die vorstehende Tabelle gleichfalls auf der beiliegenden Tafel V in graphische Form gebracht. Man sieht hieraus, dass München im Jahre 1865 einen Stand des Grundwassers zeigt, wie er in den neun Jahren, seit es beobachtet wird, noch nicht dagewesen ist. Wir sehen die höchsten Stände am 28. Januar und am 15. Juli. Der Stand ist sich vom Winter bis zum Sommer wesentlich gleich geblieben; die grösste Zwischenschwankung beträgt nur 0,5 Fuss, während im Jahre 1864 der tiefste Stand (15,3 Fuss) am 13. Februar und der höchste Stand (12,15 Fuss) am 30. Juli, mithin eine Differenz zwischen Winter und Sommer von 3,15 Fuss beobachtet wurde. Der höchste Stand des Jahres 1865 ist 1,75 Fuss unter dem höchsten Stande vom Jahre 1864 und 1,4 Fuss über dem tiefsten Stande desselben Jahres.

Nach der Ansicht, welche ich in dem vorausgehenden Artikel über die Verbreitungsart der Cholera vom Einflusse des Grundwassers entwickelt habe, hätte München gegenwärtig eine sehr geringe Disposition für Cholera. Es ist zwar seit Ende Juli das Grundwasser in einem nicht unbedeutenden Grade im Sinken begriffen, aber es ist dieser abwärts gehenden Bewegung kein ungewöhnlich hoher Stand vorausgegangen.

Es ist kein Grund vorhanden anzunehmen, dass eine Schwankung von einem tiefer gelegenen Höhenpunkte nach abwärts nicht eine Wirkung in derselben Richtung äussern sollte, wie von einem höher gelegenen Ausgangspunkte, aber wir haben allen Grund anzunehmen, dass die Wirkung eine viel schwächere sein muss, denn die vorausgehende Durchfeuchtung des Bodens über dem Grundwasser ist nach einem höheren Stande jedenfalls eine proportional grössere, als nach einem tieferen, und die Imprägnirung der porösen Schichte mit organischen Stoffen nimmt mit der Entfernung von der Oberfläche gleichfalls proportional ab. Die Einschleppung der Cholera wäre im Jahre 1864 jedenfalls weit gefährlicher gewesen, als sie es gegenwärtig ist, und mir ist es aus diesen Gründen gar nicht unwahrscheinlich, dass der stoffliche Theil, welchen der Boden zum Zustandekommen einer Epidemie liefert, heuer in zu geringer Menge entwickelt wird, um die Epidemie in München Fuss fassen zu lassen. Unsere Polizeidirektion könnte gewiss darüber Aufschluss geben, dass der persönliche Verkehr mit inficirten Orten in Italien und Frankreich uns bis jetzt nicht gemangelt, und dass es nicht Absperrung ist, was den Ausbruch der Epidemie in München bisher gehindert hat.

Für Diejenigen, welche Grundwasser-Beobachtungen an andern Orten anstellen und mit der Verbreitung der Cholera in Verbindung bringen wollen, bemerke ich ausdrücklich, dass sich die Münchener Verhältnisse nicht geradezu auf jede andere Oertlichkeit anwenden lassen, sondern dass man die Bodenverhältnisse des Ortes mit in Rechnung nehmen muss. Die Imprägnirbarkeit des Bodens mit organischen Substanzen ändert sich sowohl mit seiner chemischen Beschaffenheit als mit dem Grad seiner Porosität. In einem schweren Mergelboden (wie z. B. in Neuhof und Bergstetten, in den Gestüten, die Prof. Buhl in seiner Abhandlung über den Typhus anführt) kann die Imprägnirung nicht entfernt in solche Tiefe dringen, wie in einem Sand- oder Geröllboden, wie z. B. in München.

Es zeigen sich die Bewegungen des Grundwassers in Neuhof und Bergstetten nur insoferne von Einfluss, als sie in hinreichend imprägnirten Schichten vor sich gehen, die der Bodenbeschaffenheit entsprechend nur sehr nahe der Oberfläche zu finden sind. Es zeigt sich da die scheinbare Anomalie, dass der Ort mit höher gelegenem Grundwasser Typhus hat, der Ort hingegen mit gleicher Bodenbeschaffenheit aber tiefer gelegenem Grundwasser keine Empfänglichkeit an den Tag legt. Ein tieferer Blick in die Sache lässt aber leicht die Uebereinstimmung im Wesentlichen zwischen Neuhof und München erkennen. Die Exacerbationen des Typhus unter den Pferden in Neuhof haben sich stets zu einer Zeit gezeigt, der ein Sinken des Grundwassers und der Bodenfeuchtigkeit vorausgegangen war. In Bergstetten gehen gleichfalls Schwankungen des Grundwassers, wie in Neuhof vor sich, aber in einer Tiefe, dass sie die imprägnirte Schichte des schweren Bodens viel weniger als in Neuhof berühren und durchdringen können.

Formel zur Berechnung der Choleramortalität aus der Elevation in London.

Von

Dr. Farr.

Aus dem Report on the mortality of cholera in England 1848—1849, pag. LXII.

Trotz des störenden Einflusses der Thätigkeit anderer Ursachen zeigte die Sterblichkeit an Cholera in London eine bestimmte constante Beziehung zu der Erhebung des Bodens, was augenfällig wird, wenn man die Distrikte gruppenweise nach ihrer Höhe ordnet. Wir stellen die Distrikte zusammen, welche im Durchschnitt nicht 20 Fuss über der Themse liegen und finden, dass auf diesem Theile des Londoner Bassins die Sterblichkeit durchschnittlich 102 auf 10,000 Einwohner ist; in der zweiten Gruppe von 20—40 Fuss Höhe, oder auf der zweiten Stufe betrug die Sterblichkeit 65 auf 10,000; in der dritten Gruppe, oder auf der dritten Stufe, 40—60 Fuss hoch, war die Sterblichkeit an Cholera 34 auf 10,000; in der vierten Gruppe 60—80 Fuss hoch, 27; in der fünften 80—100 Fuss hoch, 22; in einem Distrikt 100 Fuss hoch betrug die Sterblichkeit 17 auf 10,000, und in Hampstead, etwa 350 Fuss hoch, 8, oder mit Abzug des stärker inficirten Wandsworth starben dort nur 7 von 10,000 Einwohnern.

Steigt man von der Tiefe auf die dritte Stufe, so verringert sich die Sterblichkeit von 102 auf 34, und auf der sechsten Stufe bis auf 17. Man beobachtet, dass die Zahl, welche die Sterblichkeit auf der 3. Stufe repräsentirt, ein Drittheil, und auf der sechsten ein Sechstheil der Sterblichkeit auf der ersten Stufe ist. Man erhält eine Reihe, welche sich nahezu an die die Sterblichkeit an Cholera repräsentirenden Zahlen anschliesst, wenn man 102 der Reihe nach durch die Zahlen 2, 3, 4, 5, 6 dividirt.

Die Sterblichkeit an Cholera auf einer Bodenfläche unter 20 Fuss hoch als 1 angenommen ergibt sich die relative Sterblichkeit auf jeder folgenden Stufe als $^1/_2$, $^1/_3$, $^1/_4$, $^1/_5$, $^1/_6$; oder die Sterblichkeit auf jeder folgenden Stufe ist gleich $^1/_2$, $^2/_3$, $^3/_4$, $^4/_5$, $^5/_6$ etc. etc. der Sterblichkeit auf der unmittelbar tiefer gelegenen Stufe.

Die Erhebung der 5 Stufen soll 10, 30, 50, 70, 90 Fuss sein. Die Erhebung der höheren Distrikte ist 100 und 350 Fuss. Man sieht, dass die Sterblichkeit bei 100 Fuss 17, bei 50 Fuss 34 auf 10,000 ist; folglich verdoppelt sich die Sterblichkeit bei der halben Höhe. Die Hälfte von 50 ist 25 Fuss, und die doppelte Sterblichkeit von 34 ist 68. Die Beobachtung ergiebt 65 auf 10,000 als Sterblichkeit bei einer Erhebung von 30 Fuss. Da die Division der Höhe und die Multiplication der Sterblichkeit mit der Zahl 2 in's Unendliche fortgeführt werden kann, so ist offenbar, dass die Sterblichkeit sich nicht genau im umgekehrten Verhältnisse zur Höhe des Bodens verhält; denn sonst würde bei Erhöhungen von 12,5 — 6,25 — 3,125 Fuss die Sterblichkeit 136, 272 und 544 betragen müssen.

Es sei e' irgend eine Erhöhung innerhalb der beobachteten Grenzen 0 und 350 und c sei der durchschnittliche Betrag der Sterblichkeit an Cholera bei dieser Erhöhung; ebenso sei e' irgend eine höhere Erhebung und c' die Sterblichkeit bei dieser höhern Erhebung. Wenn nun die Sterblichkeit an Cholera sich umgekehrt wie die Erhebung des Bodens verhält, so haben wir die Proportion

$$e : e' :: c' : c = \frac{e'}{e} . c'.$$

Fügt man einen constanten Faktor a hinzu, so kann die Schnelligkeit, mit der die Sterblichkeit zunimmt, namentlich bei den geringeren Erhebungen, bis zu einer beliebigen Ausdehnung verfolgt werden; dann nimmt die Gleichung folgende Form an:

$$\frac{e' + a}{e + a} . c' = c.$$

Der Werth von a kann sehr leicht erhalten werden, wenn man e' = 90, wo die Sterblichkeit 22; und e = 0 nimmt, wo in 3 Distrikten, welche in gleichem Niveau mit der Themse bei Hochwasser liegen, die Sterblichkeit durchschnittlich 177 auf 10,000 betrug.

Aus dieser Gleichung findet man den Werth von a in allgemeinen Ausdrücken $a = \frac{e' c' - e c}{c - c'}$. Wenn man die obigen Zahlen einsetzt, so hat man $a = \frac{90 \times 22 - 0 \times 177}{177 - 22} = \frac{1980}{155} = 12{,}8$.

Da die Reihe nicht vollkommen gleichförmig ist, so kann man verschiedene Werthe für a erhalten; und 13 ist ein mittlerer Werth von a, welcher bei der Ausarbeitung der folgenden Tafel benützt worden ist, indem man e successive als 0, 5, 10, 15 . . . . . 110, 150, 200, 250, 300, 350 in die Gleichung einsetzt

$$c = \frac{90 + 13}{e + 13} . 22 = \frac{103 \times 22}{e + 13} = \frac{2266}{e + 13}.$$

Bei Vergleichung der Zahlen dieser Reihe mit der in den Distrikten von 8 verschiedenen Erhebungen des Bodens beobachteten mittleren Sterblichkeit ersieht man, dass die einzige beträchtliche Abweichung bei der Zwischenerhebung von 20 zu 40 sich kund gibt, welche zu 30 Fuss angenommen wurde. Eine grössere Sterblichkeit ergibt sich in Wandsworth, West-London und Bethnal Green.

Mittlere Erhebung des Bodens über dem Hochwasser-Pegel.	Mittlere Sterblichkeit an Cholera beobachtet.	berechnet.
0	177	174
10	102	99
30	65	35
50	34	34
70	27	27
90	22	22
100	17	20
350	7	6

Ueber das Vorkommen von Ammoniak im Blute.

Von

Stud. med. G. Bichlmayr.

(Aus dem Voit'schen physiologischen Laboratorium.)

L. Thiry[1]) schloss auf die Gegenwart von Ammoniak im normalen Blute oder Harn, weil er im Stande war, bei Anwendung höherer Temperatur und Herstellung einer Luftverdünnung im Apparate, welche von Zeit zu Zeit durch Einlassen neuer ammoniakfreier Luft wieder ausgeglichen wurde, ein Gas zu gewinnen, das in dem gegen Ammoniak so empfindlichen Nessler'schen Reagens den charakteristischen braunen Niederschlag hervorbrachte. Nun wies aber Zabelin[2]) durch eine Reihe von Versuchen nach, dass sich unter obigen Umständen ohne Blut oder Harn, bei Gegenwart ammoniakfreien[3]) feuchten Papiers oder von Leinwand, aus Wasser und dem Stickstoff der atmosphärischen Luft salpetrigsaures Ammoniak[4]) erzeugen könne. Es war daher die Aufgabe bei völligem

---

[1]) L. Thiry, Zeitschrift f. rat. Med. 1863. 3. R. Bd. 17. S. 166.

[2]) Zabelin, Annalen der Chem. u. Pharm. Bd. 130. S. 54.

[3]) Meissner sagt im Jahresbericht für 1864, S. 266, dass Papier und Leinwand für gewöhnlich Ammoniak auf der Oberfläche enthalten. Zu was diese Bemerkung hier nothwendig war, ist nicht einzusehen, da Zabelin (a. a. O. S. 83.) eigens prüfte, ob das trockene von ihm benützte schwedische Filtrirpapier (das gewöhnliche giebt mit einem Tropfen des Nessler'schen Reagens befeuchtet einen gelben Fleck) oder die Leinwand bei 80° ein Gas entwickelt, das das vorgeschlagene Reagens färbt.

[4]) Meissner kann nicht umhin, im Jahresbericht 1864, S. 265, zu bemerken: dass es auf sehr oberflächlicher Kenntnissnahme von seiner Untersuchung beruhen muss, wenn Zabelin seinen Ausspruch, die Bildung von Ammoniaknitrit sei nicht so allgemein verbreitet anzunehmen, wie Schönbein behauptete, für ungerechtfertigt erklärt. Meissner konnte die Allgemeinheit der Bildung des salpetrigsauren Ammoniaks, wie sie Schönbein nach seinen Versuchen annimmt, nur darum bezweifeln, weil er eine Reihe von Angaben dieses Forschers nicht

Ausschluss des Stickstoffs der atmosphärischen Luft die Experimente zu machen, um festzustellen, ob es sich bei Thiry's Versuchen um die Praexistenz oder um eine Neubildung von Ammoniak handelte. Zabelin sagte dem entsprechend[1]): „wenn man im Stande wäre, so wie das Wasser so auch den andern zur Bildung von salpetrigsaurem Ammoniak nöthigen Stoff, den Stickstoff, abzuschliessen, so dürfte, wenn unsere Voraussetzungen richtig sind, eine Färbung des Nessler'schen Reagens bei Anwendung von Papier oder Leinwand, oder auch von Blut und Harn, sich nicht einstellen." Es wurde von Zabelin zu dem Zweck die atmosphärische Luft durch reines Wasserstoffgas ersetzt, und nach Herstellung des luftverdünnten Raumes nur solches Gas eingelassen; es bildete sich in diesem Falle bei Anwendung von Papier oder Leinwand eine schwache Färbung des Reagens, jedoch kein brauner Niederschlag, der sich aber alsbald beim Durchleiten ammoniakfreier atmosphärischer Luft zeigte. Da bei der Verdünnung des Gases im Apparate das Eindringen von stickstoffhaltiger atmosphärischer Luft in den Apparat nicht wohl verhütet werden kann, so versuchte es auch Zabelin[2]) das Wasserstoffgas continuirlich durchzudrücken, statt es zeitweise auszusaugen; es trat bei dieser Anordnung des Versuchs zwar keine Ammoniakreaktion auf, aber es währte längere Zeit, bis sie beim nachherigen Einströmen atmosphärischer Luft erschien, woraus zu entnehmen war, dass die Bedingungen für die Entstehung des salpetrigsauren Ammoniaks günstiger sind, wenn der Zutritt grösserer Mengen kalter Luft in den feuchten warmen Raum plötzlich erfolgt.

Der angegebene Versuch mit Papier und Leinwand bewies für den betreffenden Fall die Neubildung des Ammoniaks. Wie gestaltet sich

---

anzuerkennen oder zu bestätigen vermochte. Wenn man aber, wie Zabelin es gethan hat, nachweist, dass Schönbein in den meisten Fällen für die von ihm befolgte Versuchsanordnung im Rechte ist, so war für diese Meissner's Ausspruch ungerechtfertigt. Ich bemerke dies nur, um den Vorwurf der sehr oberflächlichen Kenntnissnahme abzuwehren; aus Zabelin's Abhandlung ist wohl zu ersehen, dass wir Meissner's treffliches Buch sehr eingehend studirt haben.

Voit.

[1]) a. a. O. S. 84.

[2]) a. a. O. S. 84.

aber die Sache bei Anwendung von Blut oder Harn? Kühne[1]) bemerkte in seinem Referate über Zabolin's Arbeit: „es liegt nahe, zur Entscheidung der Frage den Thiry'schen Versuch am Blute in einem mit Wasserstoff gefüllten Apparate unter Durchleitung dieses Gases anzustellen, ein Versuch den der Verfasser leider nicht angestellt hat.“ Wie aus obigem Citat Zabelin's hervorgeht, hat dieser den naheliegenden Gedanken ebenfalls gehabt, es wurde jedoch die Ausführung mit Absicht unterlassen, weil sie, wie ich noch auseinandersetzen werde, kein beweiskräftiges Resultat versprach.

Später hat nun Kühne in Gemeinschaft mit Strauch[2]) den vorgeschlagenen Versuch mit dem Blute angestellt. Nachdem sie sich zuerst von der Richtigkeit der Zabelin'schen Angaben überzeugt hatten, dass bei Anwendung feuchter Papierschnitzel im Wasserstoffstrom bei Erwärmung auf 75° das vorgelegte Nessler'sche Reagens unverändert bleibt, beim Durchleiten eines ammoniakfreien Luftstromes aber sich trübt, so wandten sie jetzt unter beständiger Durchströmung von Wasserstoffgas direkt aus der Arterie gelassenes Blut an[3]). Hier nun blieb das Reagens nicht unverändert, sondern es färbte sich bei 40° C. dunkler, bei 45° trat eine schwache Opalescenz ein und bei 68—70°, also mit der Gerinnung des Eiweisses, war eine starke Trübung vorhanden.

Aus der Thatsache, dass das Blut auch ohne Luftzutritt beim Erwärmen Ammoniak abgiebt, schlossen nun Kühne und Strauch auf die Gegenwart von Ammoniak im normalen lebenden Blute.

Obwohl Prof. Voit aus dem Resultat jenes Versuches diesen Schluss nicht zieht, so hielt er es doch für wünschenswerth, ihn zu wiederholen, da Zabelin, wie angegeben, beim Durchdrücken von Luft über auf 70° erwärmte nasse Leinwand nur sehr allmählich einen braunen Niederschlag im Reagens auftreten sah und

---

[1]) Kühne, Centralblatt f. d. med. Wiss. 1864. Nro. 24.

[2]) Kühne und Strauch, Centralbl. f. d. med Wiss. 1864. Nro. 36 u. 37.

[3]) Da die Art der Ausführung des Versuchs ganz die gleiche ist, wie sie vorher schon Zabelin anwandte und auch für Blut vorschlug, so spricht wohl F. Hoppe-Seyler (Handbuch d. physiolog. u. patholog. Analyse 1865. S. 295) wohl mit Unrecht von einer Methode des Ammoniaknachweises nach Thiry Kühne und Strauch.

Zabelin wie Thiry unter gleichen Umständen beim Auspumpen, das viel kräftiger wirkt, als das langsamere Durchdrücken von Gasblasen, die sofortige Reaktion erst bei 65 bis 70° wahrnahmen, während zwischen 50° und 60° erst nach längerer Zeit (¼ bis ½ Stunde) eine schwache Trübung erschien. Ich habe daher unter stetiger Mithülfe von Prof. Voit folgende Experimente gemacht, bei denen die atmosphärische Luft oder das Wasserstoffgas über den Apparat gedrückt wurden.

Bringt man mit destillirtem Wasser befeuchtete Schnitzel schwedischen Filtrirpapiers in den Kolben, so darf man so lange als man will, über Schwefelsäure geleitete, kalte atmosphärische Luft (in der Minute etwa 120 Blasen) hindurchgehen lassen, es wird nie eine Trübung im Nessler'schen Reagens erfolgen; beim Erwärmen zeigt sich erst über 60° eine Spur einer Opalescenz und bei 75° der erste braune Niederschlag, der sich binnen einer halben Stunde bei einer Temperatur von 80° sehr vermehrt. Die Bildung des salpetrigsauren Ammoniaks erfolgt bei diesem Verfahren langsamer als bei dem ursprünglichen Thiry'schen.

Ersetzt man nun die atmosphärische Luft durch Wasserstoffgas, so bildet sich beim Erwärmen bis auf 80°, was meist 45 Minuten währte, kein Niederschlag im Reagens, der auch nicht erscheint, wenn man diese Temperatur 45 Minuten lang erhält. Beim Zutritt von atmosphärischer Luft nimmt man aber nach 15 Minuten eine deutliche Trübung wahr, aus der sich nach weitern 15 Minuten ein ansehnlicher brauner Niederschlag entwickelt.

Füllt man endlich frisches defibrinirtes Blut in den Kolben, so kann man ohne Erwärmen noch so lange Wasserstoffgas durchleiten (es wurde dies zur völligen Entfernung der atmosphärischen Luft 1½ Stunde lang fortgesetzt), ohne dass eine Veränderung im Reagens erfolgt; beim allmähligen Erwärmen war das Reagens bei 70° noch völlig klar und blieb so, obwohl diese Temperatur 30 Minuten lang erhalten wurde, erst bei Erhöhung der Temperatur auf 80° zeigte sich allmählig eine schwache Opalescenz und nach 30 Minuten und mehr ein äusserst geringer brauner Niederschlag. Bei nachfolgendem Einleiten von ammoniakfreier atmosphärischer Luft trat nach 5 Minuten eine starke Trübung hervor, die sich nach weitern 10 Minuten in einen dicken braunen Niederschlag verwandelt hatte.

Die Ergebnisse meiner Versuche stimmen in so fern nicht mit denen von Kühne und Strauch überein, als diese Forscher schon bei viel niederer Temperatur und offenbar viel intensiver das Auftreten der Ammoniakreaktion beim Blute beobachteten. Woher diese Differenz rührt, vermag ich nicht anzugeben; möglicherweise nur von einer andern Art der Ausführung des Versuchs, vielleicht von einer verschiedenen Intensität des Luftstromes, daher ich nochmals ausdrücklich bemerke, dass ich in der Minute etwa 120 Blasen der atmosphärischen Luft oder des Wasserstoffgases durch den kleinen Kolben gehen liess.

Wie dem aber auch sein möge, das schliessliche Eintreten einer Ammoniakreaktion beim Blute scheint mir für die Präexistenz des Ammoniaks doch nicht beweisend zu sein.

Abgesehen von dem Gehalt jeden Blutes an Stickgas gehen bei der angegebenen Behandlung desselben Veränderungen vor sich, die gewiss nicht mehr den normalen Vorgängen entsprechen. Das Leben des Blutes wird vernichtet, die histologischen Theile und die chemische Zusammensetzung ganz verändert. Soll es uns dann Wunder nehmen, wenn beim Erhitzen der alkalischen Flüssigkeit Zersetzungen vor sich gehen, die sich durch die Coagulation des Eiweisses, die schmutzigbraune Farbe der ganzen Masse und den schlechten Geruch deutlich genug manifestiren, und wenn dabei auch etwas Ammoniak als Produkt sich entwickelt, das nach Kühne und Strauch in keinem Fall mehr als 0.0001 % beträgt?

Bestimmung der im Decoctum Zittmanni fortius in Lösung befindlichen Quecksilbermenge.

Von

Stud. med. Jos. Zantl.

(Aus dem Voit'schen physiologischen Laboratorium.)

Bei der Bereitung des Dekoktum Zittmanni fortius wird noch immer ein mit Alaun, Calomel und Zinnober gefülltes Leinwandsäckchen in die ursprünglich 72 Pfund betragende Flüssigkeitsmasse eingehängt, die bis zu 24 Pfund (12 Flaschen füllend) eingekocht wird.

Das Mitkochen von Calomel und Zinnober ist auf keinen Fall zu rechtfertigen; denn wenn die Wirkung des Dekoktes dem Auszug der verschiedenen zugesetzten Pflanzen zukommt, so sind die Quecksilberverbindungen unnütz; besteht sie aber in obigen Quecksilberpräparaten, so ist die Art der Darreichung irrationell, da man jetzt viel sicherere und bessere Anwendungsweisen derselben zur Verfügung hat.

Das Dekokt ist schon häufig auf das Vorkommen von Quecksilber untersucht und letzteres meistentheils aufgefunden worden. Chelius[1]) gab schon an, dass darin Quecksilber und zwar als Sublimat gelöst sei; Catel[2]) lässt durch die Wirkung des Alauns auf das Calomel saures schwefelsaures Quecksilberoxyd sich bilden, während Wittstock[3]) kein gelöstes Quecksilber entdecken konnte.

1) Chelius, Heidelberger klinische Annalen 1825. Bd. 1. S. 151.

2) Catel, freimüthige Bemerkungen zur preussischen Pharmacopoe 1828.

3) Wittstock, Archiv des norddeutschen Apothekervereins. Bd. 29. S. 152.

Nach den Untersuchungen von J. F. Simon[1]) ist im Zittmann'schen Dekokt kein Oxydsalz vorhanden, wohl aber Spuren von Oxydulsalz, entweder in Wasser gelöstes Calomel oder schwefelsaures Oxydul, höchstens 6—7 Gran (0.4 Gmm.) in der Maass. Nach A. Wiggers[2]) findet sich neben dem aufgeschlemmten Quecksilber noch Sublimat in Lösung, der nach ihm aus dem Calomel entstanden ist und zwar im Pfund ohngefähr 0.0012 Gmm. Die beiden folgenden Autoren Lotz und Herberger[3]) wiesen ebenfalls Quecksilber nach, sie liessen jedoch unentschieden, ob dies in der Form von Oxydul- oder Oxydsalz zugegen ist; sie geben die Menge auf etwa 0.0002 Gmm. im Pfund an. E. Riegel[4]) spricht sich entschieden für die Gegenwart von Sublimat aus (im Pfd. 0.0002 Gmm.). Neuerdings hat endlich Schneider[5]) auf elektrolytischem Wege Quecksilber nachgewiesen.

Trotz des kaum zweifelhaften Gehaltes des Dekoktes an Quecksilber schrieb man demselben wegen seiner anscheinenden Geringfügigkeit meist keine Bedeutung zu.

Abgesehen von der Möglichkeit des Ausschwemmens eines Theiles des feinen Calomel- oder Zinnoberpulvers aus dem Säckchen während des längern Kochens sind bei der Bereitung des Dekoktes alle Bedingungen zur Entstehung gelösten Quecksilbers gegeben; denn die in den Pflanzensäften vorhandenen Chloralkalien werden, namentlich in der höhern Temperatur, auf das Calomel und den Zinnober einwirken und daraus Sublimat bilden, wie es von Professor Voit früher (phys. chemische Unters.) experimentell gezeigt worden ist.

Da es für die Anwendung des Dekoktes wichtig ist, genau zu wissen, wie viel Quecksilber darin vorkommt, so wurde auf den Wunsch von Professor Lindwurm, der dasselbe in der hiesigen Krankenhausapotheke nach der Vorschrift bereiten liess, eine Beantwortung dieser Frage versucht.

Schon früher hatte Professor Voit sich mit aller Sicherheit

---

[1]) Simon, Archiv des norddeutschen Apothekervereins 1830. Bd. 35. S. 51.
[2]) Wiggers, Annalen der Pharmazie 1839. Bd. 29. S. 320.
[3]) Lotz u. Herberger, Jahrbuch für praktische Pharmazie 1839. S. 204.
[4]) Riegel, Jahrbuch für praktische Pharmazie 1842. Bd. 5. S. 414.
[5]) Schneider, Sitz.-Ber. der Wiener Academie. Bd. 40. S. 239.

von der Anwesenheit des Quecksilbers im Dekokt überzeugt, eine quantitative Bestimmung wollte aber damals wegen der Schwierigkeit der völligen Trennung organischer Substanzen vom Schwefelquecksilber nicht gelingen; Herr Ludwig Riederer hat nach vielen Bemühungen zum Zweck des quantitativen Nachweises von Quecksilber bei Gegenwart von organischen Substanzen ein Verfahren eingeschlagen, das ich angewendet habe, um die Menge des im Zittmann'schen Dekokt befindlichen Quecksilbers zu eruiren.

Zur Untersuchung dienten 593 Gmm. unfiltrirtes und 604 Gmm. filtrirtes Dekokt (nahezu der Inhalt einer Flasche).

Die Flüssigkeiten wurden im Wasserbade mit Salzsäure und chlorsaurem Kali behandelt bis die Masse dünnflüssig und hellgelb war, das Chlor durch Erwärmen ausgetrieben und das Filtrat mit Schwefelwasserstoffgas gesättigt. Mit dem Schwefelquecksilber fiel noch eine ansehnliche Menge organischer Substanz nieder, daher der Niederschlag nicht schwarz, sondern gelbbraun gefärbt war. Derselbe wurde auf einem Filter gesammelt, zuerst mit Wasser und dann mit kaustischem Ammoniak ausgewaschen, das viel von der organischen Materie auflöste.

Der Niederschlag musste nun sammt dem Filter abermals mit Salzsäure und chlorsaurem Kali behandelt werden, bis das zurückbleibende Papier völlig weiss erschien. Die Lösung wurde filtrirt und der Rückstand nochmal mit Salzsäure und chlorsaurem Kali erwärmt und das Filtrat zur ersten Lösung gegeben. Die Mischung wurde nun im Wasserbade bis nahe zur Trockne gebracht und mit wenig Salzsäure auf den Dialysator gegeben. Zu dem Zwecke wurde ein etwa 500 c.c. fassendes Becherglas mit destillirtem Wasser nahezu gefüllt und darüber das befeuchtete Pergamentpapier gebunden. Nach 3 Tagen leitete man in die untere Flüssigkeit einen Strom von Schwefelwasserstoffgas ein, das schon ziemlich rein aussehendes schweres Schwefelquecksilber ausfällte. Die auf dem Dialysator befindliche Flüssigkeit ward wiederum eingedickt und mit Salzsäure noch einmal der Dialyse unterworfen, es trat aber hier kein Niederschlag von Schwefelquecksilber mehr auf.

Nachdem der vorhin erhaltene Schwefelquecksilberniederschlag abfiltrirt, mit Wasser und Ammoniak gewaschen und wieder mit Salzsäure und chlorsaurem Kali gelöst worden war, konnte in dem Filtrat durch Schwefelwasserstoff nahezu reines Schwefelquecksilber gefällt werden; nach einigem Stehen zeigten sich noch feine Flöckchen organischer Substanz, die aber grösstentheils in der Flüssigkeit suspendirt waren und leicht vom schweren Schwefelquecksilber durch Abgiessen getrennt werden konnten. Der Quecksilberniederschlag wurde nun zum letzten Male mit Salzsäure, chlorsaurem Kali und Schwefelwasserstoff behandelt, wobei ein vollkommen reiner Niederschlag von Schwefelquecksilber gewonnen wurde. Diesen sammelte ich auf einem bei 100° getrockneten Filter, trocknete und wog.

Die Menge des Schwefelquecksilbers betrug im unfiltrirten und filtrirten Dekokt 0,0090 Gmm., d. i. 0.0077 Gmm. Quecksilber; es ist also alles darin befindliche Quecksilber im gelösten Zustand vorhanden. In einer Flasche, die nach Vorschrift der bayerischen Pharmacopoe 2 Pfund = 720 Gmm. Dekokt enthalten soll, befände sich demnach 0.0092 Gmm. Quecksilber, die in Sublimat umgerechnet 0.0125 Gmm. oder nach bayerischem Medizinalgewicht 0.199 ($^1/_5$) Gran betragen.

Da nun beim Gebrauch des Dekoktes eine Reihe von Tagen hindurch je eine Flasche getrunken wird, so wird dadurch eine nicht unbeträchtliche Menge von gelöstem Quecksilber in den Organismus eingeführt und daher letzterem vorzüglich der therapeutische Werth dieses Heilmittels zuzuschreiben sein, dem gegenüber der Werth der Pflanzenbestandtheile in den Hintergrund tritt.

Nach diesem Befunde versteht sich wohl die Beantwortung der Frage, ob es sich lohnt dieses kostspielige Medikament, dessen absurde Darstellung aller rationellen Grundlage entbehrt, noch ferner anzuwenden, oder ob es nicht vielmehr, wie es schon von mehreren Seiten geschehen ist, gänzlich aus der Zahl der Arzneimittel gestrichen werden sollte, wohl von selbst.

Ueber Druckschwankungen im Lungenraum in Folge der Herzbewegungen.

Von

Carl Voit.

Bei Versuchen, welche Herr Stud. med. H. Lossen über einige Ausscheidungsverhältnisse der Kohlensäure durch die Lunge anstellte, bei denen derselbe mittelst eines Mundstücks bei zugeklemmter Nase durch zwei grosse (Müller'sche) Wasserventile athmete, deren eines nach Verdrängung einer Wasserschichte der Luft nur den Eintritt, das andere nur den Austritt gestattete, wurde bei völlig ruhigem Anhalten des Athmens, wobei die Wassersäulen den Lungenraum nach Aussen absperrten und als Manometer dienten, eine regelmässige Schwankung der Wassersäulen sowohl im Inspirations- als Exspirationsventil wahrgenommen.

Es stellte sich bald heraus, dass diese Schwankungen in Zusammenhang mit der Bewegung des Herzens stehen; denn mit der Systole fiel ein Sinken der Säule im Inspirationsventil und ein Steigen im Exspirationsventil zusammen; umgekehrt war es bei der Diastole. Die Wassersäulen verhielten sich also während der Systole wie bei einer schwachen Einathmung, während der Diastole wie bei einer schwachen Ausathmung, d. h. es trat im Lungenraum bei der Systole eine Abnahme, bei der Diastole eine Zunahme des Druckes ein, was sich durch Steigen oder Sinken der Wassersäulen ausglich.

Diese Erscheinung kann meines Erachtens nur durch eine Verkleinerung des Volums des ganzen Herzens während der Kammersystole erklärt werden, worauf die luftdicht im Thorax eingefügten Lungen den Raum einnehmen und sich etwas ausdehnen; bei der Diastole muss umgekehrt das Herzvolum grösser und das der Lungen kleiner werden. Man wäre sogar im Stande, aus der Aenderung im Stand der Wassersäulen annähernd die Aenderung im Volum des thätigen Herzens zu messen.

Herr Hofrath Bamberger, dem ich die angegebene Erscheinung zeigte, machte mich darauf aufmerksam, dass er über die Ausdehnung der Lungen bei der Systole schon früher berichtet habe.[1]) Er hatte nämlich bei Kaninchen, denen die Pleura blosgelegt war, bei jeder Zusammenziehung der Herzkammer ganz deutlich ein beständiges rasches Hin- und Hergehen des vorderen Lungenrandes wahrgenommen und auch beim Menschen dem entsprechend öfters in der Nähe des Herzens mit jeder Systole ein feines Knistern, bedingt durch die Bewegung des Lungenrandes, gehört.

Ich theile unsere Beobachtung mit, da man durch sie auf die einfachste Weise die negative Druckschwankung, in der Lunge bei jeder Herzsystole am lebenden Menschen anschaulich machen kann.

---

[1]) Bamberger, Archiv f. patholog. Anat. 1856. Bd. 9. S. 345.

CPSIA information can be obtained
at www.ICGtesting.com
Printed in the USA
LVHW100431110522
718424LV00003B/113

9 783375 012397